U0937088

David Copperfield

大卫·科波菲尔（下）

[英] 查尔斯·狄更斯◎著　麦　芒◎译

天津出版传媒集团
天津人民出版社

第三十四章

和朵拉订婚后，我就写信给爱妮丝通知她这件事。那封信很长。我想通过信来告诉她朵拉是多么讨人喜爱的人儿，而我又是如何的幸福。我还一再强调她千万别把我们的爱情和那些缺乏理智，一时之兴归为一类，也不要觉得跟我们平常取笑的那种稚嫩的幻想有什么瓜葛。我对她发誓，我们的爱情是不可估量的，史无前例的。

在一个明朗寂静的夜晚，我坐在敞开的窗前给爱妮丝写信。无意中眼前浮现她恬静的双眼和温柔的面容。这样的回忆让我近来因幸福而兴奋浮躁的心情得到平静的安慰。于是，我竟然哭了。我记得信写到一半的时候，我就坐在那里，用手托着下巴心中依稀想着，爱妮丝将会成为我未来家中不可缺少的一员。似乎爱妮丝的加入会让朵拉和我在这个本来就神圣而清闲的家能得到更多的幸福。好像无论遇到什么样的感情问题——爱情、快乐、悲伤、希冀与失望——我都能不可避免地想到它的存在。因为那里是我最好的避风港，最好的朋友。

至于斯梯福兹，我没有说什么，我只是提了下在雅茅斯，爱米丽的私奔给大家带来了痛苦的遭遇，以及与此相关的对我造成的加倍的伤害。我知道她对于真相一向比较敏感，也知道她怎么也不会第一个提出他的名字的。

这封信发出后的返程邮车就带来了她的回信。读她的信感觉很亲切，就像她面对着我谈话一样，那么真实，恳切。对此，我还能说什么呢？

最近，在我不在家的时候，特拉德尔曾来过两三次。是皮果提接待的他。皮果提告诉我，当她告诉他，自己是我儿时的保姆后（她总乐意跟愿听她絮叨的人这么说），他们挺谈得来的，还为此留下来讨论了我。这是皮果提对我说的，不过我恐怕整个谈话中只是她一个人在那里长篇大论，因为我了解她，她一说到我便没完没了，想让她停都难。愿主保佑她！

说到特拉德尔，我不仅想起他私自跟我约定在一个下午见面（现在他来了），而且想起克鲁普太太，她说她要放弃一切职务（不包括工资），不过得在皮果提不再出现前实现。克鲁普太太用她很高的嗓门曾在楼梯上与皮果提像久违的老朋友做过多种谈话——不过事实上只有她一个人。之后还给过我一封信，里面记录着她的具体意见。在信里她用生平的一句口头语——她自己作为一位母亲——开头的。她继续说，她见的世面可大了。在一生中，她最恨那些奸细，爱管闲事的人，她还表明她不会说出谁来。谁是这样的人自己心里最清楚了。她从来看不惯做奸细，爱管闲事的人、间谍，尤其是“戴孝的寡妇”（这几个字还特意加了横线）如果一个男人愿意当奸细、爱管闲事的人、间谍，那是他自己的选择，他有为自己寻开心的权利，别人也管不着。她——克鲁普太太——一再强调，她不屑与此类人搭上半点关系。她请求不要再管理这套房子了。除非一切都回到原状——那种她所期望的状态。她还把小账本拿出来放在周六用餐的桌子上，请求立马结账，说是为了让各自免去不必要的麻烦。

从此，克鲁普太太特意用水壶等在楼梯上制造各种障碍物，想把皮果提摔倒，最好摔断她的腿。我也知道，在这样被围攻的日子是难以度过的，可是我却也拿她没办法，想不出什么解决办法来。

“科波菲尔，我亲爱的，”特拉德尔风雨无阻地在我面前出现，“你好啊？”

“亲爱的特拉德尔，”我说，“见到你很高兴，对于我以前的失约，我感到很抱歉。不过前段时间我实在太忙了。”

“是，是，我了解。”特拉德尔说，“应该要忙的，我猜你那位家住伦敦吧。”

“什么，你说什么呀？”

“她呀——对不起——朵拉小姐啊，别装了，”特拉德尔倒不好意思地脸红起来，“我想是在伦敦吧。”

“哦，对，是在伦敦附近。”

“我的她，你还记得吧，”特拉德尔一本正经地说，“——十个孩子中的一个，住在德文，所以某些事上我就没有你那么忙了。”

“我奇怪了，”我接着说，“老是见不到面，你倒也能熬得住。”

“嗬，”特拉德尔若有所思地说，“科波菲尔，这不能不说是一个奇迹，不过这也是没办法的事。”

“我想也是，”我笑着回答，不自觉地脸红了一下，“特拉德尔，也因为你有这样的毅力能克制自己。”

“别，”特拉德尔顿了一会儿说，“你觉得我是那样好的人吗？说实在的，我可看不出我有这样的美德。不过她倒确实是个可爱至极的人儿。也许她可能熏陶了我。所以，科波菲尔，你现在这样说，我倒也没什么奇怪的。我向你保证，她光顾着照顾其他的九个以致忘记了自己。”

“她是老大吗？”我问。

“哦，不是，”特拉德尔说，“老大可是个美人胚子。”

尽管我对此回答极力掩饰笑意，但还是被他发现了。为此他脸上露出智慧的笑说：“诚然我的苏菲——是个可爱的名字吧——很美，我时常这样想，科波菲尔。”

“很美。”我说。

“在我的眼里，苏菲固然美丽，不过我肯定谁看到了她都会觉得她是史无前例的美人中的一个。但是，我所说的‘老大是个美人胚子’，只是实事求是，我是说确实是个——”他急着用他的两只手在空中比画，“绝世美女，懂吗？”特拉德尔绘声绘色地说着。

“是吗？”我应道。

“对，我敢打赌。”特拉德尔继续说，“真的是世上屈指可数的。你也知道，就是天生拥有受注目的气质，但是他们家里条件有限，所以她的才华没能得到充分发挥。所以难免她这样的人会脾气古怪，有点过于追求完美。苏菲却能在这个时候哄她开心。”

“那苏菲是最小的吗？”

“不，也不是，”特拉德尔摸着下巴说，“小的还有九岁、十岁，苏菲负责教育他们呢。”

“是第二个孩子吗？”我再次猜道。

“不是，”特拉德尔说，“第二个孩子的萨拉，一个脊骨有点问题的可怜女孩。不过医生说躺上一两个月，这个病会慢慢好的。于是善良的苏菲又主动照顾她。苏菲是老四啦。”

“那他们的母亲还在世吗？”我冒昧地问道。

“哦，对，还在。”特拉德尔说道，“她老人家是个很精干的女人，只是她的体质并不适应那个潮湿的环境。这么说吧——事实上，她的手脚都失去意义了。”

“哎呀，我的天啊。”我惊叹道。

“很不幸是吧，”特拉德尔继续说，“不过单纯从家庭日常生活上来说，倒也没到糟糕至极的程度。因为苏菲接替了她的作用。她像个真正意义上的母亲那样照顾着家里的大大小小，包括她的母亲。”

这位年轻能干的姑娘用她的行为深深地震撼了我。想到特拉德尔的好性情，我衷心地告诫他要保持这样的性格，不要受到别的诱惑而改变性情。以免因此毁了他们的美好前程。接着我问起米考伯先生的近况如何。

“很好，他很好。谢谢你惦记他，科波菲尔。”特拉德尔说，“不过我们已经不住在一起了。”

“不住在一起？”

“嗯，不在。你应该知道，”特拉德尔压低声音说，“为了逃避一时的困境，他改了名字，现在叫莫提默。每天天黑以前他绝不出门，即使出门也戴上墨镜。因为他的房子欠租了，我们的宅子还受到了强制收租。米考伯太太因此陷入了凄惨的境地。没办法，我只好在我们曾经关于这个问题的第二张期票上签了名字。米考伯太太见事情解决了，人也恢复了往日的精神。你可想而知，科波菲尔，我那时有多么的高兴啊。”

“嗯！”我说道。

“不过她高兴的日子并没有持续太久，”特拉德尔说，“因为一周内，不幸又一次毫无商量地来临了。这一次执行把那个家也给拆了。从那以后，莫提默一家人就神出鬼没的。我则住在一所公寓里，里面还带了家具。科波菲尔，我要是告诉你，当时执行的人把我的云石小圆桌和苏菲的花盆、架子都拿走了，你不会认为我的想法是自私的吧。”

“太残忍了。”我愤怒道。

“这是一件——很困难的事。”特拉德尔说这话时，作了他所有的让步，“你要相信我说这话并没有责难的意思，而是另有目的。你知道，科波菲尔，当时我就想把那些东西赎回来，可是我没能实现。原因有二：第一，那些旧货商看出我需要那些东西，所以故意哄抬价格；第二，因为——我确实没有钱。自此，我便时刻留意那个在托腾罕路的旧货摊的动向。”特拉德尔带着不可捉摸的语气说着自己的秘密，“终于，我今天在街角对面发现属于我的东西摆出来了。现在，我手头还有几个钱。我是这样想的——也许你会赞成的——我想让你的保姆同我去那个铺子一趟。不过我不会进去的，到时我会在街的转角处给她指路。我想让她假装自己要买那些东西，而且要死命地砍价。你知道，那些旧货商人认得我的，如果让他们知道是我买，他们会抬高价格的。”

特拉德尔饶有兴趣地与我讨论着他的计划。那股自以为巧妙得意的劲儿，我至今都记忆犹新。

我答应他了。还告诉他皮果提会很乐意帮他的，我还可以一同去呢。不过我跟他提了个要求，要求他以后坚决不要把自己的名义或别的什么东西借给米考伯先生了。

“亲爱的科波菲尔，”特拉德尔说，“我已经做到。我已经意识到过去那样做太疏忽大意了，这对苏菲也是不公平的。我对自己发誓，以后再也不会出现这样让人担忧的事了，我愿让你作证。现在我已经还清了第一次失误而欠下的债务。我相信要是米考伯有钱还的话，他一定会还的，但是他没有。值得一提的是米考伯先生还是有可取的地方。我是从那个尚未到期的第二次债务看出来的。虽然他并没有对我说钱的事已经筹备好了，但是他说也许近来某一天会有着落的。所以我觉得他的话意味着他还是个诚实的人，良心犹存呢！”

我对他的话表示赞同。因为我不想打击他内心对此仅存的信心。我们又谈了一会儿，然后就去那个杂货店找皮果提。晚间我邀请他留宿，但他谢绝了。因为他要在别人把那些东西买走之前尽快买回来，以免夜长梦多。最主要还是因为他惯例在那样的晚间，给他这世界上最亲切的姑娘写信。

就在皮果提与那些旧货商人讲价的时候，他为避嫌只得在托腾罕路的街角处焦急地张望。皮果提狠狠地杀了一个价后，慢慢地向门外走去。旧货商人后悔起来便叫她回来。于是她又回去了。此刻，特拉德尔显得很激动。那样子叫人永生难忘。最终皮果提以相当少的钱买下了那些东西。特拉德尔高兴得不知如何是好。

“我要好好谢谢你。”当特拉德尔得知他今天晚上就能在他的住处见到他的东西时，他说道，“科波菲尔，我希望你不要以为我得寸进尺，因为我还想请你帮我一个忙。”

我抢过话头说道：“怎么会呢？”

“那么要是你乐意，”特拉德尔说，“我现在就想把花盆带回家。科波菲尔，这可是苏菲的呀！所以我要亲自带走它。”

皮果提当然乐意，便把花盆送到他手上。他先是对她千恩万谢，脸上露出我见过的最快乐的表情。然后亲亲热热地抱着花盆踏上回家的路。

于是我们也打算回寓所。一路上我们慢慢地走着，因为皮果提对路上的商店抱有极大的兴趣，我一边看她打量橱窗里，觉得有趣，一边顺着她的意思停下来等她。就这样，我们花了好长的时间才回到阿德尔菲。

回到家，我提醒皮果提注意，克鲁普太太设计的陷阱都不见了。而且还有被人踩踏的痕迹。再往上走点，只见先前被我关好的门现在却是敞开的，里面还传来说话的声音。我们两个都吓了一跳。

我们相互对视，完全不知道是怎么回事，只好冲向卧室看个究竟。令我意外的是，这些入侵者不是别人，正是我姨奶奶和狄克先生。只见我姨奶奶像个女鲁滨孙-克鲁索一样端坐在行李上喝茶。她膝上有只猫儿，面前是两只鸟儿。狄克先生靠在一只大风筝上（那风筝很像我们曾经一起放的那只），若有所思的样子，在他的周围堆放着更多的行李。

“亲爱的姨奶奶，”我几乎叫起来，“天啊，真是从天而降的喜事！”

我和姨奶奶亲切地拥抱慰问，并跟狄克先生热情地握手问好。克鲁普太太忙着沏茶，异常地殷勤。嘴里还热情地说，她就猜到科波菲尔见到这些亲戚会高兴得不得了的。

“哈罗!”我姨奶奶上前对皮果提打起招呼来，而皮果提对她威严的态度有点不自在：“你好啊！”

“这是我姨奶奶，记得吧，皮果提？”我问道。

“孩子，看在上帝的分上，”我姨奶奶说，“别再用南海岛的那个姓称呼她了。要是她结了婚，不就摆脱了那个姓了吗（这是最好不过的）你应该尊重她的情况变化，相应地作称呼上的变化。你现在姓什么——皮？”为了折中一下她讨厌的名字，我姨奶奶说。

“巴吉斯，小姐。”同时皮果提礼貌地屈了屈膝。

“不错，这样才像是人的姓嘛，”我姨奶奶说，“这个姓听起来不再像需要一个传教士点化你一下才好。你好啊，巴吉斯，但愿你好吧。”

巴吉斯听了姨奶奶这番热情的话而且看到姨奶奶把手伸给她，受到了鼓励，便迎上去握住姨奶奶的手，再次屈膝道谢。

“比起以前，我们都老了，你明白，”我姨奶奶说，“你也知道我们以前只见过一次面，那时我们干得漂亮事！我亲爱的特洛，再来上一杯。”

姨奶奶腰板笔直地坐在那里，这是她的标志姿态。我遵命献上一杯茶，并冒昧劝她不要坐在箱子上。

“姨奶奶，我去把沙发或安乐椅搬过来吧。”我说，“何必坐在这上面呢，多不舒服。”

“谢谢，特洛，”我姨奶奶说，“我情愿守着我的财产，坐在上面。”我姨奶奶说这话时白了一眼克鲁普太太，并告诉她，“太太，这里不劳您照应我们了。”

“走之前，我给你加点茶吧，小姐？”克鲁普太太说道。

“不啦，太太，太麻烦你了。”我姨奶奶说道。

“那奶油呢，要不要再来一块，小姐？”克鲁普太太继续殷勤地说道，“来只新鲜的蛋怎么样？或者烤点咸肉片？科波菲尔先生，难道真没有可以为尊敬的姨奶奶效劳的吗？”

“行啦，走吧，太太。”我姨奶奶说，“多谢了，就这样吧。”

克鲁普太太一直面带笑容地说，表示自己脾气好；一直不断歪着脑袋，表明体质柔弱；一直搓着手，表示待命够得上资格的人的吩咐。一直到最后自己笑着，歪着，搓着手向门外走去。

“狄克！”我姨奶奶说，“还记得我对你讲过的话吗，有关阿谀奉承，见钱眼开的话？”

狄克先生慌张地肯定了一下，仿佛已经忘了有这么回事。

“克鲁普太太就是那一类人的典型代表，”姨奶奶说，“麻烦你巴吉斯小姐，我要再沏一杯茶，因为我不喜欢这种女人沏的茶！”

根据我对姨奶奶的充分了解，我猜她心里一定有些重要的事，就这次到来的目的就有一般人想不到的重要原因。我注意到，当她以为我的心思在别的上面时，她便把目光停留在我的身上；她内心好像在作着罕见的迟疑，可是，表面上看来却保持着坚强和平静，我迅速细数以前的事，难道我做了什么事让她不高兴了。我良心不安地对自己说，可是我还未曾告诉她朵拉的事啊。难道是因为这个？我迫切想知道答案。

我在她身边坐下，尽可能装得从容的样子逗鸟儿说话，逗猫儿玩。事实上，我一点都不自在。因为我了解她只会在适当的场合才会跟我说那些话。俯在我姨奶奶后面大风筝的狄克先生尽可能地抓住每个机会跟我摇头或是从背后指着她以暗示我。但是我更加觉得不安了。

“特洛，”姨奶奶喝完茶，擦干嘴，低着头使劲地抚摩她的衣服，终于开口说，“巴吉斯，你不需要离开这里——特洛，你已经足够坚强，信得过自己了吧？”

“我希望我可以，姨奶奶。”

“那你自我感觉呢？”贝西小姐追问道。

“我想我可以的，姨奶奶。”

“那好，我亲爱的，”姨奶奶看着我，亲切地说，“那你能猜得出来为什么我今天晚上情愿坐在我的财产上吗？”

我摇摇头，表示我猜不出来。

“是因为，”我姨奶奶说，“因为我一无所有了，这里便是我的全部财产了。”

在场的所有人，连同那所房子仿佛一下子都栽到河里了。我受到的震惊没有比这更大的了。

“狄克知道是怎么回事。”姨奶奶把手放在我的肩上，平静地说，“特洛，我破产了！我现在在这个世界上所有的，除了在这房间里你看到的，就剩下我的那所房子了，不过我把它留给珍妮租出去了。巴吉斯，今晚我要负责这位先生的住宿，或许你能帮我安排一下，这样可以节省点。只要能度过今晚，随便就好。明天再细谈这些事。”

她抱着我的脖子哭了一会儿，说只是为了我感到难过。这让我从惊愕中和为她——我肯定是为了她——的忧虑中明白过来。过段时间，她便能从这样的情绪中走出来。到时她会带着得意大于失意的语气说：

“我亲爱的，我们要振作地、勇敢地面对失败，不要被失败吓倒。我们要学会演好这场戏，要转败为胜，特洛！”

第三十五章

听到姨奶奶说的消息，我当时就惊住了，一时无法镇静。待我回过神来，我提议让迪克先生去睡皮果提先生在杂货店刚留下的那张床。狄克先生对此欢喜得不得了。因为那些日子，位于汗格福市场的杂货店是个与今日不一样的地方。当时门前有一溜矮矮的栅栏，就像旧式晴雨表里小男人小女人住的那种房子的门前一样。他住在那里生活上有点不方便，不过我想他还是觉得荣幸的。其实也没什么不方便的，就是空气有点混杂，空间有点狭小罢了。为此克鲁普太太还曾愤怒地极力劝说他，说那里连个逗猫的地方都没有。可是狄克先生很是迷恋这里的环境，就坐在床脚上摸着腿理直气壮地对我说："我并不要耍猫，你是知道的，科波菲尔，这对我来说没什么影响，因为我根本就不逗猫。"

我想跟狄克先生打探我姨奶奶业务突遭变故的原因。如我所料，他毫不知情，只能告诉我，前天我姨奶奶问他："狄克，我视你为哲学圣人，你果真如此吗？"他说他希望如此。于是姨奶奶告诉他：“狄克，我破产了。”他只说了句：“哦，是吗！”对此姨奶奶还夸奖了他一番，他听了也很高兴。后来他们吃过瓶装黑啤酒和夹心面包来到了这里。

狄克先生带着意想不到的笑容坐在床角上讲述着这些话，眼睛睁得大大的，还一边搓着腿。他怡然自得的表情使我忍不住提醒他（说来冒失了点），破产意味着贫穷、困苦、饥饿；顿时他脸色苍白，表情悲哀得无法形容（任谁看了都觉得心疼，即使他的心比我的还硬）。当我看到他收起笑容的脸颊上流下两行眼泪时，我更对自己的话深深地懊悔起来。为此我花了好大的力气才使他恢复到以前的笑容。后来我才知道（我应该早就想到），因为他敬仰我姨奶奶的智慧与神秘，同时对我抱有无比的信赖，所以他才这么放心。他甚至觉得除非那灾难绝对的致命，不然以我的能力一定能轻而易举地解决。

“特洛伍德，我们该怎么办呢？”狄克先生问道，“那个呈文——”

“那个呈文当然不能忘。”我说，“我们要装得若无其事的样子，而且要尽可能地开心，千万别让姨奶奶察觉我们在想那个问题。”

他恳切地答应了我。还请求我，一旦发现他稍有按捺不住的苗头，要用尽可能有效的办法提醒他。可是我给他的打击太大了，即使他使尽浑身解数也无法装得若无其事。这让我觉得对不起他。整个晚上，他忍不住地看姨奶奶的脸，那眼神充满凄凉和担心，似乎稍不留神她的脸就消瘦下去。他意识到这点，便努力不让他的脑袋转过去。可是他控制了脑袋，眼珠却不由自主地转动。晚餐上，他凝视着一块面包（一块小的），那神情好像我们正在闹饥荒。他甚至把面包和干酪掉下的碎屑收进兜里，以备我们日后更加拮据的时候用。

再看看姨奶奶，她的镇定给了我们——尤其是我——一种教训。除非我失口以皮果提称呼我的保姆外，她对皮果提一直都极其和蔼。虽然她表面很自在，其实我知道，她对伦敦还是有点陌生的。她睡我的床，我则睡在起居室，这样可以守护她。她认为我们的寓所挨着和变动时一个优势，因为当火灾来临时，水源比较易得。

“特洛伍德，我亲爱的，”我依照惯例为她调理晚上的饮料时，她叫住我，“别弄了！”

“真的不要吗，姨奶奶？”

“亲爱的，麦酒就行了，不要葡萄酒。”

“姨奶奶，你一直都是用葡萄酒调制的呀，而且我们现在也有啊。”

“把它留到生病的时候用吧。”姨奶奶说，“特洛，我们别再浪费了，来半品脱麦酒就行了。”

姨奶奶如此坚持，以致我都认为狄克先生会因此跌倒地上便不省人事。于是我亲自取来麦酒。后来皮果提和狄克先生说要一起回杂货店了，因为天色已经不早了。我送他们到街角，告别时，他身后背着那个大风筝，样子活像人类的灾难碑石。

回到家，只见姨奶奶一边在室内来回走动，一边卷起睡帽的边缘。我按习惯烧好了麦酒。她戴上睡帽，把裙子折到膝盖上部，也做好了准备。

“亲爱的，”姨奶奶尝了一口说道，“这不那么苦，比葡萄酒好多了。”

可能我不自觉地表现了疑问的表情，她便补充道：

“好啦，好啦，孩子。能有麦酒喝不错了，我已经很满足了。”

“姨奶奶，我是应该这样想的，我相信。”我说道。

“嗯，那你为什么那样想呢？”我姨奶奶问道。

“因为我跟你是不一样的人啊。”我说道。

“胡说八道，特洛。”我姨奶奶说。

姨奶奶怀着一种满足感，静静地把面包浸在热酒里，再用茶匙舀到嘴里喝起来（看起来难免有造作之意，但并不易察觉）。

她继续说道：“特洛，通常我并不在意陌生人的长相，不过我单单喜欢巴吉斯的脸庞。”

“你能这样说，我比得到一百镑还要开心呢。”我说道。

“这世上真是千奇百怪，”姨奶奶揉揉鼻子说道，“她怎么姓那个，真令人费解。要是姓捷克逊，或与此类似的岂不省事得多。”

“嗬，这也不是她的错啊，说不定她跟你有一样的想法呢。”我说道。

“我也这么觉得，”姨奶奶虽这样承认，可是有点勉强，“很让人觉得不舒。不过她现在叫巴吉斯也算是一种安慰了。特洛，巴吉斯非常地疼爱你吧。”

“是的，她什么都做，只要能证明她的忠心。”我说道。

“我也相信，是这样的。”姨奶奶继续，“刚才在这里，那个可怜的笨蛋觉得自已有很多钱，还一再地恳求我允许她把部分拿出来给我。真是蠢啊！”

姨奶奶太欣慰了，竟任凭眼泪流进了热麦酒里。

“他是自古以来最令人发笑的人，”姨奶奶说，“在我初次见她与你那稚气未脱的母亲在一起的时候，我就发现了。不过巴吉斯还是有很多优点的。”

她假装要笑，并使劲用手往眼睛上擦，接着她继续吃着，谈着。

“啊，哎呀！”姨奶奶叹道，“特洛，我都明白了，在你和狄克出去的时候，我与巴吉斯聊了很多。我并不知道这些可怜的姑娘想要去哪里。我纳闷她们怎么不在——不在壁炉架上磕出脑浆来。”大概是看到了我的壁炉，便这样说的。

“爱米丽太可怜了！”我说。

“哦，不要在我面前怜悯她，”姨奶奶接道，“她应该知道她的行为会带来这样的灾难，特洛，吻我一下吧，想起你幼年时的经历我就觉得难过。”

当我俯下身子时，她用杯子挡在我的膝盖上，说道：

“特洛，哦，特洛。你也觉得自己恋爱了呀，是这样的吗？”

“我想我是，姨奶奶！”我回答她，同时脸要多红有多红，“我一心一意地爱慕她！”

“是朵拉，啊？”我姨奶奶继续说，“我想你是想说那个姑娘很令人着迷吧。”

“我亲爱的姨奶奶，”我说，“任谁也无法想象她是怎样的一个人。”

“啊，不会太傻吧！”我姨奶奶问。

“傻？姨奶奶。”

我敢说对于朵拉傻不傻的问题上，我未曾停留过一刻钟的思考。我也讨厌这样的念头，所以我当时惊了一下，因为对我来说是另一层次的认识。

“不轻浮吧？”我姨奶奶继续问。

“轻浮？姨奶奶！”我依然大胆地推测，就如刚才那个问题一样的感情。

“行了，行了！”姨奶奶说，“我没有贬低她的意思，只是随便问问。可怜的一对儿。那你觉得你们是天生一对，像两块甜美的甜点，要过一种像晚餐会一般的生活，是吗，特洛？”

她带着那种有点像玩笑，又有点像怜悯的语气问我。和蔼得让我感动不已。

“姨奶奶，我知道我们年轻，也缺乏经验。”我回答她，“我知道我的言行举止都欠考虑，但是我敢肯定，我们彼此相爱。要是哪天我的朵拉抛弃我移情别恋；或者我遗弃她爱上别的人，我无法想象我会变成什么样——我怕我会，我会发疯！”

“啊，特洛！”我姨奶奶郑重地摇摇头，笑着说，“盲目啊，盲目了，盲目了！”

“特洛，根据我的了解，”她顿了顿，接着说，“这种人就像未断奶的孩子一样，性格温顺，对爱情却要求忠诚不渝，完美无缺。特洛，深刻的，坦诚的，忠实的应当是那个人所追求的，可以用来支撑他，完善他的。”

“姨奶奶，我只能说要是你能明白朵拉的真诚就好啦。”我大声说道。

“哦。特洛！”她又说，“盲目啊，盲目啊。”我不明白怎么忽然模模糊糊地觉得不幸，不幸丢失了，或是因某个东西缺失了，感觉就像被一团云雾围绕。

“话是这么说，”我姨奶奶说，“我无意于让两个年轻人扫兴，让他们不快乐。所以，虽然恋爱是件男孩子和女孩子的事，他们的爱情时常——我可没说一定哦——是个无言的结局，但是我们依然要对未来憧憬，依然要认真对待。我们有足够的时间去培养一份好的感情。”

总体来说，处于热恋中的我不乐意听到这番话，不过我姨奶奶能与我分享我的心思，还是让我觉得高兴。我怕她累着，便就她慈爱的心意和其他方面对我的疼爱表示谢意之后，与她道了声晚安，便拿起睡帽进了我的卧室。

躺下后，我以最糟糕的心态一次次想象我在斯宾罗先生面前的穷酸样儿——我是多么可怜啊！我想我应该坦诚地告诉朵拉我的困境，要是必要的话，我们可以取消婚约，因为我已经没有向她求婚的信心了。想到我实习期间一分钱都没赚到，所以我现在应该设法帮助我姨奶奶学会谋生。可是我不知道该做什么。我想象着自己衣衫褴褛，没有钱，没有骏马，没有礼物地出现在朵拉面前，穷困窘迫，毫无排场可言。我很难过，因为朵拉我自私地只考虑自己的苦恼，虽然我知道这样做无耻而自私，可是我没办法控制自己。至此，我的自私无法与朵拉分开，我也知道，在这负难时刻，我只想自己而忘乎姨奶奶的想法是卑鄙的，可是我无法做到因为任何凡夫俗子而把朵拉置之不理。那个夜真叫人难耐啊！

至于睡眠，我好像还没入睡就开始梦见我各种各样的穷困光景。一会儿我以半便士六捆的价格买火柴给朵拉；一会儿是斯宾罗先生见我穿睡衣和靴子去事务所，便骂我不该穿得这样寒酸就出现在当事人面前；一会儿是在圣保罗教堂的钟敲响时，老提菲在吃焦面包，而我在一旁饥饿难熬地吃他掉下的面包屑；一会儿又是我以一只尤来亚-希普的手套，不抱任何希望地想换取一张与朵拉结婚的证书费。可是这个博士院没有人肯接受。虽然我依稀记得我还在我的房间里，可是我忍不住在被子里翻来覆去，像只在茫茫大海遇难的船一样，颠来颠去。

一夜间，时常听见我姨奶奶在卧室里走来走去，我猜她也难以入眠，她就穿着那件法兰绒睡衣（估计有七尺高），像个惊魂未定的鬼魂一般，两三次来到我的沙发边。她头一次这样的时候，我被吓了一跳，赶忙问她发生什么事了。她说她看见天空发出一种奇怪的光，以为是西敏寺着火了，因而想问问我，要是风向发生改变会不会烧到白金汉街。听罢我便继续静静地躺下，她却在我身边坐下，自言自语地说："可怜的孩子啊！"我听了二十倍感到了难过，因为她说她那样无私地惦记我，而我却只知道关心自己。

难以想象，别人怎么会觉得那个夜晚短暂，对我来说它是那么的漫长啊！这种念头让我无法停止幻想，甚至眼前浮现一个舞会。会中人们一连好几个钟头一直跳着舞。直到最后，我看见了朵拉，于是音乐重复播放一支曲子，朵拉重复跳一种舞姿，她看都不看我。一切便成为梦境，终于阳光洒进窗子，整夜谈竖琴的人企图用一般尺寸的睡帽把竖琴给遮住，我被急醒了，应该说，我停止幻想，累得想睡了。

当年，斯特兰路外分出第一条街尾有个年代久远的罗马浴池，我曾经在那里多次洗过凉水浴（也许今天它还在吧）那天我吩咐皮果提照顾好我姨奶奶，然后我努力使自己平静地穿上衣服，就冲进浴池想洗个能使我冷静的凉水澡，再打算去汗普斯特。这简单的方法使我的大脑得以清醒点，我很快就计划好第一步，我要试图终止我实习的约定以要回我的那笔学费。在希兹吃了点东西后，我怀着对我们改变了的处境作初步努力的决心，闻着夏日花草令人愉快的芳香（是贩子们用头运进城里的，它们都是花园的花）步行到博士院。

我到底来早了点，只好在博士院前前后后晃悠了半小时，直到老提菲拿着一串钥匙出现，他通常是第一个上班的。于是我面对烟囱上的太阳光，在我那个阴暗的角落坐下，心里不禁想起朵拉来，一直到斯宾罗先生衣冠整齐地来上班。

“科波菲尔，好啊！”斯宾罗先生说，“今天天气可真不错！”

“是的，先生。天气很美。”我说，“在你出庭前，我想对你多说句话，行吗？”

“可以，”他说，“来往屋里说吧。”

他领我到他的房间，迅速着手穿袍子，并在更衣室门上悬挂的镜子前整理衣装。

“很不幸，”我说，“我姨奶奶来了，并带来了一个令人窒息的消息。”

“哎呀！”他说，“不会吧！我祈求可千万不要是卧床不起啊！”

“先生，与她的身体没有关系，”我回答，“她遭遇了重大的损失，实说吧，她的财产已经所剩无几了。”

“听起来很吓人，科波菲尔!”斯宾罗先生说。

我摇摇头说：“的确如此，先生。她现在的状况如此糟糕，我想问问能不能——为此，我们应该拿出部分学费来，”见他的脸上露出来了失望的表情，跟着我又加了句，“取消文档契约！”

没有人懂得我对斯宾罗先生的这种提议付出了多大的牺牲，就好像请求他将我发配边疆，让我见不到朵拉，然后我还感恩戴德。

“取消契约，科波菲尔，你确定取消契约吗？”

我以不太使人尴尬的态度坚定地解释道，我要去自食其力，除此之外我的生机将毫无依靠。我还以一种坚毅的语气对他一再强调，我对前途并不感到迷茫。好像我的言外之意是要告诉他，说不定将来哪天我依然有资格当他的女婿，只是迫于眼前，才我不得不作此打算。

“科波菲尔，听了你的话，我深表歉意。”斯宾罗先生说，“很抱歉因为这个而取消契约是从来没有的，当然你也不能认为你就可以开创先例，这是不符合职场程序的。非常不现实，同时——”

“你太好了，先生。”我嘟囔着，心里默默祈祷他可以让步。

“不必客气，我一点也不。”斯宾罗先生说，“我想说，同时，要是没有我的合作人——约金士先生，我自己就能做主——”

我知道我的希望破灭了，但我仍然尝试别的方法。

“先生，”我说，“你觉得要是我把这个问题也跟约金士先生提出如何——”

斯宾罗先生否定地摇摇头："科波菲尔，我想来不会坏他人名义，尤其是对约金士先生。但我了解我的搭档，对这特殊的提议，约金士先生不能接受，他不是那种人。要想使约金士先生反常答应，那是很困难的事。你知道他这样的人吧。"

我想我并不了解，只知道这个机关本来是他一个人管理的，现在他自己住在近蒙塔哥古场的一所房子里。那所房子年久未漆。每天他都迟到早退，好像不需要别人同他商量什么事；他有一个小房间在楼上，那里阴暗肮脏，不曾进行过任何业务交易。他的写字台上有块画纸板，又旧又黄，却一点墨迹都没有，据说有二十年之久了，除此之外，我对他一无所知。

"先生，我跟他提这个问题，你赞成吗？"我问

"我不反对，"斯宾罗先生说，"不过，科波菲尔，我到底与约金士先生相处了那么多年，他的脾气我了解。但愿并非如此，我愿意无论什么都能令你满意。科波菲尔，我不会反对的，只要你觉得值得。"

取得许可，我与斯宾罗先生热情地握了握手。在约金士先生到来之前，我借此机会坐下来，一边看着墙上从烟囱顶悄悄移下的太阳光，一边想着朵拉。约金士先生出现后，我来到他的门口。显然我的出现令他感到意外。

"科波菲尔，请进，"约金士先生说，"请进！"

我进去坐下，开始向他重复我对斯宾罗先生说过的话。期间我发现，约金士先生身材高大，脾气温和，面净无须，约莫六十岁，并没有想象中的那么可怕。他吸烟，关于这点，博士园盛传他的体

内已经容不下任何别的食物了，主要依赖这种兴奋剂活着。

“我想，你已经跟斯宾罗先生说过这个问题了吧。”听完我的话，约金士先生显得局促不安，说道。

我告诉他，是，还告诉他斯宾罗先生提过他。

“他是不是告诉你我肯定会反对的？”约金士先生说道。

我承认，斯宾罗先生曾这样说过。

“科波菲尔，我不能满足你的要求，很抱歉。”约金士先生紧张地说，“哦，对了，我与银行还有个约会呢，望你原谅。”

他还没说完就匆匆忙忙地要走出房间，我见他就要离开，斗胆问他，我的事是不是没法通融了。

“没有！”他在门口停下，摇摇头说，“没有，你知道，我不赞成。”他迅速说完后面的话就走了，然后又——折回来，从门外探出头来说，“要是斯宾罗先生反对——”

“他个人没有反对呀，先生！”我说。

“哦，他个人！”约金士先生不耐烦地说，“实话告诉你，这种困难的事是没有希望的。你的愿望实现不了。我——我在银行真有约会。”他说着就跑走了。后来听说，三天后他才在博士院出现。

由于我想不遗余力地解决问题，斯宾罗先生一进来，我就把整个过程向他叙述。因为我想让他明白，只要他愿意，我还是期待他能软化约金士先生的铁石心肠。

“科波菲尔，”斯宾罗先生和蔼地笑着说，“你不像我，认识我的伙伴约金士先生这么久。我并不认为约金士先生在使用什么虚伪的方式。不过没办法，科波菲尔，约金士先生表明反对的方式常常让人感觉像是在受骗。”他摇摇头说，“相信我吧，你是劝不了约金士先生的。”

到底谁才是真正的反对者，斯宾罗先生？约金士先生？我百思不得其解。但我清楚地明白了，要回我的学费给姨奶奶是不现实的事了。因为这个事务所里有不讲情面的方面失望至极（这样的心情想起来就觉得内疚，因为它总是牵扯着朵拉而太在乎自己），我离开事务所，准备回家。

我计划着应付将来，以最坏的、最残酷的方面。忽然一辆马车跟过来在我的身边停下来，我抬起头看。只见从车窗里伸出一只嫩白的手来，一张脸在对我微笑。这张脸，在第一次见到她时，她从一棵带有很宽栏杆的老橡树的楼梯上转过来，而我由她的脸的柔和美联想到教堂窗户上彩色的玻璃来。从此以后，她的脸总能给我一种宁静和幸福围绕我。

“爱妮丝！”我欣喜若狂地叫起来，“哦，亲爱的爱妮丝，于千万人中能遇到你是多么令我开心的事啊。”

“是吗！”她亲切诚恳地说。

“我很想跟你聊聊，”我说，“任何时候一见到你，我心里的一切负担便烟消云散了！要是我有顶魔术师的帽子，我任何人都不要，我只要你。”

“啊，你说什么？”爱妮丝说道。

“呃，或许先要朵拉！”我承认道，脸都红了。

“当然，我也希望第一个要朵拉。”爱妮丝笑着说。

“然后再要你！”我说，“你这是要去哪里啊？”

她是去我的寓所看我姨奶奶。这一天天气不错，所以她高兴地走出马车里（在这个其间，我把头伸进车里，在里面我闻到黄瓜架下的马棚气味）我打发走车夫，她挽着我的胳膊，我们一起走着。有爱妮丝在我身边，我瞬间就能感觉到自己的变化，她就像我希望的化身。

我姨奶奶曾用一张与钞票一般大小的纸给她写过一封简短的信（她一贯把她的写信水平发挥到这层境界）。信中她说由于遭遇不幸，将永远地离开多佛。但无须他人担心，因为她很坦然。爱妮丝此行就是为看我姨奶奶来的。这些年，从我在维克菲尔德先生家住时起，她们之间便建立起友好往来。她还告诉，她跟她爸爸一道来的，一起同行的还有尤来亚-希普。

“他们现在成为合作人了？”我说，“去他妈的！”

“是，”爱妮丝说，“我是趁他们便来的。他们是过来处理公事的。我恐怕我已经被人残忍地传染了偏见，所以你也不要以为我是单纯地来访友，我是因为对爸爸放心不下，才一起跟来的。”

“他还像以前一样，什么事都对维克菲尔德先生唤来呼去的吗，爱妮丝？”

“家里已经大大地变样儿了，”她摇着头说，“估计你都认不出曾经那个亲切的老地方了。他们现在与我们同住。”

“他们？”我惊讶起来。

“希普先生和他妈。他就在你以前的房间睡。”爱妮丝抬起头，看着我的脸说。

“我恨不得叫他梦见什么就是什么，”我说，“他会睡很久吗？”

“我的那个房间还归我所有，”爱妮丝说，“以前我在家里温习功课的那个，你还有印象吗？就是那个有铁板门的小房间，它还连着休息室的。时光如梭啊！”

“当然记得，我第一次见到你就是从那扇门出来的，但是你腰间还挂着个盛有钥匙的怪篮子，对吧！”

“只有那个地方和以前一样，”爱妮丝笑起来，“你能这样带着欢喜的心情回忆起来，真使我高兴啊！以前，我们是多么的快乐啊！”

“那个房间依然由我保管。只是免不了与希普太太碰面。”爱妮丝静静地说，“我想单独一个人的时候，却不得不与她做伴儿。我并没有什么抱怨之类的，只是她总反反复复地在我面前夸她的宝贝儿子，说他多么多么的好。我也知道作为一位母亲，夸自己的儿子是情理之中的事，可就是叫人烦得慌。”

她说话间，我看着她的眼睛，为看出她对尤来亚诡计的意识。当我们眼神相遇时看到她的眼神充满温柔、诚恳，样子坦白而可爱。她恬静的脸色也没有发生任何变化。

“他们住在家里最大的不方便是，”爱妮丝说，“尤来亚-希普老是挡在我们之间，使我不能随时随意地与爸爸在一起——我不能好好守护他，要是我这样说不过分的话。但是，要是谁要对他实施什么诡计和不道德的行为，我希望纯洁的爱与忠实最终能打败战胜世间一切邪恶。”

她脸上本来独有的愉悦笑容，在我还沉浸在她的善良亲切的时候消去了。取而代之的是紧张的表情。她迫切地问我关于我姨奶奶不幸的原因。我告诉她我姨奶奶没说，她听了变得心事重重的，似乎她的胳膊都在我胳膊里颤抖。

回到家，只见姨奶奶情绪有点激动地独自坐在那里。原来她跟克鲁普太太发生了争执（关于律师公寓是否应该让女人住的抽象问题）。姨奶奶并不怕惹毛她的神经质，毫不忌讳地拆穿她身上有我的白兰地香味。就这两句话，克鲁普太太觉得足以到法庭上解决。她还打算向“不列颠九弟”（我想她是想说陪审团）表明投诉的意向。后来，姨奶奶毫不客气地请她出去，这场争执才得以平息。

不过皮果提带着狄克先生去近卫骑兵署前看时，姨奶奶有了足够的时间去冷静，另外爱妮丝的出现也给她带来了极大的喜悦。所以姨奶奶最后非但没有生气，反而得意起来。接待我们时她高昂的情致丝毫未减。爱妮丝放下帽子，在姨奶奶身边坐下。她眼神温柔亲切，前额干净发亮，让我不禁觉得有她坐在那里是多么的合适。尽管她还很年轻，还缺乏经验，可是她纯洁的爱心、忠实的品质是多么有感染力，我姨奶奶对她那么信任。

我们开始聊起姨奶奶的损失，我把早上尝试过的努力告诉了他们。

“特洛，”我姨奶奶说，“你做的事，虽然初衷是好的，但是未免不理智。孩子——不，我想我应该叫你年轻人了——你是个心地善良实在的人，亲爱的，你让我感到自豪。好啦，就这样啦！那么特洛，爱妮丝，现在咱们得把贝西–特洛伍德的问题提上日程，看看它究竟是怎么回事。”

我注意到，爱妮丝认真地看着我姨奶奶，脸都白了，而我姨奶奶抚摸着她的猫，也在认真地看着爱妮丝。

“贝西–特洛伍德，”之前一直闭口不谈财产的姨奶奶终于开口，“特洛，我这里仅代表我自己，而非你姐姐——曾有一笔财产。至于多少无关紧要，反正够她用的，而且比够她用还多。因为她还储存了一点，她的财产只会有增无减的。有一阵子，贝西用钱买了公债。后来，她的代理人劝她用钱买地以地产的方式作为抵押的债券。这种生意做得很好，赚了很多钱。一直到贝西还清债务才收手没干。这时期的贝西犹如一条战舰上得逞的船员，开始清闲起来。于是贝西开始观察形势，寻找新的投资目标。这时，她的代理人——就是爱妮丝的父亲——不再像以前那样对业务熟悉了，她觉得她比这个代理人更善于经营管理这项业务。于是她想另起炉灶，自己来做主投资。她看中一个外国市场，便把钱调过去了。”我姨奶奶说，“那是一个很不景气的市场。起初，她先后在矿业＼潜水业（一种打捞宝物或干汤姆-泰德勒那一行的事）赔本。”姨奶奶搓着鼻子，接着说，“这件事平息后，她又在银行上搞投资。因为不懂银行股票的行情，”姨奶奶接着说，“我相信票面价极低了，但是那家银行距离我太远了。据了解，它垮了；反正它倒闭了。贝西的全部家当都在那里存着。可是银行再也不会，也不能把它们归还给她了。于是贝西的钱便在那里终结了。算了，还是不说的好。”

姨奶奶滔滔不绝地总结完这段大道理后，以得意的眼神看着爱妮丝，这时才见爱妮丝的脸渐渐恢复了血色。

“故事到此结束了吗，我亲爱的特洛伍德小姐？”爱妮丝说道。

“我希望，这些就够了。孩子。”姨奶奶说，“要是贝西还有多余的钱，我想她一定另寻出路，然后继续把钱抛出去，到时一定还有故事可说。不过现在钱没有了，所以故事也没有了。”

一开始姨奶奶在说这些时，爱妮丝仔细听着，大气不敢出，后来才稍稍平缓下来，不过脸色还是红一阵白一阵。我想我是知道这其间的原因的，她是在担心，发生了这么多的不幸，她那不幸的父亲或多或少也有责任的。我姨奶奶将她的手握起来，开始大笑。

“故事到此结束吗？”我姨奶奶重复说道，“嗬，是的，故事到此结束，要补充的就是‘从此她过着快快乐乐的生活！’或许以后还可以再谈谈贝西别的故事。好啦，爱妮丝是个头脑聪慧的孩子，当然——除某些时候——特洛你也是，这一点我不敢恭维你。”说着姨奶奶对着我摇头晃脑，用她那种特有的一股劲儿，“大家想想，接下来怎么办呢？不计好的时候和坏的时候，平均下来那个房子每年有七十镑的收入。我想，照我们目前的消费应该够用的。行啦——这些便是我们目前所拥有的了。”我姨奶奶说道。我姨奶奶说话的风格就像有些马，本来还跑到正欢快呢，在人不经意时却突然刹住不跑了。

“另外，狄克，”我姨奶奶歇了一会儿，接着说道，“他每年固定收入一百英镑，不过那当然是他自己的。我最了解他了，他到时一定会把钱拿出来给我花，而不是自己留着。想到这里，我宁愿赶他出门，也不让他留在身边为我花钱。用我们自己的——我的和特洛的——钱，该怎么样计划才能利用合理呢？爱妮丝，你给参谋参谋吧。”

“姨奶奶，照我说，”我忍不住说道，“我该找点什么做才好！”

“你意思是说当兵？”姨奶奶听了我的话，吃惊地说，“或者是出海远航？我绝对不考虑这样的做法！你将来要当个代诉人。咱们这个家再也承受不了任何打击了。对不起，我的小祖宗，我不能答应你！”

正当我打算跟她解释我未想过以那样方式来养家糊口时，爱妮丝问，我的寓所还能租多久。

“我亲爱的，你说到要害了，”我姨奶奶说，“除非我们二手转让他人，要不我们至少可以再住上半年，不过不现实。在我们之前，一个房客死在这里了。有一个穿紫花布胸衣和法兰绒裙子的女人，将这里住的六个人中至少弄死了五个。我赞成你的提议，在我们的房子到期之前，尽快在这附近为狄克找到合适的房子。我这里还有一点现金可用呢。”

我提醒姨奶奶（我觉得这是我的本分）她住在这里不会觉得清净的，因为克鲁普太太会不断地与她打游击战。但是她对这难题却不以为然。她意思说，她不会给她机会的，一旦克鲁普太太开火攻击，她便给她一点颜色看看，叫她有生之年都活在惧怕她的阴影中。

“特洛伍德，我琢磨，”爱妮丝不知道该不该说，但还是说了，“要是你有时间——”

“我时间多着呢，爱妮丝。晚上四五点和大清早上我都没什么事可做。总能找到时间的。”我说道，脸都有点羞愧地红起来，因为我突然意识到我在诺伍德街上、城市之间浪费了那么多的光阴，“反正时间有的是。”

“你不会拒绝的吧，”爱妮丝的声音很细柔，我至今都记得她的声音中充满着一种叫人舒服的关怀之意，“一个书记的职位。”

“拒绝，亲爱的爱妮丝？”

“是这样的，”爱妮丝解释道，“斯特朗博士依照他多年来的心愿，已经告老还乡了，现在就住在伦敦。我听爸爸说，他正在寻找一个书记呢。与其用不熟悉的人，倒不如用他的得意门生，你说呢？”

“爱妮丝，”我说道，“我该如何感激你才是？就像我以前说过的，你是我的福星啊！我从来都这样认为你。”

爱妮丝笑着对我说，有你的朵拉做你的福星就够啦。她还补充告诉我，我的工作时间与此基本无冲突。博士一般在清晨和晚上到书房里做事。比起我独自去谋生，能在我的老师手下自食其力更使我开心。简而言之，在爱妮丝的引荐下，我写了一封信给博士，说明了我的意思，并约定明天早上十点去拜见他。他住在海盖特——一个非常值得纪念的地方。我写好地址，亲自去投寄，不敢怠慢一步。

无论在哪里，爱妮丝总能以她的态度把那个地方感染到她娴静贞雅和气沉稳的气氛。我寄信回来时，发现姨奶奶的鸟儿已被关回笼子里，那情形使我想起以前在老房客厅里挂着的样子；我的安乐椅按照我姨奶奶的意愿，以尽可能使她安乐的位置摆放在窗子前；就连随姨奶奶一起带来的绿色的圆扇也被钉在了窗台上。这些东西像被不动声色地计划好了似的，各就各位。一看这情形我就知道它们是出自谁人之手。即使我当爱妮丝远在千里之外，即使我并未亲眼瞧见她微笑地将我凌乱的书本按照我上学那会儿的老规矩整理好，但只要我看见它们整齐地、规规矩矩地、安静地摆放在那里，我便一眼就能认出是她做到的。

泰晤士河虽然没有那所房子前面的大海壮阔，可是当阳光照耀在上面时波光粼粼、晶莹闪亮，倒的确也有可观之处。我姨奶奶对此倒也屈全。但是她对伦敦的烟尘仍然十分憎恶。她称这烟是“好好的东西上洒上了胡椒”。对于这“胡椒”，我们做了一次革命性的清洁工作。整个寓所的拐拐角角都被我们翻了个遍。在此次革命中，皮果提很卖力。我眼里看着，心里却想，皮果提什么都做，却做得并不彻底，所以真正做好的并不多。而爱妮丝呢，她有条不紊地张罗着，所以她不仅做得好，而且做得多。想着，门外传来了敲门声。

“我看，”爱妮丝脸色苍白，说道，“是爸爸。他跟我说他会来的。”

我开了门，除了维克菲尔德先生外，还有尤来亚-希普。我有些时日未见到维克菲尔德先生了。他的样子改变了许多，虽然在此之前，我曾在爱妮丝的话语中料想到他的改变。不过见到他还是让我吃了一惊。

他变化很大，他的样子老了好几岁，尽管他的穿着还和以前一样的细致整洁，但还是掩盖不住；他的面色有一种非健康的红；眼睛布满了血丝，眼球还向外突起；他的手病态地抖动（抖动的原因我是知道的，这些年我也一直看着）。不过我吃惊的并不是这些变化，也不是他日渐苍老的面孔，或者他那读书人的言行举止——他并没有失去这些东西——最使我触目惊心的是，拥有这么多优良品质的他，居然对卑贱化身的尤来亚-希普唯唯诺诺。从他们的性格品质而言，我觉得维克菲尔德才应该处于发号施令的执权地位，尤来亚则应该唯命是从，而他们却恰恰相反。对这种情形稍有认知的人一定会有一种无法言语的痛楚。我想，即使看见人被猴耍，也不会觉得比这个更可耻，更恶心。

维克菲尔德先生自己好像也深刻意识到这一点了。他进门时，站在那里低着头，一动不动，好像明白这点似的。而此刻，我看见尤来亚脸上露出令人生厌的笑。我想，爱妮丝也发现了，因为她躲开了他，向她爸爸走去（这一刻的沉默才得以打破）。爱妮丝轻柔地对他爸爸说：“爸爸，特洛伍德小姐在这儿。你老长时间都没看到她了吧，还有特洛伍德。”于是他向我姨奶奶走来，很局促地把手伸给她，不过跟我握手时倒亲切了些。

至于我姨奶奶有没有发现什么，就不好说了。除非她自己说出来，要不然即使对她施用相面术，也看不出她的想法。我相信姨奶奶要是想隐藏什么想法的话，是没有人在外表上可以达得到她那冷静镇定的程度的。在谜底揭开以前，她的脸就好像是堵连窗户都没有的墙那样坚硬封闭，任何光线都无法进入她的内心。后来，她终于开口了，以她一贯的生硬态度打破了沉默。

“喂，维克菲尔德！”听到我姨奶奶这样叫他，维克菲尔德先生终于肯抬起头来看她，“因为你在相关业务上已经生疏了，所以我不能完全信任你，于是我独自将我的钱财处理掉了。这些我刚才都告诉了你的女儿。我们还在一起将各个方面都考虑进去，进行了一番商议，结果不错。在我看来，爱妮丝一个人就能抵上你们整个事务所。”

“要是你愿听鄙人一言，”尤来亚扭了扭身子说，“贝西-特洛伍德小姐的意思我完全接受。如果可以的话，我也很高兴爱妮丝成为我们的一员。”

“你自己就是其中的一员，是吧？“姨奶奶说，”我想你大概很满意吧。自我感觉如何呢，先生？”

碰到这样冷峻而又噎人的问题，希普先生握住他的蓝色提包，显得十分不安，说自己很好，并向姨奶奶表示了谢意，也希望她能好。

“你呢，科波菲尔少爷——不，应该叫科波菲尔先生了。”尤来亚接着说，“但愿你也很好。即使在目前情况下，我见到你依然感到很高兴，科波菲尔先生。”他似乎对我的事很感兴趣，所以我相信他说的话，“你的朋友们也不愿意看到你遭遇这样的困境。不过科波菲尔，人的成败不在于钱的多少，而在于——我才疏学浅，实在不知道该用什么词来表达。”尤来亚胁肩谄笑，再一次扭动一下身子说，“反正不是钱。”

说完以一种异常的方式跟我握手：他好像怕我，远远地站在那里抓着我的手，然后像水泵喷出的水一样上下地抖动。

“科波菲尔少爷——错了，应该是先生。你觉得我们的精神面貌怎么样？”尤来亚摇尾乞怜地说，“先生，你觉得维克菲尔德先生是不是精神饱满？我们的事务所在这些年间没有作多大的改动，只是让卑贱的人得到了提升——比如我跟我的母亲；让美丽的人而更加美丽——”他停了一下，事后像忘了什么似的，又追加了一句，“这其中比如爱妮丝小姐。”

言毕，他竟然手舞足蹈起来，那样子实在叫人无法忍受，姨奶奶对此失去了所有的耐心，坐在那里狠狠地瞪着他。

“让他见鬼去吧！”姨奶奶语气硬起来，“他在做什么？别再像被电了似的抽搐了，老先生！”

“特洛伍德小姐，我请求你的谅解。”尤来亚说，“我明白你心里不畅快。”

“去你的，老家伙！”姨奶奶毫不客气地说，“胡说，我绝不是你说的那样。要是你是只滑腻的泥鳅，那好，你就去做泥鳅的行为吧！要是你还觉得自己还有人模人样，就管好自己的胳膊啊腿的。我的上帝啊，你老……”姨奶奶愤怒地说，“你再这样像蛇一样扭来扭去地把我弄疯了，我可不答应！”

我姨奶奶像定时炸弹般突然发起飙来，她还做出一系列的动作：发怒地摇着椅子，同时忍无可忍摇着脑袋，好像非要逮着他狠狠地揍他一顿才算解气。她的这些动作也很好地配合了她刚才那番话的气势。像多数人一样，希普先生顿时觉得羞愧难当，但是仍然装得很驯顺的样子，对我说：

“科波菲尔少爷，我知道的，特洛伍德小姐固然是位优秀的女人，只是脾气有点焦躁，我觉得这很正常。她的脾气没有比以前更糟已经是个不小的奇迹了。要说明的是，此次来访，我们只是想了解一下，面对目前的状况是否有用得着我们的地方，要是有的话尽管招呼下就是啦。我母亲和我还有维克菲尔德-希普事务所很乐意为你们服务。这样说不过分吧！”尤来亚带着一张令人作呕的笑脸对他的伙伴说。

“特洛伍德，”维克菲尔德先生说，声音生硬生硬的，态度还很勉强，“尤来亚-希普对待业务还是很卖力的。我完全同意他所说的。我向来也很关心你们。且不说这些，我也会完全同意的。”

“能收到如此信任，”尤来亚晃着他那条腿，似乎忘了挨过我姨奶奶的一顿骂的苦，说道，“实在觉得过奖！科波菲尔少爷，不过我希望我能替他分担业务，让他别那样疲劳。”

“有尤来亚-希普的帮助，对我来说是一种安慰。”维克菲尔德先生说这句话的时候声音仍然沉沉的，“像他这样的伙伴真替我减少了不少负担呢，科波菲尔。”

这些话都是尤来亚那只老狐狸强迫他说的。我知道这是在向我验证，那个被搅得无法入睡的夜晚他跟我说过的话。我看看他的脸，他正在盯着我看，脸上仍然是那一成不变的讨厌面孔。

“爸爸，你走吗？”爱妮丝关切地问，“你跟我还有特洛伍德一起走吗？”

我猜他在给女儿答复之前一定会先看看尤来亚这个大人物的意思，不过尤来亚抢在他之前发话了。

“我还有个预订好了的约定，”尤来亚说，“不然跟我的友人们同行，我一定会求之不得。不过就让我的伙伴全权代表本事务所陪同你们去吧。再见，爱妮丝小姐！再见，科波菲尔少爷！哦，我还没向我尊敬的贝西小姐致以我最卑贱的一礼呢！”

说罢，与他用他那大手冲我们来了个飞吻，走之前还狡黠恶毒地斜视了我们一下。

我们坐下来聊了一两小时，全是关于旧日坎特布雷的愉快时光。维克菲尔德先生和爱妮丝在一起待了一会儿便恢复了先前的自我。不过他那种忧郁感深深地在他身上扎根了，他怎么看都觉有点闷闷不乐。尽管如此，他到底还是高兴起来了，听我们谈到过去的点点滴滴，他很兴奋，他甚至还能就其中大多数侃侃谈来。他说他感觉回到了那个只有爱妮丝和我的时代，过着无忧无虑、自由自在的日子。他祈愿那一段日子能永不退色。我相信，爱妮丝平静的面容和她在他胳膊上的每一次触动，在她身上都能发挥出神奇的力量。

我姨奶奶一直在里间和皮果提忙着做事，她便要我同他们一道去他们的住处。我就去吃了顿饭。饭后，爱妮丝坐在他的身边，不断地给他倒酒，就像以前一样。维克菲尔德先生像个孩子般喝下她倒的，不再多要。天色渐渐暗下来，我们三个坐在窗户前说着话。天黑后，他在一张沙发上躺下，爱妮丝在他头下放了个枕头。不一会儿，我见她来到窗子前，眼中闪烁着泪花。

我叮嘱自己要永远记住这个叫人心疼的姑娘儿的爱与忠诚。就算忘，那也是我的末日快要到来了。即使在那样的时刻，我也愿我能记住她。她以她的行动给我做榜样，让我的柔弱得以坚强，是我的心充满坚毅——我不明白为什么，她给我出主意的时候，是那样的谦虚而温和，从不多嘴——我内心混乱的激情和难以决绝的主意都能找到它们的方向。我郑重相信，我之所以能去行善事，之所以能不计较所受的伤害，都是得益于她。

我们坐在窗子前，黑暗中，她耐心地听我如何谈论朵拉，如何赞美朵拉，她自己也跟着赞美起朵拉。我那仙女般的朵拉也因她洒下的点滴纯洁的光辉而更加可爱，更加纯真了！哦，爱妮丝，我儿时的妹妹，要是我当时就能知道以后发生的事，那该有多好啊！

我下来时，透过窗户向外看时，街上一个乞丐吓了我一大跳，当时我还在回想着她那宁静纯洁的双眸，仿佛听见乞丐说：“瞎眼了，瞎眼了，瞎眼了！”

那声音仿佛是应和着早晨的回音。

第三十六章

早晨起来，我先去罗马浴池洗了个凉水澡，然后再打算去海盖特。此刻我已经不再沮丧，面对最近发生的不幸遭遇，我的心态发生了很大的变化：穿着破旧的外套，我不再感到不自在；对于俊伟的灰马，我也不再迷恋。我必须用行动告诉姨奶奶：我并不是一个麻木不仁的人，我不会辜负她曾经对我的恩情。我必须行动起来：利用先前所受苦难的磨炼，振作精神，坚定不屈地工作；我必须行动起来，像那樵夫拿起斧子，在困难林立的道路上，披荆斩棘，直到我开创通往朵拉的坦途，那时我才肯收手。我这样想着，便健步如飞，仿佛只要我走快点，我的梦想便会实现。

当我回过神来，发现已经回到熟悉的海给特大街上。昔日走在这条路上时所拥有的欢快乐趣不禁浮现眼前。但此次，我路过此处却带着完全不同的目的就好像我这个生活都改变，不过这些改变并不使我垂头丧气，却使我有了新的目标，新的追求。我将会很忙碌，但同时我也将会收获很多，其中最大的收获便是朵拉了，朵拉非我莫属。

想到这些我兴奋不已，竟然觉得我的外衣还不够破，便难过起来。我要全副武装，尽我所能，将困难之林的树木奋力砍倒。那天，路上有一个戴着铜丝眼镜的老人在打石子，我冲动地想把他的斧子借过来，好立即就开拓一条花岗路，一直通到朵拉的面前。我兴奋不已，浑身发热，呼吸急促，好了，已经有一大笔钱被赚到手了。就这样，我看见一所待租的房子，我便进去仔细观察一番——我觉得，从实际开始才成。这正是我和朵拉所要找的房子：房前有个小花园，吉普可以在里面跑着玩，看见了栅栏那边路过的商贩，它就狂吠起来。楼上还有一间特别好的房子，留给我姨奶奶住。看到这些，我更加激动，身体内的热血快速地流动着，我走出小房子，一口气跑到海给特。跑得太快了，以致我到了那里比约定的时间早了一小时，我要去散散步，即使我时间不够我也要去。在见到人之前，我要在漫步中使自己冷静下来。

做完这些必要的准备之后，我第一个关注的就是博士的住处。他并不与斯梯福兹夫人一样，住在海盖特那一块，而是在那个小市镇的对过住。我找到那个地方后，一种无法抗拒的诱惑将我引向斯梯福兹夫人家相邻的一条巷子里。我从花园的墙角乡里探出脑袋，只见斯梯福兹的房间是紧紧关着温室的门倒是敞开着的。没戴帽子的洛莎·达特尔在草地旁边石子铺就的小路上来回地走，步伐迅速而急躁，她的样子就像一头凶猛的野兽拖着拴在它脖子上的铁链，在一条毫无新意的老路上走来走去，以此来消磨它的心血。

我蹑手蹑脚地从观察点撤出，带着后悔不该来的心情避开那一带，继续晃悠到十点钟。我并不是从现在那个竖立在山顶上的尖顶教堂得到时间的，再说当时还没有这个教堂。我是在一所红房子得到时间的，我还记得那个红房子当做学校使用，是个很适合学习的老房子。

当我来到博士的那所小房子——这是一个很讨人喜欢的老地方。房子像是刚装修不久，从这点上来判断，我猜他在这所房子上已经花了不少的心思和钱——只见他穿着和以前一样的衣服在花园里散步。好像从我还在当学生的那时起，他就一直在那里散步，从未停息过。园子附近仍有很多高大的树木，草地上还有三两只乌鸦死死地守着他，好像他们收到坎特布雷的乌鸦的来信，所以在那里密切地观察他呢。它们多像他昔日的伴侣啊。

我知道离他那么远，要想引起他的注意是非常困难的。所以我就大胆地推开门进去了。我跟在他的后面，想在他转过身子的时候跟他相遇。果然他回头时看见了我，他有那么一会儿想不到会是我，不一会儿，他双手握着我的手，本就慈祥的脸上显现出无比快乐的表情。

“喂，我的亲爱的，科波菲尔，”博士说，“你长大了！现在过得怎么样？见到你可真是高兴啊！你进步不小啊！我亲爱的科波菲尔，你简直是——嗯，是的——哎呀！”

我向他问安，也向斯特朗夫人问安。

“哦，很好！”博士说，“安妮很好，见到你她一定会很高兴的。她向话来，只是看着我，显而易见，她本来就很欣赏你。就在昨晚我把你的信给她看时，她就是这么说的。还有——毫无疑问——科波菲尔，你还记得杰克-麦尔顿先生吧？”

“一点没忘记，先生。”

“那是当然的，”博士说，“当然，他很好。”

“先生，他回来没有？”我问。

“你是说从印度回来吗？”博士说，“对，他难以适应那里的气候，我的亲爱的，马克兰太太——你还记得吧？”

忘记那个老士兵！并且在极短的时间内！

“马克兰太太很是为他操心，”博士说，“可怜的一个人哪！所以我们把他叫回来了。我们还为他找了一份适合他的工作，在一个小专利局。”

根据我对杰克-麦尔顿先生的了解，因而我断定所谓的工作是个事少报酬多的差事。博士殷勤地将仁慈的脸面对我，并将一只手搭在我的肩上，一边在院子里溜达着一边跟我说：

“哦，亲爱的科波菲尔，关于你的提议，老实说我很满意，觉得很适合，但是我觉得你可以做更重要的事。你也看到，在你原来和我们一起的时候，你就已经开始出类拔萃。你有能力找到更好的事做，凭借你扎实的基础，你可以建造任何规模的高楼大厦。现在要将你毕生的青春时光牺牲在我所提供的这件小事上，你不觉得怪可惜的吗？”

我听到博士这样说，不由得高兴起来。于是我开始用夸张狂野的话坚持着我的请求。还告诉他我已经有了份工作。

“很好，很好，”博士回答说，“那很好。你刚有工作，正处于熟悉业务阶段，这期间很重要。但是，我的年轻人，一年七十镑又算得上什么呢？”

“斯特朗博士，这意味着我的经济来源增加了一倍。”我说。

“唉！”博士说，“想想看！我并没有严格限定每年七十镑的意思。因为，对于像你这样被聘用的小伙子，我总设法给点额外的礼物。毫无疑问，”博士的手仍搭着我的肩膀边走边说，“我总想每年给点什么作为礼物。”

“亲爱的老师，”我说（这回我是真情实意，毫不掺假），“你待我情重如山，实在不是我所能承受得了——”

“别，别，”博士说，“我真的不该啊！”

“我早上和晚上的那些时间要是你能接受，并且认为它们值得的话，你所给我的好，便是我无法用言语所能表达的了！”

“唉！”博士天真地说，“想来，我用那么点钱就可以换来那么多。哎呀，哎呀！要是你有另一次比这个更好的机会，你会选择它吗？老实告诉我哦！”博士说——他总用像那样严肃的话来激起他的学生的尊严。

“实话实说，先生！”我说道，犹如我还是当年那个学生。

“那就这么定了。”博士拍了下我的肩膀说，手仍然停在我的肩膀上，我们继续这样走着。

“要是我的工作能与你那部字典搭上关系，”我略带奉承的语气——但愿我是善意地——说，“那我就二十倍的高兴了，先生！”

博士停住步子，满脸微笑地拍了一下我的肩膀，脸上带着一种让人看了会非常舒服的得意神气（看来我对于人类最深层次的智慧有了深刻的了解）说，“我亲爱的年轻人，你倒是说中了，就是那部字典。”

哪还能有别的呢，他的口袋就犹如他的脑袋一样，里面塞满了编字典的材料，这些东西在他的身上随处可见。他跟我说，他从教书职业上退下来就进行着这项工作，而且相当顺利，他很满意我所提供的工作时间，因为他习惯用白天的时间来边散步边整理思路。在我之前，杰克-麦尔顿先生当过他的临时书记。不过杰克-麦尔顿先生并不习惯这份工作，文件被他弄得杂乱无章。不过，不久的将来，这些错误就会被我们更正了。我们的工作也将顺利进行下去。在我开始工作后，我发现杰克-麦尔顿先生不仅犯了不少错误，他甚至将很多士兵和女人的头像画在博士的稿本上，这让我像误入了混乱的迷宫一样，模糊不清。他的工作能力比我想象的还要糟糕，还要讨厌。

想到我们将要在这项伟大的事业上成为伙伴，博士也显得十分兴奋。我们计划明天早上七点正式开始工作。每天工作四到五小时，早上两小时，晚上两三小时。当然周末除外，那是我休息的时间。我认为，这些对我来说都是优越的条件，宽松的安排。

我们俩都很满意这样的工作安排。博士带我去他家中，我见到了斯特朗夫人，她正在博士的新书房里帮博士掸拭他的书——他视他的书为神圣不可侵犯的宝物，从不准任何别的人去动它们。

因为我，他们将早饭延迟了。在我们坐下来用餐没多久，便听见门外有脚步声。我猜有客人要来，因为斯特朗夫人脸上的表情暗示了我。果然一位男士骑马从大门进来。他下了马，将缰绳套在胳膊上，毫不客气地将马拴在院子里空车房圆墙上的铁环上。然后向早餐桌走来。手里还拿着马鞭。他便是杰克-麦尔顿先生。瞧他这般模样我便可以判断印度之旅并没有达到改变他的效果。对于像这类不肯面对困难之林的荆棘的青年人，我总是怀有成见地看待他们。所以我对他的印象可是要大打折扣。

“杰克先生！”博士说，“这位是科波菲尔！”

杰克-麦尔顿先生与我握手，可是并不太热情，而且带着懒洋洋地给我赏脸的意味。这种态度让我的内心暗暗感到侮辱和愤慨。不过他与他表妹安妮说话的时候，倒是不这样表现。

“杰克先生，你早上吃了吗？”博士问她。

“我很少吃早饭，先生。”他说这话时，坐在安乐椅上，把头往后一仰，“我认为吃早饭是个很烦人的事。”

“今儿可有什么新闻？”博士问道。

“回先生，什么也没有，”麦尔顿先生回答道，“不过有一条，关于北边儿的人挨了饿，情绪不满，正在闹呢。但是这世上，总该有部分人在挨饿，情绪不满，这很正常呀！”

博士表情严肃起来，好像打算换一个话题，他说：“这样啊，就是说没有新闻喽。不过人家说没有新闻就是最好的新闻。”

“先生，报纸上还记登了一段有关暗杀的事件，”麦尔顿先生说道，“被人暗杀的事时有发生，觉得没意思，就没仔细读下去了。”

在那个年代，不关心世间的所有事情和感情的人，我觉得并不是什么高尚的品格。这与后来人们所看待的不一样。在那时这态度已经开始流行，而且发展迅猛，我还看见一些赶流行的男女，他们做事就像新生的幼虫一样。而此刻，这种态度却令我感到新鲜，给了我异常深刻的印象。这态度没能让我给杰克-麦尔顿先生好的打分，更未让我对他的信任增强。

“我是来请安妮今晚去看歌剧的，不知她意下如何！”麦尔顿先生转而问安妮，“那个里面有一个拥有完美音质的女歌唱家，今晚是这个季度最后一次演出了。你真应该去看看，她的样子还丑得惹人爱呢。”麦尔顿说这话的时候又恢复了懒洋洋的神态。

博士对他的年轻的太太很在意，只要她觉得高兴，他就鼓励她去做，不论是什么事。于是他对她太太说：

“安妮，你要去的，你要去的！”

“我不想去，”她对博士说，“我更愿意在家里待着，我要在家里待着。”

然后她看都不看她的表兄，就直接跟我说话，向我打听爱妮丝的情况，问我哪天可不可以叫她过来，见个面聊聊天。她看起来有些不安，我看了一眼博士，他正在一旁给烤面包涂奶油，我好奇，这样显而易见的事，博士能不能察觉其中的含义呢？

不过，他丝毫没有察觉。他反倒和和气气地劝她去，让她趁着年轻多去寻找属于自己的快乐。别一天到晚面对他这个老头子，过着沉闷的生活。他还告诉她，他想听她唱最近的新歌，所以她只有去了才能学会。博士就这样执意地为她揽下了约会。他邀请杰克-麦尔顿先生晚上过来吃晚饭。杰克-麦尔顿先生起身向门外走去，样子还是那样的傲慢，我估计他是回他的专利局了。

我很奇怪她到底去看戏了没有。次日清晨，我才知道，原来她没有，只是打发人去伦敦找到她的表兄，将约会辞退了。那天下午，她说服博士陪她一起去看望爱妮丝了。博士说，晚间回来时，他们在田野里散步了，那是段愉快的时光。我心里纳闷，要是爱妮丝不在伦敦，她会不会去看戏？是否爱妮丝对她产生了好的影响？

她为我们做好了早餐，我们边吃边工作，她就在窗子下坐着，所以我总能看到她的脸。我认为她看起来并不快乐，不过她的脸倒是看起来很真实，要不然那就是虚伪。到九点，我要离开这里了，这时她蹲在那里给博士穿鞋裹脚。正好从矮房子上窗户外挂着的几片叶子透射进来的光照到她的脸上，她的脸显现出一层柔和的样子。回来的路上，我忍不住想起博士读书时她在一旁看他的脸庞。

那段日子，我很忙。每天早上五点便起床开始工作。直到晚间九点才能回家休息。但是我从不因为觉得累而怠懈自己。我从不允许自己缓慢地走路。我反而对这样的忙碌感到满足和充实。越是让自己卖力工作，我就越觉得对得起朵拉。另外我的生活习惯发生了很大的变化：我只用少量的熊脂涂头发；花露水和香皂根本就不沾身。我还将我的那三条背心以非常不可思议的低廉价格出售了。因为这些东西在我艰苦奋斗的岁月里实在是奢侈品。再过几天，她就要来看密尔斯小姐了。至今我都没向朵拉诉说我的改变。只是在信中（我们的信一直都由密尔斯小姐帮我们传递）对她说，我有一肚子的话想说给她听。我打算在她来伦敦的时候将我的情况告诉她。

我对采取的种种措施仍觉得不够，心急如焚。于是就去拜访特拉德尔，想多找一点事做。当时，他所住的地方在荷尔本加斯尔街一所房子的花墙后面，我带着狄克先生一同去的。那是，狄克先生已经跟我去过海盖特两趟了，与博士又重新建立起交情了。

我之所以带狄克先生一起去，是因为他深深地同情我姨奶奶的不幸遭遇，同时他真诚地相信我工作起来的卖力程度，连摇桨的奴隶和狱中的囚犯都比不及。一想到他自己面对一切却无所事事，他就觉得自己烦恼忧闷难耐，以致觉得精神委靡，食欲不振。这样状态使他无法完成那个呈文，觉得它比以前更糟糕了。他越是努力工作，那颗不幸的脑袋就越是容易让那个查理一世伺机混入。我对他的状态实在放心不下，可是该怎样帮他呢？或许可以给他一个善意的谎言，让他相信自己给予过帮助的；或许可以给他点事做，让他真的发挥他的用处，这是最好的解决办法。于是我决定去找特拉德尔。我写了一封信给他，问他对此有没有什么法子。结果特拉德尔回了我一封使我满意的信，他还在信中对我表示了友好和同情。

见到他时，他正对着他的墨水瓶和文件努力地工作。在他小寓所的一角，摆放着一个花盆架和一张小圆桌。他说这样可以让他精神清爽些。他接待我和狄克先生时，态度十分诚恳热情。不一会儿便与狄克先生建立了友谊。狄克先生为此还深信不疑地说，他认识特拉德尔。我们也说："很可能！"

我曾听人说，报告会议的辩论场合是许多成名人士事业的开端，各行各业的都有。我对特拉德尔说起这件事，这也是我要跟特拉德尔商量的第一件事。我把新闻业与辩论赛联系起来，这也是特拉德尔的愿望之一，他曾经亲口告诉过我。我在信里也向特拉德尔求助过，问他如何才能使自己成为新闻事业上的合格人才。此刻，特拉德尔给了我答案。他说，根据他的统计报告，要想在这番事业上出人头地，就要求读写速记的功底非常的扎实，这程度跟精通六国语言的水平差不了多少。要想在短短几年内达到这样的水平，非同一般的恒心和努力是必不可少的。在特拉德尔看来，这样一来，问题便得到了解决。但这对我来说就不是那么简单了。它们就是我前进路上的大树，我需要果断地拿起斧子将他们铲除！这样才能在这荆棘的道路上开辟通向朵拉的坦途。

“亲爱的特拉德尔，真是太感谢你了！”我说，“明天我就要着手去做。”

特拉德尔吃了一惊。他当然要吃惊了。不过我猜他怎么也想不到我此刻的心情是怎样的兴奋。

“我需要一本书，一本记录了这种技能纲要的书，”我说，“在博士院学习过程中，我要利用起大量无事可做的时间，用来记录法庭中的发言，把它当做一种练习——我亲爱的朋友，特拉德尔，我一定要掌握这种技能。”

“哎呀呀！”特拉德尔说，还把眼睛睁得大大的，“科波菲尔，你是一个有这样意志力的人，真是出乎我意料啊！”

不知道他怎么会这样想，因为这对于我自个儿也是没有过的，我将这一件事告一段落，向他问起狄克先生的难题。

“你明白，”狄克先生说，样子很是期待，“特拉德尔先生，要是能让我也尽一份力——比如——就算去吹一种乐器也行！”

多可怜的人儿啊！在他心里，他热爱这个职业胜过一切别的，这一点我毫不怀疑。自始至终，都不肯露出笑脸的特拉德尔依然镇定地说：

“不过先生，你的字写得很好，科波菲尔，我记得你跟我说过，对吧？”

“写得确实很好！”我实话说道，“他的字确实写得十分潇洒整洁！”

“那你觉得，”特拉德尔说，“你可以去找份抄写的工作来做。要是我能帮你们找到一份，你们觉得怎么样，先生？”

狄克看着我拿不定主意，问我：“科波菲尔，你觉得怎么样？”

我对他摇摇头，他自己也摇了摇头，并且深吸了一口气，“你跟他说说你那个呈文的事吧。”狄克先生说道。

我对特拉德尔解释道，狄克先生想要把查理一世从呈文中驱除掉时，遇到了一些困难。这时狄克先生在一旁恭敬而严肃地看着特拉德尔，同时用嘴吮吸着大拇指。

“不过你要知道，我跟你所说的有文件是已经完成的，早已成稿了。”特拉德尔稍稍思考了一会说，“并不需要狄克先生花心思的，科波菲尔，这不碍事儿吧！不管怎么样，先试试，好不好？”

特拉德尔先生的话重新燃起了我们的希望。于是我与他商议起来，狄克先生在椅子上坐不住了，焦急地看着我们，最后我们拟订出一个计划。照计划，狄克先生明天就开始工作。结果，他做得很好。

我们将特拉德尔给狄克先生找到的工作——一种抄写法律文件的工作主要是通行权的法律文件。究竟要抄多少，我已经记不得了——布置在窗前的桌子上，窗子对着白金汉大街。那个不平凡的呈文还有部分没完成，我们将它放在另一张桌子上。我们一再嘱咐狄克先生要照抄原文，丝毫不能出差错。还提醒他，对查理一世稍有一点灵感，就立即到另一张桌子上把想法及时地记录下来。我们鼓励他要建立信心，还让我姨奶奶陪同他。后来姨奶奶向我们报告，开始他还无法恰当地安排好这两件事，像个敲锣打鼓的人，东掷一锣西敲一鼓。这样一来，他被弄得疲惫不堪，于是他重新调整，踏踏实实地抄写文件，等到有灵感时再去写呈文。我们只想给他带来有益的帮助，所以并不要求他做太多。结果到了周六的晚上，他竟然赚了十先令九便士。而这其间，连一周都没有。他拿到钱，挨家挨户地找附近的铺子，想把他的钱换成六便士的。换好后，他找来一个盘子，高兴地将这些钱摆成一个爱心的形状，眼中闪烁着骄傲的泪花献给了我的姨奶奶。他的一举一动怕是我这一辈子都难以忘怀的了。自从他认为自己做了有用的事起，每天就像受着咒语支配一样，当然这个咒语是幸福吉祥的。就在他得到六便士的那个晚上，他是那样的满足，他满足地认为姨奶奶是这个世界上最神奇的女人，而我则是最了不起的年轻人。要是一定要在这个世界上评出谁是最幸福的人的话，那晚便就是他这样懂得满足的人了。

“特洛伍德，我们以后不用忍饥挨饿了。”在一个角落里，狄克先生握着我的手说道，“以后她的衣食住行都由我来负责，先生。”说着他将他的双手在空中摆动，好像他手中掌握着十个银行。

我跟特拉德尔都很高兴，分不出谁更甚。

“最近，”特拉德尔忽然拿出一封信给我，说，“我都想不起来米考伯先生了！”

这信（有什么事米考伯总习惯用信来表达）是给我的，封面标有“敬劳内院托-特拉德尔大人转交”信里写着——

亲爱的科波菲尔：

时来运转，机缘巧合，我遇到了一个机遇，你听到了不会觉得意外吧。似乎我曾经也跟你提过，我是在期待这样的一个机遇。

海南岛算个得天独厚的风水宝地吧。我将移居到那里的一个市镇上。那个地方行业混杂，是个半农半教的社会，我将深入一种专业性很强的职业。我的妻儿也将与我一同前往。那里有座建筑墓场，在它漫长的岁月里，它已经享誉全球了，无论是中国还是秘鲁，无人不知无人不晓，这样说一点不过分。在将来的某一天，我和我的妻儿的尸骨将会选择在这里长眠不休。

在这个现代的古巴比伦，我们经历过很多风风雨雨，现在我们就要向它告别了。我将以不卑不亢的姿态向它行最后的道别礼，但是米考伯太太做不到这点，在这里有着很多与我们祖祭有关的人。今日一别，或许数年，或许永世。要是你能偕同你的朋友汤姆-特拉德尔先生在我们离别的前夕来寒舍一聚，在那里我们互换祝福。那你便是施恩于我了。

威尔金·米考伯敬启

听到米考伯先生摆脱屈辱的困境，并且已经有机遇向他招手，我非常高兴。特拉德尔提醒我信中他约我今晚见面，我毫不犹豫地答应了。米考伯先生当时是以莫提默先生之名在格雷院路顶端的寓所里租的房子。那晚我们便在那里见到了米考伯先生。

在他那设备简单的住处，我们见到了他的双生子，都已经八九岁了，就躺在起居室的床架上。就在这个起居室里摆着一个洗手罐，他就用这个为我们调制一种美味的饮料，大家都知道他这门手艺。这次，我还有幸与米考伯少爷重叙旧情。他已经长大了，十二三岁了，有着这个年纪的特征，一刻也坐不住，好不活泼爱动。我还结识了他的妹妹，米考伯说，她的到来"给她母亲带来了活力和青春，让她的母亲就像死而复生的菲尼克斯鸟一般。

"亲爱的科波菲尔，"米考伯说，"在我们移居以前，你们肯来看我们，想必过往为你们带来的那些琐碎的麻烦，你们是可以原谅的了。"

我恰当地回答了他的这番话，并用余光扫了一下家里，看到他们能带动的东西都已经收拾好了，不过行李也不是特别多，显然他们很快就要搬走了。我为此祝贺他们。

"亲爱的科波菲尔先生，"米考伯太太说话了，"我相信，你对我们家的事，无论大小严重与否，你都十分关注。我娘家的人将我的移居看得像发配充军一样，但我是个妻子，是个母亲，我要自始至终都要对我的丈夫不离不弃。"

米考伯太太说话时，用目光紧紧地注视着特拉德尔，于是特拉德尔对此深深地表示赞同。

"'我，爱玛，嫁给——威尔金。'当年我从这张嘴里说出了这句永世不得更改的话时，我对这个家便有了责任。"米考伯太太说，"亲爱的科波菲尔先生，亲爱的特拉德尔先生，就在昨晚，我还将这个仪式的记录就着昏黄的蜡烛光仔细地重对了一遍，可是我收获的只是——我要对米考伯先生不离不弃，然而，”米考伯太太说，“然而我可能曲解了这个仪式的本意，但我情愿这样！”

“亲爱的，”米考伯先生忍不住地说，“我真难以想象，你会做出这样的举动。”

“亲爱的科波菲尔先生，我知道，”米考伯太太继续说，“我就要进入一群陌生的面孔中去，在那里寻找我们生存的机遇；米考伯先生曾给我娘家人写过一封信通知他们我们的打算，用尽了高尚文雅的词句。可是我娘家人根本就不理会，我知道他们并不支持我们。也许我的想法是有点迷信，”米考伯太太继续说，“我觉得这是冥冥之中注定不会得到回音的。从他们沉默的态度就可以预知，他们反对我的决定。不过科波菲尔，就算我双亲在世，那他们也休想让我改变决定，任凭他们将我误领入歧途。”

我向她表示，我觉得她的做法是正当的。

“如果说让像我这样的人这蛰居在一个有大教堂的城市里，”米考伯太太说，“也能算一种牺牲的话，那么，科波菲尔先生，像米考伯先生这样拥有才华的人，那无疑更是一种牺牲了。”

“哦！你们去的地方是一个有大教堂的城市吗？”我问道。

“去坎特布雷。”米考伯先生回答道，他一直在用洗手罐给我们倒酒。“亲爱的科波菲尔，不瞒你说，我跟我的朋友希普已经约定好了，我将留在他身边帮他做点事，尽我所能地为他服务，而且还是当他的左右手。”我吃惊地睁大眼睛盯着他看，他见了我这样反倒开心起来。

“我应该跟你坦白，”他装模作样地说起来，“这主要得归功于米考伯太太干练的办事才能和周密的思路，我才得以成功的。有一次米考伯太太提出一件有挑战的事，我便通过广告的形式告知外界，想不到我的朋友希普看了非常赞成，于是我们在这一点上达成共识。说起我的朋友希普，”米考伯先生说道，“我愿用尽可能的方式对他的精明强干加以恭敬。虽然对于我正式工作的薪水具体有多高，他没有给予明确的承诺，但是他在财政危机上给予了我很多的帮助。他也根据我的工作价值给了我所想要的回报。我要将我并不系统的有限的知识和口角上的能力，”米考伯先生带着向来的儒雅神气，有些夸张，有些自谦，“都毫不保留地为我这位朋友效力。我已拥有一点法律方面的知识——正因为我亲历了作为民事法庭的债务被告——我更应该以英国最伟大的法学家布莱斯通法官先生的‘释义’。我说了那么多，那么仔细，但愿这些都是必要的补充。”

他这些话并不是从头到尾顺畅地说完的，因为米考伯少爷无法控制他的行为：他一会儿跑到靴子上坐着；一会儿用双臂紧紧夹住他的脑袋，好像不这样，他的脑袋就要掉下来；一会儿又在桌子底下，不知什么原因地踢着特拉德尔；一会儿又把一只脚放在另一只上；一会儿又是把脚朝着背后远远地伸出去；一会儿侧着脑袋趴在桌子上，任由他的头发散乱在酒杯中；一会儿又是身子动来动去，闹腾得让在场的人觉得不舒服。每当米考伯太太看不下去在一边不断地纠正他的不当行为时，米考伯少爷就横眉立目，反感起来。这样一来一去，米考伯先生的话就一直被打断。我在一旁听得迷迷糊糊的，不知道他到底在谈什么。只好一边对听懂的部分感到吃惊，一边整理着思路。直到后来，米考伯太太对前面的话作了番提示，我才弄明白怎么回事。

“我特别提醒米考伯先生，叫他多留心点，”米考伯太太说，“亲爱的科波菲尔先生，当他在这法律的小部门时，千万别就此将他的正经事给忘了。我坚信，凭借他的博学多才，再加上他那三寸不烂之舌，语言这类职业对他来说再适合不过了。他将来在这方面一定能有一番成就的。比方说，特拉德尔先生，”米考伯太太说到这里用意味深长的语气说，“一位高级律师，或者一名大法官。像米考伯这样的人，不可能就因为从事了这种事就失去了升迁的机会了吧。”

“我的亲爱的，”米考伯先生一边说，一边带着打探的意味看了一眼特拉德尔，“关于这些问题，日后我们有的是时间去讨论。”

“不！”米考伯太太说，“米考伯，生活中你的缺陷就是目光短浅。就算你不考虑你自己，你也要为你的一大家子着想啊。你要对你的才能有个正确的定位，并且极尽可能地发挥。”

米考伯先生咳嗽了几声，便拿起酒来喝，脸上的表情很是得意。他依然那样看着特拉德尔，似乎愿听听他是如何想的。

“嗬，事实上，米考伯太太，这件事，”特拉德尔态度温和地向他解释道，“这是明摆着的事，您也知道——”

“就是这样，”米考伯太太说，“亲爱的特拉德尔先生，像这样重要的问题，我是想能多平淡就多平淡，能多简单就多简单，但一定要实实在在的。”

“——对，”特拉德尔说，“就法律这个小职务来说，即使米考伯先生是个正儿八经的下级律师——”

“就是这么回事，”米考伯继续说着，“威尔金，瞧你的眼睛翻得，都快不能复原了。”

“与那个，”特拉德尔说道，“毫不相干。那种职位只有高级律师才有机会，但是米考伯先生没有进过法学院做过进修，那得需要五年。所以他不能当高级律师。”

“我是这样理解的，”米考伯先生本着实事求是的态度，亲切地对特拉德尔说道，“我亲爱的特拉德尔先生，你是说只要在法学院学习完五年，米考伯先生便有机会当高级律师、大法官的机会了，我没理解错吧。”

“对，那样他就有资格了。”特拉德尔用力说着“资格”两个字。

“谢谢你，”米考伯太太说，“这就知足了。如果事情真像你说的那样，米考伯先生并不因从事那个职务而是前途利益受损，这样我就放心了。我以妇人的身份，”米考伯太太说道，“就像我娘家父亲说的那样，米考伯天生就是个从事司法的人。我从未怀疑过这点。所以我期望他的才能可以在他现在所做的这项事业上得到施展，最终进入领导阶层。”

我猜，米考伯先生用他那天生对司法敏感的双眼，已经想象出坐在法庭席上的自己。他得意地摸摸秃秃的脑袋，骄傲地说：

“亲爱的，别在这里对未知的命运加以揣测，要是我有戴假发的命，那么我已经在外表上，”他指着他的秃头说，“已经为这个称号做好了准备。我并不一味地心疼自己的头发，我之所以掉头发，也许正是因为有特殊的原因。我也说不清。我亲爱的科波菲尔，我想让我的儿子将来做教会方面的工作。我承认我会迷醉于他的成绩给我带来声誉的快乐。”

“做教会方面的工作啊？”我说着，想起了尤来亚-希普。

“对，”米考伯先生说，“他能将脑后音唱得很好，要从唱诗班开始对他的培养。我们搬到坎特伯雷后，用我和当地人的关系，想让他在教堂里谋个职务不是很困难的。”

我再一次看了一眼米考伯少爷，看到他脸上的表情，仿佛听见他的眉头后面正在发出声音。我们便要求他给大家来一曲，可是他不肯。我们就为难他，要么唱歌给大家听，要么回去睡觉。于是他就唱了一首“啄木鸟”，那声音好像真的是从脑后发出来的。我们对他的表演大加赞赏。之后我们开始东拉西扯起来。我跟米考伯先生和太太说起了我的现况。我无法做到对此有所隐瞒。我姨奶奶的遭遇使他们夫妇俩开心极了，他们倍感亲切起来。那个样子，我实在无法用言语来表达出来。

在我喝到最后一杯酒的时候，我拉着特拉德尔一起向我们的朋友送上祝福，大意是祝他们身体健康，生活幸福，在新的事业上取得成功之类的。米考伯先生给我们再次斟满酒，我们便按规矩干了。然后我们进行最后的告别：我们隔着桌子，我与米考伯先生握了握手，为表纪念，我还亲吻了米考伯太太。特拉德尔与我一样——行礼，但因与他们还稍有生疏，所以没有贸然亲吻米考伯太太了。

“亲爱的科波菲尔，亲爱的特拉德尔，”米考伯先生将大拇指塞进口袋里，站起来对我说，“我要代表我本人我的夫人，以及我的儿女们，向我的青年时期的伙伴，向我尊敬的朋友特拉德尔（要是这样称呼不过分的话），致以最热烈、最实在的谢意，请你们接受。在我们还未离开这里开始一段全新的生活之前，”米考伯先生说这话的样子好像他们就要到五十万里之外的地方一样，“像别的临行前的分别一样，我要对眼前这两位说几句临行的赠言。稍显啰唆了，因为我要说的前面已经说过了。我将要成为高等行业中的微不足道的一员。我将尽我所能，借用这高尚的职业为桥梁，努力进取。不论我将会得到什么样的社会地位，总之我不会玷污这份职业。米考伯太太也将会全力支持我的。对于我的那些债务，本来我还以为可以很快偿清的，可是世事难料啊。所以至今还未能完全还清。迫于眼前的债务压力，我不得不本性显现，自卫起来，以乔装来伪装着自己——我指的是眼镜等——甚至还改名换姓，当然这名字没有得到法律的认可。总之，我现在要说的是，乌云已经散去，太阳就要越过山巅，普照大地了！就在不远的下个周一的下午四点，当我们的车到达坎特布雷时，我的真名——米考伯，也将全新面世了。

说完他坐下来，一口气喝了两杯酒。接着严肃地说道：

“我必须在走之前将一个法律上的行为完成。我的朋友汤姆-特拉德尔先生，为了我着想，两次在我的期票上——通俗地说——签下了自己的名字，第一次的欠款为二十三镑四先令九便士，这为汤姆-特拉德尔带来了——简单地说，带来了麻烦。第二次，目前还没到期，签款为十八镑六先令二便士，我的账上有记载。如果没算错的话，一共为四十一镑十先令十一便士。科波菲尔，你可以为我们核实一下吗，我的朋友？”

我接过来核实了一下，没有发现错误。

“在我离开这座城市之前，”米考伯先生说，“如果我不将我的债务还清，我将会感到精神上的煎熬。所以，我的朋友特拉德尔先生，我已拟定了一份可以改变这点的文件。这是那张写有四十一镑十先令十一便士的借据。你要收下，这样我才能在我的朋友面前抬起头来，才能活得没有负担。”

米考伯先生自己都对刚才的这番话感动起来。他把借据送到特拉德尔的手里，并且祝他一切顺心。我相信，这就算还清了钱，不仅米考伯先生这样认为，在特拉德尔来得及想清楚之前，他也是这样认为的。

米考伯先生认为自己做了对得起良心的事，于是在我们面前就昂首挺胸起来。在他打灯送我们下楼的时候，他的胸膛似乎宽了一半。我们热情地握手言别。我将特拉德尔送到他家门口，才自己回家了。我不禁在心里想起这件事，觉得十分稀奇古怪，米考伯先生这种借钱的态度很不负责，却从未向我借过钱，这可能是因为我曾经是他的房客，他对此还念有旧情吧。要是他向我提出来，我猜在道义上，我也不忍拒绝他。我相信这一点他和我一样的心知肚明。这点他还是值得表扬的。

第三十七章

经过一周多的新生活适应期，我更加坚定了面对困难的决心。我依然快速行走，在这样的步调中，我朦胧地感觉得到自己的进步，我做每一件事都全力以赴，以一个完完全全的牺牲者的身份去面对。我甚至要求自己不吃荤，笼统地想象自己是个吃草的动物，作为祭品献给朵拉。

朵拉对我的奋不顾身的决心还毫不知情，要是知道一点的话也是我在信中含糊地提过一些。不过就在接下来的那个周六晚上，她去了密尔斯小姐家。等到密尔斯先生不在家时，他的客厅里的窗子上便挂起鸟笼来，这就暗示密尔斯先生出门打牌了，在街上晃悠的我看到暗示便可以进去喝茶了。

此刻我们在布京汉街已经安顿下来了，狄克先生也高高兴兴地进行着他的抄写工作。我姨奶奶与克鲁普太太的战争也有了结果——我姨奶奶将她辞掉！毫不留情地将她用来在楼梯上做埋伏的一把水壶从窗子扔了出去了，还重新雇来了一个仆人，亲自护送着那个仆人上下楼梯。也就是说我姨奶奶取得了胜利。克鲁普太太也见我姨奶奶利索地采取着这一系列措施，以为她发疯了，胆战心惊地躲进自己的厨房里，吓得不敢露面。我姨奶奶对于克鲁普太太的建议压根不理会，对待别人她也是这样的，好不得意。面对这些，克鲁普太太过去那种跋扈野蛮的性格一下就软了下来，她现在根本就不敢与我姨奶奶顶着面儿：不是将她那强悍的身体藏在门后（只是偶见她那宽裙裾闪过），就是在阴暗的角落里躲着不敢见人，那就更别提与我姨奶奶开战了，早就丢盔弃甲了。获得这样的战果，我姨奶奶很是得意。我想象得出，每当克鲁普太太可能要下楼时，她将帽子戴在头上昂首挺胸来回地溜达，故意让克鲁普太太不敢出门。她却乐此不疲。

我姨奶奶是个爱整洁而细心的人，她所居住的地方总被布置得精细而整洁，我们现在住的地方也是。在她的布置下，我看起来非但不是个穷人，反而阔气起来了。比如说，她把食品储藏室腾出来给我当更衣室用。她还给我买三个床架，而且装饰了一番。白天进来看时，会让人觉得那是个书架。我是她自始至终关心的对象，就连我那可怜的母亲也不如她，或者说不像她这样将全部心思花在使我快乐的工夫上。

在家务劳动中，只要让皮果提参加一些劳动，她便觉得那是无上的光荣。姨奶奶很信任她，同时也不断地鼓励她，这样一来皮果提先前对她的敬畏感稍有减轻，进而成了要好的朋友。但是就在我要去密尔斯小姐家赴约的周六已经到来时，她却不得不回家，处理汉姆的事。“那么，巴吉斯，你多保重。”我姨奶奶对她说，“再见！我实在没想过，没有你在身边我会感到难过。”

我在车站为皮果提送行。临别时，她哭了，并且嘱咐我要照顾好她的哥哥，像汉姆那样地嘱咐我。在那个阳光灿烂的午后，他离开了，就再也没有关于他的消息。

“对了，我的至亲大卫，”皮果提说，“在你出师前或者出师以后要想创业缺少钱的时候（我的心肝儿，这两者你将会选其一或者都做）你一定要告诉我。还有谁可以像我这样请求你赋予我借钱给你的权利啊！我就是那个又蠢又可爱的女孩。”

面对这个问题，不管我是如何想自力更生，我当着她的面也要告诉她，只要我需要借钱，我将第一个想到她。这话使皮果提很高兴。我知道这样的开心程度仅亚于我当面接受她给予的现金。

“亲爱的，对了，”皮果提凑过来低声说，“我是那么的喜欢那个美丽的小天使，要是能够见上一面，哪怕是一分钟也好。你要记住向她传达我的意思。在她正式嫁入我们家前，只要你们不嫌弃，我定会回来帮你收拾新家的。”

我告诉她，这个家只准让她一个人碰，别人休想靠近。她听罢开心极了，这才放心地上路了。

每天在博士院，我都用各种各样的办法来使自己忙碌起来。周六晚上的约会时间到了，我奔向密尔斯先生居住的那条街。可是那次密尔斯先生吃过饭便睡去了，等了很久他都没出来，自然窗子上也没有出现鸟笼。

他让我等候那么久，我暗暗地希望他那个俱乐部惩罚一下他的迟到才好。他到底出现了。于是我便看见多拉在窗子上挂上了鸟笼，她还从阳台向外扫视了一番，看看有没有我。当她见到了我，迅速地又跑了进去。可爱的吉普还留在那里，看见一条屠夫的狗，那条狗太大了，大得可以把它当药丸吃下去，可是吉普却还拼命地对它叫起来。

我来到客厅，朵拉正在那等我，吉普以为来了小偷，拖着它那叫累的身体，踉踉跄跄地爬了出来。于是我们三个一起进去了，要说有多快乐就有多快乐，要说有多高兴我就有多高兴。正当我们沉浸在相见的喜悦中时，我把我的不幸向她吐露了——我是无意的，可是我太在乎这个问题了——我语无伦次地问朵拉，她是否能接受一个一贫如洗的乞丐？

我的朵拉是那样的单纯可爱，她对这个问题吃了一惊！在她脑海里，乞丐给她的印象便是一张枯黄的脸和一顶肮脏的帽子；再不就是一只木质的假腿；再不就是一只狗，一只叼着滤酒瓶的狗。就是这一类的。于是她带着让人可笑的惊讶表情直瞪着我。

“干吗问我这个傻问题呀！”朵拉嘟起小嘴说，“爱上一个叫花子？”

“朵拉，我至亲至爱的！”我说道，“站在你面前的我就是一个叫花子了。”

“你蠢得可以啊！”朵拉说，还用小手打了一下我的手，“蠢到坐在这里说瞎话！小心我叫吉普咬你！”

她说这话的样子稚气可爱，我觉得再也没有比这更有意思的样子了。我又一本正经地重复了一遍，因为向她坦白是在所难免的。

“朵拉，我生命的全部，你的大卫，现在倒霉透了！”

“你再在这里瞎说，”朵拉摇起她的鬈发说，“我可真叫吉普咬你了！”

我的态度是那样的严肃，朵拉见了，感觉到什么似的将小手颤抖地放在我的肩上，她已不再摇头晃脑了，而是开始变得害怕起来，她都快哭了。这是多么糟糕的事。我跪下来，在沙发边上安慰她，告诉她我的心都碎了，求求她别再这样。可是，可怜的朵拉却喊起来，哎呀！哎呀！我的天哪，我真把她吓着了！“朱可亚·密尔斯，我要见朱可亚·密尔斯！”我这才想起来密尔斯可能会帮帮她，便带她去见朱可亚·密尔斯。这时我都快崩溃了！

我强烈地哀求着朵拉，并且对她的态度表示抗议，终于朵拉肯面对我了，可却是很害怕的样子。我抚摩着她的脸，直到最后只是单纯的爱怜。她将脸贴在我的脸上，我感觉到她的柔软。我将她搂在怀中告诉她，我有多爱她，爱到她无法想象。可是我现在是个穷人，我要向她提出取消婚约请求，这是应该的。可是我要是失去她，我该如何是好，这以后的路要怎样走下去。只要她不畏惧贫穷，我根本就不怕（因为我从胳臂到心都受到她的鼓励和感动）。我现在工作的勇气只有相爱的人才能理解，我已经学会了着手实际，放眼未来，我已经认识到自己赚得的面包屑总比一桌丰富却被实施的酒宴来的喜悦。诸如此意的话我口若悬河，滔滔不绝地说了很多。虽然这些话自打姨奶奶突然通知我这个消息以来，我便日日想，夜夜想，但能一口气说完我还是不敢相信的。

“你还是会把心交给我吗？”我问朵拉，可是明显我掩盖不住喜悦，因为我知道，她还是我的，要不然她也不会这样躺在我怀里。

“哦，当然！”朵拉说，“哦，当然，自始至终，完完全全，我都是你的。别再这样吓人好不好！”

我吓人，让朵拉感到害怕！

“别再说穷不穷的话，也不再告诉我你如何做苦力的事！”朵拉说着身子向我靠得更紧了，“哦，不要，什么都不要说！”

“我至亲至爱的人，”我说，“以我的努力换回的面包屑。”

“嗯，是这样的。可是我不要你再说什么破面包屑了！”朵拉说，“吉普每天都吃一块羊排骨，而且要在十二点时，要不就活不成了！”

她那稚气可爱的样子是多么的迷人，我深深被她吸引了。我心疼地向他解释着，吉普会有排骨吃的，而且一顿不落。我还跟她描述了一下我们的未来，前提是我有限的工资。这个未来的家与我在海盖特见过的那个小宅子极为相似，我还跟她说了，我姨奶奶将住在楼上的房间里。

“喏，朵拉，我现在还那样可怕吗？”我温柔地说。

“哦，不是啦，不是啦！”朵拉说，“不过你姨奶奶最好大部分时间待在自己的房间里。我还希望她别像别的上了年纪的老人动不动就骂人！”

要是可以，我能做到给朵拉比以前更多的爱，但是我此刻觉得她的想法过于不切实际。刚才还满怀激情的我这会儿就受到了挫折，因为我难以将我的热情与她分享，于是我尝试了另一番的努力。她将她漆盖上的吉普的耳朵卷着玩，我知道她的心情已经不再那么激动了，于是我以庄严的口气问她。

“我的最爱，我可以跟你提件事吗？”

“哦，但我请你别在说那种不现实的话了，”朵拉哄着我说，“因为刚才让我感到害怕。”

“宝贝儿！”我对她说，“不会是什么可以使她害怕的事的。我只想让你在这个问题是从另一个角度上思考，朵拉，我想以此来激励你，感动你！”

“哦，这就够可怕的啦！”朵拉说。

“不，我的宝贝儿，即使是面对比这更糟糕的事，只要有坚韧的人格力量，我们便可以轻而易举地克服它！”

“可是我毫无力量可言，”朵拉又摇起她的鬓发说道，“吉普，你告诉我，我有吗？你要吻一下吉普，来乖乖儿！”

要是不吻那是不可能的，因为她已经抱起了吉普让我吻。她还给我做了一个示范，用她那甜美的小红嘴对着吉普做出吻的动作。她还要求我，我要正正当当地吻它鼻子中间的部分，我乖乖地执行了她的指示——作为奖励，她还给了我一个吻——我顿时迷失了自己，我刚才严肃的表情不复存在，我也说不上有多久。

“可是，朵拉，我的宝贝儿！”我可算恢复了严肃的本性，“我要提那件事。”

她听罢双手合并举向空中，祈求我别再做那样可怕的事了，她这样子，我估计就算苛刻的遗嘱事务法庭上的法官见了，也会心生怜悯。

“我的宝贝，我本意不是这样的！”我对她打保票，“可是朵拉，我的爱人，要是你抽空想一想——用不着垂头丧气地想，你明白我的意思，根本不要那样！但你要是有空想一想——只是为自己打打气——跟你订婚的是个穷光蛋——”

“别了，别了！求求你别这样了！”朵拉叫起来，“多么可怕的事啊！”

“我的心肝啊，一点也不可怕！”我高兴地说，“要是你偶尔想一下，对你爸爸的家务事留留意，努力培养一种习惯——比如说记记日记用账什么的——”

可怜的朵拉一边呜咽一边发出吸气的哭声，对着我点点头。

“——这以后对我都是有好处的，”我接着说，“要是你能答应我去读一本简单的——一本简单的烹饪方面的书（我会寄给你），我们将来会受益匪浅。因为我们，我亲爱的朵拉，在我们人生的道路上，”一提到这个问题，我就会兴奋起来，“目前的道路是不平的，我现在要将它铲平，这样才能开辟我们的路，我们要勇敢，遇到障碍物，我们就要勇敢地迎上头去，力争将它打败！”

我情绪高亢，拳头紧攥，滔滔地将这些话说了下去，完全没考虑到朵拉的感受。可是我说得够多了，完全没必要再说下去了，因为我再一次激怒了朵拉，她慌张起来！“哦，朱丽亚·密尔斯，你在哪里？哦，我要见见朱丽亚·密尔斯，你赶紧离开这里。”于是，总之，我不明白怎么回事，只待在客厅里团团绕着，嘴里还胡言乱语。我觉得这一次我把她的小命给吓着了。我给她在脸上扑了点水，我跪下身来，揪着自己的头发，狠狠地骂自己是没心没肺的畜生，是不通人情的野兽，我哀求能得到她的宽恕。我让她把头抬起来看看我。我想找装提神药的瓶，手忙脚乱地翻了密尔斯小姐的手工匣，却六神无主地误拿了象牙针盒，还把所有的针倒在了朵拉的身上。我疯狂地向吉普挥了一拳，它叫起来同我一样的疯狂。密尔斯小姐终于出现，而我早已干尽蠢事，我已经神志全失了！

“这到底怎么了！”密尔斯一边扑向她的朋友一边问道。

我告诉她：“我，是我干的！密尔斯小姐！你瞧，我就是那个破坏分子！”也许不记得怎么说的了，反正就是这意思——我向沙发倒去，把头埋在沙发垫里，害怕见光。

开始密尔斯小姐还猜测我们是不是吵了一架，感情正在向撒哈拉沙漠走去。不过没多久，就在朵拉疯狂地搂着她说我是个“可怜的苦力”时，她便明白了事情的原委。朵拉将我抱着，动情地为我哭着。她甚至问我要不要将她的钱拿出来交与我保管。然后她又扑向密尔斯小姐，搂着她的脖子，抽泣着，心碎了一般。

密尔斯小姐就是我们的福星。从我简单的几句话中，她便了解了状况。她开始安慰朵拉，告诉她我不是她想象的那个意义上的劳动者——我断定，朵拉把我想象成一个成天在一条板子上，来来去去推车的挖河工人了。这可能是我过于严肃的态度造成的——于是我们都冷静下来。一切又归于平静。朵拉到楼上拿玫瑰水滴哭累了的眼睛。密尔斯小姐吩咐人去预备茶水。这会儿，我告诉密尔斯小姐，我此生都不会将她的恩情忘掉。她是我一辈子的朋友，直到我的心跳无法再延续的那天。

后来，我将我对朵拉难以启齿的事告诉了密尔斯小姐。密尔斯小姐安慰我说，按常理，温情充盈的寒舍总比冷清无情的宫殿受欢迎。只要有爱，一切皆有可能。

我对密尔斯小姐说是哦，我非常同意她的观点。我以特殊的爱来爱我的朵拉，古往今来不曾有的爱，所以不会有人能比我更了解其中的道理了。但是，密尔斯小姐却表现出失望的表情说，要是真的这样，那对某些人来说确实是好的。我向她解释，我的话应该仅限于男性。

随后我问密尔斯小姐，我那样迫切地向朵拉介绍关于账本、家政烹饪技术等，有没有多少切实的价值。

密尔斯小姐想了想说：

“科波菲尔先生，我不对你撒谎，那是没有切实价值的。对于某些性格的人来说，精神上的痛苦和煎熬比得上几个年头的岁月雕饰。我不跟你撒谎，就好比我现在是个修道院的修女一样。我的亲爱的朵拉是受大自然宠爱的孩子，她代表着光明，活力和快乐。你的那些建议对朵拉根本就不适用。坦白地说，能做到那样确实是个好事，但是——”密尔斯小姐摇了摇头。

密尔斯小姐最后给我的一点承认使我受到了鼓励。我问她，为了朵拉好，要是她有机会，她是否愿意提醒朵拉为将来正经生活做好准备。密尔斯肯定地给了我一个答案，说她很乐意帮忙。我进一步请求她帮我保存那本烹饪书，有机会就劝劝朵拉看看这本书，当然要在她十分情愿的情况下，千万别吓着她了。密尔斯小姐将我的请求一一接受，但是并不抱有很乐观的想法。

不一会儿，朵拉下来了。她看上去是那么可爱的一个人儿，我真不该用世俗的事来烦她的心。她是那么的爱我。她真迷人，特别是在她逗吉普时，她举起面包，想训练吉普用后腿站起来吃东西，可是吉普不干，她就用热茶壶向吉普的鼻子靠近，假装要烫它。想起刚才，我觉得自己像个魔鬼蛮横地闯进仙女的闺房，将她吓哭了。

喝过茶，我们弹起了吉他，朵拉还唱了些可爱的法国老歌。歌词大意时：不管发生什么，不要停下舞步，啦呀啦，啦呀啦……直到最后我觉得自己是一个比以前更可恶的魔鬼了。

我们一直都很欢乐，只是遇到了一个小小的插曲。那是在临别前，密尔斯无意中提到明天早上，我便贸然地说我明天五点就得起床，因为我还有活儿要干。朵拉好像误以为我是个私家守更人，不过我不能确定。反正这句话对她的影响很大，她放下吉他，歌也不唱了。一直到我跟她说再见的时候，她仍然受这个影响。她用那可爱的表情哄着我，好像我是她的布偶，我常这样认为——

“那，你这个不听话的孩子，你不许五点钟就起床。这太胡闹了！”

“我的宝贝儿，”我说道，“我要干活啊！”

“那就不干啊！”朵拉马上说，“你干吗非要做啊？”

她的小脸蛋虽然吃惊起来，却依然很可爱，我只好淡淡地说，我要为生活而干活。

“哦，太有意思了！”朵拉说。

“亲爱的，我们不干活，靠什么来生活啊？”我对她说。

“靠什么，不靠什么呀！”朵拉说。

她自以为已将那个问题圆满地解决，便得意地上来给了我一个天真的吻。就算给我一笔财产，我也不会让她对自己的答案不满。

得！我爱她，我一直爱她——全心全意地，彻彻底底地，毫不保留地。不过在我一边忙忙碌碌工作的时候，一边却在晚间坐在姨奶奶面前琢磨：那一次，我怎么就把她吓着了？我该如何背上吉他的琴盒，穿行在困难之林里。我常常这样想着，一直到我觉得我的头发在慢慢变白了。

第三十八章

我已经下定决心，要在辩论赛上得到锻炼。这是我要锤炼的众多钢铁中的一块。它们急需锤炼，需要我用令人难以置信的坚韧和意志去烧热的、锤炼的。看到一本记录那种崇高技术要领的书，我花了十先令六便士买来就立即开始研究它。这是一片令人沉闷的汪洋大海。不过我在短短几个星期内就深陷其中，简直令人疯狂。一个简单的小圆点就有诸多变化，环境不同意思就不一样，甚至完全不同；一个小圆圈也能让人浮想联翩；一个像苍蝇腿一样的东西做成的符号也能造成让人费解的结果；一个放错了地方的曲线，会产生严重的影响。这些东西时刻围绕着我，醒着的时候来烦我，睡着的时候也来烦我。我被弄得昏头脑涨，好不容易在其中摸索到一点门路，好不容易通晓了一些字母（它们就像埃及古神庙里的字符），可是随之而来的却是一连串新的可怕问题，叫做不规则符号。它们是我见到的字母中最野蛮、最霸道、最不讲理的。举个例子来说，表示“期望”它们非要一种看起来像刚着手织的蜘蛛网的东西；要表示“不方便”，它们就用手画的流星花。我费尽力气将它们塞进脑子里，却发现，这些字母将别的学过的东西挤出了。于是我从头开始，可是我又将它们给忘了。我再次将它们捡回来，却又将别的凌乱的符号给遗落了。总之，那种感觉是叫人心力交瘁的。

要是没有朵拉的存在，那定是叫人痛苦不堪的。幸而有她在，我那风里来雨里去的小船才没有失去支索和铁锚。在这种训练的方案中，我写下的每一横一画，都是我的困难之林中盘根错节的橡树。我将它们一棵接一棵地砍下来，精神饱满，所向无敌！三四个月后，博士院的一位演说专家作了一次演讲。我借此机会看看我这段时间的训练成效。可是那天，还没等我准备好开始，他就已经结束离开了，将我一个人丢在那里，手里拿着那支傻笔，在纸上僵僵地画着。那样子就像抽风发作一般。这件事，我将永远也不会忘记。

显然，我没有达到那种水平。我这样飞得太高了，就不能飞得太远。我再来跟特拉德尔请教。他给我出了个主意，方法是这样的：他来演讲，我在一边将他的话记录下来。他的演讲速度先根据我稚嫩的水平来定。而且可以随时停下来照顾我。我觉得这个提议不错，就对他的帮助表示谢意。在接下来的夜晚，我一从博士院的工作下来，我们就在白金汉相聚到一起，召开一种私人会议。这种会议几乎每天都召开。

不过我希望在别的地方也能看到这样的会议。依情况而定，我姨奶奶和狄克先生扮演执政党员或在野党。特拉德尔根据“恩菲尔的演讲技术”或者会议演讲记录，大放厥词地呵斥他们。他站着桌子边，左手按住书边，右胳膊在头顶上挥舞，那样子就像皮特先生，福克斯先生，谢里登先生，伯尔克先生，卡斯特里爵士，西德茂子爵或坎宁先生演讲的样子。特拉德尔越说越激动，向我姨奶奶和狄克先生的恶劣事件作出强有力的攻击。我呢，在一旁坐着，全速将他的演讲词死气白赖地追记在我膝盖上的记事本上。特拉德尔语无伦次，前言不搭后语，就算真的政客遇到他，也得自叹不如了。一周之内，他尝试了不同的政策，将各种不同的旗号挂在各个船的桅杆上。我姨奶奶像个无动于衷的财政官员，必要的时候，她还偶尔插上一两声。狄克先生不断发出“听”或“不对”或“哦”，这是他与我姨奶奶站在统一战线的最好表示（一个实实在在的乡间绅士）。在这些会议中，狄克先生面对这样的激烈指责紧张起来。好像他真的违反宪法干过危害国家的事了。

这种辩论会，常常开到蜡烛燃尽、最终指针指向半夜的时候才收场。这种训练很有效。我渐渐地能跟得上特拉德尔的速度了。如果我对所记的东西能懂一点的话，那我就大可以自鸣得意了。可是当我回过头来再看看所记的东西时，我完全不认得。它们就像众多茶叶箱外包装上的汉字，或者像药店里那些红色绿色的瓶子上的金子。

没办法，我们只好折回去重新开始。这是很令人难过的事。尽管我心情很沉闷。但我依然从零起步。咬紧牙关，按部就班，用慢腾腾的蜗牛步伐在那使人厌倦的路程中，再次跋涉。我静下心来，认认真真、仔仔细细地从各个方面进行研究。哪些晦涩难懂的符号阻碍着我，我就用我最坚韧的力量，忍苦受累将它们克服。要求自己不管在什么地方，什么时候都能认出它们。我每天准时到事务所上班，也准时往博士家工作。我就像一个拉车的马，每天规规矩矩地工作。

有一天，我守时地往博士院走去的时候，我看见斯宾罗先生在那里口中喃喃自语，表情还极其严肃。他一直都有头疼的毛病——我十分确信，他生来就有脖子疼的毛病，而他的领子把他勒得太紧了——刚开始，我还以为他是犯头疼，所以很担心。不过不一会儿我的不安便解除了。

平日见到他，他总是忙不迭地回答我的早安问好。今天却见他板着个脸看着我，让我顿觉得好陌生。他说要我跟他一道去咖啡馆坐坐。我很紧张地跟在他的后面，感觉浑身发烫（就好像我所忧虑的事正在发芽而发热一般）。路窄容不下两个人平行而走，我就随在他后面。我从后面看到，他的头很傲慢地仰起，这让我觉得很不安。难道他已经发现了我跟我亲爱的宝贝朵拉的事了？想到这，我的心都提到嗓子了。

我跟随他上了楼，当我在其中一个房间里看到默德斯通小姐时，我就明白了，就算来途中我没有胡思乱想，那么现在也不难猜测是怎么一回事了。默德斯通小姐背靠在食品架上。那个架上倒扣着一只没有盖子的杯子。这些杯子大概是用来盛柠檬汁的吧。旁边，还有两只箱子，身上尽是些棱角和凹槽，样子古里古怪的。现在这些东西都见不到了。这实在不能说不是一种幸运。

默德斯通小姐笔挺地坐在那里一动不动，只是向我伸来了冷冰冰的手。斯宾罗先生将门关上，示意我坐下，自己却在火炉前的地毯上站着不动。

“默德斯通小姐，”斯宾罗先生说，“让科波菲尔先生看看清楚你手提袋里的东西吧！”

在我看来，这个陈旧的手提袋，就是我孩提时代狠狠咬了一口的那个钢卡子提包。默德斯通小姐将提包打开，嘴巴却跟那个紧闭的手提袋一样，闭口不言，这时她的嘴巴稍稍张开了一点，却拿出一封我最近写给朵拉的信。那可是写满我爱意的情书！

“科波菲尔先生，我想，这字迹你认得吧？”斯宾罗先生再次说道。

我感觉头脑发热，愣愣地回答他：“嗯，是我的字迹，先生！”可是这好像不是我在回答。

“如果不出什么差错的话，”默德斯通小姐再次从手提袋拿出一封信，信上缠着一束可爱的蓝色绸带。斯宾罗先生看了看继续说，“科波菲尔，这个也是出自你之手吧？”

我胆怯地将默德斯通小姐手里的信接过来，我看到开头一句的“今生专属我的、最亲爱的朵拉”羞愧难当，脸都红到耳根了。与此类似的还有“我最爱的天使”“我今生今世最可贵的人儿”，看到这些，我深深地将头垂下。

“拿回去吧，谢谢了！”我木木地将信交给他，斯宾罗先生冷冷地说，“我不打算将这些信据为己有。接着说，默德斯通小姐！”

那个看起来温文尔雅的人，先是看看地毯想了一会儿，然后尖酸刻薄地说起来：

“我坦白，我早就开始怀疑大卫·科波菲尔与斯宾罗小姐的关系了。从他俩第一次见面时，我就开始观察他俩。他们那时留给我的印象叫人不舒服。人心的邪恶是非常的——”

“小姐，”斯宾罗先生打断她，“只说事实就好。”

默德斯通小姐耷拉着眼皮，并且摇摇头，好像无言抗议着斯宾罗先生打断了她的话。然后皱着眉头拉长着脸说：

“只说事实的话，那我只好尽量用枯燥干巴的话来说了。这样做也许是该有的过程。先生，有关大卫·科波菲尔的事，我刚才已经提过了，我怀疑斯宾罗小姐也有些时候了。我一直在找确凿的证据来证明这些，不过没有成功。所以我没敢贸然对斯宾罗小姐的父亲——也就是您——提起这件事，”说着，她将严肃的目光投向斯宾罗先生，“我清楚遇到这种事，凭着良心尽忠尽职的行为，并不太容易得到承认。

默德斯通小姐一本正经地说完这些话。她的态度富有男性的威严，斯宾罗先生几乎被她吓着，于是向她摆了一下手，想叫她别用那样苛刻的眼神看着他。

“由于我弟弟的婚事，我请了一段时间的假。当我再次回到诺伍德的时候，”默德斯通小姐用鄙夷的口气说，“恰巧遇到斯宾罗小姐从她的朋友密尔斯小姐那里回来。我认为，斯宾罗小姐的行为比以前更可疑了。于是我紧密地观察斯宾罗小姐的事。”

多么恶毒的一条龙啊，可惜了我那至爱的单纯的小朵拉没发现她监视的目光。

“就在昨晚上，”默德斯通小姐还在说，“我毫无头绪。不过我发现斯宾罗小姐与她的朋友密尔斯小姐频繁通信。鉴于她的父亲完全认同她这个朋友，”这下，可又一次打击了斯宾罗先生，“我就未加干涉。如果不许我再说人性本身的邪恶，那我至少能——应该——可以说所信非人。”

斯宾罗先生带着歉意小声地在一旁附和。

“昨晚，我们喝完茶，”斯宾罗小姐继续说，“那只小狗嘴里衔着什么东西在客厅里跳来跳去，还呜呜地叫着打滚。见此状况我还问了问斯宾罗小姐，‘吉普嘴里咬的是什么纸呀？’斯宾罗小姐当即把手伸进长袍一声尖叫，迅速向狗跑去。我拉住她说，‘亲爱的朵拉，这就交给我来处理吧’。”

哦，可恶的狗啊，吉普你个讨厌的家伙，原来你是罪魁祸首啊！

“斯宾罗小姐，”默德斯通小姐说，“不让我去，还对我又亲又吻，甚至将她的手工匣、小饰品挂件送给我。她想以此来收买我，当然，我理都不理就直接向那只狗走去。小狗躲在沙发底下。我用火筷子见将它赶出来。可费了我好大的劲儿。后来它终于出来了，可是信还在它嘴里。我伸手去夺信——这可是冒着被咬的危险——可是怎么也抢不过来，都快将它吊起来了，可它就是不松嘴。但我到底把信抢过来了。我将信看了一遍，估计斯宾罗小姐肯定还有别的。在我的追问下，她又给了我一些，也就是现在大卫·科波菲尔手里拿着的。”

她说到这儿停了下来，嘴巴紧紧闭着，表现得宁折不屈的样子。她还同时用力将手提袋的口关上。

“默德斯通小姐所说的话你也听到了。”斯宾罗先生面向我说，“那么现在，科波菲尔，你还有什么可说的没有？”

那一刻，我想象得出，我那美丽可爱的人儿是怎样在哭泣中度过了一夜——我可以想象得出，她是怎样真诚地向默德斯通小姐求情，而她却是那般的无动于衷——我可以想象得出她是如何手忙脚乱地向默德斯通小姐献出亲吻、手工匣和小饰品挂件——我可以想象得出，她承受了一个怎样令她难堪的局面，而这些仅仅只是因为我——这些画面将我当时所振作起来的一点自尊心狠狠地削减下去了。有那么一两分钟，我全身战栗，尽管我极力掩饰，可是依然战栗。

“我无话可说，”我回答，“一切都是我的错。朵拉——”

“叫她斯宾罗小姐，先生！”斯宾罗先生威仪俨然地说。

“——听我劝说，受我诱导，”我吞回那个不亲切的称呼，继续说，“才答应将我们的事保密的。对此我追悔莫及。”

“先生，这完全是你的错。”斯宾罗先生在炉前的地毯上踱来踱去。他要强调这句话，可是他的领子和脊背太僵硬了，于是他不是用头部，而是动用起全身来加强他的话。他说，“你知道你在做一件见不得光的不合乎礼法的事吗，科波菲尔先生？我以为将一位绅士引进我的家门，无论他是十九岁、二十岁，还是九十岁，我都以极其信任的态度去对待他。科波菲尔，要是哪位绅士辜负了我的信任，那他就等于对我做了一件不光彩的事。”

“是的。不过我敢发誓，先生，”我回答他，“刚开始我没考虑那一层。斯宾罗先生，绝无半点谎言，我真的没想到有什么不光彩的。我真心地爱着斯宾罗小姐，爱得都快——”

“去！满口胡言！”斯宾罗先生脸都红了，“你爱我的女儿，科波菲尔先生！请别在我面前说出这样的话。”

“现在假设我不爱她了，那先生，你能听听我对自己行为的辩护吗？”我低声下气地说。

“那么先生，要是你爱她，那你就能为自己的行为辩护吗？”在炉前的地毯上，斯宾罗先生突然停下来说，“科波菲尔先生，对于你和我女儿的年龄差距，你考虑没有？你的做法使我与我女儿之间失去了彼此的信任，你考虑过没有？她的社会地位，以及为了培养她，我费尽心思拟订的计划，还有我打算留给她的遗嘱，你考虑过没有？科波菲尔先生，对于这些问题，你的时间在这上面做过一点点的停留吗？”

“先生，好像几乎没有。”我极力表现恭敬和歉意地回答，“但是你一定要相信我，我也考虑过自己的身份。可是我们早就订婚了，早在我跟你谈论我的遭遇之前就订婚。”

“我拜托你，”斯宾罗先生说道，同时使劲地拍了一下手（以前就觉得他的样子像小丑潘趣，现在就更像了——即使在这种绝望的境地，我还是不可避免地这样去想），“科波菲尔先生，别再跟我提订婚的事！”

默德斯通小姐对待其他事情通常不动声色的，而现在却发出了一阵咯咯短笑。

“先生，当初我跟你说我们的境况遭遇突变的时候，”刚才的表达方式他好像不太喜欢，于是我换了一种方式重新说道，“我们的保密工作便开始了——是我叫斯宾罗小姐这样做的。我感到非常的内疚。因为我的情况已经遭遇不幸，我很快就紧张起来，全身备战。我竭尽全力地去改善我的处境。我相信，我最终可以改善处境的。你愿意给我一点时间吗——无论多长都行。我们还很年轻，先生——”

“你说得对，”斯宾罗先生点着头打断我的话，眉头也皱了起来，“你们确实都很年轻，你们的行为也很不成熟。那么赶快停止这种不成熟的行为吧！从今天起，我们俩的联系仅限于在博士院了。这你应该明白的。不过我们可以达成协议，过往的事以后绝口不提。科波菲尔先生，就这样吧。你也是个聪明人，这样做才是最好的解决方法。”

我想告诉他我绝不答应，我不会照他的意思去做的。很遗憾，爱情比理智更高一层，它可以使我们抛开世间一切顾忌。我跟朵拉是相爱的，而我又像对待偶像一样崇拜着她。当然这些话我不能毫不顾忌地这样说，我是用尽可能婉转的语气向他说明我的意思的。但我仍然表示，我的心意是坚决的的。我不觉得自己有什么可笑之处。不过我清楚地明白自己在这件事上态度有多么的坚决。

“那好，科波菲尔先生，”斯宾罗先生说，“看来我得好好调教我自己的女儿了。”

听到这里，默德斯通小姐深深吸了一口气，拖得老长的，不像是叹息，也不像是呻吟，但好像两者又都有。好像在表示，斯宾罗先生早就该调教自己的女儿了。

“我非得要，”似乎听到这声叹息，斯宾罗先生得到了支持，说道，“调教好自己的女儿。科波菲尔，这些信你是不打算要了吧？”看到我将信丢在桌子上，他补充了这句。

我明确地告诉他，是这样的。并且希望他不要因此而动气。

“我手里的信，你也不肯要了吗？”斯宾罗先生问我。

“我不要！”我毕恭毕敬地回答他，即使信在他手里我也不会要的。

“那好！”斯宾罗先生说。

跟着一阵沉默，我不知道这种情况下我是该走还是该留下来。终于我还是忍不住气打算离开这里。我跟他打招呼，说我要离开了，也许这样可以使他的心情平静一些。说完我就小心地向门口走去。这时，他就用尽力气向衣服口袋伸去，用一种百般虔诚的语气对我说：

“科波菲尔先生，我是有一点财产的，而我的女儿又是我最亲近的人了，这个你应该了解的吧？”

我连忙回答他，我希望他不要因为我给朵拉的爱过于鲁莽，使她犯了错，就以为我的爱不是单纯的，就以为是图谋不轨的。

“我倒不是这个意思，”斯宾罗先生说，“科波菲尔先生，要是你想图谋不轨，我是说，要是你能谨慎庄重一点，少由着自己年轻人的性子胡来的话，那对你自己和我们大家就太好了。这不是我的意思。我是想说，我思考的角度不是以你作为出发点的，而是，你也知道，我留着点财产给我的女儿。”

这种想法，我当然有过。

“每天在博士院里，像这种对遗产不负责的事，随随便便地处理，我们也见过各种各样的——在这件事上，人性的种种奇特行为得到充分的暴露——现在，你不会以为我还没将遗嘱写好吧？”

我将头低下，表示同意他的意思。

“我已经为我的孩子做好了妥当的安排，”斯宾罗先生表现得比刚才更诚恳了，一边轮换着脚尖和脚跟支撑着身体，一边连连摇头说，“而你现在这种年轻人的胡闹就要去影响它。这是我绝不能容忍的事。你们这是在胡闹，自己都不知道自己在干吗！用不了多久，你们就会将这份情看得比羽毛还轻了。要是你们现在不能彻底终止这种胡闹行为，那么我就——为了避免结婚所带来的恶果，我将不得不在恰当的节骨眼上，对她采取保护措施。所以科波菲尔先生，我希望你不要再逼我将那已经写好了的一页生命簿再次打开，一刻钟也不行！更不要逼我将我那早已安排好的重要事件再次改动，一刻钟也不行！”

他的态度从容而平静，恰似夕阳西下的静穆，我看着都深受感动。他那么从容，那么平静，一看就知道他确实将一切都安排得周密妥帖了。这真叫人不能不为之不动容。我分明看见，他眼中有眼泪在转动，这是他至深至切的感情吗！

可是我能怎么办呢？我只能割舍我与朵拉的感情吗？他告诉我，给我一周的时间，我必须将他的话都想想明白。可是我该怎么反驳他，这一周的时间我不要，无论他给我多少时间我都不要，他无法能影响我对朵拉的爱。我要怎么说明白？

“另外，跟一个有丰富人生阅历的人商量一下，像特洛伍德小姐就行。”斯宾罗先生理了理领子说，“反正一周之内，科波菲尔先生。”

我答应下来了，然后走出房间，失望至极，却还要表现出坚定的面容。默德斯通小姐眉毛浓重，目送着我到门口——我只说她的眉毛，而不是她的眼睛，因为在她的整个脸上，眉毛是最重要的——她表情严肃，像她早上在布兰德斯通的客厅中等待我们时一样。这使我遐想起来，好像我又未完成功课，又好像是那本卵形木刻的旧拼字本，上面画着眼镜片模样，沉沉地在我精神上产生压力。

我回到事务所，我的写字台在一个特殊的角落，我走过去坐下，双手托着额头，想让自己看不到老提菲那一干人等。这一切的一切犹如突发的地震，叫人猝不及防。我痛苦不堪，一遍又一遍地骂着吉普。我想到朵拉，于是又苦恼起来，难以自拔。就差拿起帽子跌跌撞撞地冲向诺伍德了。我想朵拉怎样被他们恐吓，把她吓哭了，而我却不能在她的身边给她安慰。我感到痛苦难耐，就疯狂地给斯宾罗先生写了一封信。请求他，因我的不幸而带来的后果由我自己承担，不要为难朵拉。我请求他，不要折磨她那柔弱的性格——她是一枝娇嫩的花儿，她受不了任何蹂躏的行为——想想我跟他说话的语气，我好像把他当着一个可以吃人的怪物，或者说吃少女的那种万特雷的毒龙。而忘乎他还是她的父亲呀。趁他不在，我将信封起来放在他的桌子上。他回来后，我从他半开的房间门偷看到，他在读那封信。

一个上午，他都没跟我提那封信的事。到了下午他要下班时，他把我叫到他的房间里跟我说，他女儿的事用不着我操心。他已经提醒她，他没什么好说的，因为一切都是年轻人的胡闹。他还告诉我，他是位宽爱的父亲（他也确实是的）。所以我没必要为她而担心。

“科波菲尔先生，如果你再犯傻，或者再执迷不悟的话，”他说，“你就是在逼我把我女儿送往国外上半年学。但我相信你，你不会那样做的。在几天内，我希望你能认清局势。至于默德斯通小姐，”在信里我提了她，“那位小姐敏锐的洞察力我是很佩服的，也很感激她。不过我警告过她，对这件事要守口如瓶。科波菲尔先生，现在我唯一希望的是，你当这件事没发生过。你唯一要做的是，也是当这件事没发生过，科波菲尔先生。”

“唯一！”我给密尔斯小姐写了封简短的信。信中我将斯宾罗先生的这些“至理明言”忍住心酸地引用了。我痛楚地讽刺说，我现在唯一能做的就是把朵拉忘了。这就是我唯一能做的。可那究竟又是什么东西呢？我请求当晚就能见见密尔斯小姐，要是密尔斯先生不让她出门的话，那也要在后厨房里放扎布机的地方见见我。我到时会悄悄到那里等她。我跟她说我的理智已经被动摇了，现在唯有密尔斯小姐可以帮我恢复它。我署名——她六神无主的朋友。我重读了一遍信，觉得与米考伯先生的风格颇为相似。然后我让信差送去了。

最终密尔斯小姐收到了信。晚上，我来到密尔斯小姐所住的那条街，在街上来来回回地走着。密尔斯小姐到底没出来，只让她的侍女秘密来见我。她的侍女带着我穿过地下道来到厨房。我觉得其实并没有什么要阻拦我从前门进入客厅，她之所以让我走地下道，是因为密尔斯小姐喜欢把事情搞出神秘的气氛。

见到她，我语无伦次，胡说一气。我想，我到这里本来就惹人嘲笑，而现在也真让我出尽洋相了。密尔斯小姐说，朵拉已经来信告急了，说所有的事都叫人发现，还跟她说，“哦，请你务必要来我这里一趟，朱丽亚，务必啊，务必啊！”不过密尔斯小姐没敢去，因为这个时候去了只怕会让长辈们不高兴。我们也因此被困在撒哈拉沙漠中，求助无援。

密尔斯小姐滔滔不绝地说，她的话犹如倾盆而下的雨。她陪着我声泪俱下。可是我却觉得，她是在我们的痛楚中寻找了安慰。她尽情地在抚慰我们的同时也在吸取一种乐趣。她说，现在在我和朵拉之间已经横过一道鸿沟，只能用爱情架起的虹桥才能跨过去。面对这残忍的世界，无论是过去，还是将来，爱情都必然要承受苦难。不过没关系，密尔斯小姐又说，被蜘蛛网束缚的心终究会挣脱开来，那时爱情便要发挥它的力量。

可是这些活并未使我得到多少安慰，不过对于拿幻想当希望的做法，密尔斯小姐倒也没鼓励我。她把我弄得比来这儿时苦恼多了。但我还是怀着极其深厚的感激之情告诉她，她的的确确还是个朋友。我们最终商议，她明天一早就去朵拉家，想方设法（不管是眼神，还是言语）让朵拉明白我的忠诚与苦楚。到分别时，我们的心情都很沉重，但是密尔斯小姐这回可是好好享受一把。

回到家中，我把发生的事告诉了姨奶奶。她用尽力气安慰我，可是我听不下去，意志涣散地睡下了，意志涣散地起床，意志涣散地出门，犹如行尸走肉一般。那天是周六，我径直向博士院走去。

看到事务所门口时，我发现门口站满人，我很吃惊。马车夫和搬运工在门外站着交头接耳地谈论着。差不多六七个无事可做的人向窗子里探望，可是窗子却是紧闭着的。他们的表情引起了我的疑心，我加紧步子穿过人群，急急忙忙地向屋子里走去。

书记们都在，却不在忙。从来不坐别人位置的老提菲，此刻却坐在别人的凳子上。他连帽子都没挂起来。

“科波菲尔先生，出了一场可怕的灾难了！”我一进来，老提菲就对我说。

“什么？”我叫起来，“什么灾难啊？”

“你还不知道吗？”提菲喊道，同时我身边的其他的人也一起喊道。

“不知道！”我望望这个，又望望那个说道。

“是斯宾罗先生。”提菲説。

“斯宾罗先生怎么了？”

“他死了！”

我相信，是整个事务所在天旋地转。旁边一个书记一把把我扶住，他们将我扶到一张椅子上，把我的领带松开，用冷水扑在我的脸上。我究竟昏迷了多久，我不知道。

“他死啦？”我说不上话来。

“昨晚，他在城里吃的晚饭，”提菲叙说道，“他之前将自己的车夫打发回家了，然后自己驾车回来。你也知道，他这样不是头一次了——”

“呃？”

“后来车回来了，就停在马房门前，不过他自己没回来。车夫就打着灯笼往车上一看，也没见到人。”

“是不是马受惊了？”

“可是马并不热啊，”提菲将眼镜戴上继续说道，“据我所知，马并不比平常跑路更热。不过马缰绳断了，拖在地上。于是一家子都惊动起来，有两三个人还沿着来途找去了。找了一里，他们发现了他。”

“不止一里呢，提菲先生。”一个年轻的书记插嘴道。

“对吗？我想你说的是对的。”提菲接着说，“在一里多的地方——那个地方在教堂附近——他们发现他时，他脸朝上躺在车行道和人行道交界处，他是因为发病而从马车里跌出来的，还是因为感觉不舒服，就自己走出来的——那时他是不是已经离开这个世界了（毫无疑问，他已经死亡了）——好像没人能给出明确答案。即便发现他时，他还有呼吸，那他当时也已经不省人事了。大家以最短的时间找来医生和药物，不过已经派不上用场了。”

当我听到这个消息时，我无法形容我心里的滋味。这件事来得那么快，而且发生在一个与我意见不合的人身上，我是何等的震撼啊！在这个房间里，他的桌椅还在此静静地等候他，他昨天刚写下的字迹，现在就像一个幽灵——这个房间，他昨天还在，而现在却是人去楼空，令人毛发悚然了。这里每一处都与他有着千丝万缕的关系，到处都有他的气息，仿佛一推开门，他就会进来一般。事务所停止了一切业务，到处都是一片肃静，到处都是懒散的人们。同事们净谈论这个事，好像永无厌腻的时候。还有那些进进出出闲聊的人们——哪一样不在告诉人发生了什么事。我所无法形容的是，我内心深处对于死亡隐隐有着一种嫉妒之意。我觉得死亡将我在朵拉心目中的地位排挤下来了。我嫉妒这件使朵拉伤心的事，说不上是怎样一种感情。我一想到，当朵拉向别人哭泣时，别人去安慰她，我就心神不宁。在这样一个不合时宜的时候，我却仍然有一种贪得无厌的想法，想让她心里排挤掉任何别的事，只许我独占她所有的意念。

这种心情扰乱着我——但愿除了我，别的人也能理解我的心情——当晚我就赶往诺伍德，在斯宾罗先生家门口，我向一个仆人打探到，密尔斯小姐也在这里。我立即给密尔斯小姐写了一封信，地址和人名都是请我姨奶奶代写的。我在信中以最真诚的感情表达了我对斯宾罗先生的悼念之情，我还为他的匆匆离去大哭了一场。要是朵拉还能听得进别的东西的话，就有劳她跟朵拉提一下，斯宾罗先生曾与我谈过话。他的态度非常和蔼体贴。他对我谈论她的时候除了疼爱之情没有别的了，连半句责备的话都没有说过。我知道我是因为自私才这样说的，我这样做只是为了能让我的名字在他的面前出现。但我却竭力自欺，把这个想成是对斯宾罗先生在天之灵的公正论述。我还真这样觉得了。

第二天，我姨奶奶收到一封简短的回信，信是写给我的。信中说道，朵拉悲恸欲绝，嘴里一直在喊着：“哦，我亲爱的爸爸啊！哦，可怜的爸爸啊！”她就一直这样哭着、喊着，就算当她的朋友问她要不要在信中向我致意的时候，她也是这个样子。可是她也没说不向我致意呀，于是我就抓住这点，尽可能地安慰我自己。

自从出事以来，约金士先生一直住在诺伍德，几天后才回到事务所。他和提菲先生私密地进行了一个小会议。不多时，提菲打开门向外看，招手叫我进去。

“哦！”约金士先生说，“为了将他个人的文件收集起来，我跟提菲先生打算清点死者的东西、主要是写字台、抽屉等能藏住东西的地方。另外我也在找一张遗嘱。我们都找遍了，可是连样子都没看到。要是你愿意的话，不如跟我们一起找吧。”

他如何安排我的朵拉的——比如谁当他的监护人等此类问题——我正急于想知道答案呢，而那份遗嘱正是能给我答案的一种途径。于是我们着手搜索。约金士先生将写字台和所有抽屉都打开，我们就将文件拿出来。我们做得很严谨。当我们遇到小挂件、铅笔盒或刻有名字的戒指时，我们便情不自禁地联想到他的生前，我们连话都不敢大声说了。

我们收拾得有一段时间，包裹都打了好几捆。整个房间被弄得尘土飞扬，我们仍然默不作声地继续着。这时约金士先生用他那已故的伙伴曾用来评价他的话说：

“想让斯宾罗先生不按规矩办事是很不现实的。你们也了解他的为人，我认为他没有立过遗嘱。”

“哦，他立过的，我知道。”我说。

他们将手中的活停下来，看着我说话。

“在我最后见到他的那天，”我说，“他亲口告诉我他通过一份遗嘱，已经将一切安排得妥妥当当了。”

他俩听了不约而同地摇摇头。

“看来是没希望了。”约金士先生说。

“你们不用再怀疑了——”

“科波菲尔，我的好孩子！”提菲把他的手搭在我的胳膊上，两眼一闭，摇摇头说，“如果你跟我一样在博士院待的时间长了，你就会认识到，人们在遗嘱问题上，往往前后矛盾，十分离谱。”

“嗬，天哪，他也是那么说的。”我固执地说。

“我敢肯定，”提菲说，“我说的是——肯定没有什么遗嘱。”

我觉得这无论如何也不可能的事，但是事实却是如此，根本就没有什么遗嘱。从他的文件看来，他连立遗嘱的意向都不曾有过。因为我们在他的草案或是备忘录里，看不到任何暗示的记录。他根本就没想过要立遗嘱。我还惊奇地发现，原来他的事务是一团乱麻。据说，要整理出他到底欠多少钱，剩多少钱，是非常困难的。估计这些年来他自己都搞不清这些问题。慢慢地人们明白了，博士院里的人互相攀比，讲究外表和排场。因此他早就将他并不多的收入都花光了，甚至将他的私人财产都贴进去了。他的财政亏空得很厉害。提菲告诉我，将他在诺伍德的一些家具卖掉，房子租掉，除去所借的债务、事务所的倒账和可能不能讨回来的债，粗略地算了一下，遗产一千英镑还不到。

我备受煎熬地过了一个多月，而密尔斯小姐发过来的报告依然不改：我那芳心欲碎的朵拉在提到我的时候，依然只会说："哦，我亲爱的爸爸啊！哦，可怜的爸爸啊！"听到这些话，我真想杀了自己。她还告诉我，朵拉除了两个姑姑外就再也没有其他的亲人了。那两个姑姑住在帕特尼，是斯宾罗先生待嫁的老妹妹。不过他们老长时间都不来往了。不要以为他们之间发生过什么争执（密尔斯小姐跟我说），是因为再给朵拉起名行礼那天，斯宾罗先生只邀请她们喝茶，没有邀请她们用正餐。她们觉得伤了尊严，就通过书面形式说明，"考虑到大伙儿的幸福"她们就缺席不去了。从那以后，她们就过自己的日子，他们的弟弟也过自己的日子。

多年来一直未露面的两位老姑姑这时出现了。她们要求接朵拉到帕特尼去住。朵拉抱着她们哭着说："啊，姑姑啊！我要朱丽亚·密尔斯小姐，还有吉普跟我一块儿去帕特尼。"在斯宾罗先生安葬不久后，她们就去了那里。

那段时间，我想法设法地在那附近出没，至于我从哪里挪出那么多的时间，我自己都不知道。密尔斯小姐对她的朋友尽忠尽职，将朵拉的事以日记的形式记录下来。有时间，她就约我到公共地点见面，给我读记录下来的事，要是时间来不及的话，她就直接借给我读。这些东西我铭记于心，难以忘怀。下面我就摘抄其中部分吧。

“周一，朵拉依然心烦意躁，还感到头疼，实在叫人心疼啊。我为分散她的注意力，就在她的面前提起吉普油光闪亮的皮毛。朵拉就去抚摸吉普，可是她却由此想起了过去那些忧伤的记忆，一下子情不自禁地流起泪来。（眼泪是来自心灵的露珠吗？朱·密）”

“周二，朵拉虚弱而敏感。面色苍白，但美丽犹存（同那清辉的月光一样，朱·密）今天包括吉普在内我们三个人乘车出去散心了。途中吉普一直看着窗外，一看到清道夫它就叫。朵拉看到它凶凶的样子，终于露出了笑脸。（人生之锁链竟由这些细碎的环节连接而成。朱·密）

“周三，今天朵拉心情总算好了点。为哄她开心，我就唱起乐《暮钟》歌。没想到反倒惹她伤心了。朵拉心情很低落，干脆回到了自己的房间。后来里面传来了呜咽之声。我对她读小瞪羚和纪念碑上的忍耐之人，都无济于事。（问：干吗要在纪念碑上？）

“周四，朵拉心情明显好转，晚上睡安稳了，脸蛋也有了血色。我决意跟她提大·科。在出游散心时，我小心提之，朵拉立即悲伤起来：‘哦，我最最爱的朱丽亚！哦，我是个不孝的孩子，我是个大逆不道的孩子！’我抱着她，安慰她，我就尽可能地将大·科说得生不如死，朵拉有悲伤起来：‘哦，怎么办才好！哦，随便把我丢在什么地方吧！’我恐慌起来。朵拉就要晕过去，我从酒店取来些冷水保持她不晕。（门前光影错致的标志，人生变幻无

穷的生涯。唉！朱·密）

“周五，发生不幸的一天。这一天吉普和厨子待在厨房里，忽然进来一个手提蓝包的人，说是换女靴的跟子的。厨子告诉他没有谁要换。那人坚持说有。厨子便独自出去问问看有没有这个事，只留下吉普和那个人在厨房。出自回来了，那个人还坚持说有，不过到底走了，可是吉普也不见了。朵拉几乎急疯了。于是报了警。那个人鼻大腿细，警方就以此展开搜索可是仍然没有找到吉普。朵拉痛苦，安慰她也没有用。我又跟她读起小瞪羚的诗来，这虽然跟她的情况很相似，但仍然没有用。天向晚，一个从没见过的孩子来访，说他见过那条。他鼻子是大，但腿不细。我们将他引入客厅，他索要一镑作为酬劳，要不就不告诉我们。我们强迫他，没有用，朵拉只好拿出一镑来。于是他领厨子到一所小房子里。只见吉普被绳子拴在桌腿上。朵拉甚喜，吉普吃东西的时候，朵拉绕之而舞。见朵拉如此兴奋，我便在楼上再提大·科，朵拉再次哭起来，凄惨地叫道：‘哦，别，别，别啊！忘记爸爸想别的，太罪过了！’后来抱着吉普睡下了。（大·科，难道不该把自己束缚在时间的羽翼上吗？）

在这段时间里，我仅有的安慰就是在密尔斯小姐和她的日记上。能见到刚从朵拉那里来的她——在她那用怜悯之心写下的日记里寻找朵拉的简称，然后被她弄得越加苦恼——这些都是仅有的安慰。我感觉，好像我以前在一种用纸做成的宫殿里住着，而现在，这宫殿浑然倒下了，在一片残壁断垣中，只留下密尔斯小姐和我。好像我那天真的仙女周围被残忍的术士画了一道魔圈，除了一对能把众生拖着飞过那里的翅膀外，再也没有别的东西可以做到这个了。

第三十九章

我姨奶奶要我去趟多佛看看，看她那要出租的小房子的情况，还要我跟现任房客续签一份租期稍长的合约。我猜想，她是被我长久以来的郁闷不安弄得难以安心才这样找借口叫我离开的。珍妮已经从多佛离开了。我在斯特朗夫人家天天能看到她，因为她在斯特朗夫人家当用人。她曾经考虑过要颠覆她受过的男子的思想教育。就在她离开多佛时，她还想过是否要嫁给一个领港的，以此来结束这种思想。不过最终没敢冒这个险。我相信，她是碰巧不喜欢那个男的，而不是因为她死守原则而不嫁的。

见不到密尔斯小姐的日子是难熬的。不过能去多佛，趁机跟爱妮丝过几个清静的钟头，我还是很愿意接受姨奶奶的安排的。走之前，我向那位好心肠的博士请了三天假。博士也想让我好好地放松一下——就欣然答应了，还说要多给我几天假呢。可是忍受不了联系不上密尔斯小姐的煎熬——我就决定前去多佛了。

至于博士院，我没有什么理由一定要上班，所以我就没放在心上。老实说，在一等代诉人中，我们的声誉日渐败坏，没多久我们就落得一种极不可靠的地位。这个事务所在由约金士先生掌管的时候，业绩一塌糊涂。后来斯宾罗先生参与了，以新的排场新的作风为事务所的业务带来了生机，虽然这确实给事务所注入了新鲜的血液，但是他的基础还很薄弱，所以在这突然失去支柱的冲击下，事务所难免摇摇欲坠起来。我们事务所的业绩大不如从前了，且不说约金士先生在所内的声誉怎么样，他本身就是个不问事的、没能力的人。指望他在外界的声誉，我们事务所早就该关门大吉！现在我归他门下，每次见到他吸着鼻烟无所事事时，我就觉得我姨奶奶那一千镑被糟蹋了。真是后悔莫及。

这还不是最糟糕的情况。博士院周围游荡者一群并不是真正代诉人的寄生虫和打手。他们以代诉人的名义在这里拦截事务所的事务，然后再转交给真正的代诉人。之所以真正的代诉人肯将他们的名义让他们借用，是因为这样可以接手更多事务——干这种事的大有人在。鉴于我们事务所现在迫切需要生意，我们也与这种组织同流合污起来。我们用办法引诱那些寄生虫和打手，将他们揽下的事务夺回来。现在对我们来说最赚钱的就是办理结婚证书和小额遗产鉴定的事务，也是我们锐意承揽的事务。干这种事务的竞争实在闹得不可开交。在博士院的每个入口都安插着做这种事的。他们的目标就是那些穿着丧服的人，以及看起来不太好意思的男人。遇到这两种人，他们就拥上去拦截下来，然后用尽一切办法将他们拉到各自的雇主所在的事务所。他们那样忠心耿耿地执行着命令。有两次，在他们还没认出来我的时候，就将我连拖带拉地拽进了我们的死对头那里去了。这群人利益彼此冲突，经常正面发起冲突。我们雇用的帮手（以前是制酒的，后来还在宣誓行业干过一段时间。）他曾经就遭遇过一次，一只眼睛被打肿了。那段时间他就那样出没博士院，影响院容。这些掮客看见一个穿着丧服的老妇人，就忙不迭地拥上去将她拉出马车。将她心中选好了的代诉人说得一文不值，然后再向她推荐，把他们的雇主作为那个代诉人的合法继承人。最后不管三七二十一就架着老妇人去他们雇主的事务所。我们也像这样接受过不少俘虏而来的人。至于办理结婚证书的人，那竞争就难以言喻了。办理结婚证书的害羞的人，面对种种竞争时，就无奈地跟着第一个遇到的人走，要不然就被多个人抢来抢去，谁抢赢了就跟谁走。在他们抢得揭不开锅时，我们有一个也干这种事的书记，经常就戴好帽子坐在那里等候，好在第一时间内将新逮到的俘虏领去主教那里宣誓。我还想，这些人干的事估计至今还有。就在前不久，我去了趟博士院，走到门口时，突然冒出一个穿白围裙的壮汉，他讨好地捉住我，凑到我身边，小声地说着“结婚证书”四个字。我大费周章将他说服，才幸免于被他抢到某个代诉人的事务所去。

不再扯这些事了，就直奔多佛吧。

来到多佛，我发现姨奶奶的小房子一切安好。有件事我保证，她听了一定会引以为快。那就是，她好斗的精神现在被她的房客很好地继承了，房客在跟驴子打持久战呢。这就是我要跟她报告的事。在多佛，我办完了我要办的那些小事，就在那里过了一夜。第二天一大早，我就步行前往坎特布雷。那时又逢一个冬季，迎面吹来清新刺骨的寒风，望着那起伏延绵的丘陵，我抖擞起精神来。

到了坎特布雷，我在那古老的街道上徜徉。那时我的内心是平静安宁，舒畅明晰。这里，铺子上的招牌依旧，招牌上的字样依旧，铺子里忙碌的身影依旧。从我还在这个地方上学的时候算起，中间好像走过了很多岁月，可是这里怎么没怎么改变呢？我不由得感到奇怪，后来想想，其实我自己也没改变多少。说来奇了，在我内心那种无法与爱妮丝分割的力量，若隐若现的，好像在她所在的这座城镇也弥漫开来。教堂的高顶，巍然耸立，走过了几度春秋的群鸟和乌鸦，唧唧喳喳地在枝头叫着。它们银铃般的歌声将这个环境衬托得比它们沉默不语时更显幽静。那扇门已经坏了，它上面曾经刻满雕像。如今曾经那些信仰它们的虔诚香客们日渐稀少，同样门上的雕像也早已剥落了。寂静的角落里，墙壁坍塌破败，有几个世纪了的常春藤蔓攀附缠绕在上面。古老的房子，田野，果园，花园，这些原野景象无所不在，无所不有——同样一种静穆的氛围，同样一种恬静、惹人思考的心情，都一一向我袭来。

到了维克菲尔德先生的宅子，我看见米考伯先生在楼下尤来亚-希普老坐的那个低矮小屋子里，他正在一丝不苟地抄写着。在那个小屋子里，他穿的那一身黑衣服（像法官穿的那种）更显得他强悍高大了。

米考伯先生看见我来了，欢喜得不得了，不过又稍稍有点局促。他说要带我去见尤来亚，但我拒绝了，同时向他表示了谢意。

“这个老屋子，我很熟悉，你记得吧，”我说，“我晓得从哪儿上楼。觉得干法律这行怎么样呢，米考伯先生？”

“我亲爱的科波菲尔，”他回答我，“法学是个琐碎细致的学科，这对一个拥有丰富想象力的人来说是很有难度的。即便在我们业务上的信件中，”米考伯先生说着看了看他还没写完的信，“我们也不能凭空而跃，作高飞远谈的表达，我们的思想很受局限。不过它仍然是个很伟大的职业，一种伟大的职业！”

他还跟我说，尤来亚-希普的这所老房子已经被他租下了。能在自己的家中再次接待我，米考伯太太一定会乐透了。

“这个地方很卑劣，”米考伯先生说，“不过日后发达，可以用来当高贵家室的华丽台阶。这是我朋友的最经典说法。”

我就问他，跟他那位朋友相处到现在，觉得对他还好吧。他站起来走到门口，确定门关好了，走过来小声地对我说：

“我亲爱的科波菲尔，受经济困难压迫的人，工作起来总是处于不利的地位。当这种压力使你不得不预支工资的时候，这种劣势会愈演愈烈。我能讲的就是：当我跟我的朋友希普提出不需要详细说明的请求时，他所能给予的解决方案足以体现他是明哲保身和心地善良的。就这些。”

“依我看，他不会有什么慷慨解囊的行为。”我说。

“对不起！”米考伯先生谨慎起来，“我谈的是我眼中的朋友——希普。”

“你看到的都是那么好，我得为你感到高兴。”我接过话说道。

“你太关心我了，亲爱的科波菲尔。”米考伯先生说完哼起小曲来。

“你经常跟维克菲尔德先生碰面吗？”我转移话题说。

“不怎么能。”米考伯先生漫不经心地说，“依我看吧，维克菲尔德先生这个人确实不错，但是——怎么说呢，他过时了。”

“可怕这都是拜他的老友所赐。”我说。

“我亲爱的科波菲尔，”米考伯先生在凳子上不安地转动了几下，才回答我，“我想说两句，希望你不要嫌我烦。我在这里身处要职，是以亲信的身份来为你办事的。有些方面的问题，即使是与米考伯太太——我多年共患难而且拥有才智的伴侣——商量的话，我都不由得觉得这样做不符合我应尽的义务。所以，我斗胆建议，在我们友好的交谈中——我愿这种交谈永远不受干扰！——我们来画一道界线。在界线的这一头，”米考伯先生说着拿起事务所的尺子在写字台上画了起来，“是人类智慧所在的全部范围，这部分的东西都可以谈论不过只有那么一点点除外；在界线的另一头，也就是除去的那一点点，是跟维克菲尔德-希普有关的事，包括一切与此相关的，我们都避讳不谈。我相信对我青春时期的伙伴提出这样的要求让他心平气和地判断，他不会介意吧。”

米考伯先生出现了不自在的表现，好像他不适应这个新职务，但我又觉得我无权介意他的事，所以就没说什么，只是如实地告诉他我的想法，好让他放心。他确确实实也放心了，还跟我握手了。

“科波菲尔，”米考伯先生说，“我敢对你发誓，维克菲尔德小姐真叫我不由得喜欢她。她拥有脱俗的气质、美貌品质，是个非常优秀的少女。说实在的，”米考伯先生一下子变得不知所措，竟然吻起自己的手，还文质彬彬地弯了下腰，“向维克菲尔德小姐致以我的敬意！对！”

“最起码，我喜欢这样。”我说。

“有一个下午，我们有幸与你共度了一段愉快的时光，我亲爱的科波菲尔，要不是你亲口告诉我你喜欢的是朵拉，”米考伯先生说道，“我肯定以为你喜欢的人是爱妮丝。”

我们都经历过一种感觉，忽然间觉得我们在说的话或者在做的事，好像曾经的某个时间也说过做过——觉得我们曾经已经见过某张脸，某个物体，某个环境——觉得非常清晰我们接下来要说什么做什么，好像一切都排演好了的。我也有过这种感觉，但这一次在他说这句话时，这种感觉比以往任何一次都要强烈，都要神奇。

我向米考伯先生暂时告别了，嘱咐他要记得代我向他的家人问好。我走时，他像刚来时那样坐回原位，扭了扭头以便调整一个舒适的写姿。这个时候，我心头清晰地感觉到，自从他从事了这份新工作以来，我们之间就出现了一道障碍，我们之间再也做不到像以前那样能敞开心扉地畅谈了，我们所谈论的东西也改变了。

我走进古朴典雅客厅里，里面一个人也没有，不过客厅里留下一些痕迹，希普太太应该就在附近某个地方。我朝着现在还归爱妮丝所有的房间看了看，只见靠着火炉边一张老式写字台，爱妮丝就在那里写字。

我把光亮遮住，她这才抬起头来瞧见我。顿时，刚才还全神贯注的脸上露出了愉快的笑容。她热情地欢迎我，问我这又问我那。我是她嘘寒问暖的对象，这真是莫大的快乐啊！

“唉，爱妮丝！”我们并肩坐下，我对她说道，“最近，我可想死你了。”

“是真的吗，”她接上说，“才多大一会儿啊，你又想啦？”

我摇摇头。

“爱妮丝，我也不知道是为什么，我好像少了一种精神方面的东西。我们过去那些岁月里，你总能替我出主意，我也总能向你请教，在你这里得到支持。我真觉得，这种东西我是丢失了。”

“什么东西呢？”爱妮丝面带笑容地问道。

“我不知道该怎么去形容它，”我回答她，“我自觉得还算是有诚意，有恒心的人吧。”

“我也觉得是这样的啊。”爱妮丝说。

“还有耐心吧，爱妮丝？”我犹豫了一下，问道。

“是呀，”爱妮丝说道，“确实是这样的啊。”

“可是，”我说道，“可是我好可怜啊，好忧郁啊，我缺乏自信心，做起事来优柔寡断不能决绝。我知道，我定是少了——怎么说呢———种依赖。”

“要是你乐意，姑且那样叫它吧！”爱妮丝说道。

“好！”我接着说，“你看！你来到伦敦，我依赖你，生活就有了目标和应对的方法。如果我丢失了它，可当我来到你这里，我立马就感觉到自己的变化。事实上当我走进这个房间，那些苦恼我的处境并没有发生变化，所以一定有某种力量在控制着我，使我能在瞬间发生变化。哦，这股力量使我改变得比以前不知道好了多少！可是那是一股什么力量呢！你到底有什么奥秘，爱妮丝！”

她低下头，望着火炉。

“我还是老一套，”我说，“要是我跟你说，无论大事小事，也不管是以前还是现在，它们的性质都是一样。你可不要见笑我哦。我以前的那些烦恼都是无理取闹，可现在的就是正经的了。但是无论什么时候，只要我已离开你这位不同姓的妹妹——”

爱妮丝仰起头——把那张纯洁的脸庞对着我——将手伸给我，我握住吻了一下。

“爱妮丝，无论什么时候，只要你不能在我身边从一开始就指导我怎么做，纠正我犯的错，我就会像无头的苍蝇横穿直冲，处处碰壁。当我总算找到你的时候（我总是在这个时候找你）我就有了安全感和幸福感。现在我就像一个疲倦的旅人回到家一样，有了安全感和幸福感！”

这番话我有着切身的感触，我情不自禁，说着说着我便不能再说下去了，双手蒙起脸哭将起来。我写的这些都是我的真情实意。不管我内心有什么样的冲突矛盾，怎样像每个平常人那样言行不一致；不管我有过什么完全不同的情况（好很多的情况）；不管我做过哪些事不是听从自已良心的忠告。我概不知道。我只清楚我的身旁只要有爱妮丝的存在，我就有了宁静和安定，我是真诚的。

爱妮丝以妹妹的身份，用她那安详恬静的态度，用她那清澈明亮的眼睛，用她那温柔细致的声音，以及那惹人疼爱的安定稳重的神情（这种神情早已让她所居住的这所房子变成了我的圣地），使我很快从脆弱中逃离开来。我将我们上次离别后所发生的事一五一十地告诉了她。

“我全都说出来了，爱妮丝。”当我对她掏完心窝里的话时，我又说了这句，“我可就指望依赖你了。”

“特洛伍德，你不该依赖我的，”爱妮丝愉快地说道，“还有一个人，你应该依赖。”

“你是说朵拉？”我问道。

“完全正确。”

“唉，爱妮丝，我难道没说吗，”我有一点不好意思起来，“朵拉啊，恐怕——我当然不会说她不值得依赖，因为她是纯洁和真实的象征——不过恐怕——我不知道怎么说才是，真不知道，爱妮丝。她这个人生性胆小，很容易担惊受怕。就在她父亲还没死之前不久，我觉得我应该跟她说明我的状况，那一次——只要你不嫌烦，我就告诉你当时的情况。”

于是我就告诉了爱妮丝，我如何告诉朵拉我的贫穷，如何想叫她学习烹饪，用日记记账等与此类似的其他情况。

“哎呀，特洛伍德！”她微笑着劝我，“你还是那个老样子，做起事来有股鲁莽劲儿。你努力谋生计固然态度诚恳，不过你没必要吓唬一个胆小的、可爱的，又对生活毫无经验的小姑娘啊。朵拉太可怜了！”

她这次回答我时，声音里饱含亲切仁慈之感，是我从来都没听过的。好像我听到这话，就能看见她热情洋溢地拥抱着朵拉。她是在用一种温存体贴的行为来保护朵拉，也是在无声地批评我鲁莽行为吓着了这个小人儿。然后，我在朵拉脸上看到天真烂漫的表情，那也很迷人。她靠在爱妮丝怀里，对她说着谢谢，还撒娇地说要指控我。这稚气可爱的模样，分明是在说爱我。

对于爱妮丝，我还该怎样向她表达我的感激之情和敬佩之情呢？我仿佛看见她俩在一起，被光亮所包围，她们那样亲密无间，那样水乳交融。

“那现在我该怎么办呢，爱妮丝？”我看着炉火，过了一会儿问她，“要怎么做才算对呢？”

“要我说嘛，”爱妮丝说道，“你应该正大光明地给那两位老姑姑写信。任何偷偷摸摸的行为都是不值得的，你觉得呢？”

“不错，你觉得对就对。”我说。

“说起来，这种事我没资格指手画脚，”爱妮丝犹豫了一下，谦虚地说道，“但我真这么觉得——反正，我觉得，偷偷摸摸不是你的作风。”

“我的作风，你这种评价太抬举我了吧，爱妮丝。”我说道。

“你的作风，是说你天性坦白率真。”她说道，“所以我定要给那两位老小姐写信。我要把所有的事都告诉她们，而且要有多坦白就多坦白，能多透明就多透明。我定会向她们申请，希望她们允许我能偶尔拜访她们住的地方。你大可以夸下海口，说无论什么样的要求你都可以满足她们。因为你还年轻，你还可以努力为生计打拼。我还要跟他们请求，希望在恰当的时候，跟朵拉商量商量这个问题。我可以耐心等待。”爱妮丝温柔地说，“或多要求点。我肯定相信自己的忠实和耐力——也相信朵拉。”

“可是，爱妮丝，要是她们跟朵拉一提这些事，朵拉就受惊吓怎么办？”我说，“或者，朵拉一味地哭就是不肯提我怎么办？”

“会出现那样的情况吗？”爱妮丝脸上依然温柔忠厚，体贴地问道。

“愿主保佑她，她很容易被吓着，就像一只小鸟一样。我说，很有可能！再不然，那两位老姑姑不肯配合怎么办？像她们这样上了年纪的女人通常脾气古怪。”

“特洛伍德，我觉得，”爱妮丝抬起双眼，温柔地看着我，“这个问题不需要想太多。你应该考虑的是这种做法是否恰当，要是恰当的话就放手去做。这是最好的办法。”

在这个问题上，我再也没有疑问了。我如释重负，但我仍然有肩负重任的感觉，就用了整整一下午的时间写了一封信。为了这个，爱妮丝还特意将她的写字台腾出来给我用。不过我没有立即着手写，而是先下楼看看维克菲尔德先生和尤来亚-希普。

这个事务所建在花园中，是座还带着味的新建建筑。它归尤来亚-希普所有。在一堆文书案件中我看到了尤来亚-希普，此刻他显得格外下贱。他上来迎接我，像他平时那也得摇首乞尾，还假装米考伯先生没通知他我来了。说什么我也不相信他的话，他送我到维克菲尔德先生房间里，然后就背对着火炉，站在那里取暖，还一边用他那瘦骨嶙峋的手摸着下巴。我跟维克菲尔德先生互相问好。我环视了一下房间，还有曾经的影子。为了方便那位新的伙伴，房间里各种设备都被搬走了。

“你在坎特布雷这段时间，就来我们这儿住吧，特洛伍德。”维克菲尔德先生不自觉地看了一下尤来亚，像是在用眼神跟他征求同意。

“有空房间给我住吗？”我问道。

“当然有喽，科波菲尔少爷——该叫先生了，但少爷这个称呼总是不经意就溜出口了，”尤来亚说，“如果你要希望，我乐意把你原来的房间腾出来给你。”

“不用了，不用了。”维克菲尔德先生说道，“不能麻烦你了。不是还有一个空房间吗，还有一个空房间。”

“哦。不过你要知道，”尤来亚龇牙咧嘴地说道，“我真的很乐意这么做！”

总之我告诉他要住另一个房间，别的我不住。他们就答应了让我住了另一个房间。我向他们告别，等吃完饭的时候再见，就到楼上去了。

本来，我希望屋子里除了爱妮丝就不要有别的人，可是希普太太却说她要在客厅或饭厅这种风向的地方待着，她的痛风病才会好一点。所以她要求在这个屋子里的火炉旁坐着织毛线。我可以对此毫不关心，甚至将她赶到大教堂顶的寒风中去，但我还是顺水推舟做了个人情，客客气气地问候她。

“我很卑贱，但先生，我很感激你。”我问候她时，她这样回答我，“我还将就着。我没什么值得夸口的，不过要是能看到我的尤来亚成家立业，我就觉得我没什么可奢望的了。你看我的尤来亚还行吧，先生？”

我看来，他跟以前没两样，还是那样讨人厌，所以我就告诉她，没见尤来亚有多大变化。

“哦，你看不出来变化吗？”希普太太说，“我得很卑贱地请求你原谅，在这点上我和你的看法不同，你不觉得他瘦了吗？”

“没比以前瘦多少啊。”我回答。

“你看不出来！”希普太太说，“不过你跟我不一样，不是以一位母亲的心态来看他的。”

这是我的目光与他母亲的目光撞上了，我看得出，这种目光对希普诚然是慈祥仁爱的，可是对别人就是凶残恶毒的了。我相信，她与她儿子间是彼此关爱的。她将目光越过我转向爱妮丝。

“维克菲尔德小姐，难道你也看不出他比以前消瘦苍老了吗？”希普太太问。

“没有，”爱妮丝嘴上答道，不过仍在静静地做手头上的事，“你太紧张他了，他很好呀。”

希普太太将信将疑地深吸了一口气，又继续起她的毛线活儿。

我敢说他一刻都不曾离开过这里。我很早就来到这里，那时距离吃饭时间还有三四小时。她就一直坚守在那里织着毛线，像个沙漏里流着的流沙一般，单调重复地织着。她在火炉一边坐着，我就在火炉前的写字台边，爱妮丝在另一边稍远的地方坐着。我细细考虑着我要写的信，每当我抬起双眼，爱妮丝就用那天使般的眼神鼓励我，督促我思考。与此同时有一双邪恶的眼睛先是看看我，然后看看爱妮丝，最后回到她的毛线活儿上。她到底在织什么，我说不上，因为我对此也不甚了解。不过看起来像在织一个像网一样的东西。她不停地用像中国筷子一样的棍子织着。烛光中看她，她就像一个丑陋恶毒的巫女，要不是她对面坐着散发神圣光辉的爱妮丝，她早就撒开网了。

直到吃晚饭，她仍然继续着她的工作，还在目不转睛地监视着我。晚饭后，她可算一边歇去了，可是她的儿子又来接了她的班儿。在最后，我、他和维克菲尔德先生三人共处一室，他斜着眼睛看着我，还一边在那里抽风地抖着，实在叫人忍无可忍。在客厅里，那位老母亲又开始她的毛线活儿，同时也在监视着我们。在爱妮丝弹唱时，她就一直坐在钢琴边，她还点了一支曲子，说是尤来亚的最爱。这时，尤来亚躺在一张大椅子上打着哈欠。她时不时地转过身看他，向爱妮丝报告说尤来亚正听得手舞足蹈呢。她只要一开口——我不相信她能为着别的原因——就必定会提到他。我懂，这是她所受命的任务。

就这个样子，一直到我们睡觉时才停下来。看了这对母子像两只大蝙蝠一样在家里蹿来蹿去。用他们丑恶难看的身躯将宅子遮得暗淡无光。他们将我弄得躁动不安。我情愿整夜在楼下面对着那毛线活儿，也不要睡觉了。整夜，我压根儿就没睡。次日，她继续做着毛线活儿，他们继续监视着，就这样又过了一天。

我找不到机会跟爱妮丝谈话，十分钟都没有。我只好将信给她看。我叫她跟我一起出去走走。可是希普太太说自己病重了，爱妮丝便善意地在家待着陪她。天色近晚，我自己出去走走，心里盘算，我该怎么做呢，尤来亚-希普在伦敦说的话该不该再隐瞒爱妮丝了。这个问题又闹腾得我不安起来。

在兰斯格路上，有一条人行道很不错，黄昏时我就在那里散步，还没走到市镇边缘，后面忽然有人叫住我。只见那个人穿着瘦小的外套，踉踉跄跄地向我走来。是他，尤来亚-希普，错不了。于是我停下来等他过来。

“嘿！”我说。

“你走得真快呀！”他说，“就我这长腿也花了好一番力气才赶上了。”

“你这是要去哪里啊？”我问他。

“我在追赶你呀，科波菲尔少爷，我希望你肯赏脸给我一个同老朋友散步的机会。”他便说话边扭着身子，像在讨好，又像在讽刺。他走在我身边，和我保持一样的步调。

“尤来亚！”在一段沉默后，我客气地说。

“科波菲尔少爷！”尤来亚同样叫了我一声。

“对你说句真话，希望你不要见怪，我已经有足够多的陪伴了，所以我才一个人出来走走。”

他斜着眼睛看我，僵硬地笑了一下：“你是在说我母亲吗？”

“对，我就是在说她。”我说。

“哦！但你要知道，我们太卑贱了。”他接着说，“我也清楚这点，为了不被那不卑贱的人挤上墙头，所以我诚然要小心点为妙。在情场上和战场上，无论什么都是合情合理的，先生。”

他举起他那双大手，在下巴前轻轻地搓着。同时淡淡冷笑。他的样子像极了一只凶残恶毒的猴子。

“你知道，”他摇摇头，依然冷笑着，叫人十分不舒服，“你是个阴险的对手，科波菲尔，你一直都是，你知道的。”

“就是因为我，你就叫人老看着她，把她的家弄得不像家？”我说道。

“哦，科波菲尔少爷！这话说得太重了。”他回答我。

“你爱怎么想就这么想，”我说，“我的意思，尤来亚，你跟我一样清楚。”

“哦，不是的！你要把话说清楚，”他说道，“嗯，真好，要不然我听不懂是什么意思。”

“你觉得，”看在爱妮丝的面子上，我努力让自己平静温柔地说，“我除了视维克菲尔德小姐为亲姐妹，还能有什么？”

“嘿，科波菲尔少爷，”他说，“我没必要一定要回答你的问题，你知道。你也许没有别的意思，你清楚，但话又说回来，你也可能有别的意思。”

他那张卑鄙的脸，那没有睫毛赤裸的眼睛，是我从来没见过的。

“唉，那么！”我说，“为了维克菲尔德小姐着想——”

“我的爱妮丝！”他别扭地抖着身体，令人作呕地说道，“科波菲尔少爷，叫她爱妮丝吧！”

“为了爱妮丝-维克菲尔德着想——愿主保佑她！”

“科波菲尔少爷，我向你的祝福表示谢意。”他打断我。

“我就跟你说吧，这话我是在任何情况下，只会告诉杰克·凯奇的，我根本不想跟你说。”

“先生，你告诉谁？”尤来亚把脖子上过来，还把手放在耳朵上问我。

“就是刽子手，”我说，“最不可能的人！”——我觉得由他这张嘴脸想到刽子手再自然不过了——“我已经订婚了，是跟另外一个年轻的姑娘，这下你满意了吧。”

“你发誓！”尤来亚说。

我忍住气正打算说点什么来证明我所说的话以满足他贪婪的要

求。还没等我开口，他就握紧我的手。

“哦，科波菲尔少爷，”他说，“那天晚上，我在你的起居室前的火炉前睡觉，让你睡不安稳了吧。那时，当我对你吐露心思的时候，要是你也肯对我说心里话，那我也就不这样怀疑你了。现在，已经知道了，很令人高兴。我回去就叫我母亲离开。我知道，对于我为爱情采取的预防措施，你会原谅的，对吧？只是很遗憾，对于我的信任，你总是不领情，更别提以同样的信任对待我了。我当然还继续信任你了，但是你总不像我希望的那样，给我面子地对待我。我知道，我喜欢你，可是你并不领情。”

他鱼骨头般的手一直牵着我，我感到他手心湿湿的，我想甩开他的手可是这样做不礼貌，我就想尽办法轻轻地往外抽。但我失败了！他进一步将我的手拉进他穿深蓝色外套的胳膊里。套着我的胳膊向前走。我简直是被强迫着前进。

“走吧，我们回去吧？”尤来亚说着就把我转向市镇的方向。我看见月亮刚刚升起来，整个市镇笼罩在一层淡淡的月光里，远处的窗子像镀上了一层银光一样，非常洁白。

“在我们转移话题以前，有句话我还是要说，”相当一段时间里我无话可说，我打破了这个沉默说道，“我相信，爱妮丝-维克菲尔德就像这月亮，永远挂在你的上空，高高在上！你永远没有希望得到她。”

“她很安详，对吧？”尤来亚说，“是的，非常。那么，科波菲尔少爷，说实话吧，你从来就没有像我喜欢你那个样子喜欢我，没什么好奇怪的，因为你自始至终都认为我很下贱。”

“说自己下贱的人我不喜欢。”我说，“自认为别的什么的人我也不喜欢。”

“行啦！”尤来亚说，在月光下，他的脸显得软弱而苍白，“我也知道这点！但是，科波菲尔少爷，你不明白，像我这样地位的，本身就得下贱！我父亲是在男童义校受的教育。我和他一样。我母亲是慈善机构出身的。从小，我就对谦卑耳濡目染。他们除了对我教育这个就没有别的。他们教我，要对这个谦卑，要对那个谦卑，在这个面前要帽子行礼，在那个面前要弯腰鞠躬。我时刻不能忘掉自己的身份，遇到上级就要谦卑。可是我有多少上级！父亲谦卑，我向他学习，于是我们都得到班长的嘉奖，父亲还因此在教会谋得一个职务。父亲循规蹈矩，唯命是从，于是在上流阶层，没有不称赞他，不提拔他的。父亲教导我，‘尤来亚，谦卑可以使你进步。这是学校一直以来对我们的教导。不过也很容易就能理解其中的意思。要谦卑！’父亲说，‘你就可以混得下去了，’事实上，也确实很实用呀！”

我从没想过，原来这种讨厌的、装模作样的谦卑是他们家庭的风气。看来我一直只知其表象，不知其内因哪。

“在我很小的时候，”尤来亚说，“我就看到谦卑的带来的好处，于是我就试着亲身去体验。当我受到屈辱的事，我就努力去忍受它。我在求学的途中，我学到一定的程度就停了，我要留在谦卑的程度上。在你提出教我拉丁文时，我就说‘到此为止吧’。我懂得适可而止，这点你不如我。‘人们总喜欢将你踩在脚下’，父亲说，‘那就让他们踩去吧！’直到今天，我都是很谦卑的。不过科波菲尔少爷，我们可是把握住了一点权力！”

借着月色的光辉，我看到他的脸，我明白，他说了这么多就是要让我了解，他想让他的权利来弥补他的卑贱。他卑劣、阴险、奸诈，这点我从来没怀疑过。但是他很早就受了那种压抑，而且还经历了很长的时间，以至于他现在有这种卑鄙毒辣的报复心理，这点我还是到今天才知道的。

说完这些自白，他觉得颇有成效，心情愉悦起来，便从我胳膊中抽出了手，拿去继续抚摸着自己的下巴。既然让我脱离了他，那就休想再靠近我。我与他保持距离并肩而行，一路并不多言。

到底是因为他听了我的消息，还是因为他在这种自诉中得到了满足，具体是什么原因我不知道，反正他的兴致高涨起来，而且有一股力量在支撑着他的兴致。晚饭间，他明显比平日话多了，他问他的母亲（我们一回到家，他母亲就从她的工作岗位上撤下来了），他的年龄是否可以结婚了。他一直看着爱妮丝，这样子能刺激我不顾一切只为换得一句许可，允许我将他揍一顿。

饭后，只留下我们三个男人，他就更得意忘形了。他没怎么喝酒，或者说他根本就没喝酒，可是他却发起酒疯。我看让他迷醉的只怕是感到胜利的傲慢，再加上我在场，他就更猖狂了。

他老想灌维克菲尔德先生酒，这个我昨天就注意到了。那时，爱妮丝在退下前还给我使了眼色，所以我只让自己喝了一杯酒，喝完酒提议去看看爱妮丝。今天我还打算这样做，不过被尤来亚抢先了一步。

“先生，今天这些客人都是稀客啊。”他对着维克菲尔德先生说，当时维克菲尔德先生坐在桌子的末端，比较他俩的样子，那就是两个极端，“要是你不反对，我提议再向科波菲尔少爷敬上一两杯酒表示欢迎。来，科波菲尔先生，祝你健康幸福！”

他伸过手来，我不得不握住它，然后再握起这个忧伤的老人的手，但这次的感情是完全不同的。

“嘿，我的伙伴，”尤来亚说，“我在这里失礼地请你带着大家为科波菲尔而现实的亲人们干几杯吧！”

席间，维克菲尔德先生为我姨奶奶、狄克先生、博士院、尤来亚干杯。他是如何做到的，且不说，更让我不理解的是，这样的举杯他居然还重复了一次；面对自己的软弱，他努力克制，却总也做不到，他是如何的无可奈何，且不说；面对尤来亚的所作所为，他自觉羞愧，却又不敢得罪他，这两个方面在他的内心是如何的交战不休，且不说；而尤来亚是如何将他当做战利品在你我面前炫耀，他是怀着这样愉快的心情在那里一会儿扭着身子，一会儿又转动着身子，且不说。一想到这些，我内心就闷得慌，现在写到这里也觉得写不下去了。

“嘿，伙伴！”尤来亚到底说了，“我卑贱地请求将酒倒满，我要向我眼中女性中最神圣的女神敬上一杯。”

我看了一下维克菲尔德小姐的父亲，他将手中的空杯子放下，朝着很像她的画像看了一眼，用手摸着自己的额头，向自己带扶手的椅子上退去。

“我这个人很卑贱，配不上她身体健康。”尤来亚还在说，“但我想向她表示我对她的敬佩和崇拜之情。”

他两手紧攥，这个一头白发的父亲，此刻身体上固然难受，但我相信，他精神上所受的痛苦更为严重。

“爱妮丝，”尤来亚说（我不知道他这行为的意义，但并不是我不关心他），“爱妮丝-维克菲尔德，我可以确切地说，你是女性中最像女神的那一个，在我的朋友面前我可以这样无所顾忌地说吗？作为他的父亲，是一个值得自豪的身份，但是作为她的丈夫——”

爱妮丝的父亲从桌子边跳起来“啊”了一声。这样的叫喊，我希望我永远都不要再听到。

“怎么了？”尤来亚说道，脸色变得跟死人一般，“维克菲尔德先生，我但愿你不是在发疯！如果我要说，我有一种野心，想把你的爱妮丝变成我的，那我也跟别人拥有平等的权利啊，而且我比别人权利更大呢！”

我一把抱住维克菲尔德先生，不断地跟他提起爱妮丝，想尽一切办法使他冷静一些。当时，他像发了疯一样：揪着头发，捶着头，还用力挣脱我。跟他说什么他都不理，他看不见人，也不去看在那里胡乱地挣扎，至于在挣扎着什么，他自己都不清楚。他的眼睛睁得圆圆的，嘴巴和眼睛都歪了，看起来可怕极了。

我时不时地用我最强烈的话劝他听听我所说的话，劝他别再这样。我劝他想想爱妮丝，想想我跟爱妮丝之间的情谊，想想我跟爱妮丝可是从小玩到大的，想想我怎样尊敬他爱护她，她又是怎样做到让他自豪和欣慰的。我努力在他面前勾画爱妮丝的形象，我急得都快责备他不该这样子软弱，否则会让爱妮丝知道他现在的光景的。可能我的努力真的奏效了，也可能他已经发泄得筋疲力尽了。

他慢慢地平静下来，慢慢地也能看到我了——刚开始还不认得我，后来，他的眼神就告诉我他认出我了，以至于他开口说话了："特洛伍德，我晓得！还有我亲爱的孩子——我都晓得！但是这个家伙，你看看！"

他指向尤来亚，在一个角落里，尤来亚面色煞白，两眼直瞪。此刻，他一定感到意外，想不到自己的如意算盘打错了。

"你看看，就是这个人，一直折磨着我。"他说，"就因为他，我的名誉和地位，我的平静和安详，我的家宅和门户，都——离我而去。"

"你的名誉和地位，你的平静和安详，你的家宅和门户，我都一一为你维持下来了，"尤来亚阴沉的脸带着惊慌失措的表情，只好退一步说，"维克菲尔德先生，别这样犯迷糊了。要是你觉得我有那么一点过分的话，那我现在就退回我去，这有什么大不了的呢！"

"我把每一个人的行为动机都想得很单纯，"维克菲尔德先生说，"他接近我的动机想象成为了谋权利的，要这样的话我还有点感到安慰，但是你现在看看，看看他这张嘴脸——天哪，你看他这张嘴脸！"

"科波菲尔，你要抱住他尽可能地抱住他，"尤来亚伸出那瘦长的食指对我叫道，"他就要胡说了——听着——他醒了就会后悔的胡话。这胡话你听了也会觉得不该听。"

"我就要说，什么都说出来！"维克菲尔德先生娇气来，那声音，那表情都是那么的绝望，"既然你都能掌控我，那让别人来掌控我又何妨呢？"

“听我说，科波菲尔，”尤来亚还在用警告的语气对我说，“你要还是我的朋友的话，你快堵住他的嘴，别让他说话。为什么你会被你别人掌控呢，维克菲尔德先生？你跟我都很明白，是因为你的女儿，不是吗？狗儿睡得好好的，别自找麻烦地吵醒它——谁打算吵醒它呢？我不打算。你没看见，我能做到有多卑贱就有多卑贱地做着呢？我也说过，要是我做得过分了，我错了，还不行吗？先生，你到底还要怎么样呢？”

“哦，特洛伍德，我的特洛伍德，”维克菲尔德先生使劲地拧着手说道，“在这个宅子里，从你第一眼看到我，我就已经堕落成什么样子了！那时，我已经江河日下了，而从那以后，我的路走得凄惨不堪，非常可怕！我软弱，没骨气，我放任自己，任自己走向毁灭。我一味地记着一些，一味地不关心一些。对孩子母亲的哀悼，对这个孩子的疼爱，我的所作所为都已经变得病态了。这种心理传染了一切与我有关的东西。灾难已经让我引向了我所疼爱的人身上。我很清楚——你也很清楚。我本以为，我可以做到谁都不爱，只用心爱着世界上唯一的一个人；我本以为，我可以做到不管哪个在悼念着哪个，我只用心地悼念着世界上唯一的一个人。就这样，我将人生的信条全都曲解了。我这个病态懦弱的人被自己折磨着，而自己也被这颗心折磨着。我的悼念是卑劣的，我的疼爱也是卑劣的，而我面对这两者的阴暗面，想着逃避也是卑劣的。哦，你看看呀，看我真不争气的样子，可恨吧，躲我远远地吧！”

“我不知道，我那样没脑筋地干过多少事，”维克菲尔德先生说着把手一伸，好像在求我别责怪他，“他是知根知底的，”向尤来亚指去，“正因为他的存在，才有那么多馊主意出现。他就像套在我脖子上的磨石，你也看到了。你看看他在这个宅子里的架势，他在我的业务上也是这个架势。听听他刚才的话，也就不用我多说了。”

“你用不着多说，一半都用不着，你根本就不该说这些话。”尤来亚反驳道，同时又装得很可怜，“就因为你喝高了，要不然你不会这样说的。先生，明天早上起来，你再仔细想想。要是我多言了，或者比我本意多言了。那有这大不了的呢？我并没有认死理儿呀！”

门被推开了，爱妮丝走进来，一句话都不说。她的脸色煞白煞白的。她直接向她的父亲走过去，搂着他的脖子，平静地说道：“你有点不舒服了爸爸。跟我走吧！”维克菲尔德先生把头倚靠在她的肩上，随着她走出门。他的样子好像遭受了天大的耻辱。爱妮丝的眼神与我的眼神遇上了，不过很快她就移开了。虽然时间很短，但我依然能看得出，刚才发生的事，她心里已经有数了。

“他发那么大火，科波菲尔少爷，真想不到。”尤来亚说，“不过没事儿，为了她着想，明天我就能跟他恢复友好。我卑贱地为着他的利益着想。”

我没答理他，径直走向楼上一个安静的房间里。就在这个房间里，以前常常在我看书时，爱妮丝就过来坐在我旁边。入睡前，没有人会来到这里打扰我。我找来一本书看起来。外面传来了十二点的钟声，我还在看书，可是在看什么，我不知道。在就在这时，爱妮丝碰了我一下。

“特洛伍德，明天一早你就走了，我现在就跟你说再见吧！”

虽然此刻，她的脸非常的平静而美丽，但我依然看得出，她哭过!

“愿主保佑你！”她说道，同时把手伸给我。

“爱妮丝，我最亲爱的人，”我回答她，“我心里明白，你不希望我谈论今天晚上的事——开始难道一点办法没有吗？”

“唯有上帝值得信赖！”她说。

“我——一个一遇到烦恼的事就找你的人，难道什么都不能替你分担吗？”

“你在，我的烦恼就已经减轻了许多，”她回答我，“真的不需要做什么来替我分担，真的，科波菲尔。”

“亲爱的爱妮丝，”我对她说，“那些高贵的品质，像善良、果断，你都一应具有，而我却非常的缺乏，要让我来指引你的迷途，那实在是荒唐。你待我那么好，帮了我那么多，但你可知道，我是多么的爱你呀。你无论如何也不能为误解的孝心而牺牲自己，爱妮丝。”

这时，她表现得从没有过的激动，在这样的激动的驱使下，她把手抽回去，还往后退了一步。

“告诉我，这种想法从没有在你脑海中出现过。亲爱的爱妮丝，比亲妹妹还亲的爱妮丝！想想你的心灵是何等的高贵，你的爱是何等的无价！”

哦！在接下来相当长的时间里。她的表情僵在那里，看着我。但那不是惊讶不是指责，也不是悔恨，良久以后，这表情终于浮现了讨人喜欢的笑，她笑着说，这件事，她一点也不着急——我也不用为她而着急——告别时，她叫了我声哥哥，然后向门口走去。

天还未亮，我就走出旅店上了脚车。等我们打算起程时，天也才刚刚破晓。我坐在车里，想起爱妮丝，尤来亚从车旁探出脑袋来，这时白昼伊始，月色将近。

“科波菲尔，”尤来亚用手勾着车顶的铁横杆，哑着嗓子说，“我跟维克菲尔德先生已经和好如初，一点过节都没有了。我相信，临行前听到这样的消息，你一定很高兴吧。我在他的房间里，握手言和了。我这个人很下贱，你也知道，但我于他是有利的，只要他没有喝醉，他清楚这其中的利害关系。说到底，他还是很讨人喜欢的。科波菲尔少爷！”

我漫不经心地对他说，我很高兴他能道歉。

“哦，那算什么！”尤来亚说，“你知道，一个人既然很卑贱，道个歉有什么大不了的？容易得很！让我猜猜，”他扭了扭身子，“你采了未成熟的梨子吧，科波菲尔少爷。”

“可能吧，我采过一只。”我回答他。

“昨天晚上，我采过了，”尤来亚说，“只要照料好它，它早晚得成熟的。我等得了。”

他跟我好一番客气，一直到车夫来了，他才下去了。据我了解，为了抵御早晨的寒冷之气，他在嚼着什么东西。他咂着嘴，就好像面前就有只完全熟了的梨子。

第四十章

当晚，在白金汉，我们郑重其事地进行了一场谈话，谈话的内容是爱妮丝变故的家庭。就是上一章我已经详细写了的。我姨奶奶对他们一家人很是牵挂。谈话结束后，她两手抱胸，在屋子里来来回回地走了有两小时。每次她感到情绪很乱时，她就这样不停地走着。她情绪有多乱她就能走多久，而这次，她的情绪如此的乱啊，她都觉得要将卧室的门一路开到底，好让她可以从这间卧室最里端一直走到另一间卧室的最里端。狄克先生和我安静地在一旁坐着，她就沿着这条路线迈着平常大小的步子不断地进进出出，像钟摆一样有规律。

狄克先生要回去睡觉了，他出门后，屋子里就剩下我和姨奶奶。我坐下来给两位姑姑写信。这时，她也走累了，来到火炉旁按照往常习惯，叠起衣服坐下。每天晚上她坐在这里的时候，手里总会拿着一只杯子放在膝盖上，但今天那只杯子却放在火炉架子上。她左手托着下巴，右手放在左肘下，她看着我，像在想着什么。每当我写着写着抬头时，就会发现她的眼睛在看着我。“我亲爱的科波菲尔，我的心平静得不得了，”她点了下脑袋，想叫我放心，“可是我感到心烦和苦恼!”

我光忙着写信，没注意到炉架上的夜间杂喝（这是她常用的专用名词）一点没动。当发现是她已经回房间睡觉。我敲她的门叫她喝，她带着比以往任何时候都要慈爱的表情来到门前，“特洛，我今天没心情喝那玩意儿。”她摇摇头，又回去了。

第二天早上，她看我写给两位姑姑的信时，说写得不错。信寄出去后，我无事可做唯有耐心等待回音了。我一直这样等着，直到有一天，我从博士家回来，那是一个飘着雪花的夜晚，我依然保持着这种期待的心情。这种心情已经有一个星期了。

那天非常寒冷，东北风已经刮了有段时间，吹得人刺骨疼。当夜晚来临风停下来的时候，雪却下起来了。我还记得，雪花大片大片地飘起来，一直不断地飘着，慢慢地地面上就积起了厚厚的一层。车和人从上面走过去，声音都被淹没了，好像街上铺了一层厚厚的羽毛。

往我家最近的路上——这样的夜晚，我当然要走最近的一条路了——要穿过圣马丁教堂巷。这个地方因这个教堂而命名的，当时它的规模还非常的小。胡同绕着好几道弯通往斯特兰街。走过圆柱下的台阶，在转弯的时候，迎面走来一个女人，那张面孔看了我一下就继续穿过胡同，消失了。这张面孔我认得。我在哪里见过她，具体在哪里我就不记得。这张面孔触动了我心里的一些前景，可是当时我在想着别的事，所以我也搞不清楚我在哪里见过她了。

与此同时，在教堂的台阶上，我看见一个男人的身影，他将背上的包袱放到雪地上，正在弯着腰打算整理一番。我觉得，我光顾着自己的惊讶，而忘了停下脚步来。不过，不管怎么样，在我还在往前走的时候，他站起来转了一个身，朝着我走来，就这样，我与皮果提先生相向而立。

忽然我记起了那个女人的面孔，是玛莎，就是那天晚上爱米丽在厨房里给过她钱的那个玛莎·恩德尔——汉姆告诉过我，就算将海底的财富全部给皮果提先生，他也不愿让自己的外甥女儿跟这个女人交往。

我们热情地握了手，一时间不知道说什么好。

“大卫少爷！”他把我的手握得紧紧的，“看到你真让我高兴。少爷这真有缘啊，真有缘啊！”

“我本打算，今天晚上去看看你，”他说，“不过我晓得你跟你姨奶奶住一起——你那里我已经去过了，我去过雅茅斯了——我就恐怕天太晚了，所以打算明天早上走之前去你那里看看。”

“又要走？”我问道。

“对呀，少爷。”他说道，同时不紧不慢地摇了一下头，“明天就走。”

“刚才你是又去哪里去呀？”我问他。

“嘿！”他将头发上的雪抖了抖几下说，“我在找一个地方晚上睡觉。”

当年，有一个侧门通向金十字架旅店的马圈（现在一提到他的不幸，我就想到这家旅店），这侧门差不多正对着我所站的地方。

我挽起他的胳膊向那个门走去。我看到马圈外敞开的三两家酒店中，有一家人很少，但炉火很旺，我就带他去了那一家。

进了门，他抖下帽子上和衣服上的雪，在脸上摸了一把。我就借着灯光注意到，他的头发很长也很乱，脸也被晒得黢黑黢黑的。比起以前，他的头发花白了很多，脸和前额的皱纹更深了。他的样子烙上在各种环境下跋涉游荡的痕迹。但他看起来不仅身体很结实，意志也很坚实，似乎什么都不能将他打趴下。他背对着我们进来的门，在我对面坐下，再次用那双粗糙的手热情地跟我握手。

“大卫少爷，”他说，“我去了很远的地方，不过听到的东西不怎么多。我要将我的所见所闻跟你说说。”

我拉了一下铃，想要些热的东西喝。他不喝过烈的东西，只点了些麦酒。当麦酒拿来放在火上加热的时候，他若有所思起来，在他脸上，我看到一种纯洁厚实而又庄重的气息，我都不敢打扰他了。

“在她孩提时，”屋子里就剩下我两个人了，他抬起头来说，“她就常常跟我说起，海水如何的湛蓝，阳光如何地照在沙滩上。有时候，我琢磨，她这样想可是因为她的父亲死于海中的缘故。我说不好，你知道，也许她相信——要不就是希望——她的父亲能漂到一个地方，在那里花儿永不凋谢，太阳永不下山。”

“这可能是个小孩子家的幻想吧。”我说道。

“她失踪了后，”皮果提先生说，“我心想，她一定是被带到某个异国他乡。我心想，他肯定跟她讲了那些地方的种种好处，然后如何用这种话让她听他指使，叫她在那里嫁为人妻。在我看到他母亲的时候，我就知道我没有猜错。于是我漂洋过海，去过很多地方。在法国那里登陆时，仿佛我是从天而降似的。”

我看见门动了一下，雪花儿伺机飘了进来。然后门又动了一下，还有一只手挡在了中间，不让门关上。

“在那里，我找到一个有权势的英国人，”皮果提先生说道，“我告诉他，我在寻找我的外甥女儿。他就给我办了几件文件，以便我在通行各地时派得上用场——但那些是什么文件我一点都不了解——他还说要给我钱。但我谢了谢他，没有要了。这件事上，我打心底地感谢他！‘你起程以前，我就已经写了信，’他对我说，‘写到你要去的地方，通知那些你可能认识的人。’我尽我所能表达的感激之情向他表示了谢意，然后走遍了整个法国。”

“你一个人徒步旅行的？”我说道。

“主要是徒步旅行的，有时候碰到赶集的人就借他们的货车搭个便车，偶尔也坐脚车。每天我都要走好几里路。路上有时候能遇到去那里看望朋友的老士兵，虽然我们之间语言不通，”皮果提先生说道，“但在那飞沙走砾的旅途中，我们成为了伴侣。”

他说话的语气亲切自然，都能想象得出他所描绘的那幅景象。

“每次到了一个市镇，”他接着说，“我就在旅店的院子里静候。希望能遇到一个说英语的人（通常都能遇得到）。找到了，我就告诉他们，我在寻找我的外甥女儿。然后他们指引我，说旅店里哪儿哪儿有上等人。我在门口等着，搜索着跟她长得相像的人。可是没有爱米丽，于是我加紧步伐继续前进。我来到了一个村庄，那里有好多穷人。在那里我竟然发现，走了这么久，这里的人才是最了解我的心情的。他们老叫我停下来歇歇，还给我吃的和喝的，甚至给我提供睡觉的地方。我遇到好几个跟爱米丽年龄一般大小的小女孩。大卫少爷，她们就在村口的十字架边等我，给我送来吃的和喝的。还有那些失去女儿的母亲，你不知道她们对我有多好。”

玛莎站在门口。她一脸憔悴，我看得非常清晰，她在门口十分投入地听着。我当时就怕他会回头来发现她。

“常常，他们把自己的孩子抱来——以小女孩为多数，”皮果提先生说，“我把她们抱在膝上。到夜幕来临时，我还是这样抱着他们的孩子在他们的门口坐着，好像抱着的是自己的孩子一样。哦，我亲爱的宝贝们！”

猛地说到这些悲伤的事，他悲不自胜，用手捂着脸放声地呜咽起来。当我颤抖着握住他的手时，他说：“少爷，谢谢你，不用担心。”

就这样，他哭了一会儿后，将手伸到怀中，继续叙述着他的故事。

“在早上，”他说，“他们常常跟我一块儿走一段路。走了一两里路，要分别的时候，我对他们说，‘我非常感谢你们！愿主保佑你们！’从他们愉快的表情看来，他们好像已经听懂了我的话，但能听懂多少我就不得而知了。后来，我走到海边。你能想象得出，对于像我这种吃水里饭的人来说，要想去意大利，那是轻而易举的事。我来到意大利，还像以前那样，边找边流浪。那里的人像法国人一样，对我也很好。有一个人，收到了那个英国人的信，他通知我，说爱米丽在瑞士的一座山里。所以我没有在那里把每个城市挨个儿找，就直奔那个山里了。那个人说，他看见三个人跟我描述的人很像。他还跟我讲了他们的行程及当时的所在地点。大卫少爷，我往他所说的那个地方赶去，日夜兼程，一刻都没停下来。可是那座山离我那么的远，尽管我一直赶着，可仍然相差那么远。后来我赶到了。我越过群山来到他指给我的那个地方，我还在默想，要是我找到她了，我可怎么办呢？”

门外的那张脸还在十分投入地听着我们的谈话，完全忘记了黑夜中凛冽的寒风，她对我打着手势求我不要赶她走。

“我一直都很信任她，”皮果提先生说道，“一直！一直都是！她只要看到我的脸，哪怕就一会儿——她只要听听我的声音，哪怕就一会儿——只要我能出现在她的面前，哪怕就一会儿，就算不能动也不能说话，都能让她回忆起儿时的光景来，还有这个被她遗弃的家——就算她当了上流人士的夫人，她也会在我跟前趴下！我清楚得很。很多次我梦见她，她还喊我‘舅舅啊’，她倒在我的面前，像死人一样。我就在梦里将她扶起来，轻轻地对她说，‘亲爱的爱米丽，我来了，带着宽恕你的心来了，我要把你领回家呢！”

说到这里他停了下来，深深地吸了一口气，摇了摇头继续说。

“现在他要怎么样我也不管了。爱米丽才是最重要的。我买了套乡下人穿的衣服，找到她我就给她穿。我知道，找到爱米丽，我就立马带她回家。我带着她走那些铺满石子的路。我走到哪里她就跟到哪里，永生永世都不得离开我半步。我要让她换上我给她准备的衣服——然后挽着她的胳膊一路向家里飘荡回去——有时我们会停下来，让她歇歇脚，还有她那颗伤得更重的心——这些就是我脑子里想的全部。我相信，至于他，我看都不看一眼。但是，大卫少爷，实现不了，一时间还实现不了！因为我赶到那里时，他们已经走了，我扑了一个空。他们去了哪里，我没有得到确切消息。有人说在这里，有人说在那里，他们说到哪儿我就会跟到哪儿，但仍然没有找到。我就只好回来了。”

“什么时候回来的？”我问他。

“四天前吧，”皮果提先生说道，“天黑下来后，我远远地看到那条老船，船上窗子里的灯还亮着。我走过去，透过窗子，我看见火炉边坐着一个人，那是忠心耿耿的高米芝太太。她在履行着我们的约定。我就喊道，‘丹回来喽，别害怕哦！’我进了门，一瞬间，这条老船变得那么陌生，我想都不曾想过。”

说完，他小心地向胸前的口袋里伸去，拿出一小把纸来。里面有两三封信，或者说是两三个小包，在桌子上放下。

“这是第一封信，”他从其中找出一份来，说道，“我走了还不到一个星期寄来的，这封信是在夜里偷偷放在门口的。字条里还裹着一张注明给我的五十镑的支票，她刻意学别的人的字迹，但我还是看出来了。”

他小心地将这张支票按照原来的折痕叠起来，慢慢地、轻轻地放在一边。

“这是两三个月前的，”他打开了另一封信说，“写给高米芝太太的，”他在递给我以前看了一眼，小声地对我说，“少爷，你来读读吧。”我接过来读起来。信上写道：

当你看到信，认出这字迹是我这只罪恶的手写的时，你会作何感想！不过，求你一定不要对我狠心。只要给我那么一小会儿的仁慈就够——这并不是为了我，而是为了舅舅的仁慈。请对我这个可怜的女孩发发慈悲吧！求你找来一张纸，写信告诉我他过得怎么样，在你们还没放弃提起我以前，他都对你说了什么——告诉我，在我晚上回家的那个老时间点上，他是不是像在想着一个他永远疼爱的人那样？哦，我的心每次想到这里都碎了一般。我在这里向你跪下了，恳求你，不要惩罚我，虽然我知道受惩罚是我罪有应得——我心里非常明白这是罪有应得——但还是请求你要仁慈，要宽恕地把他的近况告诉我。请你不要再叫我“小”了，不要再叫我那被玷污了的名字。但是我恳求你能听进我了的苦恼，可怜可怜我，给我写一封信，用几句简短的话就行了。这辈子怕是再也见不到他了。

亲爱的，要是你不肯可怜我的话——我知道，我是不该被可怜的——但是，听一听，要是你的心不肯可怜我，把我这可怜的祈求置之不理的话，请在你下定这样的决定之前，听听我最后一句话吧，问一问那个我本要嫁的那个人怎么样吧。我最最对不起的就是他了。要是他的心还很慈悲，肯说点什么的话，你就给我写封信——只要你跟他提起我，我想他一定会说的，他向来是坚强而仁慈的——就请你跟他说（别跟其他人讲）每当夜晚来临，夜风呼呼地刮起来的时候，我就觉得这风是因为看到他和舅舅，才这样愤怒地要刮到上帝那里去告我的状的。麻烦你转告他，要是明天我就要离开这个世界，我一定尽我所能地为他和舅舅祈福的，一定尽我最后一口气为他幸福的家祈福的。

在这封信里，也附了一点钱，五镑。这笔钱和上一笔一样，我都没被动过。他像刚才一样将这张支票叠起来。爱米丽在信中详细地讲了该如何回信，但信不能直接到她手上的，中间经过了好几次中转。她写信的地址不外乎别人跟他说的那几个地方。

“给她回信了吗？”我问皮果提先生。

“鉴于高米芝太太肚子里墨水太少，”他告诉我，“少爷，于是汉姆起草了一封信，她抄了下来。他们在信中告诉她，为了找她，我已经出门了。他们还把我临行时说的话写下来告诉她了。”

“你手里拿的还是信吗？”我问。

“不，少爷，是钱，十镑，”皮果提先生展开一点给我看，“你瞧，就像第一封信，上面署名为‘一个真诚的朋友送’。与第一次不同的是，这次不是放在门口，而是经邮局寄来的。前天刚收到。我还按邮戳上的地址找过。”他指着信上的邮戳对我说，我看了一下，是莱茵河上游的一个市镇。所以他就来到雅茅斯，找了些了解这个地方的外国商人。这些商人详细地给他绘制了一张草图。这时他将草图拿了出来铺在桌子上，一边用手托着下巴，一边在草图上给我比画他的路线。

我问他，汉姆好不好，他直摇头。

“他很卖力地干活，”他说道，“那附近的人都知道他。你也了解，他一向都很热情，在那个地方别人对他也很热情。他从来不在别人面前发牢骚。但我妹妹认为（她只跟我提过），这事深深地刺痛了他的心。”

“他太可怜了，我觉得。”

“他做起事来，卫少爷，”皮果提先生说到这里严肃起来，把声音压得低低地，“好像连命都不要。遇到恶劣的天气，要人做高难度的工作时，他冲上去；遇到危险性的事，需要冒险时，他冲上去。不过，在雅茅斯，孩子们都认识他，因为他跟孩子们一样的善良。”

他带着心思将信叠好，还用手压了压才放进原来的小包裹里。最后轻轻地装进了胸口的口袋里。门外那个人走了，雪依然飘进来，但是那里什么都没有了。

“好了！”他望着自己的提包说，“大卫少爷，既然今天碰巧遇到你（这方便了我的行程），那我明天一大清早就直接走了。在这里，该看的也都看了，”他将手搭在包裹上，“但令我放心不下的是，再将这些钱物归原主前会碰到什么意外。比如我死了，钱丢了或者被偷了，反正不管怎么样不在我身边了，他肯定会以为我接受了。要这样的话，我去了另一个世界也不会安稳的，我必定会从阴间再爬出来！”

我与他都站起来了，在离开这家店以前，我们再次握了握手。

“就算我要走一万里路，”他说道，“就算我走到累死，我也要把钱送到她面前。如果我能完成这件事，同时找到爱米丽，那我就死而无憾了。如果我没有找到她，也许会在哪天，有人告诉她，她的舅舅一直在找她，直到死前一刻也在找她。如果我对她的了解还算了解的话，我想单是这一点就能唤醒她！”

我们走向寒气袭人的黑夜中，那个孤寂的身影从我们面前迅速地晃过去了，我叫住皮果提先生，找话跟他说，等那个身影完全离开。

他告诉我，他要在多佛大道上找一家干净简朴的地方过一夜。当我们走到西敏寺桥，我们在苏里岸上告别了。他将在飘雪中重新踏上孤单的旅行了。这一会儿，我的觉得万物寂寥无声，好像是为了向他行礼致敬才这样的。

第四十一章

我终于等到了两位姑姑的来信，信中她们说要向科波菲尔先生表示问候，她们仔细阅读了他的信，最终决定“考虑到双方的幸福”——见到这种表达，我不免有些害怕起来，因为当初她们闹家庭矛盾的时候，她们也这么说过一次。另外因为我曾经见过（我经常见到）这种形式的套话，就像爆竹，放起来容易，炸开后就原形尽失，显露出各种各样的形态和颜色。那两位斯宾罗小姐还说，对于科波菲尔先生信中的提议“用信的方式”说不清，要是哪天科波菲尔先生在时间合适的时候肯来光顾她们的家的话（合适与否由他而定，可携带一知心密友），她们到时一定乐于讨论那个问题。

科波菲尔一收到信，二话没说就毕恭毕敬地作了回应，说一定在指定的时间里带上他的内院朋友汤姆-特拉德尔先生前去给两位斯宾罗小姐请安。信寄出后，科波菲尔先生的神经就一直处于紧绷状态。在他们约定的那个日期到来之前，一直都没放松过。

可是在这至关重要的时刻，密尔斯小姐却不能给予我她那不可缺少的帮助。这在很大程度上给我带来了不安。密尔斯先生一直以来这样或那样地为难我——也许是我自己想的，不过从结果看来，这两者是一回事——这一回，将他那可恶的行为推向了高峰，在这紧要关头，他居然提出要去印度！为什么他偏偏要在这个时候去印度？除了让我难堪还有别的原因吗？不过事实上，他跟这个世上其他地方就没什么联系，但他确实跟那个地方有不一般的关系。因为印度的生意是他的全部，什么生意他都接（买卖金披肩和象牙，这种不切实际的梦我也做过）。在他年轻的时候，他在加尔各答住过。这回他打算以侨民的身份去那里。随他怎么办，这跟我没关系。但这件事对他很重要，他必须要去趟印度，朱丽亚也一同前往。现在朱丽亚回了乡下跟亲戚们辞行了。他们要把家里的东西出租或转让，于是她家门前贴满了各种告示，家具（扎布机）都估好了出卖的价格。就这样子，上一次打击的阴影，我还没有走出，她又给了我一次打击。

约定日期来了，在这种重要的日子里我穿什么好呢？我拿不定主意。我想穿得风光一点，可是又怕那两位斯宾罗小姐见了会觉得我不务实际。于是我决定，要在风光与现实之间找到一个折中的穿法。姨奶奶也很赞成这样的穿法。于是我和特拉德尔决定出发了。在我下楼的时候，狄克先生为了表示祝我们一切顺利，将自己的鞋子向我们甩来。

特拉德尔有个爱好，就是习惯把头发梳得往上翘。虽然我觉得他人很好，虽然我与他感情很深，但对于他这习惯即便在庄重场合他也不改改，这让我忍不住气他。他梳成这个样子让人觉得他很另类——更别提像炉台上扫帚一样的发型了——真担心他的头发会为我们带来不幸。

在去往帕特尼的途中我直截了当地将我的意思跟特拉德尔说了，还告诉他，如果他愿意将头发往下压一压的话——

“我亲爱的科波菲尔，”特拉德尔摘下帽子，从中间将头发往四周压去，“没有什么事能比把头发梳成平的更使我高兴了，它不一会儿就又竖起来了。”

“梳不平吗？”我说道。

“梳不平，”特拉德尔说，“试过各种方法都不行。如果我现在在头上放上五十磅的砝码，它就被压平，等到了帕特尼再放下砝码，它就又竖起来了。科波菲尔，它非常的顽固，你想象不出来有多顽固，它让我看起来十足地像个暴怒中的豪猪。”

不得不说，我失望了。但他的好脾气又让我着迷起来。我告诉他，我非常的敬重他的好脾气，还开玩笑说，他之所以一点脾气都没有，是因为他的头发已经将他脾气中执拗的部分占尽了。

“哦！”特拉德尔笑着跟我说，“实话告诉你，我这倒霉的头发惹事已经不是一天两天了。我的婶婶就非常地排斥它。她告诉我，我的头发惹得她非常的生气。我刚开始和苏菲交往的时候，它也给我添了不少麻烦！”

“苏菲也讨厌它吗？”

“她倒不是，”特拉德尔说，“但是她最大的姐姐——就是那个大美人儿——我心里非常清楚，她老拿我的头发当笑料。事实上，她所有的姐妹，没有不取笑它的。”

“真有意思！”我说道。

“一点不差，”特拉德尔脸上的表情天真起来，说道，“我们都拿它当笑料来说。她们有意跟我说，在苏菲的书桌里，有一小绺我的头发，为了压平它，必须用一本非常厚的书才行。我们听了都笑起来。”

“我亲爱的特拉德尔，我想说，”我说道，“你的这些经历让我想起一件事情来，你跟苏菲订下婚约的时候，你有没有跟她家里人正式求过婚？就像我们今天要做的事——你是不是也做过？”我紧张起来，又加了后面一句。

“唉，”特拉德尔那张亲切的脸隐隐泛起沉思的意味，“这件事对我来说是非常困难的。你还记得我跟你说过，苏菲对那个家贡献很大，所以她们都害怕她出嫁那一天。实际上，她们私底下已经商量好了，这辈子都不打算让她出嫁了，留在家里当老姑娘。所以就在我万分小心地跟克鲁洛太太提出求婚的事时——”

“她的妈妈吗？”

“对，她的妈妈，”特拉德尔说道，“哈里斯-克鲁洛牧师的夫人——就在我万分小心地跟克鲁洛太太提出求婚的事时，她听了受了很大的刺激，尖着嗓子叫了一声就昏过去了。接下来几个月，我提都不敢提这个问题。”

“后来你还是提了吧？”我问道。

“呃，不过是哈里斯牧师提的。”特拉德尔说，“哈里斯牧师真是个优秀的人，他在各个方面都很值得人学习。他指点苏菲的母亲，告诉她，作为一个基督教徒，要懂得牺牲（况且这算不算牺牲，还不能那么早下定论），不要对他带有敌意。这时候我觉得自己，说实在的，科波菲尔，我觉得自己像是这一家人残暴的禽兽。”

“我希望，她的姐妹们都能站在你的这边吧，特拉德尔？”

“唉，我可不能说她们都站在我的这一边，”他回答说，“我们刚把克鲁洛太太劝服得差不多了，就打算把这个消息通知萨拉。还记得她吧，就是那个脊柱有点毛病的女孩，我从前跟你提过。”

“记得！”

“她听后，两手紧紧地攥在一起，”特拉德尔带着恐慌的眼神看着我，“脸上一点血色都没有，眼睛也紧紧地闭上，不停地颤抖着。连着两天她什么也不吃，只能用茶匙慢慢地喂点烤面包和水。”

“这姑娘太杀风景了，特拉德尔。”我说道。

“哦，科波菲尔，话不能这样说，”特拉德尔说，“她事实上是很讨人爱的，只是感情太细腻了。不只是她，这一家人都是这样的。这时候，苏菲告诉我，在她照顾萨拉的时候，萨拉表现得很自责，简直无法用语言说得清楚的。根据我自己的感情经历，我明白那是非常深刻的感情，这感情像犯了罪一样，科波菲尔。等萨拉恢复后。我跟其他八个孩子也说了这件事，她们对此反应也很强烈。苏菲就开导她们。直到最近，那两个最小的才不那么恨我了。”

“不管怎么样，我希望她们现在都接受了这件事吧？”我问他。

“对——对的，总的来说，她们基本上都接受了这样的命运安排。”特拉德尔停了一下说道，“但我们都回避不谈结婚的事。现在，我前途不明朗，现状不佳，倒给她们带来了不少安慰。等到我结婚那天，情况就会很难堪了。到时那场面就不再是结婚的喜庆而是像出丧的悲惨了。她们会因为我把她娶走而都恨我！”

他开玩笑似的冲着我摇摇头，看起来却非常的认真。这张诚恳的脸在我以后的记忆里也常常感动着我，而且比当时还要清晰。因为当时我的心情过于激动，难以平静下来，注意力自然不能在这些细节上停留下来。当我们临近斯宾罗小姐的住所时，我从里到外软了一大截。特拉德尔为让我打起精神来，拉我着去喝麦酒。于是我们就在旁边的一家酒店里喝了麦酒。然后我拖着沉重的脚步跟在他后面，来到斯宾罗小姐的门口。

使女开开门让我们进去。我只朦朦胧胧觉得自己戳在那里供人观赏的。我也朦朦胧胧发现自己穿过了一条走廊，走廊里摆着一个晴雨表，可是我是怎么穿过的我却一点都不知道。我们来到楼下一间安静的客厅里，客厅不大，在它对面是一个整洁的小花园。我在沙发上坐下，朦朦胧胧地看见特拉德尔摘下帽子，他的头发一下子就竖了起来，就像装在鼻烟匣子里面的弹簧小人，盖儿一打开，它就跳出来了。我朦朦胧胧听见炉架上那个老式钟在滴滴答答地响着，我想让它跟我的心跳保持一致——但它就是不听话。我朦朦胧胧地向四周张望，想看见朵拉的影子，但没看见。我朦朦胧胧听见吉普远远地叫了一声，但很快被谁堵住了嘴。终于我意识到自己将特拉德尔挤到了壁炉那边，只得不知所措地向两位老小姐敬了礼。我看见，两位老小姐的衣服都是黑色的，跟死去的斯宾罗先生那么相像。

“坐吧。”其中一位老小姐说道。

我坐了好几次才坐正了：有一次，我歪到了特拉德尔身上，还有一次我坐在了一只猫身上，后来我坐好了，在什么东西上坐的我不知道——但我确定，反正不是猫。这时我可算能看清楚人了。我看了看眼前这两位斯宾罗小姐，她们确实是斯宾罗先生的姐姐，其中一位要比另一位大六到八岁，那个小点的手里拿着我的信，正在用单片眼镜看，估计是今天的会议主持人吧——她手里的信是我再熟悉不过的了，但现在却又那么陌生。两位老小姐的穿着一样，但这个穿得比另一个显得年轻一点。可能是她衣服上有花边，而且还佩戴了胸针、首饰等，这就增加了她的活力。她们同样端坐在那里，表情严肃，态度镇定，神气平静。另一位坐在那里，两手抱胸，像一尊雕像。

“这位就是科波菲尔先生吧，我相信。”手里拿着信的那位老小姐看着特拉德尔说。

这样的开场是可怕的，特拉德尔只得指向我，说我是科波菲尔先生，我也只得应上了。她们也只得摆脱成见，承认我是科波菲尔先生。我们几个人之间产生了一种微妙的感觉，使这种感觉更加微妙的是，吉普传来几声短促的叫声，然后又迅速被堵住了嘴。

“科波菲尔先生！”刚才那个小姐继续说道。

我站起来行了个礼——好像我是这样做的吧——然后毕恭毕敬地等着她继续说，这时另一位小姐插话了。

“我让我的妹妹，拉芬尼娅，”她说道，“来说说我们的意见吧，因为她对这类事有经验，我们会以最合适的方式达成双方的幸福的。”

后来我知道了，拉芬尼娅小姐在恋爱方面说话还是有分量的。因为几年前，据说有一个玩五点惠斯脱牌的男人，人称皮治尔先生曾经爱过她。我以个人的见解觉得，这种说法有点武断。我觉得皮治尔先生没有这方面的意思——据我所听，他对这种感情从没有过一丁点表示过。但是拉芬尼娅小姐和克拉丽莎小姐一直都相信有。还说，若不是他过早（死的时候六十岁）离世（过量饮酒摧残了他的身子，后来想治好身子，又喝多了巴斯的水）他一定会向拉芬尼娅表白的。她们一致暗自觉得，他是因为无法吐露心思，得相思病而死的。在她们家，我看见了他的一张画像，画像上，他的鼻子非常鲜红，我觉得，他不像是有什么相思的隐痛。

“关于那段往事，”拉芬尼娅小姐说，“我们就此打住吧。我的弟弟福兰西斯这么一死，那段往事也随之消失了。我的弟弟可真是可怜啊。”

“过去时间里，”克拉丽莎小姐说，“我与弟弟福兰西斯不常联系，但我们之间并没有闹什么大的纠纷或者有过裂痕，我们只是各过各的生活。我们认为这样有益于各自的幸福，这样做很好，事实上也很好。”

这两位姐妹不说话时都是端坐着，一说话就把身子向前倾一点，话说完了都习惯性地晃一下脑袋。克拉丽莎小姐的那两只胳膊上就一直没动过，只是偶尔手指头在胳膊上打着拍子——我想也许打的是跳舞曲，或者是进行曲吧——但她的手在两只胳膊一定是不动的。

“我弟弟福兰西斯的离去，致使我们的侄女儿身份地位不再像以前那样子了。”拉芬尼娅说，“所以，我们觉得关于地位上的意见，我们的弟弟也不再像以前那样了。我们十分相信，你对我们侄女儿的那份爱——我们没有理由怀疑你对她的那份爱。”我告诉她们（我逮着每一个机会这样说），我对朵拉的爱是从来没有在任何别人身上出现过的。特拉德尔也附和了我几句，以证明我所说的话。

拉芬尼娅小姐正打算做出回答，但克拉丽莎小姐好像只想谈论她的弟弟又插话说：

“如果当初，”她说，“朵拉的母亲在跟我们的弟弟结婚前就说明，餐桌上没有给我们留有一席之位，那对于双方的幸福就更有益了。”

“姐姐，”拉芬尼娅小姐说道，“也许现在提这些事不是时候。”

“妹妹，”克拉丽莎小姐说，“我们要谈的问题包括这些内容。这个问题中你负责的那部分（也就只有那部分，你独有发言权），我不插嘴。但这个问题中的这一部分，我有发言权，也有权发表意见。如果当初，朵拉的母亲在跟我们的弟弟结婚前就说明，餐桌上没有给我们留有一席之位，那对于双方的幸福就更有益了。那么当年我们该怎么想，怎么做心里就有数了。我们就会告诉她，‘不管什么事，都别请我们去啦’，那么就不会产生那么多的误会了。”

见克拉丽莎小姐晃了一下脑袋表示发言完毕，拉芬尼娅小姐就接上刚才谈的地方，同时用单片眼镜看着我的信。岔开一下话题，她们两个的眼睛虽小却又圆又亮，转动起来跟鸟儿的眼睛一样。纵观她们全身，说她们像鸟儿也不过分。她们的动作敏捷利索，外表简洁整齐，就像金丝鸟儿一样。

我刚才说到她接着上面的话头说道：

“科波菲尔先生，你来我们家是以向我们的侄女儿求婚者的身份来的，并且希望征得我与姐姐的同意。”

“如果我弟弟福兰西斯，”克拉丽莎又犯毛病了（要是把这种平静的打断视为犯毛病的话），“乐于将自己置身于博士院的气氛中，而且只置身于博士院的气氛中，我们哪能有权利和理由干涉他呢？我们无权过问，我相信。我们当然也从来不对别人的事妄加干涉，开始干吗不那么说呢？就让我们的弟弟和他的太太有他们自己的交际圈，也让我们姐妹俩有我们自己的交际圈。也会有人愿意成为我们的朋友的，我希望。”

她是对着我和特拉德尔说的，我只好做了一点回答，特拉德尔说话声音很小，我没听出来，我好像说了，这在一切有关的人都是可敬的。可是这话是什么意思我自己都不知道。

“妹妹，”克拉丽莎小姐说，她说的都已经说完了，“我的亲爱的，你来说吧。”

拉芬尼娅小姐接着说：

“科波菲尔先生，你的这封信，我跟我妹妹已经仔细谨慎地讨论过了。你说你非常喜欢朵拉，我们相信你。”

“我说的，小姐，”我乐坏了，说不上话来，“哦——”

这时候，好像我打断了克拉丽莎小姐的话，她白了我一眼（那眼神锐利得就像金丝雀的眼神），我就跟她道了歉。

“爱情，”拉芬尼娅说话时就看看她的姐姐，看她是否同意自己的话，她姐姐稍稍地点点头，“只有以互敬互爱，忠贞不渝为基础，爱情才能成熟，它是含蓄内敛的，它的声音总是很低微，它总是谦逊羞涩，习惯于隐于暗处，畏怯不前，一遍又一遍地等待。就像成熟的果子一样。有时候，生命不在了，爱情依然不肯站出来表白，只是独自等待成熟。”

她总结的这个经验，是她单方面从那个苦难的皮治尔先生身上得来的。不过我当时没有反应过来。只见克拉丽莎小姐在一旁狠狠地点着头，想必这话是很有分量的。

“不慎重——比起方才所说的那种爱情，我不由得认为，那种年轻人的爱情是不慎重的——喜好，”克拉丽莎小姐往下说，“打个比方，这种爱情像尘土一样微小，而我方才所说的则像磐石一样伟大而坚韧。我们判断不出这种喜好有没有实在的依据，不清楚能否经得住时间的考验，所以，我与我妹妹一时间也拿不定主意，科波菲尔先生，还有——”

“特拉德尔。”特拉德尔自报姓名，因为她在看着他。

“不好意思，我相信，你就是那个内院朋友吧。”克拉丽莎小姐看了看信说。

“对，是我。”特拉德尔告诉她，脸却红了起来。

当时我就感觉，这两个小姐对这件事怀着极大的兴趣。虽然没有谁直接告诉我，但我能感觉到，特别是拉芬尼娅小姐。我都觉得她是决定要在这件事上，带着疼爱的心好好地发挥一番。因此，我的内心又感觉到了一丝希望。我认为，我也看得出，在考验我和朵拉这两个年轻人的爱情时，拉芬尼娅小姐会得到令她满意的答案的。我也看得出，与此同时，克拉丽莎小姐在这个问题上专有的那一部分的发言权，也会让她的满意程度只会增加不会减少。这些都给了我鼓励，我便用激励热情的话告诉她们，我对朵拉的爱胜于我所能说出口的，也超乎于所有人所能想象的。所有认识我的人都可以作证，你可以向我的姨奶奶、爱妮丝、特拉德尔等去取证。只要他认识我，他就能知道我有多爱她。因为爱她，我变得积极向上，特拉德尔可以证明我的话。于是特拉德尔一应而跃，就像是身临辩论会那样，他以坦诚、爽直的态度对这两位斯宾罗小姐慷慨陈词，经他这么一番证实，明显看得出这给她们留下了很好的印象。

“如果我告诉你们，以上是凭着我的个人经验而谈的，我在爱情这方面还是有一点经验的。”特拉德尔说，“我已经跟一个年轻的姑娘——十个孩子中的一个，她住在德文——定下了婚约。虽然我们暂且结婚的日期还很难说。”

“特拉德尔先生，”拉芬尼娅小姐说，（可以看出，特拉德尔的事也引起了她的兴趣了）“你的话大抵证实了爱情是以互敬互爱，忠贞不渝为基础，是含蓄内敛的，它的声音总是很低微，它总是谦逊羞涩，习惯于隐于暗处，畏怯不前，一遍又一遍地等待。”

“丝毫不差，小姐。”特拉德尔说道。

这时克拉丽莎小姐对着拉芬尼娅小姐一本正经地晃了一下脑袋，拉芬尼娅小姐会意地回应了她，同时叹了一口气，不过非常轻。

“我的妹妹，”克拉丽莎小姐说，“我这儿有提神液。”

拉芬尼娅小姐接过提神液，滴出几滴香醋来提神——在一旁，我跟特拉德尔精神高度紧张地等待着。然后，她显得非常虚弱地说：

“特拉德尔先生，像科波菲尔先生和我们侄女儿这样的年轻人之间的爱情，或者说他们认为的爱情，我和我姐姐就该怎样面对的问题上，产生了不小的疑虑。”

“我们的侄女儿也就是我们的弟弟福兰西斯的女儿，”克拉丽莎小姐说，“要不是我们的弟弟福兰西斯的妻子生前没有不请我们吃正餐，那么现在，我们会更加了解这个孩子。妹妹，你说吧。”

拉芬尼娅小姐把我的信翻到写有姓名和地址的那一面，上面写有一些条理清晰的备注，她正拿着她那单片眼镜看。

“我认为，”她说道，“特拉德尔先生，我们要亲自观察他们这段感情，才能判断他们的爱情慎重与否，但到目前为止，我们对他们的爱情还什么都不了解，所以这其中究竟有几分真情，我们还无法下结论。但我们接受科波菲尔先生来此访问的请求。”

“两位亲爱的小姐，”我叫道（先前的担忧一下子变得多余，我如释重负），“你们的恩情我一辈子都不会忘！”

“但是，”拉芬尼娅小姐往下说，“但是暂且，我们把你的访问视为对我们的访问，在我得出结论之前——”

“在你得出结论之前，我的妹妹。”克拉丽莎小姐插一句。

“就算这样啦，”拉芬尼娅小姐叹了一口气，说道，“在我得出结论之前，对于科波菲尔先生和我们的侄女儿之间的婚约，我们暂且不承认。”

“科波菲尔，”特拉德尔面向我说，“我打赌，没有比这样的安排更合理，更周全的了。你也这样觉得，是吧？”

“我也这样觉得！”我大声说，“我非常理解两位小姐的意思。”

“在这个前提下，”拉芬尼娅小姐说到这里，看了一下备注，“只有以此为前提，我们才能接受他的请求。这期间，他与我们的侄女儿不可以私下偷偷地联系。这一点，科波菲尔先生必须一字一句地向我们保证。在向我们征求同意——”

“在向你征求同意，我的妹妹。”克拉丽莎小姐又插上一句。

“就算这样啦，克拉丽莎，”拉芬尼娅小姐无奈地同意道，“在向我征求同意——并且得到我们肯定之前——你与我们的侄女儿不可以有任何私自行动。这是最基本的要求，我们应该重视起来，同时任何情况都不可违反这约定。在信中，我们说，希望科波菲尔先生能带一个要好的朋友来，”在她看特拉德尔时，他向她鞠了一个躬，“就是不想出现一点疑问和差错。如果科波菲尔先生和特拉德尔先生在作决定之前，感到一点困难的话，我们希望你们用点时间慎重考虑清楚。”

我像喝醉了酒一样，如痴如醉，对她们喊道，我不需要再想了，我激动地向她们声明，我接受那些约定。愿意让特拉德尔当我的监督人。如果在这件事上，我稍有一点逾越常规，那我就是个十恶不赦的人了。

“不要慌！”拉芬尼娅小姐把手一伸说道，“在你们俩进门以前，我们已经商量好了，给你们一刻钟单独在一起好好考虑一番。我们先回避了。”

无论我怎么跟她们说再考虑也是多余的，但她们还是执意在她们计划的时间内退下了。两位小姐就这样威姿庄重地像鸟儿一样跳出去了。乘此机会，特拉德尔向我表示祝贺，我呢，就飘飘然仿佛进入了一个幸福的国度。直到她们俩带着更甚于出去时的威姿再次出现时，刚好过了十五分钟。她们婆娑着走出去，再婆娑着走进来，好像她们的衣裙是秋叶做成的，走路时能发出沙沙的声音。

当她们进来时，我仍然向她们声明，我会严守约定的。

“我的姐姐，”拉芬尼娅小姐说道，“接下来的就交给你处理了。”克拉丽莎小姐伸手拿起信看上面的备注。据我观察，这是我头一次看见她打开双臂。

“如果每个礼拜天的下午三点，科波菲尔先生没什么安排的话，我们热烈欢迎你过来吃正餐。”

我向她们鞠了一个躬。

“除了礼拜天，”克拉丽莎小姐接着说，“科波菲尔先生随时可以过来喝茶。我们通常在六点半喝茶。”

我又向她们鞠了一个躬。

“但不能次数太多，”克拉丽莎小姐说道，“一个礼拜两次。”

我又向她们鞠了一个躬。

“在你的信中，你曾提及特洛伍德小姐，”克拉丽莎小姐继续说，“或许她应该到我们这里来一次比较好。但我们希望要是她的来访能给双方的幸福带来有益的作用的话，我们会比较乐于接受，同时我们也将会回访。如果访问没有达到理想的结果，甚至恶化了双方的幸福（就像我弟弟福兰西斯和他的家里人那样），那其他的事就另当别论了。”

我向他们说明，我姨奶奶能认识她们一定会感到荣幸的。不过我有必要提一下，我不敢保证她们能相处得愉快。当所有的事情都商量已定，我向她们表示了最亲切的谢意。之后，我拿起克拉丽莎小姐的手送到嘴边吻了一下，同样也吻了一下拉芬尼娅小姐的手。

这时，拉芬尼娅小姐站起身向特拉德尔走去，叫他自己在这里待一分钟，就拉着我离开了这里。我跟在她身后打着战儿。我们来到另一个房间里，在这里，我看到了我那可爱的宝贝儿。她站在门后，将那张可爱的脸贴在墙壁上，双手捂着耳朵。我还看见在保暖器里，吉普被一条毛巾扎着卧在里面。

哦！她穿着一身黑袍子，可是看起来还是那么的美丽。她刚见到我，在那里呜咽起来。怎么劝她都不肯从门后转过身来。后来，她终于肯出来了，我们在一起是那样的相互疼爱。我从保暖器里抱出了吉普，它又看得见明亮的阳光，可是它不停地打着喷嚏。我们三个又走到了一起，那一刻，我是如何的幸福哟！

“我亲爱的朵拉！此刻，你完完全全，真真切切，永永远远地属于我了。”

“哦，别这样！”朵拉求着我说，“求你了！”

“难道你不是永远地属于我吗，朵拉？”

“哦，不错，我当然是你的！”朵拉喊道，“可是，我感到害怕。”

“我亲爱的，害怕？”

“哦，对！我讨厌他，”朵拉说道，“怎么不让他走啊？”

“他是谁呀，我的心肝儿？”

“你那个朋友啊，”朵拉说，“这里没他的事，可他还不走，他一定是个笨得不行的人！”

“我的亲爱的啊，”（她幼稚起来的样子，叫人不由得喜欢她，没有比她更可爱的了），“他是个非常好的人哪！”

“哦，可是这里用不着什么好人哪！”朵拉嘟起小嘴说道。

“我的爱人，”我向她解释道，“等你了解了他，你就会很喜欢他的。这用不了多少时间的。还有我的姨奶奶，她不久也就会来这里，你到时也会喜欢她的。”

“别啊，别叫她到这里来！”朵拉慌张地吻了我一下，把手并起来，说，“别啊，她是个又不规矩、又爱搬弄是非的老东西。我没说错吧！别叫她到这里来，道菲！”（“道菲”是她刻意错读的“大卫”的音。）

在当时的情景，劝她是徒劳的，我带着快乐的心情赞美她，对她充满爱意地笑了笑。她想让吉普给我表演刚学到的特技，就叫吉普举起前腿站在墙角里——不过它没保持多久，闪电一会儿的工夫就放下了前腿——在那里，我忘记了时间，那个房间的特拉德尔早就被忘到九霄云外了。要不是拉芬尼娅小姐叫我出去，我不知道我还要赖多久。拉芬尼娅小姐很疼爱朵拉（她说，在她那么大的时候，她跟朵拉一样——她必定改变了很多），像疼爱布偶一样地疼爱她。我想让朵拉出去跟特拉德尔见个面，可是当我提出这个意见时，她就躲到自己的房间里把门反锁起来。没办法，我只好自己出来了，然后跟着特拉德尔飘飘乎回去了。

“非常顺利，”特拉德尔说，“我认为，这两个老小姐还是很可爱的。科波菲尔，要是你比我先结婚，甚至早上个几年，我觉得很正常。”

“特拉德尔，你的苏菲懂乐器吗？”我得意扬扬地问他。

“懂点，可以给她的小妹妹们弹钢琴，也能教点儿。”特拉德尔说道。

“那唱歌呢，她会吗？”我问道。

“啲，偶尔哼几个小曲子。在其他的孩子情绪不高时，她就唱唱歌，活跃活跃气氛。”特拉德尔说，“但没正式学过。”

“她唱歌的时候不弹吉他吗？”我问他。

“嘿，不弹。”特拉德尔说道。

“那画画呢，会点吗？”我问他。

“一窍不通。”特拉德尔回答我。

我向特拉德尔保证，有机会一定让他听听朵拉的歌声，看看朵拉画的画儿。他欣然地答应下来了。于是我们胳膊套胳膊，兴高采烈地回家了。途中，我叫他多谈谈苏菲。他谈起她是那样的投入。他那样的真诚，对此我没少夸赞他。我在心里将他的苏菲和我的朵拉作对比，不禁得意起来。坦白对自己说，我觉得苏菲这个姑娘也是不平凡的，能跟特拉德尔配对，实在是再好不过的事。

回到家，我及时跟姨奶奶报告了今天会面的过程和结果。姨奶奶看我这样的快乐，她也高兴起来。还答应我，她会去两个姑姑家访问的。当晚，在我给爱妮丝写信的时候，她又在我们的房间里漫步起来。走了那么久，我都想，看她这架势，怕是得走到天亮才肯罢休了。

我怀着强烈的感激之情写完了给爱妮丝的信。我告诉她，我按照她的劝告去做，结果非常可喜。爱妮丝很快就给我回了信，顺着给我送信的那班车就带来了。看她的信，我就能感到她内心跟我一样的充满希望，一样的高兴，一样的真诚。从那时起，她将永远是我的欣慰。

比起以前我的事更多了。就说去海盖特的路吧，我每天都要走，再加上帕特尼的路就更远了。可是我又是那么情愿地跑，跟两位姑姑说好的茶会，因为我的工作实现起来比较的困难，我就跟她们商量，在不影响我那本来特许的周日的情况下，想在每周六下午过来一次。就这样，平时我怀着期待的心情等着周末的到来，然后再在周末的时间里寻找无比快乐的时光。

就我所见，总体来讲，我所担心的姨奶奶和朵拉的两个姑姑相处不和睦的情况并没有发生。这可让我松了一口气。在我从和两个姑姑家回来后没过几天，我姨奶奶应邀去了两个姑姑家，做了一次访问。几天后，两个姑姑也回访了，穿戴还十分的庄重整洁。在以后的日子里，差不多一个月的回访成了我们的必修课，双方的感情也在这一次又一次的回访中日益增进。我姨奶奶常在早餐后或恰在喝茶前去访问，两位姑姑对每次都能感到意外。那些日子，姨奶奶也不坐个车讲究一下排场什么的，而是步行着去帕特尼。还有她头上的帽子，常常是她想怎么戴就怎么戴，完全不顾旁人怎么看待她。我心里也清楚，这会让朵拉的两个姑姑觉得不自在。不过两个姑姑很快就接受了她，还把我姨奶奶看成怪人，看得比男性还富有理解能力的女性。有时候，我的姨奶奶烦于这些礼俗，就表示了一下自己的见解，因此而触犯了两个姑姑的脾气。但她到底还是迁就了这些礼俗，不得不牺牲一下自己的小怪癖。因为她是那么的在乎我。

在这个由我们组成的小世界里，吉普一下子不肯接受这个新环境，当然它是仅有的一个。每次见到我姨奶奶来访时，它就迅速钻到椅子底下龇牙咧嘴地叫唤。时不时还传来一两声惨烈的嚎叫。就好像我姨奶奶的存在让它的精神受不住一样。我们哄它、打它，想尽了各种办法想叫它安静一点，甚至都带它到白金汉大街上溜达，可是都不管用。在白金汉大街上，它看到了两只小猫就扑过去，看到的人对此都吃惊不已。但它终究肯接受我姨奶奶，与我姨奶奶和平共处了一会儿。可是几分钟过去了，它又用它那扁鼻子对着我姨奶奶叫起来，就像刚开始见到我姨奶奶那样。没办法，我们只好蒙住它的眼睛将它塞进了保暖器里。以后几次里，朵拉一听到我姨奶奶来了就用毛巾把它包起来塞到保暖瓶里。

慢慢地，我们的情况稳定了下来。但有一件事让我感到不畅快。事情是这样的，大家都不自觉地把朵拉看成一个中看的玩偶或者说玩物。我的姨奶奶在与她的相处过程中，渐渐与她亲近起来，还以小花朵儿称呼她。而拉芬尼娅小姐则把她捧得像个受宠的孩子，给她卷头发戴着饰品，视照顾她为人生的一种乐趣。与她一致，她的妹妹也做着这些事。我不理解，她们为何这样做。不过想想朵拉对吉普，她们大概对她这样也是各取所需吧。

我决意，要跟多拉说说这个事儿。所以有一天，在拉芬尼娅小姐允许我与朵拉单独在一起散步时（得到这个许可并没有花费我多少时间），我趁机对她说，我希望她能作一些改变，让她们别那样看待她。

“我的甜心，你是知道的，”我好声劝她，“你现在是大人了。”

“你看，”朵拉说，“你又要惹人生气了！”

“惹人生气，我的爱人儿？”

“我敢说，她们非常疼我呀！”朵拉说，“而且我也感到快乐！”

“确实如此，但是，我至爱的生命的全部，”我说，“让她们恰当地看待你不影响你的快乐啊！”

朵拉使出全身力气瞪了我一眼——多么讨人喜欢的一眼啊——然后就哭了起来，问我，如果我不喜欢她，干吗还要跟她订婚呢？如果我没有完全接受她，干吗现在不离开？

听到这里，我无计可施，唯有吻去她的眼泪，告诉她，我有多么的爱她。

“我是多情的，我相信，”朵拉说，“道菲，你这样狠心对我是不对的。”

“狠心对你，我最最宝贵的宝贝儿！无论如何，我怎能忍心——怎能舍得——对你狠心哪！”

“那你就别要求我这，要求我那的了。”朵拉努起小嘴，就像蔷薇花的花苞儿一样，“我会好的。”后来，她还跟我主动提起我老在她跟前提起的烹饪书，还叫我教她记账，这也是我以前跟她提过的。我高兴得不得了。回去我就把那本书精致地装订了一番，让人看起来觉得它还有一点吸引力。这本书在我第二次来的时候带给了她。我们在一块公共的地方散步时，我拿出了一本姨奶奶的旧账本。为了便于她练习，还给她准备了一些空本子，一个漂亮的小铅笔盒以及一些铅条。

朵拉翻了几页那本烹饪书，感到头痛得慌，等到看到那些记满数字的账本的时候甚至哭起来了。她就将练习本上写下的东西擦掉了，取而代之在上面画满了小花球儿，还有我跟吉普的画像，这才让她感到舒服了一点。

我想用玩笑的方式教教朵拉处理家事的方法。有一个周六的下午，当我们在一起散步的时候，我就想在她身上试验一下了。比如，路过肉店，我就问她：

“我的甜心，假设我们已经结婚了，你打算晚上做羊棒子给我吃，你想学学该怎么去买吗？”

可是朵拉听了立刻拉下脸来，小嘴努成了花苞儿，样子十分可爱，好像她觉得得用一个吻将我的嘴封上，让我别说话似的。

“你想学学该怎么买吗，我的宝贝儿？”当我确定要这么做的时候，我就会十分执拗，我就又问她。

朵拉停留了片刻，似乎自信起来：

“小笨孩，肉店老板知道怎么卖，我干吗还要学怎么买啊！”

像这样的提问还有过还几次，有一次我看到了那本烹饪书，就问她，假设我们已经结婚，我想吃美味的爱尔兰炖菜，她要怎么做。她说，她就叫仆人做去。说完以迅雷不及掩耳之速逮着我的胳膊，哈哈大笑起来，这样子再也没法再可爱了。

就这样，那本烹饪书放在了房间的一角，让吉普闲来站站，就再也没有别的用处了。在朵拉的训练下，吉普不用唤就可以叼着铅笔盒自动跑到书上站着。每当这个时候，朵拉就高兴得不得了，于是我也就心甘情愿地买了那本书。

于是，我们再次拿起吉他，再画起画儿，再次在那永不停息的歌声中，跳起永不停息的舞步。我的快乐都快漫过岁月的承载了。有时候，我想冒昧地提示下拉芬尼娅小姐待我心坎儿上的宝贝儿，未免有些像待玩偶那样了。又是我又如梦初醒，恍然发现，其实我自己也待朵拉像待玩偶那样，虽然不常有，但终究还是有的，这使我感觉像做错事一样自责起来。

第四十二章

说到我如何担起对朵拉及其两位姑姑的责任，如何苦学速记又如何获得进步，我觉得这稿子不应该让我自己来写，即使这稿子只给我一个人来看。在这一段时期内，我经历过怎样的困苦，内心那种隐忍的能力怎样的日趋成熟（如果它有什么特别的话，那就是我的一种优良品格），细数过往，除了这些，我还想再多说一句，正因这些，才为我的成功埋下了伏笔。在世路上，我算是一个幸运儿。有那么多人花大力气去工作，获得的比不上我的一半。但是，我的成功也是得益于我认真、严谨、勤奋的习惯，还有我集中精力地应付每一件事，做一样像一样，不管跟着面对的事是如何的迫急。青天在上，我觉得这些话丝毫没有自夸之意，哪个人一页一页地回忆生平往事（就像我这样的），要是他能免于愧疚和自责，没有觉得糟蹋过许多天赋，没有觉得受什么邪思杂念在心中交战，进而被打败，那这个人得是实实在在的好人才行。我敢说，我没有糟蹋过我的天赋。我只是想说，我这一辈子不论遇到什么事，我总能做到全力以赴。不论为什么事付出，我总能做到不遗余力。不论事大事小，我总能做到认真对待。任何才能，无论先天所有，还是后天所得，如果它能脱离坚韧的毅力和坦诚的努力而得到发挥，我敢说这世上是没有的事。天生的才能，侥幸的机遇可以构成助人上升的梯子的框架。但供人往上爬的阶梯必然要一种禁得起磨炼的材料来构成才成。全心全意的热情和真诚是不可被取代的。那些值得我使出全身力气的事，我绝不会只是伸出一只手来做。在工作上，我从不妄自菲薄，今天看来，这已经成了我的金科玉律。

上述所总结的种种至理名言有多少要归功于爱妮丝，我就不再啰唆了。我所记下的每一字一句无不饱含着对爱妮丝的感激之情。

她在博士家逗留了半个月。维克菲尔德先生与博士是老交情了，博士也乐意同他聊聊，给他分析分析。上次爱妮丝来伦敦时，他们就提到过这个问题，这次的来访也是应着上次的结果。这次她陪同她的父亲一道来的。她告诉我，应希普太太的要求，她要在这附近找一所房子给她住，因为希普太太说她的痛风症需要换换新空气，而这里的空气又不错。我听了，没觉得有什么好奇怪的。次日，那位母亲就被她那乖顺的儿子送来住了，我也没觉得有什么好奇怪的。

“科波菲尔少爷，”他硬拖着我到博士的花园里散步说，“你也理解，陷入情网中的人免不了有嫉妒之心——至少老惦记着他所爱的那个人。”

“那么，现在你嫉妒谁呢？”我问他。

“有劳操心了，科波菲尔少爷，”他说，“暂时还没有对哪个男人有这种想法。”

“难不成你嫉妒起哪个女人来了？”

他那阴险的红眼珠转向我，笑将起来。

“说实在的，科波菲尔少爷，”他说道，“该改口叫先生了，不过我知道你不会怪罪我这改不了的习惯叫法——你善于引话题，就像瓶盖上的螺旋一样顺着就把话题给引出来了。好，但说无妨，”他握着我的手，湿湿的，“在斯特朗夫人看来我是个不会与女人套近乎的男人，一点都不会，真的。”

他看着我，眼神中流露出狡猾、卑贱之意，眼睛都快因嫉妒变绿了。

“为什么这么说？”我问。

“呃，科波菲尔少爷，我是律师没错，”他强颜欢笑，回答我说，“但现在我对你说的绝无半句虚言。

“那你用这种眼神看我是什么意思呢？”我冷冷地问一句。

“什么样的眼神？哎呀，科波菲尔，真能察言观色，用这种眼神能是什么意思呢？”

“是呀，”我说，“用这种眼神是什么意思呢？”

他装出很好奇的样子，笑得那么用力，好像天性如此一般。他用手摸着下巴，低下眼睛接着说，“当年我还只是个书记时，非常低贱，她也看不起我。她总让爱妮丝在房前屋后来来去去，她也总是只对你友好。每当这个时候我总觉得比她矮一截，那样引不起注意。”

“行了！”我打断他，“就算像你说的那样吧！”

“——也比他矮一截，”尤来亚顿了下，声音变得低沉，不过很清晰。他还老一个劲地抚摸着自己的下巴。

“博士为人如何你难道还不清楚吗？”我说，“竟然还敢设想你不在他跟前，他会以为有你的存在。”

他斜望着我，还将下巴伸得远远的以方便摸，他回答道：“哎！我不是说博士！他呀，蛮可怜的一个人！我说的是麦尔顿先生！”

一听他这么说，我心都凉了。在这个问题上，我曾做过的所有猜疑和担心，关于博士的毕生幸福平安以及那些我无法弄清可能是被误解或真是涉有败坏声誉的嫌疑，听他这么一说我顿时明白了，原来都是眼前这个人成心玩弄的。

“他只要一来事务所，就定对我呼来唤去的，”尤来亚说，“像你们一样，他也是优秀上等人中的一个，而我现在和过去都是那么老实、低贱。不过无论是过去还是现在，我都不喜欢那个样子！”

他可算不再抚摸着自己的下巴了，却狠狠地收缩两颊，眼看着两颊都快在嘴里碰面了，与此同时，他一直斜着眼看我。

“她像那些天仙一样美丽，她也只是其中的一员！”在他的脸颊开始慢慢放松时，他这样跟我说，“我了解，像我这种人，她总不乐于交往。正是因为她，我的爱妮丝才被教得高傲起来。而我又不像你们，能做到讨女人开心，但是科波菲尔少爷，我头上长着眼睛，老早就有了的，我们低贱的人都有，一直以来我们也是用这眼睛观察的。”

我努力装作若无其事的样子，不过从他的表情来看，我好像失败了。

“科波菲尔，被别人轻视是我自己所不能接受的，”他带着恶意将红色的眉毛往上翘了翘（如果说那也可以称之为眉毛的话），他继续说，“我仇视这样的友谊，只要一让我遇上，我就要不惜一切代价去破坏它。斤斤计较是我的本性，我生来就有，所有与此相关的人，只要让我知道了有这样的人存在，我一定要将他们排除，我可不想冒那个险被人算计。”

“因为你自己总在算计，所以你也以这样的心态去想象别人，我敢说。”我说道。

“或许你说得对吧，科波菲尔少爷，”他回答说，“不过像我的伙伴常常说的那样，我有我的标准，我也拼命地去执行，我是个低贱的人没错，但也不能任人欺负，我不能任人骚扰。事实上，科波菲尔少爷，他们也不该挡我的路的。”

“不明白你说什么。”我说。

“你不明白？”他抽搐了一下，接着说，“科波菲尔少爷，你太让我感到意外了，一直以来，你都是一点就通的！以后我会说得更露骨一点——在门口骑马拉铃的人是麦尔顿先生吧？”

“好像是吧！”我努力让语气表现得毫不关心地回答他。

尤来亚忽然笑得喘不过气来，什么也不说，只见他将双手搭在两膝盖之间，可是他的笑却又一点声音都没有。嘴巴张得大大的，一点声音都没发。他的一举一动都那么令人生厌，尤其是这最后一招真叫人忍无可忍，我径自走开了，招呼都没打。花园里只有他一个人，这会儿他缩头缩脑的，像一个突然抽干了躯干的稻草人。

次日是周六，在那个晚间，我很确定不是前一个晚间，我叫来爱妮丝同朵拉见个面。之前，我已与拉芬尼娅小姐将访问安排好了，爱妮丝来了我们就直接开始喝茶。

那个晚上，我总在为朵拉的可爱而自豪，又为能否让爱妮丝接受她而担心，自豪和担心交替进行着。我迎接爱妮丝往帕特尼赶，爱妮丝坐在车里，我在外面。这时候，朵拉每一个我了解得不能再了解的可爱的动作不断浮现在我的脑海中。一会儿我觉得这个最好看，不一会儿又犹豫另一个是不是更可爱，就是这样的问题都搅得我头脑发热起来。

不过，不管是什么样子，她都是美丽可人的，但这一次的样子是我没见到过的美丽。我给爱妮丝介绍两个姑母时，却发现她不在场，害羞地躲起来了。我也不知道她躲到了哪里，找了找才在旧门后面发现她，她将耳朵用手塞住了。

开始怎么劝她都不出来，后来她让我给她五分钟。五分钟后，她挎着我的胳膊向客厅走去，两颊绯红，可爱得要命，比以往任何时候都要美丽。来到客厅，她的小脸蛋又白了起来，不过那也是万分可爱的。

朵拉告诉过我，她怕爱妮丝，因为爱妮丝是个“智慧的人”。不过当她真正看到爱妮丝时，她惊喜地小声叫了一声，那么贴切，那么高兴，立即用她的热情诚恳而友善地搂住爱妮丝的脖子，将天真可爱的脸蛋贴在爱妮丝的脸上。

我从没有像今天这么兴奋过。她俩并肩而坐，我的爱人神情自然地挑起双眼迎接爱妮丝那双诚恳的眼睛，而爱妮丝用她那温情暖人的目光看着朵拉，我在一旁看着她俩，内心却那么的欣慰。这是世上独一无二的幸福茶会，拉芬尼娅小姐和克拉丽莎小姐以自己的方式向我的快乐表示高兴。茶会由克拉丽莎小姐主持。我将香子饼切开分给大家——两位小姐妹欢欢喜喜地拣着香子，啄着糖。拉芬尼娅小姐在一旁看着她俩，像个慈祥的保护神一样，好像这也是她的工作所在。在场的每一个人无不对现状感到知足。

爱妮丝愉快的情绪感染了每一个人。对于朵拉所喜爱的，她也平静地接受；吉普见到她很快就跟她走得很近；朵拉像往常一样在我身边坐下，但这一次朵拉感到害羞，只是爱妮丝表现得相当愉快。她谦逊恭敬的言行举止及安静稳重的态度不禁赢得朵拉的信任，也使得我们的聚会更完美。

“我太高兴了。”喝完茶，朵拉说道：“你竟然接受了我，我开始还瞎想你不会喜欢我呢！你知道吗，我比以往任何时候都需要被人所喜爱，因为我的一个朋友朱丽亚·密尔斯离开了我。”

补充一下，密尔斯小姐已经乘船去印度了。我和朵拉还在格雷夫岑德给她送行了。我们一起吃了些美味佳肴，像腌姜、番石榴，之后我们下了船，密尔斯就坐在后甲板上的一张帆布椅子上哭起来。在她的胳臂下方，我看到一本没记过日记的日记本，这个日记本将用来记录她受海洋激发所产生的新思考。

爱妮丝说，难不成她自己被我描述成一个讨人厌的人了，不过很快就被朵拉纠正了。

“哦，不是这样的！”她转向我，摇着脑袋，她一头的鬈发也跟着摇起来，她说，“她对你只有赞美。对于你所给的建议她总是十分重视，就是因为这样才让我感到可怕。”

“对于她与她所熟悉的一些人的感情，我的意见并不能起多大作用。”爱妮丝笑着说。

“但是，我想听听你的意见，”朵拉撒娇地说，“要是你愿意的话。”

我们笑朵拉想叫人喜欢她的想法。朵拉却说我像只笨笨的鹅，而她一点都不喜欢笨鹅。就这样，那个晚间的短暂时光就在那轻翅上划过了。不知不觉中，脚车该来接我们了，趁着我一个人在火炉前站着，朵拉冲过来惯例送上临行之吻，那么可爱。

“道菲，你不觉得要是我早一点就认识她的话，”朵拉对我说，（眼睛闪亮闪亮的，她那小手则在我大衣的扣子上漫无目的地摸着）“我会比现在聪明得多吗？”

“我的爱人儿，”我说，“你看你瞎说了！”

“你认为我在瞎说吗？”朵拉看都没看我抢着说道，“你相信，我在瞎说吗？”

“当然，你当然在瞎说！”

“差点忘了，”朵拉一边用手指转动着细扣，一边说，“你跟爱妮丝是什么样的关系，你这个可爱的小坏蛋。”

“不是亲生的，”我告诉她，“但是我们像亲兄妹一样，也是一起长大的。”

“我就奇怪了，你怎么会爱上我？”朵拉换了一颗纽扣继续转着。

“也许打我第一眼看见你，就注定爱上你了，朵拉！”

“假如我们不曾见过面。”朵拉转着另一颗纽扣说。

“假如我们不曾来到这个世上！”我高兴地告诉她。

我没再说什么，静静地欣赏她那只可爱的嫩手在我大衣的一行纽扣上移动，欣赏她那依偎在我胸前的一簇头发，欣赏她那漫无目的的手指头，欣赏她那垂下的睫毛慢慢地抬起来，猜不透她在想什么。她的双眼终于抬起来了，与我的双眼相对，她踮起脚，给了我一个最深、最可爱的吻——一次，两次，三次——然后才肯离开室内。

五分钟过后，大家又回来了，朵拉刚才那少有的表情不见了，趁着车还没来的当儿，她很兴奋，一定要让吉普把它所学的都表演一番。这场表演直到脚车来了还没结束。与其说是因为表演节目丰富，不如说是因为吉普不肯配合。爱妮丝与朵拉做了一个匆忙但不失热情的告别，她们约定回去后相互通信。朵拉说，虽然自己的信写得很混乱，但她知道爱妮丝不会嫌弃的。就在车门前，她俩又做了一个告别。跟着，尽管有拉芳妮亚小姐劝着，朵拉还是跑来车前做了第三次告别。一边嘱咐爱妮丝给她写信，一边又看着前坐的我摇着鬈发。

在离考文特花园不远处，车夫将我放下，我们便搭上了另一辆车赶往海盖特。中间我们要先行一段路。对此我渴望已久了，因为这里我可以更好地听爱妮丝对我的朵拉的赞美。啊，该如何形容这样的赞美呢？她坦诚地赞美那个令我紧张的小人儿，是那么的亲切、那么的热情。她不提醒我负起那个孤儿的责任，但她是那样的得体，一点的自负都没表现出来。

那个晚间我对朵拉的爱是最深刻、最认真的。我们再次下了车，走在通往博士家的大路上，我们在这寂静的星光下步行。我告诉她，这都得益于她。

“看到你坐在她身旁时，”我对爱妮丝说，“你像保护神一般守护着她，就跟当我的保护神守护我时一样。爱妮丝，你现在就是。”

“这个神是可怜的，”她回答道，“不过是忠实的。”

她的语调是那样清晰地直达我的内心，我非常自然地说道：“在我今天看来，爱妮丝，那专属于你的愉快情绪（我没有在任何别的人身上发现过这种情绪）又回来了。我但愿你能在家里过得高兴一点，不是吗？”

“我自己觉得没有比现在更快乐的了，”她说，“我太高兴了，我是这样的一无所忧。”

她仰起明朗的脸，我看到使得她如此高贵的正是那些星星。

“家里没再发生什么变化。”过了一会儿爱妮丝说道。

“不要说这个了，”我说，“说这个——我不想让你难过，爱妮丝，但我忍不住想问——问问上次我们分手时所说的事。”

“不要，不要说这个了。”她回答我。

“我很关心这件事。”

“你要少过问那件事。你要明白，简单纯洁的爱和真理才是我所信任的。特洛伍德，不用担心我。”一会儿，她又说，“你是担心我要采取什么行动，我是不会那么做的。”

我诚恳地告诉她，虽然我从没有面对哪个冷静时节的考虑感到害怕过，但她忠诚的嘴里能作出这样的保证，倒让我有着无法言语的安慰。

“这个访问结束，”我对她说，“也许我们难再有这样的机会单独相处了——你下次来伦敦大致是什么时候呢？”

“也许要过很长很长一段时间吧。”她说：“我想——为爸爸起见——我最好多待在家里，所以在以后很长的一段时间里，我们大概难再见面了。但我会与朵拉保持通信的，信会为我们捎来彼此的消息的。”

我们已经回到了博士的宅子小院里。时日已晚，看见斯特朗夫人房间的窗子射来一线烛光，爱妮丝指着它跟我道晚安。

“别再想我的不幸与烦恼啦，”她把手向我伸来说道，“你的幸福更能给我带来快乐。要是需要你帮忙的地方，我一定会告诉你的，相信我吧。愿主永远眷顾你！”

她那快乐的微笑和喜悦的声调让我再次想起与她在一起时的朵拉了，仿佛能看得见，也能听得见。内心受着爱情的熏陶，我带着感恩站在门廊上仰望着天空中的星星，过了一会儿才不舍地离开了。我预先在很近的一家麦酒店里定了一个床位，那家麦酒店比较干净整洁。正当我打算回酒店路过大门时，我不经意地回头看了一眼，发现博士房里还亮着灯。我不由得自责起来，博士在忙着“字典”的事，而我却不在他身边帮忙。我想进去确定一下，而且无论如何，要是他还在一堆书籍中间忙碌的话，我好歹得跟他道声晚安的。我便转身往回走，我小心翼翼地穿过走廊，然后推开门往里看。

屋里的灯光昏黄昏黄的，可是我看到的第一个人竟然是尤来亚，这令我感到十分吃惊。他站得离灯很近，他一只瘦骨嶙峋的手捂着嘴，另一只搭在桌子上。在旁边的读书椅子上，博士坐在里面用手捂着脸，我还看见维克菲尔德先生向前俯向博士，表情显得很激动、很痛苦，有点不知所措地在博士胳膊上来回地摸着。

我的第一反应是博士生病了，这种想法促使我急忙向里面冲上几步。当我看到尤来亚的眼神时，我顿时明白了是怎么回事。我打算出去回避一下，但博士示意我别走，我便留下了。

“不管怎么样，”尤来亚那丑陋的身子抽搐了一下，可恶至极，“先把门关好，没必要闹得整个镇的人都知道。”

他一边说一边踮起脚尖向那扇没关的门走去。轻轻地关好门后，他又回到刚才的位置。比起他所做的任何举止他的语调和态度所表现的无所忌惮的热情特别叫人无法忍受——至少我个人是这样认为的。

“科波菲尔少爷，”尤来亚又说话了，“其实我的意思他还没理解透，是吧？我觉得，让斯特朗博士知道我们所谈过的那些问题，是我分内的事。”

我没理他，只是狠狠地白了他一眼。我向博士走去，为了安慰和鼓励一下这位善良的老师，我说了几句话。他依然低垂着他那白发苍苍的头，只是用手抚着我的肩膀（小的时候，他就经常对我做这样的动作）。

“因为你没理解我的意思，科波菲尔少爷，”尤来亚继续献着他那过分的殷勤，说，“这里都是自己人，我就以卑贱的身份失礼地直说了，我刚才提醒了斯特朗博士留意着斯特朗夫人的事了。科波菲尔，你要相信，我是十分不情愿与这类事沾上关系的，这是有悖于我的本意。可是事实上我们已经与这种沾上了关系。这就是我要说的，少爷，在以前你没理解透的时候，我也是这意思。”

回忆中，每当想到他乜斜着眼看我，而我没冲上去勒着他的衣领使他窒息，都让我自己感到很吃惊。

“依我想，当时我没把话讲明白，”他还在说，“你也一样。一来二去，我们就避而不谈这件事了。但到底，我还是想清楚了，要实话实说。我对斯特朗博士已经说过——什么，先生你说什么？”

后一句是说给博士听的，因为博士低吟了一声。这声低吟，我相信不管什么人听到了都会有所感触的，但尤来亚对此好像没产生任何反应。

“——对他说，”他接着打断的话继续说，“麦尔顿先生和斯特朗博士那位讨人喜爱的夫人走得太近了，这谁都能看得出来。是时候（我们已经与这种不该参与的事沾上了关系），是时候该提醒斯特朗博士了。早在麦尔顿先生去印度时，就已经无人不知，无人不晓了。麦尔顿先生借口回国，也正因如此；他决定不离开这里，也正因如此。就在我问我的好友时，你刚好进来了，少爷。”他对维克菲尔德先生说：“跟斯特朗博士发誓吧，你早就认为是这个样子了。嘿，维克菲尔德先生，说呀！快跟我们说好吗？对还是不对？嘿，我的好友！”

“亲爱的博士，就看在上帝的分上，”维克菲尔德说的同时迟疑地将手搭在博士的胳臂上，“不要对我的猜想抱有太多的重视。”

“好了！”尤来亚摇摇头说，“这样的证明太沉痛了！是这样的吧？就他，还当自己一个什么样的旧交情？我的天呀，告诉你，科波菲尔，在他的事务所里，当时我只是个小小的书记，有二十次（每次都一样）我看见过他为此事寝食难安——想到爱妮丝小姐也与这件不该她插手的事沾上了关系，他很气恼，你看得出来。（作为一个当父亲的人，也很正常，我明白我不该说他的不是。）”

“斯特朗，我亲爱的斯特朗，”维克菲尔德先生的声音颤抖起来，“我的朋友，我习惯于在每个人身上寻找他们行为的动机，再用一个狭隘的尺度来衡量一切行为，你向来就了解我的这个不良习惯。也许正因为这个不良习惯误导我进入以往的那种猜想。”

“维克菲尔德，你说你猜想过，”博士头也不抬地说，“你猜想过。”

“好友，放胆去说吧！”尤来亚急着说。

“当然，有一段时间有过。”维克菲尔德先生说，“哦——主，请宽恕我——你也该猜想过。”

“没有，没有，没有！”博士的声音变得痛苦难耐，叫人好不动心。

“有段时间，我还以为，”维克菲尔德先生说道，“你刻意安排麦尔顿出国，好掩人耳目，拉开距离。”

“没有，没有，没有！”博士说，“我给她儿时的伙伴安排一下生计只是想让安妮高兴，别无他意。”

“我也看出来了，”维克菲尔德先生说，“在你跟我这么说的时候，我就停止了猜想。但是我觉得——请求你别忘了，目光短浅的判断正是我易犯的过错——因年龄差异过大而致使——”

“话是这样说的，科波菲尔少爷你注意。”尤来亚摇首摆尾而又带有挑衅之意装得怜悯地跟我说。

“——像这样一个年轻貌美的女人，在当初跟你结婚时，免不了只是受财产的动机而支配的。尽管她对你的敬意是毫不掺假。任何情况下，只要可以促成好事，我都是不加考虑的。这一点你可别忘了。”

“这样说是多么仁慈的啊！”尤来亚说着，还一边摇着头。

“一直以来，我只单从一点来观察她的。”维克菲尔德先生说，“但是我的老朋友，在你所看的范围内，请你也把这个加进去吧。我必须承认，这是避免不了的——”

“是啊！维克菲尔德先生，这是避免不了的，先生。”尤来亚插上说，“既然如此。”

“——我承认，我过去确实，”维克菲尔德先生无可奈何地说，同时不知所措地看着他的好友，“我过去确实怀疑过她，觉得她对你不守本分，我过去确实。如果一定要把话都说开了，我并不喜欢爱妮丝跟她维持那样亲密的来往以致让爱妮丝也看到了我看到的，或者说是因为我病态理论自以为看到的。我从没想过让谁知道这件事，也就没向谁提起过这件事。这番话你听起来也让人感到可怕，”维克菲尔德先生怯怯地说道，“但是，你要是能想象我说这句话时的可怕，你肯定会怜悯我的！”

博士伸出手，递出了他秉性的、无可挑剔的善意。维克菲尔德与他小握了一会儿手，但是头却一直垂着。

“我相信，”尤来亚扭动着身子，活像个海鳗，说道，“这个问题让谁碰上都会不高兴的。但话已说出，我就失礼提一下，科波菲尔也有注意到的。”

我看着他，问他怎么可以把我扯进去！

“哦！科波菲尔，你这个人厚道，”尤来亚整个身子都抽动起来，“你性格温柔而厚实，我们也都知道。但是，在那个晚上我们谈论的时候，你心里就明白我的意思。你一定知道的，科波菲尔，别不承认了！你不想承认，出发点固然是好的，但是你还是别不承认了，科波菲尔。”

在那一刹那，善良的老博士把那双柔和的眼睛投向了我，我往日所担心的和记忆中的事一下子在脸上显现出来了，藏都藏不住。这个时候发脾气是无济于事的，我又不能设法洗脱。反正我不管说什么样的话，都不能挽回这样的局面了。

一下子，大家都陷入了沉默中，谁也没再说一句话，直到博士站起身来在房里来回走了两三次，然后他又坐回椅子上，他倚靠着椅子背上，不断地用小手巾擦眼睛，坦诚地说道（比起任何那些矫揉造作，这实在不能不让人为之敬佩）：“在这件事上，我的责任更大。我相信，我的责任更大。我所爱的人受到这样的苦难，这样的唾骂都是因为我——即使谁也不说出来只是放在心里，我也认为是对她的唾骂——要不是因为我，她怎么也不会遭人唾骂的。”

尤来亚装样子吸了吸鼻涕，看样子是想让人知道他在同情。

“要不是因为我，”博士说，“我的安妮怎么也不会遭人唾骂，在座的各位，你们也看得到，我早就老了。在这样的晚上，我并不为着什么而活着了。不过要用我的生命——我的生命——作为担保，以此证明我们话题中提及的那个可爱的女人的名誉！”

我相信，即使是众人皆知的武士、画家心目中英俊而多情的人物，也没有哪个能说出比这位朴实的老博士更动听更有威严的话了。

“我并不打算，”他接着说，“不承认——也许我无意识地打算承认——无形中，我给这个女人带来了一种不幸的婚姻。我这个人，拙于观察，我只好凭借各个年龄段和各个阶层的人所观察的（结论惊人得一致，而且还惊人地那么自然而然），他们得远远超过我的观察。”

他给他年轻的太太的宽厚仁慈是我时时所称赞的（在其他的地方我也一样这样写）。可是这一次，他提起她时表现的那种敬意的疼爱，以及对她的纯洁坚信不疑的态度几乎达到一种虔诚的信仰，让我觉得，他的高兴已经到了无法形容的地步。

“在她还很年轻时，”博士说，“我就将她娶过来了。当时她的人格尚未成形。我曾经视塑造她的人格为一种乐趣。我了解她的父亲，也了解她。为了让她尽可能地拥有美好的、崇高的人格，我颇费心思地教导她。要是我利用了她的感激和爱慕，又错误地对待她（看来，我是错待了她，但我绝不是有意这样的），我用我的心去向那位夫人恕罪！”

他走过房间，又回来扶着椅子。他的手和他那渐低的声音一样，都在热诚地颤抖。

“我自以为自己使她可以躲开人世险恶和变化无常的避风港。我认为，年龄上的差异不会影响我们自然而满足地生活下去。我不是忽略了给她自由的时候。那时她还拥有年轻、美貌，但已经变得成熟，拥有合理的判断力了——我想过，各位——相信我吧！”

他那不起眼的形体似乎因为他是忠臣宽厚而光彩焕发。他说出的每个字都铿锵有力，再也无须添加任何美德了。

“与她共处的日子里，我们一直都很快乐。就在今天晚上，我一直对愧于她的日子心存感激。”

他的声音抖得越来越厉害，于是停了一会儿，他又说：

“一旦我从梦中醒来——不知道为什么，我向来少有做梦——

我看见，她要对她昔日的同伙和同身份的人心存悔恨的话，这是很正常的。要是她怀有一种单纯的悔恨，认为没有我的话会如何如何的那种想法，没什么好责备的。以这种想法来看待她，我想是很实在的。很多事我看到过，但我并没留意。就在刚才那令人心痛的时间里，这些事以一种全新的含义要我来面对。但是，各位，除了以上，请勿以一句可疑的话就把猜疑塞到那个夫人身上，万万不可。”

有时，他两目发光，声音坚定；有时，他又陷入沉默。但后来，他还是像以前那样说道：

“这些令人不畅的消息因我而起，就由我一人默然承受吧。我才是该被责难的人，而她不是。我的职责就是为她消除误解，残酷的误解，就算是我的朋友给的误解也要被消除，越是绝尘外事越有利于我履行这样的义务。只要时间适宜——只要上帝乐意，它便到来得快些——只要我一死，她就能解除的因素的话，我就甘愿看着她那散发光辉的脸庞，带着我无限的信心和爱合上我的双眼。任她去追逐比现在快乐得多、阳光得多的生活，到时候，一切忧愁便入云霄了。

他的真诚与善良与他纯洁的态度互生光辉，我眼中噙满泪水，他在我眼中渐渐模糊。他向门口移去，同时说：

“各位，我的所想刚才都已经告诉大家。相信你们会重视起来的。今天晚上所讨论的日后要绝口不提。维克菲尔德请以一个老朋友的身份给我一只胳膊，扶我上楼吧！”

维克菲尔德立即向他跑去，一同向门外缓缓走去，他们并不说话。尤来亚在后面一直看着他们。

“行，科波菲尔少爷！”尤来亚温顺地面向我说道，“事情并非如期望中那样，这个老学究——太特别的一个人——跟块砖头一样木讷，不过我看这个家已经遭殃了。”

光是他的声音，我就疯狂发了一次最大的愤怒。

“你这个浑球，”我骂道，“你为什么要算计我？你这胡作非为的恶棍，你这么刻意提到我，搞得好像跟你商量过一般。”

我们站在那里，互相看着对方。他脸上有着藏不住的高兴之意。我将我所知道的联系起这张脸，我清楚了事件的原委。我所说的原委是指他在未经我允许的情况下，强塞给我他所知道的秘密，特以此叫我难过，然后围绕着这件事精心为我设下圈套，叫我防不胜防。他那张贱骨头的脸摆在我跟前找打，我使尽全身力气狠狠地甩过一巴掌，打得我都觉得手指头燃烧了般的刺痛。

他逮着我的手，我们就那样站着不动，盯着对方看。站了好长一段时间，我都觉得他脸下留下的手指印间的白色慢慢消失，而使红色的部分更红了。

“科波菲尔，”他到底开口了，有气无力地说，“你丧失理智了吗？”

“我已经丢弃你了才差不多，”我挣脱自己的手说道，“你这狗娘养的，从今往后我不认识你！”

“你不认识我？”他把手敷在脸上看样子很痛，说道，“恐怕你只得这样了。嗯，你这不是以怨报德！”

“我以前没少警告你，”我说道，“我憎恨。刚才我已经非常明白地给你看了，我就是那样。你对你身边的人干的那些恶毒事，我干吗要怕你？你到底还想怎样？”

他心里明白得很，我暗说的是以前我跟他勉强交往还有那么一点顾虑。要是那天晚上爱妮丝没跟他打下保证，这一掌和这些话不会出自于我，不过没那么重要了。

又是一阵沉默。他看着我，各种丑陋的颜色在他的眼睛里应有尽有。

“科波菲尔，”他将手从脸上拿开说，“一直以来，你跟我对着干，你在维克菲尔德先生家一直跟我对着干，我晓得。”

“你爱怎么想怎么想，”我依然怒不可遏，“要不是真那样，你被打就更对了。”

“可是我一直都很喜欢你啊，科波菲尔！”他还在说。

我懒得理他，就拿起帽子准备睡觉去，他在门口拦下了我。

“科波菲尔，”他说，“一个巴掌拍不响，我并不想当其中的一个。”

“你应该去死！”我回答他。

“可别这样说！”他回答我，“你会想收回这句话的，你把不好的脾气表现出来了，连我都不如，这怎么可以？但我原谅你。”

“你原谅我！”我鄙夷地重复了一下。

“我一定会，你别无选择。”尤来亚说，“你想想清楚我是你朋友，而你现在却打了我！不过要是没有两个对手就不会有斗争了，我不会做对手中的任何一个。无论如何，我是你的朋友。所以，你就知道，你还能期待什么了。”

这个时间太不适宜吵架了，为了不惊扰那一家人，大家的声音都压得很低。（我说得很快，他正好相反），因而我的愤怒没有被很好地发泄，但我的感情还是冷却下来了。我只跟他说，我会像以前所期望他一样，继续期望他，他倒从来没有令我失望过。我不顾他站在门前，只把门打开，把他当成一个待挤压的核桃。我离开宅子后，还没走到几百码远他就追上来了，想起来他睡他母亲那里，也在宅子外面。

“科波菲尔，你知道，”他冲着我的耳朵说道（我一直没回头），“你站在一个错误的位置上，”鉴于当时我觉得他说的是实话，我就更加愤不可遏了，“这可不是什么勇气可嘉的好事，你要改变认识，你应该接受原谅。我没想过跟母亲说这件事，其他人也一样。我决定了要原谅你。但是，我难免感到意外，你明明知道我是一个非常谦卑的人，你还是打下了手！”我觉得比起卑劣，我还是逊色于他，这点他比我更清楚。要是他公开反攻我，或者激愤我，我会觉得是一种安慰，一种辩解。可是他反而把我置身于慢火中而使我苦恼了半夜。

早晨醒来，在教堂的晨钟鸣响时，我出来了，看见他与母亲在散步。他装得跟什么事都没发生过一样地问候我，我也只得回答他。我看，他的牙痛得不轻，反正他头上包了条里丝手巾，头上戴着帽子，尽管如此，他的面相可不会得到什么改善。听说他去看了一个伦敦的牙医，而且还拔了一颗牙，真希望拔的是大牙。

博士向大家说明，因为感觉不舒服，他每天多数时间将不见人。一周前，爱妮丝和她的父亲已经离开了，我们的常规工作也跟着恢复了。就在恢复工作的前一天，博士当着我的面给了一张叠着的短信，并没有加封，是写给我个人的。他用语亲切地告诫我，那天晚上的事就让它尘封了吧。我只是跟我姨奶奶说了就没再跟别人说起这件事。这件事并不能跟爱妮丝讨论，她对这件事自然也没猜疑过什么。

我猜当时的斯特朗夫人也没发现什么异常。直到几个星期后，我才看见她发生了一些变化。她的变化是缓慢发生的，像无风天气下渐渐改变的云。博士与她说话时态度更加仁慈，为了让他单调的生活充实一些，博士甚至主动与她和她的母亲相处，这些变化使她一开始难以适应。每当我们工作时，她就常常坐在一旁看着博士工作。那张脸，我总觉得可以表框纪念了。有时候，她的眼里会闪着泪花，然后就起身向外走去。她那貌美的脸上渐渐地烙下了忧伤的阴影，而且日益加重。那时候马克兰太太经常来宅子里串门，她喋喋不休地谈这个谈那个，可是她却什么也看不出。

以前安妮总能为博士带来阳光，可是自从这潜移默化的变化降到她身上后，博士的面目变得更沧桑了，他比以前也更严肃了。但他的脾气却更加温和，态度更加仁慈，对安妮的关切也更多了（其实对她的关切早就不能再增加了）。在她生日的一个早上，我们开始工作，她像往常一样坐在窗子下，但不同的是她的神情显得很局促不安，叫人看起来很是心疼。博士走过来捧着她的额吻了一下，然后迅速地离开了，好像他激动的情绪使她不能再在这个地方待一刻了。她则站在原地一动不动，像尊雕像。后来我看见她低下头，双手握在一起哭了起来。她哭得那样伤心，我都不知道该怎样去形容。

从那以后，我总觉得她需要找人倾诉，有时候在我俩独处时她甚至想对我说，但她到底什么也没说。博士常常想着法子找机会让她与她母亲出门去一些娱乐场所，马克兰太太并不喜欢什么娱乐活动，但她更讨厌别的事，也就只好去娱乐场所了。常常她表现出极大的兴致去参加，然后给予极高的评价。而安妮整个人打不起精神，对什么事都不感兴趣，只是由着马克兰太太带到这里带到那里。

我对此毫无办法，姨奶奶想起来就来来回回地走上个一百里的路，想必她和我一样，内心难以平静，同时又无计可施。但是令人难以置信的是，这个看似无法插手解决的家事却被狄克先生解决了。

在这件事上，正如我不能解释他为什么要帮助我一样，他是如何想的，又是如何看待的我都不能加以解释。但是我对博士的崇拜之情是没有限制的，这种想法在我还在学校的时候就已说过。在真爱中，有一种微妙的解释，这种解释即使由一个低级动物对人类做出来，但也能超越高级智慧。狄克先生内心的智慧就被一种真理所照亮（如果这样说不过分的话）。

在他闲下来的多数时间里，他又重新享受了陪博士散步的特权，为此他好不骄傲了一番。其实在坎特布雷时与博士散步已成了他的习惯。但自从出现情况后，他比往常起得更早，以便腾出更多的时间来陪博士散步。如果说以前博士给他读那部字典可以给他带来快乐，那么现在要是博士不从兜里拿出字典读给他听，那他就要苦恼了。每天就在我跟博士工作时，他便趁此空间陪斯特朗夫人散散步，剪剪她心爱的花，除除花里的杂草，久而久之，他都养成习惯。我敢说，他的话少得连一个钟头内也挤不出十句话来，但他能保持恬静的兴致使得这对夫妇间立刻心领神会。这对夫妇都知道对方喜欢这个人，而这个人也乐于与他们两个人交往，于是他成了他俩之间无可取代的桥梁连接他俩了。

一会儿，他带着让人难以捉摸的智慧跟博士散步，乐于听字典里深奥的字；一会儿，又拿着大喷壶，陪着安妮做事；一会儿又跪在那里，戴着手套穿行在小林子中间，小心翼翼地干活。他所做的每一件事，都可以看出带着想成为她朋友的微妙想法，这连任何圣人都表现不出来。他拿着的喷壶喷出来的都是怜悯、真诚和爱慕。面对不幸，他永远也不迷失自己，从来都没有将那个倒霉的查理王来打扰这个花园。他视他的工作为一种快乐的服务，自始至终地坚持着。在这期间，一旦发现有什么做得不妥当，他就立即表现出想改正的态度——想想他所做的一切，再看看我费劲的努力，真为自己以前觉得他心智不全而感到羞愧。

“特洛，只有我最了解他的，再也没有任何人了解他了。”我跟姨奶奶说到这件事，姨奶奶就得意地告诉我，“狄克还要好好地表现一下他自己呢。”

这一章就要收尾了，我有必要说另一件事。在维克菲尔德先生家的那段时间，每天早晨我注意到，尤来亚都要收到两三封信。大家都离开了海盖特时，尤来亚还没走，所以他这段时间还是比较闲的。这些信都是米考伯写的，信封写得规规矩矩的。那时候，米考伯越来越像个老练的律师了。这些零零碎碎的事告诉我，米考伯先生现在过得不错。没想到米考伯那位和气的太太给我写了一封信，这令我大吃一惊，信中写道：

我亲爱的科波菲尔先生，收到这封信一定令你大吃一惊吧。读这信你会更吃惊的。而那些请求你不要对别人说的事，则更使你吃惊。为人妻母的我，此刻需要安慰，可是我又不愿告诉我娘家人（米考伯先生早就与他们翻脸了），我所认识的人中，你是我以前的房客，又是我的朋友，没有谁能更好地给我安慰了。

你大概也知道，我亲爱的科波菲尔先生，我跟米考伯先生一直都建立着良好的相互信任的精神。偶尔米考伯先生有什么事不跟我讲，也就是关于期票或者具体债务期限的事，这也确实发生过。但总体来讲，米考伯先生跟他这个还是很有情的妻子并没有想瞒过什么秘密。每天晚上我们睡觉之前都会将当天发生的大事回顾一下。

所以，我亲爱的科波菲尔先生，你能想象得出在我告诉你米考伯先生跟以前完全不一样时，我是多么的难过。他常常保持沉默，对我有所隐瞒。在他这个同甘共苦的人——他的妻子——的眼里，他的生活变得像谜一样难以捉摸。我可以大胆地告诉你，对于他的生活，我除了知道他每天都待在事务所以外，其他的我什么也不知道，我觉得我对南方那个人的生活了解得都比他多（孩子们都讨论他唱凉李子张的故事）我是想借这个民间传说说明一下事实而已。

我要说的还没完，米考伯先生不像以前那么好脾气了，他越来越粗鲁了。他跟大儿子和大女儿都生分了，也不再对两个双胞胎引以为豪了，甚至对那个刚来我们家的那个客人也冷眼相对，事实上他跟谁都无冤无仇，我们家的日常开销已经节俭得不能再节俭了，可是一跟他要钱，他就恐吓我们说要了结自己。对于他为什么要这样做他却只字不提。

这叫人难以忍受的，也是伤透人心的。你能想象得出我这束手无策的无助，在这危难的时刻，要是你肯帮帮我，请告诉我怎么办才好。我知道你已经很多次对我伸出了援助之手，这将是又一次。孩子们向你问安，这个侥幸却还不懂事的客人也向你微笑。

正受危难的爱玛·米考伯

周一晚间，坎特布雷

像米考伯太太这样身世的太太最好的方法就是劝她用爱心耐心地感染他（我也清楚不用说她也会这样做的）。我就没跟她多作劝告了，看过这封信，我老是牵挂着她。

第四十三章

放下笔，让我再一次回顾一下生平值得纪念的日子吧。往日在眼前重演，我站在一旁看着自己的身影；它们影影绰绰地从我身旁走过。

周复一周，日复一日，季复一季，相继而去。但这些日子好像只有夏日的白昼或冬日的夜晚。我跟朵拉经常散步的那块公共场地，今天还是遍地花开，金光灿烂，明天这里的石南就被淹没在一片白雪之中。我们周末经常散步的那条小河，在夏日阳光的照耀下，银光闪烁，一转眼到了冬季，一阵寒风袭来，或是吹起层层涟漪，或是一堆一堆的冰块儿漂浮荡漾着，河水向大海奔去，它翻滚着，明暗交替，来势比往日更猛烈些。

还有那两个像鸟一样的女人，她们的家丝毫没有发生改变。火炉上的时钟依旧发出滴滴答答的声音，墙上的晴雨表依旧挂在原处。我们对时钟和晴雨表所显示的信息，不曾怀疑过，尽管这两样东西从来没有准过。

我二十一岁了，依法律规定，我正式拥有成人的尊严了。不过这是任何人都会有的尊严。让我总结一下我已经取得的成就吧。

那个狂野而神秘的技巧已经被我驯服了。我还因为这项技术不小地赚了一把。因为我把这项技术掌握得不错，受到了很高的评价，我就跟另外十一个人给一家晨报记录会议辩论内容。每个晚上，我都要记下那些不可能实现的推论和宣言，还有些只会让人越来越迷糊的解释。每天我都要在这些文字间翻过来滚过去。在我面前，不列颠——那个倒霉的女性——像只被束缚的鸡一样（她的翅膀被官府们用像利刀一样的文笔穿了起来，她的手脚被官腔的文章捆了起来）。我站在这幕后，把这政治生活的意义看得一清二楚。我对从事政治的人的信心已经那荡然无存；而且永远也不会再现。

特拉德尔，我亲爱的朋友，也尝试过吃这行饭，但他并不适合干这行。他坦然地面对了失败，还跟我说，他向来觉得自己反应有点慢。偶尔，他也为这家报社做点事，收集一些干枯的事件概要，然后再交给文思稍好的人去润色、加工。他取得了律师资格证书。通过勤奋刻苦积攒了一百镑，并以此作为学费交给了一位契约师，跟他学习事务所的事。他出庭那天，用去了不少热红葡萄酒。从酒的数量可以推知，内院从中肯定获了不少利。

我已经开始尝试别的事业了。我提心吊胆地、谨慎地干起了写作这行。我写了一点东西，没有告诉任何人就寄给了一家杂志社，结果我写的东西在杂志上登了出来。受到这件事的鼓励，我就打起精神写了不少小品文字。现在，我常常在这个事业上得到一定的收入。总体上讲，我还过得不错。我从左手开始，以手指上的指节来计数我的收入，我竟数到了无名指的中节了。

我们从白金汉街搬出去了，现在的住处就是我第一次心血来潮看中的那所离得不远的小屋。那是所幸福的小屋。我的姨奶奶将她在多佛的房子卖掉了，赚了不少钱。但她却执意不肯与我同住，而是在我附近租了一所小宅子。她为什么要这样？因为我要结婚的！一点不错，是这样的！

一点不错，我要将朵拉娶进门了!这已经得到了拉芬妮亚小姐和克拉丽莎小姐的许可。要是说金丝鸟也知道心神不安的话，那她们现在就是。拉芬妮亚小姐主动提起监督我的心肝儿的嫁衣制作，用褐色的纸剪剪裁裁，制作胸衣。好几次，她都跟一个胳膊里夹着包裹和尺子，看起来很体面的年轻人发生了争执。那段时间一个在我家吃住的缝衣匠，老是把针呀，线呀插在胸前，任何时候都不拿出来，即使是吃饭睡觉都戴在身上。我的宝贝儿被他们当成了人体模具，她不时地被叫去试穿衣服。晚上，我们在一起的时候，隔五分钟就有一个女人来敲门叫朵拉上楼试穿，真是讨厌。

克拉丽莎小姐和我姨奶奶翻遍了整个伦敦，一件一件地，仔仔细细地挑选家具，然后叫我和朵拉过去看。要是可以不让我们过目，直接让她们把东西买回来就好了。因为，那天我们去看炉栏和烤肉板时，朵拉碰巧看见一个中国式的小房子，房顶上系着个小铃铛，她一看就非常喜欢，要买回来给吉普当房子。吉普住进去后，发现不管是进去，还是出来，都会引起小铃铛一阵响，每次都把它吓得惊慌失措。为了适应这个新家，它可费了一些日子。

皮果提也过来帮忙了。她的工作大概就是不断地打扫每一样东西。她把所有的东西擦了又擦，直到把那些东西擦得跟她那忠诚的额头一样光芒四射时，她才肯罢休。就是在那段日子里，在晚上黑暗的街道上，我看见她的哥哥孤苦无依地走着，边走边在来往的人流中张望。这种时候我绝对不会走过去打扰他。当我看到他伟岸的身躯向前行进时，我明白，他寻找的是什么，他担心的又是什么。

我有时间的时候就抽空去博士院看看，意思一下。这天下午，特拉德尔一本正经地来找我，他为什么这副表情呢？因为我的原始而可爱的梦想就要成真了。我很快就去领结婚证书了。

这个文件虽然很小，却很重要。当特拉德尔看见我放在写字台上的证书时，他认真地打量它，半是羡慕，半是敬畏。证书上印着大卫·科波菲尔和朵拉·斯宾罗两个名字，它们就像昔日梦想中的那样，甜美地连接在一起。证书的一角记着对人生中各种活动的善意关怀，印着印花就像我们的父母一样目睹着我们的结合。还有坎特布雷天主教印在上面的文字祝福，这是以最便宜的价格印的哦。

可是，我还以为自己在做梦，异常不可思议的、又欢喜又仓促的梦，真不敢相信我就要结婚了。不过我不信也不行了，因为在街头碰的每一个人都多多少少地看得出，后天，我就要结婚了。我们宣完誓了。那天，特拉德尔并不需要一定到场，但他还是来给我打气了。

“我亲爱的朋友，希望下次是我陪你来，”我跟特拉德尔说，“也是为着同样的事，而且就在不久的将来。”

“借你吉言，谢谢你，我亲爱的科波菲尔，”他说，“我也希望如此。想到她愿意等我，而且不管等多久都愿意，又想到她着实是个可爱至极的姑娘，我不能不感到欣慰——”

“你叫脚车接她没，几点？”我问道。

“七点的，”特拉德尔看了看手上的老银表——是上学时，他曾把表里的轮子取出来用来做水车的表——说道，“那时候，维克菲尔德小姐也差不到来了吧？”

“她稍迟了点，是八点半的。”

“我亲爱的伙伴，我对你发誓，”特拉德尔说，“你能得到这样幸福快乐的结局，我想想就觉得高兴，仿佛是自己结婚一般。你请苏菲来参加这喜庆的典礼，邀她与维克菲尔德小姐一道当伴娘，这样的友情，这样的关照实在叫我感激不尽。我能深刻地感受到这份情谊。”

我听着他说话，然后同他握手，我们还在一起散步，聊天，吃饭等一些事。可是我无法相信这一切，这都像是做梦了一般。

七点钟，苏菲来到了朵拉的姑姑家。苏菲的脸很讨人喜爱——算不上美妙绝伦，但非常可爱——我从没见过像这张脸那样和蔼、天真，坦诚。特拉德尔很是骄傲地跟我们介绍她。他拉着我来到一个角落，当我祝贺他作了一个不错的选择，他两手在一起搓了有十分钟，连头上的头发都全体起来了。

从坎特布雷来的脚车上，我迎来了爱妮丝，我再次看到她那因为高兴而变得美丽的脸。爱妮丝对特拉德尔印象不错。他们互相见面时，特拉德尔将他那最可爱的情人介绍给了她，当时他脸上放出的光彩，真让人觉得不好意思。

我仍然不能接受这是事实。那个晚上，我们过得很愉快，愉快得不得了！叫人难以置信！我难以做到心绪平静。我的幸福到来了，可是我却不能辨出真伪。我整天处于迷迷糊糊的状态。好像上次睡觉还是一两个星期前，那天，我早早起来后就再也没睡下了。我说不清楚昨天有什么事。我觉得我口袋里的证书，足足放了几个月了。

次日，大家一道去看房子——我们的新房——朵拉和我所有的——我也反应不过来我是这所房子里的主人。我好像是受谁的邀请而来的，我等着真正的主人快点回来，然后对我说，欢迎我的到来。这所宅子很美，里面的一切都很美，而且是新的；地毯上的花儿图案像是刚采的；壁纸上的绿叶儿看起来就像是刚长出来的；洁白的沙质窗帘，蔷薇色的家具，小钉子上挂着的带有蓝结子的帽子（是朵拉游园时用的）——尤记得，初次见她，我就爱上了戴这顶帽子的她；竖在角落里的琴匣；还有吉普的“宝塔”屋，每个人进来都差点被它绊倒。这些东西塞得宅子满满的。

又是一个愉快的晚上，与前几个晚上一样的不可思议。在我走之前，我去了趟我常去的那间房间，但朵拉却不在，我以为她应该还没试完新衣服呢。拉芬妮亚小姐往里张望，然后神秘兮兮地告诉我，她来了。但她没有马上出现，一会儿我听见门外有沙沙的声音，接着是敲门声。

我回答道：“请进！”但那个人还是敲个不停。

我就走过去，看看究竟是谁。眼前的这个人，眼光闪烁，脸蛋发红，哦，是朵拉。拉芬妮亚小姐叫朵拉穿上了明天的衣服帽子。我见了一把搂住自己的小妻子，却把帽子弄掉了，拉芬妮亚小姐小声地叫了一声，朵拉却哭笑不得。我如此高兴，就更不敢相信这一切了。

“道菲，我漂亮吗？”朵拉问我。

“漂亮！”我当然会觉得漂亮。

“你确定自己喜欢我吗？”朵拉说。

这个问题会让帽子再次遇到不幸，拉芬妮亚小姐又以尖叫声提醒我注意，看看朵拉就好，但是碰不得的。于是，朵拉就在那里站了一两分钟，精神恍惚地让我欣赏了一番。然后，朵拉摘下帽子——这样自然多了！——拿着帽子跑开了。朵拉出来时又换回平常穿的衣服。她追着吉普问，是不是让我娶到了一个漂亮的小妻子。她嫁人了，它是否感到高兴。然后，她跪在地上，教吉普站在“烹饪书”上。这将是她出嫁前的最后一次这样做了。

那天，我回到附近的寓所，觉得更加的恍然。第二天早早地起来，骑着马去接住在海盖特大路的姨奶奶。

这一次，姨奶奶的着装打扮是我从来没见过的。她穿着紫色的绸衣，戴着白色的帽子，让人一看就感觉一新。珍妮帮她穿戴好后，在那里等着我。皮果提准备去教堂的观望台上，等着一会儿看我的婚礼。狄克先生，将在神坛前接受我的朵拉，已经把头发烫卷了。特拉德尔跟我说好了在旋门前见面，这时，只见他穿着浅黄色和浅蓝色的衣服，让人觉得晃眼。他跟狄克先生一样，给人一种手套的印象。

毫无疑问，我是看到了这些的，因为我知道是怎么回事，但我又眩晕了，好像眼前什么都没有一样。我也不相信眼前有什么。不过，当我们的敞篷马车行驶过时，我突然怜悯起那些无缘参加这场神仙般婚礼，却只知道忙忙碌碌进出商店的人们，他们是多么的不幸啊。

一路上，姨奶奶握着我的手不放。到达目的地时，前面的皮果提应该先下车，但他却捏了下我的手，并且送过来一个吻。

“愿主保佑，特洛！对自己的孩子，我也做不到像这样疼爱了。今天早上我还想起那个可怜又可爱的奶娃娃了。”

“我也想她。也想起你对所对我的好，亲爱的姨奶奶。”

“行啦，孩子！”我姨奶奶说，然后继续饱含热情地向特拉德尔伸出手，于是特拉德尔向狄克先生伸出手，狄克先生又向我伸出手，我又把手伸给了特拉德尔，我们就这样来到了教堂门前。

原本，教堂是宁静的，但它并没有感染我，反而使我像一架全力工作的蒸汽织布机。我无法保持镇静，大脑一片混乱。

接下来发生的便是一场断断续续的梦。

梦里，我看见他们领着朵拉走进来。教堂招待员将圣坛栏杆线内的我们做了一下排序，俨然像个教练。这会儿，我还在好奇，教堂招待员为什么一定由男人来担任呢？难道他们讨厌女人，还是宗教害怕快乐得到蔓延，就必须将讨人厌恶的人赶到天堂上去。

梦里，教士和书记来了。有几个船夫还有别的人也跟了进来，我身后的古船散发出刺鼻的甜酒味。一个深沉的声音宣布了仪式的开始，大家的注意力都高度地集中。

梦里，作为交出我的宝贝朵拉的代替人——拉芬妮亚小姐哭了，她是第一个哭出来的人，她正向皮治儿致敬呢（我是这样想的）；一旁的克拉丽莎小姐闻了闻提神散；爱妮丝陪在朵拉旁边；姨奶奶表面装得很严肃，其实早就流出眼泪来了；朵拉浑身发抖，回答的声音很微弱。

梦里，我跟朵拉一起跪下，朵拉握住爱妮丝的手一直没放开过。比起刚才，朵拉抖得不那么厉害了。整个仪式顺顺当当地完成了。仪式结束后，我们都带着爱人额哭看着对方在圣器室里，我年轻的妻子想起过去的悲痛，为她那可怜的爸爸大哭。

梦里，她很快就恢复了笑脸，于是，我们将自己的名字写在登记簿上。我走上观望台，叫皮果提带她来签名。在人少的地方，皮果提抱着我说，当年我那亲爱的母亲结婚时，她也在场。直到一切完事，我们才离开了这里。

梦里，我热情洋溢地唤着我那可爱的妻子，好不骄傲地走上台阶。我们走过人群，讲台，纪念碑，座位席，洗礼盆，大风琴，教堂的窗子，一切都似乎笼罩了一层迷雾，朦朦胧胧的。迷雾中的教堂回荡着（曾经家乡的教堂）静谧的气氛。

梦里，我走过的地方总听见人小声地议论，一对年轻的新人儿，而她是个可爱的小妻子。回去的途中，大家都很兴奋，一路畅谈。苏菲告诉我们，当人们叫特拉德尔拿出证书时（我临时放他那儿），她紧张得要命，她觉得他会把证书弄丢了，或者被偷了。爱妮丝听了大笑起来，笑得那样开心。朵拉非常喜欢爱妮丝，她一直握着她的手，现在还是。

梦里，我们吃了顿早饭，桌子上有好吃的，好喝的，美味的，营养的，我还是那样，吃不出喝不出一点味道来。可以说，我以为自己吃的和喝的都是爱情和婚姻。即使是事物，我也一样的不相信它是真的。

梦里，我梦游般进行了一番演说，说了什么我一点也不知道，但可以叫人确定的是，我并没有说什么。我们在一起相处得很开心，很温馨。我们给吉普吃了点喜饼，不过它吃了并不太舒服。

梦里，我们租好一匹马。朵拉离开了一下去换衣服。我姨奶奶和克拉丽莎小姐与我们在一起，我们一边散步，一边等她。今天早餐时，我姨奶奶作了一番演讲，使得两位姑娘受了感动。她现在可开心了，都有点自负了。

梦里，朵拉准备好了。拉芬妮亚小姐同她一道出来，一刻都不愿意离开这个给她带来快乐的、漂亮的玩偶。朵拉告诉大家一连串惊人的发现，又是说这个忘了，又是说那个也忘了，然后大家各自散开去寻找忘了的东西。

梦里，等到朵拉不得不向人们道别时，他们衣饰飘带，簇拥过来。我的爱人被这些人围得透不过气来，好不容易才走出人群来，然后投入了我的怀抱，而那时，我早已在一旁嫉妒了。

梦里，我打算抱吉普的（它跟我们一起来的），可是朵拉不答应，非要自己来抱，说以免让它以为她不喜欢它了。她的结婚会让它难过的。我们胳膊地套胳膊往前走，朵拉忽然停下来转过头说："忘掉吧，要是有我得罪的人或是对不住的人。"说完又哭了起来。

梦里，我们继续向前走，她摇着可爱的小手。忽然她又停了下来，跑向人群中的爱妮丝，完全不顾旁人的存在，最后一次吻了吻爱妮丝，并在此向她道别。

梦醒来时，我跟朵拉已经同坐在一辆车子里了。这时我才完全相信了。坐在我旁边的正是我日思夜想的可爱的小妻子。

“我的傻孩子，现在你觉得幸福吗？”朵拉问我，“你确定自己不会反悔吗？”

这些往日的影子——从我身边掠过。我刚才正在一旁观看着这些都已成为了过去的影子。还有漫长的故事需要我继续讲述呢。

第四十四章

蜜月已经结束了，女方代表也回家了。这时小房子里只剩下我和朵拉两个人。我突然有种奇妙的感觉。如果说以前两个人恋爱是件有趣的工作而我现在完全失业了。

将朵拉永远留在身边了，这是件多么不可思议的事呀！我不用出门就能看到她，也不需要再为她感到苦恼，也无须再给她写信更不用想方设法地跟她幽会了。这是多么的神奇呀！夜晚，我坐在那里写作，当我偶尔抬起头时，便能看到她就坐在我面前，我索性放下笔，倚着椅子想，这是多么离奇呀，我们自然而然地可以独处了——没有人再可以干涉我们了——当初我们定下婚约时的梦幻都已经束之高阁了，就任它去吧——我们不再需要征得任何人的同意了，只需要在乎对方——一辈子，只要在乎对方就够了。

遇到会议中有辩论时，我就要在外工作到很晚才能回家。当我徒步往家走时，想到朵拉在家中等我，我便立刻感到非常奇怪。我们要吃晚饭时，她轻轻地来到我跟前，跟我说话。见到她出现，起初我还感到难以置信。当我发现裹头发用的是硬报纸的时候，我又感到很奇怪。而亲眼看到她确实做着这些事，实在是天大的惊奇。

关于家事料理，要说两只鸟儿比我这个可爱的人儿知道得少，我是无论如何都不相信的。所以我们雇用一个仆人帮忙管家，就是现在，我还在心里想，这个仆人是克鲁普太太的女儿乔装混进来的。因为这个玛丽·安为我们制造了不少苦恼。

玛丽·安姓帕拉公，在我们雇她的时候，有人告诉我她的性格犹如她的姓。她的品行证明书写得像个宣言一样长。证明书上证明她无所不能，包括我所知道和我从未听过的，她都会。这个女人，正当强壮之年，面孔严肃，身上（特别是两胳膊上）长满麻疹，从来都没好过，还有火红的溃疡。她有个表兄，是禁卫军。她表兄的腿老长老长的，就像是下午照出来的人影。他的短军衣与他不合比例，军衣太小了，同样，对于这个宅子他显得太大了。本来这宅子就不大，他一来就显得更小了。我们的墙壁比较薄，有时候晚上，只要听见厨房发出连续不断的呼噜声，就可以知道他又来过夜了。

我们的这个活宝是不撒谎不喝酒的。所以我们在煮水罐底下看到她时，我只好以为她的羊癫疯发作了。当我们的茶匙变少了的时候，也只好认为是倒垃圾的顺手拿走了。

可是，我们实在是拿她没办法。她使我们认清，由于我们本身缺少经验，所以我们没办法独立起来。要是她有那么一丁点的仁慈之心的话，我们倒愿意把事情交由她管。但她偏是个不但没有仁慈之心，而且是很残忍的人。就是因为她，我与朵拉之间第一次闹得不愉快。

“我生命的全部，”有一天，我跟朵拉说，“你觉得玛丽·安的时间意识强吗？”

“怎么说起这个，大卫？”朵拉停下手中的画，天真地看着我。

“我的心肝宝贝，我们应该是四点吃饭的，可是现在都已经五点了。”

“朵拉看了看钟，默不作声，像是在说钟走快了。

“我的宝贝儿，事实并非如此，”我看着自己的表告诉她，“相反的，它还慢了几分钟。”

我的小妻子来到我跟前，在我膝盖上坐下，然后哄我不要说话。还用画画的笔往我鼻子中间画了一笔。应该说这很逗趣，可是该吃饭还是不能免啊。

“我的宝贝儿，”我又说了，“你觉得，是不是该说说玛丽·安了？”

“啊，不行，我不要！对不起，大卫！”朵拉说道。

“我的心肝儿，干吗不能说呢？”我小声地问她。

“因为我像只鹅一样笨，”朵拉回答我，“她清楚我这点。”

“啊呀，你这个不听话的孩子，看看你的额头，又有了难看的皱纹了！”

朵拉坐在我腿上，一边说一边用笔描那些皱纹。然后又用笔涂自己的樱桃小嘴，把它画得很黑。就是这样的事，她也特别用心的样子，我忍不住笑了起来。

“这样才乖嘛。”朵拉说，“要这样笑才会好看。”

“可是我的宝贝儿……”我又说了。

“别，别！求求你别这样！”朵拉吻了我一下，继续说，“别学那个不听话的蓝胡子！可来真的啊！”

“我的宝贝夫人，”我说道，“有些事，我们不能马虎对待。过来，坐这张椅子，我们俩挨着的！把铅笔给我，好了，我们正儿八经地商量商量。你懂得，亲爱的，”我握着她的小手，多么可爱的一只小手，还有多么漂亮的小婚戒，“你懂得，我的小宝贝儿，要是饿着肚子出门干活，是很不舒服的。对吧？”

“对啊——”朵拉说这话不怎么用心。

“我的宝贝儿，你怎么发抖，还这么厉害！”

“你会骂我的，对不对？”朵拉可怜地说。

“我的心肝儿，我们是在讲道理。”

“讲道理比骂人更坏！”朵拉几乎绝望地叫起来，“我跟你结婚不是为了来听你讲道理的。我这个可怜的人，要是你一开始就打算跟我讲道理才结婚的，你干吗不提前通知我，你这个残忍的骗子！”

我想让她平静下来，可是她摇着头，不让我看她的脸，还说：“你是最最残忍的骗子！”朵拉一连说了几遍，我实在不知如何是好。我在房里走了几个来回，心里难以平静。然后我又回到朵拉身旁。

“我的心肝宝贝儿！”

“不是的，我不是你的什么心肝宝贝儿。你在后悔跟我结婚，是不是，要不然你也不会在这里讲什么道理！”朵拉喊道。

朵拉竟然这样责难我，而且还是好不讲道理地责难我，这终于给了我发脾气的胆子。

“好，我亲爱的朵拉，”我说道，“这样说太孩子气了，你说的话没有道理，你知道吗？如果没说错，你应该记得，昨天晚上我饭还没吃完，出门的时间就到了。还有前天，我匆匆忙忙吃了顿饭，而且牛肉还是半生半熟的，闹得我肚子不适。今天就更过分了，我根本就没有饭吃——现在我连早饭的事提都不敢提了，也不知道要等到什么时候——就是等了很久，连口水都没得喝。我不是在怪你，亲爱的，这确实不是什么令人愉快的事。”

“你是最最残忍的坏蛋，你在骂我是个不讨人喜欢的妻子！”朵拉哭了。

“朵拉，我的亲爱的。你明白，我从来没有说那样的话呀！”

“可是你说是我让人感到不愉快了！”朵拉说道。

“我说的是家里的家务事令人不愉快。”

“那是一回事！”朵拉心里确实是这样想的，因为她都哭了，而且哭得那样认真。

我对朵拉是又疼又爱，可是心里一团乱麻。我沿着墙在屋里走了一遍。发生这种事，我十分自责，稀里糊涂地想往门上撞。但我还是坐下来，说道：“朵拉，我没有责备你的意思。还有很多事需要我们不断地去学习。我们的目的只有一个，亲爱的，我只想告诉你，你真该——你真的应该（在这个问题上我绝对不能松懈）学学如何管理玛丽·安。而且，你也要学习着做点事，为了你自己也好，为了我也罢。”

“你竟然说出这样无情的话，我实在想不到，”朵拉说，“前几天，我听你说想吃鱼，为了让你高兴，我亲自跑了多远的路，弄了一点鱼来，当时你还吓了一跳，难道你不记得了吗？”

“我的宝贝，我的心肝儿，我明白那是你的心意，”我回答她，“当时你不明白我是多么的感激你。所以你买的是条鲑鱼——让两个人吃是在浪费，但我还是忍着没说。而且买条鱼就花去一镑六先令也不是我们经济范围内的消费，这些话我都没说了！”

“你很喜欢吃，”朵拉哭着说，“当时你还说我像只小耗子。”

“我的爱人，我以后还会说你像小耗子的，”我告诉她，“我还要说上个一千遍。”

朵拉的心本来就脆弱，再经我这样一伤，现在我怎么安慰她都不听了。她哭了又哭，哭得那样伤心。好像我真说了什么连我自己都不知道的话伤害了她。到此，我急急忙忙地出门了。那天个晚上，我待到了很晚才回家。整晚上，我都被一种悲哀的悔恨所笼罩。我像个犯了罪的凶手，罪大恶极，可是是什么样的罪状我却说不清道不明，这种感觉困扰了我整个晚上。

半夜两三点，我回到家，发现姨奶奶来了，就坐在那里等着我回来。

“姨奶奶，这么晚过来有事吗？”我不知如何是好，慌慌张张地问姨奶奶。

“事倒没什么事。来，特洛，”姨奶奶回答我，“过来坐下。小花儿情绪有点不畅，我刚才陪了她一会儿，没什么别的事。”

我坐下，用手支撑着脑袋，静静地看着火，想着自己最光明的希望刚实现不久，就出现了这样的意外和不快。在我这样想的时候，姨奶奶的目光停留在我的脸上。无意中，我发现她的目光带有担心的意思，但很快就消失了。

“我对你发誓，姨奶奶，”我说道，“把朵拉弄成这样子我自己心里也不痛快。整个晚上，只要一想到这事我就难过。但是我没有别的目的，只是想和和气气地讨论下家务事而已。”

姨奶奶听了我的话点了点头，表示她理解。

“但是，特洛，你不能这样心急。”她说。

“对，姨奶奶，我没有不讲理的意思。”

“不是，不是。”姨奶奶说，“但是小花儿还是朵娇嫩的花朵儿，风不可以一下子来得太猛，要慢慢吹。”

姨奶奶竟是这样慈爱地对待我，我打心底儿感激她，我也敢说，她明白我的心意。

“姨奶奶，”我又望了望炉火，说，“你要是能经常给朵拉一点忠告和和指导，会对我们大家都好，你不觉得吗？”

“特洛，”姨奶奶有点紧张地说，“别啊！别跟我提这样的要求。”

她说得那样的恳切，我都吃了一惊，抬起头来看她。

“孩子，回首我的一生，”姨奶奶跟我说，“想想那些入土了的人，我应该跟他们中一些处好关系的。要问我有什么理由去责备别人婚姻中犯的错误，那可能是因为，我曾在这方面犯过严重的错误，我是在责备我自己。不管了，任他去吧。许多年前，我粗暴蛮横，固执不讲理，而且我现在一点没改，以后我也依然如此。但是，特洛，咱俩之间还是有点好处的——我的亲爱的，不管怎么样，你对我是有好处的。相处了这么多年，我们之间不应该闹得不开心。”

“我们之间闹得不开心！”我叫道。

“孩子，孩子！”姨奶奶摸着自己的衣服说，“你们俩的事，我一旦插手，即使不说什么，也会很快使我们之间出现问题。我会把我们的小花儿弄得不快乐。但是我希望我们共同喜爱的孩子也同样地喜欢我，希望能过得像只快乐的蝴蝶。还记得你母亲改嫁的事吗？千万别把你所隐藏的不幸强加给我和她。”

很快我就理解了姨奶奶的意思，她说得有道理。我看得出来，她对我这位亲爱的妻子带有怎样一份宽厚的感情哪！

“日子还长着，特洛，”她继续说道，“一天是建不出来罗马来的，但你也不能以为一年的时间就够了。你按照自己的意愿选择了她，”我隐约看到，她的脸上浮过一层乌云，“你选择的是一个非常讨人喜爱，非常热心的人。你的任务是（我也知道这是你的幸福，我没打算作什么长篇大论）当你当初选择她时，以她所具有的品质来看待她，不要对她没有的品质作出评价。有必要时，你可以在她身上塑造她以前不具有的品质。但是，要是做不到的话，孩子，”说到这里，姨奶奶停下来揉了揉鼻子，“你就不要在那些没有的品质上要求什么。我亲爱的，你不要忘记了，你们俩的未来只是属于你们两个的，别人只是旁观，努力要靠自己的能力，像你们这两个单纯的林中婴儿，婚姻就是这么回事，愿主保佑婚后的你们，特洛！”

姨奶奶在说这番话时，不紧不慢，态度轻松。说完她吻了我一下，又追加了一句祝福的话。

“那好了，”她说道，“给我准备好我的小灯笼，我要从花园的小路回我的房子，你送送我？”在我们的小房子中间，有一条通往那个方向的小路，“送完我，你替贝西·特洛伍德跟小花儿打个招呼。特洛，无论你打算怎么做，千万别妄想把贝西当做吓唬小鸟的稻草人。因为我在镜子里看过她，她那张脸，确实够吓人，够可怕的。”

姨奶奶边说边用一条毛巾扎头。在这种时候，她常常用毛巾把头扎起来。然后我将她送出门。送到花园里，她没让我再送，我往回走时，她举起小灯笼给我照路，我看了她的眼睛，觉得她的目光有着忧郁的意味，但我当时的心思不在这上面，而是在为她刚才的那一番话，我也很为那番话感动。事实上，这是第一次靠着自己的努力来面对我共同的未来。我没有得到任何人的帮助。

朵拉在迎接我，因为不会再有人来了，她直接穿着拖鞋。看到我，她就伏在我的肩膀上，哭着说一开始自己太任性，而我又太残忍。我保证，我也跟她说了意思一样的话。就这样，我们和好如初了，而且互相约定，这次小小的争吵是第一次，也将是最后一次，哪怕我们会活到一百岁，也不会再发生第二次争吵。

在家务上，“仆人们的责难”成了我们的第二个考验。玛丽·安的表兄躲在我们家的煤窖里，有一天他被他所在的武装部队逮出来了。当时我们大吃一惊。他后来被手铐铐着手，被他所在的部队派一种方队带走了。这种方队使我们的前园丢尽了颜面。发生了这种事，我最终决定解雇玛丽·安。但令我们感到惊讶的时，她走时却十分平静，后来才知道，她之所以这样并不是她拿了工钱，而是因为顺手带走了茶匙，而且还背着我们跟一些商人借过钱，还是以我的名义。后来有一位奇吉布里太太在我们家做过一段时间。

我敢说，在肯特郡，没有人比她住得更久了。她如此虚弱，连我们给她安排的基本工作她都完成不了。于是我们不得不解雇她，后来又找到个小宝贝来代替她。之所以说是小宝贝，是因为她为人温和，但是她每次端着茶盘上下楼梯时，她总也免不了摔跤，动作还像跳水运动员一样，连茶杯也一同摔向客厅。这个倒霉的人总要制造一些损失，无奈，我们必须辞退她。在她之后也来过几个，但都是这样不实用的家伙。最后雇用的那个人，长得还挺体面，也挺年轻，但她竟敢私自拿朵拉的帽子，戴着去格林威治市场。在她以后，我就不记得了，反正一律都是以失败告终。

我所打交道的人，好像无一例外，都在欺骗我。我们一在商店出现，就意味着商店将要把恶劣商品拿出来，比如，我们要买只龙虾，那么那只龙虾定是注了水的；我们要买肉，那买回来的肉也被烤得咬不动；我们就算买面包，面包也是看不到什么皮的。为了弄清楚烤肉的技巧（烤熟了，但又不会焦），我亲自查阅“烹饪术”。书上说要按照一磅肉十五分钟的标准去烤。但是实行起来是，总是因为这样那样想不到的原因把烤肉得不是焦黑焦黑的就是鲜红鲜红的。我们总也做不到两者之间的结果。

我相信，比起成功，我们在失败上所要的钱要多出来许多，我是有根据的。我查看了商贩的账本，记录中，我们所买的奶油，足够我们将地下室铺一层还有余。我们用去的胡椒数量也是惊人的。不知道国税册上记录的胡椒销量有没有增加，要是没有话，那么一定有家庭没有买到胡椒。然而最不可思议的是，我们家里还是一无所有。

有时，洗衣服的女人把我们的衣服当掉了，然而又喝得醉醺醺地跑来跟我们道歉。而我又相信，谁也难免出现过一两次这样的事情。还有烟囱突然着火，教区前来营救，而教堂执事代表说假话，我也觉得难免要经历的。但是忽然之间我发现雇了个酒鬼，这实在是件倒霉的事。在我们的账本上，关于啤酒有许多莫须有的记录：比如“科太太——0.25磅甜酒汁”，“科太太——0.16磅丁香酒”“科太太——一杯薄荷酒”。科太太指的是朵拉，好像这可以说明，她要把这些使人兴奋的东西都喝下去。

起初，我们也弄点居家宴请之类的活动，像邀请特拉德尔过来吃顿饭就是其中之一，其实也就是顿便饭。他答应得很爽快，我便写信告诉朵拉，说特拉德尔要来家访问。那天的天气令人神清气爽，我们一路上说说笑笑，聊的都是我的幸福家庭生活。特拉德尔听得津津有味，还表达自己也特别想拥有一个像这样的家。那时候，苏菲每天在家静候他，为他准备饭菜，他觉得那时他的幸福就毫无缺憾了。

我当然不希望有一个比我娇妻更可爱的人坐在桌子对面，不过每当我们坐下时，我却希望能多一个人的位置。我也想不通是为什么，已经只有我们两个人了，可还是感觉到拥挤。不过等到找东西的时候，我又觉得地方太大了，大得我要的东西总是找不到。我怀疑这是因为屋里所有的东西都是流动的。当然也有例外，那就是吉普的高塔屋总是放在原来的地方，不过它也毫无例外地总是挡着大家常走的路。那一天，特拉德尔随便一个转身就有可能会碰到吉普的屋子、朵拉的琴匣和画架以及我的写字台，他被困得晕头转向，我都快认为他能否用刀子和叉子了。不过他到底是脾气好，他跟我说道：“科波菲尔，这里跟海洋一样，很宽阔！我发誓，很宽阔！”他还很郑重地说。

还有一个愿望，就是吃晚饭时，希望别在鼓励吉普上桌子了。即使它不会去踩盐或都融化的奶油，它上桌子也是不像话的事。那天，它爬上桌子，就开始扑向特拉德尔，甚至跑过去踩特拉德尔的碟子。它仿佛觉得自己是专职监督特拉德尔的。它是如此的大胆，如此固执，叫得谁也没机会开口说一句话了。

但是我知道朵拉心地软弱，要是说出看不起她的宝贝的话，她会很敏感觉察到，所以我也就什么也没说了。出于同一原因，望着地上散落的碟子、东倒西歪地像醉酒了一般的调味瓶；极乱摆放的碟，罐子，搞得本来就活动不便的特拉德尔再一次陷入窘迫的境地，不过我还是忍着没说了，摆在我面前的是炖羊腿子，我仔细看了一下，竟然发现它长得怪模怪样的——想不通，难道买羊肉的垄断了世间所有的残废羊。不过，我将所有的思想都悄悄埋在心里了。

“亲爱的，”我问朵拉，“放在那个碟子里的是什么东西呀？”

朵拉冲我做了个可爱的鬼脸，好像想吻我，不过我不知道为什么。

“亲爱的，那是蚝子。”朵拉小心地回答我。

“这是你的主意吗？”我笑着问她。

“嗯，大卫，是我的意思。”朵拉回答说。

“这个主意太好了，再也没有比这个更好的了！”我放下手中的刀叉叫了起来，“特拉德尔最喜欢这个了。”

“我也这样想，大卫，”朵拉说，“我特意买了一小桶，满满的。那个卖蚝子的人说，这个很好吃。但是——我有点担心它有点问题。它们有点不对劲。”朵拉说到这里把小脑袋摇了起来，眼里的眼花都快掉出来了。

“很简单，把壳掰开就行了。”我说道，“亲爱的，我们把上面的壳掰掉。”

“我试了，但是不行。”朵拉一边做出用力的样子一边难过地说。

“科普菲尔，你懂的，”特拉德尔笑着观察那道菜说，“我看这是因为这家蚝子都是优质的；但是我又想，可能是因为——它们根本就没有被剖开过。”

是的，蚝子根本就没被剖开，但是我们又没有剖蚝子的刀，即使有，我们也不知道怎么用呀。没办法，我们只好吃着羊肉，看着蚝子。不管怎么样，羊肉熟了的部分还是要吃的。要是我任由特拉德尔的话，为了表达他此次赴宴的满意，他定会学一次真正的野蛮人，把羊肉生的部分也一起吃下去。但是我绝不会让我的朋友在友谊的祭坛上，作这样的牺牲，碰巧橱里还有一点冷咸肉，所以我就换了咸肉吃。

一开始，我这可怜的小妻子还以为我会发脾气，因此她感到非常难过。不过当她后来并没有看到我发火时，她又高兴得不得了。我压抑的不快也随之消去了。总体来说，那个晚上我们过得还算愉快，我跟特拉德尔互相敬酒，朵拉把她的胳膊搭在我的椅子上，一有机会她就冲到我的耳边，小声地说，我真好了，我已经不再是那个残忍的大孩子了。我们喝完酒，她就开始给我沏茶，她沏茶时，像在摆弄木偶一样，一举一动那样迷人，我看得都忘记茶是否好喝了。然后我跟特拉德尔打了两局牌，那时候，朵拉就在一旁和着大弦琴唱着歌儿。忽然我想起来了我与朵拉的订婚，这仿佛是一场激情的梦。还记得，第一次听她唱歌的那个晚上，天还没亮呢！

特拉德尔要走了，我就送了他一段。当我回到客厅坐下，我的夫人也把椅子移到我的旁边。

"我感到抱歉，"她说道，"大卫，你想想办法教导教导我吧！"

"朵拉，我在教导你之前，我也要被教导一番，"我说，"爱人儿，我跟你一样，都很糟糕呢！"

"哦，可是你能学得好，"她接着说，"你的脑袋瓜非常灵活！"

"胡扯，小耗子！"我说道。

"我也希望如此，"我的小夫人老半天都不说话，然后又问我，"我想到乡下，跟爱妮丝住上一整年！"

她环抱着我的肩膀，我的手正好拖着她的下巴。她看着我的双腿，我看见，她的眼睛是蓝色的。

"为什么要这样做呢？"我问她。

"我相信，跟她待在一起我可以学习很多的东西，那样我就可以进步一点了。"朵拉说。

"我的爱人，这个时候不适合。你要明白，在她还是个很小的小孩时，她就担起照顾父亲的担子了，这么多年了，她一直这样，就像我们今天所看到的爱妮丝一样。"我告诉朵拉。

"我想要你叫我所希望听的那个称呼，你愿意吗？"朵拉坚定地问我。

"叫什么呀？"我笑着问她。

“就是那个很傻的称呼，”朵拉甩了甩头发，说，“娃娃妻子！”

我再次笑着问她，怎么会想到这样称呼，我用胳膊搂着她，使她的蓝眼睛离我更近一些，但是她却并没有动。

“你真笨，我的意思不是让你只叫我娃娃妻子，朵拉还是朵拉。我是希望你把我当做娃娃妻子。如果我哪天我惹你发怒了，你要提醒自己，‘别跟娃娃妻子计较什么’！；如果哪天我做了让你的希望落空的事，你就对自己说，‘我早看穿了，她只配当娃娃妻子’！如果哪天你发现我无论如何都不能成为我所希望的样子，（我恐怕不会实现了），你就告诉自己，‘我的娃娃妻子虽然笨了点，但是她很爱我’！事实上，我的的确确很爱你。”

一开始我就随随便便和她聊聊的，就是谈到这时，我也是很随意的。但想不到，她竟然会摆出这样的认真态度，不过她天性心肠软，我跟她说了几句真心实意的话后，她就开心得不得了，刚才眼睛里还泪光闪闪，现在又换上了笑意。后来，我发现她真的是我的娃娃妻子了。她在吉普的塔屋外的地板上坐下，不停地摇着铃铛，以此来惩罚刚才吉普不规矩的行为，吉普却懒懒地趴在屋里面，不屑于理会这样的挑弄，只是，探出脑袋眨巴着眼睛。

朵拉跟我提的要求，给我留下了深刻的印象。那段时间发生的事也一一浮现眼前，历历在目。我祈求，从那往日朦胧的迷雾能看得到，朵拉那张无邪的脸再次转向我。我仍然可以告诉任何人，当时说的每一句话都时时刻刻印在我的脑海里。也许我没有充分理解那些话，因为年幼，缺乏经验，但是我绝对不会把那些天真的轻声细语当做耳边风。

经过一段时间，也没有多久，朵拉跑来告诉我，她就要着手管理家务事了，一位伟大的管家就要诞生了。她把写字板上的字迹擦得干干净净，学会了削铅笔，还买回来一个大的账本，打算用来记账。那本被吉普踩着玩的“烹饪书”，已经被撕得乱七八糟了，但她学会了用针把它们缝合起来，还下了一番工夫去学习上面的技术，用她的话来讲，很是下了一番工夫。可是那些记录的数字却依然秉性不改，不肯相加。有时候，她辛辛苦苦刚在账簿上记下两三个账后，吉普就第一时间摇着尾巴跑过来，在上面踩踏，然后记下的账又被抹得不清楚了。不管怎样，她每次都把自己右手的中指深深地印上墨汁，这是唯一不变的后果。

晚上有时候，我在家里写文章——那时候我已经常常写文章了，而且不知不觉地以作家称呼了——我的娃娃妻子就在一旁努力地学习，这时候我就放下笔看着她学习。首先，她拿出买来的大账簿在桌子上放下，然后长叹一口气。然后，翻出上次吉普干的好事还叫吉普自己过来看看。结果，她又把心思转移到了吉普身上，又开始惩罚吉普，用墨水把它的鼻子抹黑。接着又开始对吉普进行训练，叫它像狮子一样在桌子上躺着——这是吉普的训练项目之一，但我们可看不出它做得像狮子——要是碰到吉普心情好的话，它就照着做。做完这些她才肯开始拿笔写字。她拿得第一支笔，却发现上面有毛，然后她又换了一支，可是这支笔往外冒墨水。她只好又换了一支。还没写几个字，嘴里就开始嘀咕：“天哪，原来这支笔还会讲话的啊，这样会吵着大卫的！”她觉得这样写也是白做工。然后她拿起账单，往狮子身上压，假装要把它压扁，接着干脆把账本扔在了一边。

有时候，她心里很静的时候，就认真地来看看写字板或小一个蓝色的小账单或者别的什么东西（不过，我说看着那些东西像卷头发的纸）。她那样认真地看，仿佛想从中发现什么。她把手头上的东西仔仔细细，认认真真地进行一番比较，然后又在写字板上写写擦擦，擦擦写写，一边不断地数着左手指头。她被弄得那样苦恼，那样丧气，看起来十分不痛快，本来光亮的脸蛋慢慢地失去了光泽——仅仅是因为我——我看在眼里，痛在心里，于是我慢慢地来到她的身边。

“朵拉，怎么了？”

朵拉抬起眼睛，露出绝望的表情，回答说：“我没办法叫它们听我的话，相反，它们闹得我头都大了。”

我就哄着她：“我们一起，再来算。朵拉，我示范一次给你看。”

于是我开始演算给她看，刚开始她看起来注意力还很集中，可是还不到五分钟，她就觉得累了。为了调节调节自己的疲劳，她又是把我的头发卷起来，又是把我的优良领子翻过来，然后再观察我脸上有什么反应。要是我阻止她的举动，还在继续讲的话，即使一句话也不说，那她马上表现出害怕而悲哀的样子。她愈来愈沮丧，往日那种天真无忧的样子又浮现在我的脑海，再想想啊不过是我的娃娃妻子，我竟然责怪起自己。我只好放下笔，拿来六弦琴。

尽管我要面对很多工作，也有很多烦心的事，可是出于同样的原因，我都隐忍了。这种做法对于她是好还是不好，就是现在看来我也难以下定论但是我明白我为什么要这样做，只因为她是我的娃娃妻子，我翻查着心中记下的陈年往事，彻彻底底在我心中的秘密记在这本书里。

我知道，曾经不幸失去的东西或者说缺乏某些东西，都在我的内心占着一定的空间，但它们并没有影响我的生活，把我的生活弄得更痛苦。在天气晴朗的日子里，我独自旅行，空中弥漫着夏日的气息，我想是因为旧日天真的魔法所致。我明显感觉得到，我还有些梦想没有实现。但我又觉得那些东西不可以强带到今天的生活，它们是旧日的光辉，应该慢慢地熄灭了。有时候，我有那么一瞬间曾经设想，我有一位智慧的妻子，她的认识比我更深刻，她可以给我可参谋的意见，她能改善我，并且会支持我。她能弥补我的不足。可是我又觉得，这样的幸福太过完美，世上怕不曾有过，而且以后也不会出现。

我还年幼，是个稚气未脱的小丈夫。这本书记录了我所有的顾虑，所有的心肠变得仁慈的经历，除此之外，再也没有别的了。要是我曾经犯过什么错误，那也是因为我误解了爱情，缺少了经验而犯的。书中所写的，无一虚言。因为现在对它遮掩的，是毫无意义的。

正因如此，我独自将生活中的苦果和忧虑包揽了下来，不让任何人与我一起分担。我们的生活日复一日，并没得到改善，家里还是那样，摆得乱七八糟的，但是我渐渐习惯了这样。朵拉见我不再苦恼，她也不那么烦恼了。于是她又变得快乐、幸福，天真的样子就像以前那样。她还玩以前的那些玩偶，并且能从中得到开心。同时，她也深爱着我。

当辩论的记录任务变重了——不是指质量要求高了，事实上，记的这些东西都大同小异。而是要记的东西多了——我不得不推迟回家的时间。但每次回来她都还没有睡，只要一听到我回来的脚步声，她就立即跑下楼来迎我。晚上，有的时候，我不用作我的辩论记录，就在家里写文章。无论我写到多晚，她总是安静地坐在我旁边陪伴我，她安静得常常让我以为她都睡着了。但当我看她时，她一如既往地、静静地看着我。

“哦，可惜了这孩子！”有天晚上，我写完文章打算收拾写字台时，我看了她一眼，她也正看着我说道。

“也可惜了眼前的这位姑娘！”我说道，“而且这才是真的。我的爱人，以后别等我了，你先睡去吧。你等得实在太晚了。”

“我不要，别催我睡！”朵拉请求着我，“千万别催我睡！”

“朵拉！”

她搂着我的脖子，竟然哭了起来，我真感到意外。

“我的亲爱的，这样弄得我不舒服！别这样！”

“不，很舒服，我就要这样！”朵拉哭着说，“我要听你说，你答应我陪着你，看着你写文章。”

“嗬，那双蓝眼睛在深夜里是那样的美丽！”我对她说。

“真的很美丽吗？”朵拉终于笑了，“听到你这样说我太高兴了。”

“你这小家伙，真虚荣！”我说道。

但我明白，这不是虚荣，这只是她小小的欢喜，因为我的赞美而产生的欢喜，并无害处。她还没说这话之前，我心里就很清楚了。

“你觉得好看，你就是在告诉我，我能留在你身边看你写文章了。”朵拉说道，“它们真的很美丽吗？”

“非常非常的明丽！”

“那就留下我，让我看你写文章吧！”

“可是朵拉，你留下来并不能让它们更明丽呀！”

“可以的！因为这样在你机灵地还在静静地思考这个，思考那个的时候，就总也不忘思考我。我想跟你说一句话，非常傻的一句话——从来都没有这样傻过的一句话——你不会生气吧！”朵拉靠在我的肩上，从侧面偷偷地观察着我的表情。

“那是什么话，那样傻？”我问她。

“我想帮你拿待用的笔。”朵拉说，“在你一丝不苟地花几个钟头写文章时，我想在这其间做点事。哦，可以帮你拿着待用的笔吗？”

我告诉她可以，她一听脸上就开了花。每当想起那张脸，我就觉得眼泪快要涌出来了。从那以后，我一坐下来就开始写文章，她就拿着待用的笔坐在她上次坐的地方。她知道自己的工作跟我也有了联系，她是那样的骄傲。每当我用完笔向她要一支新笔时，她都表现得无比快乐。这就又给我提供了新的方法来哄我的娃娃妻子开心。很多次我都是有意跟她要笔。有时候，我告诉她，有一两页的稿子需要抄一份，需要她帮忙。这可乐坏了朵拉。为了完成这项不凡的任务，她要穿围裙，要走进厨房，拿出一块布铺在胸前，防止被墨水弄脏，下了好一番的工夫。她还不断地停下来冲着吉普笑（似乎她想什么，吉普都知道）。抄完了，她非要签上自己的大名不可，说这样才叫完成任务。完成了任务，她一本正经地交给我，那样子像个学生交考卷。我接过抄的作业，对她大加赞赏一番，然后她就把我的脖子又搂又抱。在别人眼里，也许这些小事都微不足道，可是对于我，却都是感动得流鼻涕、流眼泪的回忆。

抄完稿子，她又拿来所有的钥匙穿成一串，放在一只小篮子里。然后在自己的腰上系着，在屋子里里里外外，上上下下地观察着，钥匙也跟着发出叮叮当当的声音。我常常看见，这些钥匙所开的锁是开着的。它们几乎派不上用场，只是用来被吉普当玩具。不过，朵拉高兴这样。朵拉高兴，我也就高兴了。虽然是装模作样地管理家务，但她对此颇有成就感。似乎我们的这所住宅，只是供我们用过的，她乐此不疲地这样想着。

我们的生活就这样一天天继续。朵拉很爱我姨奶奶，都快不亚于爱我了。常常她们在谈心的时候，朵拉告诉过姨奶奶好几次，说自己以前很怕她，担心她是“一个不讨人喜欢的老家伙”。可姨奶奶对朵拉很宽厚，比对任何人都要宽厚得多。姨奶奶想逗吉普开心，但吉普却从不领情。每次来，姨奶奶都要听朵拉弹琴，但我看，未必喜欢音乐，见到家里那些不管事的仆人，姨奶奶从来都不发脾气，尽管她已经被他们气得够戗了。她会走很远的路，看到了朵拉喜欢的小东西，她自己也会很高兴，然后她就把那些小东西买回来。她来的时候要经过花园，只要一看不到朵拉在屋里，她就会喊：“小花儿呢，快出来！”

这叫喊响彻整个屋子，谁听了都觉得幸福。

第四十五章

有一段时间我都没有到博士那儿了。不过我们常常能碰到面，因为我们住得很近。有过两三次，我们聚在他家吃饭或者喝茶。老士兵住在了博士家，而且不打算走了。她没怎么变化，帽子上的两只蝴蝶还那样舞动着。它们永远都不会有被拿下来的时候。

马克兰太太，跟我所见过的其他母亲没两样，喜欢追求娱乐，这点可比她女儿深刻得多。她要不断地以娱乐消遣。但她总说得跟个老练的老军人一样，拿她的女儿来做借口，借机参加各种娱乐活动。结果是，在博士想方设法取悦安妮的时候，这位特别的母亲高兴得不得了。为此，她毫不保留地夸赞博士的细致入微，体贴温柔。

但是我敢说，马克兰太太的行为无形中在博士的伤口上撒了一把盐。马克兰太太虽然年岁已高，但她的行为仍然表现得欠缺思考，自私自利（这种表现并不随年龄的增长会相应消失）。每次博士想出什么法子来减轻安妮生活上的沉重感时，马克兰太太就一个劲儿地表示同意。于是，博士那本来就敏感的心，因而变得更加敏感了。博士越来越认为自己是一个束缚他太太的茧，并且他们之间的感情越来越缺乏沟通了。

“我的亲爱的，”那天，我在他们家，听见马克兰太太对博士说，“你要知道，老是把安妮关在家里，会把安妮闷得发慌的，这是一定的。”

博士一脸仁慈，冲着她点着头。“等到安妮上了我这把年纪时，”马克兰太太一边摇着扇子一边说，“那时候，情况就不一样了。只要几个高雅的人陪陪我，外加一个桌子和几副牌，就算你把我关在监狱里不让我出来，我也不会急。但是你要清楚，我跟安妮不是一样的人。”

“知道，知道。”博士说。

“你这个人，确确实实不错，——但我要说句抱歉的话！”看到博士示意她别往下说了，她又这样说，“我要亲自对你说，你确确实实是个不错的人。在你的背后，我也是这样说的。但是，你也确确实实——我没有胡说吧——跟安妮在爱好上，想法上没有共同语言。”

“没有。”博士说道，声音里分明夹着一种悲哀。

“没有，本来就没有。”老士兵和声回答道，“就比方说你那部‘字典’吧。它能解释字的意思，有很高的使用价值。要是没有你约翰生博士这样的工作者，我恐怕今天要把意大利熨斗叫做床架了。但是别指望这部‘字典’——更别说它还没有成形——能给安妮带来什么乐趣，对吧？”

博士摇头意思说，不会。

“所以呢，我很赞许你想的那样周到，”马克兰太太合起扇子来，还用它拍了拍博士的肩膀，“从这件事上就可以看得出，你还不算糊涂。你不想其他老人，妄想着让年轻上接受老年人的想法。你了解安妮的，你知道该怎么做。在这一点上，我感到非常满意！”

这些听起来像是恭维的话，实际上是在挖苦。博士的那张脸永远保持着忍耐，但此刻，他也流露出一丝痛苦的意思。

“所以，我亲爱的博士，”老士兵一边殷切地抱着博士，一边说，“任何时候，我都恭候你的指挥。好，请记住，我完全听从你的安排。我可以陪着安妮去歌剧院、音乐会、展览会等各种不同的地方，只要需要，我随时可以去，永远不会觉得累。没有什么能比履行义务更重要了，我亲爱的博士。”

她这样说的，也是这样做的。再多的娱乐她都不会拒绝，从来都没有退缩过。每天，她都会在家里最柔软舒适的椅子上坐着，用单片眼镜看上两小时的报纸。她总能发现新的东西，而且断言安妮一定会喜欢。尽管安妮说她并不感兴趣，但是她的反抗是无效的。因为她的这位母亲总会拿出这样的话来劝她：“好了，我的安妮，我的亲爱的。我相信大道理你懂得比我多。我必须要提醒你，拒绝这个就是在拒绝斯特朗博士的好意。”

她总是挑博士在场的时候说，而那时，就算安妮有话要说，也会顾忌博士而憋在心里了。因此，她总被她母亲安排着去这里去那里。事实上，那些地方都是这位母亲想去的。

那时候麦尔顿先生已经很少过来了。有时候，他们邀请我姨奶奶和朵拉去做客，她俩也就接受前往了。也有时候，他们只邀请朵拉。开始我还挺担心让朵拉一个人去不好。但想到那夜在博士家里发生的事，我的疑虑很快就被打消了。我相信，博士说得没错，所以不好的事也就不多想了。

有时候，在我跟姨奶奶独处的时候，她边揉鼻子边跟我说，她无法解释清楚这件事。她但愿他们能得到更多的快乐。她说，在这个问题上，她相信我们的军友（她常常以此来代替那位老士兵的称呼）不会提供什么帮助的。我姨奶奶还说："不说别的，只要这位军友愿意把帽子上的蝴蝶剪下来在五月一日那天送给打扫烟囱的人，当做祝福的礼物，这对于她来说，可以说迈出了开始懂事的第一步。

她给狄克先生的信任是坚定不移的。她告诉我们，这个人的大脑里明显有了主意，但目前对他来说比较困难的是如何去支配那个主意，一旦学会了支配，他将名声远扬了。

狄克先生对姨奶奶的预言毫不知情，他还处于跟以前一样的处境，在博士和斯特朗夫人之间维系着一种微妙的关系。他并没有取得什么进展，同样他也没有取得什么进步，只是停留在原来的位置上，像建筑物一样牢固不动。实话实说，与其说我相信他会移动，不如说我相信他是建筑物。

然而，在我婚后几个月的一个晚上，两个姑姑把我姨奶奶和朵拉请去喝茶，我独自坐在客厅写文章时，狄克先生过来探望我们，他还意义深远地清了清嗓子，说道：

"特洛伍德，跟我说几句话怕是要影响你工作了？"

"哪里，狄克先生。"我说道，"请进来啊！"

“特洛伍德，”狄克先生握了握我的手，跟着又用手指头挤着鼻子的一侧，说道，“我先不坐，我想跟你说个事儿。你了解你姨奶奶的事吗？”

“多少了解点。”我告诉他。

“世间再也没有比她更神奇的女性了，我的弟弟！”

狄克先生像炮弹一样把这句话说完后，才庄重地坐了下来。我看得出，他这一次比以往任何时候都要严肃。

“那么，孩子，”狄克先生瞪着我问，“你能回答我一个问题吗？”

“任何问题，”我说。

“我的弟弟，你是如何评价我的！”狄克先生两臂交叉着说道。

“你是个非常可亲的朋友。”我说道

“感谢你这样说，特洛伍德，”狄克先生面带笑容，把腰稍弯向我，握着我的手，说道，“但是，孩子，我想说的是，”他的脸再次变得严肃起来，“在这一方面，你是如何评价我的？”他把手放在额头上说。

我一时答不上来。但很快他又说了几个字，给了我一点提示。

“不主动？”狄克先生说道。

“嗬，”我含含糊糊地应了一声，“我恐怕，有点。”

“确实如此！”狄克先生叫道，好像听了我的回答，反倒高兴了起来，“就是，特洛伍德，他们从某个人的大脑里拿出一些烦人的事，又放在另一个人的大脑里，有一种——”狄克先生两手相对，迅速地打了几个转，然后又两手合拢，来回地搓，“就像我现在遇到的那种情况一样，唉！”

我们俩互相点了点头。

“总之一句话，孩子。”狄克先生放慢语调说，“我这个人，头脑简单。”

我本打算说点什么，纠正一下这句话，但是他却抢着没让我说了。

“是这样的，我就是这样的人！她有意把我说成不是那样的人。我说这样的话，她又不理会我，可我就是这样的人。我自己心里清楚。许多年前，要不是她出手相救，那么老弟，我现在还在被囚禁着，过着一种孤苦愁闷的日子，但是我想好了，我要负责其他的吃住。我通过抄写所赚的钱，一个子儿都没花过。它们全都被我存在一个箱子里。我已经在遗嘱里写了，要把我所有的财产都留给她。她将会成为一个有钱人了——她富贵了！”

狄克先生掏出一条小手帕，擦了擦眼又认认真真地叠起来，放在手心一压，然后装进了衣服口袋里。好像小手帕里正收藏着我姨奶奶。

“特洛伍德，你是个读书人，”狄克先生说道，“一个优秀的读书人，博士是什么等级的学问家，什么级别的伟人，你是很清楚的，一直以来，他都拿什么来善待我，你知道吗？不是他的博学，不是他的骄傲，而是谦虚，谦虚再谦虚——就连像我这样头脑笨拙，思想简单，一无所知而又可怜的狄克，他都虚心交往。天空中，有云雀飞翔，我就找来一张纸，记下他的名字，借着风筝送上天空。他的名字，被风筝喜欢，让天空晴朗。”

我真诚地说，我们所给予的至高尊敬，无上评价，他都是当之无愧的。狄克先生听我这样一说，也非常地高兴。

“他的夫人，美丽，就像天上的一颗星星，”狄克先生说道，“会散发出光芒。我见过她散发光芒，真的。但是，”狄克先生把椅子移向我，一只手抓着我的膝盖——“有乌云遮挡，真的，真的有乌云遮挡。”

狄克先生的脸变得忧郁起来，我也答以一样的表情，同时对他摇着头。

“那乌云是什么呢？”狄克先生说。

他真诚地看着我的眼睛，像个孩子般急切地想知道什么。我便一字一顿地，明白无误地，告诉他：

“很不幸，他们之间出现了裂痕，”我回答道，“这种隔阂闹得有点不愉快，但是外人却不知道。也许这是他们年龄的悬差所造成的，也可能是凭空出现的。”

我说一句，狄克先生就点一下头，当我说完了，他也停了下来。但是，他仍然看着我的脸，手搭在我的膝盖上，思考着我刚才所说的那一番话。

“博士在生她的气吗，特洛伍德？”片刻过后，他问道。

“没有，博士对她只有爱。”

“这样啊，那我就明白了，孩子，”狄克先生说道。

他在我的膝盖上拍了一下，往椅子上一靠，同时把眉毛尽量往上挑。本来他就挺疯狂的，现在又突然变得这样欢喜，那就更加疯狂了。像刚才突然欢喜一样，他又突然换回了严肃的表情。再次把身子往前一靠，又从口袋里毕恭毕敬地掏出小手帕，就好像这手帕代表的是我姨奶奶一样——说道：

“世上最神奇的女性，特洛伍德，她怎么不想办法援助一下呢！”

“优秀的读书人，”狄克先生用手指头碰了我一下，说，“他怎么也不想想办法呢！”

“道理是一样的。”我回答他。

“这样呀，那我就明白了，孩子。”狄克先生说道。这会儿，他比刚才更加兴奋了，他站到我的前面，不住地点头，然后不断地拍打着胸部。让人觉得点头和拍打都快把他体内的空气赶尽了。

“一个疯疯傻傻的人，一个可怜的人，老弟，”狄克先生说，“一个思想单纯的人，一个扭扭捏捏的人——就是你现在看到的这个人，你清楚他！”他再次拍着自己，“那些神奇的人不愿做的事，我却要去做。我要试一下，孩子，我要设法让他们重归于好，他们会支持我的，他们不会骂我的。就算我要做的事是错的，他们也不会怪我的。因为我是狄克先生，谁会跟狄克先生计较呢？狄克先生太不起眼了！呼！”他带着轻蔑的神气呼了一口气，好像这样就把他自己这个人给吹走了。

我们听见花园的小门前有马车的声音，看来姨奶奶和朵拉回来了，幸好，狄克先生差不多把他的秘密说完了。

“什么也不要说，孩子！”他把声音放低，说道，“就把这事全权交由狄克——单纯的狄克——疯疯傻傻的狄克负责吧。在此之前，老弟，有时候我觉得自己能想出办法来，现在办法真想出来了。听了你跟我说的话后，我就有主意了，真的！”

狄克先生在这里又待了半小时，但对于那件事，他一个字都未提。不过，他时不时地暗示我，让我千万别把秘密透露出来。这个举动闹得我姨奶奶很不安。

我很好奇他的计划会带来什么样的结果。因为在他想出办法的那一瞬间，他的思维是那样的清晰。他显现了一道奇特的光芒——对他们的怜悯自不必说，他向来是富有同情心的。然而，在接下来的两三个星期内，他那边没有任何进展，我吃惊不已。后来我就认为，要不就是他把自己的计划忘到了九霄云外，要不就是退缩了，因为他的心情总是飘忽不定。

有一天晚上，星空晴朗，我们打算散步到博士家，但朵拉不想出门，我只好跟姨奶奶一起去了。那是秋天，夜晚的气氛没有被辩论所扰乱。我们踏着秋叶往博士家走去，闻着秋叶散发出来的那种像布兰德斯通花园里的气味。记忆中，阵阵秋风叹息而过，似乎也带来了往日的不愉快。

来到博士家，暮色已经降临。我们看见斯特朗夫人正在往花园外走，而狄克拿着刀子帮园丁修理桩子。斯特朗夫人告诉我们，房子里有客人，博士正在接见他们，但很快他们就走了，希望我们等一会儿。于是，她领着我们在客厅的窗子前坐下。窗面的天色渐渐暗下来。我们是老朋友，也是老街坊，所以我们的访问并不在乎什么礼节。

我们坐下来，没过一会儿，就见马克兰太太急急忙忙地跑进来，手里还拿着报纸，气喘吁吁地问道："安妮，我的上帝啊，书房里有客人，你怎么不早告诉我呀！"

"亲爱的妈妈，"她不动声色地回答，"你没有问我啊！"

"可是我应该知道啊！"马克兰太太往沙发上一倒，又说，

“吓死我了，我可从来没有被这样吓过。”

“这么说，你去过书房了，妈妈？”安妮问她。

“是啊，亲爱的安妮！”她带着强调的语气说道，“我就在刚才去的！我还看见那个大好人了，你理解理解我的心情吧，特洛伍德小姐和大卫——正在立他的遗嘱呢。”

安妮连忙从窗子上收回视线，转向她。

“就是现在，我的安妮，我的亲爱的，”马克兰太太把报纸放在膝盖上，铺得像桌布，一边拍着手一边说，“商量遗嘱的事，他真是个热心肠的、讨人喜欢的人，考虑得那么远！我应该把我看到的都告诉你们，这样不枉这位热心人——这么说他，他是当之无愧的——我要把我知道的都跟你们讲。多多少少你也了解，特洛伍德小姐，在这个家里，看报纸想找张椅子坐得去书房才行，只有那里有张椅子。所以当我看见书房里灯亮着的时候，就开开门打算进去。我看见，在桌子旁边博士身边站着两个人，看起来像是上班族的人，一看就知道是从事法律工作的。‘就这样，这就是说，’博士手里拿着笔说道——天啊，我可听见了他提安妮——‘就这样，这就是说，我充分相信斯特朗夫人，并将我所有的财产留给她。’这个上班族中的一个人随声附和：‘都留给她，无条件留给她。’听到这里，我这个当母亲的自然流露出感激之情，我的上帝，请原谅我！我在台阶上摔了一跤，然后匆忙地从食品贮藏室的小路穿过来了。”

斯特朗夫人将窗子推开，来到走廊上，在一根柱子上靠着。

“你们看，斯特朗夫人年纪轻轻就能有这样的举动，是不是不由得叫人感动，特洛伍德小姐，大卫？”马战太太目光硬硬看着安妮，说道，“这一切只是证明了我曾经的预言是没有错的。当年，斯特朗博士找来我，讨好着我，请求我把安妮嫁给他时，我就告诉过安妮，‘亲爱的，依我看，日后你在生活上将不用愁基本的吃穿了。不用说，斯特朗博士做的，比我们想的多得多’。”

她话说到这里，铃儿响了，跟着传来一阵脚步声。客人们走出来了。

“毫无疑问，遗嘱办妥了。”老士兵听他们说了一会儿话，说道，“他已经签字盖章了，多么认真的一个人啊。东西也发了出去，大家该安心了。就应该这样！多么聪明的一个人哪！我亲爱的安妮，我要去书房看看报纸了，我要时时更新我的消息。特洛伍德小姐、大卫，你们也跟着我一道去看看博士吧！”

我们随着她一道来到书房，中途看见狄克先生在灯光不亮的地方收拾刀子。这会儿，姨奶奶愤愤地揉着鼻子，表示她对这位军友的不满。记不得那天是谁先进的书房，然后不知道怎么的，马克兰太太就在安乐椅上坐下了，而我和姨奶奶都站在门口（大概是姨奶奶看得比我清楚一些，她把我拽住，在门口停下）。但我记得，当时的他用手托着头，静静地坐在那里。桌子上堆满了折叠书。这时，斯特朗夫人一脸苍白，轻轻地走了进去。狄克先生一只手扶着颤抖的斯特朗夫人，另一只手放在博士胳膊上。就在博士被这一举动弄得不知所措，茫然地抬头看狄克先生时，他的夫人一下子扑到他的脚旁，同时若有所求地举起手。她看着博士，那种眼神叫人永生难忘。马克兰太太被她的眼神吓得目瞪口呆，手里的报纸都被她扔向了空中。她的样子像是竖在“惊讶”号船上的一尊雕像——这已经是我想出来的最好的比方了。

博士顿时感到惊慌，但在他的脸上仍然看得到仁慈。当时的那一幕是：这位夫人不失尊严地面露祈求之意，狄克先生亲切地注视着她，而我的姨奶奶则在一旁窃窃私语“真是个疯子”，她说这句话时充满诚意（她自豪地表示，她将他从什么样的苦难中解救出来了）。就在我写这些的时候，我不仅能在我的记忆中找得出当时的情景，而且能看得出。

“博士！”狄克先生说话了，“看着吧，到底有什么说不开的呢！”

“安妮！”博士叫起来，“不要在我面前跪着！”

“我要！”她说道，“我请求，所有人都要留下来！哦，你既然是我的丈夫，又是我的父亲，请你打开天窗说亮话，解开我们之间的疙瘩吧！告诉我们，横在我们之间的到底是什么东西！”

此时，马克兰太太回过神来，终于知道发话了。她立刻拿出家门的尊严和母亲的骄傲，自负地叫起来：“安妮，你给我马上站起来，要不然我就认为你希望我发火。你这样没尊严的举动正在侮辱所有和你有关的人，请不要这样！”

“妈妈，”安妮回答她，“你说这些话没用的。这是我与我丈夫之间的谈话，就连你，也插不上嘴。”

“插不上嘴？”马克兰太太叫喊了起来，“连我都插不上嘴！你这孩子反了啊，谁给我倒杯水去？”

我的注意力都在博士和他的夫人这儿，所以听到这个请求时，我并未反应过来。同时，其他人对这请求也没作出任何反应。马克兰太太更是气急败坏了，一边又是吹胡子又是瞪眼，一边使劲地扇扇子。

“我亲爱的安妮，”博士心疼地抱起安妮，说道，“从我们结婚以来，要是时间使我们的生活发生变质，而且是不可避免的变质，那一定是我造成的，完完全全是我造成的，与你无关。但是，我对你的爱情和尊重是至死不渝的，我只是希望你能得到快乐。我掏心掏肺地爱你、尊重你。千万别这样跪着了，安妮！”

但是她并没有按照博士所说的去做，她只是这样看着他，然后靠近他，她把胳膊放在他的腿上，然后把头枕在胳膊上，说道：

“如果这里还有谁称得上是朋友的话，就请帮帮我和我的丈夫，站出来在我们的问题上说句话；如果这里还有谁称得上是朋友的话，就站出来点破我内心的那些疑虑；如果这里还有谁称得上是朋友的话，他要是知道问题的根结——我请求这位朋友站出来说说话吧！请站出来，这是在尊重我的丈夫，也是在关心我。”

可是一片沉寂，谁也没有站出来。最后，我经过一番痛苦的挣扎，站了出来：“斯特朗夫人，有一件事，我一直保密至今，斯特朗博士曾一再请求我不要说出来。但是我觉得是时候点破了，再瞒下去，信任与体贴也将变质了。你的这番话解除了我的压力。”

她转过脸来看我，虽然她的表情没能给我打百分百的保票，但是我知道自己做得对，我不该再拒绝这张恳切的脸了。

“你的双手，”她对我说，“将会决定我们将来的和谐与否。你不会对我有所隐瞒的，我相信。你，或者是其他的什么人跟我所说的话，只会说明我丈夫心灵的高尚，这一点我从一开始就知道。

至于你要说的话，如果对我来说是带有攻击性的，请不要在意。等你说完，我要由上帝作证，当着他的面坦白我自己的想法。”

她说得如此诚恳，我都忘记了征求博士的许可，就直接把那天晚上在这个房间里发生的事一五一十地说了出来。我说得很实在，当然把尤来亚·希普的口气稍加缓和了一番。就在我说话的时候，马克兰太太做着无法形容的瞪眼、尖叫和叹息。

我把话都说完了，但是安妮并没有马上说话，而是像上次一样低着头。过了一会儿，她将博士的手拿到胸前（博士还保持着原来的表情），亲吻起来。狄克先生慢慢地将她扶起来。她依靠狄克先生站着，看着她的丈夫——她的视线一直停留在她的丈夫身上——打算说话。

“现在，我要把我自结婚以来我所想的一切跟你坦白，”她说得很轻很小声，让人能感觉到她的乖顺和温柔，“刚才的事已经点破了，我要是再瞒着什么不说的话，我就不得好死。”

“别这样，安妮，”博士温柔地说道，“我的好孩子，我从来没有怀疑过你，别这样，我亲爱的，没必要这样。”

“非常有必要这样，”她同样温柔地说道：“在你这宽容忠厚的灵魂前，我不应该将自己的心封锁起来。上帝可以证明，我对你的爱和尊敬，日复一日，年复一年地加深、加重！”

“是这样的，”马克兰太太插了一句话，“要是我知道一点——”

（“你不知道，你这个人净想着坏事，哪干过什么好事。”我姨奶奶气愤地小声说。）

“——应该由我来说，说得这么详细没有必要嘛。”

“妈妈，除了我的丈夫，别人没有资格来说有没有必要。”安妮始终看着他的脸，“我的丈夫愿意听我说，所以妈妈，要是我说了什么话惹你生气了，请不要怪罪我。老早以前，我就先尝到了苦头，而且常常受苦。”

“真的！”马克兰太太气急败坏地说道。

“在我还很年轻的时候，”安妮说道，“我还是个孩子，什么都不懂，是这位像朋友一样的老师——是我先父的好友，我永远敬爱的人——耐心地教我认知事物。我所知道的一切事物，随便提起哪一件，都会让我联系到他。我脑中最早收集的东西，而且是珍贵的东西，都是经他的品格盖章封存下来的。我敢说，要是这些东西是由别人教与我的，那这些东西不可能给我带来这么多的好处。”

“她的母亲在这里什么都不是了！”马克兰太太叫起来。

“妈妈，我不是这意思，”安妮说道，“只是我看到他什么样子，就说什么样的话。我一定要这样说。等到我长大了，他在我的生活中依然扮演着重要的角色。他给我的关心让我感到得意，我依恋着他，带着爱慕之情、感谢之意，强烈地依恋着他。我无法说明他在我心中占有怎样的重要地位——我视他为父亲，又视他为老师。他给我的赞美与别人给我的赞美是完全不同的。如果，全世界都欺骗了我，但是只有他不会欺骗我。妈妈，你还记得，在你以伴侣的身份跟我提起时，我是那样的年轻，那样的缺乏阅历。”

“这里的人，至少听我讲过五十次这件事了！”马克兰太太说道。

“那就给上帝一点面子，别再说了，拜托！”我姨奶奶小声地说。

“这个转变太大了，刚开始我还觉得自己损失太多了。”安妮的表情和语调依然没变，说道，“我心里很乱，很难过。我还只是个孩子，我很难过，一直以来我都对他抱有尊敬之情，而现在却发生了那么大的转变。可是无论怎么做，他都无法回到过去的样子。他竟然如此看得起我。于是，我感到骄傲。于是，我们就结婚了。”

“——是在坎特伯雷的圣阿尔菲什教堂举行婚礼的。”

（“混账女人！”我姨奶奶说道，“就不能安静会儿！”）

“无论如何，我都没想过，”安妮的脸红了，接着说，“我的丈夫会给我留下世俗的利益。在我这个年轻人眼里，我对博士只有尊敬之情，并没有庸俗的想法。妈妈，是你，就是你第一个误导别人那样猜忌我和我的丈夫的，让我跟我的丈夫受了那么多的冤屈。”

“是我！”马克兰太太叫起来。

（“嘿，对呀，当然就是你！”我姨奶奶说道，“别扇了，我的军友，扇子是扇不掉的！”）

“在我的新生活中，这是第一次不幸，”安妮说道，“在我所遭遇的不幸中，这也是第一次。这种不幸，在最近的日子里，接连不断。但是，并不是由于我的丈夫，宽厚仁慈的丈夫！——你所猜疑的那个原因。我内心的所有想法，所有回忆，所有希望都与你紧密相连的，任谁也分不开。”

她抬起双眼，两手合并，像神灵那样，美丽、纯洁。与此同时，博士也像她看他时那样，目不转睛地看着她。

“以前，妈妈自私地跟你多要钱，但请不要责备她，”她继续说道，“我相信，她的本性不是这样的，她不应该受到责备——可是，我的名义被他人滥用，胡乱地跟你提出要求；因为我的原因，你被他人愚弄；连对你非常关心的维克菲尔德先生都愤怒了，而你却还是那样的宽容。因为这些，有段时间，我一直觉得自己的爱情被别人非议成是用金钱作为筹码换来的——而于千万人中，恰巧卖给了你——正由于这种的非议，我硬拖着你受了玷污，这本不应该由你来承担的。尽管我的灵魂可以告诉别人，在结婚那天，我一生的爱情和名誉都找到了归宿，但是这种恐惧和苦恼仍然充斥着我的内心。那是一种怎样的滋味，我无人可诉——妈妈，你无法想象那种滋味。”

“所谓的一个家庭里，只有一个人。”马克兰太太说得眼泪都流下来了，“为了照顾这个家庭，这个人竟能受到这种报酬！我想，我成了野人了！”

（“我完完全全觉得你是——而且是土生土长的野人！”我姨奶奶说道。）

“然而，就是在这样的时候，麦尔顿，我妈妈最上心的麦尔顿，我的表哥，”她平静地说道，“我曾经喜欢他，非常喜欢他。我们曾经还是小情人呢。要是没有发生后来的事，也许我真的以为自己爱上了他，然后我们会结婚。等到那个时候，真正的不幸就降临了。夫妻俩最大的差异，便是想法不一致，目的不相同。”

听到这一句话，就算我有心继续听她说，也控制不住自己在这句话上细细咀嚼。仿佛它里面包含什么特殊含义，而我没有发现。“夫妻俩最大的差异，便是想法不一致，目的不相同。我和表哥一点共同语言都没有，”安妮继续说道，“我早就发现，我跟他谈不来。我那缺乏修养的心灵，犯了生平第一个错误，还是他，把我从这样的冲动中解救出来的。我的丈夫，为我做了那么多事，就算我不因为他为我做的其他事对他感恩，那我也至少为了这件事对他感恩。”

她静静地站在博士跟前，用一种诚恳的语气说着，叫我听了着实感动。她动也不动地继续往下说。

“那个时候，他利用我，等着你慷慨地给他施舍，看到他这样势利的行为，我心里感到不畅快，觉得他应该去闯荡自己的世界。我认为，如果我是他，不管我将要面对什么样的困难，遇到什么样的阻挠，我一定会那样做。就在他打算前往印度时，我还算瞧得起他。那天晚上，在我知道他心怀不轨，虚伪忘恩时，我也看出，维克菲尔德先生看我的眼神有着另一层意思。第一次，我发现自己的生活被一种猜疑所笼罩着。我感到周围一片黑暗。”

“猜疑，安妮，”博士说道，“没有这样的事，没有猜疑，真的没有！”

“我的丈夫，我心里明白，你从没有猜疑过我！”她接着说道，“那天晚上，我来到你面前，打算跟你坦白我这些日子里所受的耻辱。我知道，我一定要让你明白，他，我的亲人之一，曾在你的屋檐下，跟我说过一些本不应自他之口说出的话。他把我想象成那种懦弱，图钱财的人——当时，我发自内心的憎恶这句话，觉得它肮脏得令我呕吐。我把这句话一直藏在心里没说出来，一直到今天。”

马克兰太太往安乐椅上一靠，轻声叹出一口气，她用扇子遮住脸，好像打算一直躲着不出来了。

“打那以后，除非你在场，我才会与他说上几句话，要不我私下从不跟他说话。就是怕像今天这样跟你解释不清楚。他知道我怎样看待他，这已不是一两年。为了他的前程，你背着我给他安排好了来才告诉我，想给我意外的惊喜。可是你知道吗，正是这种做法，使得我因为那些私密感到更加的苦恼，这件事给我的压力越来越大。”

她慢慢地在博士面前跪下，尽管博士竭力去拦她，她还是跪下了。她眼带泪水，抬起头望着博士，说道：

“不要急着说话，先听我说完。我不管该不该这样说，就算这件事重演，我还是会选择这样做。我嫁给你，是出于往日我对你的感情，我对你忠贞不贰，可是这样的忠心却被误解。他们认为我的爱情是买来的，最要命的是，这样的猜疑竟被表面的假相所证实。你不会明白，永远不会明白，我的心里是什么滋味。我年纪还小，而我与妈妈在这个问题上想法不一致，所以没有人告诉我该怎么办。要是我在处理这件事时，犹犹豫豫，对自己受到的屈辱有所隐瞒，那都是因为我尊敬你。我希望，我也能得到你的尊敬！”

“我的安妮，你有一颗纯洁的心！”博士说，“我的孩子，我的亲爱的！”

“不要慌，我还有几句话！我经常就这样想，这个世界上有那么多的人，无论你要了谁，她们都不会像我这样给你带来麻烦，给你添加包袱的！她们或许会给这个可贵的家添彩加色。也许，你应该继续当我的老师或者我的父亲，我觉得自己配不上你的学识和才华，这种想法常常让我感到害怕。可是，我是那样地尊重你（也希望你哪天能同样地尊敬我），所以一想到我该不该说出这些话，我就犹豫不决，常常话都到了嘴边却又被咽了下去。”

“安妮，那样的一天早在大地上照耀起来了！”博士说，“只能有一个漫漫长夜，我亲爱的安妮！”

“最后说一句！后来，我打定主意——坚定地打定主意，私下地打定主意——把那个人的坏，烂在肚子里，宁愿自己痛苦一点也不要让你知道。我亲爱的，我的好朋友，请你听我说最后一句。现在我已经知道为什么你最近发生改变了。在此之前，这样的变化曾经令我难过而担心，也让我回想起往日所担心的事——当把它们跟现实中的假相联系起来，我就更是如此了。现在，一件偶然发生的事使我知道了真相，但纵然我被误解，我对他的信任也不会被减少。我努力地向你回馈以爱情和尊敬，但我相信，这还是配不上你的信任，你的信任是无价的！但是，即使面对我现在所知道的事，我也敢抬起眼睛面对这张亲切的脸庞（这张应该受到父亲般尊敬，丈夫般的爱慕的脸。这张神圣的脸在我年幼时，它像朋友一样亲切）庄严地宣布，那些有愧于你的想法从来没有在我脑海中出现过。我从来没有动摇过对你应有的爱情和尊敬！”

她搂住他的脖子，他把生满白发的脑袋倚在她的黑发脑袋上，黑白混杂。

“哦，我的丈夫，请你把我抱得紧一些！不要离开我，更不要说我们之间存有悬殊，就算要那样说也是我太不懂事，太幼稚。这种认识在过完一年又一年之后越来越明朗清晰，你于我也越来越重要。哦，我的丈夫，请把我抱得紧一些。要相信我们的爱情是禁得住考验的，因为我们爱情的根基是建立在磐石上的！”

接下来，一片静默，趁这会儿，我姨奶奶沉稳庄重地走到狄克先生身边，然后抱着他来了个响吻。她这样做是适宜的，这是他该得到的名誉。我敢说，那个时候我看见他打算做一个金鸡独立的姿势，似乎这才够得上表达他内心的喜悦。

“你干得很棒，狄克！”我姨奶奶大加称赞地说道，“别再装出其他的样子了，你比谁都了解，我知道的！”

说完这话，姨奶奶拉住他的衣袖同时向我点头，示意我离开。于是我们三个没打招呼就溜了出来。

“不管怎么说，这下可给这位军人带来了当头的一棒，”回家的路上，我姨奶奶说道，“不说别的，光这点就值得我们高兴一番。回去我可得好好睡一觉。”

“我猜，她现在一定很难过。”狄克大发慈悲起来。

“说什么！鳄鱼哪里知道什么叫难过！”姨奶奶问道。

“鳄鱼确实不知道难过。”狄克先生温柔地回答道。

“要是没她这个老东西掺和，就不会发生这样的事了。”姨奶奶着重说道，“女儿嫁出去以后，希望她们的母亲就不要再掺和太多了，不要太过分地关切她们了。这些母亲好像认为，一个倒霉的年轻女人来到这个世界上——天哪，好像这个年轻女人是自告奋勇要来的——这些母亲唯一得到的好处就是任意胡来，折腾得她们痛苦不已而离开这个世界。你在干吗，特洛？”

我在想听到的每一句话，想那些句子。“夫妻俩最大的差异，便是想法不一致，目的不相同。”“我那缺乏修养的心灵，犯了生平第一个错误。”“我们爱情的根基是建立在磐石上的！”但是我们已经到家了。被我们踩过的秋叶静静地躺在地上，秋风呼啸而过。

第四十六章

有一天晚上，我在构思最近写的书——经我坚持不懈的努力，我写的文章得到了越来越多的肯定。受这样的结果的鼓励，我正尝试着写一部长篇小说——我一个人在外面散步。回来途径斯梯福兹的家，根据我对时间的模糊记忆，这时是我婚后一年左右。以前，我居住在这附近时，我常常要路过这里，但是只要我能不从这里过，我就尽量不从这里过。虽然我这样说，但是弯路绕圈子有时也不容易，因为其他的路并不好找。所以总体来说，我还是常常从这里过的。

每次经过这里时，我除了往那个方向瞟一眼外，就再也懒得做其他的事了。每次我看到那个宅子时，它都是阴郁沉闷的。宅里最好的房子并没有临着街道，那些老式的窗子嵌着粗实的框子，本来就狭窄的窗子不管在什么情况下都不会打开，挂上的百叶窗也从来未拉开过，它们看起来总让人觉得不愉快，觉得它惨淡凄凉。在石子铺就的小院子里，有一道通往入口的走廊，但是这个入口却从来没有人走进来过，在一个造型独特的楼梯上，有一个圆形的窗子，与其他窗子不同的是，它没有被百叶窗遮得暗淡无光，但它仍与其他的窗子一样，透露出空旷无人的气息。在我记忆中，整个宅子的灯都不亮。要是我不认识这家主人，只是个过路的陌生人，估计我会认为是哪位孤家寡人死在里面了。如果我走运对这所房子毫不知情，然后又常常看到它这般模样，我想，我定随着自己的想象，对它加以胡乱的猜测。

但事实上，我尽力不让自己去想它。只是我的大脑跟我的身体不一样，我的身体走过去了，就把它置于身后了，但是大脑却常常止不住地对它浮想联翩。就在那个晚上，我又思绪翻滚，百感交集。眼前不断浮现现实与想象，它们交会混杂。胡乱地幻想过去和以后，一会儿是未成形的幽灵带着希望而来，一会儿是依稀可见的身影随着失望而去。它们交织在一起，在我的眼前来来回回。在我苦思写作的时期里，那所宅子比我以前见过的任何事物都善于引起我的幻想。这次，在我快要走过宅子，开始我出神的幻想时，一个声音惊吓到了我。

这是一个女人的声音。我很快反应过来，这个丫头是斯梯福兹夫人客厅里的那个。这次，她没有穿带她以前那个蓝色的绸带，取而代之的是一两个暗黑色的结子，打扮得叫人觉得十分不舒服。依我看，这八成是因为那个家庭气氛的改变才作了这样的调整，只有调整了才能适应那里的气氛。

“打扰了先生，你是否愿意进屋与达特尔小姐聊聊？”

“是达特尔小姐的意思吗？”我问她。

“是的，先生，但不是今晚说的。其实差不多啦！前一两天晚上，达特尔小姐，在这里见过你，她就吩咐我坐在楼梯上等你，看到你就叫你进屋聊聊。”

我转过身跟她走。我就问她，斯梯福兹夫人过得怎么样。这位领路人告诉我，她的主人不太好，她不大出门，大多数时间都待在自己的房里。

当我们来到宅子里，这个小丫头指着坐在花园里的达特尔小姐，叫我自己过去见她。我看见，她正坐在露台的一角俯视着整座城。当时，夜色沉沉，空中只露出一点死气沉沉的灰光。远处的景象，渐渐退去光亮，我在心里想，把这一幕给这个泼辣跋扈的女人当背景再合适不过了。

看到我走来时，她稍坐起身以示迎接。我觉得，上次我见到她时，她就够虚弱单薄了，但她现在更加如此了。而且她闪光的眼睛，和因受伤而留下的伤疤也越发明显了。

我们见面时，都表现得不太热情。上次我们就是以恼羞成怒告别的，现在她脸上还带有那种鄙夷不屑的意思，而且都没想过要收敛一点。

“听说你有话要跟我说，达特尔小姐？”她示意我坐下，但是我在她旁边站住把手搭在椅子背上，谢绝了她。

“打扰了，”她说道，“我想知道你找到那个女孩了没有？”

“还没呢。”

“怕是又一次出走了！”

她看着我，薄薄的嘴唇在颤动着，似乎急着开口大骂那个女孩子一样。

“出走？”我把她的话又说了一遍。

“对，从他那里出走，”她笑起来，说道，“要是到今天还没有找到，那就可能以后也找不到了，说不定她已经死了。”

她的脸上露出了一种我在其他地方从来没有见过的残忍，同时她还露出了一种得意的神气。

“想她去死，”我说道，“恐怕这是她同性中对她所抱的最慈悲的想法之一了，达特尔小姐，很高兴看到时间改变了你那粗暴的脾气。”

她忍着没有理会我这句话，只是鄙夷地冲着我说道：

“这位受害的少女，挺优秀的，她的朋友也是你的朋友，你老出面挡在他们面前，给他们当护卫，维护他们的利益。关于她的事，我们已经了解到一些，你想知道吗？”

“乐意听听。”我回答她。

她站起来，脸上挂着丑陋的笑，她往眼前不远的篱墙（用来分隔那边的草坪和菜地）走了几步路，提高嗓门喊道，“到这里来吧！”似乎被她召唤的是头不清洁的畜生。

“我想，科波菲尔先生，你断不会把你这护卫的身份暴露出来，进行什么复仇行为吧？”她回过头来看着我说道，脸上依旧是刚才的表情。

我没理解她的话是什么意思，只是低下头没有回答。然后，她又说了：“到这里来吧！”只见李提默先生穿着体面，随着她向这边走来。李提默先生彬彬有礼地向我鞠完一个躬后，站到达特尔小姐身后。在我们之间，有一把椅子，达特尔小姐就歪在那把椅子上看着我，恶毒的表情摆出得意的神气（但是说也奇怪，这副神情却不乏女性的动人之感），看来她那“恶毒公主”的称号果然名不虚传。

“现在，”她并不看他，只是在旧日的疤痕上摸了摸，摆出一副高傲的神气说道（疤痕颤动起来，但这时怕是因为高兴而不是因为痛苦），“跟科波菲尔先生说说她是怎么逃走的吧！”

“好的，小姐，詹姆斯先生和我——”

“看着我干吗呀！”她打断了他的话，并且把眉毛皱了一下。

“好的，那，先生，詹姆斯先生和我——”

“请你也不要看着我说。”我说道。

李提默先生没有露出一点慌张的表情，反而不紧不慢地鞠了一躬，以向我们说明，只要我们觉得好，他照办就是了。然后他开始说：

“詹姆斯先生和我，加上她一直住在国外。从詹姆斯先生掩护了那个小女人逃离雅茅斯后，就开始住在国外了。我们去过很多国家，见识过各种风景。比如法国、瑞士、意大利，可以说无处不到。”

他将视线固定在椅子背上，似乎跟他说话的是那个椅子背。说完他用手在椅子背上轻弹着，似乎弹的是钢琴上的琴键，只是没有任何声音发出。

“对于这个小女人，詹姆斯先生投入了热切的爱。有过一段相当长的时期，他异常的安定。那段时期是从我开始伺候他以来，见过的最安宁的时期。那个小女人的脑袋瓜相当聪明，她学会了各个地方的语言，要是不认识的人见到她，根本想不到她是从乡间来的。我观察到，无论我们走到哪里，她都非常受欢迎。”

达特尔小姐将一只手卡在腰间。我看见，他偷偷看了她一眼，然后暗暗一笑。

“不骗你，那个小女人真的非常受欢迎。可能是她穿的衣服，可能是空气和太阳的衬托，也可能是被大家重视，反正不是这个原因，就是那个原因，使得她的优点自然而然地被大家注意到。

在他稍作停顿时，她望着远方的景物，眼珠四处乱转乱瞧，她用牙咬住下唇，不让它胡乱颤动。

李提默先生从椅子上拿开手，用一只手握着另一只手，将身子的重心放在一条腿上。他的视线向下移，体面的头偏向一方，同时向前微侧，继续说道：

“一段时间里，那个小女人，一直这样过着，只是偶尔会表现得无精打采的样子。渐渐地，我看到她无精打采的时候越来越多。因为这个詹姆斯先生也开始感到厌倦了。他们之间开始出现了不愉快。詹姆斯先生恢复了烦躁不安的脾气，而且越来越厉害，结果使她的脾气跟着也越来越糟。站在我的角度来看，可以说，那段时期，我夹在中间左右为难，度过得相当困难。不过，他们的感情还是可以在这里缝缝那里补补，勉强维持下去。算起来，我敢说，谁也想不到，他们还可以维持得那么久。”

达特尔小姐从远处将目光收回，又用刚才的表情望着我。李提默先生捂着嘴，体面地咳嗽一声，清了清嗓子，又换了另一条腿来支撑身体，说道：

“后来，大概他们之间发生了太多的争吵和责骂。有一天早上，詹姆斯先生，从那不勒斯附近动身（因为那个女人说她喜欢看大海，所以我们在临海的那不勒斯买了幢别墅），表面上推说他一两天就回来，私下里却交代我跟她说，为了让大家过得好一点，他将——”说到这里，他停了一下，咳嗽一声——“再也不回来了。但是我要说，詹姆斯先生做事光明磊落。都这样，他还为那个小女人着想，让她以后嫁给一个体面的男人，而且这个人能做到不计较过去。但按实际情况来说，那个男人又不能比她理想的人差：因为她的出身很卑贱。”

他再次换过支撑身体的重心，舔了下嘴唇。我敢说，这个恶毒的人在为自己说话。我可以在达特尔小姐脸上找到依据支持这种观点。

“有一件事，詹姆斯先生也交代我说出来。为了帮助詹姆斯先生渡过困难，与那些为了他而忍受太多的亲人们和好。无论他要求我做什么，我都乐于奉献。因此，我身受这样的委托。我跟那个小女人说穿了所有的事，等她明白过来事情的真相，随之而来的便是令人猝不及防的狂暴。我将吃奶的力气都用上了，才将她制止住。要不然，就算他说没有拿刀自杀，或者没有来得及往海里跳，那她也要把头往云石做的地板上撞。

坐在椅子上的达特尔小姐，表现出欣喜的神色，好像恨不得将这个家伙所说的每一句话都揽入她的怀中加以爱抚。

“我身受委托。当我告诉她詹姆斯先生的第二个交代时，”李提默先生有力不得出地搓着手，说道，“那个小女人跟别的女人不一样，她非但不把那个主意看成恩惠反而对此千恩万谢，原形显露，闹得比谁都凶。她的行为到了一种难以置信的恶劣程度。她比石头或木头更硬，更呆滞，她不知感恩、不知忍耐，毫无理智可言，要不是我有意防备着，我敢说，我已经被她送往黄泉路上了。”

“正因为如此，我更加敬重她了。”我气恼地说道：

李提默先生低头轻语道：“先生，你会吗？但你到底年幼不懂事。”他继续说道。

“不多说废话了，反正那段日子里，我清除了所有她能够得着的，你能伤及她自己和其他人的东西，我将她软禁起来，严加看管。尽管我做了这么多，她还是趁着夜里逃走了。她扒开了我亲手钉上木条的死窗子，从窗子里跳下去，落在蔓生的葡萄藤上，逃走了。从此，我四处打听，却没有一个人说见闻过她。”

“估计她死了吧。”达特尔小姐说道，脸上露出一种笑，好像她看见了那个无辜女孩的尸体，就要往上面踢上一脚。

“我猜她是跳水自尽了，小姐，”仿佛达特尔小姐给了他一次对话的机会，李提默先生连忙喊道，“非常有可能。不然她就被哪个船夫或船夫的妻子救了。生来就是下流社会的人的她，总喜欢到海滩上找他们闲谈。她甚至，达特尔小姐，她甚至坐在他们的船边，特别是詹姆斯先生离开后，她就把整天整天的时间用来在海滩上度过。詹姆斯先生告诉我，有一次，她跟孩子们在一起时，听见她说她的父亲是个船夫，还听她说，很久很久以前，她可以在自己国家的海滩上游戏玩耍，跟他们一样玩得尽兴、快乐。当时，詹姆斯先生就因为这事闹得很不高兴。”

哦，爱米丽！苦命的爱米丽！仿佛我眼前出现一幅图景：在遥远的海滩上，有一群跟她儿时相像的孩子围着爱米丽坐着。这边，是一种细小的声音叫她母亲（如果她嫁了哪个穷苦的人）。那边，是一种澎湃的声音永远叫着“永不再来”的海岸。

“当事情已成定局，我做什么都没有用，达特尔小姐——”

“不是跟你说过，别看着我说！”她严肃同时又带着鄙夷的语气说道。

“是的，小姐，您告诉过我，”他回答说道，“我很抱歉。不过，我的职责便是服从命令。”

“这就对了，”她接过去说，“在你滚开之前，把故事说完吧！”

“当事情已成定局，”他顺服地鞠躬，脸上挂着没完没了的体面神气，继续说道：“不可能再找到她了。我就跟詹姆斯在预先约定好的地方见面了。我将后来发生的事原原本本地跟他讲了。但没有想到，后来我们产生了异议。所以，我认为，为我的人格起见，我应该远离他。跟詹姆斯先生一起，他给了我很多气受。我知道我应该隐忍，而且我也隐忍了。但是这一次，他把我侮辱得太过头了，这伤透了我的心。他不幸与她的母亲发生了矛盾，这点我知道，我猜她大概在担忧什么，所以我就大胆地回了英国，跟她说——”

“因为我给了他钱，所以他才说的。”达特尔小姐看着我说。

“就是这样的，小姐——跟她说我所知道的事。我所知道的，”李提默先生停顿了一下说道，“都跟她说了，毫不保留地说了。现在我没工作了，希望能找到一份像样点的工作。”

达特尔小姐瞅了瞅我，好像在问我能不能给他答案。碰巧我也想到这件事来，所以我就问：

“有个东西，”我不愿找些客气的词来代替，就问他：“我想了解一下，她家里给她写了一封信，那封信是被他们拦截下来了，还是他以为她收到了？”

他没有马上回答我，而是摆出一副沉默的表情，注视着地面，两手指尖——对齐，做得那样完美，那样精确无误。

达特尔小姐不屑地转过头来看他。

“抱歉，小姐，”他从思考中走出来，说道，“对您，我该是唯命是从，可是我虽然是个低下的仆人，但我也有我的身份。科波菲尔先生跟您可就不一样了。那我就得失礼地跟科波菲尔先生说一声，要是科波菲尔先生想从我这里打探到什么消息，可以直接来问我嘛。我应该有自己的人格尊严。”

我心里忍了一下，将眼珠转向他，说道：“你不是听见了吗？现在把它当做是对你的提问，你打算如何回答？”

“先生，”他的十个指尖，灵活地对齐、分开，他说道，“我不能完全回答你，他的母亲可以知道詹姆斯先生这个秘密，但是你就不一样了。我觉得，我只能告诉你，我猜詹姆斯先生不希望这个信件带来更多的忧虑和不愉快。除此之外，我无可奉告。”

“还有要问的吗？”达特尔小姐问我。

我表示，就这一个问题。“还有一点，我就这一点，”见他要走，我加了句，“我非常清楚那个罪恶的家伙在这个故事中都干了什么。我建议他，以后不要老在众人面前抛头露面。我要把这件事跟那忠厚的老实人讲，那个一手养大她的人。”

他听见我要说话，就停了下来，带着惯存的平静态度听着。

“先生，谢谢你的建议。但是，先生，接下来我要说的话你不要跟我急，我们的国家不是奴隶制，不存在奴隶和奴隶主，就更别谈动用私刑了，那是不可能的。要是有谁这么做了，我看，危机应该会降临在他们身上吧！总之一句话，我想去哪儿就去哪儿，我才不怕呢，先生！”

言毕，他装得很客气地分别跟我和达特尔小姐弯腰鞠躬。然后向他来时所经过的灌木篱墙走去。达特尔小姐和我，你看着我，我看着你地相互望了一会儿，她仍然保持着叫那个人来时的态度，完全没有改变。

“另外，他还说过，”慢慢地，她将嘴唇抿起来，说道，“詹姆斯先生正在西班牙，沿着海岸线航行。以后，他还要继续满足自己海上航行的嗜好，一直到他厌倦那样的生活。我知道，你对这个没兴趣，这对母子，都非常的不可一世，他们之间的裂痕比以前更深了，连补救的希望都很渺茫。因为他们的性格太相像了，时间只会使得他们更固执、更傲慢。我也知道，你对这个没兴趣，不过讲到这里，我可想起我要说的话了。那个恶魔（你还当她是天使），我说的是他在海边混浊的泥沙中捡到的那个贱女人”她的那双黑眼睛对我睁得圆圆的，手指头还百般殷勤地比画着，“可能还没死——因为，我相信，贱命总能贱活着。要是她还没死，你一定要想方设法把那个宝贝找回来，好好看管着。你希望这样，其实我们也是的。这样就可以阻止他再次被她迷惑住。在这件事上，我们有着共同的利益的。这就是我为什么特意叫人请你过来听刚才的故事。一直以来，我都想方设法给这个贱女人一点觉悟，免得她那样麻木无知。”

她的表情突然变了，一看就知道有人来了。来者正是斯梯福兹夫人。她本来就不太热情，现在看起来就更加严肃了。她冷冷地将手递向我。但是，我看得出——这也是使我感动的——我与她儿子的旧情在她心中仍未磨灭。她的样子发生了很大的变化：本来消瘦匀称的身材，现在却弯了；本来清秀俊美的脸，却刻上了一道道皱纹；她的头发都白得差不多了。她在椅子上坐下，仍然是位端庄体面的夫人。尤记得：在我还是学生时，她那含着傲气的眼神，明亮闪耀，连我在睡觉时，都能照亮我前方的路。

“萝莎，科波菲尔先生知道事情的原委没有！”

“嗯，知道了。”

“是的，你想让他知道的我都告诉他了。”

“你这姑娘，真乖。先生，我跟你以前的朋友也通过几封信。”她对我说道，“但是这可没打动他，叫他对我履行尽孝的义务，或者说是伦理道德的良心。所以，在这件事上，我想说的都已经由萝莎说了。我希望，那个还不算丧尽天良的人，也就是因为她的缘故你才来的那个人（这个人，我深表歉意——多的我也就不多说了），来想办法减少忧虑。再让我的儿子从这个冤家所设的用来故意害人的陷阱里拔出来，那就再好不过了。”

她坐在那里调整了下身子，坐得更端正一点。然后眼睛直直地看着远处。

“夫人，”我礼貌地说道，“我知道该怎么做，我向您发誓，我没有曲解您的真正动机。可是有句话我要说，就是在您面前，我也要说，因为我打小就跟这个遭受不幸的家有交情。那个女孩，受了那么多的委屈，要是你认为她没有受到什么残酷的诱骗，还认为她厚着脸皮伸手向您那宝贝儿子讨水喝（我敢说，就是让她死上个一百次，她都不会那么做的），那你就大错特错了。”

“行了，萝莎行了！”萝莎想要说些什么，可是被斯梯福兹夫人制止住了，“这不碍事，随它去好啦。据说你结婚了，先生？”

我告诉她，早在前些日子我就结婚了。

“过得还好吧？我现在过得很安定，外面的事知道得很少，但是我还是听说过，你的名气正在成长。”

“这是因为侥幸，”我回答她，“我才受到了一点赞赏的。”

“你母亲不在世了吧？”——她的声音变得低柔，说道。

“去世了。”

“可惜了，”她接着说道，“要是她能见到今天的你，一定会感到骄傲的，再见吧！”

她带着倔犟的神气端庄地把手伸向我，我握住她的手，她的手很平很稳，似乎她的内心也是这样的平稳。我都觉得，她的脸上戴着平静的假面具，她的傲慢可以控制她的心跳，叫她手上的脉搏停止跳动。她坐在那里，目光透过假面具直视远方。

我沿着露台往外走，不由得回头注视了她们一下，她们坐在那里一动不动，静静地凝视着眼前的一景一物。四周夜色越来越浓重，渐渐地融合在一起了。远方的城里，有些灯早早地亮起，这里一盏，那里一盏地闪着。天空的东边，光线死灰死灰的，还在那里恋恋不舍。这里与城市之间，相隔一片广阔的低谷，一片云雾像大海一样翻腾而起，它们与月色相互交错，融合。眼看海水就要将她们围住。我相信我这样说是有道理的，我也相信，当时我是真的担心这个。因为我再次回头看她们俩时，那片波涛汹涌的大海，已经翻腾到她们的脚前了。

我再次回想那些话，觉得应该让皮果提先生知情这些事。第二天晚上，我就到伦敦去找他了。为了寻找他的孩子，他居无定所，不断地从这里跋涉到那里。但他在伦敦待的时间还是比其他任何地方都要长。那时候，我常常在深更半夜见他顺着街道走，想从这些为数不多的不该在这时出现的人们中，找到他害怕见到的那个人。

在汗格德福市场的一家小杂货店里，他租了一个地方供他睡觉，那个地方我已经提过很多次了。他那关于仁爱事业，最初就是从这个地方发迹的。我现在就是去找那个地方。我向店里人打探，他们告诉我，他还没出门。于是我上了楼上的房间，在那里我见到了他。

我往窗子那边看，看见他养了几盆小盆景摆在窗台上。他正坐在那里看书。一进来我就看到屋子里收拾得很整洁，我明白，这间房子做好了随时迎接她回来的准备。在他每次出门前，他都认为他可以把她找回来。我敲门，他没听见，我只好直接走到他身边，把手放在他的肩上。这时，他才发现有人，抬起头来看着我。

“大卫少爷！太谢谢你了，少爷！竟然让你上门来看我，叫我说什么好呢！快坐，热烈欢迎你的到来，少爷！”

“皮果提先生，”他给我搬来椅子，我接过手，说道，“我得到了一些消息，但你不要抱太大的希望。”

“跟爱米丽有关！”

他激动地捂起嘴，可是当他看到我的眼睛时，他的脸色刷的一下变白了。“可是消息并未提及她在哪里，只是说她跟他分手了。”

他坐下，目不转睛地看着我，一动不动地听着我讲述我所得来的消息。在听我讲述的过程中，他一次都没有打断过我的话，只是默默地听着。似乎他能在我的讲述中寻迹她的身影，至于我话中别的一切，他都一晃而过，就像根本没说一样。在我说完时，他那双专注的眼神从我脸上移开，然后用手扶着额头，看着地。我清楚地记得，他那坚忍而庄重的脸上含着一种尊严，甚至是一种美的意味，这深深地感动了我。

当我把话说完时，他用手捂着脸，仍然一言不发。我把目光转向窗外看了片刻，继而又将那些小盆景一一看过。

“大卫少爷，你怎么看待这件事？”终于，他开口了。

“我相信，她没死。”我告诉他。

“我说不好，可能第一次的打击太强烈了，加上在她内心的纷扰——多年以前，她常常跟我谈起那蔚蓝的海水，难道说，那是因为那儿就是她的葬身之处！”

他一边想着，一边压着吃惊，小声地说完这些话，然后还在房间里来回地走。

“但是，”他继续说道，“大卫少爷，以前我总认为她没死——每天醒来第一件事，睡前最后一件事，都是我告诉我自己，我会找回她的——这个信念在过去指引着我，支撑着我——我相信，我没有被骗。嗯，爱米丽没死！”

他用力扶着桌子，那张黝黑的脸上显现出一股坚定的力量。

“我的甥女，爱米丽，大卫少爷，她没有死！”他毫不含糊地说，“我在哪里听到的，通过什么途径听到的，我不记得了，但是有人告诉过我，她并没有死！”

他说这话时，像个灵感突发的人一样激动。我等了他一会儿，等到他将注意力放在我身上时，我将昨晚想出来的好主意告诉他。

“好了，我亲爱的朋友——”我开口了。

“谢谢你，谢谢你，好心肠的少爷。”他两手并用，将我的手拉起，说道。

“她是有可能回伦敦的——因为要想隐藏起来，这座大城市是最好的选择了。如果她不愿回家，那她现在最希望的就是把自己隐藏好——”

“她不愿意回家，”他难过地摇了摇头，说道，“要是她当初离开家是她自己的意思的话，她会回来的。可是实际上不是这样的，所以她不愿意回家，大卫少爷！”

“可是要是她来了伦敦，”我说道，“我敢说，有一个人会是第一个见到她的人。你还记得——请控制下自己的情绪，听我说说——想想你那伟大的目标吧！——那个叫玛莎的人。”

“你是说我们镇上的那个玛莎？”

他的表情告诉我，他懂我的意思。

“她就住在伦敦，你知道吗？”

“我在街上碰到过她。”他打了个激灵，说道。

“但是，有些事你不知道，”我说道，“比如在她离家出走前，汉姆曾暗中周济过她。还有，那天晚上我们半路相遇，后来在对过的屋子里交谈时，她正在门外听我们的谈话。”

“大卫少爷？”他很意外，说道，“就是下了很大的雪的晚上？”

“对，就是那个晚上。那天我跟你分开后，想跟她说几句话，还特意回去找了她，但是没找到。打那以后，就没见过她了。无论是以前，还是现在，我都不愿意和你提起她。但是现在我们需要提起她，我觉得，我们最好跟她聊聊。你明白我的意思吗？”

“非常明白，少爷。”他回答我。我们开始用低低的声音说话，都让人觉得是在私语。后来的谈话也是用这样的腔调。

“你说，你在街上碰到过她，你觉得我们能把她找出来吗？我也只是希望靠运气碰见她。”

“大卫少爷，我想，有一个地方，她肯定在那里。”

“天都黑了。反正我们已经走到一起，不如现在就动身去找，连夜把她找出来，怎么样？”

他表示，这个主意不错，然后收拾了一番，打算跟我同去。我偷偷地观察他，他将整个小房间仔仔细细地收拾了一遍：把蜡烛和点蜡烛的东西准备好放在一处，又将床铺整理了一下，然后打开抽屉，拿出一件她穿过的衣服（我见她穿过，我记得），放在其他几件衣服一起，整整齐齐地叠起来。他又拿出一顶软和的帽子，将衣服和帽子一并在一把椅子上放下。我们走时，他没把衣服带着，我也没带着。无疑，这些衣服，早已这样地等过许多个夜晚了。

“大卫少爷，要是以前，”我们下了楼，他说道，“我根本就把她当成是爱米丽脚下践踏的污泥。但是今时不同往日，愿主宽恕我！”

在我们前去的途中，我们总要聊点什么，另外也是出于自己的需要，我跟他聊起汉姆。这一次，他告诉我的基本跟前一次一样：

“他似乎一点都不把自己的命放在心上，但他也不埋怨诉苦，所以大家都很喜欢他。”

我问他，究竟是因为什么，使得他们遭遇这样不幸的结果，汉姆心里又是怎么样想的呢，会不会闹出什么危险来，比如说，要是哪天他跟斯梯福兹碰上面了，他觉得，那时候的汉姆会有什么反应?

“我无从得知，少爷，”他回答我，“我也常常想起这个问题，可是无论我怎么想，也想不出个所以然来。”

我暗示他，叫他想想她离开家后的第一个早上，我们三个都来到海滩上时他所说的话。“你还记不记得，”我说，“当时的他异常不平静，说到那结局时有一种不顾一切的样子？”

“当然，我没有忘记！”他说道。

“你觉得，他那样说是什么意思？”

“大卫少爷，”他回答我，“我也把这个问题考虑过很多次，不过一直都未有结果。但是，令人费解的是——他表现得很高兴，好像对这件事一点都不上心的样子。看到他这样，我就觉得自己不便于问他怎么回事。现在，他跟以前一样，对我说话时客客气气的，看不出来有什么变化。但是他却把自己包得严严实实的，叫人看不透他在想什么，真的，少爷，我怎么看都看不透。”

“你说得没错，”我说道，“我也为这事感到着急。”

“是啊，我也是的，大卫少爷，”他又说道，“还有就是他变得不爱惜自己生命了。说实话，把这两者一比较，我更加担心这个。我相信，无论如何，他都不会动粗的，但我终究不希望，他们俩碰面。”

我们已经穿过圣堂门，进了城。他没有说话了，跟着我在后面默默地走着。他在专心致志地想着他的心思。这心思是他踏实的生活唯一的目标。他想得那样入神，要是混在人群中，他会显得很孤单。快到黑衣教士桥了，他头一扭，指着街对面闪过的一个人影。我立即会意到，这个独行的女人影，便是我们正要寻找的人。

我们横穿街道，向她追去。这时，我又想，要是不受人群和过路人的影响，找一个静雅一点的地方，跟她说说，也许，更宜于她把那作为成年妇女对于一个迷失少女所抱有的同情表现出来。另外，我还想知道，她住在哪里。于是，我跟皮果提先生说，先跟着她吧，不要跟她说话。

他同意我的提议，于是我们就远远地跟踪她：与她保持适当的距离。既要保证让她在视线范围内，又要保证，不被她发现。路上遇到一个乐队，她停下来听了一会儿，没办法我们也只好跟着停下来了。

我们跟她走了好长一段路，但是她还是没有停下来的意思。从她走路的情况来看，她应该不是漫无目的地走。但是始终都在喧闹的街道边走，再加上我觉得这样跟在一个人后面，有种神秘感，所以我再一次觉得自己的提议是正确的。她可算走到了一条冷清偏僻的巷子里，总算摆脱了喧闹的人群。于是我跟皮果提先生说：“现在，我们可以跟她谈了。”我们便加快了速度，加紧向她追去。

第四十七章

这时，我们都跟到了西敏寺。当她转过身向我们这个方向走来时，我们也转过身跟在她后面。在西敏寺教堂那儿，她走下大街，街上的灯火和喧闹都被她抛在了身后。在桥上，来来往往走着两队人马，她从中脱身后，就走得飞快，我们一直追到离米尔班克不远处的一条临河的小巷子里。可我们还是没追上，还跟她相距一段距离。似乎她听到有脚步声在向她逼近，她急切地要甩开它，连忙横穿过巷子，头也不回地往前冲。

我们所在的这个门道里，非常暗，有几辆大货车停在那里过夜。在这个门道里，我们已看见对面的河，于是，我们就放慢了脚步。我没有出声，只是轻轻地拉了一下皮果先生，他会意地停下来。于是我们都没有跑到对面，只是在这边跟着她。我们努力地跟踪她，同时尽可能地在暗处安静地保持前进。

这条巷子越往前去地势越低，在巷子的尽头，屹立着一所小房子，房子很破败，可能是座废弃的渡船站。这个小房子，就在我写这本书时，它还没被拆毁。这所房子处在巷子尽头，也在河流与巷子交接处一条大路的起点。可是走到这里，她却停了下来，好像这就是她走到现在所要去的地方。她观察着河水，然后开始小心翼翼地顺着河流走。

一路上，我还想象着，她最终会领我们到一个住处，我还朦朦胧胧地希望那个住处能给我们带来一个关于那个迷失了的少女的信息。可是从这门道放眼望去那条河，我清醒过来了，这就是她的目的地。

当时，那一带还是非常荒凉冷清的，一到晚上就要更加的寂寥、郁闷、哀伤了，这跟伦敦的郊区没两样。一条清冷空旷的大路，靠近那座没有窗子的监狱，既没有码头，也没有房屋。监狱的旁边，有一条缓慢流淌的水沟，不断地往这里送来污泥。蜿蜒的湿地上杂草从生。有一块地，竖着几所房子的结构框架，但是不走运，还没建成，就被告停工了，现在这几所房子被岁月冲刷渐渐烂掉了。在另一块地上，到处乱扔着锅炉、轮胎、曲轴、管子、风火炉、桨、锚、潜水艇、风磨帆，等等。还有很多奇奇怪怪我都叫不上名字的东西，它们都生了锈，因为自身的重力作用，在泥土里越陷越深，似乎它们不得不躲起来。这些都是以前的商人投机倒把积累下来的。河岸两边分布着各种各样的工厂，在夜间发出叮当的闹声和闪烁的火光，周围的一切都被扰乱了，只有工厂烟囱里持续不断冒出的烟依旧凝重浓厚，不受干扰。潮湿的缺口和堤道，从一堆旧木头中蜿蜒而过，穿过烂泥，穿过雪水一直通到落潮时的位置。旧木堆上缠绕着绿色的毛发之类的东西，看起来着实令人作呕，还有那悬赏打捞死者的告示，就贴在高潮线上，正随着风飘打。听人家说，当年严重的瘟疫流行时，为了阻止瘟疫传播，将死难者集中埋了起来。这就是其中一处。仿佛现在都能看到，那里不断有瘟疫之气冒出来，然后向四周散发。要不就是随着涨潮，污水已将它慢慢腐朽，变成了这种噩梦的光景。

我们正在跟踪的这个女人，在这样夜色中走到干涸的河床上，孤独而凄凉地注视着河水，她看起来与那群被丢弃的，等着腐烂的垃圾没什么两样。

几艘小船和平底船搁浅在河滩的污泥上，我们以借此当掩护，才使我们在几码以内没被她发现。我用手势示意皮果提先生先在站在那里别动，自己则走出阴暗处，向她走去跟她说话。我越来越接近她时，我发现她一个人竟然能这样脚步坚定地来到这个阴森森的地方，并且停住了，想到这些我不禁打了个寒战。她所站的地方很接近铁桥孔洞，那里很阴暗，可是她停下来看灯光所照的河面。当河面轻轻荡漾时，折射出来层层的波光投影过来时，一种恐怖之感袭上我心头。

我想，她那时正在跟自己说着什么。她似乎投入了整个心思去看河水。我看见她取下肩膀上的披巾，双手将自己环抱。她做这些事时，心神不定，不知如何是好，她不像是个大脑清醒的人，倒像个梦游的人。在她看到我，而我又没来得及抓住她的胳膊前，我还记得，而且以后也不会忘，她当时突发精神错乱的样子，我真怀疑她会晕过去。

这时，我说道：“玛莎！”

随之而来的是她的一声尖叫，然后使出全身力气挣脱我，我都觉得我一个人制不住她了。但是，一只力气比我大得多的手抓住了她。她吃惊地抬起双眼，当她认出这双手的主人后，挣扎了一下就在我们之间晕倒了。我们将她抬到河岸上，在一个有石头的干地方将她放下。可是还没放稳，她就又哭又闹起来，这样闹腾了一会儿，她才在石头上坐下，烦恼地抱起头。

“啊，我的河哟！”她激动地叫着，“啊，我的河哟！”

“安静一点，安静一点！”我说道，“不要出声！”

可是她将我的话完全置之度外，依旧一遍又一遍地叫喊着那一句话：“啊，我的河哟！”

“这条河就像是我的人生，我知道，”她撕心裂肺地叫道，“它是我的最终归属，我知道，像我这样的人，也只有它会陪伴我的一生了，我心里清楚得很！它从乡间流出时，它还清净纯洁的——可是它在流经阴郁的街道时被玷污了，于是就变得肮脏了——最终流向波涛的大海——我认为，这简直就是我的人生写照。我应该随着它一起去。”

她说这些话时的腔调让我见识了什么叫真正的绝望，在此之前，我可从来没有见过。

“我不能没有它，我时时刻刻想着它，它也日夜不离地缠绕着我。纵观全世界，它是最符合我的东西，也是唯一配得上我的东西。啊，你这条可恶的河！”

皮果提先生站在那里不吭声，也不动，尽管我对她的外甥女的事毫不知情，但是当我看到，他脸上的表情时，我就明白过来了。

她的脸很恐怖，却又夹杂着同情之意，任何人都没有过这副表情，就是在画家的作品中，我也没见过。她不停地哆嗦，好像眼看就要倒下了。看到她这副模样，我感到心里发慌，我过去摸了一下她的手——是冰冷的！

“她的心智，非常的错乱，”我小声地跟他说，“等一会儿，她就不这样了，她会好好说话的。”

他的嘴抽动了一下，像是要说什么，又像是已经说完了，他还用伸出的手指着她。

这时，她把脸埋在石头间，就那样爬在我们面前又哭了起来，仿佛她是一尊蒙受耻辱，身败名裂的雕像。我知道，要想跟她好好谈，必须等她冷静下来才行。所以当我看见他打算走过去扶她时，我拦住了他。我们就在旁边一动不动，也不出声地站着，等着她平静一点。

“玛莎，”我走过去扶她，说道——看得出她是想站起来，但是她太虚弱了，只好在一条船边靠下，“这个跟我一道来的人，你认识吗？”

“认识。”她接不上气来，说道。

“我们在你身后，已经跟踪了好一段长路，你发现没有？”

她摇了摇头。她不看我，也没看他，只是一脸委屈地站着，一只手里拿着帽子和披肩（但是看起来像是没有知觉），另一只手按着额头，手握拳头状。

“你现在感觉平静一点没有？”我问道，“还记得那个下雪的夜里，我们所谈的问题，也是你所关心的问题吗？我们现在再谈谈好吗？”

“我不是为自己说话，”她歇了一会儿，说道，“我是坏人，坏到了无药可救的地步。一点希望都没有了。但是先生，请求你转告他，”刚才，她避开了他，“要是你对我稍有仁慈之心的话，请你转告他，无论怎么说，都不是我给他带来不幸的。”

“没有人说过是你带来的不幸呀。”她真诚地对我说，我也同样真诚地对她说。

“那天夜里，”她说一会儿停一会儿，又说道，“她给我怜悯，不但不像其他的人见到我就躲，而是走向我，宽容地给我帮助。要是我没看错的话，那天来厨房的人是你！先生，是你吧？”

“对，是我。”我说道。

“我没有做对不住她的事，”她盯着河流，眼神却非常恐怖，“要是有的话，我早就跳河自尽了。我跟那件事也没有关系，要是有的话，那我就看不到入冬后第二天的太阳了！”

“她为什么离家出走，我们已经非常清楚了。”我说道，“我们完完全全相信你，那件事跟你一点关系都没有——我们已经清楚原因了。”

“要是那个时候，我多懂得一点善良的话，我一定会对她有所帮助的。”那个女孩带着非常痛苦的懊悔的表情，说道，“一直以来，她对我都很好！她对我说话时，语气和用词都恰到好处，叫人听着舒服。我知道自己是什么货色，我怎能叫她也学我的样子！当我生命中一切珍贵的东西都消逝了的时候，我回想起来，最使我难过的，便是再也见不到她！”

皮果提先生在船边站着，眼睛抬不起来，一只手扶着船的边缘，另一只手蒙着脸。

“在我偷听你们下雪天的谈话前，镇上的一个人跟我讲了她的事。”玛莎哭了，“在我内心，令我最最苦恼的便是，人们看到她曾经跟我得很近，于是就认为是我带坏她的！只有上帝明白我的心意，要是能恢复她的声誉，我死都愿意！”

她这个人本来就不知道控制自己的情绪，现在这爆发出来的悲痛和悔恨着实叫人感到恐惧。

“死，无济于事——那我能做什么呢？——活着！”她喊道，“流离在阴郁的街道和市井之间，苟且活到老——在暗的环境中徘徊不定，遭人憎恶——看着无光彩的房屋间渐渐升起的太阳，然后想着，就是这个太阳，曾经怎样给我的卧室带来光明，将我唤醒——要是这样可以挽回她的话，忍受得辱骂的日子我也愿意过。”

她一屁股倒在石头上，双手紧紧地抓起两把石头，似乎要将手里的石头捻碎了。她不停地扭着身子，更换新姿势，一会儿将两臂挡在面前，做着旋转的动作，这样以便把眼前仅有的一点光亮挡住；一会儿耷拉着脑袋，似乎脑袋里存着什么回忆，重得抬不起头来。

“我到底应该怎么做才叫对呢？”她在失望中挣扎，说道，“我过得孤苦伶仃，就这样害了自己的一生。每个人见到我，都把我当成羞辱的活标本，这样的生活，我怎能忍受得下去！”忽然，她抬起头，看着皮果提先生说道，“来践踏我啊，来杀了我啊！那个时候，你把她当成自己的骄傲，要是在街上，我蹭了她一下，你就要以为我对她做了什么伤害的事。你无法相信——为什么你要相信呢——我所说出来的每一个字。就是现在，我要是跟她说上了一句话，你仍然觉得我给你带来了莫大的耻辱。我不会有什么怨言的，我没有说，她跟我是一样的人——我们之间的距离还差得很远，我心里清楚。我只是想说，面对着我所受过的罪恶和苦恼，我打心底里感谢她，我用我的灵魂去爱护她，我不要觉得我丧失了所有爱别的东西的能力！远远地躲着我吧，像个这世界上任何一个人所做的那样。看看我如今落魄的样子，而且我又认识她，来吧，你可以杀死我，但你不可以把我想成那个样子！”

当她发了疯一般说完最后一句话时，皮果提先生注视着她。慢慢地，她恢复了镇静，他小心地扶起她。

“玛莎，”皮果提先生说道，“我当然不会那样评价你。我（特别是我）当然不会做出那样的事，我的孩子哟！你自以为知道我心里在想什么，可是你却不知道我近来思想上发生的变化，你对此毫不知情。嗬！”说到这里他停顿了一下，又说道，“你不知情为什么我跟这位先生要找你谈话。你不知情我们现在面临的问题。听我讲给你听吧！”

他的这番话在她身上发挥了很大的作用，她站在那里，畏畏缩缩的，好像还是不敢看他的眼睛，但她刚才那痛苦的嚎叫已经平静下来了。

“要是你听清了我跟大卫少爷，”皮果提先生说道，“在那个雪夜里的对话，你应该知道我已经去了很多地方——哪儿都去过——去找我那心疼的外甥女儿。那让我心疼的外甥女。”他着重地重复了一遍，“可是，玛莎，我发现本来就很惹人爱的她现在就更加惹人爱了。”

她将脸用双手捂着，但并未做出其他的举动。

“以前，她告诉过我，”皮果提先生说道，“在你很小的时候，你就没有了父母，也没有哪个朋友，哪怕像打鱼的粗人，给你以父母般的照顾。所以一旦你遇到像那样的朋友，随着日子的推移，你会喜欢上她。也许，你看得出我的外甥女就像小女儿一般亲切。”

他看到她在那里一声不出，只是哆嗦，便将地上的披肩捡起，认认真真地给她披上。

“所以，”他说道，“我知道，有一天当她看到了我，不外乎有两种结果，要么她从此跟随我海角天涯地去；要么，她还是海角天涯地走，但是总是在逃避着我。虽然我给她关爱，她不该怀疑，因为完全没必要——因为完全没必要。”他带着坚信的口气重复了一遍，“可是，会横插在我们之间把我们隔开的，却是羞耻之心。”

他的话朴实无华却着实令人感动，可以看得出，在这个问题上的方方面面，他都仔细考虑过了。

“依我们——大卫少爷和我，看来，他接着说，”也许有那么一天她会一个人孤苦伶仃地回到伦敦来。我们——大卫少爷，我自己，还有我们大家伙儿——相信，对于她所遭遇的不幸，你是清白无辜的，就跟肚子里的婴儿一样清白。你跟我说，她跟你在一起时非常的温柔和气，使你们的相处感到愉快。愿主护佑她，对什么人，她都是那样的。既然你也爱她、感激她，那就尽你所能，助我们一臂之力，帮忙寻找她吧。上帝会感念你的！

他急切看着她，这是那晚她第一次看她，她的表情像是在怀疑他刚才的那番话。

“你愿意相信我吗？”她小声地说道，同时露出不敢相信的表情。

“完全相信，打心底地相信！”皮果提先生说道。

“如果让我找到了她，就一定拦下她跟她答话。要是我有的住，也让她有的住。然后背着她通知你们过来见她，对吗？”她几乎一口气说完这些话。

我们不约而同地回答道：“对，就是这样！”

她抬起头来，一本正经地说，她将全心全意、忠心不二地完成这项任务。不管发生什么，她都不会动摇最初的决心，改变当初的心意，只要还有一线希望，她就抓住不放弃。一旦她对这项任务有丝毫的不忠心，那就让她一直以来在一件毫无过错的事上所投入的希望将她抛弃吧。就让她日后在河上的这个夜晚更加的孤苦无依（如果还能更糟的话），就让她遭受人类和神灵的唾弃，看着她无助的样子！

她说话时的声音并不大。她不是看着我们说，而是望着夜空说的。说完这些话她并没有坐下，只是安安静静地望着阴郁的河水。

我们觉得，是时候让她知道我们最新得到的消息了。于是，我就跟她详细地把情况说了一遍，她听得很认真，并且随着我所说的内容相应地变换表情。但不论做出什么样的表情，她那坚定的意志都未曾动摇过。有的时候，我看见她的眼中噙着泪水，但是被她控制住没流出来。好像她的精神发生了彻底的改变，她平静得再也无法平静了。

当我把说完了，她问我，要是那项任务完成了要到哪里找我们，通知这件事。于是，我借着昏暗的路灯，拿出记事本，将我们的地址分别写在其中的一页，撕下来递给她。她把那张纸放在她那寒酸的胸衣里。我就问了她的住处，她犹豫了一会儿告诉我，她的住处不固定，叫我还是别问了。

皮果提先生凑到我耳边提醒我给她一些钱，其实这件事我也想到过。于是我拿出一点钱给她，可是她怎么都不接受，即使我退一步让她日后收下，她也不肯，没办法，我又不能勉强人家。在我劝她说，皮果提现在的经济状况还不算穷得不能过，她却回答我们，她要凭借自己的力量去完成那个任务，不用我们一分一厘，这使得我们俩目瞪口呆。她最终还是坚持下去了，在这点上，虽然皮果提先生也劝过她，但他和我一样，都未成功。后来她还说，她从心底里感谢我们，但是这个钱坚绝不能收下。

“也许能找到事做，”她说，“我决定去找找看。”

“但是，在你找到之前，”我接过她的话说道，“应该接受一点资助吧！”

“那项任务我已经接受下来了，就不要让我因为钱的原因再接受一次了，”她回答说，“就算我被饿死，我也不能要你们的钱，我接受你们施舍的钱，就等于在收买对我的信任，收买我去完成你们交给我的任务，将我唯一不再投河的原因剥夺。”

“上帝是伟大的公正的审判人，包括我们在内的所有人，日后都要进入属于他的神圣时代，来到他的面前，面对着他。就看在上帝的分上，”我说道，“打消那个可怕的想法吧！只要我们愿意，我们是可以做好事的。”

这时，她全身直打哆嗦，两唇颤抖，脸色比刚才更加苍白了，她回答道：

“面对这样一个可怜的人，你们心里还想拯救她，给她机会，让她重新开始，我不敢有这样的念头，这念头太冒险了，过去我所做的每一件事都不会给大家带来好处，也许我还可以从现在期望，以后做一点善事。现在你们敢将这项任务交给我去办，那便是对我信任，这在我多年艰难困苦的生活中，还是头一次。至于别的方面，我不知道，我也不能说。”

眼角刚刚有一点泪水要流出来，却又被她忍回去了。她将颤抖的手伸向皮果提先生，想在他身上寻找一种治病的能力，然后踏上偏僻的路走了。这一动作给了我近距离观察她的机会，我这才发现，她很虚弱很憔悴，她应该病了好长一段时间了。那双深深陷下去的眼睛分明在说，她经历过困苦和忍耐。她走在前面，我们走在她后面，大家都是往明亮热闹的街道走，我们就这样一起走了一段路。当时，我的内心是完完全全地信任她的承诺。于是，我就告诉皮果提先生，不要这样跟着她走了，以免让她觉得这才刚开始，我们就又要怀疑她了。皮果提先生跟我有一样的想法，同时也十分地信任她。于是我们就踏上了去海盖特的路，而她则仍然走着自己的路。皮果提先生和我一起走了很长一段路，直到分手时，我们再次提起我们所作的努力，祈祷能够得到成功。当时，我看见他带着一种难以掩盖的亲切和怜悯之情，这种亲切和怜悯与以往是不一样的。

直到十二点了，我才回到家。我站在自家的大门口，听圣保罗大教堂敲起的钟声，我觉得这种钟声还混杂了无数不一样的钟声。我看了一下姨奶奶的家，发现门是开着的，门上那盏灯正发出微弱的光，一直射向对面的街。我吃了一惊。

我以为姨奶奶又犯了神经，正在向远处张望，寻找那个幻想中的火灾。于是我向她家走去，打算跟她说话。然而让我意想不到的是，在她的小花园里，我竟然看见一个男人。

那个男人一手拿着杯子，一手拿着瓶子，站在那里喝着什么。遇到园外一丛茂密的树叶，我停了下来，因为当时月亮已经升到空中，只是被一些乌云给遮住了。这时，我认出了那个男人，他就是狄克先生说的那个人，我曾经还一再以为是他们想出来的。这个人也是我跟我姨奶奶在伦敦大街上一度碰见的那个家伙。

他看起来饿极了，在那儿吃了又喝，喝了又吃。同时他用好奇的眼神打量着那所小房子，仿佛这是他第一次见到它。他弯着腰将瓶子放在地上，然后望望窗子，又望望四周。从他的神情中可以看得出一种不满足和急躁的神气，好像他要急着走。

廊上投放出一个黑影，原来是我姨奶奶来了。她的情绪很激动，数了几个钱塞给了他，那些钱叮当作响。

“这些钱能干什么？”他问我姨奶奶。

“我就这些，再也没有了。”我姨奶奶回答道。

“那我就不走了，”他说道，“喏，拿回去吧！”

“你这个恶棍，”我姨奶奶非常愤懑，说道，“你怎么能这样对待我？可是我们又是何必呢？你就是抓着我的软弱！我要怎样做才能永久地摆脱掉你的骚扰，怕是要等着老天来收拾你的那天了。”

“那为什么，你不等着老天来收拾我呢？”他说道：

“为什么，你还敢来问我！”我姨奶奶回答道，“你这到底安的什么心！”

他站在那里，气哼哼地摇晃着手里的钱，同时不住地摇着头，好一会儿才说道：

“那么，你是说你就打算给我这点了？”

“我能给你的就都在这儿了，”我姨奶奶说，“你也知道，我破产了，不像以前那样不怎么穷了。这些我早就说过了。钱都给你了，为什么你还让我看到你，让我知道你的难处，成心让我心里难过是不是？”

“要是你是在说我变得很寒酸，”他说道，“我的日子过得跟猫头鹰一样啊！”

“我所有的那点财产，大部分都被你拿去了，”我姨奶奶说，“这么多年来，我之所以感到厌世，全都是因为你。你对待我太虚伪，太薄情，太残忍了。你应该好好地跟主忏悔一番。你给我带来的伤痛已经够多的了，请不要再在这伤口上撒把盐了！”

“哎！”他跟着说道，“说得真动听！——行！看来这阵儿，也只能这么干了。”

我姨奶奶愤慨极了，都快掉眼泪了，他见此难免表现出一点羞愧之意，泄了气般往花园外走。我急忙装作刚过来的样子走了两三步。在门口，我要进去他要出来，我们正好碰上，彼此不怀好意地相互打量了一番。

“姨奶奶，”我亟亟地说，“这个人又来吓唬你了！他是什么人？”让我来跟他说。

“孩子，”我姨奶奶抓着我的胳膊，说道，“进屋吧。十分钟后再跟我说话。”

在我姨奶奶的小客厅里，我们坐了下来。姨奶奶退到那个绿色的圆扇屏后，不时地擦眼泪。大概过了十五分钟，她走出来在我身边坐下。

“特洛，”我姨奶奶平静下来了。说道，“他是我的前夫。”

“你的前夫，姨奶奶？我一直以为他死了呢！”

“在我的心里，他已经死了，”我姨奶奶回答道，“不过事实上他没死！”

我惊讶得说不出话来，我坐在那里直发怔。

“现在的贝西-特洛伍德已经不是一个迷恋爱情的人了。”我姨奶奶平静地说道，不过，她曾经是那样的人，那时她全心全意地信任那个人。特洛，那时，她是真的爱他，只要做什么可以证明她是爱他的，她一定会去做。然而他给她的答复动却是：挥霍她的财产，然后挥霍她的心意。后来，她就挖了一墓穴将她给他的感情埋在了里面，然后填土，再压平。

“我的好姨奶奶，我亲爱的姨奶奶！”

“跟他离婚时，”我姨奶奶像往常一样把手搭在我的手上，接着说，“我很慷慨。这么多年过来了，特洛，我还是可以说，我很慷慨地跟他离了婚。跟他在一起的时候，他对我做很多残忍的事，我完全可以在离婚时自私点，少给他一点钱，但是我没有那样。我跟他分手后没多少时日，他就将我给他的财产挥霍得精光。他堕落得一日不如一日，变成了一个玩家，一个赌徒，一个骗子。我想他后来应该又娶了一个人。可是他现在过的是什么样的生活，你刚才也都看见了。当初我嫁给他时，他还是个俊秀的人啊，”她的话中透露着往日的得意和爱慕的神气，“那个时候，我信任他——那个时候我就是一个笨蛋！——觉得他是荣誉的转世！”

她握着我的手用了一下力，然后又摇了摇头。

“现在，他已经完全走出了我的心，特洛——我心里完全没有他了，但是，要是让我看到他因为犯罪而受罚（要是他在国内仍然这样游手好闲，他早晚得那样），我还是于心不忍的。所以，每次看到他，我都给他一些超出我能力范围的钱打发他。在这个问题上，我是一个没法回头的笨蛋，就像我当初傻傻地嫁给他时一样。只因为我曾经信任过他，所以就是面对那个不切实际幻想的影子，我都不忍心加以训斥。如果这世上存在过认真的女人的话，特洛，我曾经就是那样的人。”

说完这些，我姨奶奶深深地吐了一口气，然后抚摸起她的衣服。

“唉，我的亲爱的！”我姨奶奶说，“现在，你知道整个过程了，你全都知道了。从此以后，我不再提起这事，你也不许提。并且你跟谁也不要提起这事。这是我荒诞不经的经历，特洛，不要告诉任何人！”

第四十八章

报馆的事，我一点都没耽误，每天都按时上班。同时，我还孜孜不倦地勤勉地写自己的书。后来书出版了，并且取得了很大的成功。随之而来便是响彻耳孔的赞美，虽然我对此很敏感，而且我敢说我比谁都赏识自己的成就，但我并没有被赞美弄得晕头转向。我观察过人类的本性，无一例外地总结道：一个人只要他充分相信自己的能力，他就不会在别人面前通过炫耀来博得他人对自己的信任。因为相信自己的能力，我在自尊、自重的同时保持着谦逊。别人越是称赞我，我就越要虚心上进，这样才能配得上那份称赞。

我出版的那本书，写的都是我人生重要的回忆，但是我并不打算在这本书里详细说明我写那本书的经过。那些书能说明它们自己，就让它们自己来说明它们自己吧。要是我在哪里偶尔提起它们，那只是以我生活进展中的一部分出现的，仅此而已。

那个时候，已经有不少依据使我相信，先天的才能和后天的机缘造就了我这个作家。因此，我满怀信心地做着这份工作。要是没有那个信心，我想我早就撒手不干，那样的话我的精力就会用到了其他的事情上。我一定要认识到，是先天的才能和后天机缘，最终把我造就成了什么样子，而且是唯一的样子，没有其他样子的可能性。

我往报纸上和其他可能的地方投稿，很顺利地刊登了。当我不断取得成功时，我就理所当然地认为，我可以将辩论的工作辞掉了。因此，在一个晚上，我带着愉快的心情记录了一个冗长且讨厌的演讲。这将是我最后一次做这样的事，以后再也不去听这样的演讲了。但是每逢国会期间，报纸上签着一连串的会议记录，不过那都大同小异的老腔调，要说有什么不同，那就是更加冗长了。

写到这里时，大约是我婚后一年半了。说起我们的家政，我已经尝试过几种不同的方法，可是仍然劳而无获，因此我们也就不管了。我们让家务事顺其自然，只是雇用了一个小家伙当差使。但是这小差使把大部分时间都是花去跟厨子斗嘴。说到吵架，这小子可真是惠延顿二世。只是可惜了他没有那只猫，所以更别提当上伦敦的市长了，那个可能性是微乎其微的。

我觉得，他整天都生活在一种锅盖满天势如冰雹的击打声的环境中。他生活的全部目标便是一场战乱。常常，他在我们最不期望的时候——像我们约来几个好友进行一次小小的聚餐，或者是几个朋友晚间来串门时——大呼救命。然后跌跌撞撞地从厨房跑出，尾随其后的是一些铁器飞舞而来。我们想过要辞退他，可是他很依恋我们，就是不肯走。他很能哭，只要我们稍一提辞掉他的事，他就哇哇地大哭。他哭得那样伤心，没办法，我们就一直把他留着。他不仅仅没有妈妈，连一个稍沾亲带故的人也没有。只是有一个姐姐，但是在姐姐刚将他脱手给我们时，她就逃到美洲了。就这样，他在我们家住下了，他像一个被掉包的可怕精灵一样。一提到他的不幸遭遇，他就会很敏感，所以不时地用外套的袖口往眼睛上擦，或者弯下腰用小手绢的一角擦鼻涕。他的小手绢一直都放在上衣口袋里，用时只用手绢的一角。他永远把那条手绢遮遮掩掩的，用时力求节省。

这个倒霉蛋，每年要付他十镑六先令，自从雇他来了，我就没过过一天安稳日子，他总是给我制造麻烦，我眼看着他一天天长大——他像红花豆一样长得非常快——我苦恼地想象着，他将开始刮胡须的样子，然后是他的头发开始脱落，花白的样子，我没办法不担心这样的事。我想不出打发他走的那天。每次想到他的将来时，我就常常想：当他在这里终老时，他将是个多么大的包袱啊！

这个倒霉蛋最终还是与我家脱离了关系。但是脱离的过程却叫我吃惊不已。事情的缘由是这样的：朵拉的表跟别的东西一样，居无定所。后来他就将朵拉的表顺手拿走了。他将用表换得的钱全用来打车了，而且只是打来往于伦敦和阿克斯桥的脚车，这个孩子可真是笨得可以。凭记忆，他是在第十五次做这样的事时被警察抓到送去包街的。他们在他身上还搜出了四先令六便士，以及一支老横笛，但是他并不会用它吹曲子。

要是他不知道悔过的话，那这件事引起的惊扰及惊扰的后果，也许不会给我带来那么多的不愉快。但是他非常诚恳地悔过，而且是以一种让人意想不到的方式表现出来的——不是一次性彻底地悔过，而是一点点地悔过。比如说吧，我不得不为他的事跑到警察局跟他对证，但是在那第二天，他又自暴了一个秘密：说地下室的一个篮子里面全是瓶子和木塞，而我们却一直还以为装的是酒。这可算厨子最恶劣的行为了，他把这个都供出来了，我想他该安心一会儿了吧。可是，还没过一两天，他又良心发现，痛心疾首，供出了另一件事，说厨子有个女孩儿，她拿我们的面包当早饭，而且天天如此。还供出他自己被一个送牛奶的买通，他给了那个送牛奶的一些煤碳。过了两三天，我接到警察局的通知，又听了一次他的悔过。这次他供出：厨房的垃圾堆中藏有牛腰肉，破袋中有个被单。说完过了一会儿，他在另一个意想不到的层面又供出了一件事，说他知情我们宅里的画是被送酒的人偷去的。随后，那个送酒的人也被送到了这里。他这个受害者当得让我觉得实在惭愧。我情愿多花一点钱塞住他的嘴叫他不要再说话；要不花大钱将这里的人买通，帮助他从这里逃走也好。但是我的这点想法，他毫无察觉，他还以为自己在用一种全新的角度来报答我（但愿他别再这样报答我了），这实在是件令人恼怒的事。

后来几次，警察一来我家，我就自己先走，免得他再带来什么新的消息。我就这样跟警署的人藏猫猫地过了一段日子。直到他被审判完，送去分配，我的那种日子才算告一段落。即便到了那个时候，他也不能老老实实地待着，常常给我们写信，说在离开这里之前，他非常想见朵拉一面。朵拉就应了他的请求前去探访他。可是当朵拉去了，发现自己被铁栏杆圈着时，她竟然昏了过去。反正一句话，他一天不走，我们就一天不能安安静静地过日子。后来，听别人说他下了乡，在一个不知道叫什么的地方放羊。我一直都不知道那个地方叫什么。

发生了这么多的事，我进行了一次认真的检讨，于是我从一个全新的角度将我们的错误作了一番总结。我很疼爱朵拉，没错，但是这个问题我必须要跟她提。于是一个晚上，我告诉她："我的宝贝儿，这样没秩序、没条理地管理家事，不仅让我们自己的心受累（虽然我们早已习惯了），而且也会连累他人的。一想到这个，我就不由得感到苦恼。"

"很长时间里，你都没有闹意见了，你看又闹意见了，你看你，又要不听话了是不？"朵拉说道。

"不是这样的，我的心肝儿！请听我讲清我的意思。"

"我觉得，我没有必要清楚你的意思。"朵拉说道。

"但是朵拉，我的宝贝儿，我希望你清楚。不要这样抱着吉普，把它放下。"

朵拉将吉普的鼻子对着我的鼻子，冲着我说了一声："去"，想以此让我收回这股一本正经的劲儿。但是她失败了。她只好叫吉普回自己的塔屋里，然后在我身边坐下。她将手搭在我的手上，摆出一副无可奈何的表情。

"实际情况是这样的，我的亲爱的，"我正式进入正题，"我们的毛病像瘟病一样，把身边的人都感染了。"

要是朵拉的脸上透露一点她明白我的话，并且表示好奇如何去治好这种不卫生的状况，那我就会以这个比喻向她说明我的意思，并且提出新的注射剂或药物来预治。但是她的表情告诉我，她并不懂我在说什么，我只好打消这个念头，直接将我的意思明说。

“我的心肝儿，向来我们做事都马马虎虎的，而且没打算过学着点如何谨慎。”我说道，“我们才因此丧财又丧神，甚至都因此而丧了和气。那些被我们雇用的人，不安分不老实地做事，我们却纵容他们，因此才将他们宠坏了。所以有些祸是他们闯的，但实际上责任却是我们的。这种情况在那些跟我们有买卖关系的人中间也是存在。于是我就开始反省，错误的发生并不是哪一方造成的。他们之所以在我们面前表现出恶劣的行为，正是因为我们不好，才给了他们表现的机会。”

“天哪，真是罪过啊，”朵拉把眼睛睁得大大的，喊道，“竟然说你亲眼看到我偷金表哎！哎呀！”

“我的至爱，”我劝道，“快别这样瞎说！没有那个意思！”

“你有过，”朵拉接过我的话，说道，“你心里最清楚，你有过。你说了，我这个人不好，还将我与他作比较。”

“他是谁？”我问道。

“那个小差使，”朵拉呜咽道，“啊，你这个人心眼真坏。我是你亲爱的妻子，可是你却拿我跟发配边疆的人作比较！在我嫁给你之前，你怎么不把这些想法摆在桌面上，当着面讲清楚啊！你这个铁石心肠的坏蛋，当时你怎么不告诉我，你认为我还不如一个发配边疆的人呢？哦，你把我看得那么可恶！啊，我的天哪！”

“好啦，朵拉，我的亲爱的，”我说道，同时想把她捂在眼睛上的小手帕轻轻地移开，“你说的这话是非常可笑，也是非常错误的，首先，这是你不实际的想法。”

“你以前常说他不说真话，”朵拉哭着说，“今天，你又来这样说我！啊，这要我怎么办才好！这要我怎么办才好！”

“我的情人，我的宝贝儿，我得好好求你清醒一点，想想清楚我过去是怎么说的，今天又是怎么说的。我的爱人朵拉，只有我们先对那些被雇用的人尽到应有的责任，他们才会对我们尽到相应的责任。我们给了他们机会犯错，这个机会是无论如何都不应该给的。即使我们在处理家务事时，有意这样懒散——我们并不是当真乐意如此——即使我们心甘情愿过这种状态——我们并不是心甘情愿如此——我敢说，我们不该这样松弛下去。我们在助长人们的惰性。朵拉，我们要思考这个问题，我们理应如此，也不能不如此。我总是不由自主地思考着这个问题，一思考起来，我就常常感到不安心。唉，我的亲爱的，事情就是这样的。好啦，别在这里犯傻了！”

很长一段时间里，朵拉都在用小手绢捂着脸，任我怎么挪都挪不开。她在那里一边呜咽，一边嘴里念念有词，问我，既然有今天的不安心，当初我又为何要娶她？既然知道自己心不安，那在去教堂行结婚礼的前一天怎么不说开？这样好趁早不要结婚啊！既然我不能包容她，干吗不把她送到帕特尼姑母那里，要不然送到印度朱丽亚·密尔斯那里也行啊？朱丽亚见到她一定会高兴得不得了的，朱丽亚才不会说她是发配边疆的差使，无论如何，朱丽亚都不会那样说她。反正当时的情形就是朵拉非常痛苦，她这个样子也使得我非常痛苦。我想尽管我已百般温柔了，但这种没有改进的努力再用下去也是徒劳，我必须另想办法。

还有什么别的办法可用呢？“塑造她的价格”！就是这一句平常的说法，让我觉得还有希望，于是我乐观起来，决定给朵拉塑造人格。

我着手自己的计划。朵拉还在耍孩子脾气，我是想哄哄她，但是我还是装出一副严厉的样子——这把她弄得很不安，也把我自己弄得很不安。我把我一心想的事告诉她，给她念莎士比亚——却把她弄得疲惫不堪。我有意无意零零碎碎地给她一些用得到的知识和合理的建议——可是我话还没出口，她就惊得像点燃的爆竹。任我装得再无心、再顺其自然，我最终还是发现，她总能本能地觉察到这种塑造人格的想法，她如此敏感，因而如此忧虑。最突出的一点是，她把莎士比亚想象成一个可恶的人了。结果是，我的塑造人格计划进展很慢。

我未跟特拉德尔打招呼，就硬让他帮我。只要他一来我家，我就对他拉响我的地雷，旨在让朵拉从旁学习。通过这种方式，我教了特拉德尔大量的可用知识，而且这些知识都是精挑细选的。可是这种示教的结果是，朵拉变得紧张兮兮的，她生怕下一个就轮到她自己被教育。除了这种结果外，再也没有其他的见效。我发现，自己成了一个老师，一个圈套，一个陷阱，不断地扮演着蜘蛛的身份来捕捉朵拉这只苍蝇，不断地跨出自己的窗子来吓唬朵拉，叫她惊慌。

我还在心存期待，相信过了这阵子适应期，我与朵拉会做到完美的和谐，那时朵拉的人格将被塑造得合我心意。所以，我把这个方式坚持了好几个月。然而，我最终看到，虽然那段日子里，我的决心像豪猪或者刺猬身上的刺一样长满全身，但是我的努力却毫无见效。于是我就想，是不是她的人格已经定型了。

我考虑再三，越来越觉得是这样的。于是我放弃了我那个听起来却很不错办起来难的计划。我发誓，我就满足这个娃娃妻，以后再也不想着用什么方法去改变她了。我这种小聪明的做法着实令我自己反感，无论如何，我也不要再让我的宝贝受约束了。后来有一天，我想讨好我的娃娃妻，就给她买了副耳环，给吉普买了个项圈。

朵拉一见到这两个小礼物就心花怒放，高兴得要吻我。但是我们之间有一片轻微的阴影，我下定决心，一定要消除这片阴影。要是那片阴影非得找个地方存养的话，那就让它挪到的我的内心存着吧。

我跟我的娃娃妻都坐在沙发上，我挨着她帮她戴耳环。我对她说，我们近来的相处比不上以前和睦了，这个事，我是有责任的。我真的这样觉得，而且实际情况也是这样的。

“实际上是，朵拉，我的命根子，”我说道，“我以前做得太自以为是了。”

“不过结果也使我变聪明，”朵拉怯生生地说，“对不，道菲？”

她抬起眉毛，用可爱的表情问我，我点着头回答她，然后向那张嘴送上了一吻。

“毫无见效，”朵拉摇着头，耳环跟着叮当作响，“你是知道的，我是那样的一个小东西，我也一开始就跟你说了你该怎样称呼我。要是你做不到的话，我担心你再也喜欢不上我了。你敢保证，你有时认为，最好当初——”

“当初怎么了，我的亲爱的？”说到这儿她停住了，我就问她。

“当初没怎么。”朵拉说道。

“当初真的没怎么？”我又一次问道。

她上前搂着我的脖子，笑着叫自己爱听的称呼，小笨鹅，同时把脸使劲地往我的肩颈部塞。她的头发那么多，我想扒开她的头发看着她的脸，竟然发现是很难办的事。

“我是不是最好当初别去想着塑造我小妻子的人格，”我自己笑起自己，说道，“你想说的就是这个吗？非常正确，我也这样想过。”

“以前，你在做的就是这个吗？”朵拉叫道，“啊，你这孩子，太可怕了！”

“但是我以后再也不动这个心了，”我告诉她，“你以前的样子，我非常非常的喜欢。”

“不许骗人——是真的吗？”朵拉向我靠拢一点问道。

“那么久了，我都一直把你当做宝贝待，现在干吗要改变呢？”我说道，你本来的样子已经表现得登峰造极了，再也不能更进一步了。朵拉，我的亲爱的，那些小聪明的做法就不要再去试了，我们要回到过去，快乐地生活。

“快乐地生活！”朵拉接过去说道，“好的，一直延续下去！偶尔出现一点状况，你也不会在意吧？”

“不会的，不会的，”我说道，“我们要齐心协力去避免状况的出现。”

“你不会再跟我说，我们把别人带坏了，”朵拉哄诱我，说道，“对吗？因为，你心里明白，那样说是很讨人厌的。”

“不会了，不会了。”我说道。

“我觉得，我笨点总比不快乐好得多，对吗？”朵拉问道。

“朵拉本来的样子，是世界上，任何事物都无法企及的。”

“世界上！哦，道菲，那范围可就大着了。”

她把头一摇，然后用那双含着喜悦的亮眼睛看着我，对我又是吻，又是笑。接着跳开去找吉普，给它戴项圈。

那是我最后一次尝试改变朵拉，得到的结果就是这样的。那个尝试在进行的过程引起了不愉快。我自己都受不了这种自以为是的聪明。当初，她要我以娃娃妻称呼她，而这个尝试是与那个请求相悖而行的。我决定，用我一个人的力量去默默地改变我们所做的行为。但是我却估计，那力量应该用得非常的细微，不然，我又要变异成蜘蛛在那里潜身埋伏，等待时机了。

我提过的那个阴影从我们之间挪走了，它完完全全存在了我自己的内心！那个阴影该如何消除呢？

我的生活充斥着一种不愉快的气氛，那种气氛我提过。要说这种气氛有了什么改变，那就是比以往更深了。但是对于这气氛的意识，我还是比较模糊的，就像一首忧伤的曲调，依稀传入我的耳中。我疼爱我的妻子，并且从中寻找到乐趣。但是这不是我曾经所期待的幸福，总觉得现实中少了点什么。

为了实现我对自己的要求，我将我的想法在书中记下，然后回过头来仔细地考察，将其中的奥秘提出来。那些我念念不忘的东西，我依然视为——我向来视为——我儿时的梦想，视为无法实现的东西，视为我发现它无法实现时，我会像正常人一样本能地流露出痛苦的东西。但是，我清楚要是我的妻子能给予我帮助，与我共享我压在心底的众多想法，那将会为我带来好处，这是可能实现的情况。

我现在面对着两种结论：一个是，我的感受是正常的、不可避免的；另一个是，这种专属我个人的，跟正常的又是不一样的。这两种背道而驰的结论，我竟然出奇地做到了使它们平衡。我对它们的对立并没有明朗的认识。每当想起我儿时无法实现的梦想时，我就提醒自己，在我成人以前，我过过一些情况好一点的日子。接着，那所亲切的老房子浮现在我面前，与爱妮丝在那儿度过的令人知足的日子，像幽灵一般在我的面前出现（它永远也不会再现了，要有的话，也只能在这个世界的另一面存在了）。

有的时候，我设想，要是我的生命里不曾有过朵拉，那么现在是什么样子，以后又是什么样子？可是朵拉和我，是那样的密不可分，所以那种设想是毫无意义的，它很快就像空中飘浮的游丝一样，飘散、消失。

我从未间断过爱她，我现在所写下的东西，在我思想的最深处，蒙眬睡着，蒙眬醒来，又蒙眬睡下。它在我的身上找不到任何痕迹，我说的每一句话，做的每一件事，都不带有它的影子。在我们之间因为小状况所带来的忧虑，我都照着我要求的那样去做，将它们隐忍下来。每天晚上，朵拉帮我拿着笔，我们都觉得，这是我们为了各司其职所作的调整。她发自内心地爱我，以我为荣。爱妮丝给朵拉写信，说我的老朋友们知道了我的荣誉，而且我的荣誉还在逐渐增长。每次看我所写的书，他们都觉得是在亲耳听我给他们读，他们对我的书表示出极大的兴趣和无限的自豪。她说得那样真诚，朵拉在读她的信时，明亮的眼睛都闪出了泪花。可是她又是那样欢喜，说我是个讨人喜欢的、智慧的、名扬四海的大孩子。

“那缺少修养的心灵犯了生平第一个错误。”这时，斯特朗夫人所说的那几句话不断出现在我的脑海中，似乎这句话，未曾离开过我的思想。常常，在半夜睡醒，我都会想起这句话。甚至我在梦中，都看见墙上刻着这句话，然后我将它们念了出来。因为那个时候我明白，当初我爱朵拉时，我的心就是修养不够的。要是我的内心有一点修养的话，那么在我们结婚后，我就不会感到内心阴暗处的东西。

“夫妻间最大的差异，便是思想不一致，目的不相同”，这句话我也记得。我曾经用尽心思，想让朵拉跟着我的步伐走，结果发现这是不可能做到的。没办法，我只得跟上朵拉的步伐走。尽我所能地，快乐地分享她的一切。当我开始思考时，我就明白我的心灵应该有的修养正是这些。它使我婚后的第二年比第一年更加幸福，而且，更重要的是，朵拉的生命也充满了阳光。

我曾经期待，有一个婴儿躺在她怀中，她会因为这个孩子由娃娃妻成长为一个大人，但是这是不切实际的。有一个小天使，在它那小囚室门口还没打多一会儿翅膀，就无牵无挂地飞走了。

“哪天我恢复了往常的样子，能到处奔跑，姨奶奶，”朵拉说道，“我定要跟吉普比比谁跑得更快。它越来越懒了，也越来越笨了。”

“我的亲爱的，我猜呀，”坐在她身旁的姨奶奶依旧安静地做着事，同时说道，“它的毛病啊，不只是笨了、懒了，朵拉，它怕是上了年纪了。”

“你是说它老了？”朵拉慌张起来，说道，“哦，吉普也有老的一天，这是件多么奇怪的事呀！”

“上了年纪，避免不了这里痛那里疼的，小东西儿，”我姨奶奶面露喜色，说道，“就拿我来实话实说吧，我也越来越多地感觉到这种病痛了，这在以前的日子里是没有的。”

“可是吉普，”朵拉的心怜悯起来，看着吉普说道，“这个小小的吉普，难道它也不能幸免了，啊，多么可怜的小家伙儿！”

“依我看，它应该还能坚持一些时日，小花儿，”我姨奶奶用手拍打着朵拉的小脸蛋儿，而朵拉正坐在长椅上，侧过身子向吉普张望，只见吉普为了回应它的小主人，站起腿来，连头带肩地往上爬得气喘吁吁的。“要在它的窗子上铺一块毛绒布给它过冬了，如果说明年春天，花儿恢复生机时，它也一同恢复，我一点也不感到意外。愿主保佑这只小狗儿吧！”我姨奶奶叫道，“要是它像猫一样，有九条命，就算它在过它最后的一条命，那它也要在吞下最后一口气前叫我呢，我保证它会！”

这时，吉普被朵拉抱上了沙发。它还真的叫我姨奶奶。它把它那对姨奶奶的敌意发泄得凶猛至极，它的身子歪向了一边，叫得都快站不住了。我姨奶奶越是望着它，它就越是叫着她。那些日子，我姨奶奶佩戴了眼镜，它是因为某个让人费解的理由，觉得那副眼镜应该被排斥。

朵拉说了很多好听的话，才将它安抚下来。它在她旁边安静地趴下。这时，朵拉若有所思，用手将吉普的耳朵摸了又摸，重复着说道：“就连这个小小的吉普，也不能幸免！哦，多么可怜的小家伙。”

“它的元气还很足呢，”我姨奶奶高兴地说道，“你看它，那股憎恨我的劲儿，还丝毫未减。所以让它再多活几年，根本没问题。但是，小花儿，它已经不再是一只能跟你比赛跑步的狗了，要是你想要的话，我可以给你弄一条来。”

“你太好了，姨奶奶，”朵拉有气无力地说道，“可是，不要这么做，抱歉！”

“不要？”我姨奶奶将眼镜摘下来，说道。

“我只会养一条叫吉普的狗，其他的狗我不养，”朵拉说道，“养了其他的狗就太对不住吉普了。而且，我只能跟吉普成为朋友，对其他的狗我做不到。因为其他的狗，在我结婚以前，并不了解我。在道菲第一次到我们家时，它没有叫他。我只在意吉普，其他的狗我不会去在意的，姨奶奶。”

“可不是！”姨奶奶又在她的小脸蛋上拍了拍，说道，“你说得也是。”

“你不会生我的气吧？”朵拉说道，“对不对？”

“呀，我的小宝贝，你又多情起来了！”我姨奶奶亲切地把身子歪向她说道，“竟然想到我会生气呢。”

“不是那样的，不是那样的，我并不是那个意思，”朵拉说道，“是因为我有一点乏了，于是一时间犯起糊涂来——一直以来我都是个小迷糊，这个你了解的。但是现在加上聊到吉普，我就要更加的迷糊了。它很早就跟随我，陪着我走过很多境遇，对吗，吉普？现在，它稍稍有了点变化，我就冷落它，我做不到——对吗，吉普？”

吉普向朵拉靠得更近了，慢慢地舔着它小主人的手。

“吉普，你是老了，可是不至于弃我而去吧，对吗？”朵拉说道，“我们还要在一起相守一些时日呢！”

在接下来的一个周日，老特拉德尔惯例来我们家共同进餐，我那美丽的朵拉，当她下楼吃饭见到老特拉德尔时，她是那样的高兴，让我们觉得，再过上几天，就能像以往一样满地乱跑了。可是他们告诉我，还要再过几天。几天过后，他们又说还要再等几天。很多天以后，她还是不能跑，连下床走动她都不行。她的气色看起来非常美，非常欢，可是她的那双小脚，曾经围着吉普迈着轻盈舞步的脚，现在却沉重迟缓，活动不便。

从那以后，我天天早上抱她下楼，晚上再抱回去。每次抱她时，她都搂着我的脖子哈哈大笑，笑得那样开心，好像我是为了打赌才抱她上下楼的。吉普则在我们脚下围着转，又是叫，又是跳，又是跑到我们前面，在楼梯口停下来回过头，气喘吁吁地注视我们。我姨奶奶，最优秀的护士，高兴地抱着披巾和枕头，跟随在我们后面。狄克先生拿着蜡烛，这蜡烛他谁也不给，只当这是专由他负责的事。楼梯底下，特拉德尔抬头往上看，他将朵拉开玩笑的内容记录下来，然后再传给他那世间最讨人爱的姑娘。我们组成一队快乐的人马，而这队人马中，我的娃娃妻是最快乐的。

可是，有时候，我将她抱在怀中，却发现她轻了。一种恍惚茫昧的可怕感觉在我心中萌生。它就像一片冰霜凛冽的地带，它将冻结我的生活，而我却没有完全看清向它走去。我不想用任何一个名词来证明这种感觉，也不愿在这种感觉上多作什么思考。可是，有一个晚上，这种感觉强烈地沉在我的心头，我的姨奶奶跟朵拉告别“再见了，小花儿”，那时我一个人在写字台旁边坐着，心里想，哦，这个名字太不吉祥了，花儿在树上还开着，这就枯萎了！我哭了。

第四十九章

一天早上，我收到一封信，从坎特布雷寄过来了，地址写的是博士院。我颇为好奇，打开信来读道：

吾亲爱的先生：

因事不遂人愿，吾离开吾亲爱的朋友已有段时间了。每当工作闲暇之时，怀念往昔之事，恋及旧日之情，顿增快慰之感。实际上，吾亲爱的先生，汝因高才而声名显赫，吾又怎么敢再用科波菲尔来称呼吾昔时之友伴呢！但是，这一称呼将永远与吾家各种债据和抵押文书（也就是米考伯太太所保管的与吾家旧房客有关文件）一起受到珍视，受到敬爱，这才是吾敢告诉你的。

现在这位执笔写信之人正处于紧急危难之中，如将沉之舟，盖因错误与噩运交加。故不复能在此将恭贺之词多加陈述，还是留待于那些高洁之士来说吧。

假若先生果真地能将此信读到此处，必欲知吾作此信用意何居？君故当有理由做此一问，然则我也须声明：吾意不在金钱也。

指挥雷霆，发纵怒火，吾是否有此能力，姑且不论，但吾想在此告知先生：吾之希望永绝——吾之平安永绝——吾之快乐永绝——吾之心脏已离正位——吾亦不复能在人前昂首阔步也。花有毒虫，杯满苦酒。虫毒正盛，花亡无日矣。愈早愈佳，我不欲多言矣。

吾心苦闷，虽米考伯太太虽身兼异性、妻子、母亲，亦无能对我加以宽慰。我欲作短期之逃避，以四十八小时之光阴，重游首都昔日行乐之地。谈及吾避难养心之所，最高法院拘留所乃吾必去之地。后日晚七点整，吾将在民事拘留所之南墙之外。陈述至此，吾作此信之目的达也。

吾昔日之友科波菲尔先生，或吾日之友内院汤姆·特拉德尔先生，若能屈尊惠临，重叙与吾昔日之友情，故此生所愿，不敢请耳。我得承认，在吾上文提及之时间及地点，君等可以见到已坍塌的塔楼之残迹也。

威尔金·米考伯

附言：吾当说明，米考伯太太尚不知晓吾之计划也。

这封信，我从头到尾读了好几遍。我知道，米考伯先生这个人写起文章来确实有点浮华，而且他一逮到机会，定要长篇大论一番，但是我总觉得，他这封信写得拐弯抹角的，好像隐藏着什么重要的信息。我将信放下，开始琢磨其中的隐含之意，然后又把信拿起来读了一遍。我还在这样追寻其中的意思，并且迷惑得不能再迷惑时，特拉德尔来了。

“我亲爱的朋友，”我对他说，“现在见到你比任何时候见到你都要使我高兴。你来得正是时候，用你那冷静的大脑给我一些帮助吧。米考伯先生给我寄来了一封信，但是他写得怪怪的，特拉德尔。”

“是吗？”特拉德尔叫起来，“真有这么一回事？米考伯太太也给我写了一封信！”

特拉德尔说着就将米考伯太太的信拿了，出来递给我，我也将米考伯先生的信递给了他。这时我看见他走路走得满脸通红。因为走路再加上兴奋，他的头发一根根竖了起来，好像他看见了一个实实在在的鬼魂被吓着了一般。他将米考伯先生的信仔细研读了一番，抬起眼睛看着我，说道：“指挥雷霆，发纵怒火，天哪，科波菲尔！”——我也看了他一眼，然后打开米考伯太太的信，仔细地读起来。

以下是信的原文：

汤姆·特拉德尔先生万福。若君尚记得往昔有幸与君结识之人，可容吾恳求先生抽少许之闲暇，以读此信否？吾向特拉德尔先生作保，若非身陷困惑之中，绝不至于冒昧相扰也。

言之心痛，往昔极顾家的米考伯先生现与其妻及其家人相当疏远，此乃吾向特拉德尔先生作此信并求其帮助之原因也。米考伯先生的行为与以往迥异，其野蛮粗暴又非特拉德尔先生可以想象者。此种变化正逐渐加重，他已现精神错乱之迹象也。吾向特拉德尔先生准确地说，他之病情之发作，日日有之。余已习惯于米考伯先生说他已委身于恶魔。他不再信任他人，而是变得诡秘无比。余言至此，余情可知。假若因细微之事触犯了他，如问他晚餐欲吃何物，也会使他愤愤闹着要离婚。昨夜，双生子索取两便士，去买本地一种叫“柠檬宝”的糖果，他竟举刀相向。

请你原谅，特拉德尔先生，向君谈这些琐碎之小事，但假若不这样，特拉德尔先生又如何了解我伤心之状况呢？

余今可以冒昧请求特拉德尔先生理解我此信的目的否？我能获许向特拉德尔先生请求取帮助否？当然，余知其心者也。

女性由于情专，故眼光敏锐，不易上当受骗。米考伯先生将去伦敦了。今日早餐前，他偷偷地将地址写在一小纸上，并将其挂到一只棕色的旧小提包之上。他让马车送到金十字街。余能冒昧请求先生到那看我丈夫并对其加之理喻否？余可以冒昧地请先生为米考伯先生与他苦闷的家属调和否？否，否，若是吾之要求太过矣。

假若科波菲尔先生尚记得我等默默无闻之辈，还望特拉德尔先生亦代吾向他致以问候，并转致我的同一恳求。切记切记，此信要绝对守密，万万不能在米考伯先生面前提及。余不敢有此奢望，但如蒙惠复，请寄至坎特布雷邮局交E·M收。这较写明收信人姓名所引起的不幸后果会小得多。

爱玛·米考伯

“你怎么看待那封信？”特拉德尔问我，刚好我将信看完了两遍。

“那你又是怎么看待另一封信的呢？”我问他，只见他又读了一遍，然后眉头紧锁。

“科波菲尔，综合这两封信，我认为，“它们所提供的有用信息，比米考伯先生及其太太平常所写的任何信都要多得多——但是我还是没理解其中的用意。他俩各写各的信，而且写得非常真诚。可怜啊！”这会儿，他所说的是米考伯太太的信，当时我们紧挨着站在一起，将两封信作比较，“不管怎么说，要给她回一封信。她会觉得这是对她的赏赐。我们就写信告诉她，米考伯先生那儿，我们是一定会去的。”

这个提议，我非常赞成。因为上一次她写给我的那封信，没有引起我足够的重视，所以此刻我非常自责。她上一次的信，引发了我许多的想法，这个我已经说过。但是，由于我本人事务繁忙，加之后来没有更多的消息从那个家庭里传过来，我就慢慢地把这件事给忘了。从那时起，我也有过几次想到他家的人，但都是些像在坎特布雷时，搞的什么“经济纠纷”之类的事，再不然就是，米考伯先生当上了尤来亚-希普的书记，看到我时羞羞答答的样子。

反正，最后就是给米考伯太太写了一封旨在安慰的信，署名是我跟特拉德尔。信是我跟特拉德尔一起步行去城里寄的，一路上，我们就这个问题作了大篇幅的讨论，提出了许多的揣测和推想，这些东西在这里就不细加记叙了。当天下午，我还叫来姨奶奶跟我们一起讨论，但是我们只得出了一个结论：没办法，赴米考伯先生的约是势在必行的了。

那天，我们提前一小时来到约定的地方，不过，发现米考伯先生比我们来得还早。在一堵墙边，他两臂交叉背对着我们站着，神情忧郁地看着墙上的铁钉子。他好像把这些铁钉子当成了交错的枝杈，在他幼年时给他遮阳挡光。

我们走上前跟他打招呼，却看见他更加颓废，而且少了分儒雅的气质。他这次来赴约，特意将那件出庭时穿的黑色大褂脱了下来。他今天穿的是穿过的贴身外套和裤子，但穿不出以前的那种感觉。当我们开始打开话匣子时，他往日的神韵才渐渐显现。他的眼镜很别扭地挂在那里。他衬衫的领子虽然还是以前的尺寸，但是软不拉叽地直不起来。

“二位绅士们！”我们相互寒暄了几句，米考伯先生开始说话了，“都说患难见真情，而你们，正是这样的朋友。在这里，我要问候一下科波菲尔先生上任的太太及特拉德尔先生待任的太太（换句话也就是说，特拉德尔先生尚未与其意中人缔结连理，同甘共苦），我愿她们身体健康！望两位能接受我的问候。”

我们对他的客套话表达了谢意，同时给予了必要的回答。随后，他向墙面指去，开始发言，“我请两位先生来作证”，他说得这样一本正经，我一听就制止了他，叫他以前怎么跟我们说话，现在就怎么跟我们说话。

“科波菲尔，我的亲爱的，”他将我的手握起说道，“你待我如此诚恳，我甘拜下风。像我这种曾经称为人，而现在则是一片残垣断壁——如果我能以这种方式来形容我自己——你都能这样对待，这足以说明，你的心是人类共有天性的一种荣耀。我打算告诉你的是，我一生中最快乐的时光已经过去了，我现在面对的正是一片宁静。”

“我倒觉得，那种快乐正是因为有米考伯太太的缘故，”我说道，“但愿她一切都好！”

“谢谢你，”听我这样说，米考伯先生的脸当时就灰了，“她过得一般一般啦，这个。”米考伯先生露出低落的神情，不住地点着头，说道，“就像是牢狱之中！在那个地方，在许多流逝的年岁里，才第一回听不到让人烦躁不安的讨债声；在那个地方，不会有哪个债主找上门来，一个劲儿地猛敲；在那个地方，没有诉讼，也没有审判，继续服刑的状纸，只能在门外搁下罢了！绅士们，当墙上的铁钉在操场的石子上投下影子时，我曾看见我的孩子们，躲开暗线，只走明线，穿过斑驳的影子。要是我表现出我的软弱，该如何去原谅我，你们一定知道吧。”

“打那个时候起，米考伯先生，我们就已经开始发生改变了。”我对他说。

“科波菲尔先生，”米考伯先生难过起来，他接过我的话，说道，“当我在那个地方逃避灾难时，我能做到与我相同处境的人平等相处，要是他们得罪了我，我可以冲着他的头挥上一拳。现在，我与那些处境相同的人之间的关系，已不再是值得炫耀的了。”

米考伯先生说完这话，心情沮丧地转过身来。我跟特拉德尔都将胳膊伸给他，然后他就在我们中间，分别挽起我们的胳膊，一同往前走去。

“在一个人赶往黄泉路的途中，”米考伯先生回首顾之，留有恋意，说道，“会遇到一些标志界限的石碑，要不是一个人怀有一些邪思杂念，那他是不会再往前走的。那个牢狱在我动荡不安的一生中，就是这样的一个石碑。”

“啊，你有心思了，米考伯先生。”特拉德尔说道。

“是啊，先生，我有。”米考伯先生回答他道。

“但愿，”特拉德尔说道，“不是法律所给你带来的憎恶感——因为，你知道，我自己也是搞法律这行的。”

米考伯先生没有吐出一个字。

“米考伯先生，我的那位朋友希普，他过得怎么样？”大家保持一段沉默后，我开口了。

“科波菲尔，我的亲爱的，”米考伯先生忽然露出局促不安的神色，脸色也苍白了，说道，“我的东家，要是你视之为你的朋友，现在来跟我问候他的情况，我只好说声抱歉；要是你视之为我的朋友，现在来跟我问候他的情况，我只能付之一笑。反正，不管你出于什么缘由来问候我的东家，望你谅解，我都只能告诉你——无论他的身体如何，就算他的那张脸不是凶神恶煞，那至少也是阴险狡诈的。在我的职业生涯中，至于我是如何被驱赶到绝望之路上，请你允许我以一个私人的身份，拒绝讨论下去。”

这个问题，使得他这样的激动，我觉得自己实在有点冒犯，为此，我向他表示道歉：“我能做得到，把刚才所犯的错误，就此搁下不再重犯。现在，我想问候下我的旧友维克菲尔德先生及其女儿，可以吗？”

“维克菲尔德小姐，”说到这儿，米考伯先生的脸红了一阵，说道，“她是一个典型人物，一个光明的代表，她向来如此。我亲爱的科波菲尔，现在的日子过得多么惨淡无光，但她却是唯一散发光芒的地方。面对这样一位年轻的小姐，我非常地尊重她，也非常地称赞她的品格。但是，她的仁慈、信任和善良，进一步加重了我对她所抱感情的忠诚！——找个人少的地方，”米考伯先生说，“把我带过去。因为，说真的，眼下这种心情，我实在扛不住了！”

我们看到一条小巷子，我把他了扶过去。到了那儿后，他背靠着墙站着，掏出一小块手绢。当时，特拉德尔很严肃地看着他。我在心里想，要是我也这样做的话，他一定会觉得我们两个在他身边，一点也没让他感受轻松一点。

“这就是我的命啊，”米考伯先生毫不掩饰地哭了出来，（不过，虽然他哭了，脸上却保持着儒雅的样子）“这就是我的命啊！二位绅士，放在别人身上那是优美的感情，到了我这儿却成了攻击的对象。我对维克菲尔德小姐的敬意，就像射来的一阵利箭，攒在我的心头，请你们弃我而去吧，就让我当无家可归的浪子吧。”

我们没有理会他的要求，只是依然站在他的身边陪着他。后来，他将小手绢收好，理了理衬衫领子。他将帽子歪戴在一边，为了不让路人看见他这副德行，他还哼起一支小曲。这时，我提议——恐怕我们将他一个人放在这会有什么意外——要是他愿意与我坐车同去海盖特（我们可以给他住处），我一定很乐意把他介绍给我姨奶奶认识。

“你要亲手给我们做一杯加料酒，而且要是你最擅长的那种，米考伯先生，”我对他说道，“想想过去那些快乐的时光，并且从中将你所烦恼的事忘掉吧！”

“要不然，如果你觉得与朋友聊天可以使你的内心舒畅，那就跟我们聊天吧，米考伯先生，”特拉德尔细心地想到了这点，于是对米考伯先生说。

“二位绅士，”米考伯先生回答，“你们希望我怎么做，我就怎么做！我是那大海中的一棵小草，正由气候向四面八方混冲乱打——抱歉，我应该以天气来作比喻。”

我们再次胳膊挎胳膊地走着。走到脚车车站，我们碰巧遇到一辆要走的脚车。于是，我们就坐着这辆脚车顺顺当当地来到了海盖特。这要怎么说，怎么做才好，我心中没数，拿不定主意——显而易见，特拉德尔跟我一样，不知如何是好。这一路上，米考伯先生陷入一种深沉的抑郁之中。有时候，他哼着一支曲子的结尾，试着让自己打起精神来。可是他那歪戴在一边的帽子和那陷在寸衫领子里的双眼，让人一看就知道他那悲哀的情绪又来临了，而且更加的悲戚动人。

那个时候，朵拉正在生病，所以我就没有把他带到我家里，而是去了我姨奶奶家。我姨奶奶一听见有人来找，很快就回了自己家。见到米考伯先生，她表现得非常热情，非常和蔼。我姨奶奶将手伸给米考伯先生，他吻过之后，向窗子边退去，掏出小手绢来。

在内心深处，他自己正同自己作着一番斗争。

狄克先生也在家中。他那个人，天生对那些遭受苦难的人抱以怜悯之心，而且又善于在人群中发现这些人。所以那天，他从见到米考伯先生开始，头五分钟内就跟他握了少说六次的手。在正处于苦难中的米考伯先生眼里，一个未曾谋面的人，却能这样热忱地对待自己，这实在令他感动不已。所以他们每握一次手，米考伯先生就说："我太感激你了，我亲爱的先生！"狄克先生听了这样的话，非常高兴，于是他握手的勇气一次次增加。

"这位先生的友好示意，"米考伯先生对我姨奶奶说，"小姐，请您允许我说下去，用我们野蛮的国民竞技的术语来说，就是——我被他打得一败涂地了。对于一个遭受烦躁苦恼和忐忑不安的重压，并且拼命作着垂死挣扎的人来说，我敢对你发誓，这种待遇是叫人担当不起的。"

"狄克先生，我的朋友，"我姨奶奶得意地说道，"是个不同寻常的人。"

"这句话说得是，"米考伯先生说道，"我亲爱的先生，"这时狄克先生又过来同他握手，"你的好意，我能深刻地感受到！"

"现在感觉如何？"狄克先生带着极为关切的样子问他。

"没什么了，我亲爱的先生。"米考伯叹息了一声说道。

"打起精神来，"狄克先生说道，"尽量别逼得自己难受。"

狄克先生那握着他的手，再加上这几句好听的话，米考伯先生感动得不得了。"人的一生就像个万花筒，变幻多端，"他说道，"这其中，我也是遇见过沙漠之中的绿洲的，但像这样一个草木葱葱，泉水涓涓的绿洲，我还是头次遇见。”

要是在其他的时候出现这样一种情形，我会觉得很愉快。但是我们都有点局促不安，像受了什么拘束。米考伯先生像是想跟大家说点什么，但是却又欲言又止，摇摆不定。我等着他说，焦躁得我浑身发热。特拉德尔则在椅子上坐着，头上的头发竖得比平时更直了。他眼睛睁得大大的，看看我，又看看米考伯先生，又回来看看我，大家一点换话题的意思都没有。而我的姨奶奶，又能够用犀利的目光注视着她的新来客，不过她一点都不紧张。她领着他交谈，他则不论乐意与否，只得开口说话。

“我侄外孙很早就认识你，你们是朋友，米考伯先生，”我姨奶奶说道，“我本应该早点见识你。”

“小姐，”米考伯先生回答道，“若是有缘，我也愿早点认识您。我如今是落魄了，不过，我以前可不是今天这般模样。”

“我但愿，米考伯太太及其家属都安康，先生。”我姨奶奶说。

米考伯先生低下头：“他们呀，小姐，”他停了一下，然后像豁出去了的感觉说道，“就跟那些孤苦无依的人一样，只能期望那个层次的愿望了。”

“哎呀呀，先生，”我姨奶奶说这话时，给人一种突如其来的感觉，“你这说的是什么话啊？”

“我们一家人的生计，小姐，”米考伯先生说道，“我的东家——”

说到这里，米考伯先生吊人胃口地打住了，却开始剥起柠檬片来。那些柠檬和用来做加料的东西都是我按照我的理解摆在他的面前的。

“怎么了，你的东家？”狄克先生扮起提示者的身份，温柔地碰触了一下他的胳膊。

“我的好先生，”米考伯先生接着说下去，“你提醒了我，这太谢谢你了。”他们俩再次握了握手。“小姐，我的东家——就是希普先生——老在我面前絮叨，说要不是他雇用了我，我现在怕是个街头卖艺的人，在江湖上表演吞刀，吐火的把戏。要是不这样的话，那就是让我的孩子们靠马戏团那种扭肢转体的把戏混饭吃，到时，米考伯太太，还可以在一旁拉拉手风琴，营造营造气氛呢。”

米考伯先生将手中的刀子随手一挥，意在表明，只要他活着一天，就不会让这样的事发生。随后，他的脸上最后一丝希望消去了，埋头剥起柠檬皮来。

我的姨奶奶常常在一张小圆桌旁坐着，这一次她也是。这会儿，她将胳膊肘儿靠在小圆桌上，将视线集中在米考伯先生身上。其实我很讨厌说出什么话，再度引起他不愿意谈论的话题。但是，见到他做出这样奇怪的举动，我还是决定，拾起那个话头吧。这时，只见他将柠檬皮收拾到一个壶里，用鼻烟碟装了一点糖，再把酒精倒到一个空瓶子里。他拿起蜡烛盘往外倒，似乎深信不疑会有开水倒出来。这些都是非常值得注意的行为，我知道，要出事了，真的要出事了。只听见“哗啦”一声，所有的用具都被他摔到了桌子上，然后，他霍地一下从椅子上站起来，掏出小手巾，一下子哭了出来。

“科波菲尔，我的亲爱的，”米考伯先生用手捂着脸说道，

“在所有的工作中，干这个最需要平心静气，自尊自爱。但现在，我做不到，这份工作我做不下去了。”

“米考伯先生，”我问他，“发生什么事了？告诉我们吧，在场的都是自己人。”

“都是自己人，先生！”米考伯先生重复说了一遍（在他心中隐藏至今的事，一会儿就要爆发了），“老天啊，就是因为都是自己人，才把我的心情弄成现在这个样子。发生了什么事，各位先生？什么不是个事儿？恶棍是个事儿；卑鄙劣行是个事儿；虚伪、阴险也是个事儿。所有这些事，都可以总结归纳起来叫——希普！”

我姨奶奶拍起手来，在场的一个个像鬼魂附体了一般，都站了起来。

“挣扎已经结束！”米考伯先生说道，他手拿小手绢在空中用力地挥舞作势，同时不住地抡着双臂，仿佛他正在困难中游泳，可是那困难却是常人难以克服的，“这种生活我受够了，我再也不要过了。我太可怜了，那些可以使生活过得好一点的东西，都被别人争光了。跟着那个恶魔无赖的日子里，我做什么都受拘束。把我的太太还给我，把我的家还给我，把现在这个穿着靴子一天到晚跑来跑去的可怜虫打发掉，把原来的米考伯还给我。就算天亮了就叫我去表演吞刀，我也不会拒绝，而且我情愿去吞刀！”

长这么大，我从来没见过情绪这样激动的人。我想让他冷静一点，好好地讨论一下，可是他越来越激动，说什么他都听不进去。

“直到我把——哦——可恶的——毒蛇——也就是希普——炸成肉末之前，”米考伯先生又是大气喘喘，又是唾沫四溅，又是呜呜抽泣，像是个在冷水中挣扎的人儿，“谁也别跟我握手！直到我把——哦——维苏威山——压在那个不知廉耻的恶棍——希普——脑袋上——哦——在它爆炸以前，谁款待我也不接受！直到我把——那个骗人——没一句真话的——希普的——眼睛珠子——抠出来，家里的——哦——吃的东西——尤其是加料酒——天啊——难以下咽！直到我把——那个——这世上找不到第二个伪君子和发假誓的人——希普——压得——啊——面目全非——我——啊——跟那个人没交情——也——啊——以后也不认识！”

我真害怕，米考伯先生就这样当场歇气。他上气不接下气地说完这些话，他的样子真可怕。不过后来，他喘着粗气，脸上冒着汗，倒在了椅子上。他眼睛睁得老大地，看着我们，他的脸红一阵、紫一阵。他的喉结一起一伏地，看样子是打算冲上额头的了，他的样子，好像就快要断气了。我打算过去帮他一把，但是他摇着手叫我别过去，我说话他也不听。

“别，科波菲尔——我可不能跟你们联系了——直到维克菲尔德小姐——哦——从那个恶绝透顶的——希普——那里所受的委屈，得以申冤之前——不许告诉任何人——哦——绝对保密——哦——对谁都是——再过一周——哦——在吃早饭的时间——嗯——在场的每一个人——包括姨奶奶——嗯——以及友好得要命的狄克先生——一起到坎特布雷的旅馆——嗯——到时，我跟米考伯太太——也在那里——同台演唱一首“忆往日”——而且——把那个叫人厌恶的恶棍——希普！无话可说了——啊——也不要听人劝——马上离开——跟着那个挨千刀的叛徒——希普——不要啊——朋友！”

米考伯先生丢下这些话就往宅子外面冲去，留下我们在那里又是紧张，又是希望，又是惊讶，但是我们的心情却被弄得跟他没什么两样。但是即便在那个时候，他还是没能控制住自己爱写信的嗜好。当时，我们紧张、希望、惊讶的高潮还未退去，周围的酒店给我送来一封简短的信，就是下面这封，写得像田园诗一般，这还是他特意去我们约定的那家酒店写的：

绝密！

我亲爱的先生：

我恳求你，代我向你的姨祖致歉，因为我刚才失态而无礼了。由于我内心激战，有如蒸腾之火山久抑未发，今日一发便不可遏制，此情只可意会，不可言传。

我曾约各位于下礼拜今日上午会于坎特伯雷社交所。我夫妇二人将与各位同唱特威德这位名垂青史的收税人的著名歌曲，也在那里。适间未能言明，特补嘱之。

行看我责任已尽，亦将我之过错尽补（盖因唯有补过后我方有脸面对着世人），我将不复闻于人世。但求能将我之骸骨置于世人归宿之地，只求其碑求刻上：

村中故老何其多，

人各安眠小墓中。

——然后刻以贱名。

威尔金·米考伯

第五十章

现在，距离上次和玛莎在河岸边谈话，已经过了好几个月。这期间，她跟皮果提先生保持着联系，他们之间通过几次信，但我一次都没见过她。到目前为止，她那热心的帮助一直都没有结果。从皮里提先生和我所说的话来看，关于爱米丽的命运，暂无任何轨迹可循。我坦白地承认，我们对于她归来的希望越来越渺茫，并且开始慢慢地相信，她已经离开了人世。

但是皮果提的信念却仍是风吹不动的。单从我所了解的来说，我相信，他那忠诚笃实的心，在我面前是透明的。他坚信自己终会将她带回家，并且从未动摇过这个信念。他这颗执著的心是永远都不知疲倦的。我总烦恼于他的希望破灭的那天，那一天的他一定会痛苦万分。但是他对这份希望所抱有的信心，富有一种叫信仰的东西。他的信心渗透到他的一颦一笑中，是在他优良的、纯洁的天性中最深处扎根的，因此，我对他的敬仰和佩服之情，与日俱增。

他不是个有意偷懒的懒人，他很老实。他的一生，都是个名副其实的实干家。他知道，无论做什么事，就算他需要他人的帮忙，那他也得要先自己干好自己的事，自己先帮自己的忙。有时候，他担心，老船上没有灯从窗外就看不到光了，于是就连夜爬起，步行到雅茅斯。有时候，他从报纸上看到一点好像和爱米丽有点关系的消息。因而靠拐杖支撑，长途跋涉七八十英里去寻迹。当我把达特尔小姐的话告诉他后，他就从海上出发，在往纳布勒斯的途中漂了一个来回。他一路上省吃俭用，过得很艰苦，就是想省着点钱，待到日后找到了爱米丽，再给她用。在整个漫长的追寻中，他没有过任何怨言，从来都不说一句他累了，失去信心了。

我结婚后，常常跟他见面。朵拉很喜欢他。我的眼前忽然浮现了那一幕：他拿着他的粗布便帽站在沙发旁，我的娃娃妻坐在沙发上抬起那双蓝色的眼睛看他，又害怕、又害羞、又惊讶。有时候，到了日落黄昏的时候，他来到我家。我将他领到花园里开始交谈，他则嘴里叼着烟，慢慢地同我在院子里走着。那时候，我心头生动鲜明地出现那个被他舍之而去的家。那个家彻夜亮灯，四周刮着凄凉的风，人在屋子里听得很清楚。在我童年时期，那个家却非常的温暖而舒适。

有一天晚上，就在现在这个时候，他告诉我，前天晚上，他正打算出门，走出寓所没多远，就看见玛莎在那里等着他。玛莎告诉他，不要离开伦敦，好让她下次可以随时找得到他。

“那她有没有说是什么原因呢？”我问道。

“我是问她来着，但是，大卫少爷，”他回答我，说道，“但她这个人向来说一半留一半的。当她得到我不离开的保证后，她什么也没有说就了。”

“那下次见面，她给出大概时间没有？”我问道。

“也没有，大卫少爷，”他想了想，摸着脸说，“这个我也问她来着，但是她告诉我，她不能说。”

已经有段时间，我不再用那种虚无缥缈的希望给他打气了，所以听到这件事，我只对他说，很快，他就可以见到她了，除此之外，我什么都没多说。听到这个消息，我在心里还是作了一些猜测的，但是我没说，因为那些猜测也是没有根据的。

大概过了半个月，一天晚上，我一个人在花园中漫步。那个晚上的事，我印象非常深刻，因为在上一个星期，米考伯先生焦灼忧虑，惶惶不安。那一整天都在下雨，空气非常潮湿，树上茂密的叶子垂下来，滴着水珠。这时天气暗沉沉的，但雨已经停了，鸟儿在枝头愉快地唱着歌儿噪晴。我在花园里漫步，夜色悄悄来临，树上的叶丝毫不动，只是偶尔有一滴水滴下，引起一阵晃动。鸟儿的歌声也渐渐静下来了，一种寂寞的气氛开始到处弥漫，这是只有在乡下才能看得到的气氛。

在我们的小屋旁边，有个葡萄架，还有一些用常青藤编织的绿色栏架，通过这个栏架，我可以在园子里看到宅前的大路。每当我在花园里思考一些事时，我就会不经意间把视线投向那里，这一次，我看见一个人影向这个方向走来。那个影子穿着很简朴，向前倾着身子，急切地向我走来，同时对着我打手势。

“玛莎！”我也走向那个影子，并且喊道。

“请跟我走，可以吗？”玛莎着急地跟我说，不过她的声音很低，“他家我去过了，但没找到人。我在一张纸上亲手写下我想让他去的地方，我得到了一个消息，现在你能跟我走吗？”

我马上走出了大门，给了她这样一个回答，她赶忙打手势示意我要淡定，不要大声说话。然后，我们转身往伦敦方向走去。我看了一下她的衣服，想必她是从伦敦步行过来的。

我问她，这是不是要往伦敦走？她又匆忙地给我打了个手势，告诉我是的。于是，我截下一辆路过的车车，一上车就走。我又问她，在伦敦什么地方停，她回答：“黄金广场附近，哪儿下都行！要赶快！”说完她就往一个角落里缩，一只手蒙着脸，不住地抖着，另一只手做着以前做过的手势，好像任何声音都叫她受不了。

当时我心里很乱，在我的内心，希望与恐惧相互抵触，擦出阵阵火花，我被弄得眼花缭乱。我瞪着眼睛，注视着她，希望能从她身上得到一些解释。可是她依然那样强烈地保持沉默。我也知道，当时我的内心，出于自然也希望这个样子。于是，我并不打算破坏这样的气氛。一路上，我们一句话都没有说。偶尔，她也会将目光投向窗外，好像在想这车走得太慢了。然而事实上，我们走得是飞快的。除了这个动作，她就坐在那里一动也不动。

通往那个广场的路口有很多，我们在其中的一个下了车。我没有吩咐车夫立刻就走，而是叫他在那里等着，以备不时之需。她拉着我的胳膊往其中一条黑糊糊的街道走，嘴上还在说我动作太慢。那一带的房子，要是独自住家的话，那是再适合不过了。只是可惜了，它们早就贬值成租给贫民的房间了。我们来到其中一间房子，大门是开着的。这时她把手从我胳膊上拿开，走上一道共用的楼梯，招手叫我跟上。

这所房子里挤满了人。在我们往上走的时候，房门都一个个打开了，里面的人探出脑袋往外面望。也有人要下楼梯，他们就从我们身边经过。快要到了的时候，我抬起头往上看了一下，看见摆有花盆的窗台上，趴着一些女人和小孩。这些探出门外的脑袋多数是在看我们，似乎我们引起了他们极大的好奇，我们走的那道楼梯是木质的，非常宽。门上方的横檐上刻有花果形图案，窗下面安有宽大的座位。但这些可以证明过去那种华丽堂皇的气派的残痕剩迹，现在都变成满地尘埃了。地板经岁月的腐蚀，受潮，腐烂再渐渐地变软。很多地方非常脆弱，甚至很不安全。我发现，在那些贵重的旧木具上，用一些廉价的松木这儿一块那儿一块地修补过。看得出他们尝试过在这个旧具上注入一些新潮的血液。但是这种尝试看起来却像一个潦倒的老年人与一个身份低贱的叫花子配婚。这种门不当户不对的双方，都望着彼此，无法相融。楼道上有几个后窗，它们多数都暗不透光或是彻底堵死。剩下的窗子，基本都是光秃秃的，连玻璃都没有。通过那几个散架的木架，恶浊的空气永远只有进，没有出。隔着这种窗户和其他的没有玻璃的窗户，我看见的其他的几个房子也是这样的。我被弄得晕头转向，再往下看，就是一个肮脏的院落，住宅里的人都把垃圾堆在那个地方。

我们向这所房子的房顶走去。记忆中，我觉得在那模糊的光线下，我两三次看见有女人穿着长裙的身影在我们前面往上走。在通往屋顶的最后一段楼梯口，我们转弯向上走，我看见门前站着一个身影，但刚看清楚样子时她就立即进门去，并且随手将门也带上了。

“怎么回事呀！”玛莎小声地说道，“那个人是谁啊，怎么跑到我房间里了？”

当时，我很惊讶，因为我认出了她，她正是达特尔小姐。

我用了几句简短的话和这个带路的人说明，这位小姐，我以前就认识。我话还未说完，就听见她从室内传出来的声音，但是听不清她具体说什么。玛莎一脸吃惊，对着我做以前做过的手势，然后蹑手蹑脚地带着我上楼梯。来到一个小后门前，她轻轻一推（门好像没上锁），来到一个小空阁楼里，这个小阁楼有个斜斜的屋顶，比厨房好不了多少。由这个小阁楼往里走，通过一扇半遮半掩的小门，便是她所谓的小房间了。我们走得气喘吁吁的，刚停下来站稳了脚，玛莎就用她的手轻轻地往我嘴上一捂。在我的眼前，只是这个空荡荡的大房间，里面摆着一张大床，墙上贴着一些并不起眼的船画。达特尔小姐在哪里我看不到，跟她说话的人是谁，我也看不到。更别说我的同伴了，她站的位置更不适合观察。

有一段时间里，没有人做声。玛莎一只手捂着我的嘴，另一只手侧在耳边，做出倾听的样子。

“她不在家无所谓，”萝莎·达特尔小姐高傲地说，“我不认得她是谁。我是专程来找你的。”

“找我？”一个温柔的声音回答道。

这个声音引起了我一阵震惊，因为这是爱米丽的声音！

“对呀，”达特尔小姐又说道，“专程来看你的。难道，你干了那么见不得人的事，都不觉得丢脸吗？”

她的语气里表现出咬牙切齿的仇恨，那样冷酷无情的锋芒，那样奋力压制的愤怒。她在我眼里，仿佛是站在强烈的光线之下的人。我看见她那利光闪烁的黑眼睛，她那在感情冲击下的身形，她那横过嘴唇的白疤痕，在她说话时，颤抖跳动。

“我是专程来看你的，”她说道，“詹姆斯·斯梯福兹的心上人。那个跟他一起私奔的女人，那个成为街头巷尾议论的材料，给斯梯福兹那种人当伴侣，死不要脸，自以为是，习以为常的老手。我倒要见识见识她是什么样的货色。”

只听见一阵裙摆摇曳的声音，好像是那个苦命的少女受了她那样的辱骂，要往门外跑去，可是那个正在说话的人迅速用身子往前门一挡，将她拦住。接下来没有一个人说话。

达特尔小姐又说话了，但是她是咬牙切齿，跺脚甩手地说的。

“哪儿也不许去！”她说道，“要不然，我就当着这里所有居民的面，将你那不要脸的事情抖出来！只要你敢离开我一步，我就一定要拦住你，用手揪你的头发，用石子砸你的头！”

我听到的唯一回答，只是一阵受了惊讶的喃语。随后便是一阵沉默。我一点对策都没有。我非常想冲上去打断这段对话，可是又觉得自己无权这样做。现在能来看她，帮她的也只有皮果提先生了。可是他在哪里呢，难道他不打算出现了吗？我觉得，想到这些，我就无法再等待下去了。

“哼！”萝莎·达特尔冷笑道，“今儿可算是见到庐山真面目了，他竟然被你这么个装纯洁，整天耷拉着脑袋的家伙给迷住了，他真是个可怜虫啊！”

“哦，看在老天爷的面子上，你放过我吧！”爱米丽绝望地喊道，“不管你到底是谁，既然我那可怜的身世让你知道了，那就看在老天爷的面子上，要是你想让老天爷也放过你，你就先放过我吧！”

“要是我想让老天爷也放过我，”那位凶狠狠地接过去，说道，“你觉得，我跟你是一个样的人吗？”

“我们都是女的，除此之外我们没有一样的。”爱米丽放声大哭道。

“哟，”萝莎·达特尔说道，“被你这么个下三烂的人提出来，这理由多么有说服力呀！要是我对你除了鄙视和憎恶，还有别的感情，那你这理由也把我给冻结了。我们都是女的！你还给我们女的争脸了！”

“我是该骂的，”爱米丽说道，“但是这太恐怖了！小姐，亲爱的小姐，求求你想一想我所遭受的苦难，想一想我是怎么走上这条堕落的路！哦，回来吧，玛莎！哦，那个家哟，那个家哟！”

近门的地方有一把椅子，达特尔小姐在上面坐下，眼睛看着下方，仿佛她的脚边趴着爱米丽。这时，她站在亮处，没有什么东西挡在我和她之间，所以我能将她那嘟囔起来的嘴看得清清楚楚，还有她那残忍的眼神专注一个地方，露出一脸贪得无厌样子，我也看得清清楚楚。

“你给我听好了，”她说道，“收起你这装模作样的伎俩，把它留给那些容易上当受骗的人好啦。你觉得，用眼泪感动我有希望吗？这跟你那笑容一样，不可能迷惑倒我，你这个花几个钱就能买来的奴隶。”

“哦，请给我一点慈悲之心吧！”爱米丽叫道，“请给我一点怜悯之心吧，要不然，我就要发疯而死了！”

“用这个惩罚你所干的坏事，”萝莎·达特尔说道，“已经很便宜你了吧。你知道你都干了些什么吗？那个家被你糟蹋成什么样子了，你想过没有？”

“哦，这个我怎么能不日思夜地想呢！”爱米丽喊道，同时，我也看见她了，她披头散发地跪在那里，抬着头向上看，脸色是煞白的，两只手合在一起，发了疯似的向前伸着。“无论我是睁着眼还是闭着眼，它的样子，都在我的脑海中待着，一分钟都没有离开过。我走的时候它是什么样子，现在它还是什么样子，永远都不会改变！哦，那个家哟！哦，那个最亲爱的舅舅哟，如果让你知道了，在我堕落时，你对我的爱给了我什么样的痛苦，即使你非常疼爱我，你也不肯自始至终，一成不变地疼爱我。一生中，你至少要对我发一次脾气，那样才能叫我心安一些！在这个世界上，我感觉不到一丁点儿的心安，因为他们每一个人都这样宠着我！”在那个椅子上蛮横的人的脚前，她趴在那里，像乞丐一样想去抓她的衣角。

萝莎·达特尔坐在那里看着她，像一尊石铜像一般，丝毫感动之意都没有。她的两唇紧紧地抿在一起，似乎她要出很大的力气，才能控制住自己，不要用脚去踹那个秀美的身体——我心里相信什么，我就写什么。她的表情，她的内心，都竭尽全力地表现出来，她要那样做，我在一旁看得一清二楚——难道他不打算出现了吗？

“真是个可怜虫，有一些可怜的虚荣心。”这时，她胸中的团团怒火终于被压制下去了，她敢开口说话了，“你的那个家！你以为我会总是惦记着你的那个家吗？你以为你那个下三烂的家被你祸害得无法用金钱来弥补好了吗？你的那个家！你对你那个家来说，只是用来赚钱的一部分，你的家人买其他的物品，也买你。”

“哦，别说了！”爱米丽叫道，“你随便说我什么都成，但是那些人和你一样，都是值得尊敬的人，请不要把比我所受到的耻辱更加耻辱的事，加到他们的身上。就算你不同情我，也请你们对他们放尊重一点，才好配得上你的教养。”

“我刚才所说的，”她把爱米丽请求当做没听见一样，她扯着自己的衣服，不让爱米丽碰，“是指我现在所住的地方，那才是他的家。这个，”她伸出手指着趴在地上的爱米丽，带着不屑一顾的语气，说道，“就是那个受人尊敬的母亲和她的少爷儿子闹矛盾的主要原因。这个，就是弄出一个家庭悲剧的人。而她，连给厨房当使女，都觉得抬举她。这个，就是制造愤怒、仇恨和漫骂的人。你这个烂货，不过就是从海边捡来的，花了一小时照顾，又被扔回去的烂货！”

“你不能这样说！你不能这样说！”爱米丽紧紧握起手来喊道，“机缘巧合，我与他有了第一次的相遇——我多么希望，根本就没有过那一天，我也多么希望，我活着的时候不要再遇见他——我跟你及其他有教养的小姐一样，都很正派，而且你及其他有教养的小姐所能嫁的人，我也一样能嫁。你说你住他家，也跟他很熟，那你该了解，一个意志薄弱爱慕虚荣的女人见了他，会有怎样的反应。我不是在替自己开脱，但是我跟他都一样心知肚明，就算不明白，那他在将要死的时候，内心后悔懊恼的时候，他将会明白，他用尽了招数，诱骗了我，所以我听了他，信了他，也爱了他！”

萝莎·达特尔从椅子上跃起来，往后退了一步，朝着她的脸挥去一拳头。她的脸凶巴巴的，被怒火烧变了色，也烧变了形。我几乎横插在她们中间了，那个没了目标的拳头，一下子停在了半空中。她气喘吁吁地站在那里看着她，脸上的表情，要说有多憎恶就有多憎恶。她因为愤怒和鄙夷，她整个人儿都在那里颤抖。我敢说，这种场景我从来都没有见过，以后也不会看见这样的了。

“你还爱他？就你？”她叫道，她握成拳头的手颤抖着，好像给她一件武器，她就会将这个惹恼她的人刺死。

爱米丽没有回答，她已经走出了我的视线。

“用你那张找抽的嘴，”她还在说，“把那句话再对我说一遍！他们怎么不用鞭子把你这种东西打死呢！要是我有权利能发出这样的命令，我一定叫他们，把你这个死丫头打死不可。”

我非常相信，她能干出这样的事。在她这种狂暴的劲儿未消去之前，要是让她逮到一种刑具，我相信她一定会用上它的。

她用手指着爱米丽，慢慢地，极其慢慢地，发出一阵笑，仿佛爱米丽是天上人间所共同唾弃的巨观异象。

“她爱！”她说，“就她那块腐肉！她居然跟我说，他关心过她！啊，哈！这种做买卖的人，竟然这么会撒谎！”

比起她的盛怒，她的嘲笑更加让人忍受不了。在这两者之间，我情愿成为她发怒的对象。不过，她只发了一小会儿的怒，就把它镇压下去了。尽管这种感情在她的内心折腾、翻滚，她还是尽力把它制止住了。

“我是专程来这里，你这个纯洁爱情的源泉，”她说道，“看——就像刚一开始我说的那样——你是个什么样的东西。我要好好地见识一番，现在我是看过瘾了。我也要警告你，你最好去找你那个家，越快越好。然后在那些好人中间，把你自己藏好，那些人可都是整天盼你回来的人，都是用你的钱可以安慰的人。等到一切都过去时，你就可以再去听，再去信，再去爱！你是知道的！以前我以为你是被人玩腻了，丢在一边的破玩具，以为你是一个被丢弃的上了锈的铜饰品，一分钱不值。但是我却发现你是一块打实的金子，你才是一个真正有教养的人，你才是无辜的受害者。你那颗纯洁的心，还对爱情充满向往，充满忠诚——看来，这些都是真的了，这跟你所说的故事也相吻合！——有些话，我还要对你说，你给我听清楚了，我可是说得到就做得到的。你在听我说的话没有，你这个小精灵？我说什么你就照做什么！”

她又发了一会脾气后，就像痉挛发作过后一样，现在又笑了。

“躲好了，”她接着说道，“要不在自己的家中躲好，要不在其他的什么地方躲好也行，反正那个地方一定要让人找不到你。你就在那个地方过一种无人知晓的生活——或者，也是最好的，无人知晓地死去。我只是诧异，想不明白，你那滥情的心不碎，你的心就不死！以前，我听人家说过一种方法可以办到，我相信这种方法是不难找到的。”

爱米丽发出低低的抽泣声，她的话因此被打断了，她听着她哭泣，像是在欣赏一场音乐一般。

“也许我这个人的性格跟别人的性格不一样，”萝莎·达特尔小姐还在不停地说着，“但是有你在的那个地方，我就不能顺畅地呼吸，我觉得那个地方的空气是被污染了的。所以我要对空气进行扫清，就要首先把你扫地出门。只要让我明天还在这里看到你，我就当着所有住在这共同楼梯两旁的居民，将你干的好事，还有你的身份地位，通通都公布于世。我听他们说，这所房子里也住着些规矩正派的女人，要是把像你这样漂亮的人，在她们中间埋没了，未免太遗憾了。要是你从这里离开，改名换姓，在这座城市找个什么地方藏好，但是一旦让我找到那个藏身之处，我还是会那样。在这件事上，我还是很有信心的，因为那个男人，就在没多少日子前还跟你求婚，现在会给我帮助的。”

难道他不打算出现了吗，不再出现了吗？这样一种状态我还要忍气吞声过多久呢？我还能忍气吞声多久呢？

“哎哟哟，哎哟哟！”可怜的爱米丽发出绝望的喊叫，叫人听了无不为之动容，可是萝莎·达特尔，脸上依然保持着那种笑意，丝毫没有怜悯之心。“我该怎么做才好呀，我该怎么做才好呀！”

“该怎么做才好？”萝莎·达特尔听着，接上去说道，“以回忆度日吧，就这样快活地活下去吧，就这样快活下去吧！将你的余生都献给詹姆斯·斯梯福兹，靠着你俩甜美爱情的回忆，过你的日子吧——他要你，当听任他使唤的老婆，对吗？——再不然就把你献给那些正派的，该受赏识的人。将你作为礼物送给他们，答谢他们。要不然，那些自豪的回忆，自我品德的评价，还有在所有具有人的外表的家伙眼里，将你抬高了的光荣地位，都不能支持住你，那你就将就着屈尊俯就，嫁给他好了。要是这样做也不能解决问题，那你就干脆死掉算了！像你这样的死，这样的绝望，随便什么样的途径都能做到，到处都是放垃圾的地方——找出一条途径，逃到天上去好了！”

我听见，远远地从楼梯上传来脚步声。我觉得，这个脚步声是我所熟悉的。哦，谢天谢地，这正是他的脚步声。

只见她一边慢慢地向门口移去，一边说话，直到从我的视线里消失。

“但是，请你在脑子里记好！”正当她要把另一扇门打开时，她一字一顿地说，“除非你躲到哪里，叫我永远也找不到，要不然把你那诱人的假面具给脱掉，否则，出于我所说的理由，也出于充斥我内心的仇恨，我是铁了心地要将你扫地出门。这都是我要跟你说的，我说得出什么，就能做得到什么！”

楼梯上的脚步声越来越近——越来越近——他上楼，她下楼，他们擦肩而过——他终于破门而入！

“舅舅！”

随着这声“舅舅”而来的，是一声可怕的叫喊。我愣了一会儿，醒过神来往里看时，只见爱米丽不省人事，躺在他的怀里。他注视着她的脸，足足过了几秒钟他俯下身子吻了她一下——啊，多么亲切的一吻！——随后他拿出一条小手绢蒙在她脸上。

“大卫少爷！”他将她的脸蒙好，声音颤抖地对我说道，“感谢我的天父，我的梦想实现了！我衷心地感谢他，因为他给了我指引。我现在才会出现在我的宝贝儿身边！”

他说着这些话儿，并把她抱在怀中。将她的脸正对着他自己的脸，一步一步地向楼下走去。而她一动不动，对外界一点反应都没有。

第五十一章

次日早晨，我跟我姨奶奶在花园里闲散（这时我姨奶奶除了能在这里散散步外，就没有其他运动了，因为她的大部分时间都被用来照顾我那位亲爱的朵拉），有人传话，说皮果提先生来了，他有话要对我讲。我向大门走去，他正向花园走来，于是在半路上我们就遇上了。他一见我姨奶奶就脱帽行礼，这是他的习惯，另外也主要是因为他非常尊重我姨奶奶。那时候我正在把昨晚发生的事，原原本本地跟她讲。所以，她一句话都没说，只带着一脸的真诚走上去，迎向他的手紧紧地握着，然后在他的胳膊上拍了几下。这一系列动作都已将她的心意包含在里面，所以她都不用再多说一个字了。皮果提对她的意思非常了解，仿佛她已经说了千言万语一样。

“特洛，那我这就进屋了，”我姨奶奶说道，“小花儿要起床了，我得过去照顾她。”

“我但愿，这不是因为我的到来，小姐？”皮果提先生说道，“今天早上我的心实在慌得很，要不然我不会这么早就贸然来访。”皮果提先生本想说：“心闷得很——你是因为我的到来而回避我们的吗？”

“我的好朋友，你们有话要说，”我姨奶奶回答他说，“我在这里待着不方便。”

“打扰了，小姐，”皮果提先生说道，“要是你不嫌弃我说的是废话，愿意用点心思听下去的话，那就是你对我的恩惠。”

“是吗？”我姨奶奶豪爽地回答道，“那我相信，我乐于听听！”

于是，她将胳膊挎在皮果提先生的胳膊里，两人一同往前走。在花园的尽头，有一个不大的凉亭子，那里树叶重叠，正好可以遮阳。我们就在那里停下，姨奶奶在一只凳子上坐下，我就挨着她坐在一旁。皮果提在一张粗石桌边站着，手扶在上面，其实还有位子让他坐的，但是他情愿这样站着。他站在那里，我盯着他的粗布便帽看，直到他开口说话了，我才将视线投在他那筋骨粗壮的手上，在他的这双手上，我看到了一种品格的力量。他的手上与他那忠实的脸庞和黑白相间的头发，相辅相成。

“昨天晚上，我将我那亲爱的孩子，”皮果提先生抬起头，迎上我们的目光说道，“带到我已经预先准备好了的住处，这个住处很早以前就已经准备好了。她醒来后，很长一段时间内不认得我，等到她认出了我，她一下趴在我的脚下，仿佛在念祷告词一般，将整个事情的经过告诉了我。老实说，当我再次听到她的声音时（那声音还跟过去在家中时一样，叫人听着舒服）——仿佛她跪在那里，我们的救世主用他那白洁的手在灰土上写字那样——我发自内心地感激这一切，却又深刻地感到一阵心痛。”

他用袖子擦了下眼泪。他不避嫌地又把嗓子清了清。

“还好，这样痛苦的情绪并没有控制我太久，因为我找回她了。只要我一想到她现在已经回家了，我所有的痛苦便立刻烟消云散。但是我现在为什么要重提这件事，我也一点也搞不清。捎带提一下，就在前一分钟，我想都没想过要说说自己。这些都是自然而然的流露，我一点都没有觉察到。”

“你这个人，乐于牺牲自我，”我姨奶奶说道，“老天爷就应该给你应得的报酬。”

树叶在皮果提先生的脸上映下影子，他向我姨奶奶点头，影子也随之摇晃。当皮果提先生向我姨奶奶的赞美表现谢意之后，又接着刚才的地方说下去。

“我的爱米丽呀，”当时他说得非常气愤，“那条印有斑纹的蛇从将她软禁的那个小房子里逃出来时——就是大卫少爷从那条印有斑纹的蛇那里听到的，他说的都是真的，愿主惩罚他！——当时夜非常的黑，天上闪烁着很多星星。她昏头涨脑的，抱着海岸线猛跑。她相信，再往前跑一点，就能到达那艘旧船了。她以为我们在前面，她使劲地吆喝，想叫我回头来看看她，想告诉我们她又来了。她自己听得见自己在喊，却觉得这声音不是从自己发出来的。她碰到那些棱角锋利的石头，身上的皮都被碰烂了，但是她一点都感觉不出来，因为她都快觉得自己也是块石头了。她跑了好远好远，都不记得有多远了，但是总有灯光在她的前方，总有呼喊在她的耳旁。忽的一下——要不然就是她的自我感觉，你能想象吧？——天亮了，可是下起了雨，还有风，她在海边的一堆石头上躺着。一个女人向她走过来，用当地的话跟她说，问她怎么弄得这样狼狈。”

他嘴上叙述着这幅情景，我们眼前却真实再现了当时的情景。在他叙述的时候，他诚诚恳恳地将我记叙的上述东西描绘出来，那一幅幅画面非常清晰地在他面前上演，远比我所记叙的要生动。过了这么久，我今天将它写下来，我都误以为我曾亲临那些情景。那些场景给了我那么深的感慨，我被深深地打动了。

“当爱米丽睁开双眼——她的眼珠转得非常慢——这会儿才将说话的人看得清楚了一些。”皮果提继续说道，“她以前来海滩上时，常常找人说说话，这个女人就是其中的一个。从前她做过长途跋涉，有时候停下来走走，有时候在海上坐船，有时候她也坐车，所以沿海一带的许多地方，她都挺熟的。那天夜里，她虽然跑了很长时间，但她还是遇上了熟悉的人。这个女人非常年轻，所以还没有大一点儿的孩子，不过用不了多久她就要做母亲了。我向主祷告，但愿主能听得到，请让这个孩子给她带来一生的幸福，让她一辈子得到安慰，一辈子过得体面！但愿这个孩子到她上了年纪时，爱护她、孝顺她，自始至终地给她带来好处，无论在天上，还是人间，这个孩子都以天使的身份相伴在她的左右！”

“阿门！”我姨奶奶说。

“刚开始，在爱米丽找孩子们说话时，”皮果提先生说道，“这个女人还有点怯生而感到害羞。表现得畏畏缩缩的，在离爱米丽很远的地方坐着，做纺织工作，要不然就是其他的话儿，反正跟纺织有关。但是爱米丽了解到她的内心，就主动走上前去和她说话。这个女人和爱米丽一样，都非常喜爱孩子，很快她俩就成为了朋友。她俩的关系越来越近，只要爱米丽一过去找她，她就会送一朵花儿给爱米丽。那会儿，她就问爱米丽，她怎么被弄成了这个样子。爱米丽将经过告诉了她，后来，她就将爱米丽带回了她的家。”皮果提先生说到这儿，就用手把脸一捂。

从他听到爱米丽逃走的那一夜里，我从没见过他因为什么事而这样感动。我跟姨奶奶就让他这样哭着，不打算叫住他。

“她的家是一所很小的房子，这个你们也不难猜到，”随后，他接着说，“但是，她让爱米丽住下来了——她的丈夫出海去了——她不对外人说起这事儿，也跟她周围为数不多的邻居打了招呼，叫他们不要对外人说起这事儿。爱米丽的大脑发起热来，发生了一件让我难以理解的事情——也许那些有知识有文化的人很好理解其中的原因——她本来会说当地语言的，但是那会儿她全忘了，只知道说自己国家的话，但是没有人能听懂她的意思。她记得，她迷迷糊糊地躺在那里，用自己国家的语言，一个劲儿地说话，说在不远处的港湾里，就能找到那条她在找的老船，她苦苦哀求他们中的谁去给捎个信，说她自己快不行了，然后再从那里带回一封信，那是宽恕她自己行为的信，哪怕里面只写了一个字。她还一再觉得，一会儿是那个男人——你们知道我所指的是谁——在窗子藏着，等她过去，一会是另一个男人——将她残害到这步田地的男人——在屋子里走来走去。于是爱米丽向那个好心肠的女人哀求，千万不要叫她走，可是她又想起来，那个女人根本不知道她在说什么，所以她害怕得要命，生怕自己被人带走了。她的眼睛再次看到那晚的火光，耳边再次响起那晚的呼喊，没有什么今天，也没有什么昨天，更没有什么明天，她一生所经历的事，所有不曾发生的事，也不会发生的事，一下子都挤进了她的脑海中，她分不清哪件和哪件，觉得所有事都是讨人厌的。但是，她却因此又是唱歌又是大笑！她保持这种状态过了多久了？我无从知晓。后来，她昏睡过去了，经过那一场睡眠，先前那种超出常态好多倍的力量一下子没有了，她变得像婴儿一样虚软了。”

说到这，他没有再接着说下去，他松了一口气，好像这样的叙述太过恐怖。他安静了一小会儿又接着刚才的故事讲道：

“当她醒来时，那正是一个天气晴好的下午。四处静悄悄的，没有一点动静，只是海边蔚蓝色的海水，涨涨落落，没法平静下来地掀起层层小浪。刚睁开眼，她以为是在家中一个周日的早晨。但是当她往窗外看去时，看见了葡萄叶和小山时，她才想起这些和老家的环境不一样，老家没有这些景象。后来，她的朋友来到屋子里，守在她的床边，她这才醒过来，原来附近的港湾并没有她要找的那艘老船，它在很远很远的地方。她终于明白过来，她此时身在何处，又为何来到此处。于是她就往那个女人的怀中一扑，放声哭了起来。很希望，那个女人的娃娃那一刻正躺在她的怀中，冲着爱米丽眨巴着眼睛，逗她开心！”

只要他一说到爱米丽那位好心的朋友，他是铁定了要淌眼泪，想止都止不住。所以这会儿，他又在动情地为她祈福！

“这样做，对我的爱米丽是有帮助的，”在他动情地哭时，我也被他那强烈的感情感染了，不由得也哭了会儿，而我的姨奶奶呢，她早就放开来使劲儿地哭了。他的情绪平静了一会儿后，他又接着刚才的地方说道，“这样做，对我的爱米丽是有帮助的。慢慢地，她开始恢复起来了。但是，她对当地的语言是却一点记忆都没有了。她只好通过手势来与他们交流。她就这样生活着，一天过去一天，她的情况缓慢稳定，有了起色，一些不复杂的事物，她都能用当地语言叫出来——但是她在学习这些语言的时候，她像生平从来没有接触过似的——直到有一天晚上，事情才有了转变。那天她在窗边坐下，看一个小姑娘在海滩边玩耍，可是，那个姑娘冷不丁把手一伸，说道，‘渔夫的女儿，你看这个贝壳’！——大家都知道，那个国家习惯称她这样的人为‘漂亮的夫人’，刚开始到那里时，她也被那样称呼。她就告诉他们，要叫她‘渔夫的女儿’。现在这个姑娘出人意料地来了句‘渔夫的女儿，你看这个贝壳’，爱米丽一下子就听懂了她的话。她带着眼泪回答了一句。接着，所有的往事又回到了她的脑海中！”

“爱米丽的身子又恢复了强壮，”皮果提先生顿了一会又说道，“她就想，是时候离开这里，去找她自己的家了。也就在这个时候，那个年轻女人的丈夫出海归来了。于是他们夫妻俩就将爱米丽送上了一只小商船。小商船把她带到勒格霍恩。她在那里再转程去了法国。爱米丽给他们钱，虽然只是很少的钱，但他们仍不肯接受，最后他们只接受了其中少得可怜的一部分。单因为这个，我就高兴得不得了。他们其实也很穷，可是他们立下的功劳，是要记在一个无法被蠹虫蛀蚀也无法被盗贼偷走的地方。大卫少爷，人世间任何一样金银财宝也比不上他们的功劳那样的难腐蚀。”

“在法国上岸，爱米丽来到一家旅馆。她在里面打工，以伺候女性客人为主要工作。她在那儿，突然有一天，那条毒蛇也来到那里——祈求叫他就别让我碰上！否则，我会对他作出怎样的报复我可不敢保证！她一看到他，还没等到他注意她，她就又是害怕又是慌乱起来。于是在她未来得及进行第二次呼吸时，她就跑开了。后来她回到了英国，在多佛靠的岸。”

“我搞不明白，”皮果提先生说道，“打哪儿开始她变得那么胆小。就在由法国来英国的路上，她还在一心想着那个可爱的家，一心想回来。可是一上岸，她就转身向她那个家去了。但是在路上，她又转了回来，也许是担忧大家不能宽恕她，也许是担忧遭到别人的流言飞语，也许是担忧她会给我们中的谁带来性命危险，总之是担忧了方方面面，她像是被什么硬拽着似的，换回了方向。‘舅舅，舅舅，’她告诉我，‘我这颗伤透了的心，流着血的心，非常非常的想去做一件事，可是我担忧自己不够资格去做，这恐怕是世间最可怕不过的担忧了。于是，我换了方向。当时我全心全意地祷告着，就让我趁着夜色向那个老屋的门槛爬去吧，让我吻它一下，然后让我把这张罪恶的脸贴在上面，等到第二天天亮时，让人发现我死在了那里。’”

“她来到了伦敦，”这时皮果提露出极度害怕的样子，把声音压得低低地说道，“她——一生都没来过这个地方——只有她自己——身上不名一文——年纪轻轻——长得又漂亮——来了伦敦。她刚来这个陌生的地方，还没站稳脚，就遇到了一个人（她认为那是个朋友），那个外表搞得很体面的人。她跟爱米丽说，她一直都在做着针线活儿，说能给爱米丽提供很多可以做的事。那个人又说，在那儿可以过夜，还说第二天带她去偷偷看看我及家里其他的人过得好不好。就在这个时候，”他激动得浑身上下一起战栗起来，他提高嗓子说道，“她走到了我不知如何去说，如何去想的危险边缘时——那个玛莎，对自己的应诺尽忠尽职的人，挺身而出救下了她！”

我太高兴了，竟然都叫出声来了。

“大卫少爷！”他伸来他那有力度的双手，将我的手紧紧地握住了，说道，“是你第一个想到她的。太感谢你了，我的少爷！她是这样地忠心耿耿呀！她凭着自己的不幸经历，她知道到哪里能找到她，也知道该如何去处理那样的事。她成功地处理好了！上帝高高在上！当玛莎找到爱米丽的时候，她还在睡觉，玛莎就气急败坏地叫醒了她，并且告诉她，‘赶快从这个还不如死去的地方逃开吧，快跟上我’！以在那里的人想上去拦住她们，而她们的去势像大海一样凶猛，他们拦也拦不住。‘滚开！’她喊道，‘你们这个不关门的大坟墓，我就是这儿的一个鬼，我现在要带她逃离这儿！’她还告诉爱米丽，我们已经见过面了，我说了我还爱护她，我会宽恕她。她急急忙忙地拿着衣服就往爱米丽身上披好，她将爱米丽环在胳膊内，虚弱的爱米丽止不住地发着抖。无论旁边的人在说着什么样难听的话，她都当做耳边风，不入耳。我的孩子（我想的全是她了），被她就这样从人群中带出来。我的爱米丽就在这样的三更半夜，从毁灭的坑中平安地得救了！”

“她照顾着爱米丽，”皮果提先生早就将握着我的手放开了，这会儿正放在他那喘息起伏的胸脯上，“我的爱米丽被她照顾得好好的。等到第二天晚上，爱米丽感觉到累，躺在那里神志不清，满口胡话。这时，她跑来着我，但我不在家，她就去找了大卫少爷您。她没敢和爱米丽说她出门是为了找我，她生怕爱米丽会因为害怕见我而再次躲起来。可是那个恶毒的女人是从哪里知道爱米丽在那里的，我说不上来。是我老提的那个人碰巧看见了她去了那里，还是爱米丽开始遇到的那个女人，向她通风报信的？也许后者可能性比较大。算了，这个已经不重要了，反正我的外甥女已经回家了。”

“那天晚上，”皮果提先生说道，“我陪了爱米丽整整一夜。整个晚上，她一直在哭，哭得很伤心，都抽不出时间来和我说话。她的脸我也没怎么看到——这张脸啊，可是在这个家里成长的呀！整整一夜，她都搂着我的脖子不放，脸深深地埋在里面。我心里非常地清楚，从此以后，我们将会一直相互信任下去了。”

他不再开口说话，他的手，非常安静地在桌子上按着，可是他的手心里握着一种能将几只狮子打倒的猛劲儿。

“当年，当我立志要给你的姐姐贝西·特洛伍德当教母的时候，特洛，”我姨奶奶抹了一下眼睛，“我还怀有一线希望，但她到底叫我失望了。与此同时，给她的孩子当教母，却是这个世上无与伦比令人开心的事了！”

皮果提先生点了点头，表示我姨奶奶所说的那些感情，他已经理解了，但是至于她要称赞的那个人，他无法用任何语言来表达他的感情。跟着一阵沉默，大家都各自陷入了回忆中，没有一个人说话。只是我姨奶奶在一旁擦着眼泪，一会儿一抖一颤地抽泣，一会儿哈哈大笑，还说自己是个傻瓜。终于，我开口说话了。

“至于以后的事，”我对皮果提先生说，“我的朋友，你想好了要怎么做没有？这个事儿应该用不着我来操心。”

“早想好了，大卫少爷，”他回答我，“而且我已经跟爱米丽说了。从这里往很远很远的地方，有许多美好的地方呢，我们以后的日子将会在海外度过。”

“姨奶奶，他们要当移民搬到海外住了。”我说道。

“是呀！”皮果提先生脸上堆满希望的表情，笑着说，“我们要去澳洲，到了那里，没有人会认识我的宝贝，更不会去责怪她。我们要在那个地方开始一种全新的生活！”

我又问他，动身的日期安排了没有。

“今天一大早，我就去了趟码头，大卫少爷，”他告诉我，“看看有没有去往那个方向的船。后来找到了一条船，最快在一个半月后出发。我还上那条船看了看。”

“还有其他同行的人吗？”我问道。

“哦，大卫少爷！”他说道，“你也知道，我的妹妹非常关注你，也非常关注你的家人，让她去国外，她会不习惯的，所以让她也跟去不太合适。另外，千万别忘了，大卫少爷，她必须留下来照顾一个人。”

“那个可怜的汉姆！”我说道。

“他家里的事都由我妹妹来照顾。小姐，你也知道，他跟我妹妹相处得非常融洽，”皮果提特意看着我姨奶奶，解释道，“他要是碰上什么事了，如果不愿意和别人讲的话，那他至少能与我妹妹安静地坐下来，慢慢地讲给她听，多可怜的人呀！”皮果提先生在说话的同时，摇了摇头，“别的什么东西也不能留给他了，她对他来说是仅剩下的那么一点儿东西了，我不能再去剥夺了。”

“那高米芝太太呢？”我说道。

“嘿，那个高米芝太太呀，”一开始提到她时，他露出了一点不知所措的表情，不过很快就消失了，“实话告诉你吧，这件事我也想了很久。你知道，每当高米芝太太想念她那老伴儿的时候，她非常的招人反感。这话可不能跟旁的人讲，只对我与你，大卫少爷——小姐，包括你——但说也无妨，当高米芝太太想得哭时，要不是我们认识她那个老伴儿，我们没办法不说她脾气乖张。不过，我还确实认识她那个老伴儿，”皮果提先生说道，“他那个人，我了解，是个不错的人，包括她，我也了解她的背景和故事。但是那些不了解她的人呢，他们可不这样想——当然不可能这样想的！”

他的这番话，我跟我姨奶奶都表示同意。

“因为这个，”皮果提先生说道，“我妹妹多少——要说一点没有，那是不可能的——认为高米芝太太，有时候给她添了点小麻烦。所以，我不打算让高米芝太太跟他们在一起长住，我要给她找一个属于她自己的家，那个家可以照顾好她。所以，在我走之前我给她准备了一笔生活费，好让她日后的日子过得舒服些。她这个人，最忠心耿耿了。像她这样的老大妈，都这把年纪了，又没个下代能照应的，所以叫她坐船远航肯定不好了，更何况坐船到那些从没走过的森林或原野中，过一种颠沛流离的生活。因此，我想出了那样的方法来安排她日后的生活。”

他将每个人都考虑得面面俱到。他会重视起每一个人的权利和请求，单单只把自己除外。

“在我们动身出发以前，”他接着说道，“爱米丽，会跟我们住在一起——真是可怜的孩子啊！她现在急需要休息。她要收拾一些用得着的衣服。我但愿，在她这个粗人舅舅面前，她会发现，他的仁慈和善良能带给她安慰，然后，她能将她往日所受的灾难渐渐地忘掉！”

我姨奶奶对着他点点头，表示支持他的想法，并且他这样说，她很高兴。

“差点忘了件事，大卫少爷，”他在说话的同时，非常严肃地从胸前拿出一个小纸捆儿，就是以前见过的那个。他将小纸捆儿放在桌子上打开，“这里全是那些钱——共五十镑十先令。这其中包括她花去的钱。我问过她怎么用的，她不说。我就将这些算好了。我这个人没什么学问，麻烦你再帮我算一次吧。”

他因为肚中文墨少，带着不好意思的样子将那张纸递给了我。我在算的时候，他的视线没离开过我。算好后，没发现有错的地方。

“谢谢你，大卫少爷，”他将那张纸拿回，说道，“这些钱，大卫少爷，我打算在我离开这里以前，用信封包好，在信封上写上她的名字，然后再在外面用另一个写给他妈的信封包好，你觉得这样做行吗？我还要跟她说明，简单用几句话就好，告诉她这些算什么东西，还要跟她说，这个钱她没办法再给我了，因为我已经离开了。

我对他说，这样做挺好的——我确信，他能觉得对的事，我也这样觉得。

“刚才我是说只有一件事，”他将那个小纸捆包好，在原来的口袋里放好，又一本正经地说道，“其实我还有另外一件事。在今儿早上来的时候，我还在考虑，要不要告诉汉姆这件不幸中万幸的事。于是在我今天来的时候，我给邮局送了一封信，跟他说了整件事的过程。也把我明天过去，做一些必要的事跟他们说了。也许，只是在是跟雅茅斯告别。”

“需要我跟你一起去吗？”见他嘴里含着一句话，欲说未说的样子，我问道。

“大卫少爷，你肯帮我的忙，这太好了！”

在这个决定上，我的小朵拉很高兴，她也支持我去。以前跟她说起这件事儿的时候，她表示过。所以我迅速作出陪同他一起去的决定，这也正合他意。于是，第二天清晨，我们又踏上了这条老路，坐上去雅茅斯的脚车。

到了晚上，我们到达了那些熟悉的街巷——我的衣服和包都被皮果提拿着，任我怎么说，他都不敢让我拿——经过欧默和约拉姆的店铺时，我往里望了望，只见我的老朋友欧默先生在抽烟。我不想在一开始皮果提先生和他妹妹及汉姆相见时在场，于是我上前跟欧默先生打招呼，让自己落在皮果提先生后面一段路。

“这些日子以来，欧默先生过得好吗？”在门口看到他，我就说道。

他将呼出的烟用手扇开，更清楚地看了看我，他很快就认出了我。

“我要站起来迎接你的到来才是，先生。”他说道，“可是我现在腿脚都不灵活了，得坐在车子上滚来滚去。还是值得一谢的，我跟一般人一样，身体挺硬朗的，只是这腿脚不太方便，还有我的呼吸不太畅快，其他的都还行。”

能看到他过得这么开心，又这么满足，我感到可喜可贺。我注意了一下他的安乐椅，确实是带滚轮的。

“这个玩意儿挺灵巧的，不是吗？”他见我看他的安乐椅，就用胳膊在扶手上来回蹭，说，“它行动起来，很轻快，就像羽毛一样，又很稳当，跟合辙的邮车一样。哎哟，我的小明妮——就是我的外孙女儿，明妮的孩子，知道吧——在我后面稍一用力，车子就被推动了，非常灵巧，很有意思！告诉你——在这张椅子上坐着抽烟，是再合适不过了。”

我从来没见过哪个老头儿，能像欧默先生过得这样安于天命。他满面春光焕发，让人觉得他的安乐椅，他的气喘，他腿脚的不方便，都是上天有意的安排，来给他的烟斗增加趣味的。

“我敢对你发誓，虽然我坐在这张安乐椅子里，”欧默先生说道，“可不比站着的知道的天下事少。每天都有很多人来我这里谈天论地，多得让你吃惊。真的，你见了一定会吃惊的！自从坐上了这把椅子，我从报纸上得到的新闻是以前的两倍。至于普通的读物，哎哟，也不知道我看了多少！你知道吗？我还感到以此为荣呢！要是我的眼睛不好使的话，我该怎么办呀？要是我的耳朵不好使，我又该怎么办呀？但是现在不好使的是我的腿和脚，这又有何妨了？以前用两条腿跑路时，只是让我本来就喘的呼吸更加的短促。现在呢，要是我想到街上或沙滩上去，只要冲着约拉姆最小的徒弟招呼一声，他就跑过来推着我出去。我是坐着自己的车出去的，哎，这跟伦敦市的市长待遇有什么两样？”

说到这儿，他自己笑得快喘不过气来。

“哎呀呀！”欧默先生吸了一口烟说道，“一个人过一辈子，要懂得知足，这是每个人都应该认识到的。约拉姆把生意打理得很好，非常非常得好！”

“听你说这些，我感到很高兴。”我说道。

“我也知道你会感到高兴的，”欧默先生说道，约拉姆跟明妮相处得像小恋人一样。一个人还有什么好期望的呢？两条腿跟这个比起来又算得了什么呢？”

他坐在那里抽着烟，用极度鄙视的口吻说着自己的两条腿。可是很奇怪，我正因为他这鄙视的口吻感到兴奋，觉得一生中见不了几件这样兴奋的事了。

“就在我大范围地很读物时，你是不是也着手一项大工程的写作，是吗，先生？”欧默先生带着赞许的目光将我上下看了个遍，说道，“你写得实在是太可爱了！用词那么贴切，我可是逐字逐句地读的。那种看书看睡着的事是从来没有过的。”

我笑着表示了自己的满意，不过我得老实承认，这样的联想是很受我重视的。

“我对你发誓，先生，”欧默先生说道，“我把你那装成三个分册的书放在桌子上，看着书面整齐地装订，再想想我跟你家还有交情，我感到荣幸，得意得像小丑潘趣一样。哎呀，想想有很多年了，是不是？那还是在布兰德斯通的事，两个可爱的小当事人躺在一块儿，当时，你也是一个非常小的当事人儿啊。哎呀哎呀！”

我提起了爱米丽，这才将话题打住。我先向他表示他给她的关心和仁慈一直都铭记在我心里。然后我简单地跟他说了一下，她是如何在玛莎的帮助下，最终回到她舅舅身边的过程。我看得出，这位老人听了这话感到非常的高兴。他把我的话听得很仔细，直到我把话说完，他才激动地说道：

“先生，我听到这样的结局非常的高兴！这么久以来，我听到了那么多的消息，但这是最使我感到高兴的一个。哦，哦，哦！那么，玛莎，那个苦命的年轻女人，你们打算怎么安排她呢？”

“你说的这个问题，我从昨天晚上就一直想到现在。”我说道，“不过这个事儿，我对你是无可奉告的，欧默先生。皮果提一直都没说这事，我也就不方便开口问。但是我知道，他是不会忘了她的，他总在心里记得那些无私的好人儿。”

“你要知道，”欧默先生接起刚才的话题，说道，“无论做了什么事，都要算上我的一份。只要是你觉得没错的事，请你一定要记得通知我一声。我从来都没有想过那个女孩很糟糕。现在你告诉我了，她的确并不糟糕，所以我很欣慰，我的女儿明妮也会很欣慰。在有些事上，年轻的女人总是左右为难——这一点跟她妈妈一样——但是她们的心地都是非常的善良、仁慈。以前说到玛莎时，明妮作出的反应都是装出来的，她干吗要装出那种反应呢？这个由不得我告诉你原因，反正她的反应是装出来的，哎！背着大家，她可是给过她帮助的。所以，只要是你觉得没错的事，请你一定要记得通知我，给我写一封简短的信，告诉我送到了哪里，哎呀！”欧默先生说道，“当一个人活到阴阳交界处时，当他发现尽管自己还很健朗，却整天只能坐在车子里，想到哪里去还得叫人推着去，这时候，要是他能做一件好事，他会乐坏了的。他还能做很多很多的好事呢。我这话说得可不只是我自己哦！”欧默先生说，“因为我认为，先生，无论我们多大年纪了，我们都是从山上往山下去的人，因为时光流逝，不曾作过一分一秒的停留。所以我们要时时刻刻做点好事并且从中寻到乐趣。嗯，就该这么做！”

他敲了敲烟斗，将里面的灰弄了出来，然后在椅子后面一个专门用来放烟灰的地方放下。

“爱米丽的那个表兄，她不是本打算跟他结婚的吗？”欧默先生并不使劲地做着搓手的动作，说，“在雅茅斯的那个人，世上难找的好人儿！有时候，他在晚上到我这里来待上一个钟头，有时陪我说话，有时给我读书。我得说，这可是善意的行为！他的生活中的每一件事都是在做善意的事。”

“我这就是要去看他呢。”我说道。

“哦，是吗？”欧默先生说道，“代我向他问好，并且转告他，我过得很好。明妮和约拉姆都不在家，他们去参加一个舞会了。要是他们今天也能见你一面，他们肯定跟我一样，感到非常荣幸。本来明妮说什么也不去，你也知道，像她说的那样‘为了照顾爸爸’。后来我就说了，要是她今天不去，那我六点钟的时候就上床睡觉，后来，”想到他的计策得逞了，他笑得都把椅子带着晃了，“她到底跟约拉姆去了那个舞会。”

我们互相握手，然后打个招呼离开了。

“再坐半分钟吧，先生，”欧默先生对我说，“要是你来了没看看我的那个小象，以后就没机会了。这样的光景你可从来没见过哦，明妮！”

不知从楼上什么地方传来了一阵天籁般的小声音，回答道：“外公，我就过来了！”很快从铺子外面跑来一个可爱的小女孩，她一头鹅黄的鬈发，长长地披在肩上。

“先生，小象，这个就是我说的小象，”欧默先生抚摩着孩子，说道，“还是暹罗种的呢。先生，看，我的小象！”

那头小象将客厅的门推开时，我注意到，这个客厅现在是欧默先生的卧室了，因为把他弄上楼实在是件不容易的事。这时，小象躲到了欧默先生的椅子后边，看不见了她那漂亮的额头，长长的头发却被弄得凌乱不堪。

“先生，你知道，”欧默先生对着我眨眼睛，说道，“象在干活的时候就是用头撞的呢。来，一次，小象，加油，二次，三次！”

那头小象一听到这样地喊数，就灵敏地（这个动作的灵敏程度，是真正的象无论如何也做不到的）把椅子转过来，呼噜呼噜地往客厅推去，经过门时，连门框碰都没碰。这一举动让欧默先生有说不出的欢喜，在半路上冲着我回头看，好像在得意地说，这就是我一生努力追寻的结果。

我在那个市镇上，走了一会儿路就来到了汉姆的家。那个时候皮果提已经搬到他家，并且打算一直住下去了。一个巴吉斯先生的接班人，干脚夫这一行的，给了她一笔为数不少的钱，把字号、车子、马匹都买了下，也把她的房子给租了下。我敢打赌，巴吉斯先生所用过的那匹笨马，现在还在干着这个活儿呢。

他们都聚在厨房里，我看到厨房很整洁。当时高米芝太太也在场，她是皮果提先生特意到老船上请来的。除了皮果提，我不相信还有哪个人能让她肯在那个地方挪开来。显而易见，皮果提已经把所有事都跟他们说了，只见皮果提和高米芝太太都在那里用围裙擦眼泪。汉姆并不在场，说是到海滩上散步了。没过多一会儿，他回来了，见到我，他表现得非常高兴。我希望他们没有因为我的存在而感到别扭。后来，大家聊起皮果提先生去了那个地方后，财产渐渐多起来，也聊起他日后写给我们的信中会出现什么样的奇迹，气氛竟然活跃起来。我们谁也没提爱米丽这个名字，却不止一次间接说到她，在场的每一位中，只有汉姆最平静。

皮果提打着一盏灯，把我带到一间小卧室里（在桌子上，早就摆着一本“鳄鱼书”，等着我来）。皮果提跟我说，这些年来，汉姆一直是这副模样。她确定（她哭着对我说），汉姆的心都碎了。但是他很坚强，又非常平易近人，在他工作的船厂附近，没有人做得比他更用心，完成得更好的。她还说，有时候他会在晚上说起在那艘老船上的往事，但是他只提儿时的爱米丽，就不说长大后的爱米丽。

我认为，他的眼神告诉我，他想私下与我聊聊。所以我想等到明天晚上他收工回家的时候，我去他回来的路上与他碰面。做好了这样的打算，我就睡下了。那天晚上，窗户上的蜡烛被拿下了，在过去的那么多夜晚里，它们一直在那里摆着。这老船上有一个旧吊床，皮果提先生在上面躺下了，海风围着他呜咽而过，就像往日那样。

第二天，从清晨到傍晚，他都在一心一意地弄着渔船和渔具，像是在处理他的小家当。他把东西一样一样地收拾好，用得上的用车运往伦敦了，用不上的就送人或者留给高米芝太太用。这一整天高米芝太太都围着他转。想到那个地方就要上锁了，我的心情非常惆怅。于是，我跟他们约好了，今天晚上见个面，我要来这个地方再看看最后一眼。不过在我过去之前，我先去了汉姆那里。

想在路上跟他碰面是非常容易的事，因为我知道他收工回家的路。我们在沙滩边一个偏僻的地方碰头的，这里是他的必经之路。然后我跟他一块儿往回走，要是他真想跟我聊聊，这样就有机会了。我确实没看错他的眼神，因为我们在一起没走多远，他就对我说话了。但是他并不看着我。

“大卫少爷，你见到她了吧？”

“在她昏倒时，我匆匆地见了一面。”我用细柔的声调回答他道。

又往前走了一小段路，他又说道：

“大卫少爷，你认为你想见到她吗？”

“或许这对她来说，是非常痛苦的事。”我回答道。

“这一点我也想到过，”他说道，“免不了感到痛苦的，少爷，免不了感到痛苦的。”

“但是汉姆，”我轻声细语地对他说道，“有些话我不能跟她面对面地说，但是我可以通过写信跟她说。要是你希望我帮你向她传达什么话的话，我一定把它视为神圣的事来为你效劳。”

“我相信你会的。谢谢你，大卫少爷，再也没有谁比你更仁慈、更善良了！我确实有几句话要说给她听，或者写给她看。”

“是什么样的话呢？”

他没有立即回答我，我们默默地往前走了一段，他开口了。

“不应该由我来宽恕她，不应该这样说，而是应该由我请求她宽恕我。因为以前，我强迫她接受我给她的爱。我常常就想了，要是我当初没有让她下保证，说一定要嫁给我，那么少爷，或许我跟她会成为朋友，或许她会信任我。当她感到内心矛盾时，她一定会找我倾诉，跟我商量，说不定我会给她一点帮助，那么她今天就不会吃了那么多的苦头。”

我握住他的手，问道：“这些就是你要说的吗？”

“还有一点，”他回答道，“要是我能说出来的话，大卫少爷。”

他又停顿了一下，不过这一次我们走过的一段路比前几次走得要长很多。他的话并不是连贯说出来的，中间作了多次停顿，在下文中我就用横线表示了。他一直都没哭，但是他很激动，为了把话讲得清楚一些，他在极力让自己镇定。

“曾经，我很爱她——就是现在，我记忆中的她也让我爱得要命——非常深刻的爱——她是不可能相信的，我是个快乐的人。忘了她——我才会过得快乐——可是我恐怕无法做到把这样的话告诉她。你是懂学问的人，大卫少爷，请你教教我，我该怎么说才能让她相信我还爱她，心疼她，但是我一点都不伤心难过。我还要叫她相信，我一点也没有厌倦生活的想法。我仍然在祈祷，哪天能够见到她，那时，卑鄙的人不再恶搞，疲倦的人可以休息，我一点都不怪她——跟她说一些可以安慰她那哀苦心灵的话，让她知道我不会结婚的，在我的心目中，永远不会有谁能取代她的地位——请求你，把我刚才所说的这番话——加上，我为这个心爱的她所做的祈祷——一同告诉她。”

我再一次握住了他那双富有男子汉气概的手，告诉他，这件事交给我来办，我一定尽心尽力把它办好。

“谢谢你啦，大卫少爷，”他说道，“来这儿与我见面，你是出于好心。陪他一起过来，你也同样是出于好心。我知道，在他们动身以前，我的姑妈将会去趟伦敦，到时大家又都碰面了。但是大卫少爷，我恐怕到时不能去了。我不敢这样奢望，这一点谁也不明说，但谁心里都明白，实际上也只好这样了。在他临行前，你见到他时——那是最后一次见面了——请代表我这个没爹没妈的孩子将我孝顺之心和感激之心转告给他。一直以来，他做得比亲生父亲还要好。”

这个事，我也郑重地应下了。

“我再次感谢你，大卫少爷，”他诚恳地握起我的手，说道，“我知道你还要去哪儿，就此告别吧！”

他轻轻地把手向我一挥，像在说那个老地方他不能再去了，跟着他就转身离开。我在后面目送他的背影，看他在月光下穿过那片荒野，然后把脸转向海面那道银色光线射来的方向，边看边走，直到他的身影在远方渐渐模糊。

当我走进那艘老船时，发现船上的门是敞开的。我通过这扇门往里走，只见这里的摆设都被搬走了，就剩下一只旧箱子，高米芝太太正坐在上面，腿上放着一只篮子，眼睛睁得老大地看着皮果提先生。这时皮果提用单个胳膊肘靠在笨重的炉架上，望着炉里即将熄灭的余火。我刚进时，就见他一脸期待地抬起头来，高兴地跟我说话。

“按照我的邀请，来跟她辞行了，对不对，大卫少爷？”他将手中的蜡烛抬高了一点，说道，“你看，都空空荡荡的了，不是吗？”

“你动作真迅速。”我说道。

“哎呀，我们什么时候偷过懒，少爷。高米芝太太一做起事情来，简直就是——简直就是什么，我又说不上来。”皮果提先生望望她，一时间想不出什么恰当的比喻将她赞美一番。

高米芝太太趴在篮子上，一言不发。

“就是这个箱子，你以前常常跟爱米丽一起坐在上面！”皮果提先生放低了声音，说道，“这个我也要带过去，它是最后一件行李了。这儿，以前就是你的小卧室，认出来没有，大卫少爷？今晚，这儿要说有多冷清就有多冷清了！”

那晚的风并不大，却吹得非常严肃，和着一种凄惨的低泣声，在这个将要无人居住的住宅四周环旋。什么都没有了，连那用贝壳做框架的小镜子也没有了。我想起我第一次躺在这个屋子里的时候。那阵儿，家中第一次遭遇了不小的变故，那个有着蓝色眼睛的小女孩再次浮现在我的眼前，曾经叫我那样着迷。我又想起斯梯福兹，于是一阵可怕的愚蠢的想象袭上心头，让我觉得他就在我的不远处，我稍不留神就能碰见他。

“要让这条船找到新的主人，”皮果提用低沉的声音说道，“恐怕还有些时日，现在人们都认为它是不祥之地！”

“这条船的主人是这附近做什么的？”我问道。

“一个造船桅的匠人，住在镇上。”皮果提回答道，“一会儿我就去把钥匙送给他。”

我们又去了另一个小房间，看了一遭又回来了。皮果提先生将蜡烛放在了炉架上，请坐在箱子上的高米芝太太站起来，好让他将箱子搬出去，把灯熄了。

“丹，”高米芝太太突然将篮子抛向空中，一把抱住他的胳膊，说道，“我亲爱的丹，趁我现在还在这所房子里，我最后再说一句，我是不会留在这里的。你不会把我留在这里的，丹！啊，你绝不能把我留在这里的！”

皮果提先生吃了一惊，望着高米芝太太，将视线移到我身上，又从我身上移到了高米芝太太身上，仿佛他做了一场梦，刚刚才醒过来一般。

“你绝不能，我至亲至爱的丹，你绝不能！”高米芝太太激动地叫道，“请把我也带上吧，丹，让我跟你，跟爱米丽，一同前往吧！我可以给你当使唤的老妈子，我会对你忠贞不贰、持之以恒的。要是你要去的那个地方用得上奴隶的话，我心甘情愿地给你当奴隶，反正不要丢下我，丹，这样你才是一个讨人喜欢的好人啊？”

“我的大好人啊，”皮果提摇晃了一下脑袋，说道，“我们将要越过千山，走过万水，过一种非常艰苦的生活，你可知道啊！”

“我知道，丹！我能猜得出来！”高米芝太太喊道，“在这个屋子里，我最后再说一句，要是你不肯带我一起去，我就到救济院里去，在那里等死。丹，挖地我可以，做苦工我也行，我能吃得了苦，我会很体贴他人，我也能做到忍耐——丹，你不信，就来考验我好啦。那笔养老金，我碰都不会碰，就算我穷死了，我也不会去碰的。丹·皮果提，只要你点个头，我跟着你和爱米丽，就算走遍天涯海角我也愿意。我知道你在顾忌什么，你觉得我这个人太孤苦，没有依靠，但是，亲爱的人儿，我再也不会那样了！我在这里做了那么长时间，看着你们所受的苦难，并且在心里琢磨着，我并不是一点收获都没有的。大卫少爷，帮我说说好话呀！他的性情，爱米丽的性情，以及他们所受的苦难，我都懂，我会常常给他们安慰，永远为他们干活！丹，亲爱的丹，就带我一起去吧！”

于是高米芝太太抓起他的手，用一种天真质朴的感情作为他应得的感激，热烈地亲吻它。

后来我们将箱子搬了出去，把蜡烛熄灭了，在离开之前，从外边将门锁好，它成了夜色弥漫中的一个黑点。次日，我们乘着脚车往伦敦赶。在脚车的后座上，放在高米芝太太和她的篮子，这时的她，心情非常愉悦。

第五十二章

米考伯先生约我在二十四小时以后，去指定的地点见面，弄得神神秘秘的。我就跟姨奶奶商量，看怎么个去法比较好。因为我姨奶奶怎么都不愿丢朵拉一个人在家。啊，现在我那么轻易地就能将朵拉抱起，上楼下楼都不觉得费事了！

最后，我们觉得，虽然米考伯先生约了我姨奶奶，但她应该留下，就由狄克先生取代她，与我一同前去。后来，当我们说好了这么办时，朵拉却说要是姨奶奶留了下来，无论什么原因，她都会永远怪罪自己，怪罪那个不听话的孩子。就这样，我们又犹豫不决了。

“要是你留在家里的话，我就不跟你讲话了，”朵拉对着我姨奶奶，带着一头的鬈发说道，“我也不听话了！我要我的吉普，天天冲着你叫。我要证实，你是个不折不扣的老家伙了！”

“好啦，小花儿！”我姨奶奶笑着哄道，“难道你不晓得我不在你身边你不行啊！”

“我行的，”朵拉说道，“你对我来说，一点忙都帮不上。你一次都没有为我楼上楼下地跑。你也一次都没有在我身边坐好，对我讲道菲的事，说他什么鞋子破洞啦，什么浑身灰不溜丢的啦——哎，这样的小人儿真是可怜啊！你做的事呀，没一样是逗我开心的。不是吗，亲爱的？”朵拉又急忙吻了我姨奶奶一下，说道，“做了，你确确实实做了！我只是在说笑呢！”她是担心我姨奶奶对她的话信以为真。

“可是，姨奶奶，”朵拉嗲嗲地对我姨奶奶说道，“现在，听好了，你一定不能留在家里。只要你不答应我，我就一直淘气，直到你答应了才收手。要是我那个不听话的孩子叫你留下来的话，我就不让他过安稳的日子。我要让自己，能怎么被人讨厌就怎么做——吉普也会这么做。要是你留在家里，不乖乖地去，我就叫你后悔老长老长的时间。另外，”朵拉将鬓发拨到脑后，带着惊讶的表情看着我和姨奶奶，说道，“你们两个怎么不一起去呢？我的病根本就没有什么大碍。难道很有妨碍吗？”

“哟，瞎说什么！”我姨奶奶说道。

“瞎想什么！”我也喊道。

“就是呀！我知道自己是个小笨蛋！”朵拉说完后，慢慢地从这个人看到那个人，然后在床上躺下，嘟起可爱的小嘴吻过我们，“好啦，现在就这么定了，你们俩一定都要去，不然的话，我就不信任你们了！而且我都快要哭出来了！”

我看了看姨奶奶的表情，这会儿，她打退堂鼓了。朵拉也看出来了，她的脸露出了喜色。

“回来了，你们又要跟我说很多新鲜的事，恐怕我得花上一个星期的时间才能理解清楚呢！”朵拉说道，“要是里面掺着什么大事儿的话，在短时间内，我是理解不了的，可是我知道，里面难免会有一些事儿的。另外，要是里面有什么账之类的东西要算的话，那我就更不知道得算到什么时候才是个头了。那时候，我的坏孩子就又要一直摆着张苦瓜脸了。这么说，你们都决定去了，对吧？区区一个晚上，你们走之后，我还有吉普呢，它能照顾我。道菲，在你离开之前，抱我上楼去吧。等你们回来了，我再下楼。你们要代我给爱妮丝写一封信，把她狠狠骂一顿，因为她从来都不来我们家！”

我们决定一起去，没有再商议下去了。走的时候，我们还说朵拉是个小骗子，她是想装病好让我们多多地疼爱她、抚摸她。她听了，开心得不得了。后来我姨奶奶、狄克先生、特拉德尔以及我，四个人连夜坐往多佛的邮车向坎特布雷赶去。

在半夜，我们颇费一番周折，才来到了米考伯跟我们说好的那个旅馆。我们在那里等他。在旅馆，我收到一封他写的信，说次日上午九点会来这里会合。这个时间实在叫人没法感到舒服。于是，大家决定各找各屋睡觉去了。我们打着哆嗦，走过一条封闭的走廊，闻到一股像存放了几个世纪的肥皂和马粪的混合溶液的气味，这才来到了几间卧室前。

第二天一大清早，我出来闲逛，经过了一条亲切的老街，街上四下无人，非常静谧，随后又踏过那些庄严的走廊和教堂的影子。在这样一个晴好的清晨里，乌鸦围绕着教堂的钟楼飞过，那些钟楼高高在上，俯视着郁郁葱葱的村野和轻松欢快的河流，似乎没有什么类似于沧海桑田这种易变的东西。可是当那些钟声一下接一下地响起时，它们哀伤地告诉我一切事物处于不断地变化之中。告诉我，它们自己的苍老岁月和我那可爱朵拉的青春年华。那些钟声余音回旋，钻到黑太子锈了的铠甲里，飘到大海上的微尘里，然后像水中的旋涡一样越来越小，直到完全平静。它们又告诉我，那些不老的定律：人的出生，人的爱情，最后老去。

我站在街道的一角，注视着那所老房子。我不敢往前走近一步，生怕被人认出来，因而在无形中打断了我帮着实现的计划。初阳斜照，在那山墙边缘和方格窗儿上镀了一层黄金，它往日那种宁静的光线再次射进我的内心。

我在乡村间闲逛了有一小时左右，然后顺着大街往回走。这趟回来，大街已经从昨夜的睡梦中醒过来了。商店陆陆续续地开门营业，那些忙碌的身影中我看到了我曾经讨厌的那个人，就是那个屠夫。今天，我见到他竟然穿起了长筒靴子。他已经娶妻生子了，也开了个自己的铺子。这会儿，他正在照顾那个孩子，看起来似乎是这个社会上和气善良的一员。

我们坐下来准备吃早饭，可是大家都感到烦躁不安。因为九点半正在一步步向我们走近。我们对于米考伯的出现也越来越感到紧张，大家这顿饭吃得只是个形式而已，不过狄克先生可不是这样。后来我们终于不用再装模作样地吃早饭了，姨奶奶就开始在屋子里来来回回地走动，特拉德尔则坐在沙发上做出看报纸的样子，实际上他的眼睛在盯着天花板望。我透过窗子往外望，心想着米考伯先生一出现，我就向大家通报。这种状态并没有持续太久，他就在街头出现了，那时九点半的钟声刚刚敲响。

“他过来了，”我喊道，“可今儿他没穿他那件出庭时穿的衣服！”

我姨奶奶将头巾的绳子重新打起结来（吃早饭时其实就已经打好了），然后拿起披肩在身上披好，似乎她一会儿要面对的事，是件绝不能通融的事。特拉德尔将衣服上的扣子扣好，脸上一副坚定的表情。看到大家都这么庄重地作准备，狄克先生被弄得不知所措，觉得自己有必要跟着一起做做样子，于是用两只手一起将帽子戴上，还死命地往耳朵上压。可是随即又将帽子摘下来，向米考伯先生表示友好。

“各位先生、小姐，”米考伯先生一来就说道，“早上好！哦，我亲爱的先生！”这时，狄克先生热情地握起他的手，“你这个人，真是好得没办法再好了。”

“你吃过早饭没有？”狄克先生说道，“来一份排骨怎么样？”

“千万不能这么做，我的好先生！”眼看狄克先生要去拉铃叫菜，米考伯先生一把将他拉回，说道，“狄克先生，食欲和我，早就谁也不认识谁了。”

一听到这种新说法，狄克先生非常欢喜，带着感激之情握住提出这种说法的米考伯先生的手，哈哈大笑起来，笑得像个孩子一般。

“狄克，”我姨奶奶说道，“注意点儿！”

狄克先生脸一红，一句话都没说。

“现在，先生，”我姨奶奶将手套戴上，看着米考伯先生说道，“一切准备就绪，随便对付什么都行，维苏威火山也可以，只要你一声令下，我们就可以开始了。”

“小姐，”米考伯先生说道，“我相信，很快就会看到一场火山爆发了。特拉德尔，要是我跟他们说，我们早就私下里商量好了，我相信，你不会见怪吧？”

“事实就是如此，科波菲尔，”特拉德尔对我说，而我还一脸茫然地看着他，“米考伯先生是怎么想的，他都跟我商量过了，我也在我的认识范围内，尽量给他提了一些意见。”

“如果不是我在自欺，特拉德尔先生，”米考伯先生说，“我敢说，我所思考的问题，还暴露了一个重要的意义。”

“确实如此。”特拉德尔说道。

“也许，就目前的情况下，请小姐和各位先生暂时委屈一下，听听一个人的安排。虽然这个人在茫茫人海中只配做一个浪子的角色，虽然这个人受自己的过失和环境的压力所影响，已经被压得失去了本来的面目，但是他依然是你们中的一员，站在你们的一方。”

“我们对你，怀有百分百的信任，米考伯先生，”我说道，“只要你需要我们做什么，我们就会做什么。”

“科波菲尔先生，”米考伯先生接过我的话，说道，“这一次，我不会辜负你的信任。请诸位原谅一下，我要先走五分钟，一会儿在维克菲尔德和希普所共有的事务所里我们再见，到时欢迎各位访问维克菲尔德小姐。”

我和姨奶奶都望着特拉德尔，他点了点头。

“目前，”米考伯先生说道，“我要说的就这些。”

说完这句，他不专门对着哪一个人鞠了一个躬，算是给大家的，然后扬长而去。我惊讶极了，当时他的脸色非常苍白，他的态度让人觉得非常陌生。

我问特拉德尔，这唱的是哪一出，他只是摇摇头，笑而不答，头上的头发一根根地竖在那里。于是我看着表，数起那五分钟来，以此作为唯一的消遣。我的姨奶奶挽住特拉德尔伸过来的胳膊，于是大家向那所老宅子出发了，一路上无人说话。

当我们到达目的地时，只见在楼下一角的办公室内，米考伯先生正坐在桌子边奋笔疾书，或者说是在假装奋笔疾书。在他的背心里，放着一把办公时用的大戒尺，在胸前伸向一尺多远的地方，看起来倒像衬衫的一种新式装饰品。

我感觉大家希望我来说话，于是我提高嗓门，喊道：

“嘿，米考伯先生，你好呀！”

“科波菲尔先生，”米考伯先生一本正经地答道，“也希望你好！”

“我们来看看维克菲尔德小姐，她在吗？”我问道。

“维克菲尔德先生得了湿热，在床上躺着，先生，”他说道，“不过，我敢说，见到这些老朋友，维克菲尔德小姐一定会很高兴的。快进来，先生们！”

他领着我们来到餐厅——在这个宅子里，我踏进的第一步便是这里——他一边将维克菲尔德先生曾经的办公室门推开，一边扯着嗓子喊道：

“特洛伍德小姐、大卫·科波菲尔先生、狄克先生、汤姆·特拉德尔先生！”

从上次打了尤来亚·希普以来，这是我们头一次见面。显然我们的到来使他吃了一惊，但我以为，也是因为他见到了我们在惊讶。他并没有紧皱眉头，因为他的眉毛实在淡得可怜，但是他的额头却蹙得很厉害，因而那本来就小的双眼几乎都眯成了一道缝。与此同时，他那双皮包骨头的手迅速摸着下巴，因而他内心的狼狈和惊慌都被泄露了出来。姨奶奶站在我前面，我透过她的肩部观察到这些。不过这状况，只在我们刚进门的那一瞬间出现了，过了一小会儿，他又恢复了胁间谄笑和卑贱的本性。

“哦，我可要说，”他说道，“这可是叫人又惊又喜的荣幸！可以说圣保罗教堂周围的朋友们在一个时间里同聚一堂啊，真想不到会有这样的快乐！科波菲尔先生，如果不嫌我卑贱的话，那我就说句话，希望你过得好，无论你把我当朋友还是不把我当朋友，我都一律把你当朋友。还有科波菲尔太太，我也希望她过得好。最近总传来一些她身体不好的消息，说真的，我们很担心。”

他握着我的手，我有一种羞辱之感，可是在当时的情况下，我又实在想不出其他的办法。

“特洛伍德小姐，当年，我从一个小小的书记做起，给你牵马，不过如今，这个事务所已不再是当年的那个样儿了。你说呢？”尤来亚笑着说，他的面目可恶至极，“但是我还是那个老样子，特洛伍德小姐。”

“哦，先生。”我姨奶奶回答他说道，“说真的，我真的觉得你很好地证明了‘从小看大’这句话，这么说你该高兴了吧。”

“过奖了，特洛伍德小姐！”尤来亚令人生厌地扭动身体，“米考伯，快叫人通知爱妮丝小姐——和我的母亲。我母亲要是见到家里来了这么多客人，一定很荣幸！”尤来亚摆弄着椅子说。

“现在没事吧，希普先生？”特拉德尔说道。尤来亚那双狡猾的眼睛想看我们，但又不敢作长时间的停留。这时，他的视线正与特拉德尔对上了。

“没什么事儿，特拉德尔先生。”尤来亚说道，同时坐回了他的办公椅，双手合并在双膝间，他的手和膝盖同样都瘦得只剩下骨头！“没我想象的那么忙。但是，你也了解，干律师这一行的，就像鲨鱼、吸血虫一样，不会轻易知足的！要不是因为维克菲尔德先生，什么事都做不来，那我跟米考伯也不会有那么多事。但是我觉得为他效劳，是一种快乐的义务。我想，特拉德尔先生，还不认识维克菲尔德先生吧？而且，这也是我第一次有幸见到你吧？”

“不认识，我是不认识维克菲尔德先生。”特拉德尔回答说，“要不然我早就过来伺候了，希普先生。”

听到特拉德尔的语气中有一种不一样的东西，尤来亚用一种很疑心、很狡猾的眼神又看了一眼这个说话的人。但是一见到那个人表情和善、样子老实、头发竖起，他放下了戒备，抖动了一下全身，清了清嗓子说道：

“是怪可惜的，特拉德尔先生。要不然你会和我们一样称赞他。他有一些小毛病，但那只会叫你更加敬爱他。不过，你要是有兴趣听听人家如何称赞我的伙伴，并且从来没有听过科波菲尔谈起这方面的话，我建议你找他去。他一提到这个家，就很来劲儿。”

我很反感这样的奉承，可是还没等我开口否认，就看见爱妮丝跟在狄克先生后面进来了。以前见到她时，她都是非常安详的，可是这一次从她脸上能明显看得到担忧和疲劳的痕迹。但是，她那热情诚恳的态度和那静雅幽娴的美貌，仍然使得她周身散发光辉。

我注意到，在她与我们打招呼的时候，尤来亚在监视她，就像反派的丑妖怪注视着一个善良的神灵。这时米考伯先生给了特拉德尔一个不易察觉的手势，于是特拉德尔悄悄地离开了这里，没有任何人发现，除了我之外。

“你用不着在这招待了，米考伯先生。”尤来亚对米考伯先生说道。

只见米考伯先生站在门前，手放在胸前的戒尺上，毫不掩饰地注视着他同伴群中的一个人，那正是他的东家。

“你在这里等着干吗呀？”尤来亚说道，“米考伯！没听见我说，这里用不着你来伺候了吗？”

“听见啦！”米考伯只说不动。

“那你干吗还在这里伺候？”尤来亚问道。

“因为——简单说来，我高兴！”米考伯脱口而出。

尤来亚的双颊失去血色，浮出一种灰中夹杂着淡淡的红的颜色。他的脸绷得紧紧的，盯着米考伯先生看。

“谁都晓得，你是个败类。”他强颜作笑，说道，“恐怕你是想要我炒你鱿鱼了，快滚，一会儿我再找你算账。”

“如果说，我和这个世界上的哪个恶棍话说得太多了，”米考伯再次激动起来，说道，“那个恶棍就叫——希普。”

尤来亚往后退了一步，仿佛谁给了他一拳头，或者什么东西咬了他一口。他的脸上摆出尽可能凶恶、险毒的表情，将我们挨个儿看个遍，用低低的声音说道：

“哟！这是在搞什么阴谋啊！他们商量好今天一起来的！你跟

我的书记串通一气，对不对，科波菲尔？那我可得小心点。你这样搞，可一点收获都不会有，咱俩都把对方看透了，你跟我是彼此没有好感的，在你刚介入这里时，你就像一条傲慢的狗，你看我步步高升，你就眼红了，我说得没错吧！想对抗我，收起你的阴谋吧！你要阴谋，我也以阴谋来对付你！米考伯，你先给我滚出去，一会儿我再找你算账。”

“米考伯先生，”我说道，“这家伙突然变了，这一点，他到底实话实说了，而且他也使我确信，他已经四面楚歌了。对待他该怎么办就怎么办吧，绝不能心软！”

“你们这群家伙，胡闹！”尤来亚急得脸上出汗，他一边用他瘦长的手擦他额头上的汗珠，一边用低低的声音说道，“买通我的书记，一个社会的残渣——你自己看看，科波菲尔，在你受到别人施舍之前，你也是个社会的残渣，他现在就像当年的你——叫他说谎来毁我名誉？特洛伍德小姐，你最好管管他。要不然，我叫你前夫死缠着你不放。因为工作原因，我对你的过去清楚着呢，看来这点还能派得上用场，老小姐。维克菲尔德小姐，要是你还知道心疼你那个父亲，我奉劝你一句，最好不要跟他们掺和在一起，要是你不这样做，我就让他一无所有。行了，继续啊！我在你们每一个人身上都安置了靶子，趁靶子还未放下之前，好好想想清楚吧。米考伯，如果你还不想被毁，就再想想清楚吧。现在想收场还来得及，我劝你趁早滚出去，一会儿我再找你算账，你这个蠢货！我母亲怎么还没来？”说完，他突然意识到特拉德尔不见了，因而惊慌失措，把铃绳都拉断了，“在自个儿家中，竟然干出这样的好事！”

“希普太太到了，先生，”那个体面儿子的体面母亲跟在特拉德尔身后，特拉德尔说道，“很失礼，我已经自作主张把自个儿介绍给她了。”

“你以什么身份来介绍自己？”尤来亚问道，“你在这凑什么热闹？”

“作为维克菲尔德先生的代理人，也是朋友，先生。”特拉德尔带着职业性的镇定，说道，“我口袋里可有他写的一份全权委托书。”

“那老头儿酒喝高了，昏了头，”尤来亚说道，这时他的脸色更加难看了，“这委托书，是你要手段骗他写的！”

“我只知道，有人在他身上要手段骗过一样东西。”特拉德尔心不慌气不喘地说道，“希普先生，你自个儿心里也清楚吧！如果你愿意，我们就请米考伯先生出面讲清这事儿。”

“尤利——”希普太太开始焦躁起来，开口说道。

“别说话，母亲。”他止住了她母亲，说，“言多必失。”

“可是，我的尤利——”

“请你别说话，母亲，交给我来处理，行不？”

早在很久以前，我就看穿他的谦卑是装出来的。他从头到脚都包着一层阴险、虚伪的面具，但是在他撕下他的假面具之前，他到底虚伪到什么地步，我却一直没有一个正确的认识。现在他意识到这身假面具已经骗不了任何一个人了，就一口气将它撕下，于是他的恶毒，他的傲慢，他的仇视，统统都暴露出来了。但是就在这个时候，他对于他曾经做过的坏事，依然感到得意——不过，他对我们感到无计可施，感到绝望无助——所有的这些，都跟我所了解的他相吻合。不过乍一见到他这样，就连熟悉他那么久、憎恶他那么深的我，都感到不可思议。

他站在那里，将我们一个个审视，他看我的眼神就不用多说了。一直以来，他都非常地憎恨我，从来没有忘记我在他脸上留下的那个巴掌印子。我看到，当他的目光划过爱妮丝的时，他的眼神是那样的怒不可遏，因为他已经失去了在她身上的优势。

他失望的表情中败露出他那丑陋的情欲（正因为这种情欲，他对她从来只有情欲的妄想，而对她的内在，却一点都不试着去了解，去关心）。这时，只要让我想象，她跟这种人待一个钟头，我都惊讶得不能接受，更不用说别的了。

他把手放在下巴上搓了一会儿，当他那瘦骨嶙峋的手指头挡在眼睛前面时，他用那双凶狠狠的眼望着我们。过了一会儿，他再次对我说话，像是在哀鸣，又像是在谩骂。

“科波菲尔，你向来因为自己的声誉，傲慢得不得了。现在你又在我的地盘上，和我的书记串通一气，干一些见不得人的勾当，你还觉得对啊？要是我干出这样的事，那还没什么好奇怪的，因为我向来都不觉得自己是上流社会的人（不过像你过去那样流浪街头的事，我还没有过，这可是米考伯告诉我的），现在却是你！——你也有胆子干这种事？你就不怕我回头报复你！到时你将被阴谋围绕，处处碰壁，整日愁眉不展！不错，我们走着瞧！那个叫什么的先生，你不是要米考伯发言吗，他人就在这里。你叫他开口啊！依我看啊，他已经知道教训了。”

他意识到，他说到现在，无论于我，还是于我们中的哪一个，都一点作用没有。所以，他只好往桌子旁边一靠，双手插进衣袋，一只脚放在另一只后面，顽固地等待后续的事。

这期间，米考伯先生窝着一股猛劲儿，我把吃奶的力气都使上了才使他没有爆发。好几次，他想骂他“恶棍”，不过刚说出“恶”字就被我制止了。这时，他冲了出来，为了自我保护，他将胸中那把尺子抽出来当武器。他从上衣口袋里拿出一份文件，文件是一张大纸，叠成了一封大一点的信的模样。他跟往常一样，动作非常夸张地把那个文件打开。然后带着一种欣赏艺术风格的态度，看着文件的内容，念道：

“‘亲爱的特洛伍德小姐，以及各位先生——’”

“哦！”我姨奶奶用一种很低的声音喊道，“要是写的是罪状，那他还得花上好几先令的纸才够呢!”

不过米考伯先生并未听见她的话，继续读下去。

“‘现在，有大家在场，我不在乎自己会怎样，我只要将那个恶棍，一个实打实的恶棍，一个史无前例的恶棍’，”米考伯先生一直看着信，只是像挥着魔杖一般，将尺子指向尤来亚·希普，“打我生下来，就已被无力偿还的债务所累，成为那方面的牺牲品，一直受到那种遭人唾弃的环境所舞弄揶揄。羞耻、贫困、无助、疯狂，总是单个地或一群地出现在我的生活中，他们成为了我生命的跟班。”

米考伯先生在这些叙述中，把自己说成一个灾难中的牺牲者。他读信时所表现的气势，只有他的重音和摇头才能相敌。每当他读了一句正中要害的句子时，他就摇头晃脑地表示敬意。

“我一身满载着羞耻、贫困、无助和疯狂。我进入的那个事务所，或者用我们那个风趣的邻居高尔夫的话来说，写字间，名义上属维克菲尔德和——希普所共有，实际上由——希普一个人操纵全局。如果说这个事务所是机械，那么希普，只是希普，便是这个机械的发条。希普，全是希普，就他一个人在伪造证件、骗财产。”

尤来亚听到这里，他本来苍白了的脸变成了青的。他向那信封冲去，好像要把那封信撕成粉碎。不过米考伯先生灵巧地用尺子打中他伸过来的右手指，或者是碰巧打中，反正最终结果是，他那只手垂在腕上不能动弹，像是被打折了。那一下子像是打到木头上一样。

“该死！”尤来亚痛得做出了一个新的扭姿，说道，“这一下，我非还给你不可。”

“你再敢走近一步，你——你——你这个不知廉耻的希普，”米考伯先生吐着粗气，说道，“如果你的脑袋还有个人样，我就把它劈开。来呀，来呀！”

米考伯拿着那把尺子，做出持剑防守的架势，喊道，“来呀！”我跟特拉德尔走上前去，把他拉到一个角落里。我们还没完全松开手，他又冲了出来，我们只好再次把他拉回，这样来回拉了几次。我觉得，这个场景实在是太有趣了，我可从来没有碰到过——即便在此刻，我依然忍不住这样想。

米考伯先生的死对头，嘴里咕哝了几句，又把手搓了搓，然后动作缓慢地将领巾抽来包在手上，一脸的愤懑。

米考伯先生又开始读他的信了，这时他已经足够冷静。

“‘我受雇于——希普’，”米考伯先生一说这个名字，他总要停一下，而且还加重语气地说，“‘给我的报酬中，只明确了一笔每周二十二便士的微薄底薪，其他的收入都说得含含糊糊的。这种收入，要由我在工作上的卖力程度来定。其实是以我的品行恶劣程度，以我的利益贪婪程度，以我的生活贫困程度为标准。这标准，都是以我与希普之间的品质（准确说应该是劣质）相似程度来作为指导的。每周我都得提前在——希普——那儿透支。显而易见，因为只有这样，我才能养活米考伯太太和我们那底子薄、人口多的一大家子；显而易见——希普——早就抓住了这点，才选中我来为他干活的。我想不需要我明说，我得拿一大把借据或有法律效力的借条才能换得这些钱；显而易见，这样一来，我就掉进了他精心为我准备的罗网中。’”

米考伯先生读着自己的不幸遭遇，虽然显示生活给了他很多的苦恼和忧患，不过此刻的他似乎更多地为着自己能写出这样的话而感到高兴。他接着又念起下文：

“‘慢慢地——希普——让我熟悉，他在业务上暗箱操作的部分过程。慢慢地，我变得软弱、脆弱和无助，就像莎士比亚书里所说的那样。后来我发现，在我工作中伪造作假是习以为常的事，而且，这些事都隐瞒迷惑了一个人，那个人，我就称为威先生吧。这位威先生受尽一切欺骗、蒙蔽和愚弄。但那个恶棍——希普——面对这样一个受尽欺诈的先生，还谈论感恩和友谊。真是坏透顶了！但是像那个思想深奥的丹麦人指哈姆雷特。，用了那位伊丽莎白王朝丰功伟绩的诗人指莎士比亚。所说的那句放之四海而皆准的话：这算不了什么，后面还有更坏的！’”

米考伯先生觉得，这一句话的引用使得他的信温情并茂，因此他微伸下巴，稍皱眉头，又把那句话读了一遍，让大家以为他是看走了行。

“‘信到此为止，’”他往下读道，“‘在本信内，我只指出伤害了威先生的行为，那些情节不太严重的作恶行为（在这些行为中，我被动地参与过），我就不详细地一一列举了，我已经在其他地方将这些罪状整理好了。曾经，我挣扎于报酬和没有报酬，面包和没有面包，生存和难以生存的斗争之中。当我摆脱了这种挣扎时，我将我的全部精力都放在抓住机会，寻找并揭发——希普都干过什么样的勾当、使那位威先生蒙受了什么样的冤屈的工作中。于是，我内受无声的鼓舞，外受动情的乞援——我说的是威小姐——我着手了一项秘密的调查工作。这项工作，辛苦自不必说，当我收集足够的数据、情报和证据后，十二个月已经早早地过去了。’”

他像面对一个会议的法案一样，将这段话诵读下来，而且他每读出一个音，他的精神都在为之振奋。

“我要将——希普的罪状揭发出来，”他在读的时候，看了他一眼，并且他把尺子夹在左胳膊下，以便必要时能及时抽出来使用，“总结如下——”

“‘第一条，’”米考伯先生说道，“‘在威先生办公能力变得薄弱，记忆变得混乱时（至于为何如此，用不着我来说明，而且也不便说明）——希普——趁机把事务所弄得混乱、复杂。当威先生办公状态最不佳时——希普却跑过来一直强迫他办公。在那样的情况下，他把重要的文件说成不重要的文件，骗取威先生的签字。

他代人保管一笔钱，然后用这样劝诱的方法，叫威先生签字以授权他动用其中的一部分，用来偿还业务上的债务和亏空。事实上，这些债务和亏空根本就不存在，就算有也早已被准备好了。他用这种方式挪用的钱款有一万二千镑二先令九便士。他制造假意，把这些事完完全全地嫁祸给威先生，使人相信，这一切都是威先生不诚实的意图和不诚实的行为所造成的。从一开始，他就以这件事做把柄，困扰着他，威胁着他。’”

“口说无凭，你，科波菲尔！”尤来亚带着恐吓的态度摇着头，说道，“现在就给我举出实例来啊！”

“特拉德尔，你可以咨询一下——希普，他的房子现在被谁占有?”米考伯先生停止了读信，说道。

“还是那个傻子自己——他现在不就住在这里吗？”尤来亚不屑一顾地说道。

“请你咨询一下——希普——在他住的那所房子里，是不是有一个袖珍的笔记本？”米考伯先生说道。

我看到，尤来亚那搓下巴的手突然停住了，不过他自己好像没有意识到。

“也可以问他，”米考伯先生说道，“他在那个地方，是不是焚烧过一个笔记本。如果他给你的回答是肯定的，那你就继续问他，烧过后的灰烬都处理到哪里去了。叫他来问问我，我会给他一个对他不利的答案！”

米考伯先生说这话时，趾高气扬，站在一旁听的那位母亲吓得连忙紧张地说：

“尤利，尤利，拿出你的谦卑和他们和解吧，我亲爱的！”

“母亲！”他说道，“请你不要随便讲话，可以吗？你看你都不知道自己在说什么，更不知道你说的话有什么意义。谦卑！”他看着我，提高嗓子又喊了一遍，“我自己过去确实很谦卑，而且还带了在场的不少人跟我一样谦卑，还谦卑了相当长的时间呢！”

米考伯先生非常正经地摆动了一下领巾中的下巴，跟着又往下念信：

“‘第二条。根据我收集来的数据、情报、证据，希普不止一次……’”

“不过，那是不顶用的，”尤来亚吐出一口气，嘀咕道，“母亲，你还是不要随便讲话了。”

“一会儿我就会说出一个顶用的东西，给你致命一击。”米考伯先生回答说。

“‘第二条。根据我收集来的数据、情报、证据，希普不止一次，在各种账本，记录单和文件上，有计划地伪造威先生的签名。我手头上有一个例子，做得特别明显。这个例子我可以提供证据来。具体是这样的，可以这么说，也就是说……’”

米考伯先生又犯起了堆砌辞藻的毛病，并且堆得津津乐道。在他那个人身上，这种堆砌是很可笑的，但我不应该说，因为这是专属他个人的爱好。我一生中，见过很多喜欢这么做的人，这种爱好非常普遍。比如说，在宣誓中，宣誓人喜欢一连用几个意思一样的字眼，可是他们非但不觉得很烦琐，反倒觉得很合适。比如他们喜欢用厌恶至极、憎恶至极、弃绝至极等与此类似的词。那些用过的诅咒，也出于同样的道理，被人们引用得不厌其烦。我们讨厌咬文嚼字，可是我们又喜欢咬文嚼字。我们从平常就不断收集那些华丽的辞藻，一到大的场面，就从脑中调出来使用。我觉得这些辞藻，看起来必不可少，听起来也非常顺耳，这就像我们举行隆重的典礼时，我们叫来很多的随从仆人，可是他们具体有什么作用，我们并没有仔细考虑过，因为我们追求的是队伍的庞大，场面的气派。所以我们说话时，所用的词句到底有没有意义，有没有必要，我们并不考虑太多，我们只要把他们罗列成一个方阵就够了。不过有些人却因为仆人太多而使自己陷入困境，也可以说奴隶过多，他们也会起义反抗主人。就以一个国家为例，因为使用了太多随从，因而引来了很大的困难，而且以后还会有更大的困难。

米考伯先生咂巴着舌头，继续说道：

“‘具体是这样的，可以这么说，也就是说：因为威先生的身体虚弱，渐渐不支，一旦他离世，那么有些事必定会被人查出来，也许到时会让——希普——在威家毫无立足之地，依据我——威尔金·米考伯本人，下方是签署任命——推断，于是他想尽办法干涉他的女儿，让她出于孝心，保护他父亲的颜面，因而阻止事务所受到任何检查。于是——希普——以威先生的名义伪造了一张借据，上面说明——希普替威先生垫付了一笔钱款外加利息，以此来维护威先生的名誉。这笔钱款前面已经提到过，一共一万两千六百四十镑二先令九便士。然而这笔钱款根本就不是由他垫付的，其实早就偿还了。这张借据上，签名人是威先生，证明人是威尔金·米考伯，不过事实上这些都是他伪造的。虽然这个笔记本有部分被烧了，但谁见了都可以看明白是怎么回事。这里面的所有文件，我从来都没有出面证明过。而现在，这些文件落在了我的手中。’”

尤来亚·希普惊了一下，赶忙从衣服口袋里拿出一串钥匙。他将一个抽屉打开，突然又醒了过来，觉悟到自己在做什么，于是没看抽屉就转身向我们走来。

“‘而这些文件，’”米考伯先生像在读《圣经》一样，又往下读，“‘现在就落在了我的手里。我的意思是说，在我今天早上写这封信的时候，这些文件还在我手里。不过写完信后，我就把它交付给特拉德尔先生保管了。’”

“情况确实是这样的。”特拉德尔应和道。

“尤利，尤利！”那个人的母亲喊道，“用你的谦卑跟他们和解吧。各位先生，要是你们肯给时间让我儿子冷静一下，他就会再次谦卑的，我知道。科波菲尔先生，我相信，你是知道他这个人本来就很谦卑的呀，先生！”

他那套老把戏，儿子都已经觉得没用放弃了，母亲还在这死咬着不放，真是令人费解。

“母亲，”他用牙咬着包着手的领巾，不耐烦地说，“你去找来一支上了弹的枪，打死我好了。”

“可是，我疼爱你呀，尤利。”希普太太叫道。虽然看起来怪怪的，但是说他们互相疼爱，我是一点都不质疑的，他们到底是一家人，具有类似的本性，“你触犯了这位先生，你的处境更加危险了。我实在是听不下去了，我忍受不住了。在楼上的时候，那位先生跟我说，事情暴露了，我的第一反应就是告诉他，你是谦卑的，你会改过自新的。哦，你看看我是多么的谦卑啊，各位先生，请不要与他一般见识！”

“嘿，这儿是科波菲尔，母亲。”他用只剩骨头的手，指着我愤愤地说。他认为是我组织他们来揭发他的，对于这一点我也没有跟他承认或是否认，这会儿他正把他那满腔的怒火撒在我身上，“这儿是科波菲尔，现在你闭上嘴不说话，他都愿意给你一百镑！”

“我看不下去了，尤利，”那个母亲叫道，“我不能忍心看你因为太骄傲而自讨苦吃啊。你还是谦卑一点吧，你本来就是这样的人。”

有那么一小会儿他咬着那包扎手的领巾，一句话都不说，然后皱着眉头对我说道：

“还有什么屁尽管放吧！还有吗？继续啊。你这样望着我干吗？”

与此同时，米考伯先生拾起他的诵读任务，因为令他满意的那一幕在他眼前上演了，因此他感到非常高兴。

“‘第三条。这是最后一条了。现在我要拿出——希普的——假账目和——希普的——真账目了。那个被烧了部分的袖珍笔记本，是我跟米考伯太太刚搬过来时，有一天，她打开炉灰箱，竟然发现这个东西。当她拿给我看时，我还不知道它是个什么东西。就是这个笔记本，它证明了不幸的威先生性格的软弱、品德的高尚、父爱的伟大、名誉的强烈，以及他所犯的过错，这些年来——希普——正是利用他的这些特点，实现自己卑鄙恶劣的目标的；它证明了，这些年来，那个卑鄙的、虚伪的、贪得无厌的——希普，有什么样的手段就使尽什么样的手段。欺骗掠夺那位威先生，聚集了大量的财产；它证明了——希普——除了聚集金钱财富外，他另一个更大的目标就是完全地控制威先生和威小姐（至于他内心对威小姐所抱有的企图，我概置之不理）；它证明了，他的最终目标是劝诱威先生出让他在事务所的股份，甚至变卖家具，换取钱财作为年金，由——希普——每年分四次按时偿还。这个目的，是他在几个月前完成的；它证明了——希普——精心设计的那个圈套，从刚开始，威先生轻率鲁莽瞎投机时，他本人也没有面对什么按道义和法律应该承担的债务。然而——希普——先给威先生做假账，这些账目的虚假程度做得令人咂舌，然后，以他的名义借取大量的高利贷，而借钱给他的那个人正是——希普。他——希普——用尽各种阴谋诡计，以与此类似的投机倒把为由，榨取威先生的钱财。这种圈套越来越复杂，以至于使威先生永无翻身之日。威先生错以为，他的家世败落，名誉扫地，包括在各个方面的一切希望，他都彻彻底底地输了，而现在他唯一的希望，就是这只披着羊皮的狼了，’”——米考伯先生觉得这种表达实在太经典了——“‘这只披着羊皮的狼，把威先生弄得离不开他，从而达到使威先生身败名裂、前途尽毁的目的。以上所说的一切，都由我来出面作证。也许，我可以出面作证的事还多着呢！’”

当时爱妮丝坐在我旁边，她都听得哭了起来，半是因为高兴，半是因为悲痛。我就小声地跟她说了几句话。接下来，好像是米考伯先生已经把信念完了。于是，他表情非常严肃地说道：“抱歉。”然后他又怀着极端郁闷的心情，兴趣浓厚地读起信的结尾来。

“‘现在，我要说的话都在信上写下来了。只等着由我出面来为这些罪行作证了。等一切结束了，我将会带着我那不幸的一家老小，离开这片土地。因为这片土地，把我们视为了累赘。相信，用不了多久就可以离开了。按照常理的推断，我们的婴儿，家里最脆弱的一员，将会因为营养不良而离开人世，再接下来便是我们的那对双生子。就听天由命吧！至于我自己，在坎特布雷行巡礼时，我就已经深受打击了。日后，来自民事诉讼方面的牢狱之苦，加上缺衣少食的生活压力，我将要遭受更大的打击。我的这份调查是我冒着风险，劳苦耕作所得。而且我还肩负着作为一个父亲与穷困作战的压力。那个恶魔，时刻盯着我（把他比成恶魔实在是多此一举）：晨光熹微的时候在，夕阳落下的时候在，夜色浓重的时候在，他不让我，也不让自己有一刻钟的休息。他不断给我本来就很繁重的工作施加压力。我还要面对贫穷的困扰。就是在这样的环境下，我要把那些微不足道的小证据，一针一线地串联起来。现在这份报告已经完成了，我们要充分利用它的价值。或者像在我的尸体的灰烬上，滴上几滴清凉的净水。我没有什么特别的目的，我所做的一切，都无关乎自己和金钱。我只求得到公平的评论，我无意与那位英勇的海里英雄作比较'。"

"'为国，为家，为和'。"

"'威尔金·米考伯敬上。'"

米考伯先生虽然读得很哀痛，不过仍有几分得意之色。他将信折好递给我姨奶奶，好像我姨奶奶有意收藏这个似的，然后他向我姨奶奶鞠了一个躬。

那还是在许多年前，当我第一次走进这个家里，我就发现屋子里摆着一个铁质的保险箱。现在这个保险箱上插着钥匙。尤来亚突然疑心起什么，看了看米考伯先生，走到保险箱前，“当”的一声把箱门打开。保险箱里什么都没有。

“账本呢？”尤来亚惊慌失措地喊起来，“闹贼了不是，竟然偷我的账本！”

米考伯先生用尺子在自己身上轻轻地打了一下，说：“我偷的！每天我都去你那儿取钥匙，不过今天早晨稍早了一点儿，就顺便开了保险箱，取走了账本。”

“不用担心，”特拉德尔说道，“账本在我手上呢。我会遵守职业规范，执行我所受的委托，好好保管这个账本的。”

“贼偷的赃货你也接，是不是？”尤来亚叫道。

“在现在这种情况下，”特拉德尔说，“是得说是赃货。”

一直以来，我姨奶奶都很镇静地听别人说话，这时，她以迅雷不及掩耳之势向尤来亚·希普扑去，两只手抓住他的衣领。当时的状况叫我多么的意想不到啊！

“用不着我说明，你该知道我要什么。”我姨奶奶说道。

“疯子穿的瘦身衣服。”他回答道。

“错！我要我的财产！”我姨奶奶说道，“亲爱的爱妮丝，只要我相信，是你父亲把我的那份财产弄光的，我就不会——我亲爱的，向任何人透露半个字，连特洛都不肯，这一点他是知道的——将我把放在这里的钱作为投资资金的事说出去。但是，我现在弄明白了，原来全是他搞的鬼，现在我要要回我的那笔钱，你小子得负债！特洛，过来，把我的那笔钱从他这儿取出来！”

当时，我姨奶奶是不是真以为他的衣领里藏着她的钱，我不敢说。但是她抓着他的衣领，好像真这样以为。我赶紧拉开他们，站在他们中间，对我姨奶奶下保证说道，我们一定会叫他把他非法所得的财产，一个子儿都不剩地交出来。我的劝告给了她一点时间去思考，于是她平静下来了。她稳稳当当地回到自己的座位上坐下，可一点不为刚才的冲动有失态之感（不过她头上的帽子我就不敢说了）。

在最后的几分钟时间里，希普太太一个劲儿地劝自己的儿子要“谦卑”并且依次向在场的每一个人磕头、发誓，样子十分疯癫。她的儿子将她拽到自己的座位上，然后站在一旁，手捏着她的胳膊（不过并不是粗鲁地）。他凶狠地对我说：

“你到底想怎样？”

“我正打算告诉你该怎样。”特拉德尔说道。

“科波菲尔自己人呢？你不会讲话啊？”尤来亚嘟囔道，“如果你肯告诉我实话，是什么样的人把你的舌头割了，那我得为你多做一点事。”

“我的尤利，他的本性是谦卑的，”他的母亲叫道，“你们别把他的话放在心上，慈悲的先生们！”

“应该那样做的，”特拉德尔说道，“该这样做的。第一步，我们听到过一份出让契约，现在你必须马上交给我。”

“如果我说我不知道那个东西呢？”他打断道。

“但是，你有！”特拉德尔说道，“所以你应该明白，我们不会做那样的假设。”写到这里，我不得不说一下，这是我头一次发现我的这位老同学思路清晰，耐力朴实，是非明辨。“现在，”特拉德尔说，“你要做好交出一切财产的准备，一个子儿都不能留。

所有的账本和文件，所有的现金和支票，不管是事务所的还是你个人的，简单说来，这里所有的东西，现在全由我们掌控。"

"一定是这样吗？我怎么不知道呢？"尤来亚说道，"我得花点时间去想想。"

"没问题，"特拉德尔说道，"不过，在你思考期间，这些东西都由我们来保管，一直到一切都安排得令我满意为止。而且，你必须——说白点，就是强迫你——待在自己的房间里，与外界任何人都要断绝来往。"

"不可能！"尤来亚骂道。

"找一个比较安全可靠的拘留所，那就迈德斯通监狱了。"特拉德尔说，"当然，我们递交给法院的诉讼，法院是得多花点时间去受理，而且也做不来像你在事务所那样，想怎么做就怎么做，他们并不能完全受理我们的诉讼。但是你会得到必要的惩罚的，这一点是毫无疑问的。哎呀，关于这个，你明白得并不比我差！科波菲尔，你能去趟市政厅，叫来两名警察吗？"

这时，希普太太又说话了，她来到爱妮丝面前，跪在地上求她替他说好话，并且告诉大家，她的儿子是非常谦卑的。她接受大家的指控，要是她的儿子不跟着我们说的那样去做，那她一定替他去做。她说了一大堆与此类似的话，因为她为她那宝贝儿子担心到了几欲发疯的地步。如果要问尤来亚，他有多大的勇气，他会怎么做，那就跟问一条具有老虎威风的杂种野狗怎么做一样。他是个彻头彻尾的懦夫。他的怯懦本性在他那阴郁沉闷的态度上一览无余，跟他卑贱的一生里任何时候一个样儿。

“够了！”他对我狂叫，同时用手往那发热发烫的脸上擦，“母亲，别跟他们废话。好！就让他们拿走出让契约吧。你过去拿给他们吧！”

“狄克先生，跟去帮帮她吧。”特拉德尔说。

狄克先生接到这项任务时，感到非常自豪，也深知这项任务的重要性，所以他跟在她后面，像看守羔羊的狗跟在羔羊后面一样。希普太太非常配合，没有为难他，因为她除了把那个出让契约带出来外，还把契约的盒子带来了。就在这个盒子里，我们发现了一本银行存折和其他的一些文件，这些东西我们后来还派上了用场。

“不错！”当他们回来时，特拉德尔说，“现在，希普先生可以去好好想想了。特别提醒一下，我们要你做的只有一件事，这个我已经当着大家的面儿跟你说了。这件事必须马上做，不得拖延。”

尤来亚一直低头看地，他的手在下巴上摸着，然后，他停下来，慢慢地走到门口，说道：

“科波菲尔，从一开始我就憎恶你。你老是跟我对着干，你就是个奸人当道。”

“如果没记错，我以前就跟你说过，”我对他说，“和全人类作对的是你自己，因为你这个人太贪婪、太狡猾。而贪婪和狡猾总会诱导人干一些匪夷所思的事，这是亘古不变的定律。你该好好地反省反省，说不定哪天对你还有用处。”

“或者说，像学校一直以来教导他们的一样，不可改变（我也是在那所学校里零零碎碎学会了如何谦卑）。他们说，在九点到十一点之间干活，那是一种不幸；在十一点到一点之间干活，那是一种运气、一种快乐、一种荣耀等一些我不理解的东西。”他带着一种讥讽的语气说道，“你讲的道理，差不多像他们所说的那样前后呼应。谦卑会让人占便宜吗？我敢说，要不是我能做到谦卑，我那些正经朋友儿就不会被我骗得团团转。米考伯，你真是个老浑球，你等着，我会收拾你的！”

他伸出手对米考伯先生指指点点，不过米考伯先生压根儿不理会他，仍然将他的胸膛挺得高高的。直到尤来亚灰不溜丢地出了门，米考伯先生才放下架势向我转身。他邀请我去见识见识“他与米考伯太太之间重建信任的关系”。于是，大家都跟过去，看看那个令人感动的场面。

“长期以来，我与米考伯太太之间都存在着一道鸿沟，不过现在这道鸿沟已经被填平了。”米考伯先生说道，“我的孩子们和他们的父母又能以平等的身份相处了。”

我们都对他怀有感激之情，当时我们的心情都非常紧张和纷乱，想尽可能地把我们的感激之情向他表示出来。我相信我们中的任何一个人都愿意随他去看看，但是爱妮丝必须陪她父亲（当时，她父亲最最需要的，正是这熹微的希望之光），另外得留下一个人看守尤来亚，特拉德尔便接下了这项任务，过一会儿再由狄克先生来换班。于是，除了爱妮丝和特拉德尔，其余的人都随米考伯先生去他家了。爱妮丝，这个曾经给过我许多帮助的女孩，匆匆忙忙地与我告别。这会儿，让我想起，她是从那天早晨得到解救的——当然，她对这事也下过坚定的决心——我就对我年幼时所经历的那些苦难感谢得不得了，正因为这些苦难，我才得以与米考伯先生相识。

有一条街直接通到他家，所以我们没走多会儿就到了。这条街的尽头正对着他家客厅，于是他以他那独有的方式一头闯进了屋子里，我们随即跟上，一进屋子我就发现我们被这一大家子给包围了。米考伯先生大声叫道：“恩玛！我的命根子！”说完便一头扎进米考伯太太的怀中。米考伯太太尖叫一声，同时双手抱着米考伯先生。米考伯小姐，正在抱着米考伯太太给我们写的上封信里，那个还不懂事的小小客人，她见了此情此景，早已在一旁感动不已，而那个小客人则又蹦又跳。那对双生子善意地做着几种不恰当的小动作，以表示他们也很快乐。米考伯少爷，因为幼年吃了不少苦，他的性格变得孤僻阴沉，现在在这种场面下，天性暴露，竟然大哭起来。

“恩玛，”米考伯说，“我心中的乌云已经散开了。曾经，我们一度彼此信任，然而中途出现了一些小小的插曲，现在我们又和好如初了，而且从此再也不会出现裂痕了。现在，让我们享受贫穷吧！”米考伯先生声泪俱下，“享受苦难的无奈、享受流浪的艰苦、享受饥饿的难耐、享受衣裳的破败、享受狂风暴雨的猛烈、享受沿街乞讨的苦涩，只要彼此信任，我们就能撑下去！”

米考伯在说这些话时，将米考伯太太安坐在一把椅子上，然后叫来所有的孩子抱成一团。米考伯先生一面高呼要享受各种凄凄惨惨的境遇（但在我看来，他的这群孩子可不一定觉得享受），一面号召孩子们去坎特布雷市的街头卖艺乞讨。因为只有这样，他们才可以养活自己。

然而米考伯太太过于激动，竟然晕了过去。于是，我们最为迫急的事（比成立合唱队的事还要急迫）就是叫醒她。我姨奶奶和米考伯先生做到了，于是米考伯先生向她介绍我姨奶奶，米考伯太太把我也认了出来。

“请不要见怪，亲爱的科波菲尔先生，”那位可怜的太太把手伸给我说道，“可是我的身体不好。现在看到我与米考伯先生之间的误会被解除，我一下子太兴奋了。”

“孩子都在这儿，太太？”我姨奶奶问道。

“目前来看，就这些。”米考伯太太回答道。

“哎呀，我不是问这个，太太，”我姨奶奶说，“我是问你，这些孩子都是你的吗？”

“小姐，”米考伯太太说，“千真万确。”

“那位年纪稍大点的小绅士，日后——”我姨婆仔细打量着他说道，“有什么打算没有？”

“在我刚搬来这儿时，”米考伯先生说道，“我的计划是把他送进教堂的，更具体一点说是进唱诗班。但是那座为本市带来尊严的标志性建筑物里，已经有足够多的男高音了。所以，他现在——说得简单点，他已经习惯于在酒店里唱歌而不是在教室中唱歌了。”

“不过他的本性是不错的。”米考伯太太轻轻地说。

“你说得对，我的爱人，”米考伯先生接着说道，“他的本性是不错的。不过目前为止，还没见他的本性在哪方面体现出来过。”

米考伯少爷的天性又暴露出来了。他有点生气地赶忙问，他可以做什么工作？他是不是可以不用学就做木匠，或者做油车匠？他是不是生下来就不过是只鸟儿？他可不可以在邻近的街道上开个药铺？他可不可以硬闯歌剧院，光凭暴力争得名利？可不可以不用特别的学习，就能做任何事？

我姨奶奶琢磨了一会儿说道：

“米考伯，我不理解，为什么你不考虑一下移居海外？”

“小姐，”米考伯先生回答说，“在我还很年轻的时候，我把这个当做理想；就在我年轻力壮的时候，我还把它当做目标。”顺便说一下，我敢说，他生平就根本没想过这个问题。

“哦？”我姨奶奶用目光在我身上扫了一下，说道，“那么，米考伯先生和太太，要是你们移居海外，你们二位及你们的孩子将会受益不少的。”

“本钱啊，小姐，没有本钱啊。”米考伯先生担忧地说道。

“这个问题很关键，可以说是唯一一个困难，我亲爱的科波菲尔先生。”米考伯太太随声附和道。

“本钱！”我姨奶奶大声说道，“你在为我们做一件重要的事——我敢说，你已经帮我们做成了一件很重要的事，因为你从火炉里救出来的东西，一定会派得上很大的用场——现在，我们可以用来回报你的事，除了为你们筹钱，还有比这个更合适的吗？”

“我可不能把这个当做对我的回报而接受，”米考伯情绪高昂起来，说道，“不过你们可以适当地借我一点钱，可以按每年五分息，由我个人的名义担保偿还。比方说，我开几张收据，分成十二个月，十八个月，二十四个月来分期偿还，这样可以让我有时间等赚钱的机会出现——”

“可以，只要你一句话，我们当然可以，按照什么样的条件来办，由你说了算，”我姨婆往下说道，“那二位，现在就考虑一下吧。在这儿，有一些大卫认识的人过些日子就要去澳洲，要是你们决定下来，干脆就跟他们坐一条船去好了。那样路上也有个照应。现在就考虑一下吧，米考伯先生和太太。多花些时间考虑周全了。”

“只有一个好担忧的，我亲爱的小姐。”米考伯太太问道，“那儿的气候，我相信，是有益健康的吧？”

“在这个世界上，再也找不到比那儿好的地方了！”我姨婆说道。

“这样就好，”米考伯太太说，“那我又有一个担忧的了。像米考伯先生这样的人才去了那个地方，那边的环境能让他的才能尽施吗？他能找到官升职迁的机会吗？现在我还不夸口当个总督长官那一类的职务。我只要求，那里能有一些适当的途径，给他提供机会让他的才能得到施展——这就行了——而不压制他的才能增长。”

“对于那些为人端正，做事勤奋的人来说，”我姨奶奶说道，“那里是最易寻找到出路的地方了。”

“对于那些为人端正，做事勤奋的人来说，”米考伯太太拿出她做事时最明显的态度，又说了一遍，“真的是这样的。我觉得，显而易见，澳洲是米考伯先生最能活跃的舞台了！”

“我坚决相信，我亲爱的小姐，”米考伯先生说道，“照目前这种情况看来，我这一大家子最好的选择，也是唯一的选择便是那个地方了。一个非同寻常的机遇将在彼岸浮现。比较说来，那个地方并不算太远。给我这样的建议，正是你的一份心意。我向你发誓，那不过是个形式问题而已。”

就那么一会儿的工夫，米考伯先生变得乐观起来，他觉得非常快乐。米考伯太太一下子就与大家滔滔不绝地说起袋鼠的习性来。那时候的我们，我是无论如何也忘不了啊！米考伯先生与我们一起步行回去。路过坎特布雷的街道时（恰巧这一天是上集市的日子），米考伯先生带着风尘仆仆的神气，向人表明，他刚来此地，暂时借宿，并非定居。一群公牛走过，他就拿出澳洲农夫的眼神看着它们。如今，当我想起坎特布雷街集市的时候，我怎能不想起那一天的他？

第五十三章

写到这里，我不得不作一次停顿。哦，我的娃娃妻，在我的记忆里，来来往往的人群中，有一个身影，她安详，她静谧，她饱含天真的爱和稚气的美对我说，忘了我吧——看那枝头零落的小花儿，想想它吧！

我那样照做了。其他的记忆都渐行渐远，慢慢消失。我又回到我的小屋中，与朵拉坐在一起。她这样病了多少日子，我不知道。但是我的感觉却让我觉得，她病了好久好久，我都无法将具体的日子算出来了。事实上，日子并不长，只有几个星期，要不然就是几个月。不过，从我的经历和我的感觉上来说，那是些令人厌恶、厌恶再厌恶的日子。

他们已经不再跟我说“再等几天”的话了。我隐隐约约地害怕起来，觉得让我的娃娃妻和她的老友吉普，在阳光下比赛跑的那种日子，是再也不会出现了。

似乎吉普也一下子老了。也许是因为，它没能从它的女主人那里得到鼓舞，因而无法激发它内在的青春活力。它整天无精打采，而且两目无光、四肢无力。现在，当我姨奶奶在朵拉的床边坐下时，它会爬过去轻轻地舔她的手——它不再仇视她了。为此，我姨奶奶心里很是难过。

朵拉躺在那里，冲着我们微笑，她看起来是那样的美。她没有说气恼烦躁的话，也没有说埋怨厌恨的话。她反倒说，我们对她真是太好了。她说，她知道，她那亲爱的，体贴细心的大孩子可累坏了。她说，我姨奶奶从不睡觉，却可以一直保持着高度的警觉、百般的殷勤、万般的仁爱。有时候，那两位小鸟一样的姑姑会来看看她。于是，我们就会聊起我们结婚时的情景，聊起我们共同度过的一切快乐时光。

我坐在那个安安静静的卧室里。卧室非常整齐干净，稍被遮掩。我的娃娃妻用她那双蓝色的眼睛看着我，用小手指绕住我的手，这一幕在我的生活中——包括室内和室外的生活——是一种怎样奇妙的静息和停留！很多次我就这样在那里坐着，不知道坐了多长时间。在这很多次中，有三次给我留下了深刻而形象的记忆。

有一次是在早上。那天我姨奶奶将朵拉打扮了一番，她是那样的娇美齐楚。她摆弄着头发，叫我看，看她的头发那样长那样有光泽；看她的头发即使在她躺下时，也能在枕头上像波纹那样起伏。她还告诉我，她喜欢用一个发网将头发松散地虚拢起来。

“并不是我在自夸我的头发，看，你这个笑话别人的孩子，”她看到我露出了微笑，便说道，“而是因为你经常在我面前夸它好看，也是因为，最初我在心里装着你想着你时，我就常常坐在镜子前，好奇你是不是也非常想要一缕儿。哦，道菲，当我真的给了你一缕儿的时候，你那时候可比傻瓜还傻哦！”

“就是在那个时候，我告诉你我是如何爱着你，我还送了你一束花，你还把那束花画成了画送给我。”

“哈！可是我可不愿意告诉你，”朵拉说道，“我因为相信你是真心真意地爱上我了，就对着那些花儿哭了半天！等到我能像从前那样可以下床到处跑的时候，道菲，我们一起去看看那些老地方，看看我们曾经在那里是怎样的一对小傻瓜！我们还要在那些老地方散散步，聊聊天，聊我那可怜的爸爸，好不好？”

“好的。我们一定去那里重温一下愉快的时光。所以，我亲爱的，你要快快康复起来。”

“哦，我会很快好起来的！我现在就觉得好了很多，只是你看不出来而已！”

还有一次是在晚上。我坐在一把椅子上，身边依然是那张床，依然有那双蓝眼睛看着我。她把那张稍含笑意的脸对着我，不过我们一直都没有说话。那个时候，我已经不再抱着我那身子单薄的轻担子在楼道中上上下下了。她的每一天都是躺在这里度过的。

“道菲！”

“朵拉，我亲爱的！”

“刚才听见你说维克菲尔德先生身体欠佳，有句话我想说，但你不要觉得我是无理取闹啊。我想叫爱妮丝过来一趟，我非常地想见见她。”

“好的，我一定会写信叫她过来的，我亲爱的。”

“你会吗？”

“我现在就写。”

“多么可爱的孩子呀，真好说话！道菲，你把我抱起来。我亲爱的，这真是个奇思妙想啊。这可不是什么糊涂的幻想。我是真的很想跟她见一面。”

“我敢打赌，她一收到信就会过来的。”

“当你一个人待在楼下的时候，你很孤独的，对吧？”朵拉把我的脖子搂着，声音低微地说道。

“看到你坐的椅子上没有人，我怎能不感到孤独呢？”

“我坐的椅子上没有人！”她抱着我，默不作声，过了一会儿她说，“你真的想我坐在你的身边陪你吗，道菲？”她抬起眼睛，露出笑容来，“即使我是可怜的、不讲道理的、傻头傻脑的？”

“我的宝贝儿，在这个世上，还有谁能让我如此深刻地想念？”

“哦，我的丈夫。我是那样的高兴，又是那样的难过！”她双臂抱着我，往我身上靠得更近了一点。她又是笑又是哭，然后又平静了下来，并且觉得十分愉悦。

“我真的这么觉得！”她说道，“在信中，你要代替我向爱妮丝问好。然后告诉她，我现在唯一的愿望就是想见到她。”

“至少你还要希望早日恢复健康，朵拉。”

“哦，道菲！有的时候，我就告诉自己——我是个傻头傻脑的小东西，你是知道的——我是永远不会再有健康的时候了！”

“不许这样说，朵拉！也不许这样想，我最亲爱的人哪！”

“要是我能熬过去，我一定不会这样想这样说，道菲。但是，我很幸福，真的！虽然我那可爱的大孩子，面对他那娃娃妻坐的椅子是空的，他会感到孤单寂寞！”

最后一次也是在晚间。那晚我们仍旧待在一起。爱妮丝在昨天晚上就已经来了。那天，她，我姨奶奶以及我都陪在朵拉身边，从早上到夜间一刻都没离开过。虽然我们说的话并不多，但是朵拉却表现得非常满足、非常愉快。现在，又是只剩下我们两个在一起了。

当时，我能想象得到，我的娃娃妻就要离我而去了吗？他们已经这样跟我说了。他们跟我说的和我思想里所有的，都是相吻合的。但是我还不能说，这件事我已经在心里体会了。我是永远也不能接受的。今天一天，我有好几次偷偷跑出去抹眼泪了。我想起，哪个人曾为生离死别而哭泣。我想起，每个充满仁爱和同情的故事。我试着自己劝自己，叫自己心胸放宽一点。我只希望，我能多多少少地做到一点，但我的内心无法相信，那个结局始终是要来临的。我将她的手握起，我知道她的心完完全全是我的，我看到她对我的爱。虽然我认为她可以活下去的希望越来越渺茫，越来越朦胧，但我丝毫不能放弃这种希望。

“我想跟你说话，道菲。最近，我常常有一丝想法，现在我想把这些想法告诉你，你愿意听吗？”她温柔地看了我一下。

“愿意！我的心肝儿。”

“因为我不知道，你的心里是怎样想的，或者，有的时候你是怎样想的。也许，你是常常跟我有一样的想法的。道菲，亲爱的，恐怕我还是太年轻了。”

我把脸放在枕头上，近距离看着她，她也看着我，然后用一种轻柔的声音与我说话。听着她说下去，我那颗受伤的心渐渐发现，她在以过来人的身份谈论着过去的自己。

“恐怕，我亲爱的，我还是太年轻。我不单指年龄，我指的包括内在的经验、思想和外在的年龄。我是个傻头傻脑的小东西！我看，我们俩最好像小孩子那样，有一种无猜无忌的爱，然后又迅速忘记。我已经发现，我当不了一个好太太。”

我强忍着我的泪水，回答道：“哦，朵拉，我的爱人，我也同样当不了一个好丈夫，这是一样的道理！”

“我说不出来，”她摇了摇她的鬈发，像往常那样，“可能是吧！但是，要是我当得了一个好太太，你也会当好一个丈夫的。另外，你非常的聪明，而我恰恰相反。”

“可是我们生活得很幸福呀，你这没法叫人不心疼的朵拉。”

“我生活得是很幸福，非常非常幸福。但是，日子久了，我那亲爱的孩子会对他的娃娃妻感到厌烦的。她陪伴他的时候越来越少了，他也越来越觉得家中正在消失某样东西。她是不会有什么好的状况出现的了，还是让上帝来安排一切吧！”

“哦，朵拉，我最亲爱的人儿啊，不要再对我说出这样的话啦！每听到你说出一个字来，我都会深深地责备自己！”

“不，请不要这样！”她吻过我，回答道，“哦，我亲爱的，你不应该感到自责，我那样地爱你，无论如何我也不会真的——除了我长得漂亮以外——或者说，你是这样以为的——说让你觉得自责的话。这便是我唯一的好处了。道菲，在楼下的时候，是不是觉得太冷清了？”

“是的，非常非常冷清！”

“不要掉眼泪！我坐的椅子没有搬走吧？”

“依然在那里放着。”

“哦，我这可怜的孩子流了这么多的眼泪！不要掉眼泪，不要掉眼泪啦！好啦，我最后说一句话，你一定要照办哦！我有话要对爱妮丝说。一会儿你去楼下待着，见到爱妮丝就叫她上来。我在跟她说话的时候，谁也不准进来，包括姨奶奶都不行。我的话只能对爱妮丝一个人讲，谁都不让听。”

我答应她，说爱妮丝一定马上过来。但是我悲痛不已，就是不愿离开她。

“我已经说了。就让上帝来安排一切吧！”她双手把我抱住，同时说，“哦，道菲，再过上几个年头，你对你的娃娃妻的爱就不会比现在更强烈了。再过上几个年头，你一定会对你的娃娃妻感到难堪和希望，到时，你对她的爱连现在的一半都不到。我知道，是我太年轻，太不懂事。就让上帝来安排一切好了！”

我下了楼来到客厅，向爱妮丝传达了朵拉的意思。于是她上了楼，我跟吉普留在楼下。

吉普中国式的房子放在火炉旁，它躺在房子里的绒布垫子上，捺不住性子地想睡又睡不着。窗外的月亮升得很高了，它散射着晶莹明澈的光芒。就在我看着这些夜景时，眼泪不知什么时候开始哗啦啦地掉下来了。我那涉世未深的心深深地——深深地自责起来。

我在火炉边坐着，带着浓浓的悔恨之意，想起我与朵拉结婚以来滋长的隐秘未告人的感情。我想起与朵拉相处时的点点滴滴，体会“人生是由点滴小事构成的”真理。在我记忆的汪洋大海中，总不断浮现我第一次见到她时她的样子。哦，我亲爱的孩子，这个样子经由我和她稚嫩的爱情一装点，变成了焕发爱情独特魅力的样子。如果我们俩像小孩子那样，有一种无猜无忌的爱，然后迅速忘记，会不会这样子真的比较好呢？我这涉世未深的心啊，快告诉我答案吧！

我不记得我是怎样熬过那一段时间的。后来，听到我的娃娃妻的老伴儿叫了几声，我就醒了过来。这时，它比平时更加的烦躁不安了。它从它的房子里爬了出来，望了望我，又向门口走去，跟着就呜呜呜地要上楼。

“吉普，今天晚上不能上去，今天晚上不能上去！”

它又慢慢地往回走。在我跟前，它停下来舔我的手，用它那双模糊昏花的眼睛看着我的脸。

“哦，吉普啊，也许永远都不能上去了！”

它在我的脚旁趴下，伸了个懒腰，仿佛要打算睡觉了，然后呜呜地叫了一声，就不再呼吸了。

“哦，爱妮丝！你看，你看，这儿！”

那满含怜悯、满含悲伤的脸啊！那势如雨下的泪啊！那令人震撼的、庄重的沉默，那停在半空中沉重的手啊！

“爱妮丝？”

结束了，眼前一片漆黑，脑中一片空白，好长一段时间我才回过神来。

第五十四章

悲痛压得我的心很沉重，但是现在还不是诉苦的时候。我甚至觉得我的前途已断，我一生的精力和生活都将到此结束了。现在，我除了坟墓，就再也找不到可以藏身的地方了。我的这些想法并不是因为遭受了这样的悲痛和震撼才产生的，它从很早开始就已经存在了，然后越集越多，越集越明显。要是我后面叙述的不是逐渐深入，而是把我的悲痛在一开始时就弄得狂乱纷扰，在结束时还逐层深刻，那我就会真的很快就陷入我所说的那种绝望境界（虽然我认为，还不至于到那个地步）。不过事实上，在我完完全全意识到我的忧患之前，有一段让我缓缓气的时间。在那段时间里，我甚至以为，我最沉重的苦难已经成为过去了。那时候，我的心思可以花在世间最天真烂漫、最完美无瑕的食物上，花在那个不再重现的温柔故事上，借以此取得慰藉。

究竟是在什么时候，我听到了让我出国的提议，或者说出去散散心，换换环境，好让我找回往日的平静的提议，然后大家又是怎样在一起商量，一致通过这个提议。现在想来，我也是迷迷糊糊，不知道具体是怎么回事。在那段哀悼的日子里，爱妮丝的精神充斥着我们的思想，我们要做什么、要说什么都带着她的影子。我相信，我可以断定，是她影响了那个提议。但是她的影响却是无声无息的，谁也没有意识到是她在影响着我们，包括我也是。

现在，我真的开始想，当我过去把她和教堂的彩色玻璃窗联系在一起的时候，我已经预示她将会以什么样子出现在我遭遇人生苦难的时刻。在我那悲痛至极的日子里，她像神灵一样降临在我这个寂寥冷清的家中。我也不会忘记那次她举着手出现在我面前的那一刻。死神光顾我那个家庭的时候，我的娃娃妻躺在她的怀中，面带微笑地、永远地睡下去了。这些都是在我稍能接受这苦难事实的时候，他们告诉我的。当我从昏迷中睁开眼的时候，我首先看到的便是她那充满同情的眼泪，听到的便是她那富于鼓舞和同情的话。她用她那张温和的脸（仿佛是来自天国附近的清净之地的一张脸），俯临我那涉世未深的心，抚慰它的痛苦。

现在，我继续往下写了。

我很快就要出国了。这一点，似乎在它被提出的那一刻就已经被大家所接受。这时，有关我亡妻的、可以消去的一切，都已入尘埃。现在我唯一的期盼，便是米考伯先生的那句“希普终于崩溃了”和那些移民的起航。

特拉德尔，我患难中最热心最忠诚的朋友发出邀请，于是我们——指的是我姨奶奶，爱妮丝和我——回了趟坎特布雷。我们说好了，在米考伯先生家会合。自从那次突发的聚会以来，他就一直在米考伯先生家和维克菲尔德先生家处理一些事务。我一进门就见到了米考伯太太，这位可怜的太太见我穿着丧服，显得十分激动。这么些年来，米考伯太太依然满怀慈悲。

“嘿，米考伯先生和太太，”当我们都坐定了，我姨奶奶说的第一句话就是，“我想问问，我那个移居海外的计划，你们考虑清楚了没有？”

“我亲爱的小姐，”米考伯先生说，“米考伯太太，还有你这卑贱的仆人，还有我们的孩子们（我可以把他们也算上），分别考虑过，共同商量过，最终得出了一个结论。这个结论，我还是借用一位名气很大的诗人写过的一句话来说明吧，那句话是这样说的：我的舟已泊岸边，我的船已浮海上。”

“很好，”我姨奶奶说道，“我敢把话说在前头，你们的决定非常合理，这个决定将会为你们带来好运。”

“小姐，借你吉言，”他回答道，然后看着一个笔记本，“我将乘着我那独木舟驶向大海创造事业。大家为了帮助我实现这个愿望给了我那么多的资助，关于大家给予的恩惠方面的事务，我重新考虑了一下，结果将我开的那些欠条重新定为十八个月、二十四个月和三十六个月。这些欠条，不用你说，我都按照此类文件的相关法规写在印有花纹的票子上。本来我定下的是以十二个月、十八个月和二十四个月分期付清的，但我担心这个时间有点紧，恐怕等不来有我赚钱的机会。在第一张欠条到期的时候，也许我们手头上的钱，”米考伯先生一边说，一边放眼整个房间，仿佛这个房间代表了几百亩作物已经成熟的农田，“并不多，说不定还没有钱呢。我相信，在我们那块殖民地上，在那块需要我们拼了命与那富饶的土地作斗争的地方，劳动力是很匮乏的。”

“你想怎么办就怎么办吧，先生。”我姨奶奶说道。

“小姐，”米考伯先生又说话了，“你们是我们的朋友，是我们的恩人，你们待我们这一家是那样的善良，那样的友好。但我的原则是实事求是，准时不误。既然我们打算要翻开人生全新的一页，既然我们要以退为进作一次非同寻常的跨越，那我的自尊心就要督促我以君子待君子的方式去面对那些欠条，这样做也好给我的孩子们做个示范作用。”

米考伯所说的“君子待君子的方式”有没有什么特殊含义，我不知道。我也常听见别人说这样的话，他们又是赋予了怎样的含义，我也不知道。我只知道，他非常得意地用了这句话，而且招人注意地咳嗽了一声，又说了一遍，“以君子待君子的方式去面对那些欠条。”

“我之所以提出，”米考伯先生说道，“以打欠条的方式——这东西在商界使用很广。我认为是犹太人最初发明这个的，而且也是犹太人使这个东西广为流传的——是因为欠条可以流动兑现。不过如果你们要使用债券或者其他的什么证券，我也会以君子待君子的方式在那些证券上签下姓名。”

我姨奶奶说，在这个问题上双方没有什么异议，所以她觉得这个问题解决起来非常的容易。米考伯说自己与她的想法一致。

“现在，就我们一家子在应付未来的命运上，如何专心致志地做着准备工作，我可以向小姐汇报一下。先说我的长女，每天早上五点，她都会准时去附近的一家厂子，学习挤牛奶的方法——如果，我可以说那是种方法的话。我们年龄较小的几个孩子也非常听话。我叫他们去市内贫苦的地方，然而寻找机会观察猪和家禽的习性。为了完成任务，他们曾经差一点儿让牲畜给踩死，有两次还被遣送回家了。至于我自己，从上个星期开始，我就开始研究如何把面包烤得漂亮一点。还有我的儿子威尔金，他从一群粗鲁的牧人那儿得到许可，给他们帮帮忙、打打杂，其实也就是拿一根长杆驱赶牲畜——但是他做得几乎没被他们承认过，总是被骂回来。站在我们本性的角度来说，受到这样的待遇，真让人觉得可叹啊。”

“都很好，”我姨奶奶鼓励他们说道，“我觉得，米考伯太太也闲不得吧？”

“我亲爱的小姐，”米考伯太太非常认真地回答，“但说也无妨，虽然我十分清楚，在那块殖民地耕种和畜牧将需要花费我足够多的心思，但我却从来没有做过与这两项工作直接相关的事。去了那儿，当我不用做家务活的时候，我就把那些时间利用起来往我娘家写信，告诉他们我们在这边的情况。因为我认为，我亲爱的科波菲尔先生，”米考伯太太在说话时，不管她在跟谁说，最后总要提到我。我觉得她这是习惯成自然，做得不知不觉了。米考伯太太继续说道，“是时候该把过去的恩恩怨怨放下了。我娘家人和米考伯先生都应该主动向对方伸出手来言和。狮子应该与小羔羊共处，同样，我娘家人也应该与米考伯先生握手言和。”

我告诉她，我也有同样的看法。

“起码，我亲爱的科波菲尔先生，”米考伯太太往下说，“我是这样看待这个问题的。当我还在家里与父母住在一起的时候，遇到一些事，我们常常以这样小的规模来商讨。在每次这样的讨论中，我的父亲总忘不了问我一句：‘我的恩玛，你是怎样看待这个问题的呢？’我知道，我的父亲对我有所偏爱，但是，在米考伯先生与我娘家人闹矛盾这件事上，我肯定有我自己的认识，虽然我的认识是很没根据的。”

“应该有的，太太，这没有疑问。”我姨奶奶说道，“但我的认识可能是错的，而且错的可能性还不小。在我个人的印象中，我娘家人与米考伯先生之间之所以会出现隔膜，可能是我娘家人造成的。我娘家人老担心米考伯先生会向他们要钱。我很容易这样想，”米考伯太太带着一种洞悉世事的神气说道，“我娘家有几个人认为，米考伯先生会在给我们孩子洗礼取名之外的情况下借用他们的名字，比如以他们的名义在一些票据上签名，然后拿到金融市场上流通兑现。因为这个，娘家人感到害怕和担心。”

米考伯太太在宣布她的这一发现时，表现的那股聪明劲儿让人觉得，除了她就再也没有别的人能想到这一层了。我姨奶奶见了似乎很吃惊，她都不怎么经大脑思考，就直接回答道：“呀！太太，总的来说，我相信，你的认识是正确的！”

“这么多年以来，米考伯先生都受着金钱的约束，”米考伯太太说道，“如今，他眼看就要摆脱那样的约束，而且就要到一个全新的环境中，开始他的新生活了。在那里他的才华将能得到施展的机会——在我看来，这一点对米考伯先生来说至关重要。米考伯先生最需要的便是供给他空间，让他的才华得以施展——我觉得，我的娘家人应该站出来给以鼓励。我希望，我的娘家人和米考伯先生同出一场宴会。这场宴会由我娘家人出资举办。在宴会上，由我娘家的一个有头面的人物做代表，给米考伯先生敬酒并祝他健康如意。同样，米考伯先生也可以把自己的想法在大家面前摊开来说。”

“我亲爱的，”米考伯抑制不住他的激动和愤怒，说道，“我必须得把话现在就说明白，要是我当着他们的面把我的想法摊开来说，恐怕我的想法会被看成带有攻击性的了。因为，在我眼里，总的来说你娘家人，是一群下流无礼的市井小人，分着来说是一些无恶不作的残暴恶徒。”

“米考伯，”米考伯太太说道，同时把头摇起来，“不是这样的！你从来都不了解他们，他们也从来都不了解你。”

米考伯先生咳嗽了几声。

“他们从来都不了解你，米考伯，”这位太太说道，“也许他们是没有办法做到这样。要是真的是这么回事的话，那便是他们的不幸。我只能为他们的不幸感到遗憾。”

“我非常的过意不去，我亲爱的恩玛，”米考伯先生恢复了平静，说道，“要是我不小心说了什么让人难以接受的话。我想表达的意思只是，即使你的娘家人不肯站出来为我撑面子——简单说来，也就是把他们的肩膀带着讽刺的意味向上耸一下——我依然可以去海外。总的来说，我宁愿怀着我最初的动机离开这里，也不想随便让什么原因来督促我。另外，我亲爱的，要是他们重视你的信，肯给你回一封信的话——凭咱俩以往的经验，这是很难实现的——那么，在给你的愿望制造障碍的人，绝对不是我。”

说到这里，米考伯把胳膊伸向了米考伯太太，就这样，这个问题就算和美地解决了。米考伯先生往特拉德尔面前的桌子一瞟，看见一大堆账本和文件，于是就说，他们就不待在这里打扰我们了，然后温文尔雅地跟我们鞠了一个躬，转身离开了。

“科波菲尔，我亲爱的，”他们离开后，特拉德尔带着一种奇怪的热情往椅子上一靠，他这样热情，眼圈都红了，头发也摆出各种奇奇怪怪的样子，他对我说道，“我不用费心思找什么借口麻烦你来帮忙，因为我知道，你对这种事务非常感兴趣，而且这个活儿说不定还能分散你目前的心思。我亲爱的朋友，我希望你没有伤着身子。”

“我已经恢复如初了。”我稍作停顿，又说道，“咱们要是想为别人考虑，那就考虑考虑我姨奶奶的烦恼吧。她做的太多了，这是有目共睹的。”

“应该的，应该的，”特拉德尔回答说，“怎能叫人忘掉呢？”

“不过，事实上还不止这些，”我说，“她还遇到了另一件令她苦恼的事，她每天都得去趟伦敦，而且当天就赶回来。这种情况从上上个星期就开始了。有几次，她一大清早就出门了，到了夜里才回来。就在昨夜，特拉德尔，她又出去了，但是她回来时几乎已经是半夜了。你知道，她这个人是如何替别人着想，所以，她的苦恼连向我都不肯说。”

在我说这些话的时候，我姨奶奶的脸色煞白煞白的，一道道很深的皱纹也显露了出来。她就一直那样坐着，不说也不动。当我把话说完时，几滴泪水从她的面颊上滑过，她伸手来握住我的手。

“什么事都没有，特洛，什么事都没有。用不了多久，所有的事就会归于平静的。日后，你会明白是怎么回事。现在，我亲爱的爱妮丝，咱们来好好地把这些事处理掉。”

“我应该公正地评价一下米考伯先生，”特拉德尔开始说话了，“虽然他在面对自己的事时，不怎么上心，但是他在面对别人的事时，却是尽心尽力、孜孜不倦的。像他这样的人，我可从来都没见过。如果他总是照着这种方式活下去，那么算到目前，他的实际年龄应该有两百岁了。在他那饱满的热情没有消下去之前，凭他那股疯狂的猛劲儿，准能让他没日没夜地研读文件和账目。还有那些他在这个屋子里和维克菲尔德先生住宅里，写给我的多得数不过来的信，甚至他就坐在我的对面时，他也要跨过这张桌子的距离给我写信。其实他开个口说一下是很简单的事嘛。这些事都是令人惊叹的。”

“写信！”我姨奶奶叫道，“我敢说，他就是睡着了，梦里也不忘写信！”

“还有狄克先生，”特拉德尔说道，“他也是一个了不起的人！他在监视尤来亚·希普时，做得那样周密细致，我从来没有见过做得比他好的人。他刚从看管的任务上撤下来，就投入到照顾维克菲尔德先生的工作中。他在我们所做的调查工作中，那样积极出力，又是选摘，又是抄录，又是拿这个，又是搬那个，叫我们看在眼里想不鼓足劲儿来干都难。”

“狄克先生一直都是个非常了不起的人，”我姨奶奶叫道，“我早就这样说过了。特洛，你听我说过的。”

“说来值得庆贺，维克菲尔德小姐，”特拉德尔立即换了个细心体贴、热心诚恳的态度往下说，“在你离开家后，维克菲尔德先生已经大大地好转了。他摆脱了那个长期附体的恶魔，生活中再也没有忧虑和恐惧了。现在的他跟以前几乎判若两人。以前他在处理一些事时记忆力和注意力根本跟不上，但是他现在有所恢复了。有的时候，他能跟我们解释某些事务，给我们提供帮助。要是没有他的帮助，面对有些问题，即使我们不是认为无法解决，那也是认为解决起来异常困难。不过，我就此将结果报告一下，很简单的一句，别让我来说明那些含有希望的事，因为我一开口就停不下来。”

他那不加造作的态度和令人欢喜的坦白，显而易见地表现他所说的话是为了让大家伙儿听了高兴，为了让爱妮丝听到别人这样讨论她的父亲，增加信心。但是大家并不因为这些原因而给那愉快的气氛打折扣。

“现在我们要，”特拉德尔的视线停在桌子上的文件说道，

“把我们的基金款项都给结算了。把那些有意无意算得乱七八糟的账和弄虚作假的账清理后，我们得出结论：维克菲尔德现在可以把事务所的业务和他负责的信托业务毫无亏损地结束了。”

“哦，谢天谢地！”爱妮丝激动地说道。

“可是，”特拉德尔说道，“尽管如此，维克菲尔德先生可用于生活的资金——我把买了这所房子所得的钱也算在内了——最多也就几百镑。所以，维克菲尔德小姐，你最好考虑考虑，是不是他可以把他多年来负责的那个地产代理业务保留下来。你知道，他现在是个无所顾忌的人了，作为他的朋友们，我们可要这样劝告他。你自己，维克菲尔德小姐——科波菲尔——还有我——”

“这个问题，我已经考虑过了，特洛伍德，”爱妮丝看着我，说道，“我觉得不应该保留下来，也断乎不可以保留下来。即使劝解我的那个人是我深深感激深深亏欠的朋友，我也这样觉得。”

“我并不是说我要做这样的劝解，”特拉德尔说道，“我只是觉得我有必要把这一点提出来。仅此而已。”

“听到你这样说，我感到很高兴。”爱妮丝用坚定的语气说，“因为你这话叫我希望，甚至肯定咱俩的想法是一致的。亲爱的特拉德尔先生，亲爱的特洛伍德先生，只要能保得全我父亲的名誉，我还能有何所求！我一直都在希望：如果我能把他从他所受的苦难中突围出来，那我也算回报了他那恩情中小小的一部分，我愿把我的生命奉献给他。这么多年来，就数这个愿望最大了。而我的第二大愿望就是：凭我自己的力量扛起我们未来的生活。第一大愿望便是，希望看到他从所有的责任和负担里解脱出来。”

“你做过具体打算没有，爱妮丝？”

“做过不止一次！我一点胆怯的感觉都没有，亲爱的特洛伍德。我相信自己一定能成功。在这里，我有那么多认识的人，我感觉他们一点都不怠慢我，那我就更不能信不过我自己了。我们没有太多的需要。要是我能把那所老房子租出去，然后再办个学校，那我就是一个既有用又快乐的人了。”

她那愉快的声音非常平静，但又不乏热情。我听了她的话，记忆中那所老房子一下子活灵活现地钻进我的脑海中，跟着我又想起我那冷冷清清的家，我的情绪很激动，话都说不出来。看看特拉德尔，他正在假装找文件的样子。

“还有，特洛伍德小姐，”特拉德尔说道，“该说说你的那笔财产了。”

“行，先生，”我姨奶奶叹了一口气说道，“我想说的只有一句话，要是我那笔财产不见了，我能承受得住；要是那笔财产还在，我会很高兴能取回它。”

“我想，那笔钱是统一的公债，有八千镑？”特拉德尔问。

“一点没错。”我姨奶奶回答道。

“不过我算来算去，最多也就五……”特拉德尔带着不知道该不该说下去的表情说道。

“你会说——是千？”我姨奶奶异常镇静地问道，“还是镑呢？”

“五千镑。”特拉德尔说道。

“就那么多了，”我姨奶奶回答道，“我把它们卖掉三千，留一千给你交学艺的费用，特洛，我亲爱的，剩下的两千我自己留着。这笔钱我得存起来，等到我再没有其他的钱时，拿出来应急。特洛，我要看看你到底能不能忍受住艰难困苦！你做得非常好——能坚持忍耐，能独立克己！狄克先生也是这样。我现在有点紧张，请不要找我说话！”

她坐在那里，两臂抱胸，她的自制力是那样的强，谁都看不出来她有点紧张。

“而且，说出来谁听了都会高兴，”特拉德尔先露出喜色说道，“那些钱已经如数收回了！”

“别来恭喜我，谁都不要来！”我姨奶奶叫道，“那么先生，你们是怎么把钱收回来的呢？”

“您觉得维克菲尔德先生把这笔钱给滥用了，对不？”特拉德尔问我姨奶奶。

“我肯定会这样觉得了，”我姨奶奶说，“所以我能保持静默，不对外声张。爱妮丝，不要提这件事。”

“事实上，”特拉德尔说道，“他以给你做代理的身份将那笔公债卖了，不过实际上是谁卖的，谁签字的，我就不多作说明了。那个恶棍将那笔公债卖了之后跟维克菲尔德先生说——还拿出一份数据记录来证明——那笔钱在他的手里（他还说，这是维克菲尔德先生的意思）。说遇到别的什么亏空和困难时，可以拿出来填补一下。可是，维克菲尔德在尤来亚所设的圈套里，他是那样无助，那样软弱，他虽然明知那笔钱早已不存在了，但他还不得不给你多付了几次利息。就这样，他成了那个骗子的帮凶。”

“后来，他自己将责任揽下，”我姨奶奶补充道，“他给我写了一封信，像发了疯一样往自己身上安抢劫财物的罪名和其他的我连听都没听过的罪名。我收到信后，在一个早上去见了他一面，用蜡烛把那封信烧了。我告诉他，要是他能返回那笔钱，为我出了这口气，那就追去，要是追不回来，为了他女儿着想，这件事就不要告诉别人了——如果现在谁跟我说话，我就立刻从这里走出去！”

于是我们都没说话，爱妮丝用手捂着脸。

“好了，我亲爱的朋友，”我姨奶奶歇了一会儿说道，“你当真从他那里把那笔钱取出来了？”

“喃，事情是这样的，”特拉德尔说道，“米考伯先生把他那儿层层包围，一点缝隙都不留。而且要是一个办法用了不起作用，就会又有另一个新的办法在那里待用，他是不可能从我们的手掌心逃脱的。有一件事实在叫人不可思议，我无论如何都想不到，他贪得的那笔钱不仅用来发泄他的贪欲，而且还想报复科波菲尔，他非常仇恨科波菲尔，他曾坦白地跟我说过。他甚至说，他愿意把那笔钱用来做损害和伤害科波菲尔的事。”

“哦！”我姨奶奶把眉头皱起，看着爱妮丝说道，“他现在怎么样？”

“这个我就不清楚了。”特拉德尔说道，“他带着他的母亲离开这里了。这段时间，他的母亲老在我们面前跪地求饶，在那儿哀求，抖老底儿。他们买的是赶往伦敦的夜车票。临走时，他那股恨我的劲儿表现得肆无忌惮。他好像觉得，与其说是米考伯先生暗算了他，不如说是我害了他。我觉得，他这样想实在是太看得起我了，而且我也跟他说了。”

“你觉得他手上还有钱吗，特拉德尔？”我问道。

“嗬，我觉得，他还有，”特拉德尔严肃地摇了摇头，说，“我敢说，他肯定用了同样的手段这儿那儿地骗了不少钱。不过，科波菲尔，要是有机会让你了解他这个人的历史，我保证，你会发现，给他再多的钱也不能收买他作恶的本性。他生来就是当伪君子的料。不管他想做什么事，他一定会通过旁门左道去实现。也许他外表太过卑贱，唯有这样才能平衡他的内心。他永远都是爬在地面去追求他这个那个的小目的，遇到什么都把它看得不可跨越。所以谁要是挡在他所追求的目标前哪怕是无心的，他都会带着恶意去猜疑那个人。所以在他那本来就绕弯了的途中，无论在什么时候，哪怕一丁点儿的小事，甚至什么事都没有，他都会因为不善和猜疑越走越弯。只要你想想他在这里干过的好事，”特拉德尔说，“你就能明白这个人。”

“他就是一个下作的妖怪！”我姨奶奶骂道。

“我就想不明白，”特拉德尔带着不解说道，“有很多人，只要他们存心想做下作的人，就真的可以成为下作的人。”

“现在，我们说说米考伯先生吧！”我姨奶奶说。

“嗯。”特拉德尔露出高兴的表情说，“我得好好地把米考伯先生赞赏一番。长期以来，他默默地忍耐着、坚持着，要是没有他为我们收集那些证据，我们就不会有机会坐在这里谈论我们所获得的成功。我还认为，我们应该承认，米考伯先生是为正义而伸张正义的，因为大家可别忘了，米考伯先生完全可以保持沉默给尤来亚·希普当走狗。”

“我觉得确实如此。”我说。

“那么，你要如何谢谢他呢？”我姨奶奶问道。

“哦，在咱们考虑这个问题之前，”特拉德尔有点不得劲地说，“我多少得说件事，面对这样一种难办的事，我们处理的方法是不合法的——整个过程都是不合法的——由于没法做到面面俱到，有两点必须略去不谈，这样才比较妥当。米考伯先生从他那儿支了不少钱，都是打了欠条、立了字据的——”

“哦，不用说，得还清的。”我姨奶奶说道。

“那是当然，但是我还不清楚，他会在什么时候拿着这些欠条起诉米考伯先生，更不知道那些欠条放在哪里。”特拉德尔睁大了眼睛说道，“我估计，还没等米考伯先生起程离开这里，说不定就在什么时候被拘留或者被强制还债了。”

“那他也得时刻准备被解除拘留，免于刑罚，”我姨奶奶说，“他一共透支了多少钱？”

“呃，米考伯先生把这些业务——他把它称之为业务——毫不避讳地用了一个笔记本记了下来。”特拉德尔面带微笑地说，“那些业务加在一起总共一百零二镑五先令。”

“那么，加上这个数目和我们借给他的，我们得给他多少钱呢？”我姨奶奶说，“爱妮丝，我亲爱的爱妮丝，至于咱俩日后如何分担先不说，先把他的事办好再说。我们给他五百镑怎么样？”

我姨奶奶话刚说完，我跟特拉德尔就抢着说话了。我们两个都提议替他把欠尤来亚的钱还清，并且不要求他日后还给我们。除此以外，再给他一笔小数目的现金带在身上。我们建议，米考伯先生一家的旅行路费和行李装备费都由我们负担，另外再给他一百镑。不过我们依然要承认这些钱是借给他的，因为让他保持这种责任感对他也许会有好处。关于这个建议，我又进一步提出了一点，我把米考伯先生的为人和经历私下里告诉皮果提先生，我知道皮果提先生是靠得住的，所以我们把那笔接济米考伯先生的一百镑先交给皮果提先生保管，等到时机合适的时候，由他交给米考伯先生。我又另外补充了一点，我觉得我可以而且有必要让米考伯先生知道皮果提先生的故事，这样可以引起米考伯先生对皮果提先生的关注。于是，他们俩在路上就好有个照应了。大家听了我这些意见都强烈地表示赞成，趁这会儿，我再提一下，没过多久，那两位当事人就做到了这点，他们诚心相待，彼此友善，和睦相处。

说到这儿，我看见特拉德尔又焦躁又担忧地看着我姨奶奶，于是我就提醒他，问他说的那个第二点，也是最后一点是什么。

“科波菲尔，假如我说了什么碰触到你们的痛处，请你和你姨奶奶不要怪罪我，好吗？我恐怕我一会儿要说的话就要碰触那个痛处了，”特拉德尔犹犹豫豫地说，“不过，我认为，提醒一下你们是非常必要的。在由米考伯先生组织的那个令人难忘的告发日子里，尤来亚·希普为了恐吓你姨奶奶，曾提到过一个人——你姨奶奶的前夫。”

我姨奶奶依然保持端坐的姿势，对特拉德尔点了点头。很明显，她保持得相当镇静。

“可能，”特拉德尔说，“这只是个没意义的恐吓吧！”

“他说的是真的。”我姨奶奶回答道。

“难道真的存在——抱歉——那样的人，并且尤来亚叫他做什么，他就做什么吗？”特拉德尔难以置信地把这句话断断续续地说完了。

“千真万确，我的朋友。”我姨奶奶回答他道。

特拉德尔明显地拉长了脸，解释道，要是以前他不该问这问题，因为这些并不是他工作范围之内的内容。但是这次这件事与米考伯先生的债务有关，两件事的处境是相同的。在尤来亚做出什么伤害性事件以前，我们不能投诉他。但是我们中的某些人受了什么伤害或被什么事所困扰，那毫无疑问，一定是他干的好事。

我的姨奶奶依然保持镇静，没过一会儿她的面颊流下两行泪珠。

“你说得很有道理，”她说，“这个问题提得很有水平。”

“有需要我——或者科波菲尔——帮忙的地方吗？”特拉德尔温柔关切地问道。

“不需要。”我姨奶奶对他说，“我对你感激不尽。我亲爱的特洛，这个恐吓根本算不了什么！我们把米考伯先生和太太叫回来吧。请你们别再跟我说话了！”她说完理了理衣服。她挺直了腰板坐在那里，目光停留在门槛上。

“嘿，米考伯先生和太太！”看见米考伯先生和太太走进来，我姨奶奶说道，“刚才我们在商讨你们移居海外的具体事项，让你们在室外久等，我们实感抱歉。快过来，现在我们要把我们商讨的结果告诉你们。”

我们商定的计划，经她这么一说，可把全家——那个时候，米考伯先生的孩子们也在场——乐坏了。米考伯先生听她说完，立马来起劲儿要去买写欠条用的印花，任谁劝他都不听，这也正是他向来在期票一类事务上严谨规矩的习惯。不过没过五分钟，他的这股兴奋就受到了突然袭击，因为他被一名法警盯上了。他只好回来，哭着告诉我们，一切都结束了。这当然是尤来亚·希普的计谋，不过我们早有对策，很快就拿出钱帮米考伯先生还清了债。又过了五分钟，坐在桌子旁的米考伯先生恢复了极度愉快的心情，正认真地填写欠条。当时他本来就发光的脸更加大发光彩了。这种情况只有在他做这种工作或调制酒的时候才会出现。他带着艺术家的神色填写着那些欠条，像画家那样给印花添色，又从侧面打量他们。他把这些欠条的日期和钱数以严谨的态度在袖珍笔记本上记下。然后，拿着这些欠条，以强烈的感觉去思考它们珍贵的意义。他这些举动，真叫人看着享受。

“可是要是你能听我一句劝，先生，”我姨奶奶静静地看了他一会儿，说道，“你以后最好别再做那种事了。”

“小姐，”米考伯先生说，“我已经立志，在未来的那页新篇章上写下这类宣言。米考伯太太是我的证人。我坚信，”米考伯先生一脸正经地说，“我儿子威尔金一定谨记：宁愿把手放在火里烧掉，也不要用它来摆弄那条已经毒害他那倒霉父亲心血的毒蛇！”米考伯先生先是深深地感动了一下自己，随即换了副失望的表情，用一种阴郁憎恨的眼神看了一眼那些毒蛇（不过他刚才对它们的那种爱慕之情仍然有迹可循）。他将那些欠条叠好，装进了他的上衣口袋。

写到这儿，那一晚的事就都结束了。我们都被悲伤和哀愁弄得筋疲力尽。我姨奶奶和我决定明天就回伦敦。当时我们是这样安排的：米考伯一家在把那些能卖的家具找到旧货商人卖掉后，就随我们一道去伦敦；维克菲尔德先生的事务由特拉德尔负责指导，适当加速地处理掉；爱妮丝在那些事务被处理掉以前，也随我们去伦敦。那晚，我们就在那所老宅子里过了一夜。赶走了希普一家，这所老宅子就像赶走了瘟疫一般。那天晚上我是在自己以前的房间里睡的，那种感觉就像一个流浪的人遭遇沉舟之灾，然而劫后余生找回了家一般。

第二天，我们回到了伦敦——但我并没有回自己家，而是去了我姨奶奶家。当天晚上我们像往常一样，睡之前会在一起小坐一会儿，这时她对我说：

“特洛，你真的很想知道近来老压在我心里的事吗？”

“我真的很想知道，姨奶奶。如果说我在哪个时候，因为不能分担你的悲痛和担忧而感到不安，那就是现在这个时候了。”

“光是你自己的事，就够你悲伤的了，孩子。就别再算上我这不足道的小烦恼了。”我姨奶奶关切地说，“特洛，我一直对你隐瞒这件事，就是出于这样的原因。”

“这个我心里非常清楚，”我说道，“不过，现在还是告诉我吧。”

“明天早上，你愿意跟我坐车去一个地方吗？”我姨奶奶问道。

“当然愿意。”

“那就明天早上九点去。”她说道，“到时我再把事情告诉你，我亲爱的。”

第二天，我们准时在九点出发，坐着一轮四轮的小车往伦敦市赶。车子穿过几条街道，在一所大医院前停了下来。在医院附近，我看见一辆素洁的灵车停着。灵车上的车夫认得我姨奶奶，我姨奶奶把手往窗前一伸，他就把车慢慢地开走了，我们的四轮小车跟在灵车的后面。

“现在，你明白怎么回事了吧，特洛，”我姨奶奶说，“他已经离开人世了！”

“他是在医院死的吗？”

“是的！”

她在我旁边坐着，动也不动。不过，当我看她的脸时，她又流下了两行泪水。

“在他死之前，住过一次院，”我姨奶奶紧接着说，“他病了有一段时间了——这些年来，他一直处于病态，整个人支离破碎。在他最后一次生病时，他知道自己时日不多，就求着他们把我叫过来。在那个时候，他说他很惭愧，也很后悔。真的很惭愧，也真的很后悔。”

“那次你去见他了，我知道，姨奶奶。”

“是，我是去了。在后来的日子里，我跟他在一起的时候比较多。”

“他是在我们去坎特布雷前一天晚上离开人世的吧？”我问姨

奶奶。

我姨奶奶点了点头。“再也没有人能伤害到他了，”她说，“所以我说那句恐吓是没有用的。”

我们的车来到城外，在霍恩西教堂的墓地里停下。“埋在这里比在街上流浪不知好多少倍。”我姨奶奶说，“他也是在这里出生的。”

我们下了车，那副素净的棺材也从车上卸了下来。我们跟在棺材后面来到一个角落里，在那里举行了下葬仪式。那个角落，我到现在还清楚地记得。

“往前数三十六年，就是今天，我亲爱的，”当我们往马车走去时，她跟我说，“我嫁给了他，上帝宽恕我们每个人吧！”

我们一声不响地在车上坐下，她将我的手握起，坐了好长时间。后来，她竟然一下子哭了出来，还对我说：

“在我嫁给他时，他还是个英俊秀气的小伙子，特洛——可是他后来变了，变得叫人好不伤心！”

不过她没有哭多久。哭过后，她的心情畅快了一些，甚至有些高兴起来。她很快就恢复了镇静。她说，她的心实在撑不下去，要不，她是不会这样哭的。上帝宽恕我们每一个人吧！

于是我们坐车赶回了她在海盖特的小房子。在那里，我们收到米考伯先生的一封短信，信是今天早上最早那班邮车带过来的。信上写着：

我亲爱的小姐与科波菲尔：

最近在地平线上显现希望之美景，又被无法突破的浓雾所笼罩，永远超出那命中已注定要漂泊一生的可怜人的眼界了。

希普控告米考伯另一案的传票业已发出（发自西敏寺皇家最高法院），该案的被告业已成为本区掌有法律管辖权的法警的猎取物了。

正是此日逢此时，前线崩溃敌王至。

王乃威骄爱德华，铁链奴役为统治。

我将要委身于那法警，委身于一个匆匆的结局了（因为精神上的痛苦超过一定限度后是无法忍受的，我感觉到我已经达到那个限度了）。祝福你们，祝福你们！将来的旅行者，由于带着的好奇动机（让我们希望，在好奇心中夹杂着同情）而访问本市债务人拘留所时，当他在巡视那里的墙壁时，或许会（我相信他一定）对那些生出无限遐想，因为瞧见了那用锈钉刻下的模糊缩名：

威·米

星期五于坎特布雷

附言：我又一次开封启告，我们共同的朋友汤姆·特拉德尔先生（他还不曾离开我们，他的情形很好），已经用特洛伍德小姐尊贵的名义偿还了债务和诉讼费；我自己与全家再一次处在红尘中幸福之顶端了。

第五十五章

现在我要写我生平的一件大事了。那件事是那样的难以磨灭，那样的惊心动魄，它与这本书中所写的往事那样的千丝万缕、纵横交错。在我开始写的时候，我就觉得它像广阔草原上的高塔，我越往下写就越觉得它高大，甚至觉得它在我儿时的许多事上，都提前投下了它的阴影。

在那件事发生后的几个年头里，它还常常在我梦里重现。它是那样的栩栩如生，那样的活灵活现，当我从梦中惊醒时，仿佛仍能看到它那翻滚的狂涛，在那只有我一个人的夜里，在我这寂静的卧室，狂肆猖獗。直到现在，我有时也能梦见它。虽然现在不像以前那样，隔不了多长时间就会梦见一次，但我仍然不固定地梦上几回。只要一提到跟风暴、海岸稍微沾点关系的东西，我就立刻清晰明朗地想到它。现在我要把它清清楚楚地写下来，就像我当时所见到的那样。我可不是在回忆它，它现在可是在我眼前重现，我正眼看着它进行呢。

移民出国的船很快就要起航了。我那慈爱的老保姆来伦敦了（当她看到我的第一眼时，她的心几乎都为我碎了）。她，她的哥哥，还有米考伯一家，常常聚在一起，我也经常去找他们，但我从来都没有见过爱米丽。

有一天晚上（那时，起程的日子快到了），我和皮果提兄妹三人在一起。我们聊到了汉姆，皮果提就跟我们说，她临行时，汉姆怎样热情地给她送行，他是怎样富有男子汉气概，又是怎样不乏沉静安详之态。特别是最近，她敢说他从来都没有这么痛苦过。这位热心人，只要一提到这个话题就没有放下来的打算。她非常喜欢说她与他在一起时，一桩又一桩的事。她说得那样津津有味，同样，我们也听得那样津津有味。

那时候，我和我姨奶奶都分别搬出了在海盖特的那所宅子。我打算出国，我姨奶奶打算回到多佛的老房子去。于是，我们在花园里找了个寓所暂时寄身。那天晚上，我与他们聊完之后就回那个寓所去了，途中我又想起上次在雅茅斯见到汉姆的一些事。本来我打算在给他们送行时，把那封给爱米丽的信交给皮果提先生。不过我又觉得这样做并不好，还是现在就给他比较好。因为我认为，爱米丽收到我的信后，说不定还有几句临行的话要传达给那个不幸的情人。何不在她走之前亲口对他说呢?

于是，我在上床睡觉之前，坐在卧室里给她写信。我告诉她，我跟汉姆见过面，汉姆曾请求我代他向她传达几句话（这些话我已在这本书的其他地方写过了），然后我又把那番话原原本本地复述了一遍。虽然没人限制我不许给那番话添枝加叶，但我觉得没有那样的必要。那番话本身就已经是真诚宽容的了，用不着我或者其他的谁来粉饰渲染。我把信放在外面，明天一早就寄出去。信封上还附有一行：请皮果提先生将信转交给爱米丽。写完信我就上床睡觉，那时天已经破晓了。

那时，我实际上比我所能感受到的要虚弱得多。因为直到太阳升起来的时候，我才睡着了。第二天，我在床上躺了很久，不过我一点精神都没有。我姨奶奶轻轻地来到我的床边，我这才惊醒了。我在睡梦中觉得她在我床边，这样的感觉，我相信大家都经历过。

“我亲爱的特洛，”我把眼睛睁开，听见她说，“我还在考虑叫不叫你起来呢。不过皮果提先生来了，叫他上来吗？”

我说，叫他上来。于是，没多会儿他就上来了。

“大卫少爷，”我们握了一下手，然后他说道，“我把信给了爱米丽，少爷，然后她回了这封信。她说了，请你在转交给他之前打开看一看，要是你觉得没什么不妥就给他吧。”

“你看过没有？”我问他。

他难过地点点头。我将信展开，信上写着：

你请人传达的口信，我已经收到。哦，你对待我的好心肠是仁慈的、圣洁的，叫我写不出什么话来感激你！

你对我所说的那些话我会铭记于心，只要我活着一天，我就记着一天。那些话像是利索的刺，却又给我带来了不一样的安慰。我为那番话祈祷。哦，我已经祈祷得那么久了。在我眼里，你是什么样的，舅舅是什么样的，那上帝也就是什么样的，我可以在他面前哭泣、诉说。

永别了！哦，我亲爱的，我的朋友，今生今世就此永别了！去了另一个世界，要是我能被宽恕，或许来世我可以转世为你的孩儿。无尽的感激，无尽的祝福。愿你生生世世都平安！

这就是她的那封信，上面泪迹斑斑。

“我能跟她说，你觉得没什么不妥的地方，答应帮她转交吗，大卫少爷？”皮果提先生看我把信看完了，于是问我。

“可以的，”我说——“不过，我正心里想着——”

“什么，大卫少爷？”

“我正心里想着，如果我现在就去雅茅斯把信送过去，那我还能在开船以前赶回来。我总是想起他和他那孤独寂寞的心。现在，我就去把她亲手写的信送到他手里，这样，你在船起航以前就可以告诉她，她的信他已收到。你不觉得这会给他们双方留下好印象吗？他把这件事托付给我时，我是郑重其事地接受的，面对这样一位可亲的好人，我能做得多周全就要做到多周全。区区这一段路对我来说算得了什么？现在我心里很烦躁，正适合出去跑跑路，我要连夜赶过去。”

他表面上很认真地劝我不要去，不过我看得出来，他很赞成我的想法。我也知道，如果我现在稍有松懈的话，那他就更坚定他的劝解了。我请求他为我在邮车上订下一个座位，于是他亲自去了车票房。那天晚上，我就坐着那辆车踏上通往他家的那条大路。就在这条路上，我曾多少次沧桑走过。

“你没看出来，”过了伦敦，我在下一站问那个车夫，“今天的天色非常特别吗？我可不记得我什么时候也见过这样的天色。”

“我也不记得——出现过这样的天色，”他回答说，“起风了啊，先生。我看海上近来要出事了。”

那是一片昏暗混乱的天，浮云飞扬、奇堆怪垒、令人吃惊地翻滚成一堆一堆的，这儿那儿冒着火炉中湿柴那种颜色的烟，浓如墨黑的乌云层层堆砌，令人难以想象，层与层间的高度，比那地上最深的山谷到天上的距离还要深远。疯狂失措的月亮在乱云堆中，逃也似的乱投乱窜，仿佛这种自然规则反常的可怕现象使得它受了惊吓，迷了方向。风已经刮了整整一天，这会儿，风还在继续，不过不是刮，而是呼啸。一小时后，风力越来越强，天色越来越阴暗，风刮得越来越劲暴。

夜色越来越浓重，乌云越来越密集，本来就已经很暗的天空，现在被遮得密不透风。风越刮越起劲，而且还在加劲，以至于我们的马儿无法迎风行走了。在夜色最浓重的时候（正当九月末，所以夜已经不短了），有好几次，拉车的马掉过头来，或者站在那里不走，我们真担心会出现马仰车翻的结局。在那场暴风雨来临之前，就已经有一阵一阵的疾雨如剑坠落。于是，只要我们遇到有树或有墙的地方，我们就恨不得停着不走了，因为实在是难以再挣扎前进了。

破晓时分，风依然在加势。我以前在雅茅斯的时候，就听那些出海的人说过，狂风刮起来如火枪轰鸣一般，但我却从来没有亲历过那样的风，哪怕与此接近的风都没有见过。

当我们到了伊普斯维奇时——天色已经相当晚了。自从我们从伦敦出境十里路后，我们就在挣扎着前进。我们走的是一步一个脚印啊。在那里，我们看见市场上聚着一群人。他们担心烟囱被风刮倒，所以连夜爬起来了。当我们来到一家旅店打算换马时，那群人中有几个人告诉我，有一块大铅瓦，被风从一座高大的教堂顶上刮了下来，砸在了一条巷子里，当时，那条巷子就被阻断不通了。还有几个人告诉我们，几个乡下人从周围的村子里来这儿的途中，看见一棵大树被风连根拔起，横在了路边。更不用说那些干草堆了，早就在马路上、田地里散落得到处都是。都已经这样了，可是那暴风雨毫无收势之意，反倒越演越烈。

我们挣扎着往前行，越来越靠近海岸（风是从海上往岸上肆虐的），风也越来越恐怖。在我们离海还远着的时候，狂风就已经能把从海里掀起来的水喷洒到我们的身上，浪沫溅到嘴边，有一股咸咸的味道。海水被风卷了出来，漫过了雅茅斯周围的许多低洼地带，一洼洼，一道道，都在狂风的作用下猛烈地撞击着堤岸。它用尽它那微弱的力量，乘着浪花向我们攻击而来。终于，我们看到海面了，在无边的海面上，巨浪滔滔，参差错落，不时有浪头从翻滚的深渊中腾起，好像是海另一边的阁楼台榭、房舍屋宇若隐若现。终于，我们来到镇上了，镇上的人们，披头散发站在风中，头发随风飘扬。他们站在门口，惊讶着在这样的夜晚，竟然还有邮车敢来。

我在我以前住过的那家旅店里订了一个床位，然后就去看海上的情况。一路上，我沿着大街摇摆不定地前进，街上到处都是细沙、海草和飞溅的浪沫。一路上，我担心屋顶上摇摇欲坠的石板瓦砾会掉下来，在陡然转弯的街角，遇见谁就拉上一把。我来到海岸边，看见房舍屋宇后面躲避的不仅是渔人们，还有镇上一半的人。有些人迎着海风，时时从躲雨的地方走出来，向海上张望。他们回去时，却老被风吹得偏离原来的路线。

我挤进人群中，看见一群哭泣的妇女们，因为她们的丈夫坐着船出海打鱼或是采蚝去了。而这些船在这种天气里，在找到可以靠岸的地方前沉沦在大海里，那是一点都不奇怪的事。头发斑白的老水手们挤在人群中，他们摇着头，视线从海面移到天空，互相咕噜着几句；紧张不安的船主们夹在人群中，焦急地张望；挤成一团的孩子们，抬着头，盯着大人们的脸；焦急慌张的船夫们，从背风避雨的地方用望远镜向海上张望，似乎他们要观察的是一个敌人。

我稍稍缓过一口气来，往大海上望去，只觉得狂风迷眼，沙石飞天，喧响惊人，好一片可怕的大海，让我看得胆战心惊。当那高高矗起的水壁浪墙纷至沓来，它们涌至最高峰时，跌落成飞溅的浪头，似乎只用它们中最小的那一朵就能将整座市镇淹没掉。浪头退却，往后一扫，掷地有声，似乎它是特意跑来在岸边挖一个很深的坑的。白顶的巨浪轰然翻滚，还没到达岸边就已经撞得粉碎，似乎其中的每一碎片都带着极度愤怒的力量，然后迅速凑在一起组成另一个怪物。翻滚的深谷形成高山，时时会有一只孤零零的海鸥掠过高山飞向深谷。大片大片的海水轩然翻滚，狠狠地砸在海岸边。那些重涛叠浪，以一个形象驶来，很迅速地就换成了另一个形象，然后涌向前一个形象，从而改变自己的位置。天边的海面上，没有阁楼台榭，房舍屋宇的对岸，此起彼落，此高彼低。乌云浓密厚重地压过来了。我仿佛看到天崩地裂，眼前的一切正在反复折腾。

在这场叫人记忆深刻的狂风中，我没有看到汉姆，就决定顶着风去他家看看。说起那场暴风雨，那里的人们到现在还记忆犹新。他们把它说成当地最大的一场暴风。我来到他家，可是他家的门紧紧地关着，我叫门没有人答，于是我从幽静巷子和小道去了他干活的船厂。他也不在，不过那儿有人告诉我，他去了罗斯托夫特，因为那儿有船急着要修，只有他的技术才能做得来那活儿。不过明天一早他准能回来。

我步行回到旅店，洗了澡，换了一身衣服，那时已经下午五点了，我想睡一会儿，可是又睡不着，于是我在咖啡室的火炉旁坐下，还没坐到五分钟，茶房以借火为由来找我聊天。他对我说，在几里远的海上，有两条运煤的船沉海了，全体船员无一幸免，还有几条船，在将要靠岸的地方拼命挣扎，想要避免触滩。要是让今天再过一下昨晚的那种天气，他说，那就只好祈求上帝保佑他们，保佑所有可怜的水手们！

我感到极其烦闷、极其无聊。因为汉姆不在，所以我极其不安。最近所发生的变故，给我带来了非常严重的影响，严重到什么地步，我说不清楚。吹了那么长时间的海风，我现在头昏脑涨的。我的思想和记忆像一团乱麻一样，混乱不堪。我无法将时间和空间一一对应起来。要是说我现在到镇上去，我遇到了一个熟悉的人，而这个人这时一定在伦敦，我敢说我一定不会惊讶我能在这里遇见他。可以说，对于这些事，我的大脑处于一种出奇的休眠状态，但是我的大脑并没有停止工作，它仍在忙着回忆与这个地方有关的记忆，这是我无法控制住的。我回忆得那么生动，那么鲜明。

在这个时候，茶房跟我聊那些沉船的悲惨消息，我不由自主地担忧起汉姆的安危。我确实是在担心他从罗斯托夫特回来时，会走海路，因而失事或失踪了。我越想越担心，最后我迫使自己决定，一定要在吃晚饭以前去趟船厂，问问那里的人，他有没有可能会走海路回来。要是他们向我透露一丁点儿那种可能性，我非得亲自去趟罗斯托夫特把他领回来，免得他从海路走。

我随便订下了晚餐，急急忙忙地向船厂走去。我还算赶巧儿了，因为，门口有个船厂工人手里打着灯笼正准备锁厂院的大门。当他听完我的担忧时，他哈哈大笑起来。他告诉我，我的担忧是多余的。在那样的暴风雨的天气里，连傻子都不会放船载客，何况那些大脑正常的人哩！再说汉姆·皮果提自己就是个出海的水手。

我料到事情会这样，但是我没办法控制住自己不去这样做。想来，自己也觉得这样怪不好意思的。我又步行回了旅店。如果说那时的风还可以刮得更大的话，那我要说了，它正在刮得更大。那风暴的号叫狂吼，那门窗的叮叮当当，那烟囱的呼呼噜噜，还有我借宿的这所房子明显的摇摇晃晃，海水狂乱地喧哗，所有这一切都要比早上的时候更恐怖。这时天又黑了下来，给这场暴风雨又添了新的恐怖，真实存在的和幻想而来的恐怖都有。

我饮食难安、坐立不定，什么事都做不下去。我内心有些什么事与那外面的狂风微微地产生共鸣，我脑中潜伏的记忆被掀开，潜伏的深处引起一阵骚动。但是，我的思想跟那轰鸣的海水同样的疯狂。狂风和我对汉姆的担忧，永远站在我思绪的最前端。

这顿晚饭，我几乎没怎么吃就收下去了。我想喝一两杯酒，提一提精神，但这是徒劳。我在火炉边昏昏欲睡，但是意识并不模糊，我既能听得清门外的呼声，又能说得出自己的所在。我又被另一种恐惧占据心头，我说不清它的来历。在这种恐惧下，我的那两种感觉渐渐退去。于是我醒过来了——或者说我从那个把我束缚在椅子上的睡意中解脱出来——我浑身上下，被一种漫无目的、不可名状的恐惧所缠绕。

我在屋里来回地走动，我尝试看一份过期的报纸，听那可怕的呼呼声，看炉火中晃现的面目、景物和形体。墙上的那个时钟一成不变地绕圈圈，发出规律的滴答声，仿佛外面的呼呼声干扰不了它，但是它干扰到了我，我被它搅得下定决心回床上睡觉。在那样的夜晚，我听见旅店里的几个仆人商量好了要一起坐在那里守到第二天天亮，这是一个令人心安的消息。我坐在床上时，还觉得大脑昏昏沉沉，疲惫得要命。可是我一躺下，我所有的睡意像玩魔术一般，瞬间消失了，我异常地清醒过来。

我在床上等了几个钟头，听着窗外的风声和水声。我一会儿听见有惨叫声从海上传来；一会儿清晰地听到有人放了信号弹；一会儿又听见镇上的房子都倒塌了。有几次，我往窗外看，但是我什么都没看到，只有那支我没吹灭的蜡烛发着昏暗的光，再不然就是玻璃窗上照回来的我那张憔悴的脸，在一片黑暗的背景中看着我自己。

我烦躁不安，无法抑制，于是我急急忙忙穿好衣服，往楼下走去，我朦朦胧胧看见大厨房的房梁上吊着的咸肉和玉葱瓣，守夜的人们聚在一张特意从大烟囱搬到门口的窗子边，他们摆着各种各样的姿势。一个漂亮的少女，用围裙捂着耳朵，眼睛盯着门看，在看到我时，她“啊”一声叫起来。她说，她以为自己看到的是鬼。不过其他的人可比她冷静多了，他们反倒欢迎新伙伴加入他们的组织。当我问他们刚才在讨论什么时，一个男仆人问我，那些运煤的沉船上淹死的水手，会不会在这暴风雨中，灵魂显现呢?

我想，我在那里待了有两小时。有一次，我推开院门朝那空荡荡的街上张望。沙石、海草和浪沫迎面扑了过来。我想关门，却发现抵不过风力，只好叫来几个人对抗着风把门关紧了。

当我再次回到那冷清的屋子里时，那里黑糊糊的。但是这时的我是真的累了，于是我再次爬上床，沉入——似乎我由高塔跌入深崖那样——深深的睡眠中。我总觉得，很长一段时间里，我在梦里总是被风围绕着，虽然我做了几个不同的梦，去了几个不同的地方。到最后，我对现实的那点微薄的把握也消失了，于是又梦见我和两位要好的朋友在轰隆隆的炮声中，穿过枪林弹雨，围攻一个市镇。但是那个要好的朋友是谁，我并不知道。

大炮一刻不停地轰鸣，因而我根本无法听到想要听的东西，最后，我努力挣扎，终于醒了过来。那时天早就亮了——已经八九点了。耳边的轰鸣声仍未断，不过这时是狂风而不是炮火。有人在敲门，还喊着我。

“怎么？”我喊道。

“就在附近，有一条船破了！”

我从床上一跃而起，连忙问道：“那是什么船？”

“运新鲜果蔬和酒的船，是从西班牙或者葡萄牙发过来的。要是你想看看，就趁现在吧，先生！岸上有人预测，它随时都有粉碎的可能。”

那个声音惊慌急促，沿着楼梯上去了。我把衣服胡乱地一裹，要多快有多快地往大街上跑去。

我跟在一群人后面往海岸边跑去。我将许多跑着的人甩在后面，很快，我就来到那个咆哮的大海面前了。

也许这个时候风势有所减小，但是这种减小是叫人察觉不出来的，就像我梦里开火的几百门大炮其中几个熄火了一样。眼前的大海，昨夜又闹腾了一宿，比起上次我见它时的样子，今天更叫人感到可怕。当时，它的任何状态，都带有膨胀扩大的趋势。浪头一个接一个地翻腾而起，一个高过一个，一个压下一个，以千军万马之势滚滚而来，那势头真叫人惊怕到极点。

在那淹没话语的狂风骇浪中，在那拥挤的人群中，在那无法形容的骚乱中，在我喘不上气来，拼命与恶天气相抗衡中，我是那样的心慌意乱。我向海上张望，寻找那条失事的破船，然而除了那滚滚而来、浪沫四溅的巨浪以外，我什么都看不到。站在我旁边赤膊的船夫，用他那一丝不挂的手臂（手臂上刺着一个箭头，也是指向那个地方）向左边一指。于是，天啊，我这才看见了那条破船，就在离我们不远的地方。

一条桅杆从甲板上六七尺或八尺的地方折断，它倒在一边和乱糟糟的帆布、线索缠绕在一起。那条船一刻不停地颠簸、撞岸，猛烈得让人心颤。它每那样一次，那团乱东西就会在船的侧面敲打一次，仿佛敲不破船誓不罢休。即使在那种情况下，我知道，仍有人在努力砍那一团乱东西。因为那条斜侧着的船，在颠簸的过程中往我们这边一歪，我就能清清楚楚地看到船上的活动。

人们拿着斧子去砍，其中一个留长头发的人做得特别积极，特别引人注意。但是就在这会儿，岸上有人大喊一声，那声音穿越了狂风声和巨浪声直入人耳。因为颠簸那条船的大海掀来了一个巨浪，把船上的人、圆木、桶、木板和船舷等一堆堆像玩具的东西一扫而光，统统甩到了翻腾的巨浪中了。

只有桅杆依然竖在那里，缠在上面的破帆布和断绳索迎风扑打。还是刚才那个船夫，他凑到我的耳边沙哑着嗓子说，那条船在触了一次礁后，失去了平衡，跟着又触了一次礁。他还告诉我，那条船会从中间断裂的。我跟他想的一样，因为海浪的撞击实在太猛烈了，无论人造出什么样的东西，都经不起这样长时间的撞击。就在他跟我说话时，岸上又发出一声同情的尖叫，只见海中四个人与那条破船一同从海里浮上来，他们紧紧地握着那未完全折断的船桅，最上面的正是那个留长头发、行动积极的人。

船上有个钟。当那条船被大海颠簸得像头发疯的野兽翻滚乱撞时，它时而歪向一边，于是我们将甲板看得清清楚楚；时而疯狂一跃，来一个转身面向海的对岸，于是除了龙骨，我们什么都看不到了。就在它这样翻滚乱撞时，那个钟敲响了。那声响像是给那些不幸的人们送行的丧钟，顺着风飘入我们的耳中。那条船再次消失，又再次浮起。又有两个人不见了。岸上人的悲痛又增加了一些。男人们呻吟着，紧攥双手；女人们尖叫，背过脸去。有几个人一边发疯似的向等待救援却又无法得救的地方呼救，一边沿着海岸跑来跑去。我发现，我也成了那几个人中的一个，疯也似的哀求我所认识的水手，求他们不要让那两个身处绝境的人，眼睁睁地在我们面前丧生。

他们慌乱地跟我解释说——我不知道是怎么一回事。他们说的话我本来就听得不多，能理解得就更少了——一小时前，他们曾组织了几名水手乘着救生船勇敢地去救援，但他们什么忙都帮不上，也没有人敢带根绳子游过去，把破船与岸上联系起来，因为那样做太冒险了。所有能用得上的办法都用尽了。这时，我发现岸上的人又一次骚动起来，人群很快分成两队，从他们中间，汉姆走了出来。

我向他跑去——据记忆，我把我的救助跟他重述了一遍。然而这时，我被一种从未见过的可怕景象，弄得惊慌失措。而他的脸上却表现出一种决心，还有他那往海上搜寻的眼神——我记得跟爱米丽离家出走的那个早上的眼神一模一样——我猛然反应过来他的危险。我一把把他抱住，求我认识的那些水手过来帮忙，千万别让他任性，千万别让他出人命，千万别让他离开海岸！

岸上又传来一声尖叫，我往那艘破船上看，只见船帆粗鲁地一次接一次地猛扑狠打，把那两个人中靠下的那个人打落了，然后耀武扬威地缠绕剩下的那个行动积极的人。

在当时那种情况下，他视死如归，那样沉着，在场一半的人都听到了他的号召（他向来如此），要想在这个时候劝回他的心意，那我还不如对风祈求，叫它刮小一点。“大卫少爷，”他激动地握住我的手，说，“要是天有意招我回去，那我躲都躲不掉；要是天无意招我回去，那我不想回来都得回来。主会护佑你我，护佑大家！兄弟们，给我准备好！我就要开始！”

我被推到一边，但我知道，这并不是不善意的。身边的人拥过来拉住我，周围一片混乱，我仿佛听见有人跟我说，不管有没有人帮他，他是铁了心要去的。我要是再这样搅和，只会妨碍他们给他布置的安全措施。我听完，说了什么，我不记得了，后来他们又说了什么，我也不记得了。我只看见海岸上的人手忙脚乱地忙着。人们带着从绞盘上取下的绳子跑向人群，就是这群人把他围得叫我看不见他。当我再次看见他时，他已经穿好了水手衣装，人群已经散开，将他一个人留在那里，他手里握着一根绳子，也许绳子系在他的腕部。还有一根绳子系在他身上。缠在他身上的绳子松散在他脚下的沙滩上，绳子的另一头由几名水手在稍微远一点的地方牵着。

虽然我并不懂船，但我也能看得出那条破船就要断裂了。我看见它就要从中间分成两半，桅杆上仅剩的那个人的性命迫在眉睫，他仍然抱着桅杆不放。他戴着一顶红颜色的帽子，帽子非常特别，不像是水手常戴的那种，它的颜色非常显眼。因为将生死隔在一线之间的几条木板，本来就已经陷下去了，现在开始上下左右地乱转，水开始漫上来，那预告他死亡的丧钟眼看就要敲响。那个人不住地往岸上挥舞着那顶帽子。当时，我看到他那个样子，感觉自己就要疯了。因为他的动作让我想起我曾经一位亲切的朋友。

汉姆站在最前方望着大海，在他身后的是屏住呼吸的人群，在他面前的是粗暴的狂风。一个巨浪退下，他回头看了一下拉绳子的水手们，便一头扎进巨浪里，与大海展开搏斗。他随着巨浪一会儿跃到最高端，一会儿跌到最深谷，然后被浪涛掩埋住。结果，他被浪送回了岸，水手们赶紧把绳子往回收。

他受伤了。从我的角度能看见他脸上有血，但是他自己绝对没有注意到。他打着手势，好像在说，把他再放松一点——这是我从他那挥动着的胳膊推断出来的——然后，他又像刚才那样，准备向海上出发。

这一次，他奋力向那艘破船游去，随着巨浪，一会儿腾到浪顶，一会儿跌到浪谷，一会儿被冲向海岸的方向，一会儿被冲向破船的方向。他勇敢地与大海艰难地搏斗。终于，他接近那条船了，他离它那样近，只要再努力一把，就能触碰到它。但就在这关键的时刻，一股绿色的浪潮势如山崩地从船那边奔向岸边。他好像一下子陷进去了，那艘船也被淹没了。

我向水手们拉他上岸的方向跑去，只见海面零星漂荡着几片木片，在水里打着旋涡，仿佛海浪打破的不过是一只木桶。所有的人都变得恐慌起来。他们拉他上岸，在我跟前放下——一动不动——魂已散。人们将他安置在最近的一所房子里。这时，再也不会有人阻拦我去接近他了。我陪在他身边，一个方法接一个方法地进行抢救措施。但是毫无起效，他已经死了，被巨浪给劈死了，他那颗仁慈宽厚的心永远地停止跳动了。

我在床边坐下。那时，所有的希望都已落空，所有的事都已无法挽回。正在这时，有一个人，在门口压着声音喊我。我抬头一看，是个认识我的渔夫，那是我跟爱米丽还是孩子的时候，他就认识我。

“先生，”他说，他的双唇微微颤抖，脸色像死去一样的白，在他那风吹雨打的脸上挂着两行泪水，“你可以去趟那边吗？”

我想起过往的事，在他的脸上，我看得出他跟以往是一样的。他伸过胳膊来，我抓着他的胳膊惊慌失措地问他：

“有尸首被冲到岸上了？”

他告诉我：“有。”

“他生前认识我？”我问道。

他并没有回答我。

我跟着他来到海边。在我和她，儿时寻找贝壳的岸边——就在从昨夜被海风吹来的那条破船上飘落下来的零星碎片落地的地方——在他那支离破碎的家残余的痕迹之间——我看见他躺在那里，头枕在胳膊上。这正是他在学校常常做的躺姿。

第五十六章

哦，斯梯福兹！上次我们聚在一起聊天的时候，我无论如何也想不到，那竟然是我们最后一次见面。那次，用不着说“想着我最好的时候”，我向来都是这样想着你的。如今，我亲眼见到你这副光景，我还能如何改变呢？

他们找到一副担架。他们把他抬上担架后，又盖了一面旗子，然后向有人居住的方向抬去。抬他的人都认识他，跟他一起出海航行过，他们都亲眼见过他那阳光愉快、勇敢坚强的样子。他们静静地抬着他，穿过狂暴粗野的风，走过熙攘骚动的人群，向一所已经停放过一具尸体的小屋走去。

但是当他们走到小屋门口时，突然将尸体放了下来，先相互之间看了看，又看了看我，跟着在那里窃窃私语。我知道了这其中的缘故，他们是觉得，将他安置在这样肃静的屋子了，有点不妥。

于是我们一同前往镇上，将这副担架安置在旅店里。我刚回过神来，就立即叫人把约拉姆请过来，请他帮我雇辆车来，好让我连夜把这遗体送回伦敦。我知道，照顾遗体、委婉通知他的母亲都是非常艰巨的任务，而这任务的负责人，只能是我自己，我也希望能够忠实诚信地尽早完成这项任务。

我打算连夜动身，这样也许会少引起镇上人的好奇心。我负责将要照顾的东西在雇来的车上放好，然后坐着车往院子处赶去。虽然现在已经快到半夜了，但仍有很多人等候在那里。我们穿过市镇，上大路走了一小段，我看到的人越来越多，只是连续不断地出现。后来我们离开了市镇，与我和我儿时友情的残留相守的，只是那凄凉的黑夜和那广漠的旷野。

这是个秋意正浓的时节。地上落叶纷纷，空气中弥漫着一股秋香。枝头，秋叶斑斓：有黄，有红，有紫，也有其他美丽的颜色。阳光透过这多彩的秋叶在地面上留下斑驳的影子。我已经来到海盖特了。还有最后一里路，我步行过去，边走边想我那责无旁贷的任务。那辆车子，追随了我一整夜，现在我把它停在后面，等候出发的命令。

我离那所宅子越来越近，竟然发现它一点没变：所有的百叶窗都被遮得严严实实；那石子铺就的院落，依然沉静寂寞；还有那条走廊，通向一扇永远紧闭的门；所有的一切都死气沉沉，毫无生命的迹象。那时，风已经完全刮停了，不再有任何东西在空气中摇曳摆动了。

起初，我拿不出勇气去拉门铃儿，但我到底还是拉了，就在那一刻，我觉得这铃声正是为我这使命而专门拉响的。那个小使女出来了，她用手里的一串钥匙将大门打开，忠诚地看着我，说：

“对不起，先生。你生病了？”

“我遭受了很多打击，而且，疲乏极了。”

“有什么事很重要吗，先生？——詹姆斯先生？”

“小声点！”我说道，“是的，出事了，我必须通知斯梯福兹夫人。她人在家吗？”

那个女孩紧张起来，她告诉我，现在她的主人几乎只在家待着，老待在自己的房间里，从来都不出门坐车。她不见客人，不过倒愿意见见我。她还说，她的主人已经起床了，达特尔小姐正在房里。她问我，有什么要她替我上楼通报的。

我着重嘱咐她，什么都不要说，只把我的名片给她，然后告诉她我在楼下等候。这时我们来到了客厅，我就在客厅坐下，等候她的回音。这个客厅里，故人还在的时候，充满着那样多的乐趣，如今，门窗紧闭，一切欢声笑语都消失了。竖琴还摆在那里，但从很早开始，就无人问津了。他儿时的画像还挂在那里，他母亲用来保存他的信件的匣子还放在那里。不知道，她现在是否还翻阅这些信件，也不知道，她日后是否还有机会翻阅这些信件！

宅子里非常安静，女孩轻轻上楼的脚步声我都能听得见。她回来了，大意告诉我，斯梯福兹夫人久病体弱，下楼不便。要是我谅解她的话，她愿意在卧室里接见我。很快，我就上楼来到她的面前。

她不是在自己的卧室里，而是在他的卧室里。我认为她之所以住在这里，是因为她思念他太久了。还有他玩过的玩具、用品和他做过的功课纪念品，都跟他离开家时的摆设一个模样，当然这也是因为她太思念他了。但是，她却喃喃地告诉我，因为待在自己的卧室里身体更加不适，所以才搬过来住的。她那样不苟言笑，叫人对她的话毫不怀疑。

达特尔小姐像往常一样，站在斯梯福兹夫人椅子旁边。当她用她那双黑眼睛第一次看我时，我就知道，她知道了我这次来不是传达什么好消息的。那个疤痕，瞬间明显起来，她退到椅子后面，免得被斯梯福兹夫人看到她自己的脸。她的眼睛，一点都不迟疑、不退缩地盯着我看。

“看到你穿着丧服，我感到很难过，先生。”斯梯福兹夫人说道。

“我不幸地失去了太太。”我说。

“你还非常年轻，哪能禁得住这样的打击，”她继续说道，“我为此表示难过。我但愿，时间可以冲淡你的痛楚。”

“我但愿时间——”我看着她的眼睛，说，“会冲淡每个人的痛楚。亲爱的斯梯福兹夫人。在巨大变故中，我们都得信赖这句话。”

我说得很诚恳，都快掉眼泪了，她见此，吃惊不已。似乎她所有的思绪都要中断、都要改变了。

我努力控制自己的声音，轻轻地说出他的名字，但是我的声音还是在颤抖，她自言自语地把他的名字轻轻地念了两三遍，跟着装出镇静的样子跟我说：

“我的儿子生病啦。”

“病得相当严重。”

“你们见过面？”

“是的。”

“你们和好如初了？”

我无法回答她是，还是不是。她把头向椅子边上的萝莎·达特尔微微转去。这会儿，我用唇语告诉萝莎“死了”。

为了不让斯梯福兹夫人看后面，而且，我明显看出来她还没做好心理准备去接受这件事，我连忙迎上她的视线。但是这时，我已经看到，萝莎·达特尔悲恸欲绝，恐惧万分地把双手举向空中，然后往脸上一捂。

那位清俊秀丽的夫人——很是相像，哦，很是相像！——眼神呆呆地看着我，手扶着前额。我劝她平静一些，准备听那件我早晚得说的事。不过，我应该劝她哭出来，因为她坐在那里动也不动，像一尊石像。

“上次见到达特尔小姐时，”我结结巴巴地说，“她告诉我，他还乘着船在海上到处航行。前天夜里，海上真是可怕极了。像我听说的那样，要是那天晚上他也在海上，而且在一个危险的海岸附近，要是我见到的那条船上真的有他——”

“萝莎！”斯梯福兹夫人说，“来我跟前！”

她照做了，但是她的脸上毫无同情和慰问可言。她看着他母亲的脸，眼中散发出烈火一样的光芒，出人意料地发出一阵可怕的狂笑。

“现在，”她说，“可算成全你的骄傲了吧，你这个疯婆子，现在他可算向你赎罪了吧——用的是他的生命！听见没有？——用的是他的生命！”

斯梯福兹夫人靠在椅子，身子笔直，除了一声呻吟，就再也没有别的言语。她睁大了眼睛看着萝莎。

“哎呀！”萝莎使劲地往胸前捶，她叫喊道，“你看看我呀，你呻吟呀，你叹息呀，你看看我呀！你瞧瞧我这儿！”她指着那个疤痕说，“这就是你那死去儿子的杰作。”

那位母亲时不时发出一声呻吟，叫我听得揪心。那种呻吟一直含糊不清，一直阻闷不畅；那种呻吟一直伴随着脑袋无力地晃动，脸上却丝毫不变；那呻吟一直都是发自于僵硬的嘴唇和紧锁的牙关，仿佛痛苦使得她牙关紧闭，面部僵硬。

“这是他什么时候打的你还记得吗？”她往下说，“弄得我毁了容，这是他什么时候干的，因为他遗传了你的脾气，因为你溺爱他，纵容他的傲慢，于是他做出了这样的事。你看着我呀，以后我进坟墓了，我都要把印着他那粗暴脾气的伤疤带过去。这都是你惯出来的样子，你就呻吟吧，叹息吧！”

“达特尔小姐，”我劝解她，“就看在上帝的面子上——”

“我非说不可！”她面向我说道，她的眼中闪着利光，“你给我住嘴！你看着我呀，我说你看着我呀！这位骄傲的母亲，这位又骄傲又虚伪的儿子的母亲！你就为着把他养这么大，呻吟吧！你就为着把他惯得这么坏，呻吟吧！你就为着你失去他，呻吟吧！你就为着我失去他，呻吟吧！”

她的手紧紧地攥起来，消瘦的身体不停地乱颤，仿佛她的情绪正一寸一寸地吞噬着她的生命。

“谁恼怒他的任性，是你！”她像发作歇斯底里一般，喊道，“谁被他的骄傲所害，是你！谁在白发苍苍的时候，反对你把他生下，给了他双面的性格，是你！谁在他婴孩时就教育他，干预他的正常成长，把他培养成今天的这个样子，是你！如今，你这么多年来的辛苦得到回报了吧！”

“哦，达特尔小姐，这样太可耻了！哦，这样太残忍了！”

“你听好了，”她回答我的话，说道，“我非说不可。现在，我就站在这儿，谁有权利可以阻止我说话！我委屈了那么多年，话都不敢说，我今天说说不行吗？我给他的爱，不知道比你的多多少！”她转向她，凶她道，“我能做到爱他而不求任何回报。如果我成了他的妻子，只要他肯对我说一句情话，哪怕一年只说上一句，那我就愿意顺应他的脾气，给他当奴隶。我能做得到的！谁能比我清楚这点？你，尖酸刻薄、蛮横骄傲、古板拘泥、自私自利，我给他的爱，却是忠心不二，全心全意——可以把你那一文不值的眼泪踩在脚下，跺上几脚。”

她用脚跺着地，两眼闪着利光，仿佛她现在正在踩那一文不值的眼泪。

“你看看这儿！”她凶凶地拍着那个疤痕说道，“慢慢地他长大了，当他理解了他做过的是什么事的时候，他懂了，而且后悔了！我能唱歌给他听，能跟他聊天，能关心他所做的每一件事情，他对什么感兴趣，我就努力去学什么。我要让他在意我。在他本性最纯真的时候，他爱上了我。真的，他爱上了我！有好几次，他以算不上理由的借口把你打发走，然后抱我！”

她说这话时，她的疯狂——可以说她已经疯狂了——带着一种嘲弄的骄傲，带着一种如饥似渴的回忆，在她那回忆里，一种柔情的余火，又一次复燃。

“我沦为一个布偶娃娃——要不是他那天真无邪的追求叫我着了迷，我早就该意识到——一颗他无聊时解闷的花生米，随着他的心情，或是信手拿来玩玩，或是随意扔在一边，或是调戏玩弄。到他玩腻的时候，我也腻了。等到他的爱意淡了下来的时候，我不愿意在他无计可施才来娶我的时候嫁给他，也不愿意极力迎合他而维护我的地位。我们就这样无声无息地分手了。也许你早就看出来了，但是你却不认为遗憾。从此，我对你们母子而言只是个破败的工具，没有眼睛，没有耳朵，没有感情，也没有记忆。你还在呻吟！那你也能为着把他弄成那个样子而呻吟，也能为着你对他的爱而呻吟。我可得让你明白，有一段时间，我对他的爱，是你任何时期都无法企及的！”

她站在那里，面对着那双圆睁着的双眼和僵硬的脸，她两眼发着利光，发着怒气。那呻吟之声不停歇，她丝毫不松懈，仿佛那张脸只不过是幅画。

“达特尔小姐，”我说，“这是一位痛苦的母亲，你还这样残忍，你怎能忍心不去怜悯怜悯她——”

“那谁来怜悯我呢？”她锐利地反驳道，“这是她自己播的种，该由她自己来收获，让她呻吟去吧！”

“如果他的过失——”我说道。

“过失！”她的泪伴着她的话，“哪个敢来污蔑他？他的灵魂，抵得上几百万他折节下交的朋友们！”

“谁也比不上我对他的爱慕，谁也比不了我对他的感念。”我回答说，“我想说的只是，如果你不肯同情他的母亲，如果他的过失——把你弄得这样痛苦不堪——”

“那不是真的，”她揪着自己的黑发叫道，“我是的的确确地气她！”

“——如果他的过失，”我往下说，“在现在这样的情况下，你都不能放下。你看看那个人吧，就算你把她看成你素不相识的人，给她一点帮助吧！”

从开始到现在，斯梯福兹夫人的呻吟就没有作过改变，而且也不可能改变。一直在那里，一动不动，僵硬呆滞，两眼直瞪，总以一种低哑的声音时时发出呻吟，脑袋总在无力地晃动。却没有一丝迹象表明她还有生命。达特尔小姐猛地在她的面前跪下，给她解衣服。

“你这个倒霉蛋！”她回过头，用混杂着悲痛和愤怒的表情跟我说，“你的到来本身就很不幸！你这个倒霉蛋，还不快滚开！”

我出了屋后，又赶紧回来拉铃，因为这样可以尽可能快地叫来仆人们。那时，她把那个没有知觉的身体抱在怀里，仍然跪着。她又是哭，又是吻，又是叫，又把她抱在怀里像哄孩子一般摇晃着，用尽一切温柔的方法来唤醒她的意识。我不用再担心把她单独留下，就悄悄地出了宅子。在我离开那所宅子时，把宅子里所有人都惊动了。

下午天黑的时候，我又回来了。我们将他安静地放在他母亲的房间里。我听他们说，后来她一直那样，达特尔小姐一直陪在她身边。请过医生了，还用了各种各样的方法给她救治，但是她一直像尊石像那样躺着不动，只是时时从嘴里发出低低的呻吟。

我把那阴森恐怖的房子走了个遍，遮好每一扇窗户。他母亲那个房间里的窗子，我是最后遮好的。我沉重地举起一只手按在胸前。全世界死一般寂静，只有他母亲在呻吟。

第五十七章

我在精神上接二连三地遭受打击，在我放任我的悲痛之前，有一件事我必须要做到，就是把这一连串飞来的横祸瞒着那些将要起航远行的人们，不让他们知情那些事，叫他们能带着高高兴兴的心情去远航。这一点是我得立即着手去安排的，容不得我有半点犹豫。

就在当天晚上，我将米考伯先生拉到一边去，悄悄地把那些噩耗告诉了他，并交代他不要让皮果提先生知道这件事。他应承下来了，并且诚恳地说，连同那些可能载有与那些噩耗相关文章的报纸也截留下来，不让他看到。

“要是把那个消息传达到他手上，先生。”米考伯先生往胸脯上拍拍，说道，“首先得过我这关！”

我觉得有必要说明一下，米考伯先生为了顺应新环境的变化，他拿出一种海盗的霸气和魄力，当然这绝对不是无法无天的霸气和魄力。他做这样的变化完全是出于自卫和敏感。但是，在别人看来，就把他当成那种生于荒野之中的野蛮人，那种没有文化的生活早就渗到他的骨子里，而现在，他又要重返那种荒野的生活了。

把所有的东西都准备好了之后，他又另外准备了一整套油布防水大衣和一顶外面涂有沥青或编了麻絮的矮帽子。他将这一身粗布衣裳穿好后，再在胳膊里夹着水手们常用的那种望远镜，他用那双机灵的眼睛往天空转悠几圈，看看是不是有坏天气。他这副模样，可就比皮果提先生这个真水手更像水手了。他家里的每一人（如果这样说不算错的话）都已经做好了动身的准备。看看米考伯太太，她戴的帽子本来就够严密结实的了，但她还在下巴那儿紧紧地打了个结。她披着披肩，把自己围得像个包裹（我记得，我出事的时候，我姨奶奶就是这样包扎我的），然后，在腰后打了个结实的结儿；看看米考伯小姐，她也为暴风雨天气的来临，做好了类似的准备，全身上下包得紧邦邦的，找不到一点多余的东西；看看米考伯少爷，他穿着古恩齐衬衫和一种难得一见的多毛外衣。他被包得严严实实的，几乎都看不到脸了；再看看其他的几个孩子，每一个都被那种不透水的大衣像装咸肉那样裹在里面。这时的米考伯先生和他的大儿子都把袖子挽到手腕上，仿佛他们已经时刻准备好了，只要一接到命令就立刻“到甲板上聚集”，或者齐声唱着“嘿——哟——嘿”。

在日暮时分，我跟特拉德尔看见他们这样穿戴，聚集在以洪革佛楼梯命名的台阶上，一条装满他们行李和财产的船即将出发。特拉德尔已经知道那个令人悚然的消息了。他对此非常震惊。当然，也不能说，他得为这事儿保密。事实上，他也确实为此事保守了秘密，这可帮了我不小的忙。就在当时，我单独把米考伯先生拉到一边时，得到了他同样的保证。

那段日子里，米考伯先生暂住在一家肮脏的小酒馆里。那家小酒馆突兀的木房顶斜斜地悬在河上，一行台阶把酒馆与地面连接起来。米考伯先生这一家子，成了洪革佛里里外外人们饶有兴趣谈论的话题，因为他们是就要移民海外的人。现在，正有一群人注视着我们呢，没办法，我们只好去他的卧室里避一避。楼上有好几间木房间，他就住在其中一间。站在房间里，我们都能听得到脚下潮水流动的声音。我姨奶奶和爱妮丝都在屋子里，她们正忙着给孩子们在衣服上打点一点儿小装饰品。皮果提面前摆着木讷无知的旧手工匣、尺子和蜡烛头。它们已经经历了那么多的世事和变迁。

她问了我不少问题，要想回答好这些问题，是不容易办到的。当米考伯先生把皮果提先生带过来，我小声地告诉他，信已经安全送到，一切都顺利安好时，那是更加不容易办到的。但我到底还是应付过来了这两件事。他们也因为得到了满意的答案而快乐不已。如果我不小心在脸上透露了伤感的迹象的话，那我只能用我的悲哀伤痛来加以解释了。

“船什么时候动身呢，米考伯先生？”我姨奶奶问道。

米考伯先生渐渐觉得，有必要让我姨奶奶和他太太做好分手的准备。于是，他说，比他昨天预计的要早一些。

“我想，船上已经来通知了？”我姨奶奶说。

“是呀，来通知了，小姐。”他回答我姨奶奶。

“是吗？”我姨奶奶说，“那，船现在——”

“小姐，”他回答道，“他们通知我的是，明天早上七点以前必须上船。”

“哦，嗬！”我姨奶奶说，“是很早呀。航海远行的都是这样的吗，皮果提先生？”

“是的，小姐。它要在退潮以前下海呢。如果明天下午的时候，大卫少爷和我妹妹在格雷夫岑上船，那我们还能见上最后一面。”

“到时，我们一定去的！”我说，“一定！”

“在离别以前，在我们在海上漂泊以前，”米考伯先生看着我，说，“皮果提先生要和我一起看护我们的行李和财物。恩玛，我的爱人，”米考伯先生引人注意地咳嗽了一声，说，“汤姆·特拉德尔先生，我们好客的朋友，他对我说，为表示他对我们的送行之意，他为我们准备了少量的作料，用来制作一种烤肉时喝的饮料，那种饮料容易让我们想起旧日英格兰的岁月。我说的是——简单说来，就是加料酒。要是平时的话，我不敢奢望特洛伍德小姐和维克菲尔德小姐赏脸与我们一同享用，不过——”

“就我个人而言，”我姨奶奶说，“我是非常乐意为米考伯先生举杯庆贺的。我愿你在以后的路上万事如意，心想事成。”

“我也是！”爱妮丝笑着说。

听罢，米考伯先生拔腿就往楼下跑。似乎他已经把这家酒馆摸得很熟了，没多会儿他就带回了一个冒着热气的瓶子。然后他打开他的折叠刀子，开始剥柠檬皮。这时的我，忍不住想要注视他的举动。他用的那把刀子约莫一尺长（因为这个长度才配得上这种拓荒者的身份）。他拿刀子在外衣上蹭了两下，一举一动中好不带着夸张炫耀的神气。这时，我发现米考伯太太和家里年龄比较大的孩子也装备了这样的工具，而其他年龄较小的孩子也各自佩带了木汤匙，还用粗绳子在身上固定下来了。米考伯先生本来可以在满架子的酒杯中随便拿几个，但他想让大家预先体验海上和荒野中的生活，就拿锡质的罐子给米考伯太太和他的儿子倒酒。他自己也用这种特殊的锡质罐子喝酒。当大家喝完酒后，他还把那些罐子放在衣袋里收好。他这样做的时候，是那样的心甘情愿，那样的满足。

“国土上的奢侈品，”米考伯先生将那些奢侈品置之身外，带着得意的语气说道，“我丢弃不用了。生于原林的居民，当然不能老惦记着这些文明国度的物品。”

当他把话说完的时候，进来了一个孩子。那个孩子告诉我们，楼下有个人要见见米考伯先生。

“预感告诉我，”米考伯太太将手中的锡质罐子放下，说道，“那个人是我娘家的。”

“如果真是那样的话，我亲爱的，”米考伯先生一提到这类问题，就有点愤懑感慨，这一次他也一样，“鉴于他是你娘家的人——我可不管是他、她，还是它——我们等候了那么长的时间，所以也让那个人也等等吧，我有空的时候再去看看。”

“米考伯先生，”他的太太压低声音，说道，“目前这种情况——”

“‘这不是斤斤计较的时候’，”米考伯先生站起了来说道，“恩玛，我接受谴责。”

“以前他们那样对待你，吃亏的，米考伯先生，”他的太太说，“不是你，而是他们自己。如果说，现在他们意识到他们过去所做的只他们自己吃了亏，现在愿意主动与你握手言和，你就不要拒绝他们了。”

“我亲爱的，”他说道，“就随它去吧。”

“就算你不给他们面子，你也要给我面子吧，米考伯。”他的太太说。

“恩玛，”他回答道，“在目前的情况下，我对你的话无言以对。不过就到了这份上，我也不敢保证，我可以跟你娘家人握手言和了。但是，既然你娘家来人了，那我就不会怠慢他们的。”

米考伯先生下了楼，过了很长一段时间，他都没回来。于是，米考伯太太就有些着急了，她生怕他是跟她娘家来的那个人发生了争执。终于，又是那个孩子，他回来递给我们一张字条。那张字条上用铅笔写的字。开头就是以法律文件的方式写道“希普诉讼米考伯案”。在这张字条上，我得知米考伯先生又被捕了。字条上还写道，他因为被捕，情绪极端低落，他请求我把他的刀子和锡质罐子交给眼前这个孩子，让他转交给他。因为他就要坐牢了，虽然坐牢的时间不会太长，但这两样东西或多或少还是能用得上的。他希望，我能站在我们友谊的角度上考虑，最后一次满足他这个请求，帮他把他的家人送到教区贫民窟的学艺所里，然后忘了有他这个人存在过。

看完这张字条，不用说，我要带上钱随同那个孩子，给尤来亚·希普送钱去。我来到楼下，发现米考伯先生坐在一个角落里，冷眼打量着站在一边的法警。因为这个法警将会执行逮捕他的任务。当他从这个法警手里重新获得自由的时候，米考伯先生热情高涨，一把把我抱住。事后，他又把那天的事在他的笔记本上记下——我还记得，当时我说漏了半便士，但他很较真的记了下来。

这个笔记本记录了他另一件非同寻常的事。当我们说要回到楼上时，他说他有一点不得不做的事，所以他先不回去，在楼下待一会儿，当他回来时，他拿出一张夹在笔记本里的小字条来，字条上笔迹整齐地写着一串很长的数字。当时在我眼中看来，我觉得我无论在哪本代数书上，都没见过这样一串数字。这些数字大体指的是他所说的“四十一镑十先令十一半半便士”的本钱，在各个到期日里的本钱加利息的钱数。他仔细地考虑了那笔钱，再加上对实际财产的谨慎考虑，他最终算出自即日起，再过两年十五个月零十四天，他将把他所有的本钱和利息一起还清了。现在他已经写了一张欠条，上面清清楚楚地写着这一点了。他把欠条送到特拉德尔手中，还当场对他千恩万谢。就此，他的债务算是全部清理清了（以君子待君子的方式清理了）。

“凭我的直觉，我隐约觉得，”米考伯太太带着少许失落的表情，摇着头说，“在我们起程远航之前，我娘家的人会在船上出现给我们送行的。”

对于这件事情，很容易看得出，米考伯先生也有他的直觉，但是他把他这直觉判断来的结果扔进了他的锡质的罐子，然后一口吞进肚子里。

“如果你们途中遇到能寄信的机会，米考伯太太，”我姨奶奶说，“你一定要给我们写信，你懂得啦！”

“特洛伍德小姐，我亲爱的，”她回答说，“一想到还有人期盼着我们的消息，我就忍不住地高兴。信，我是肯定会写的。科波菲尔先生，作为一个有老交情的朋友，你不会拒绝听我们的消息吧。因为当我们的双生子还不知道记事的时候，我们可就相识了，我没说错吧？”

我说只要她有信来，我就一定乐意读。

“老天保佑，一定会有不少可以寄信的机会的，”米考伯先生说，“大海虽然茫茫，但船队还是随处可见的，我们旅途中一定能遇见不少船只。寄信不过是个摆渡的过程而已，”米考波先生一边玩弄他的眼镜一边说，“不过是个摆渡的过程而已。那点路程不过小菜一碟。”

在他说起从伦敦前往坎特布雷时，他说得好像要到天涯海角一般，但在他说起从英格兰前往澳洲时，他却把漂洋过海说成是小旅行一般。现在回想起他的话，觉得太新奇了。但这正是米考伯先生的风格。

“在航行的途中，”米考伯先生说，“我要不断地讲故事给他们听哦。我相信，当我的小儿子站在厨房里的炉火边唱歌时，他的歌声一定能赢得大家的掌声。当我的夫人习惯了在海船上熟练地行走时——但愿我这样说，不会让大家觉得有伤大雅——我觉得，她到时会给他们唱‘小塔夫林’。我相信当我们向大海俯下身子时，可以常常看到蹿来蹿去的海豚。在船的左舷或右舷，我们也可以聚在一起谈论有意思的事。总之一句话，”米考伯先生依然带着那种贵族人的语气，说，“我们将会发现船上船下的所有事都能高涨起我们的情趣。当在桅杆楼上站岗的人喊出‘是大陆哦’的时候，我们一定会吃惊得不得了。”

说完这句话，他拿起他那锡质罐子，大口大口地喝下里面的酒，仿佛他真的已经结束了那段航行，已经在当局海军最高领导者面前，获得了最高等的考试通过证书一样。

“现在我心里期望的，科波菲尔先生，我亲爱的。”米考伯太太对我说，“主要是，我们家所延续的后代中的某些人，可以重回这个历史悠久的故国生活。别皱着眉头，米考伯！我说的是我们自己的后代，并非指我娘家人的后代。小树长大了，茂盛了。”米考伯太太摇起头说道，“但是不能忘了根基啊！当我们有朝一日飞黄腾达了，富贵了，我不得不老实说，我愿意把我的财富汇入大不列颠的国库里！”

“我亲爱的，”米考伯先生说，“这就要看大不列颠的运气了。我不得不说，它从来没给过我什么帮助，所以在这个问题上，我可没有什么特别的想法。”

“米考伯，”米考伯太太接过她的话，说道，“你可不能这样说啊。如今，你能离开这里去遥远的地方，米考伯，你该强调你跟阿尔比昂的关系，而不应该轻视你与它的关系呀！”

“我的爱人，我再说一次，”米考伯先生接过她的话，说道，“我并没从你刚才所说的那层关系中得到什么好处，因此我痛楚地觉得，我需要打破这种关系，再重新建立起另一层关系。”

“米考伯，”他太太说，“我也再说一次，你可不能这样说啊！你不了解你自己有多大能耐。米考伯，加强你和阿尔比昂的关系，正是你的力量来源，即使是在你要采取的这一步中，也是这样的。”

米考伯先生背靠着安乐椅上，眉毛抬得高高的，对米考伯太太说的话，半是接受半是排斥，但对这种高深的见解，他还是领会得很透彻的。

“科波菲尔先生，我亲爱的，”米考伯太太说，“我希望米考伯先生能理解到他该理解的程度。我觉得这一点至关重要，他应该在他刚一开始踏上那条船的时候，就能理解到他该理解的程度。凭你对我过去的了解，我亲爱的科波菲尔先生，你该看得出，米考伯先生那种乐天派的性格，我是不具有的。我性格的主要特征是——如果我说得没错的话——是实事求是。我知道，这是一次路途漫长的海上旅行。我也知道，途中我们会遇到许多艰难困苦，许多无计可施的情况。我不能面对着这些事，闭起自己的双眼。不过，米考伯先生，我还是了解的。米考伯先生有什么潜在的能力，我是一清二楚的。故此，我觉得。至关重要的是，米考伯先生应该理解到他该理解的程度。”

“我的爱人，”他说，“我把话说出来，请你不要见怪。要我在目前的情况下，做到真真切切地理解到我该理解的程度，那是很难办到的。”

“我就不相信了，米考伯，”她说道，“这说不过去。科波菲尔先生，我亲爱的，米考伯先生的问题可不能一般对待。米考伯先生之所以要旅行到一个遥远的国土上，完全是为了让他的才能得到发挥，让他第一次真正地被了解，被赏识。我希望，米考伯先生可以往船头上一站，用坚定的语气说，‘我来是要征服这片国土的！你有什么名誉吗？你有什么财富吗？你有什么薪水丰厚的工作吗？统统给我献上来，这些都归我了’！”

米考伯先生用眼睛把大家都扫视了一遍，仿佛觉得这话很有可取之处呢。

“如果我把我的意思讲得很清楚了，米考伯先生，我希望，”米考伯太太像是在参加什么辩论赛一样，说道，“你能站起来，当自己命运的恺撒。我亲爱的科波菲尔，我觉得，这才是他真正应该理解到的程度。我希望，他所乘的那艘船在起航的那一刹那，米考伯先生就能站在船头，大声喊道，‘蹉跎耽搁的时日已久，失望落魄的时日已久，贫困受累的时日已久。这都是在旧日故土上的事，现在我就要进入一片全新的国土了。该补偿我什么，都拿来吧！献出你所能补偿的吧’！”

米考伯先生双手抱胸，带着坚定不已的态度听完上面的话，仿佛此刻他就站在船头上呢。

“当他能那样做的时候，”米考伯太太说，“——那他已经理解到他应该理解的程度了——我就可以说，米考伯先生对于他与大不列颠之间的关系了，就将不再是轻视，而是重视了，难道我说错了吗？一个大人物，在那半个地球上的社会里兴起并且活跃，难道对他的国家没有影响吗？如果米考伯先生在澳洲的那片土地上，发挥了才智，取得了权势，我能笨到假设，他在英国一点地位都没有吗？虽然我只是个妇道人家，但是，如果我荒谬地犯了那样的过错，我怎么能面对我自己，我又怎么能面对我的爸爸？”

米考伯太太坚信她的理论是无懈可击的，于是她的语气越来越激烈，这种语气，我在她以前的话中从来没有听到过。

“所以，”米考伯太太继续说，“我想要在未来的某一天，在我的国土上留下名声。这种想法越来越强烈。到时，米考伯先生会——我得重视起来这个可能性，米考伯先生将会——刷新历史的一页。到时，他就能站在那个生他养他的国土上，扬眉吐气了！”

“我的爱人，”米考伯先生说，“你说得太热情了，我不得不为之动容。你的话，我向来都是言听计从。该来的事——还是会来的。我当然能慷慨地把我们后世所赚得的财富献给我的祖国！”

“就是，”我姨奶奶对皮果提先生点了点头，说道，“为了表示我对大家的热爱，我敬大家这杯酒。祝大家幸福在望，成功在即！”

当时，皮果提先生一边膝盖上坐着一个孩子，他听完这句话就将孩子们放下，站起来和米考伯先生及其太太反过来敬我们一杯。他握起米考伯先生的手，像老朋友那样亲切。他那铜褐色的脸上泛起微笑，放着光芒。就在这时，我觉得，无论他将去往何方，他一定会闯出一番天地来。在那个地方，他将会树立起他自己的名声，也会受到他人的爱戴和羡慕。

孩子们也很听话，都自己拿着木质的汤匙在米考伯先生的罐子里沾了一点酒，然后向我们表示祝福之意。当大家相互之间祝福完毕之后，我姨奶奶和爱妮丝站起来，向那些将要移居海外的人们进行告别。这是一场催人泪下的诀别，她们都哭了。孩子们揪着爱妮丝的手不肯放，直到最后一刻，才不得不放开了手。走的时候，米考伯太太处于一种很烦躁苦恼的状态。她坐在一支蜡烛旁抽泣。蜡烛昏黄的光线透过窗户射向屋外。站在河岸对面向屋子这边看，它仿佛是座悲哀的灯塔。

第二天，我们送他们上船。可是，在五点钟的时候，他们已经乘着一条小船走了。虽然，在我的脑海中，有关他们与那倾斜的酒馆和那木台阶儿的联系，只是从昨天夜里才开始的，现在他们已经离开了，那两样东西看起来都那么悲惨凄凉。我觉得，这正是这种离别的气氛造成的好例子。

次日下午，我的老保姆陪着我同去格雷岑德。当我们到河边，我们看见，那条船正停在那里，它的四周还停着好几条小船。那天的风向很利于航行，开船的标志正在船桅杆上迎风飘扬。我迅速雇来一条小船。我们乘着小船，穿过大船周围的一群小旋涡，在大船边停了下来。

皮果提先生正在甲板上等着我们的小船。他一见到我们，就跟我们说，就在刚才，米考伯先生又因为希普的起诉被逮捕了一次（当然，这样的事以后再也不会有了），不过，他已经按照我之前跟他交代的，先把钱垫上了。于是，我这会儿就把那笔他垫上的钱还给了他。然后，他带着我们去了总船舱。刚开始，我还担心，他听到了什么有关于那场横祸的谣言。不过当我看到光线暗处的米考伯先生时，我就放心了许多。米考伯先生走到光亮处，带着友善和照顾的神气挽着他的胳膊。米考伯先生告诉我，从昨天晚上开始，他一直寸步不离地陪在他身边。

我觉得，我当时所看到的景象是那样的稀奇少有，那样的窄小封闭，那样的黑咕隆咚。我第一眼看去，根本就没看到他这个人。不过，当我的眼睛适应了黑暗的环境时，我却觉得，我看到的他像是奥斯塔德画里站着的那个人。在船上的大横梁上，货物堆中，用螺丝钉钉住的环子间，在移民者的床铺上，箱子上，包裹里及各种各样的行李堆中——都被到处挂着摇摆不定的灯笼及从通气窗和舱门射进来的黄昏的夕阳所照亮——这儿一群，那儿一堆地聚着人群。有的正在结识新的朋友；有的正在互道告别；有的正在说笑；有的正在苦恼；有的正在吃喝。有一些人选定一块几尺大的地方，把东西安顿下来布置出一个小小的家庭。年龄较小的孩子在凳子上或小靠椅上坐着不动。那些没来得及找到安顿的地方的人们，只好怏怏地这儿站一会儿，那儿站一会儿。这个狭小的船舱里似乎聚集了各个年龄阶段和各行各业的人：小到出生不到半个月的婴儿；老到离死还有不到半个月之遥的老男人和老女人；贱到靴子上还沾有泥土的农民；贫到皮肉上还带有煤炭灰烟痕迹的铁匠。

我用双眼扫视了一下这个地方。在舱门敞开的地方，我看见一个身影正在逗弄米考伯先生家的一个孩子，我觉得她像爱米丽，不过她第一次引起我的注意，是因为这个身影与另一个身影特别相像。在一片混乱之中，那个身影悄悄地溜走了。这时我想起我所说的那个身影了——那是爱妮丝的！但是那一动作在这纷乱的人群中来得那么迅速，而我的思绪又是那样的混乱，所以我很快就把那个身影弄丢了。当时，我所想到的，就是通知来船上告别的客人，开船的时间到了。我的保姆，坐在我旁边的一只箱子上，一个劲儿地哭着；古米治太太手忙脚乱地帮皮果提先生整理一些东西，同时有一位身穿黑色衣服的年轻女士，弯着腰帮她的忙。

“最后，还有什么要说的吗，大卫少爷？”他问我，“还有什么没想到的事吗？趁着我们还没走，赶快说出来吧。”

“是有一件事！”我说，“关于玛莎！”

原来，那个女人，就是我刚才提到的那个年轻女士，正是玛莎！皮果提先生碰了一下她的胳膊，于是，她来到了我的面前。

“上帝会护佑你的，你是一个真正意义上的好人！”我叫出声来，“你决定带她跟你们一道儿去啦？”

她泪如雨下，算是替他给了我回答。在当时的情形中，我一句话都说不上来，只好紧紧地握住她的手。如果在我的一生中，我对什么人产生过敬佩之意，那么眼前这个人，就是我打心底儿产生了敬佩之意的人。

很快，该下船的人都走得差不多了。这时，是我要面临最大考验的时刻了。那个已经离开人世的高尚灵魂曾经嘱咐我，在我给皮果提先生送行的最后时刻，代他捎上几句话，现在，那个时刻到来了。我将他的话转达给了皮果提先生。皮果提先生听完非常激动。然后，他还要我替他捎上几句饱含热情的嘱咐和悔恨的话。可是，想到我要到哪里再去找到那双已经不能再听到任何声音的耳朵，我就更加为他的话动容了。

开船的时间到了。我拥抱了他一下，就拉着和我胳膊套胳膊的皮果提匆忙离开。在甲板上，我看到米考伯太太，于是又跟她道了一次别。就是在这个时候，她依然左顾右盼地寻找着她的娘家人。她告诉我的最后一句话是，她会对米考伯先生不离不弃，直到永远。

跨过船帮，我们上了自己的小船。我们把小船划到离大船不远的地方，目送着大船起航。此时，夕阳返照，安静地铺在河面上，一道红光直照我们，而那条大船正好横穿过这道红光。因为船是背着光的，所以从我们这儿可以看得清楚船上的每一根绳索和圆木材。那条船，在落日余晖的红光中，静静地停在河面上，很唯美，很凄凉，又很有希望。船上的人都向栏杆边聚拢，在同一时间里，他们一起将帽子脱下，并且都保持着沉默。这样的一幕我可是从来都没见过。

他们保持沉默的时间并不长，只有那么一小会儿。就在船帆在风中升起，船开始启动时，所有小船上的人像是约定好了的，突然爆发一阵震耳欲聋的欢呼声，大船上的人们同样喊了一声回应过去。就这样喊过来，喊过去，来来回回地喊了三次。在那拥挤的人群中，人们脱下帽子，呼喊着、挥舞着——就在这时，我看见她了——我的心顿时炸开了。

我看见她时，她正站在她舅舅的身旁，伏在她舅舅肩膀上不住地发抖。皮果提先生用手慌慌张张地指向我们，于是她也看见我们了。她就趁着这最后的机会，向我们挥手告别。哦，爱米丽，美丽的爱米丽，哀愁的艾米丽，用你那伤痕累累的心，把你全部的信赖都托付给他吧，依赖他吧。因为他那伟大的爱正全心全意地依恋着你呢！

他们俩站在人群中，四周一片玫瑰色的阳光。他们站在甲板上，挺直了胸膛，她依靠着他，他搀扶着她。他们庄严肃穆，渐行渐远。当我们回到岸上时，夜色已经将要落到肯特的山上——也沉沉地降落到我的身上。

第五十八章

向我袭来的是沉沉的黑夜。漫漫的长夜萦回缠绕着许多希望的影子，那是许多可亲可爱的回忆，是许多过往错失，是许多无用的悲痛和悔恨的影子。

我离开英国了。就是在那个时候，我仍不知道我不得不忍受的打击到底有多么沉重。我走了，搁下了所有可亲可爱的人走了。我相信，那个打击我已经忍受过了，它已经结束了。就像战场上一个受到重伤的人并不知道受了伤一样，我那涉世未深的心在孤身独处时，丝毫没有意识到它必须面对的创伤到底是什么样子。

我对于这一点的觉悟不是一下子就有了的，而是一点点、一步步地觉悟的。出国时，我所感到的寂寥落寞之感，不定在什么时候就会加深、加重。刚开始的时候我只是感到失去和悲痛沉沉地压在心头，除此之外，再也找不出其他的了。这种感觉，以潜移默化的方式扩大到我所失去的一切——爱情、友谊和情趣；扩大到我所被打破的一切——包括我那最初的信任、最初的热情和我生命中全部的空中楼阁；扩大到我所有的一切——一片遭了践踏的通往黑暗的茫茫大地和荒野废墟。所有的一切都让我感到绝望和无助。

如果说我的悲哀只是出于对自己的考虑，但是，我自己却并不知道它是那样的。我为那有着美满生活的娃娃妻子而哀悼。她还那么年轻，她还有那么美好的生活；我为她哀悼，那个可以赢得千千万万人的爱慕和敬仰的人，就像许多年前赢得我的爱慕一样；我为那受伤的心哀悼，那颗在狂风暴雨的大海中得到了安息的心；我为那个家庭的幸存者哀悼，那个漂泊异域的淳朴的家。记得儿时，我还常在那里听夜风吹拂。

我在一层又一层的悲哀中越陷越深，终于我失去了自拔的希望。我扛着我的重担，从一个地方漂泊到另一个地方。这时，我感觉出来了它全部的重量。我在这副重担之下，弯腰佝背，我对自己说，这副重担再也没有减轻的那一天了。

当我沮丧到了极点时，我相信我的生命该结束了。有时候，我愿意死在故土，就当真掉头返程，期望早日归乡。也有时候，我走过一座又一座城市，我不知道我到底要寻求什么，也不知道我到底要抛弃什么。

要把我所经历的那段痛苦时期——翻出来记录，那是我无力胜任的。有些梦境，我只能残缺地、朦胧地描述一下。当我逼着我自己回顾我人生的这个时期时，我似乎是在重温那个梦境。我看见我自己，梦游一般，在异国城市里的宫殿、教堂、庙宇、画廊、城堡、陵墓和光怪陆离的街道等奇奇怪怪的事物——这些在历史上和幻想中经久不灭的古迹之中穿梭前进。我扛着我那一担子的痛苦，面对眼前消逝迭换的事物熟视无睹。我那涉世未深的心，被黑夜所包围，我无心过问这些事物，只一心，让我的悲伤更悲伤。现在，我要从它那漫长的、悲哀的、惨淡的梦境中抬起头来——寻找黎明的曙光！

好几个月的旅行，我的心一直被一种乌云所笼罩，那乌云越来越浓，越来越密。我本打算回家的，但是一些莫名其妙的原因——那些我没办法清楚说明的理由——使我继续旅行下去。有时候，我烦躁难安，一个地方接一个地方地旅行，到哪儿都不停；有时候，我会在某一个地方长时间停着不走。但是无论在哪里，我的内心都没有明确的目标，我的灵魂都没有确切的寄托。

我到了瑞士。我由意大利出发，穿过阿尔卑斯的某个山口，在一名向导的带领下，在山群中的羊肠小道上漫游徘徊。如果那令人毛发悚然的荒凉寂寥的境界与我的心灵交谈过，那我也不知道谈过什么。在那庄严可畏的高峰和峭壁中，在那奔腾轰鸣的激流和那雪冷冰封的荒野中，我寻迹到崇高庄严和奇异神妙的景象。不过，我并没有从它们那里得到任何其他的东西。

有一个傍晚，我趁着太阳还没有落山，走进了一个山谷，打算在那儿过夜。我沿着大山一边的曲折小道往山下走。那时，我远远地看见山谷在那里闪烁着光芒，我觉得，一种早就生疏了的美与静的概念，一种使人温柔软化的力量，被山谷的静美所唤醒，然后悄悄地渗入了我的内心。我作了一次停留。当时，我带着一种并不叫人失落的忧愁停了下来，我一点都不觉得苦恼困惑，我记得，当时的我几乎祈求我的内心可以得到好的转机。

我来到山谷时，夕阳已经洒满山谷外远处的雪峰山上，那些雪山闪烁着光芒，把山谷团团围住，像一片永不退去的云。

我收到一扎书信，就在几分钟前寄来的。于是我溜达到村外去看这些书信。这会儿，我的晚饭还没有准备好。其他的信还没有送到我手上，所以我有段时间没有收到信了。离开家以后，我没有捺着性子认真地写过一封信，往往只是简单写上一两行字，报报平安和汇报所在的地方，除此之外，就再也没有别的了。

我手上正拿着这一扎书信。我把信打开，是爱妮丝写的。

快乐，有用，顺利，一切都如她所愿，这便是爱妮丝所向我汇报的有关她自己的一切，其余的，都在谈论我。

她没劝解我做任何事，没有督促我履行任何义务，她只用独属于她的热切忠诚的态度告诉我，她是如何地信任我。她说，她相信，像我这样的一个人，一定会从苦难中得到收益。她知道，苦难的磨炼和情绪的波澜，只会让我这样的人更快定型。她绝对相信，经过苦难的磨炼，我会在我遇到的每一个目标上，以更加坚定、更加崇高的心去面对。她，以我的声誉为荣，并且期望我能获得更大的声誉；她，绝对相信，我一定会坚持不懈地努力。她知道，悲哀进入我的内心，它所产生的将是一股力量的效应，而不是软弱的后果。当时的我，儿时的困难让我定了型，所以再经历大一点的苦难便会促我前进，不断地使未来的我比当下的我更好。既然苦难教导了我，那我也要教导别人。她把我托付给上帝，那个已经将我那纯洁稚气的爱人带走了的上帝。她会永远地爱护我，像妹妹爱护哥哥那样爱护。无论我走到哪儿，她的思想都伴我同行。我取得了一些成就，她感到自豪，我将来取得的成就，她更加感到自豪。

我把信放进靠近胸口的口袋里，然后开始想，在一小时前，我是什么样子！虽然我听见周围的声音渐行渐远，看见静静的晚云慢慢变暗，山谷中所有的色彩都在逐渐模糊，山顶上本来被照得金黄的雪，不知不觉中与昏灰的天边融为了一体。可是我却觉得，我内心的黑夜正迎来它的光明。在这个世界上，我找不到任何词可以用来形容我对她的爱情。就在这一刻，我觉得她比以前更加讨人喜爱了。

她的那封信我反反复复地读了很多遍。在我上床睡觉以前，我给她写了一封回信。在信里，我告诉她，我从来都离不开她的帮助；没有她，我就不会，也不可能变成她理想中的那个样子；既然她肯给我鼓励，把我塑造成那样的人，那我就一定照着那个样子去努力。

我是真的照着那个样子去努力了。从我那悲哀的事发生以来，已经九个月了。我下定决心，在它满一周年之前，我什么都不做，什么都不想，只按爱妮丝教我的那个样子去努力。在那接下来的三个月里，我只在那个山谷及其附近的几个地方活动。

三个月过后，我打算到外面待一段时间，暂时在瑞士住下（回想起来那个特别的夜晚，我对那个地方的热爱越来越深刻），我重新拿起笔，开始我的工作。

爱妮丝给我指向哪儿，我就谦卑地把信赖放到哪儿。我寻觅自然，但这种寻觅绝不是徒劳无功的。长久以来，我回避对生活的兴趣，现在，我又重新享受了它的乐趣。没有过多久，我在山谷里交到了很多朋友，就跟在毛雅思的时候一样。在入冬以前，我去了趟日内瓦，当我在春天回来时，他们纷纷送来诚恳的问候。虽然他们的问候不是用英语说的，却给了我一种乡音的感觉。

每天，早上一起来，我就忍耐着、努力着写小说，一直写到晚上。我以我一生的经历为原型，写了一部小说（但这并非我的自传），然后寄回给特拉德尔，让他找机会在于我有利的情况下，把它出版了。偶尔，我会从我偶然遇到的游客嘴里听到，我的名声正在日益增长。经过一段时间的休息和调整，我又恢复了我以前的热情，把一种长久以来一直萦绕我思想中的想象记录下来。我越往下写，越觉得它亲切。于是，我用尽全身力气把这种想象记录下来。当时，我正在写我的第三部小说，在我经过一段时间休整之后想回家的时候，那部小说的一半还没写完呢。

在那段漫长的时间里，我捺下性子去学习、写作，同时，我也养成了做剧烈运动的习惯。在我离开英国时，我的身体非常虚弱，现在它完全恢复过来了。我见识过很多事，到过很多地方，我希望我的视野得到了扩大。

有关出国那段时期的事，我认为我该记下的我都已记下了，只是除了一件事例外。我单独把这件事挑出来留到现在才提，并不是我要压抑我内心的想法，而是因为，这个故事就是我的回忆录（正如我在其他的地方所说的那样）。我想把我内心深处的秘密留下来，直到最后一刻。现在，我就要写它了。

我的内心究竟有什么样的秘密，我还不能说个明白。所以，我也说不清楚，我究竟是什么时候萌发的想法，认为我应该把我内心最初的最光明的希望寄托在爱妮丝身上。我说不准，在我悲哀伤痛的那个时期里，我在心里想：在我还是童年时，我就轻率地冷落了她那可真可贵的爱情。我相信，也许我感到某种我当年不了解的东西的缺少或遗失，我听到来自我思想深处的一阵低诉。但当我被遗弃在这个世界上，孤零零地面对悲哀伤痛时，那种想法以另一种责备和悔恨之意在我的脑海中出现。

如果在那个时候，我多多地跟她交流，那我那孤寂脆弱的心一定会出卖我的想法。在我当初不得不决定离开英国时，我所担心惧怕的正是这一点。我不忍心看到我们之间的兄妹之情受到一丁点儿的破坏。我的那点想法一旦被泄露，我就会给我们之间的关系加上一种从没有过的拘束。

我会永远记得，她现在所给我的感情，是在我不受干扰的情况下发生的。如果她用另一种方式爱过我——有时候，我觉得，她大有那样做的机会——那就是被我忽略而未被接受。在我们都还是孩童的时期，我就已经开始习惯性地认为，她远非我这种恣意肆想所能般配的。而如今，这种爱情已经荡然无存了。本来我能做到的，我当时却没做到，而是把我那热切的感情放到了另一个人身上。我跟爱妮丝之间的距离，正是我们各自高尚的心所造成的。

在我的内心发生慢慢变化之处，在我想更多了解我自己，以便当一个更好的人时，有一种朦胧的暗示，我看到有那样的一天，我们忘掉了错误的过去，幸福地步入了婚姻的殿堂。然而，随着时间的流逝，这本来就很朦胧的未来，越来越朦胧，直到完全消失在我的面前。如果她曾经真的爱过我，那我现在就更加要视她为神圣了。因为我曾经那样的信赖她，而她又是那样地了解我这颗浮躁不安的心。她因为要充当我的朋友和妹妹的身份，作了必要的牺牲，并且成功地扮演了那两个角色。如果，她从来没有爱过我，那现在我还能认为她会爱上我吗？

在她的恒心和毅力面前，我觉得我是那样的软弱而不坚定。现在，这种感觉就更加明显了。不管她怎样看待我，也不管我怎样认为她，就算很久以前，我是配得上她的，但是现在不同了，我变了，她也变了，一切都已时过境迁了。我错失了最好的时机，现在，失去她是在情理之中的事。

我在这种矛盾的心理下，感到万分痛苦。这种矛盾心理使我满心懊恼和悔恨，这是实实在在的事。但我依然有一种强烈的自我认识，既然我在我最有希望的时候，轻浮草率地冷落了那个可爱的女孩儿，按照这样的道理，在我希望渺茫的今天，我就更应该打消重回那个可爱的女孩身边的念头——这个念头如影随形，只要我一想到她，它就会随之出现——这也是实实在在的事。此刻，我已不再设法掩饰我的想法了，我爱她，崇拜她。不过，我心里非常清楚，现在一切都晚了。长期以来存在于我们之间的关系是那样的坚不可摧。

过去，我时常想起我的朵拉跟我假设，在那些并不能磨炼我们的岁月里可能会发生的事。曾经我仔细琢磨过，那些现实中没有发生过的事，从实际效果来看，往往跟发生过的同样真实。尽管在早年，我们那愚痴可笑的行为会在哪一天里会成为现实，可能来得比较晚而已。我利用跟爱妮丝每一丝每一毫的关系，使自己觉悟自己的过失和不足，把自己变得更自制、更坚定。正因为对可能有的关系的反省，我最终告诫自己，要打消建立那种关系的念头。

从我离开家到我再次回到家的三个年头里，以上种种纷扰在我脑海里就像流动不止的流沙。从我移居海外以来，三个年头已经过去了，就在那同一个地方，同一个日落时分，在余晖中站在带我回家的船甲板上，我看见水面泛起玫瑰的颜色，在我当年看船影子的地方波澜荡漾。

三年了。说起来很漫长，但当它过去之后再回过头来看，却是很短暂的。这时的我觉得故乡很可爱，爱妮丝很可爱——不过，我不能拥有她——我永远不能拥有她了。本来，我是有机会拥有她的。但是，我却错失了那个拥有的机会。

第五十九章

在一个寒冷的秋季夜晚，我回到伦敦，并在那里上了岸。当时天黑得很，而且还下着雨。那个晚上，我在一分钟内所见的雾气和泥水比我以往在一年内所见到的还要多。我从税关开始找，一直找到纪念碑才遇到一辆马车。那些房子的门面，正对着雨水横流的水沟，虽然我觉得它们像是往日的老朋友，但我不得不说，它们都是些肮脏的老朋友。

以前，我常常说——我相信，大家都说过——我们离开故土的那一刻，也就是故土发生变化的那一刻。我坐在车子里，从窗户往外看，只见鱼市高街上，有一所老房子，上百年来从没有让漆匠、木匠或瓦匠碰过手，却在我出国的时候被拆掉了。还有那条邻街，以前那里不仅污水横流，而且交通也不便。如今，那里增加了排水设施，道路也加宽了。看到这些，我可以猜得到，那座圣保罗大教堂怕是也刻下了岁月的痕迹。

我们那些老朋友呢？他们又过得怎样呢？这我也多少有所听

闻。我姨奶奶，已经搬回多佛，而且已经住了好几年；特拉德尔，在我离开英国后，他第一次上法庭处理了一些法律上的事务。现在，他搬到葛雷院了。在最近几次他写给我的信中，他说，他是有希望在不久的将来与那世间绝无仅有的可爱的女孩儿结婚的。

他们估计，我会在圣诞节到来之前回来，但他们不会想到，我会提前这么多天回来。我有意不通知他们我的提前到来，就是想看看他们突然看到我时，所表现的那种激动的心情。不过，因为没人接，我自己一个人静静地走在这烟雾弥漫的大街上，竟有一种怪怪的失落感。

不过，沿街的商店都亮着灯，让人看着觉得舒心，也让我从中多少得到了一些安慰。在葛雷院咖啡屋的门口，我下了车。这时，我的心情已经恢复过来了。这个地方，首先让我想到的，是往日我在金十字架旅店借宿的那段非同寻常的日子，也让我想到从那个时候起所发生的种种变故。但这都是很自然的事。

“特拉德尔，你知道这个人在这院子里什么地方居住吗？”当我在咖啡屋里的火炉边烘火时，我向一个茶房打探道。

“何尔本院，二号，先生。”

“我相信，特拉德尔先生在律师界名气越来越大了吧？”我问道。

“呃，也许是吧，”茶房答道，“先生，但是我从没听过这个人。”

这个瘦弱的中年茶房，转而问一个更能管事的茶房，这个更能管事的茶房，是个生得胖胖的老头儿，下巴都是双层的，看起来很粗壮。他的裤子和袜子都是黑色的。他从咖啡屋顶那头一个像教堂执事席的地方走出来，本来，他正在那里搞着钱柜、名单、律师总汇表和其他的一些本子、文件什么的。

“特拉德尔先生，”那个瘦弱的茶房说，“住在本院二号。”

那个粗壮彪悍的茶房摆着手示意他离开，然后一本正经地站到我面前。

“我想知道，”我重复道，“那个特拉德尔先生，就住在这个院，他在律师界的名声是不是越来越大？”

“他的名字，我从来没听说过。”那个茶房用沙哑的声音重重地说道。

这时，我为特拉德尔感到难过。

“他是个新人吧？”那个粗壮彪悍的茶房不苟言笑地盯着我看，问道，“他入行多长时间了？”

“三年不到。”我说。

我看，那个茶房已经在教堂里干了四十年，都没耐心跟我讨论这种不起眼的问题，就问我晚饭要吃点什么。

这时，我才发现，我又重回了英格兰。但是对于特拉德尔，我实在感到失望，觉得他是彻底没希望了。想到这些，我硬生生地点了一份鱼和牛排，然后默默地站在火炉旁，想他那默默无闻的事业。

我的视线随着那个茶房老头儿移动，心里控制不住地想到，能慢慢地把特拉德尔培养成这样一朵花的花园，肯定是一个很难上进出头的地方。这种地方的气氛太墨守成规，太顽固倔犟，太庄严沉重了。我环视了一下整个房间，看到它那铺满沙子的地板，不用问，肯定跟那个茶房当孩子时的铺法一样——不过，我看啊，他有没有经历过孩童时期还是个问题呢。在屋子里，我看到那张桌子锃光瓦亮，自己的影子深深地印在平滑如水的老红木花纹上；我看到那些油灯被擦洗得干干净净，实在不愧为一个像样的装饰品；我看见那绿色的帷子，整整齐齐地挂在镀了铜的黄柱子上，用来遮挡那边的座位。这种布置真叫人看着舒心。我看到那个占了很大一块地儿的火炉子，正发着明晃晃的火焰；我看到那粗大的储酒坛子，一行挨着一行地整齐排列着，仿佛里面存的是昂贵的陈年干红一般。我又想到，无论是英格兰还是法律界，都是不好征服的东西。我在楼上的一间卧室里把我身上的湿衣服换下。这间屋子很老、很阔气，墙上都镶着壁板（没有记错的话，当时那所屋子正对着通往园内的拱门），四柱床沉重死板，衣柜庄重严肃，它们好像联起手来，向特拉德尔和他这一类贸然冲动的年轻人严厉地皱起眉头。要吃晚饭了，所以我又下楼去了。那顿饭菜那样的坦然自若，那里的一切那样安静有序地进行着——当时的店里没什么来客，因为长长的休假还没结束——似乎连它们都在大声地疾呼，说特拉德尔的胆大妄为，和他日后二十年内的生活是没有指望的了。

打我出国以后，我就从来没见到过任何一样跟这有关的东西。而现在，我都看到了，我对我的老朋友所抱有的希望就在它的面前彻底粉碎了。茶房老头儿已经被我闹得没有耐心，直接不过来管我了，他这会儿正一心一意地接待一位腿裹得老长的绅士。这位老绅士根本没点一品脱特制红酒，现在他却喝上了这酒，仿佛这酒长了腿从地窖中跑出来一样。有一个低一级的茶房告诉我，眼前这位老绅士年轻时是干立据状师的，不过已经退休了，就住在广场上。大家都猜疑他给帮他洗衣服的女儿留下了巨额财产；人们还传言，他的橱柜里有一整套餐用器具，不过因为年久不用，都上了锈；另外，他家只有一副吃饭用的刀叉，再也没有人找出来第二副过。听到这儿，我真觉得特拉德尔这辈子算是死定了，我可以下结论地说，他是没有希望了。

但是，我太想见到我那个可亲可爱的老朋友了。所以，那个茶房老头看不看得起我，我完全不在乎。我狼吞虎咽地吃完饭，就从后门溜开了。在很短的时间里，我就找到了本院二号。我从门柱上的导航得知，特拉德尔住在顶层。于是我爬上楼，这道楼梯相当破旧。楼梯每转一次弯，都能见到一盏灯芯很粗的小油灯，灯芯被一片布满污点的玻璃罩着，它就像是被困在牢狱之中一样，奄奄一息地发着余光。

我跌跌撞撞地上了楼，我越来越清晰地听到一阵阵愉快的笑声。这笑声，不是出自哪个代理辩护人或律师之口，也不是出自哪个代理辩护人的书记或律师的书记之口，而是出自三两个阳光活泼的少女之口。不过，正当我打算停下来仔细听时，突然发出一声“咯吱”，因为我不凑巧地踩进了一个洞里（这是光荣的葛雷院学会里少了块板而没及时补上的洞），并且应声摔了一跤，当我爬起来时，所有的声音都停了下来。

还有一小截路我没走完，于是我小心翼翼地往前摸索。在我看到，写着“特拉德尔先生”字样的防盗门敞开着时，我的心不由自主地一阵猛跳。我在里门敲了敲，回应我的是一阵相当混乱的声音，接着就再也没有其他的声音了，我又在门上敲了敲。

于是出来一位鬼机灵的小伙子，他像是听差的，又像是书记。

他站在那里，上气不接下气地盯着我看，仿佛我得出具相关法律证件，才能证明我的身份一样。

“特拉德尔先生在家吗？”我问他。

“在，先生，但是他在忙。”

“我来找他的。”

这个鬼机灵的小伙子将我上下打量了一番，然后把门开得更大一点，终于肯放我进去了。进门之后，我走在前面，他在后面指引我穿过过堂的一个小附间，然后进了一间小小的休息室。在那里，我见到了我的老朋友，他正坐在一张堆满文件的桌子旁，趴在文书案件上大口大口地喘气。

“仁慈的上帝！”特拉德尔猛地抬起头，叫了起来，“想不到是科波菲尔啊！”话没说完，他就向我冲过来一把把我抱住。

“一切安好吧，特拉德尔，我亲爱的？”

“一切安好，科波菲尔，我亲爱的，除了好的消息，还是好的消息！”

我们紧紧地抱在一起，几乎喜极而泣。

“啊，朋友啊，我亲爱的朋友，”特拉德尔兴奋地在头上一阵乱抓（这实在是添乱之举，因为他的头发已经够乱的了），说道，“我至亲至爱的科波菲尔，我好长时间没见面的科波菲尔，我最最想见的科波菲尔，你的出现是件多么令我高兴的事啊！你瞧你，现在晒得多黑！啊，我太兴奋了！我发誓，这股兴奋劲儿是我从来没有过的，真的，科波菲尔！”

同样的，我也不知道该如何表达我的心情，开始那么一段时间里，我都说不上话来。

“我亲爱的朋友！”特拉德尔说，“已经非常有名气了！我满载荣誉而归的科波菲尔呀！我的老天呀，你什么时候回来的，从哪里来，一直以来你都在干什么呀？”

他一连串地问了我许多问题，容不得我回答上其中的某个问题，他已经把我拉到大火炉旁边的安乐椅上。他用一只手忙乱地捅着火炉里的火，用另一只手解开我的围巾，他这是因为把我的围巾当外套才有此举动的，他手里的火箸还没放稳就又来拥抱我，我也迎上去拥抱他。我们哭着哭着，又笑将起来。然后我们把眼泪擦干，在椅子上坐下。隔着火炉，我们再次握了握手。

“真没想到，”特拉德尔说着，“你回来得这么早，不过，你还是没赶得上那场典礼！”

“什么典礼，特拉德尔，我亲爱的？”

“我的老天呀！”特拉德尔眼睛睁得大大的，就像以前那个样子，“我上次给你写的那封信你没收到吗？”

“如果你说的是那封提到什么典礼的信，我肯定是没收到的啦。”

“哦，科波菲尔，我的亲爱的，”特拉德尔用手理理脑袋上歪倒的头发，然后把手打在我的膝盖上，说，“我跟苏菲结婚啦！”

“你们结婚啦？”我高兴地叫起来。

“是呀！”特拉德尔告诉我，“在哈雷斯牧师的主持下，我跟苏菲在德文结婚了。嘿，我亲爱的朋友，看看窗帘后面，她正在那里藏着呢！”

这时，那个世间最可爱的女孩儿，笑着、脸红着，迅速地从那个藏身之处跑了出来。我被吓了一跳。我相信，这世上从来没有出现过比她更幸福、更亲切、更真诚、更光彩照人的新娘子了。我以老朋友的身份吻了她一下，同时献上我真心诚意的祝福。

“我的老天呀，”特拉德尔说道，“这样的相聚是多么值得庆贺的呀！你黑多了，我亲爱的科波菲尔！我的老天呀，我现在是如此的兴奋！”

“我也是。”我说道。

“我也是，我相信！”苏菲还是那样，嘴笑着，脸红着，说道。

“大家今天要有多兴奋就多兴奋！”特拉德尔说，“包括那些女孩儿也是很兴奋的。我的老天呀，我不得不说，我都把她们忘到一边了。”

“忘到一边了？”我问道。

“那些女孩，”特拉德尔说，“苏菲的那些姐妹。她们跟我们住在一起，她们过来是要参观游玩一下伦敦的。事实上，刚才——在楼道上摔了一跤的人是你吗，科波菲尔？”

“是我。”我笑着回答。

“那么，这么说吧，你在楼道口栽跟头的时候，”特拉德尔说，“我正在跟那些女孩做游戏呢，我们做的那个游戏叫‘抢位置’，但是，西敏寺厅不允许做这种游戏，要是她们被过往的旅客看到的话，就会有损我们法律界的颜面。所以她们一听到有人来，就迅速散开了。不用说，她们现在正听着我们说话呢。”特拉德尔往通往其他房间的门张望，同时说道。

“不好意思，”我又一次笑着说道，“我给大家带来扰乱了。”

“我敢说，”特拉德尔非常高兴地打断我的话，说，“要是你看到她们在听见你的敲门声后，先是迅速地跑散，然后又跑回来，捡那些掉在地上的梳子（梳子本来插在头上），接着又发疯似的跑开，那你就不会说那样的话了。我的亲爱的，你能把那些女孩儿叫过来吗？”

于是苏菲脚步轻盈地走开了，不一会儿，就听见她在隔壁房间里引发了一阵哄笑。

“简直是天籁之音啊，不是吗，科波菲尔，我亲爱的？”特拉德尔对我说，“真悦耳。这些古老的房子因它而生辉，对于一个长期处于单身的倒霉蛋来说，这是非常美妙的事，你懂的。真叫人陶醉啊！可怜的一群姑娘，苏菲一结婚，她们可就遭受了很大的损失——我敢肯定地告诉你，科波菲尔，苏菲以前是，现在是，以后也是，永远都是最讨人喜欢的女孩儿！——每当见到她们欢笑的样子，我内心的满足感，科波菲尔，虽然这有失法律界颜面，但真的很令人愉快。”

他说得不太流畅，我知道，这是因为他的心地善良，怕自己的话触动了我的痛楚。知道他这一点，我就带着诚恳的态度听他说，并且对他的话表示同意，显然，我这样做让他很大程度上放下心来，也让他高兴了许多。

“不过，”特拉德尔说，“说真的，我们家这种布局，完全不像是一个法律界人士的家庭布局。我亲爱的科波菲尔，就连苏菲在这儿住，也是不符合法律界人士的规矩。可是我们只有这个地方可以住呀。我们就像是乘着一叶扁舟驶向汪洋大海，不过我们也是为吃苦做好了充分准备的。苏菲在管理家务事上非常在行，她把那些女孩儿安排得非常妥当，让你看了会觉得难以置信。我敢说，我搞不懂她是怎样安排的。”

“那几个年轻的女孩儿，跟你们住在一起吗？”我问他。

“老大，就是那个大美女，卡萝琳，跟我们住一起，”特拉德尔用低沉的声音，像是在说着什么秘密一样，说道，“萨拉，也跟我们住一起，就是那个脊椎有点毛病的女孩，你知道吧，我跟你讲过的，她现在好多了。还有那两个年龄最小的，苏菲负责教她们知识，所以她们就搬过来跟我们一起住了。路易莎也住这儿。”

“是吗？”我叫道。

“是呀！”特拉德尔继续往下说，“我们整个房子就三个房间，但苏菲却用了一种意想不到的妙方法把她们安排得妥妥帖贴的，她们每天睡得不知道有多舒服。就是那个房间，安排了三个，”特拉德尔用手一指，说道，“在这边这个房间里，安排了两个。”

我不禁四下环顾，看看还有什么地方是特拉德尔先生和他太太住的。特拉德尔看出了我的想法，于是说：

“嗬！”特拉德尔说，“就像我刚才说的那样，我们打算吃吃苦。上个星期，我们在这个地板上打了个临时地铺。不过，在屋子的顶端，有个小房间——一个很可爱的小房间，上去看看就知道是什么样儿了——苏菲想给我一点意外的惊喜，背着我她一个人把房间用纸糊了一遍。就这样，那儿就成了我们现在睡觉的地方。那个小房间呀，很有吉卜赛的风格。在那个小房间里，我们还能欣赏到很多的美景呢。”

“你总算如愿以偿地结婚了，亲爱的特拉德尔！”我说道，“为此，我是多么的高兴呀！”

“谢谢你，我亲爱的科波菲尔。”这时，我们再次握手，特拉德尔往下说，“是呀，我现在幸福得不得了！你看那里，可都是你的老伙伴儿，”特拉德尔把头转向花盆和花盆架，脸上露出得意的表情，点着头说，“再看看那儿，是那张大理石的圆桌！你应该发现了，我们家的家具都是简朴而实用的。说到那些金呀、银呀的餐具，我的老天哎，我们连茶匙都没有。’

“努力工作能换取一切的！”我笑着对他说。

“一点不错，努力工作能换取一切。”特拉德尔说道，“虽然我们没有茶匙，但我们还是有能取代茶匙的工具的，不然我们怎么搅拌茶呢。只是茶匙是锡铜铝合金质的。”

“等到用银质工具时，那就更加光亮了。”我说道。

“你说对了，”特拉德尔说，“你知道，科波菲尔，我亲爱的。”他又压下声音来，说，“在我发表了某个张三控告李四的案件论点后（这个工作为我当上律师帮上了不少忙），我去了趟德文，私下里跟哈雷斯牧师进行了一次相当严肃的谈话。我一再强调，苏菲——我敢打保票，科波菲尔，她是这世上绝无仅有的讨人爱的女孩儿！”

“我相信，我也这样觉得！”我说。

“她当然是那样的！”特拉德尔接着说，“不过，恐怕我说走了题。我刚才说到哈雷斯牧师吗？”

“你说，你一直强调——”

“对，就在这儿！我一直强调，老早以前，我就跟苏菲订婚了。现在，她的父母同意将她嫁给目前只能用得起锡铜铝合金质餐具的我，”特拉德尔像往常一样，带着率真的笑，说道，“哈雷斯牧师是位优秀的传教士，主教应该由他来当，科波菲尔。至少，他的生活比较充裕，没有受到贫穷的困扰。于是，我跟他提议，如果我时来转运，每年能搞到二百五十镑的收入，如果我有信心，明年就能做到这一点，甚至做得更好，甚至如果我能购置一个像这样摆设的小地方。那么，到时，他们就应该把苏菲嫁给我。我冒昧地说一句，这么多年来，我们一直忍耐着。在她的家庭里，苏菲确实发挥着举足轻重的作用。但是她那过于热心的双亲，不应该以此当做她独立门户的绊脚石——你理解我的意思吧？”

“确实不应该。”我应道。

“科波菲尔，你能这样想实在叫我感到高兴。”特拉德尔继续往下说，“但是，我一点责备哈雷斯牧师的意思都没有。我承认，有时候，人们在这种问题上是自私的，更别说像父母、兄弟等一类的人了。行了！我也向他们表明，为那个家庭尽一份力乃是我最诚恳的愿望。如果哪天我出人头地了，而他又遇上了什么不顺当的事——我说的是哈雷斯牧师——”

“了解。”我说。

“——或者是克鲁勒太太——我会很乐意承担起照顾那些女孩儿的责任。他听了，用一种值得赞许的态度给了我回答，使我听了感到欣慰。他说他还会负责起说服克鲁勒太太的工作。为此他们还跟她之间发生了很大的争执。于是，她的问题，从腿部穿过胸部，直达头部。”

“什么问题？”我问他。

“她的疼痛呀，”特拉德尔换了副严肃的表情，说道，“她的全部感情呀！以前我说过，她这个女人是相当出色的，唯一不足的就是她的两条腿瘫痪了。不管发生什么不顺心的事，烦恼最终会落到她的两条腿上。但是这一次，却由腿部穿过胸部，直达到了头部。简单地说，已经蔓延到了她的全身，以一种惊人的速度蔓延的。不过，他们坚持不懈地给她热切的照顾，使她最终脱离了危险。截至昨天，我跟苏菲结婚已经整整六个星期了。结婚那天，他们一家人哭得一塌糊涂，东倒西歪的。你想象不出来，我当时看在心里有怎样一种罪过感！在我们打算回我们自己家的时候，克鲁勒太太都不肯见我。她仍然不能原谅我把她女儿娶走了——但她是个善良的人，没有过多长时间她就原谅了我。这不，今天早上我还收到她寄来的一封令人愉快的信。”

“总结一句话，我亲爱的朋友，”我说，“你所感到的幸福，正是你应该感到的！”

“哦！因为你心存偏爱，所以你才这样说的。”特拉德尔笑着说，“不过，我现在的状态很令人眼红，这是肯定的。我在工作上很卖力，拿起那些法律性的书，一读起来就永远没有厌倦的时候。白天，我要将这群女孩儿藏起来。到了晚上，我就跟她们一起逗乐玩耍。不过，到周二——就是迈克尔节的前一天——她们就要回家了。相信我，因为这件事，我的内心是相当的难受。女孩儿们过来了！”特拉德尔不再小声地说话，而是提高嗓门喊道，“科波菲尔先生，这是克鲁勒小姐——这是萨拉小姐——这是路易莎小姐——还有，这是玛格丽特和露西！”

她们就是一束玫瑰花，完美无缺，健康快乐。她们都是很好看的，而卡萝琳小姐则是漂亮的、美丽的。但是，他的苏菲，喜悦的表情里有一种乐天知足、宜家宜室的品质，这可比漂亮、美丽强多了。由此，我相信我的朋友作出了一个很正确的选择。我们围着火炉坐着，那个鬼机灵的小伙子，正在整理收集一些文件。我这才知道，刚才他上气不接下气的，是因为他在摆弄那些文件。随后，小伙子端来茶具。他把一切事情办妥了，就告退休息去了。他走的时候顺手“砰”的一声把门关上了。特拉德尔太太的双眼中发出那种家庭主妇极度幸福、极度安详的目光。她为我们沏好茶后，在火炉旁坐下，安静地烤面包。

她一边烤面包，一边跟我说话。她告诉我，她见过爱妮丝。上次“汤姆”带她去肯特度蜜月的时候。她去看了我姨奶奶。她俩谈得很融洽。不过，从头到尾都是在说我的事儿。她丝毫没有怀疑过，在我离开的日子里，“汤姆”忘记过我。只要有“汤姆”在，一切事情就有了头绪，有了标准。显然，这个叫“汤姆”的人是她人生的偶像。不论遇到什么样的艰难困苦，他永远是她全部信赖的所在，她对他敬佩得五体投地。

她和特拉德尔对那个“大美人儿”充满敬佩和称赞之意，为此我心里极为高兴。我的内心有这样的想法，我不知道合不合理，但我知道，我觉得他们这样想是令人感到愉快、感到舒心的。从根本上来讲，他们的性格本来就是这样的。如果说，特拉德尔会在什么时候怀念尚特争取的茶匙，想都不用想，那就是他在给“大美人儿”递茶的时候。他太太的脾气向来很温和，要是她在这件事上表现出什么反对的意识的话，我可以肯定地说，那是因为她是那个“大美人儿”的妹妹。从那个“大美人儿”身上，我略微察觉到一点娇惯任性的迹象。不过，在特拉德尔和他太太的眼里，他们把那视为她生来就有的特权和天然富裕的遗产。如果说，她生来就要成为蜂王，他们也生来就要成为蜂王，那他们就更加的满足了。

不过，他们那种忘掉自我的精神实在令我陶醉。他们以这群女孩儿为荣，顺从她们所能想到的奇思妙想。这是我所看到的，他们对自身价值最令人愉快的小小证明。这些大姨子、小姨子以“宝贝儿”称呼特拉德尔，一会儿叫他把这个东西拿过来；一会儿叫他把那个东西递过来；再过一会儿，又叫他把另一个东西送过去。每一次，他都照办得很好。在一小时内，特拉德尔至少有十二次像这样子被呼来唤去。没有苏菲，她们就什么都做不来。谁的头发松散了，只有叫来苏菲，才可以把头发绾起来；谁唱歌唱得好好的，突然中间忘了某一个节拍，只有叫来苏菲，才能把那个拍子唱出来；谁在绞尽脑汁想德文的一个地名，却怎么也想不出来，只有叫来苏菲，才能把它想出来；谁要往家里写信，汇报一下这边的某些事，只有叫来苏菲，才能趁着吃早饭前的那会儿写完；谁织毛线织错了某一步，只有叫来苏菲，才能把错的一步纠正过来。在这个家里，她们才是实际意义上的主人，苏菲和特拉德尔只是为她们服务的人。我想象不出来，苏菲到底照顾过多少孩子。不过，似乎大家都知道她很擅长用英语给孩子们唱各种各样的儿歌。她的姐妹们点出一首歌（不过通常最终唱什么，都是由那个“大美人儿”决定的），然后她用世间最清晰、最柔美的歌喉，成打成打地挨个儿唱完那些歌。只要一想到她们这样，我就觉得心迷神惘。最可贵的是，虽然她们又是要求这个，又是要求那个，但那都是出于对特拉德尔和苏菲的爱和尊敬。后来，我起身要走，特拉德尔打算把我送到咖啡屋那儿。这时，我敢说，像他这样长满硬邦邦头发的脑袋，或者说长满其他什么头发的脑袋，在那样一阵狂亲乱吻中四处滚动，我可从来没见过。

反正，在我到了咖啡屋，特拉德尔跟我互道晚安后，我把那样的场面细细地回味了很久很久。就算那凋敝衰老的葛雷院的屋顶开放出一千朵玫瑰，那我也不觉得那样能使它有当时那样一半的光辉绚烂。只要我一想到在那枯燥无味的法律文件的承办所和律师事务所之中，还有这样一群德文的女孩儿；想到吸墨粉、羊皮纸、尺子、糨糊、墨水瓶子、公文纸、草稿纸、法律告文、令状、公告、诉讼收费书之中还有茶水、苗包、儿歌，我就觉得这很微妙，是一种很可喜的情况。依稀之中，我仿佛看见苏丹那有名气的一家子，已经列入律师的行列中。而那些会说话的鸟儿，会唱歌的树儿，金黄色的水儿，统统都引进了葛雷院。也不知道是怎么回事儿，一开始我为特拉德尔感到失望的心情，在我回到咖啡屋，与特拉德尔分别的时候，一下子荡然无存了。我就想了，管他英格兰茶房头儿定了什么样的规定，反正我的特拉德尔会顺顺当当地成长的。

我拖来一把椅子，在咖啡屋的火炉旁坐下。我静默下来，想想他的事儿。这会儿，我渐渐地把重点转移到对他的幸福上来考虑了。我把目光停留在火炉里的煤炭上，探寻着炉火里的千变万化。煤块慢慢变色，然后破裂，我一生的浮沉往事和种种离别的情形也浮现在我的眼前。三年了，我离开英国已经三年了。在这三年里，我从没见过炉火里的煤炭，取而代之，见到的都是些干柴火。当那些干柴火烧成灰，在炉底聚集成一堆一堆羽毛的形状时，我带着失落的心情，从中看到了我自己的希望渐渐消融。

我又开始回想过去，虽然仍旧沉郁不止，却已不再悲痛消沉，我是严肃地回想，同时，我也怀着一种无所畏惧的心情去想象我的未来。家，就它最美好的那个意思来说，我是没有家的。本来，我可以在她的身上倾注我更深刻一点的爱，偏偏我要叫她妹妹。现在，她就要嫁作他人妻，将会有另一个人占领她的爱情空缺。在她发现这些事的时候，她怎么都不会想到，我内心深处对她的爱情，正在日渐成长。这是公平的，这正是对我那鲁莽冲动的爱情所做的惩罚，我罪有应得。我今日所收获的恶果，正是我往日所种下的恶种。

我正在思索着，通过这件事，我的心是否得到了真正意义上的磨炼，我能不能坚定我的意志，忍耐住这个事实，平静地充当着我曾经在我那个家中所充当的角色——想着，想着，我发现我的目光停在了一张脸上。这张脸仿佛是随着炉火中的火焰升起的，因为他与我儿时的记忆有着密切的联系。

他是矮小的齐力普先生。就是这个医生，我在第一章里讲过，他曾在我生病的时候给过我悉心的照顾。这时，他正坐在对过一个阴暗的角落里看报纸。今天看他，他已经是个年高神衰的老人了。不过，他这个人身形矮小，性格温和谦卑，所以不大容易显老。因此，当时的我都觉得他还跟当年坐在客厅里等我出生的时候没两样。

在六七年前，齐力普先生搬离了布兰德斯通，从那以后，我就再也没有见到过他。他坐在那里，侧着脑袋看报纸，旁边放着一杯热气腾腾的葡萄尼加斯酒。他时刻都保持着那副谦卑至极的态度，就连对着报纸他都感到歉意，因为他竟然要把它读下去。

我往他坐的地方走去，跟他打招呼道："过得好吗，齐力普先生？"

这个问候对他来说是那样的陌生，又是那样的意外，他被弄得不知所措，只好慢腾腾地回答我，说："谢谢你呀，先生，你可真是个好人哪！谢谢你呀，先生，我也希望你过得好！"

"你不认识我了吗？"我问道。

"呵呵，先生。"齐力普先生露出谦恭的笑，一边仔细地看着我的脸，一边摇头晃脑，说，"是有点眼熟，先生，有点印象。不过，我真的叫不出来你的尊名贵姓了。"

"不过，在我自已知道我叫什么之前，你就已经知道了。"我接过他的话说道。

"是吗，先生？"齐力普先生说道，"难道我有幸，给先生接过——"

"说中了。"我打断他的话。

"我的天哪！"齐力普先生叫道，"不过，不容置疑，你从生下来到现在，样子改多了，先生。"

"恐怕是这样的。"我说。

"好了，先生，"齐力普先生说道，"要是我再请教一下您的尊名贵姓，但愿你不要怪罪我哦。"

于是，我报上了我的姓名。他听了很是感动。他伸出手和我认认真真地握手——这一举动对他来说是不一般的。因为平时他那双微微有点热，像小鱼刀的手，最远只会伸到离臀部一两寸的地方。要是有人跟他握手的话，不管那个人是谁，他都会感到极度的不安。就是这次他跟我握手了，他也一有机会就把他的手收回去，插到上衣口袋里。他安全地把手收回了，心就放下来了。

“我的天哪，先生！”齐力普先生歪着脑袋仔细端详着我，说，“科波菲尔先生，真的是你？行了，先生，我相信，要是我刚才把你看得更仔细一点，我肯定能认得出你来。拿你跟你那可怜的父亲作比较，你们确实有不少相像的地方呢，先生。”

“我压根儿没见过我父亲活着的样子。”我说。

“确实，先生。”齐力普先生用一种让人感觉安慰的语调说，“不管怎么说，这都是叫人遗憾的事！在我们那一块儿，先生，”齐力普先生轻轻地摇晃着脑袋说，“人们对你的名字并不感到陌生呢。你这儿一定累得不轻喽，先生。”齐力普先生拿食指轻拍着自己的额头，说，“你也觉得这份工作伤脑筋吧，先生？”

“你说的你们那一块儿指的是哪里啊？”我在他身旁坐下，问道。

“柏里·圣爱德蒙附近，先生，我就住在那里。”齐力普先生回答道，“齐力普太太的父亲给她留了一点遗产，就在那附近。后来，我领了当地的行医资格证。如果我告诉你，我在那里过得很好，你听了一定感到高兴吧。我的女儿，可是大姑娘了，现在她长得可高了。”齐力普先生又把他的小脑袋晃了一下，说，“就在上个星期，她的妈妈又给她的长裙放下了两个褶皱。你也知道，先生，光阴就是过得这样快啊！”

当那个小人儿发表完一番感慨后，拿起空杯子往嘴边送。于是，我劝他把杯子斟满了，我来陪他喝。“呵呵，先生，”他不紧不慢地说，“再喝，就过了我的酒量了。不过我不能错过跟你聊天的美事儿。在你小的时候，你身上出了疹子。我给你看病，照顾你。现在想起来，就好像是昨天的事儿。后来你康复得很好，一点后遗症都没有，先生。”

对于他这番恭维，我表示了我的谢意，然后叫来尼加斯酒，很快酒就送来了。“这实在有点强人所难！”齐力普先生一边在酒里搅拌，一边说，“不过，这是个难得的好机会，我不能错过。你有儿女了吗，先生？”

我摇了摇头。

“听说，在几年前，你死了妻子，先生？”齐力普先生说，“是你继父的姐姐告诉我的。她的性子可真是刚强坚硬啊，对不，先生？”

“嗬，是呀，”我说，“很刚强。你是在哪里见到她的，齐力普先生？”

“你没听说吗，先生？”齐力普先生平静地露出笑脸来，说道，“我跟你的继父又成了邻居。”

“没听说。”我说。

“我们现在又是邻居，先生！”齐力普先生说道，“他娶了那一块儿的一个年轻小姐。那个年轻小姐可有一笔为数不少的财产，可怜的人儿啊——现在，你那份费脑筋的工作，先生，你做起来觉得累吗？”齐力普先生看着我，他的样子像一只讨人喜爱的知更鸟一般。

我避开他的问题，重拾到关于默德斯通姐弟的话题上。“是听人家说过他结婚了。你去过他们家，给他们看病没有？”我问他。

“他们请我去过，但次数不多。”他告诉我，“默德斯通先生和他的姐姐一样，他们那与刚强性格有关的骨质都太发达了，先生。”

我给了他一个富于表情的回答，再加上尼加斯酒的作用，齐力普先生深受鼓舞，把头稍显摆动地摇晃了几下，然后带着沉思的意味叫道，“哦，我的天哪！往日的事，我们是忘不掉的了，科波菲尔先生！”

“那姐弟俩还在走他们的老路子，对不对？”我问道。

“嗬，先生，”齐力普先生说道，“一个当医生的，经常出入各家各户，所以除了他工作分内的事，其他的事都不应该多嘴查问。不过，我不得不说，他们是很严厉的。这辈子是这样，下辈子还是这样，先生。”

“下辈子的事轮不到他们来安排，我相信。”我接着说，“他们这辈子到底在干什么呢？”

齐力普先生摇摇头，然后在酒里搅了两下，一小口一小口地往下喝。

“她是个挺讨人喜爱的女人呢，先生！”他的语气中倒有一种悲哀的意味。

“你指的是现在的默德斯通太太吗？”

“真是个挺讨人喜爱的女人，先生，”齐力普先生说道，“我敢在这儿说，她要有多温和就有多温和！齐力普太太的意思是，她结婚后，她在精神上遭受了很彻底的打击，几乎患上了忧郁症。女人的眼睛，”齐力普先生胆怯地说，“看人真准，先生！”

“我相信，她会被他们强拉硬扯地塞进他们那个可恶的模具中。上帝快解救她吧！”我说，“她已经被他们塞进去了。”

“嗬，先生。跟你实话实说，刚开始时，他们吵得不可开交。”齐力普先生说道，“现在，她已经形如走尸了。就当我私下告诉你的，自从那个姐姐过来帮忙以后，她几乎被那姐弟俩整成傻子了。你说，我这样说是不是过了头？”

我告诉他，我一点都不这样觉得。

“这儿就咱自己，先生，”齐力普先生闷下一口酒，壮壮胆子说道，“我想都不用想就敢说，她母亲的死因就在于此。就是他们这种蛮横粗暴、阴森忧郁把默德斯通太太几乎整成傻子的。没结婚的时候，她还是个青春活泼的女人。结婚后，她就被他们的阴森忧郁和苛刻严酷给毁了。现在，他们三个一道儿出门的时候，丈夫不像丈夫，大姑不像大姑，倒像是她的监守人。这些事都是齐力普太太上个星期告诉我的。我能肯定地说，先生，女人的眼睛看人真准。本来，齐力普太太这个人看人就准得很。”

“他还装得很虔诚的样子信奉宗教（在这种联想下，使用这个字眼，真让我觉得羞愧），这样的人不阴暗吗？”我问道。

“正如你所说，先生，”齐力普先生说道。我看到他的眼皮因为受到了过量酒的刺激，耐受不住，红透了，“这是齐力普太太说的最有力度的一句话。她说，”他用尽可能平静，尽可能缓慢的语气说，“默德斯通先生给自己立了一尊像，还把它称作‘神圣的天成’。我听了这句话，大为震惊。我敢打保票，在她说这话的时候，你用笔上的羽毛就能把我打得四肢着地。女人的眼睛啊，看人真准，先生。”

“天生的第六感。”我这样说道，他听了开心得不得了。

“你能这样赞同我的话，真叫我高兴啊，先生。”他接着说，“我敢跟你打保票，那些与医学无关的意见，我是不怎么随意发表的。有时候，默德斯通先生就当着公众的面儿发表言论，听他们说——说白点儿，先生，听齐力普太太说——近来，他越来越凶残霸道了，他的主张也越来越凶狠残酷了。”

“我相信，齐力普太太所说的话都是真的。”我说道。

“齐力普太太甚至说了，”那个再谦恭不得的人，得到了不小的鼓动，于是又往下说，“他们这种人所谓的宗教性的东西，其实就是他们用来发泄臭脾气和傲气的工具。我不得不说，先生，”他温柔地把脑袋歪向一边，往下说道，“在整本《新约》书里，我找不到默德斯通先生和小姐那么做的依据。”

“我也是！”我说道。

“另外，先生。”齐力普先生说道，“他们是很讨人厌的家伙。因为他们动不动就咒骂那些不喜欢他们的人下十八层地狱。在我们那块儿，光为这个下地狱的人多了去了！不过，齐力普太太告诉我，他们也接二连三地受到惩罚。因为他们面对自己的时候，只能靠自己的心来维持下去，而他们的心又是多么糟糕的食物呀！现在，先生，要是你不介意的话，我要回到你那脑力活儿上来了。你脑子里的弦是不是绷得很紧啊，先生？”

在当时的情况下，齐力普先生自己脑子里的弦就已经绷得很紧了，再加上他过饮的那些尼加斯酒，现在正发挥着作用，所以要想转移他的注意力，叫他谈论自己的事，是非常容易办到的。所以，在接下来的半小时里，他长篇大论地谈起自己的事来。从他的话中，我得知，他这次来葛雷院咖啡屋，是因为他要在疯狂鉴定委员会上，给一个疯狂的病人做医学鉴定，证明那个人是因为过量饮酒而发疯的。

“我敢跟你打保票，先生。”他说，“在那种情况下，我的神经是极度脆弱的。威慑和恐吓都是我接受不来的，他们只会把我吓得魂飞魄散。就说你出世的那个晚上吧，那位小姐的可怕行为把我吓得——我过了好长一段时间才恢复过来元气。你知道这事吗，科波菲尔先生？”

我就告诉他，明天早上我就会去我姨奶奶那儿。我姨奶奶就是那个晚上他所见到的暴龙。我还告诉他，其实我姨奶奶这个人是很热情，很棒的。如果他有机会多跟她沟通沟通的话，他就会清楚她是怎样的一个人。可是我还没多说什么，只是提了一下他们以后可能会相遇，他就已经慌得不得了。他苍白的脸上挤出一点笑容来，回答道：“她真的是那样的人吗，先生？真是那样的吗？”几乎是紧接着这句话，他点上一支蜡烛就往外走，说要回去睡觉。似乎他不管在哪儿待着都觉得危险。他走得非常不稳，但这可不是尼加斯酒的作用。不过，他会发现，他那本来平缓跳动的脉搏，从我姨奶奶因为失望，拿帽子在他身上打了几下后，肯定每分钟多跳了两三下。

已经夜半了，我疲惫不堪，就回房睡觉了。第二天，我整整一天都在坐脚车，往多佛赶去。一路平安，当我冲进她的老客厅里时，她正在喝茶，那时她已经戴上了眼镜。她，狄克先生，还有那个亲爱的老皮果提（那时，她在这儿帮着我姨奶奶打理家事），都张开双臂，眼中带泪地欢迎我。当我们心情平缓下来时，我们就开始叙旧唠嗑儿。我告诉我姨奶奶，我见过齐力普先生，他说他至今还记得她当年凶凶的样子。她听了，觉得非常好笑。后来，她跟皮果提聊了很多我那可怜母亲的第二个丈夫和“那个魔德性的姐姐”——我敢说，无论如何，我姨奶奶都不会用任何教名或什么正式名字来称呼她的。

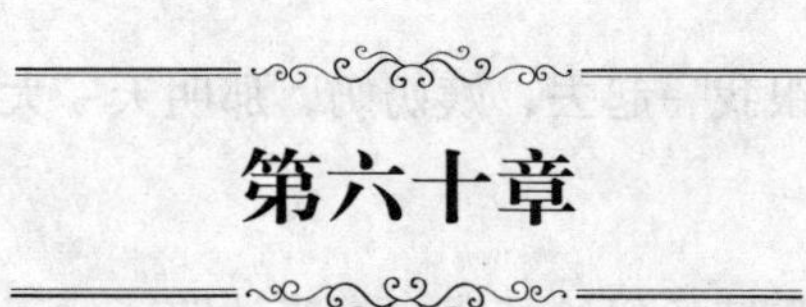

第六十章

屋子里只剩下我姨奶奶和我，我们一直聊到深夜。我们聊到，移民海外的人们，如何寄回令人愉快的信件，叫人读来心中充满希望；我们聊到，米考伯先生如何陆续寄回小额钱款，以偿还他的“金钱债务”，那笔他以君子待君子的态度借下的债务；我们聊到，珍妮如何回来伺候搬回斗佛的姨奶奶，她后来嫁给了一位生意做得不错的酒店老板，我们聊到，在这段婚姻中，我姨奶奶如何教唆帮助那个新娘，并且亲自到场，参加了那场婚礼。这是她对那个主张的画押认可。这些都是我们聊到的话题——这些事，我从我以前收到的信中或多或少了解到了一些。和以往一样，狄克先生是不容忽视的话题。我姨奶奶告诉我，不管什么东西，只要一落到他的手上，他就抄抄写写，并且在与此类似的工作中，把查理一世的事忘得一干二净。他很自由，也很快乐，从来不为什么事儿而叹息，也从来不觉得生活单调乏味。所有这些都让我姨奶奶觉得是她自己的人生趣事，还把这些当做她所得到的回报中的一种。最后她以全新的认识总结出：这世上，除了她，再也没有别人能这样全面地把他看个透了。

“特洛，你打算什么时候走，”我们像以往那样在炉火边坐着，我姨奶奶在我的手上拍了一下，说，“你打算什么时候去坎特布雷啊？”

“要是你不跟我一起去，姨奶奶，那明天一大早就骑马过去，你去吗？”

“不去！”我姨奶奶给了我一个简洁明了的回答，“我哪儿也不想去。”

于是，我就说，我明天骑马过去。还告诉她，要是我来看的不是她，而是其他的人的话，那我去了坎特布雷就不会不在那里作一下停留。

她听了我的话，非常高兴。但是她却回答：“行啦，特洛，我这身老骨头还不至于等到明天就散了架！”于是，我坐在那里看火，又一次陷入一阵沉思。这时，她又在我的手上轻轻地拍了一下。

我之所以陷入一阵沉思，是因为我又故地重游，而且与爱妮丝如此接近，所以难免使我对往日怀有一种绕心的悔恨之意。或许，这悔恨之意已不如当年浓烈（我应当学些我以前没有学到的东西），但悔恨终究还是悔恨。“哦，特洛，”我仿佛听到我的姨奶奶又说话了。现在的我可比以前更加了解她了——“瞎了眼啦，瞎了眼啦，瞎了眼啦！”

接下来几分钟内，我们都保持着沉默，一句话都没说。直到我再次抬起头，发现她正一动不动地看着我。或许，此刻的她看穿了我的心思。因为，我认为，虽然以前我的心思是那样的冥顽纵姿，但现在，它却是很容易被看穿的。

“到时，你会发现，她的父亲已是个白发苍苍的老人了，”我姨奶奶说，“不过，他各方面都做得比以前叫人称赞了——他已经脱胎换骨，改过自新了。到时，你也会发现，他在衡量人类的快乐忧愁时，再也不用他那把可怜的尺子作为唯一的标准了。相信我，孩子，即便那些东西还能派得上什么用场的话，那也是些鸡毛蒜皮的小事了。”

“确实是的。”我说道。

“到时，你会发现，”我姨奶奶往下说，“她还像以前那样，仁慈、美丽、诚恳、无私。要是我还能说得出什么更好的赞美之词的话，那么，特洛，我一定会用到她的身上。”

对她，任何赞美之词都不会过分；对我，任何谴责之词都不会过分。哦，我偏离正道走多远了啊！

“如果她能把她身边的女孩儿调教成跟她一样的人，”我姨奶奶眼里闪着真诚的泪花，说道，“上帝最清楚，她这一辈子就算没白过了！就像她那天所说的那样，做个于他人有益，于自己快乐的人。她怎么不是那样的人呢！”

“爱妮丝有没有——”我喃喃自语。

“嗯？嗳！有什么？”我姨奶奶用尖锐的嗓子问道。

“有没有结婚？”我问道。

“结了二十次。”我姨奶奶得意之中带着愤慨之意，叫道，“我亲爱的，从你离开到现在，她完全有二十次结婚的机会。”

“毫无疑问，”我说道，“毫无疑问，这二十个人中没有一个能配得上当她的爱人。要是配不上的话，爱妮丝才不会看得上呢。”

我姨奶奶用手托着下巴坐在那里，像是在思考着什么。她慢慢地看向我正在抬起的双眼，说：

“我猜呀，她是心有所属了，特洛。”

“可能会有结果吗？”我问道。

“特洛，”我姨奶奶正正经经地说，“这我可说不好。刚才那句话我是连告诉你的权利都没有的。她从来没跟我说过这个事儿。这只是我的猜疑罢了。”

她看着我，那样仔细，那样关切。我甚至看到她在发抖。这时，我更加觉得她觉察出了我的心事。于是，我将我许多日夜以来，和我内心通过漫长斗争所定下来的决心，鼓动了出来。

“如果是那样的话，”我开始说话了，“那么我希望——”

“是不是那样，我可说不上来。”我姨奶奶赶紧打断我的话，“这只是我的猜疑而已，你不要受它影响。你应该把它放在心里。或许我的猜疑根本就没有根据。我本不该跟你说这些话的。”

“如果是那样的话，”我接着说，“在时机合适的时候，爱妮丝会告诉我的。这个小妹妹，我过去跟她吐露了那么多的心事。我的姨奶奶，让她跟我说这样一个心事很困难吗？”

我姨奶奶的视线一直停留在我的身上。当我说完这句话的时候，她慢慢地把视线收回了，然后带着心思一般用一只手捂着双眼，随后又用另一只手慢慢地搭到我的肩膀上。于是，我们就在那里坐着，默默地回首往事，我们没再说一句话，直到大家都站起身来各回各屋。

第二天一大清早，我骑马赶往我以前念书的地方。虽然我很快就能见到她了，但我什么也不能说。不过，想到我能克制住我的私心，我还是很快乐的。

那一段熟悉的路，我很快就越过去了。接着，我来到一条静谧的大街上。这里的每一块石头对我来说，都是儿时的一篇故事。我从这儿步行到那所老宅子。当我到了宅子前，我太激动了，以致不敢进去又退了回来。终于，我还是回到宅子那儿了。穿过宅子，我留意了一下尤来亚·希普和米考伯先生经常待的那个矮房子。通过它低低的窗子，我看到，它现在被改成了小客厅。它不再是事务所办事处了。这所宅子，仍像我第一次见到它时的那样，整洁，清净，肃穆。有一个我不认识的使女来迎门，我请求她转告维克菲尔德小姐，说有一位来自海外的朋友，想来问候她一声。后来，由她带路，我走上了那段沉静阴暗的旧楼梯（这段楼梯我是再熟悉不过了，可是这个使女还叫我留心点儿）来到客厅。这个客厅还和以前一样，没发生什么变化。依旧在那个老书架上，我看到我跟爱妮丝以前一起看的书；仍旧在那个老地方，我看到我过去许多个夜晚读书用的写字台。当年，希普闯进这个家时，这里曾发生过一些小变化。不过现在，它们又变回来了。这里的一切，都跟在过去幸福时光时一个样子了。

我站在屋子里，透过玻璃窗，隔着那条老街，看对面的房子，回想起我刚来此地时，我怎样在阴雨的午后，看着它们；回想起我常常怎样猜测在每个窗口里会出现的人，并且用目光跟随他们在楼梯里上上下下。然后看见穿木屐的女人们沿着人行道赶着路，发出滴答滴答的声音。午后的雨，阴沉闷心，斜着下过。雨水从对面的水洞里涌出来，然后流向大街上。晚间，依然阴雨沉沉，那些没有找到安顿地点的人们，用一根棍子挑起自己的行李，在这黄昏时分，一瘸一拐地往前走着。当年我是怀着怎样的心情观察他们的，现在这种心情又回来了，而且跟当年一样。我觉得满大街都弥漫着潮湿的泥土、缀水的枝叶和沾湿的荆棘的气味。我觉得我的艰难旅途中，有风微微袭来。

装有护墙板的墙上的小门敞开着，我吃了一惊，立马转过身来。她向我走过来，一双美丽、清澄、娴静的眼睛与我的双眼相遇了。她止住脚步，两手往胸前一抱，我张开我的双臂把她揽入怀中。

“爱妮丝！我亲爱的女孩儿！我回来得太匆忙了！”

“没有，没有！能看到你，我就会高兴，特洛伍德！”

“亲爱的爱妮丝，我们又见面了，我为此感到幸福！”

我把她紧紧地抱在怀中，有一会儿，我们俩都不说话。后来，我们并肩坐下，她把脸转向我，那张天使一般的脸庞带着欢迎的意味。这正是我这些年来朝思暮想的脸哪！

她真诚、美丽而又仁慈——我亏欠她那么多。面对这样一张可亲可爱的脸，我实在找不出一句恰当的话能准确表达出我的感情。我想给她送上我的祝福；我想向她表达我的谢意；我想告诉她，她都给我带来了什么样的影响（这句话，我在以前的信中不止一次提起过）。然而，我的努力都是徒然，我的爱和欢喜都是不能言语的。

她可爱、娴静如故，在她的影响下，我那激动的心情慢慢地平静了下来。她引出我们离别时的话题，说她曾背着大家不止一次看望过爱米丽，她跟我关切地说朵拉的坟。她用她那高尚品质中不会出错的天性，那样轻柔和畅地拨动我记忆的心弦，使得我觉得那样自然而然，那样调和顺畅。我静下心来倾听其中悲哀凄凉的音乐，觉得它隐约而来。但我并不再回避它所唤起的任何回忆。所有的旋律中融有她那个可爱的人儿——我一生中的福星——我怎能畏缩回避呢？

“爱妮丝，”我犹犹豫豫地说，“现在，我们来聊聊你吧。这么长时间以来，你几乎没跟我说过你自己的事。”

“有什么好说的？”她笑了，笑容中散发着光芒，“我的爸爸安康。你也看到了，我们在自己的家中静静地过着自己的生活。我们的烦恼忧愁都消散了，我们的家又回到过去的样子了。亲爱的特洛伍德，这就是全部，你知道这些就等于知道了一切。”

“全部，爱妮丝？”我说道。

她的脸上表现出不安的惊讶，看着我。

“除此之外就没有别的可说了吗，我的妹妹？”我问道。

她红着的脸，刚才退去了一点，现在又红起来了，不过很快又退去了。她只是笑着摇摇头，并不回答我什么。我觉得，她的笑容中含有一种忧伤的意味。

本来，我是想把她引到我姨奶奶所猜疑的问题上。尽管这个谜底会让我痛苦不已，但我要磨炼我的心，对她这个人，要尽我所能地履行我应有的义务。但是，她是那样的不安，我只好撂下这个问题。

“你的事比较多吧，我亲爱的爱妮丝？”

“你是说我学校的事？”她变得愉快而坦然，抬起眼睛看着我说。

“是啊，学校的事很苦很累，对不对？”

“苦中自有乐趣，”她说，“把它说得又苦又累似乎有愧于它哦。”

“只要是好事，你都不会觉得困难。”我说。

她的脸色像刚才一样，红了又退。她把头低下，再一次露出一种忧郁的微笑。

“你在这儿多待一会儿，爸爸很快就回来，”爱妮丝高兴起来，说道，“跟我们一起把白天过了，好不好？晚上你还可以再回到你以前的卧室里睡。你以前睡的那个屋子，我们总也改不了口，老把它叫成你的。”

这样做不行，因为我答应过我姨奶奶，我会骑马回去过夜。不过，在这里度过一个愉快的白天还是可以的。

“我不得不充当一会儿牢犯了，”爱妮丝说，“不过这里旧书多的是，特洛伍德，还有我以前读过的乐谱呢！”

“当年的那些花儿，还在这里呀？”我四下环顾一周，说道，“再不就是旧的种新的苗。”

“在你离开英国的那段时间里，”爱妮丝笑着说，“我把家里按照我们读书那会儿的样子来布置的。我喜欢那个时候的样子。我觉得那个时候的我们都非常非常幸福快乐。”

“是啊，那时候的我们确实非常非常幸福快乐！”我说道。

“不管那个东西小到多么的微不足道，只要它能勾起我对哥哥的回忆，”爱妮丝的眼里充满热情和喜悦，她用那样的一双眼睛看着我说道，“它就会受到我的重视和陪伴。包括这个，”她指着一只小篮子说道，那只小篮子里装满了钥匙，像往日那样挂在她的身边，“也能响出过去那种叮叮当当的调子呢！”

她再一次露出了笑脸，然后从她刚才进来的那个门走了出去。

这种兄妹之情，我要以对待宗教信仰的那种精神，好好地守护它。这是遗留给我的一切，也是珍贵的一切。一旦我动摇了这份神圣的信赖和长久以来推心置腹的习惯（她就是在这个习惯的基础上，才将她的兄妹情托付给我的），那我就要永远失去这份感情了。我非常珍视这份情谊，我爱她越深，就越要把这点记牢。

我走在大街上。我又看见那个老敌人屠夫了——如今，他当上了警察。这会儿，他的警棒正挂在店铺里呢——所以我就去我以前跟他交战的地方看了看。在这个地方，我想起谢福德小姐和大拉金斯小姐，还有那个年头所有不会有结果的爱情、喜好和憎恶，现在一切都不复存在了，只有爱妮丝依然如故。她是永远高照在我头顶之上的一颗星，她只会越来越明亮，越来越高远。

我回到宅子里，维克菲尔德先生已经从他自家的花园里回来了。那个花园在城区往外两里左右的地方。当时的他，几乎每天都会过去照料那个花园。我看到他时，发现他确实就像我姨奶奶所描述的那样。我们跟五六个小女孩在一起吃晚饭。这时的他，就跟墙壁上挂着的那幅画里的俊秀的影子一个样。

那个地方，又弥漫起我记忆中的那种平和与安宁。因为维克菲尔德先生已经把酒戒了，所以我也不好自斟自饮。大家吃过饭就直接到楼上去了。爱妮丝带着她的小学生们唱歌、做游戏、做功课。

直到喝完茶点，那几个小学生才离开了。于是，只剩下我们三个人坐在一起大谈过去的时光。

“过去，”维克菲尔德先生把他那白发苍苍的脑袋摇了摇，说道，“我干了很多叫我懊恼悔恨的事——我现在后悔得不得了。特洛伍德，这你知道得最清楚了。不过，就算我有能力把过去的事一笔销去，那我也绝不会那样做。”

看着他旁边的那张脸，我很容易做到相信他的话。

“我要是把那些事给一笔销去，那我也得把我以前的忍耐、忠诚、孝顺、童真的爱情也一同销去。”他继续说道。

“我了解你，先生。”我温顺地对他说，“对那段日子，我是以尊敬，向来都是以尊敬的态度来看待的。”

“可是，谁也不知道，就连你也不知道，”他接着说，“她都经历过什么事，吃过什么苦，她在那些艰难困苦中如何拼命地挣扎。爱妮丝，我亲爱的。”

她把手搭在他的肩膀上，恳求他别再说下去。这时，她的脸色苍白苍白的。

“行啦，行啦！”他深深地叹了口气（我猜测，他把她所忍受过的，或是正在忍受的苦难吞了下去，没说了。而那些苦难我姨奶奶已经告诉我了）。“嗬！她母亲的事我没给你说吧，特洛伍德。你从别人那里听说过没有？”

“从来没有，先生。”

“可说的也并不多——不过痛苦的却不少。她违背着她父亲的意思嫁给了我，并因此与她的父亲断绝了父女关系。在爱妮丝出生以前，她曾求过她的父亲，她那个父亲是个铁石心肠的人，而她的母亲早已不在人世了。她父亲到底不肯认她这个女儿。也因此，她的心彻底地伤透了。”

爱妮丝伏在他的肩膀上，轻轻地用胳膊搂着他的脖子。

“她天生性情温柔，热情，”他说道，“但这件事使她的心伤透了。我非常了解她那多情的本性。如果说我都不了解的话，还有谁能了解。她是真心地爱着我，但她跟着我没过过一天快乐的日子。在这种痛苦下，她隐忍着活下去。本来，她的身体就不大好，再加上他最后一次拒绝她的哀求——这不是第一次出现这样的事了。她哀求过他好多次，但那是最后一次——她日渐憔悴，最后她永远地离开了人世。她走了，只留下半个月不到的爱妮丝，还有就是你第一次见到我时，我那头花白的头发。”

他在爱妮丝的面颊上吻了一下。

“对我这个可怜可爱的孩子，我以一种病态的爱去爱她、疼她，因为那段时期里，我是个精神完全不正常的人。这些我就不多说了。在这儿不要再说我了，特洛伍德，说说她母亲和她吧。只要我稍稍说一下我现在的样子和我以前的样子，我相信你会对整件事有个大体了解的，这用不着我多说。一直以来，我都能从她的言行举止中看到她那个可怜母亲的影子。我们三个人，经历了那么多，发生了那么多改变，现在又能聚到一起，所以说，今晚我就要把这些事告诉你。现在，我已经把所有的事都说出来了。”

她那低垂的头，她那天使一般的脸庞和孝心，在这个故事中比以往更添一层哀怜酸楚的意味。如果我认为要用什么东西来纪念那个晚上的相聚，那我就会用那天所说的事来纪念。

很快，爱妮丝离开了她的父亲，向她的钢琴走去。她在琴键上弹起几首我们以前经常听的曲子。

“你还打算外出吗？”我跟着也来到她的身旁。于是，她问我。

“不知道我的妹妹对此有何看法？”

“我希望，你不要再外出了。”

“那好，我就不外出了，爱妮丝。”

“你是来问我，特洛伍德，我才说出我的看法的。我觉得你不要再外出了。”她温柔地对我说，“你在外的名声越来越大，做善事的能力也越来越强，就算我能舍得我这个哥哥，”她拿眼睛看着我，说，“恐怕时事也不答应了吧。”

“我的一切，都是你的功劳，爱妮丝，这点你最清楚了。”

“是我的功劳，特洛伍德？”

“确实是这样的！爱妮丝，我可亲可爱的女孩儿！”我向她俯下身子，说道，“今天，我在第一眼看到你的时候，我就想跟你说，自朵拉离开以后，我的脑海里就常常想起一件事。那时你从楼上下来，到我们的小屋子里来见我，爱妮丝——用手往上指着，你还记得吗？”

“打那一刻，我就一直在想，在我眼里，我的妹妹，永远都是你那个时候的样子；永远都是用手往上指着；永远把我往更美好的方向指引；永远把我往更高的方向指引！”

她只是摇摇头，在她那满是泪水的双眼里，我又一次看到她那恬静的微笑中带着忧郁的意味。

“正因如此，我感激你，离不开你。但是，爱妮丝，我内心深处对你的感情是难以言语的。我希望你能知道，却又不知道该怎样让你知道。我只能说，我这一生都要敬仰你，都要受你的引导，就像你过去引导我走过那些暗淡的日子一样。不管日后发生什么样的变迁，不管你将有什么样新的结合，不管我们之间的关系发生什么样的改变，我都会像过去和现在一样，永远地依赖你，爱你。我要你给我安慰和依靠，就像这么多年来你所给我的那样。只要我还能呼吸，只要我的双眼还能看见，我至亲至爱的妹妹，我就要一直看着你站在我的面前，用手往上指着！”

她把手放到我的手中，对我说，我的话远非她所能担当的，但她为我的话感到骄傲。于是，她继续弹着柔和的调子，视线却一刻都没有离开过我。

“你知道吗，我在今晚所听到的那些话，爱妮丝，”我说道，“说得很玄乎，我觉得，我第一次见到你时，我对你所怀有的感情中就有了这样的一部分。就好像是我在狂野的学生时代时，我在你旁边坐着，那时的我就对你有了这样的感情。”

“我自幼没有母亲，你也知道这点，”她微笑着回答道，“所以你对我抱有怜悯之情。”

“不单单这些，爱妮丝，那个时候，我就像今天晚上所知道的那样，已经知道你周身有一种温柔的亲切的东西，那东西到别人身上会成为忧郁的东西，但到你身上就完全不一样了。”

她还是那样看着我，继续弹着柔和的调子。

“你会嘲笑我所抱有的奇异幻想吗，爱妮丝？”

“怎么会！”

“早在那个时候，我就已经觉得，而且真的觉得，不论你遇到多大的艰难困险，你永远都能保持着发自你内心的热情，至死都不会改变。我这样说，你会嘲笑我吗？我做着这样奇怪的梦，你会笑话我吗？”

“啊，怎么会！啊，怎么会！”

就在这一瞬间，我在她脸上看见一道苦闷的光影轻掠而过。不过，就在我刚觉察到那个光影时，它跟着就消失了，取而代之的又是那份平静的笑。她还是那样看着我，弹着曲子。

在这样一个孤寂的夜晚，我骑着马往回赶。风从我身旁呼呼而过，带来叫人不安的回忆。我回忆着今晚的事。我想她的内心是不痛快的，我的内心也是不痛快的。但是，就此为止，我要虔诚地给往事盖上章封上印。无论我身在何处，只要想到她用手往上指着的样子，我就觉得她指的是我头顶上的那片天空。现在和无法预测的未来，我会用一种不同于世间任何一份爱的爱去爱她。我会告诉她，在我爱她的时候，我的内心经历了怎样的挣扎和格斗。

第六十一章

在我的书未完成之前——它已经用去了我几个月的时间——我一直寄居在多佛，也就是我姨奶奶那儿。记得我最初留居在那里的时候，我经常在窗子前坐着，看海上的那轮明月。而现在，我只是静静地坐在那里，写我的那本书。

我原先的想法是，除非我的这本小说与我的传记偶然产生联系，那时我才会涉及我的小说。因此在小说中，我并没有阐述自己的抱负，甚至兴趣爱好和成功之类的事，我都没谈及。但是，在写这本小说时，我投入了那么多精力，甚至投入了我灵魂中的全部精力，这个我已经提过了。如果，我已写完的那些书有价值，这用不着我来说明，它自然会体现出来；如果我已写完的那些书，没有一丁点儿的价值，那么对于那些正在写的部分，将不会有人来问津了。

有的时候，我也会去伦敦走走。或是从那些嘈杂扰人的生活中，寻找创作的灵感；或是与特拉德尔一起，讨论一些事务问题。在我出国的那段时间里，特拉德尔便帮我打理了一些事务；现在，我的事业正在蒸蒸日上。当我的名声开始远播的时候，随之而来，我收到了许多陌生人的来信。信里的内容，大多是无关紧要，甚至极难回复的。于是，便接受了特拉德尔的建议，在他的门上，用油漆写上我的名字。当然，那些信件便被我们区里忠诚的邮差送到他那儿。我常常去他那儿处理那些信件，不过那时的我，像一个没有俸禄的内阁大臣一般。

在那些信件中，时常有人——那些时常潜伏在博士院的人，提到这样一个问题（应该说是一种恳切的意见），想借我的名义（如果我能够将代诉人的手续办理完整）来实行与代诉人有关的事物，当然，会给我一定的报酬。因为我知道冒名的代诉人已经很多，而且我感觉到博士院已经够坏了，我也无须去干那些坏事使它雪上加霜了，便谢绝了那些提议。

当特拉德尔的门上正式出现我的名字之后。那些姑娘们已经回家了，至于那个鬼机灵的后生，看起来似乎不知有苏菲其人。而苏菲整天闷在后面的一个房间里做工，不时地望那个小花园。但是，我每当见到苏菲时，她总是那么轻松愉快。当没有听到陌生人上楼的脚步声时，她便会唱一些德文的小曲，那个鬼机灵的后生在她那悠扬的曲调中也变得柔和了。

刚开始，我常常发现，苏菲在一个字帖里练字，但是每当我出现时，她便会赶紧合上塞进抽屉里，但是，没过多少天那个秘密便泄露了。一天，当特拉德尔冒着轻撒的珠雪从法院赶回家之后，便从那个抽屉里取出一份文件，问我对那些书法的感觉。

“哦，别，汤姆！”正在火炉前帮他烘拖鞋的苏菲喊道。

“亲爱的，”汤姆很愉快地说，“为什么别呢？对于书法，你是什么看法，科波菲尔？”

“妙哉，妙哉！我从不曾见过如此美妙的字迹！”

“你觉得这像出自一个女人之手吗？”特拉德尔说。

“出自一个女人之手吗？”我重复道，“泥石、砖瓦才更像是女人的字迹呢！”

特拉德尔哈哈大笑，随即告诉我，这是苏菲的手迹，同时，还对我说，苏菲相信，不久，他便会需要一位抄写员，而她想担任这项事宜。至于她的书法，她说是找一个样本学来的，可以在一小时内抄——我不记得是多少张了。当特拉德尔对我说这些的时候，苏菲感觉很不好意思，她说，如果汤姆当了法官，他恐怕便不会随意提起这事了。汤姆却不赞同她的说法，他说，无论未来发生什么，他都会以此为傲。

“她是多么贤惠，多么令人敬佩的一位太太啊，特拉德尔！”我在她微笑着走开后说道。

“亲爱的科波菲尔，一点没错，她实在是一位招人疼爱的姑娘！知道如何去持家、料理家务、勤俭节约、有条不紊，还那样乐天知足！”

“的确，对于这些夸赞，她实在是担当得起。”我说，“你可真是有福气。我相信，你们使你们自己，使你们彼此，成为这世上最幸福的人了。”

“我也这么想，我们是最幸福的一对儿。”特拉德尔回答说，“不管怎样，这一点是毋庸置疑的。每天清晨，天还没完全亮起来便起床，点起蜡烛开始忙碌一天的家务；无论阴晴雨雪，在同事还没有上班以前，便去了市集，用最简单朴素的材料预备最丰富的晚餐，又是布丁又是馅饼的；家里总是被她打理得那么有条有理；自己也总是打扮得那么漂亮，那么华丽；无论有多晚，她总会在火炉前温柔地依偎在我身旁；她所做的这一切，可都是为了我啊！因此，有时候我甚至不敢相信自己的眼睛呢，科波菲尔！”

当他那么怡然自得地把脚伸进那双拖鞋时，似乎对那双拖鞋也产生了感情。

“有时，我们真的不敢相信哪，科波菲尔！还有就是我们的那些兴趣啊！哎呀，这都不需要高昂的费用，但实在是美妙呢！夜幕降临之后，关上门，拉上帘——那些帘子都是她亲手做的呢——还有什么地方比这更让人感觉舒适啊！我们也会在晴朗的夜晚出去散会儿步，哦，大街上满是那些令我们开心的事啊！当我们来到珠宝店时，我对苏菲说，等我有钱时，我会把那些盘踞在白缎盒中的那条钻石眼的蛇添来给她。苏菲对我说，当她能够买得起的时候，她会把那块盖上镶着宝石的金表送给我，另外，我们还挑了一些我们都很喜欢的餐具——汤勺、刀叉、片鱼刀、夹糖块的钳子、抹奶油的刀子——等我们有钱了，我们会全部买下。但在我们离开时，仿佛他们已尽归我们所有！当我们来到广场和大街时，我们看见了一间正在出租的房子，有的时候，我们边打量着那所房子，我们边设想着，如果我成为了法官，我们会如何分配那些房间——这间留给我们，那间留给姑娘们，等等类似的情况，最后依照我们自己的意愿，说这所房子望着行，或是不行，看形势而定。也有时，我们会买半价票，去戏院后排看戏，在那里，我们尽情享受，戏中的每一句话，苏菲都很相信，我也那样。在我们散步回家的时候，我们会在食品店买些吃的，或去鱼贩那儿买些小龙虾，回到家一边吃着美妙的晚餐，一边聊着我们见过的东西。我说，科波菲尔，如果我成了大法官，我也就能做这些事了，这你是清楚的。”

“不管你成为了什么样的人，亲爱的特拉德尔，我想，你也一定会做那些令人快乐，叫人喜欢的事吧。”之后我又大声对他说，“我想，现在你已经完全摆脱骷髅了吧？”

“说实话，”特拉德尔红着脸微笑着对我说，“亲爱的科波菲尔，我还没有完全摆脱它。因为前几天，当我坐在法院的后排时，我突然想用手中的那支笔试一试，看看是否还记得当初的笔法。在那张写字台的架子上，就放着一个呢，还戴着假发呢。”

说完我们便大笑起来，随后特拉德尔微笑着面对火炉并带着一种宽恕的态度说：“老克里克尔！”

“在我这里，还有一封那个老——家伙的信呢。”我说。见特拉德尔如此容易便宽恕了他，我便格外愤怒他曾经打特拉德尔的行为。

“克里克尔校长的信？”特拉德尔叫道，“怎么会有这种事！”

“有那么一些人，为我的名誉和幸运所吸引，”我翻着那些信件说，“从来就很关心我，在这些人当中，就有那个老克里克尔。现在他已经不是校长了，特拉德尔。他已经从那一行中退职了，现在是米德塞克斯的法官了。”

我原本以为，特拉德尔听后会大吃一惊，但是他却丝毫没有那样的表现。

“猜猜看，他是如何当上那个地方的法官的。”我说。

“哎呀！”特拉德尔回答说，“这可就不好说了。也许是他选举了某个人，或是借给了某个人钱，或是买了某个人的某样东西，又或是要挟了某个人，而这个人又认识什么人，那个人和当地的最高行政人员认识，于是便让他接手了这份差事。”

“不管怎么样吧，他反正是得到了那份差事。他在信中告诉我说，他正在实施一种监狱的惩戒制度，而且很乐意指给我看，而且还说那是一种唯一能使犯人改过自新的方法，他的方法是将每个犯人隔离开单独囚禁。你怎么看？”

“你是问我对那种制度的看法吗？”特拉德尔一脸严肃地问道。

“不是。我是说应不应该接受他的邀请去看看，另外你是否会陪我一起去？”

“这没有问题。”特拉德尔说。

“那我就给他回信了。我想，你应该还记得（我们当初所受到的苛刻待遇就不提了吧）那个将儿子赶出家门，让妻女过着困苦生活的克里克尔吧？”

“怎么能忘啊？”

“当初，我记得，他哪里还有什么同情心啊，但是，当你读完这封信时，你会发现，对于那些重刑犯，他都毫无保留地施舍他的同情呢。”

特拉德尔耸耸肩，丝毫没有吃惊的表现。对于此事，我自己当时也没有吃惊，也不曾期望他感到吃惊，因为对于诸如此类的现实讽刺我已见识不少。随后，我们便敲定了去那里参观的时间，于是当晚便给他回了信。

在约定的时间——我想应该就在第二天，然而这是无关紧要的——我们便起程去了克里克尔先生管辖的那所监狱。走近时，它给我的感觉是庞大，坚固，而且在建造时动用了大量的资金。来到监狱大门时，我在想，如果有一些年轻人遭受了什么人的蒙蔽向国会提议说，动用这里所用的一半的费用，给青少年建一所学校，或是建一所养老院，我想国会肯定会一片哗然，叫嚣声不断。

我们在一间办公室里被我们的老校长接见了。当时，那间办公室有那么一些人：两三个正在忙碌的事务员，另外还有一些参观者。他像一个在过去塑造我的思想，一直爱我的人一般接待我。当我提起特拉德尔时，他表示了同样的态度，只不过没那么强烈而已，他说一直以来他都是特拉德尔的向导、导师和朋友。外表上，他除了老了许多之外，并没有丝毫改善。脸还是和以前一样红，眼睛还是那么小，只是又陷进去了一些，在我印象中那些稀疏湿润的白发几乎已经落光了，头顶上暴露出来的那些粗大的血管让人感觉极不舒服。

和那些绅士们聊了一会儿之后，便开始了我们的参观。当时，正好是吃饭时间，当我们来到那间大厨房时，每个囚犯的餐食如同钟表的机械一样有次序、很规矩地发放到每一个囚室的犯人手中。私下里，我对特拉德尔说，也许根本不会有人想到那些士兵、水手、农民、诚实的劳工者（就更别提乞丐了）每天吃的饭菜，恐怕他们当中每五百个人也不会有一个会吃到比这里一半好的食物。但是，后来我听说，这种制度就得有如此高的待遇做后盾。简而言之，那个制度可以排除一切障碍，解决任何不妥。在那个制度之外，似乎不曾有人想过还有其他的什么制度存在。

当我们来到那个富丽堂皇的走廊时，我问克里克尔先生和他的同僚们这样一个问题，在他们看来，这种管辖一切、凌驾于一切之上的制度的要点在哪里。他们的回答是，囚犯之间完全隔离——因此彼此之间不能沟通，互不了解；另外，被囚禁的人身心受到约束，因此能够真诚地感受悔恨与痛苦。

当我们逐个访问囚牢中的罪犯时，当我们走在囚室门前的廊子上时，当我们听到他们说起去教堂，等等类似的情形时，我感觉那些囚犯之间实在有很多机会去互相认识，也有很多机会去互通信息。当我在写作时，我想，这样的担忧已经被证实了，但是，如果在当时表示出这样的猜疑，那便是对那种制度的亵渎，于是便尽力去找他们当中的那些悔悟的行为了。

但是，我在寻找中又对此产生了很深的忧虑。我发现，那些囚犯悔悟的方式如同服装店里的衣服一样多，却又那么的单调，差别竟是那么微乎其微，更令我可疑的是，居然连忏悔的语言也没有太大的差别。有许多吃不到葡萄却去毁坏整个葡萄园的狐狸，但是，我很少发现那些不去偷唾手可得的葡萄的狐狸。而我发现，那些最懂得坦白的人最引起人们的注意，他们自负、虚荣、对刺激的渴望、对于欺骗的追求（其中有许多人，从他们的过去可以看出，对于欺骗的追求已达到近乎疯狂的程度），从这种坦白中发泄自己，并从中得到满足。

当我们来回行走在那条廊子上时，二十七号，我们听了无数次，似乎他是最受重视的人物，似乎是囚犯中的模范，但是，我决定在见到那个二十七号之前，保留我的一切看法。我又听说，二十八号也是那么的异乎寻常，但不幸的是，在那个二十七号耀眼的光辉下，他似乎被遮暗了一些。当我听说二十七号如何热诚地劝告他周围的人以及又如何给他母亲写一些言辞华美的信（似乎很替她担忧）时，我是那么急切地想要见到他。

但是，我必须按捺住性子，因为二十七号被作为压轴人物出场。终于，我们来到了他的囚室门前，克里克尔先生透过一个小孔向里张望之后，怀着那么大的赞美之心对我们说，他正在看一本赞美诗集呢。

刚一说完，那些绅士们便一拥而上，想要目睹那正在看赞美诗的二十七号的人竟有六七层之多。后来，克里克尔先生为了这种不便，也为了能够给我们营造一个与二十七号谈话的良好环境，便下令打开那间囚门，将他请到廊子里来。当他走出牢门的那一刹那，我与特拉德尔惊呆了，因为那个改过自新的二十七号，正是尤来亚·希普！

他也立即认出了我们，当他走出牢门时——仍旧带着往日的那种扭动——说：

"你好吗，科波菲尔先生？你好吗，特拉德尔先生？"

他的这一招呼立即引起了当场所有人的赞许。我甚至觉得，大家似乎因为他能够贬低身份与我们打招呼而受到了不小的感动。

"喂，二十七号。"克里克尔先生那赞赏的语气中似乎带着一种惋惜，"你今天感觉如何啊？"

“我是很低贱的，先生！”尤来亚·希普说。

“你一直都是这样的，二十七号。”克里克尔先生回应他。

此刻，另外一位绅士带着极为关切的口吻问候道：“你舒服吗？”

“是的，先生，谢谢你！”尤来亚·希普对他说，“与外面相比，这里更令我觉得舒服。现在，我已经认识到自己的错误了，我因为这个而感到舒服，先生！”

有那么几位绅士很受感动，接着，第三个人怀着极度的感动挤到他面前问：“你觉得，那个牛排味道如何？”

“非常感谢你，先生，”尤来亚冲着那个新的方向说，“昨天的牛排似乎比我想象中的要老那么一些，不过，忍耐是我的职责。因为我犯了错，诸位先生，”他带着驯服的笑脸环视着四周说，“对于这样的结果，我应当毫无怨言地去忍受呢。”

接着便是一阵低语：一部分是为二十七号那高尚的情操所感动，一部分是表达出自己对那个厨师的愤慨，对于后一点，克里克尔先生立即做了记录。此刻，那个站在我们中间的二十七号，似乎觉得自己是表功博物馆的一件重要文物。最后，放出二十八号的命令也被发出了，目的是让我们这些新皈依的人感受到更多的光明。

方才，我已经吃了那么大的惊，当见到李提默捧着一本劝善书走出牢门时，我感到的只有一种无可奈何的诧异了！

“二十八号，”一个到现在未曾开过口的戴着眼镜的绅士说，“我的好人，上个星期，你埋怨可可的不是，现在怎么样了？”

“谢谢你，先生，”李提默说，“现在好一点了。如果我可以冒昧地说一句，先生，我认为，跟可可同煮的牛奶并不纯，但是，先生，就整个伦敦来说，掺假的牛奶很多呢，纯牛奶是不容易得到的。”

我感觉那个戴眼镜的绅士似乎是在支持二十八号，与克里克尔先生的二十七号进行对峙，因为他们各自以改造他们为己任。

“二十八号，你现在的心情如何？”那个戴眼镜的绅士开始发问。

“谢谢你，先生，”李提默回答，“此刻我已感受到自己所犯的罪孽，先生。同时，我时而也会想起往日同伴所犯的罪恶，很为他们感到不安，先生，但我相信他们会得到宽恕的。”

“你自己现在是不是感到很快活？”那个发问的人向他微微颔首以示鼓励。

“非常感谢你，先生，”李提默回答说，“相当快活。”

“你现在想说点什么吗？”那个发问的人继续问道，“如果有，那么尽管说出来吧，二十八号。”

“先生，”李提默垂着头说，“如果我没有看错的话，现场有一位我早已结识的先生。我所犯的罪孽完全是因为在往日侍奉那帮年轻人的时候，过着一种毫无思想、无忧无虑的生活，同时也完全由着他们将我引入一种自己无力挣扎的歧途。如果那位先生明白了这一切，这或许对他是有益的，先生。我希望那位先生以我为诫，先生，不要责怪我的冒昧，这么做完全是为了他好啊。我已经开始为自己过去所犯的罪孽忏悔，同时，我也希望，他能够为属于他的那份邪恶与罪孽承担责任。”

这时，我看见有好几位绅士都各自用手遮住了眼睛，似乎他们刚进过教堂向上帝忏悔过自己所犯的罪恶。

“这一点，你着实令人可敬，二十八号，”那个发问的人说，

“我早就想到你会这样。还有其他想要说的吗？”

“先生，”李提默轻轻挑了一下眼眉，但并未抬起他的眼，继续说，“曾经，我想帮助一位年轻的姑娘从深陷的迷途中走出来，结果却失败了。如果那位先生愿意帮我一个小忙的话，那么请替我转告她，对于她过去所针对我的那些不善意的举措，我已经原谅了她，同时，我也希望她能够悔改。”

“我想，二十八号，”那个发问的人接过他的话说，“你所说的那位先生会像我们大家一样非常为你刚才的那番光明正大的言辞所感动。那，我们就不耽误你了。”

“谢谢你，先生，”李提默说，“也祝福你们，各位先生，同时也希望你们自己和你们的家人也能够认识到自己的罪恶，并诚心悔改。”

说到这里，李提默同二十七号相互交换了一下眼色，似乎在传递某种信息，并非他们完全不相识，随后便进去了。关上门之后，又是一阵低语，称道他实在是一位体面的人物。

“二十七号，”克里克尔先生领着他的人走到空出来的舞台上说，“有什么事是我们大家可以帮助你的吗？如果有，尽管说出来吧。”

“我只有一个低贱的请求，先生，”他颤动着他那装满恶意的脑袋说，“我希望能够再写信给我母亲。”

“这个当然！”

“非常感谢你，先生！我很替她担忧，我担心她会遭遇什么不测。”

有人很不小心地问了一句，为什么会觉得不安全。但是随之而来的是一种愤慨的低语声，让他“别出声”！

“我说的是长远，永远都不会发生什么不测，先生，”尤来亚朝那个声音的源头扭动了一下说，“我希望我的母亲能够达到我的境界，如果我没有来到这里，那么，就算到死恐怕也不会达到目前的这种境界。我真希望母亲现在就在这里。如果这个世上的所有人都被关到这里，那么对他们的益处将非常大呢。”

他的这种看法让那群绅士感到那么大的满足，甚至可以相信，这比刚才所发生的一切更令他们满足呢。

“在我还没有到达这里之前，”尤来亚扫了我们一眼——似乎在想摧毁外面的那个世界，如果他的力量足够大的话——继续说，“犯错误对我来说是司空见惯的，但自从来到这里以后，我便觉醒了。外面的那个世界，罪恶实在太多了。我母亲也有许多罪恶。这个世上，唯独只剩下这一块儿净土了。”

“你与以前有很大的变化呢！”克里克尔先生说。

“哦，的确是这样，先生！”那个对未来充满信心的忏悔者叫道。

“如果你走出了这里，不会再犯同样的罪过了吧？”一个绅士问道。

“哦，永远不会了，先生！”

“嗬！”克里克尔先生说，“这让人很满意呢。你已经和科波菲尔打过招呼了，二十七号，那么，现在，你还想对他说点什么吗？”

“科波菲尔先生，在我还没有来到这里接受改造之前，我们就已经认识了，”他看着我说话的那种恶毒表情是我从来不曾见过的。“在你认识我的时候，虽然那时我一直都在犯错，但是，面对那些骄傲的人，我是那么低贱，而在那些粗鲁的人面前，我是那么老实驯顺，但是，科波菲尔先生，我想你还记得，你曾粗鲁地对待我，扇过我一个耳光，我想，这些你都还没忘记吧。”

一片同情的声音，甚至有几道愤怒的眼光向我射来。

“我宽恕所有曾恶意对待过我的人。因为挟嫌怀恨不是我的本意。我带着一种宽大的胸怀去包容你，宽恕你，同时希望你能够抑制住你的愤怒。我也希望威先生，威小姐以及那一帮满身罪恶的人都能够诚心悔改。过去，你也尝试到失去亲人的悲痛，我希望这对你是有所帮助的，但是，我想，如果你能够来到这里，那，帮助将会更加明显。同时，也希望威先生能够来到这里，威小姐也是。对你，科波菲尔先生，还有今天在场的所有绅士，我最大的愿望是，你们能够被抓住关到这里。当我想到我曾干的那些坏事，以及现在我所达到的境界时，我相信，来这里一定会对你们有益的。对于那些不被关在这里的人，我对他们表示我的同情啊！”

接着又是一片称赞的声音，在他回到牢房，上了锁之后，特拉德尔和我都把一颗悬着的心轻松地放下了。

对于这两个忏悔者，我很想知道，他们究竟是犯了什么法才被送到了这里，但这些事他们似乎又极为隐晦，不愿谈起。最后，当我与那两个狱卒打招呼时，我感觉他们似乎知道其中的隐情，于是便向他们中的一个询问了此事。

“我想你应该知道二十七号被送进来是关于什么案件吧？”

“一件与银行有关的案子。”

“英格兰银行诈骗案吗？”

“没错，先生。诈骗、伪造文件，那是一个很大的阴谋，唆使他人，行事周密，决心要弄一大笔钱，但是行事败露，功败垂成，最后的判决是终身流放。至于那个二十七号，他罪恶、为人狡猾，差一点就安然逃脱，但是并未成功，银行也就差那么一点没能抓住他的把柄——只是刚刚好。”

“那二十八号呢，你知道关于他的罪行吗？”

“至于那个二十八号，”那个报告者压低了声音，还不时地朝那个廊子望，唯恐自己如此不知天高地厚地谈论那两个纯洁无瑕的大人物时会被克里克尔先生和那群绅士们听了去，“那个二十八号，就在陪同他那年轻的主人出国的前夕，抢了他主人约二百五十英镑现金和其他一些贵重物品，结果也是流放终身。因为是一个矮女人发现的，因此记得非常清楚。”

“一个什么？”

“一个极其矮小的女人，她叫什么，我已经想不起来了。”

“不会是莫奇小姐吧？”

“就是她！那个二十八号已经避开了所有人的耳目，但是，当他戴起了淡黄色的假发，贴上胡须——体面的行头啊——正准备逃往美国时，碰巧被那个在南安普顿沿街散步的小女人发现，一眼便认出了他，于是跑到他的胯下将他打翻在地，然后死死地摁住。”

“干得漂亮！”

“如果你当时和我一样站在法庭中间看见她的表现时，你的赞赏肯定不止这些，”我的朋友说，“她抓住他的时候，她的脸已被抓得伤痕累累，又被他残暴地踢打，但是她始终不肯放手，最后警察无奈只好将他们一起带走。在法庭上，她义正词严，受到所有人的赞许，回家的时候，欢呼声不断。在法庭中，她这样说，纵使他是大力士参孙，她也会单枪匹马抓住他。我相信她会那样做的。”

当然，我也相信她会的，因为她的出色表现，我更加崇拜她了。

我们把那里该看的东西统统都看过了。如果我们对克里克尔先生说二十七号和二十八号始终如一，毫无变化，也未悔过自新；说他们本来的那副嘴脸一点也没有变；说那两个虚伪的家伙此刻正在做着虚伪的坦白；说他们比我们清楚，这样的忏悔是避免流放的最佳渠道。总之，如果我们对克里克尔先生说，这完全是他们在为虚伪地忏悔作秀，我想，他肯定不会听的。最后，我们只好离开，带着那么大的惊奇离开了，尽管让他们自己和他们的制度去管理他们吧。

“让这种虚伪尽情发展下去吧，也许这是件好事呢，特拉德尔，因为不久便会有人对他产生厌恶了。”我说。

“我也希望如此。”

第六十二章

年末了，圣诞节也快到了，我在家里待着大概也有两个月了。这些日子，我与爱妮丝经常见面。人们给了我很多赞美之词，我也从中得到了热情和干劲，但是只要我听到对她的赞美，哪怕只有非常少的一点，我就觉得对我的赞美是那样的微不足道。

每个星期，我至少有一次骑马去她那里。有的时候还不止一次，而且每次都会在她那里把晚上那段时间度过。有时候，我会连夜骑马赶回来，因为往日那种不痛快的感觉时时纠缠着我——只要她一离开我的视线，我就格外觉得惆怅和迷惘——所以，我情愿到外面走走，也不情愿把时间花在床上辗转难眠，或者是去做愁闷凄苦的梦。在那段日子里，我带着愁苦的心情度过那凄凉漫长黑夜中的大部分。每次，在从她家回来的路上，我那长期寄居国外时，充斥我全部思绪的想法，又在蠢蠢欲动。

如果我说，我是在听那些思绪的回音，也许更符合实际情况。

它们从我的内心深处向我发出声音。我试着避开它们，好面对我那不可避免的身份。当我拿起以前写给爱妮丝的信，细细回味时；当我看到我向她倾诉，她用那张认真倾听的脸面对我时；当我想起我说了什么令人感动的话，把她弄哭了或逗乐了的时候；当我想起，我跟她说我对生活所抱有的不切实际的幻想，而她发出了真诚恳切的声音时。我开始思考，我本来会有怎样的人生——不过我只是想想而已，就像，我娶了朵拉以后，想过朵拉以后会成为什么样的人一样。

爱妮丝给我的那种爱，如果我扰乱了它，那我就是自私地、、愚蠢地侮辱了它。那样做所造成的伤害是永远都不能弥补回来的，既然是我自己选择了我的人生，并且我急切的愿望得到了满足，所以，我现在无权抱怨，更无权诉苦，我只能默默承受。这便是我在这件事上，经过深思熟虑所得出的结论。这个结论，再加上我对爱妮丝该履行的义务，构成了我面前所想的和所知的一切。但是，我爱着她！我朦朦胧胧地设想，将来有那么一天，我可以直言不讳地向她坦白我的爱。那时，一切都已成为往事，我只能带着安慰的心情告诉她："爱妮丝，在我回来的时候，我就已经那个样子了。如今，我已经成了老头儿了。不过，从那以后，我再也没有爱上过其他的人了！"

她从来都没有向我透露过，她改变了的想法。她在我眼里的形象，以前是那样的，现在还是那样，一点都没变。

打我回来的那个晚上起，我跟我姨奶奶之间出现了一种新的状况，但是这种状况不能说是一种约束，或者说是一种回避，反正像是我们俩都跟此事无关，可以说是一种默契吧。我们都想着那个事儿，但谁也不把它说出口。每天晚上，我们都按惯例在火炉边坐一会儿，然后这种状况就自然而然地出现了。我们就那样静默地坐着，那样心照不宣，没完没了的沉默，好像我们已经把那个事彻彻底底地说过了一般。那天晚上，我相信她已经知道了我内心的想法，就算不是全部，那至少也是部分，所以她一定明白，为什么我老把我的心事遮遮掩掩的。

眼看就要到圣诞节了，但是爱妮丝那边并没有传来任何新的消息，于是，曾在我脑海里浮现过几次的猜疑——难道她已经知道我的心思，但因为担心会给我带来伤害，所以干脆什么都不告诉我——在我的心头压得越来越沉了。如果真是那样的话，那我的努力就等于白费了。我对她连最起码的义务都没尽到。一直以来，我都尽量可怜地收敛我以前避开过的动作，哪怕是一个眼神，我都不敢多给。我终于下定决心，一定要到她那里求得确切的答案——如果横在我们之间，有那样一道鸿沟，那我一定要在第一时间内把它填平。

那时正值冬季，寒风凛冽——我有一个充足的理由记住它！几小时前下过雪，但雪积得并不厚，只是在地上冻了一层冰而已。我往窗外看了一眼大海，北风呼啸而来。于是我联想到，在瑞士那无人寻迹的荒野中，也刮着风。不知在那幽静的山谷里和这荒无人烟的大海上，哪种风刮得更寂寞。

“今天骑马去吗，特洛？”在门前，我姨奶奶探出脑袋来问道。

“是啊，我骑马去，”我回答她，“我是去坎特布雷，今天这天气正适合骑马去。”

“我但愿，你的马也这样认为。”我姨奶奶说道，“不过，现在它正站在门前耷拉着脑袋和耳朵，或许它认为待在马房里比较舒服呢。”

我在这里顺便说一下，那块禁地，我姨奶奶允许马去，但坚绝不允许驴子过去。

“过一会儿，它就会打起精神来的！”我对我姨奶奶说。

“不管怎么说，这趟对它的主人是有好处的。”我姨奶奶望了望我桌子上的稿子，说道，“哦，我的孩子，你在这儿坐很长时间了！以前我读别人写好了的书，可没想过，写起来这么费脑筋。”

“有时候，读书也是件费脑筋的事，”我接过她的话，说道，“说到写作，它自有它的乐趣所在，姨奶奶。”

“哦！我懂了！”我姨奶奶说，“有志气！喜欢赞美，富有怜悯之心，以及其他的什么，我想。行啦，赶你的路去吧！”

“关于爱妮丝的心上人，”我站在她面前，平静地说道——她在我的肩膀上拍了一下，然后走到我的椅子上坐下——“你得到新的消息没有？”

“我相信，我得到了，特洛。”她先看了看我的脸，然后说道。

“消息可靠吗？”我问她。

“确切可靠，特洛。”

她目不转睛地看着我，眼神像是信不过，像是同情和怜悯，又像是在担心和忧虑，而我似乎用了发自内心的笑回应了她，以此表示我的决心更加坚定了。

“另外，特洛——”

“说吧！”

“我相信，用不了多久，爱妮丝就要嫁人了。”

“愿主护佑她！”我打起精神来，笑着说。

“愿主护佑她！”我姨奶奶说，“还有她的丈夫！”

我跟在她的话后面应和了一句。我跟我姨奶奶告别然后慢慢地下了楼，慢慢地上了马，向那个家奔去了。比起以前，我更有理由坚定我的决心了。

那个冬日里的旅行，我记得清清楚楚！风从草上刮下的冰雪末儿，从我的脸上划过；马儿踏过结冰的硬土打出规律的拍子；那些耕作过的土地，冻得铁一般硬；雪花儿从空而降，又被微风吹得乱打旋儿，最后落在了石灰坑里；运陈草木的牛马儿在高岗上歇着，鼻子里吐着粗气，身上的铃儿跟着叮当作响；高远的斜坡向远方蜿蜒而去，白雪铺在上面，把阴沉的天空都衬亮了。这幅景象就像画在一块巨大石板上的画一样。

家里就爱妮丝一个人。因为那些女学生都已经回自己家了，所以她就独自坐在炉火旁看书。她见我来了，就将手中的书放下，像以前见到我时一样，她对我表示欢迎，然后带着她的针线盒儿在一个老式窗子前坐下。

我向她所坐的窗台前走去。然后我们开始聊天，聊到我正在忙的那本书，以及什么时候能把它写完，还有我上次来这里访问时取得了什么样的进展。爱妮丝一直保持着微笑，她还预言，用不了多久，我就要出大名了，到时，这类话题她都不能跟我谈下去了。

“所以，我要趁现在，能利用起多少时间就利用起多少时间，你知道，”爱妮丝说道，“跟你好好地聊聊。”

她那张专心工作的脸，美丽极了。当她抬起那温柔而纯净的双眼时，正好碰上了我在看她的双眼。

“我看，你心里藏着什么事儿吧，特洛伍德？”

“爱妮丝，我不知道，我该不该把我内心的事儿向你透露？不过，我今天是特意为此事而来的。”

以前，只要我一提到什么严肃的问题，她准会将手里的活儿放下，认真地跟我讨论我的问题。这次她也一样，把她全部的注意力都集中在了我的身上。

“爱妮丝，我亲爱的，我对你的真诚，你至今都不能完全信任吗？”

“不是啊！”她吃惊地看着我，同时回答道。

“那你是在怀疑我对你的心还像以前那样？”

“也不是啊！”她保持着刚才的表情，回答道。

“当我回来见到你时，我至亲至爱的爱妮丝，我想跟你说，我欠着你怎样一种恩情，我又对你怀着怎样一种热情。你还记得那件事儿吗？”

“没有忘记，”她慢慢地说，“一点都没有忘记。”

“你有一件事瞒着我，”我说道，“爱妮丝，你就跟我坦白吧。”她的眼睛低垂下来，浑身打起战来。

“就算我没有从哪里听过——并不是从你口中听说，而是从其他的人口中听说，这说起来似乎很奇怪——你也不能一直瞒着我那件事啊。有一个人，你愿意为他付出你那珍贵的爱情，是不是？这件事跟你的幸福有莫大的关系，你就不要再对我有所隐瞒了。你说你信任我，我也相信你信任我，如果真是那样的话，比起其他重要的事，我在这件事上更应该给你充当朋友和哥哥的角色！”

她在窗子前站起来，眼神中有一种祈求（甚至是在责备我不该这样）的意味，仿佛不知该往哪儿走一般，她在房间里跑了一趟，突然用手捂着脸哭了起来。她哭得那样伤心，我觉得我的心都碎了。

不过我的内心却因为她的眼泪，萌生了一种东西，这种东西叫希望。我也不明白是怎么的，我由她的眼泪联想到埋藏在我记忆深处的那种安静而忧伤的微笑。这时的我情绪非常激动，但是使我激动的不是担心害怕或是悲痛哀伤，而是希望。

“爱妮丝！我的妹妹！我亲爱的！我哪里做错了吗？”

“就让我离开这儿吧，特洛伍德。我觉得我心里好乱，我浑身不自在。我要一点一点儿地告诉你——但不是现在。我还是把它写在信里吧。现在别问我了，求求你了！求求你了！”

我努力回想，记起有过一个晚上我聊到她那无私的爱情以及她对我所说的话。看来我只有立马去上天下地搜寻一下整个世界了。

“爱妮丝，看到你这个样子而且想到是我把你弄成了这个样子，我怎能忍得下心哪！我至亲至爱的女孩儿，再也没有比你更亲更爱的女孩儿，如果你心里有什么不痛快的事，就请拿出来与我分享吧。如果你需要谁来给你帮助或劝解的话，那就让我来当那个谁吧。如果确实有什么担子压在你的心头，就请接受我的帮助，把它减轻一点吧。如今，我还在这个世界上延续着我的生命，你觉得除了你，我还能为着谁？”

“哦，放过我吧！我的心好乱啊！我另外找个时间告诉你吧！”这便是她给我的唯一回答。

我这样不经过大脑思考就把话说出来，是不是太过于自私了？还有，出现这样一线希望，是不是意味着，将会给我一个机会让我实现我从前想都不敢想的事？

“我就要说，我说定了！我不能就这样放手让你走开！看在上帝的分上，爱妮丝，我们就不要再这样误解下去了。都过去这么多年，经历那么多事了，今天，我一定要把所有的话说开来。如果你是在担心，认为我会嫉妒你给别人的爱情，认为我不肯放手让你选择你心仪的守护者，认为我不能做到站在远处看着你幸福，那你就误解我了，我不是那样的人，请你消除这样的顾忌吧！我曾经受过的那些苦难，还有你对我的教导，并不是一点作用都没有的。我对你的情，我对你的爱，并没有含着自私的成分在里面。”

这时，她的情绪平静了一些。又过了一段时间，她抬起她那苍白的脸，看着我，说说停停地对我说话。虽然她的声音很小，但我还是能听明白她在说什么。

“你给我的友谊是那样的纯洁无瑕，特洛伍德——我是实在不应该怀疑这份友谊——但我必须告诉你，你想错了。除此之外，我再也没有别的话可说了。在过去的这些年里，如果我哪个时候需要什么帮助或是劝解的话，那我已经得到了那样的帮助和劝解。如果我在哪个时候有过不痛快的感觉，但那都已经过去了。如果曾有过一副重担压在我的心头，那现在，那副担子已经轻许多了。如果我对你隐瞒了什么秘密——那，那个秘密早就在我的心里扎下根了。但那——不是你所想象的那个秘密。我不能把那个秘密公开，更不能与你分享。这个秘密从很久很久以前就已经专属于我一个人了，而且以后它也会专属我一个人！”

“爱妮丝！留下来！就一会儿！”

就在她要往门外跑的时候，我一把搂住她的腰，将她拦下来了。“在过去这些年里！”“那个秘密早就在我的心里扎下了根！”我的脑海里翻滚起新的想法和希望，生命里所有的颜色都发生了变化。

“我至亲至爱的爱妮丝！我那样崇拜你，那样敬仰你——又是那样一心一意爱着的人！今天，我在出门的时候，我以为，无论什么样的理由都不可能会让我如此坦白我的真实想法。我以为，我可以把我的心事藏一辈子，直到我们都老去。可是爱妮丝，如果我真的存在一丝希望，在哪天，把你唤作亲于妹妹又完全不同于妹妹的人！”

她的眼泪止不住地往外流，但是现在的眼泪并没有带有刚才那种痛苦。于是，我从她的泪光中看到了我的希望。

“爱妮丝！爱妮丝！你是我一生的指导者，最好的支持者！如果我在我们共同成长的岁月里，你多为自己着想一点，少为我着想一点，我敢说，我那浮躁的恣意肆想就不会从你身上转移开。然而，你却比我强多了。在我幼年时所经历的希望或失望中，你都起着莫大的作用，所以，无论我遇到什么样的事，我都信任你，依赖你，这已经成了我的第二天性，而我的第一天性则是像现在这样爱着你！”

她依然流着泪，但已经完全没有了悲伤——她是快乐的、幸福的！我抱着她，她没有拒绝。我从来没有这样抱过她，而且我相信以前的我也不会这样抱着她。

“当我爱上朵拉的时候——疯狂地爱上朵拉的时候，爱妮丝，那时你是明白的——”

“是的！”她很诚恳，“而且我还因为能明白而感到高兴呢！”

“我深爱着朵拉的时候——即使在那个时候，如果没有你的同情，我想我的爱也不会完整，但是就在那个时候，我的爱因得到了你的同情而变得完整。当她在我生命中消失的时候，爱妮丝，如果没有你，我会是什么样子啊！”

她依偎在我怀里，把脸贴在我的心口，她那颤抖的手搭在我的肩上，那双含满泪水的温柔的眼是那么恬静地看着我。

“亲爱的爱妮丝，当我远离祖国时，我爱着你；当我留居海外时，依旧爱着你；最后回国时也是为了你！”

接着，我便告诉她，我曾经的经历以及那些内心的斗争与思考。我尽可能向她坦白自己所有的心事。我尽可能向她表示，在过去我是如何希望能够更了解自己，更了解她，最后又是如何决心服从从这种了解中所得到的结论，也是在那一天，我戴着对这种结论的坚定来到那里。如果她爱我，能够接受我，接受我对她的那份真挚的爱，还有同情我遭遇的悲痛，因为这些，我才表达出我的爱。哦，爱妮丝，也就是那个时候，我透过你那坦诚的眼眸看到我妻子的灵魂正在打量我，并表示赞同，同时，也因为你，让我忆起了那朵在盛放时却凋零了的花朵。

“我真的很幸福，特洛伍德——我的心也因幸福而变得充实——但是，有件事，我非说不可。”

“亲爱的，你想说什么？”

她将那双柔软的手搭在我的肩膀上，那么平静地看着我。

“你猜一下，我到底想要说什么。”

“我不敢去猜，告诉我吧，亲爱的。”

“一直以来，我都爱着你！”

哦，我们是幸福的，真的很幸福！此刻，我们已经不再为我们所遭受的痛苦（虽然她的痛苦远大于我的）流泪了；现在，我们流的是幸福的泪水，因为已经没有任何障碍能够将我们分开了。

在那个冬夜里，我们漫步于郊外，似乎寒冷的空气也因为我们的幸福而变得宁静起来。我们时而漫步，时而抬头仰望天空中那闪亮的星光，心中感激上帝赐予我们的这份安宁与幸福。

当月光普照万物时，我们站在一扇旧式的窗前，爱妮丝安静而祥和地抬起头看着月亮。此刻，我的脑海中涌现了这样一幅画面：

漫漫人生旅途中，一个衣不遮体、孤苦无依的孩子在艰难跋涉，但他却一路走了过来。终于，他把那颗在我心旁跳动的心唤作他自己的了。

第二天临近晚餐的时候，我们去了我姨奶奶那里。皮果提告诉我说，楼上那整齐的书房是她的杰作，也是她最为自豪的地方。那一刻，她正戴着眼镜，默默地坐在那里看火。

“哟！”我姨奶奶打量着我们说，“你身旁的这位姑娘是谁啊？”

“爱妮丝。”

因为之前，我与爱妮丝约定好不告诉她实情，因此我姨奶奶感到不小的困惑。当我对她说是“爱妮丝”的时候，她满怀希望地看了我一眼，但是见我没有太多的表情时，便摘下眼镜，失望地用镜框蹭着自己的鼻梁。

虽然如此，她还是很亲热地与爱妮丝寒暄。当我们在楼下客厅的烛火中享受晚餐时，她曾有那么几次戴起眼镜注视我，但每次都是失落地摘下，然后在那里蹭鼻梁。但是，这却让狄克先生很不安，因为他明白这不是一种好的兆头。

“姨奶奶，”晚餐过后我说，“我已经告诉过爱妮丝，你曾经对我说的那些事了。”

“如果是那样的话，特洛，”我姨奶奶涨红了脸说，“那么就是你的错了，同时也失了信。”

“我想你不会生我的气吧，姨奶奶？如果你知道爱妮丝不会因为恋爱的事而感到不悦，我相信，你更不会生气呢。”

"胡扯！"我姨奶奶说。

此刻，我发觉她似乎被惹恼了，于是我便想办法让她消气。当我搂着爱妮丝来到她椅子后面俯向她时，我姨奶奶拍了一下手，透过眼镜扫了我们一眼，随即发了歇斯底里病，这还是我认识她以来的头一回，也是最后一次。

皮果提看到我姨奶奶这样歇斯底里，吃惊不小。等到我姨奶奶恢复过来时，她迅速地扑向皮果提，又是叫老笨蛋，又是用尽全身力气对她搂抱。然后，她又这样抱着狄克先生，这可让狄克先生受宠若惊，让他感到无上的光荣。后来她告诉了他们事情的缘由，于是皆大欢喜！

上次，我跟姨奶奶有过一段简短的对话，我不能理解，她是出于好意而故意跟我说谎的，还是曲解了我的心情。她说，她跟我说过，爱妮丝很快就要结婚了，这就足够了。她还说，现在的我比任何人都要了解，这是确确实实的事。

在两个星期内，我们把婚事办了。婚礼上，我们到场的来宾仅有特拉德尔、苏菲、斯特朗博士及其夫人。在他们兴致很高的时候，我们乘着车，离开了他们。我把我向来所有的可贵的希望源泉揽向我的怀中。我的中心、我的生活全部范围、我本人、我的太太和我给她的爱，都是扎根在磐石之上的。

"我至亲至爱的丈夫！"爱妮丝说道，"今天，我可算能用好样的称呼来称呼你了。有件事，我要告诉你。"

"说吧，我的爱人。"

“那件事，发生在朵拉去世的那个晚上。她派你来叫我过去。”

“是的。”

“她交代我，她给我留了一样东西。那是什么样的东西，你能猜得出来吗？”

我想，我能猜得出来那是什么样的东西。我把我怀里的妻子抱得更紧了。这个妻子默默地爱了我那么久。

“她交代我，她留给我的最后身份，也是对我的最后请求——”

“那个身份就是——”

“那个身份只有我能来代替。”

跟着，爱妮丝靠在我的怀里，哭了出来。我也跟着她哭了，虽然我们现在是幸福的。

第六十三章

我写的传记即将接近尾声了，但是我的记忆中还有这样一件突出的事，每当我想起都会令我觉得快乐，如果抛开这件事不叙述的话，那么我花这么久结成的一张网便会存在一处破绽，变得不堪一击。

如今，我已名利双收，又有一个幸福美满的家庭。我结婚已经有十个幸福的年头了。一个春天的夜晚，爱妮丝陪我坐在伦敦家中的火炉旁，我们的三个孩子在客厅中嬉戏，此刻，仆人通报说，有人求见。

当我的仆人问他是否为某事而来时，他的回答是“不是”，他说他远道而来，是专程来看望我的。我的仆人还对我说，他已经很老了，看上去像个农民。

仆人的这番话让孩子们觉得很蹊跷，非常像爱妮丝时常对他们说的一个令他们都很喜欢的故事的开场白一样，说随之而来的是怎样一个怀着恶意的老女巫，大家又都是如何地憎恨她，因为这样，在孩子中间发生了一阵骚动。一个儿子跑到他母亲的身边，趴在她的膝盖上，借以寻求安慰，我们的最大的孩子小爱妮丝跑到窗帘后，把她的布娃娃放在了椅子上，来充当那个恐惧的她，随后从帘子后面探出了那金黄色的鬈发，一心想知道接下来发生的事。

“让他进来吧！”我说。

片刻之后，在那黑暗的门口便站了一位白发苍苍却很健朗的老头儿。当小爱妮丝看见他的面容时，觉得很好玩，于是便跑过去把他从门口拉了进来。当时，我还不曾看清他的脸，但我的妻子却从椅子上跳了起来，欢喜而又激动地对我说：“原来是皮果提先生啊！”

果然是他！现在，他已经很老了，但依旧红光满面，精神抖擞。一阵寒暄之后，他便抱起孩子们在火炉旁坐下。当火焰打在他脸上时，我觉得他除了样子老了点之外，依旧是那么健朗，强壮。

“大卫少爷。”他说。往日的那个称呼被他这往日的声调呼唤着，让我觉得是那么亲切！“大卫少爷，我是多么高兴能够再次见到你和你这位贤惠的太太幸福愉快地生活在一起啊！”

“您的拜访也让我们感到很高兴呢，我的老朋友。”

“还有这些惹人爱的孩子，”皮果提先生说，“瞧瞧这些花朵吧！大卫少爷，第一次见到你的时候，你大概和这个小家伙——他指着我最小的孩子——一般高呢！那个时候，爱米丽也不大，而我们那个可怜的孩子也不比你们大多少。”

“但是，自那以后，时间给我的改变可比在你身上造成的变化大多啦，”我说，“还是让这些可爱的淘气鬼去睡吧。既然你来到了这里，那就住下吧，告诉我你的行李（我想知道那个跟随你多年的油布袋是否还在）存放的地方，明天我派人去取。现在让我们来一杯雅茅斯生产的水酒吧，顺便告诉我这十年来你的状况！”

“你是独身一人来到这里的吗？”爱妮丝问。

“是的，太太，”他亲吻着她的手说，“独身一人。”

当他坐在我们中间时，我们实在无法得知如何才能表达出我们对他的欢迎；当我耳边响起他那熟悉的声音时，我几乎在幻想，他仍然在为找他的外甥女而继续着自己的旅行呢。

“来到这里的时候，我走了很长一段水路，”皮果提先生说，“但也只能在这里住几个礼拜。但是水——特别是咸水——我已经习以为常了。朋友真宝贵，故我来相会——这是诗了，”当他觉得自己的话竟会如此押韵时也觉得诧异，“但是我并没有吟诗作赋的意思啊。”

“几千里地，这么大老远地跑过来，这么快你就要离开吗？”

“是的，太太，”他回答说，“在动身之前，我答应过爱米丽说几个星期就回去。你也知道，时光飞逝，对于我这样的老人来说，如果今天不来，也许就再也没有机会了。所以我想趁着自己还健朗的时候，来看望幸福中的大卫少爷和你。”

他是那么仔细地盯着我们看，似乎永远也看不够。爱妮丝微笑着把散下的灰色鬓发拂到后面，好让他看得更清楚一些。

“现在，”我说，“将这十年来所发生的事告诉我们吧。”

“现在，卫少爷，”他说，“我们都很顺心，不曾有过任何不如意的事。一直以来，我们都很本分地工作，刚开始的确是有点儿累，但一直都很顺心。放羊、饲养家禽、干这个或是干那个，我们的生活一直都很不错。似乎有上帝的庇佑呢，”皮果提先生很诚恳地说，“一直以来，我们过得都很幸福快乐。总之，我们就是这样的。如果昨天不是，那么今天就是，即使不是今天，明天也肯定会是。”

“那爱米丽呢？”爱妮丝和我异口同声。

“爱米丽，”他说，“在你们分别之后，太太，当我们在澳洲安顿下来之后，每天晚上她都会隔着帆布帷子向上帝祷告，那时，我不止一次地听到你的名字，当那天大卫少爷消失在夕阳的余晖中时，她有些精神不振，如果她知道大卫少爷对她隐瞒了那件事，我想她肯定活不下去了。但是，那时她需要照顾船上的一些病人和孩子，她整天都在忙这些事，这或许对她有益呢。”

“当她得知此事是在什么时候呢？”我问。

“当我得知此事之后，一直都没对她提起过，一直瞒着她，就这样大概过了一年。那时，我们住在一处僻静的地方，周围是葱葱郁郁的树木，墙角爬满了蔷薇。有一天，当我还在田间劳作的时候，从我们亲爱的英格兰的诺福克或是萨福克——且不去管到底是哪儿吧——来了一位旅行者，当然，为了表达对他的欢迎，我们全殖民地的人都拿出了最大的热情，提供他吃的，喝的。但是，就在他身上，有一份报纸，那上面有关于那场风暴的报道。结果那份报纸被她看到了，当我耕作回来时，发现她已经了解了此事。”

他把声音压得很低，脸上布满了严肃的表情。

“那个消息给她的打击大吗？”

“唉，不光是过去，”他摇了摇头说，“即使是在现在，给她的打击还是很大的。但是，我相信寂寞对她也许是有好处的。放羊，饲养家禽，这些事都需要去花心思，而她也的确那么做了，她就是这样熬过来的。大卫少爷，如果现在你看见了我的爱米丽，我都不敢说你是否还认得她呢！”

“她的改变有那么大吗？”我问。

“这个我不知道，因为我每天都能见到她，所以看不出来，但是，有的时候，我的确是那样想的。瘦弱的身子，”皮果提先生面对着火说，“柔和却又带着哀伤的眼神，一张标致的脸，轻轻向前垂着的脑袋，安静而祥和的态度——但看上去却有点怯弱。这就是爱米丽！”

他坐在那里看火，而我们则是静静地听他说。

“有的人认为，”他继续说，“她用错了感情；也有人说她失去了未婚夫，成了寡妇。但是没有人明白这其中的缘由。本来，她有很多机会可以再嫁的，‘但是，舅舅，’她说，‘那是永远都不可能的事了。’她幸福地与我住在一起。当有别人拜访时，她便会躲起来。她喜欢去教一个孩子，无论离得多远，或者是去照顾一个病人，又或是帮一个少女筹备婚礼（却从没有参加过一次）。体贴细心、无微不至地去照顾她的舅舅。无论是年轻人还是老年人，没有不赞赏她的。无论是谁，凡是遇到麻烦，没有不找她帮忙的。这就是爱米丽！”

他轻轻叹了一口气，并用手抹了一把脸，随后面对火炉抬起了头。

“玛莎还是和你们住在一起吗？”我问。

“玛莎，”他回答道，“在第二年，她便结了婚。他是一个在农场劳动的年轻人，当他乘着他主人的火车去市场——来回大概有五百里地——途经我们那里的时候，他请求她嫁给他（在那个地方，妻子是很稀罕的），然后两个人一起便在内地经营生活了。之前，她让我告诉他她的经历，我照办了，于是他们便结了婚。在他们居住的地方，方圆几百里之内，除了他们自己的声音和一些鸟声之外，没有其他任何声音了。”

“那，高米芝太太呢？”我继续问道。

这实在是个令人开心的话题，当皮果提先生听到我问起她便哄然大笑起来，像在他那条沉没已久的船中开心的时候一样，开始用双手搓着他的两条腿。

“你相信我吗？”他说，“呵呵，居然有人向她求婚！他原本是一条船上的厨师，后来到了澳洲当了拓荒者。呵呵，卫少爷，居然向高米芝太太求婚！但这是千真万确的，如有半点虚假，愿遭天打雷劈——恐怕我再也找不到其他任何言辞来表达我的意思了！”

我从未见过爱妮丝像那天那样笑过，皮果提先生的这一举动，让她更加开心，似乎没有停下来的意思,她越笑，就越是逗我笑，而皮果提先生则是陶醉地搓着他的两条腿。

“那高米芝太太又是什么反应呢？”我忍住笑时赶紧问道。

“你相信吗？”皮果提先生回答说，“高米芝太太并没有对他这样说‘我很谢谢你，同时也很感激你，但是像我这样年纪的女人，我恐怕不会再想这个问题了。’她没有这样说，而是拎起手边的一桶水，泼到了他身上，使得那个厨子大呼救命，最后我忙跑进屋子才平息了这场纠纷。”

接着又大笑起来，而我和爱妮丝也陪着他笑了一阵。

“但是，我应该为那个好心的人说几句公道话，”他擦了擦脸继续说，那个时候我们已经笑得精疲力竭了，“一直以来，她都履行着她对我们的承诺，而且力求更好。一直以来，她总是那么勤勤恳恳地做事，就算面对陌生的殖民地，她也不曾感觉到丝毫的孤苦无依，我敢保证，自从我们离开英格兰之后，她就从未想过那个老头子。”

“现在，说说我的最后一个朋友，却并非是最重要的，米考伯先生。”我说，“在这里所欠的一切债务，甚至连特拉德尔的期票他也都还清了，这个你还记得吧，我亲爱的爱妮丝，因此，我想他的生活应当有所好转。最近有他的消息吗？”

皮果提先生微笑着把手伸进了胸前的一个口袋，取出了一个平整的纸包，随后从里面拿出了一张不同寻常的报纸。

“卫少爷，”他说，“因为我们的生活还算富足，于是我们便搬离了内地，来到一个被称做市镇的米德尔具港附近的一个地方。”

“米考伯先生也曾和你们在内地住过一段时间吗？”

“是的。他做事是那么尽心尽力，我从来没见过比他更尽心尽力的上流人士了。卫少爷，当我看见他那在太阳底下流着汗的秃头时，我以为它一定会被晒化呢。现在，他已经是个知事了。”

“嗯，他成了一个知事？”我很诧异。

皮果提先生递给我那份《米德尔具泰晤士报》，并指着一篇文章要我看，于是我便大声读了出来：

昨日在大旅社大厅公宴我们显赫的殖民地同胞与本地绅士米德尔贝区知事威尔金·米考伯大人。来宾甚众，将大旅社挤得密不透风。不计走廊与楼梯上的来宾，同时聚餐者达四十七人之多。米德尔贝的美女、贵绅与社会名流，一起向如此受尊敬、如此多才多艺、如此闻名遐迩的人，表示敬意。主持人是麦尔博士（米德尔贝殖民地萨伦学校的校长），贵宾们坐在他的右首。饭后演唱了“颂神歌”（歌唱得极好，我们不难分辨出其中有天才歌唱家威尔金·米考伯先生的公子那如银铃一般的声音），为国效忠的例行干杯仪式举行了多次。随后由麦尔博士发表感情充沛的演讲，他在演讲中提议为“我们的贵宾，为本镇的光荣干杯。但愿他若不是因为高升就永远不离我们而去，但愿他在我们中间取得的成功使他永远无法高升！”干杯时的欢呼声难以形容，起起伏伏，宛若大海中汹涌的波涛。威尔金·米考伯大人起身致谢，这才使得全场安静了下来。在目前本报财力缺乏的情况下，想全部载下我们尊敬的大人那典雅流利的演说实在难以办到！在此仅作一简短的介绍：那是一篇雄辩滔滔的杰作，其中一些片段特别提到他成功的来源，并谆谆告诫年轻人应当谨慎从事，切勿欠负他们难以偿还的债务。这些教诲就连那些最刚强之人也被感动得声泪俱下。随后举杯祝麦尔博士，祝米考伯太太（她风度优雅地在侧门边鞠躬领情，那里还有一大堆美人站在椅子上，一面见识那盛况，一面也为那场面增色不少），祝利吉尔·贝格斯太太（以前为米考伯小姐），祝麦尔太太，祝威尔金·米考伯大人的少爷（他幽默地说，他觉得自己难以用演讲来答谢，假若允许，他愿意以一曲代之，会众因此而哗然大笑）祝米考伯太太的娘家（不消说，当然是国内名门望族）等等。在致谢结束时，桌子如被魔杖点了一般移开了，接着舞会开始了。在那些歌舞之神的信徒中，威尔金·米考伯大人的少爷与麦尔博士之四小姐海伦娜女士尤为引人注目。众人尽欢，一直到太阳神驱车将至方才告一段落。

当我看到麦尔博士的姓名时，在那相当愉快的场合中，我发现了那个为德塞克斯判官当过助教的麦尔博士时，这让我感觉异常高兴。此刻，皮果提先生指着另外一半报纸，我发现了我的名字，于是便念道：

致名作家大卫·科波菲尔先生书

吾亲爱的先生：

自上次面晤以来，为时已久矣，想大部分文明世界均已熟悉先生之道貌矣。

吾亲爱的先生，吾虽不能见吾青年之伴友（盖因我尚无控制自身环境之力）但一刻不曾忘怀君之飞黄腾达也。

诗圣彭斯有诗云：“惊涛骇浪，一海相隔。”然君所张心灵之盛宴，吾仍得以参与之。

是故，值吾辈敬重之人离此返国之际，吾亲爱的先生，吾不能不借此良机，代表自己，亦代表全体米德尔贝居民，感谢先生施与我之恩惠。

前进，吾亲爱之先生！君之大名已流传于此间，君之佳作已为此间所欣赏。我虽与君相隔千里，却并不因此而感觉孤立，感到忧伤，感到恍惚。前进，吾亲爱之先生，前途无量，鹏程万里！米德尔贝居民必心存欣喜、快乐、教益之心以望先生！

吾一息尚存，亦必于此地众人间侧身以望敬仰先生。

区行政官

威尔金·米考伯敬

我将报纸大略浏览了一遍，发现，原来米考伯先生是该报的一个勤恳的通讯员。在那份报纸中，还刊登了一封关于造桥的信，还有一则广告，内容是说米考伯先生近日将会出版他的书信集，如果我没看错的话，那篇社论也应该出自他的手笔。

在皮果提先生住在我们家的那段时间里，在许多个这样的夜晚，我们曾多次谈到米考伯先生。在那段时间里——我想应该没有一个月——他的妹妹和我的姨奶奶都来到伦敦来看望他。最后，在他离开时，爱妮丝和我送他上了船，我想，这大概是我们最后一次为他送行了。

在他离开之前，我陪他去了趟雅茅斯，去给汉姆扫了墓。当我按照他的请求把那份碑文抄给他时，我发现他在坟墓上拔了一束草，抓了一些土，并将它们放进了胸前的那个口袋里。

“我来时，答应过爱米丽，她说让我帮她带回这些东西。”

第六十四章

到此，我的传记快接近尾声了。在结束之前，我想再做一次回顾——最后的回顾。

想起和爱妮丝共度人生的那个我，看到周围的那群孩子以及我的一些朋友，还有那些在我前进过程中给予我关心的那些声音。

在那些飞驰而过的人当中，有一些脸我感觉很清楚。当我回忆那些人的时候，他们浮现在了我的脑海中。

首先是我的姨奶奶，一个八十多岁的老太太，鼻梁上挂着个眼镜，度数又深了一些，但是能在寒冷的冬日挺直身子一口气走六里路。

永远陪在她身边的是我的那个慈爱的老保姆——皮果提。现在，她也戴上了眼镜，习惯在每天晚上坐在灯光前做针线活，在她的身旁总是摆着一块蜡烛头，一块直尺，还有那个绘有圣保罗教堂的手工匣。

在我童年的印象中，皮果提的双颊和两臂是那么红，那么硬，当时，我还在奇怪，鸟儿为什么不选择来啄她，而是啄苹果，但这时，它们都皱缩了一些；还有她的黑眼圈，现在也好了很多，但还是那么炯炯有神；但是那个如同香料擦了一般粗糙的食指却丝毫没有改变，当我看见我那最小的孩子握着她的那根食指从我姨奶奶身旁摇摇晃晃走过来时，我突然想起在我小时候鸦巢的那间小客厅。我姨奶奶多年来的愿望实现了，现在她终于可以当贝西·特洛伍德的教母了；朵拉（我的二女儿）说，她被她宠坏了。

皮果提的衣袋里依旧放着那本鳄鱼书，其中有一些纸张已经破碎了，但被她粘好了，而皮果提却将它当做珍宝一般，时常在孩子们面前夸耀它。当我想起那张看着鳄鱼书的我的脸时，不禁想起我的老朋友谢菲尔德的布鲁克斯，这让我感到很奇怪。

今年暑假的时候，我发现了一个老头儿正在和我的孩子们一起做大风筝，随后又带着那么大的欢喜对着空中张望。当他看见我时，便欢喜地跑过来和我打招呼，又是点头又是挤眼，低声对我说道："特洛伍德，我想你知道了一定很高兴，在我没有其他事要忙的时候，我便回去写那个呈文，还有，你默德斯通是这个世界上最出色的女人呢！"

花园里那位拄着拐杖的驼背女人——脸上依旧带着往日的那种骄傲的神气，软弱无力地与那易怒、迟钝、浮躁的心情斗争——是谁啊？还有她身边的那位刁钻、面容憔悴、嘴唇上依旧留着那道伤疤的女人。她们在说些什么呢，让我们来听听吧。

"萝莎，这位先生叫什么来着？"

萝莎附到她的耳边，冲她喊道："科波菲尔先生。"

"见到你，我很高兴，先生。见到你服丧，我很难过，我希望时间可以淡化所有的痛。”

她的女伴是那么暴躁地斥责她，并纠正她说，我并没有在服丧，并用力让她再看一眼。

“哦，你见到我的小儿子了吗，先生？”那位年长的夫人说，“你们和好了吗？”

她把手放在额头上，呻吟着，看我的眼神是那么呆滞。突然，她叫出了一种恐怖的声音：“哦，萝莎，他已经离我而去了！”萝莎来到她面前跪下，时而安慰她，时而与她争吵着，时而极为严肃地告诉她：“一直以来，我都比你更爱他！”时而搂过她，轻轻拍打着她的背，哄着她入睡。像这样，我们离开了她们；像这样，我又能经常碰见她们；像这样，她们消磨着她们的时间。

那条从印度回国的是什么船呢？而船上那个与咆哮不已的苏格兰的老克里索斯（代指富人）结婚的女人是谁呢？难道她就是朱丽亚·密尔斯吗？

没错，她就是朱丽亚·密尔斯，乖张，华丽的朱丽亚。此时，她正在化妆室里被一个扎着头巾的古铜色皮肤的女人伺候着吃饭，身旁的一个黑人把一个放着名片和信件的金盘子递到她面前。现在的朱丽亚已没有写日记的习惯了，也不去唱《爱情的挽歌》了，每天唯一的事就是与那个老克里索斯——如同披了一张晒黑了的皮的狗熊一般——争吵，而争吵的唯一话题是钱。想想，我还是比较喜欢在撒哈拉沙漠的她呢。

也许这才是撒哈拉沙漠呢！因为，在朱丽亚身旁，我始终没有见到过任何青葱的植物，会开花结果的东西，虽然她住着堂皇的住宅，有钱有权的朋友，每天都享用奢侈的宴席。至于她所说的名利场，有那位在专利局工作的杰克·麦尔顿先生，但他瞧不起那位给他工作的人，我们的那位老博士怎么突然间成了“非常好玩的老古董了”呢？在这个名利场上，全是些没有人生价值的人，朱丽亚啊，这个所谓的名利场中的人们公然表示对那些促进或是阻碍人类进步的东西表示漠不关心，我想，在这样一个撒哈拉大沙漠里，我们已经迷失了方向，还是让我们寻找一条路吧。

还有那个博士，永远是我们好友的博士，现在他一面享受着家庭的乐趣和与夫人在一起的幸福，一面依旧在竭力地编他的字典，已经编到D的某个地方了。那个老兵，现在已经少了不少威风，没有以前那么有权威了。

此刻，我想到了我亲爱的特拉德尔，法学院的律师事务所里，到处可见那忙碌的身影，他的头发因为与那个律师假发不断地摩擦，已经不像往日那么听话，脱落了不少,当我朝四周打量时，我发现了他桌上的那一堆又一堆的厚文件，便对他说：

“如果苏菲真的当了你的抄写员，那，特拉德尔，她一定会非常忙的！”

“是的，可以这么说，亲爱的科波菲尔！但是在何尔本的那段日子哟，我们过得很开心呢！”

“是她说你有一天会做法官的那段日子吗？不过，在那个时候，她的这句话还没有成为街谈巷议呢!”

“无论如何，”特拉德尔说，“如果哪一天我真的当上了法官——”

“喂，你知道你快要做了。”

“好啦，亲爱的科波菲尔，等到我成为法官的时候，我也不会改变我原来的想法，我一定会说起这段往事的。”

随后，我们便相互挽着向他家走去，那天是苏菲的生日。一路上，特拉德尔谈的都是他所享受到的那份幸运。

“亲爱的科波菲尔，对于过去那段我所关心而却又无能为力的事，现在我已经完全能够办到了。牧师哈雷斯得到了四百五十镑的年薪，还有他的两个儿子，接受了最优等的教育，现在已成为著名的学者和好人，有三个女儿已成了家，生活幸福，三个正和我们住在一起，还有三个，自克鲁勒太太去世后，就开始帮忙郝雷斯打理家务，她们过得很幸福。”

“除了——”我提醒说。

“除了那个美人儿，”特拉德尔说，“不可否认，嫁给那样一个无赖的确是她的不幸，但是，话又说回来，他的外表实在为她所倾慕的呢。但现在，我们已经让她摆脱了他，让她和我们住在一起，我相信她一定会高兴起来的。”

特拉德尔的公寓是——或很可能是——他与苏菲在晚上散步时相中的那间房子。那是一间大房子，但是，他们把那些最好的房间都留给那个美人儿和那些姑娘了，最后他和苏菲只好挤在顶层的那个房间，连化妆室里也摆满了他的文件和他的鞋子。据我所知，家中已没有空房间了，因为总有一些“姑娘们”会因为这样或那样的原因留在这里，长期住下。在我们走进门时，他们便从楼上跑到我们面前，一个接一个地亲吻特拉德尔，最后直到他喘不过气来才告终。住在这里有那个带着小女儿的可怜的美人儿，还有那三个成了家的姑娘和他们的丈夫，还有其中一个丈夫的几个弟兄，另一个丈夫的表弟，以及第三个丈夫的妹妹——似乎她已经与那个表弟订了婚。朴实、直率的特拉德尔坐在那张大桌子的末端，如同一家之长一般，而苏菲坐在首端冲着他微笑，春风焕发。至于桌子上的那些闪闪发光的餐具绝不再是不列颠金的了。

现在，我本打算继续我的回忆的，然而，事情终究有结束的时候，我想还是就此打住吧，于是，在那一刹那间，那些脸全在我面前消失了。然而，仍有那么一张面孔——那么恬静，那么美丽——光芒四射，照亮了我周围的一切。她竟似那么的超凡脱俗，高于一切，那张脸将永远留在我的心中。

当我转过头时，那张宁静而美丽的脸就在我身后。现在，夜已深，灯已暗，还有什么人——没有她就没有我啊——依旧陪在我身旁。

哦，爱妮丝，哦，我的灵魂，当我这一生即将消失的那一刻，我也希望你的面容像现在这样陪伴在我的身旁；当过去的那些事如同阴影一般消失之时，我希望能够见到在我身边向上指着的你！